BESTSELLER

Richard Doyle nació en la isla de Guernsey (Reino Unido). Es un conocido experto británico en el campo de las catástrofes naturales y recientemente ha colaborado en varios programas para la televisión sobre el cambio climático. Es autor de varias novelas, en las cuales —como sucede en *Volcán*, basada en una reciente y polémica teoría científica— explora estos temas. Su libro anterior, *Flood*, ha sido llevado al cine.

RICHARD DOYLE

Volcán

Traducción de
David Cifuentes

DeBOLS!LLO

Título original: *Volcano*
Diseño de la portada: Departamento de diseño de Random House Mondadori / Marianne Lépine
Ilustración de la portada: El volcán Etna © Alfio Scigliano / Sygma / Corbis

Primera edición en DeBOLS!LLO: junio, 2008

Publicado originariamente por Century, un sello de Random House Group Ltd., Londres, 2006

Printed in Spain – Impreso en España

ISBN: 978-84-8346-679-7
Depósito legal: B-21.695-2008

Compuesto en Fotocomposición 2000, S. A.

Impreso en Novoprint, S. A.
Energia, 53. Sant Andreu de la Barca (Barcelona)

P 866797

Prólogo

Goodwill, Maine

Todo empezó, al igual que acabaría, con las ballenas.

Aquel verano las manadas de ballenas regresaron a las costas de Maine en mayor número que nunca. Los expertos del acuario de Portland atribuían aquel hecho a las corrientes del océano, pero los chicos de Goodwill tenían su propia opinión; en el restaurante de Jean-Alice —en Bearskin Neck, el barrio del puerto— donde Rick Larsen tocaba la guitarra en las noches de invierno, los clientes acariciaban el ennegrecido arpón de hierro que había detrás de la barra del bar para que les diese buena suerte. El abuelo de Rick pilotó el último ballenero que salió del puerto de Goodwill en la primavera de 1885, y algunos gestos instintivos tardaban en desaparecer.

Rick fue un muchacho problemático. Su madre murió cuando él tenía quince años. Poco después su padre lo echó de casa. Rick se instaló en un viejo cúter que salvó de las aguas del río Indian Creek y que él mismo reparó. Trabajar con las manos se convirtió en algo natural. Sabía pescar, cazar, preparar trampas y manejar cualquier tipo de embarcación. Durante una temporada navegó por el río Machias transportando troncos, antes de que aquel medio de transporte se acabara; luego, durante dos inviernos, se embarcó como tripulante en un barco langostero que arrastraba sus cedazos doscientas millas mar adentro. Podría haber trabajado en cualquier parte, pero no soportaba que le dieran órdenes. Era testarudo, como todos los Larsen.

El viejo Leif Larsen había navegado como arponero en el océano

Antártico antes de la prohibición de la caza de cetáceos. Cuando regresaba a casa llenaba la cabeza de sus hijos con terroríficas historias de la caza de ballenas y de aventuras en los Roaring Forties o «cuarenta rugientes». Estos grandes mamíferos eran su pasión: se pasaba los veranos trabajando en barcos para turistas, compartiendo sus conocimientos sobre ellos con los pasajeros. Conforme aumentaba su afición por la bebida, sus depresiones, salpicadas por arrebatos de ira, también iban en aumento.

Rick tenía diecinueve años cuando la conoció; todavía no era más que una niña y tenía el pelo negro como las alas de un cuervo. Él había ido a pasear por Long Beach a primera hora de la mañana, y allí estaba ella, esforzándose por sacar del agua un tronco a la deriva. Era pesado y estaba enredado en una malla oxidada. Al momento Rick se metió en el agua, arrancó el alambre, sacó el tronco y lo tiró en el remolque de su furgoneta.

Ella se dio la vuelta y le lanzó una mirada acusadora.

—¡Me has robado mi pecio! —gritó.

Rick se quedó mirándola. Un soplo de viento se enredó en el pelo agitanado de la muchacha y lo alzó hacia el cielo como si fuera una sábana hecha jirones. «Una veraneante», pensó él. Ella tenía catorce años y no se parecía a nadie en el mundo. En aquel momento él estaba perdido, y lo sabía.

—¿Para qué lo quieres? —le preguntó ella, desafiante.

—Me estoy construyendo una casa —dijo él mirándola a la cara.

La muchacha buscó con la mirada los ojos de él. Pudo ver en ellos océanos de aguas verdes y témpanos de hielo y hombres con arpones ensangrentados. Vio a Eric el Rojo y barcos de larga quilla navegando hacia el atardecer.

—Yo a ti te conozco —dijo ella.

—¿Tú crees? —Esquivaba las palabras de ella como si fueran golpes de espada; ambos se movían por instinto, tanteando a ciegas, temerosos de mostrar demasiado, y demasiado pronto. Se dio media vuelta para marcharse.

—Espera —dijo ella, y añadió—: Esa casa, ¿cuándo podré verla?

—Cuando esté acabada.

Más tarde supo cuál era su nombre: Natalie, Natalie Maxwell; vivía en una mansión sobre el acantilado.

Rick era cauteloso. No es que se sintiera intimidado, pero tenía la sensación de que, con la edad, se había ido curando de las veraneantes. Vivían en mundos distintos, y así tenía que ser. Además, las peleas con su padre ocupaban entonces toda su atención. Y aquel verano todo apuntaba a que iba a meterse en problemas, así que las chicas eran una distracción inconveniente.

Volvieron a encontrarse seis meses más tarde. Alguien le tiró del brazo en el restaurante y allí estaba ella, a su lado. Iba vestida con unos pantalones cortos y lo arrastraba hacia la puerta.

Era más de medianoche, y las calles del puerto estaban desiertas. Hacía una buena noche: no había luna, pero el cielo estaba iluminado por millones de estrellas. Se pararon bajo un farol; el haz de luz proyectó sombras en los ojos de ella. Llevaba una linterna en la mano.

—Hay una ballena varada en el Estrecho. —Esas fueron las primeras palabras que volvieron a cruzarse durante aquel verano.

—¿Dónde? —Ni se le ocurrió preguntar por qué había ido a buscarle. Era como si todo fuera como debía ser. Ella le pedía ayuda y él se la prestaría.

—En Curtain Bluff. Oí a unos tipos que lo comentaban. —Hablaba rápido, con decisión, y alzaba la cabeza, coronada de mechones negros, para mirarle directamente a los ojos—. Me parece que ha salido un grupo de barcas para ayudar. No he podido verla bien, pero creo que es una cría.

Rick consultó el reloj. Pronto cambiaría la marea. No podían perder el tiempo hablando. Su padre debía de estar en el bar de Pier Street, bebiendo pintas de Guinness acompañadas de un vaso de aguardiente.

El barco de su padre estaba amarrado en el embarcadero que había junto a la fábrica. Ella bajó tras él por la escalera de mano. Rick tanteó en la oscuridad buscando la llave del motor de la cabina; su padre nunca se molestaba en quitarla. Fanfarroneaba que nadie se atrevería jamás a tocar nada suyo, y tenía razón. Pero en ese momento se trataba de una emergencia.

Ya tenía la mano en el botón de arranque cuando notó que el barco se hundía ligeramente y se balanceaba, como si alguien hubiera saltado de la escalera de mano al interior de la embarcación. Rick se quedó de piedra. Supo de inmediato que era su padre; reconoció su figura corpulenta, su andar renqueante por la cubierta y, sobre todo, su aliento a cerveza y aguardiente. Y se estremeció esperando el arrebato de ira del viejo.

—¡Maldita sea! ¿Quién se ha colado en el barco? —La voz ronca sonaba pastosa por el licor y la rabia. Una mano enorme asió a Rick por la camiseta, apartándole de los mandos—. Te dije que te despellejaría vivo si te pillaba husmeando en mi barco, hijo. ¡Y Leif Larsen nunca falta a su palabra!

Rick se echó hacia atrás para intentar liberarse. El movimiento brusco balanceó el barco y los dos perdieron el equilibrio. Cayeron sobre la cubierta y se liaron a patadas y zarpazos.

—¡Déjelo en paz! —La chica saltó sobre el viejo, levantó la linterna por encima de sus hombros, la balanceó con fuerza y le arreó un violento golpe que lo puso patas arriba.

—¡Hija de puta! —maldijo él al tiempo que rodaba amenazadoramente hacia ella—. ¿Quién demonios eres tú?

—Soy Natalie Maxwell. —No había miedo en su voz. Sacudió la cabeza y alzó de nuevo la linterna—. Una cría de ballena ha quedado atrapada en el Estrecho.

Un hilillo de sangre se deslizaba por el rostro de Leif. La miró fijamente mientras se tocaba la cabeza con una mueca de dolor.

—¡Válgame Dios, señorita, pega usted fuerte! —gruñó.

Rick encendió las luces de la cabina. Su padre miró a la chica y esta vez la reconoció.

—La mocosa de Maxwell, ¿verdad? —La observó de arriba abajo—. Has crecido mucho.

—Es una emergencia —lo interrumpió Rick—. No sabíamos dónde encontrarte...

—Cierra el pico —le soltó su padre. Y dirigiéndose de nuevo a Natalie añadió—: Eres valiente, diría que muy valiente.

Ella no se movió.

—Por favor, necesitamos su ayuda. Hay una ballena varada.

—Sí, ya lo he oído antes. ¿En Curtain Bluff? ¿Lo sabe alguien más?

Ella asintió.

—Chance Greene ha salido con su barco.

—¿Greene? —refunfuñó el viejo—. ¿Y qué sabe de ballenas un albañil? —Se limpió la cara con un trapo y escupió por la comisura de los labios—. Bueno, ¿a qué estáis esperando? Soltad amarras.

Desconcertados por su repentino cambio de humor, los dos dudaron un momento.

—¡Maldita sea! ¡Si no os movéis, os echaré por la borda y zarparé solo!

La muchacha corrió a la proa para soltar la amarra delantera, mientras Rick se afanaba en soltar la de popa. Su padre pulsó el botón de arranque y el motor diésel se puso en marcha.

Al salir del puerto aumentaron la velocidad. Había un oleaje moderado. Tenían la radio encendida y escuchaban la charla de los navegantes entre el chisporroteo de las ondas hertzianas.

—Creen que es una ballena franca —le susurró Natalie a Rick.

El viejo tenía el oído de un murciélago.

—¿Cómo pueden saberlo? Ninguno de ellos ha visto nunca una ballena franca, ni siquiera a la luz del día.

Navegaban en línea recta bajo la noche estrellada. Leif Larsen mantenía la palanca del acelerador a tope; la vibración del motor hacía que la barca se estremeciera.

—El maldito yate de Greene le saca dos nudos a mi barco —refunfuñó Leif en voz baja.

Rick se acercó a Natalie. Asomada a la borda, intentaba distinguir las luces de los otros barcos. Habían rebasado la playa de Maple Cove rumbo al norte y avanzaban siguiendo la línea de la costa.

—¡Nos acercamos a la isla de Two Bush! —gritó Rick un minuto más tarde.

Había visto el brillo pálido de las olas rompiendo contra los islotes rocosos a la luz de la luna. Esperó a que su padre variara el rumbo para que la isla quedara a babor.

—¡Papá! —gritó.

El gruñido de respuesta se perdió en el viento; solo le llegaron las palabras «hay corriente».

—¿Qué pasa? ¿Es que no te ha oído? —preguntó Natalie al darse cuenta de que el barco se dirigía a velocidad constante hacia la línea de los rompientes.

—Me ha oído perfectamente —contestó Rick, lacónico—. Pero no escucha. El muy cabrón se ha empeñado en alcanzar el barco de Greene y va a pasar por la garganta.

—¿De noche? —Le apretó el brazo—. ¿Eso no es peligroso?

Rick se mordió los labios.

—Cualquier otro día confiaría en él, siempre que lo cruzara despacio. Pero con todo lo que ha bebido esta noche...

Sentados el uno al lado del otro, Rick y Natalie observaban cómo el barco se acercaba a los arrecifes sin disminuir la velocidad.

—Maldito loco —murmuró él entre dientes.

Ella le agarró una mano en la oscuridad.

—Es por mí, ¿verdad? —le susurró al oído.

—Sí, quiere impresionarte.

—Bueno, supongo que eso significa que al fin y al cabo es humano.

Las olas rompían contra el costado del barco y los empujaban hacia el este, donde la luz de la baliza avisaba del peligro. A su izquierda, a menos de un cuarto de milla, los acantilados de Curtain Bluff se alzaban bajo la luz de la luna.

—Mira, hay luces en la costa. ¿Habrán encontrado la ballena?

—Ese es Chance Greene y sus alegres muchachos tratando de remolcar la ballena hacia mar abierto —dijo Leif Larsen con disgusto. Y luego añadió—: O más bien tratando de acabar con ella.

Rick, asomado a la popa, tenía la vista fija en el mar y las manos alrededor de las orejas para percibir mejor los sonidos.

—Calmaos —dijo—. Ambos os habéis equivocado. Está aquí, muy cerca.

La cabeza del viejo se movió a un lado y a otro.

—¿Qué estás diciendo, muchacho?

—La cría de ballena está aquí. Puedo olerla.

—Es una franca. Pobre animal.

La ballena flotaba en la superficie del agua. La lisa joroba de su lomo resplandecía bajo los reflectores mientras las olas batían contra ella. La criatura respiraba exhausta y jadeante, con un ritmo entrecortado. A Natalie se le llenaron los ojos de lágrimas mientras la miraba. No había duda de que la cría se estaba muriendo. Leif recorrió con el haz del reflector el costado y la cola. El magnífico cetáceo, agotado, empezaba a hundirse; el ballenato estaba demasiado débil para reaccionar a las luces. A Rick le dio un vuelco el corazón: era una *Eubalaena glacialis*, la auténtica ballena de los hielos, una ballena franca del Atlántico Norte, rara entre las raras. Una hembra de unos diez meses, recién separada de su madre y, sin duda, en apuros.

El viejo tomó aire entre los dientes y emitió un agudo sonido sibilante.

—Está acabada —dijo en tono neutro.

Natalie miró a Rick con preocupación.

—¡No es verdad! ¡Dime que no es verdad! —le imploró en un susurro.

Así es como luego recordaría él la escena: la línea de espuma plateada bajo la luz de la luna, la silueta de la chica en la popa, la trabajosa respiración del desafortunado animal, las siniestras amenazas de su padre.

—Échale un vistazo. —Su padre frunció el entrecejo—. Me parece que será la última que verás. —Iluminaba al cetáceo con el foco—. Hay sangre en el agua, ¿es que no lo ves? Debe de haberse hecho un corte profundo; supongo que se ha roto los tendones.

Aquella lenta respiración era el sonido más triste que uno pudiera imaginar.

—Si tuviéramos una cuerda —dijo Natalie con voz suplicante—, podríamos remolcarla hasta el puerto…

—Solo podemos hacer una cosa. —La voz del viejo era glacial y dura como el granito, y Rick percibió el escalofrío que recorrió el cuerpo de Natalie. Le embargó una sensación de terror y supo qué sería lo siguiente.

Con un movimiento violento, el viejo tiró de un cabo y lanzó por la popa una lancha neumática.

—Salta —le espetó a Rick—. Y tú, señorita, ahora que ya has jugado al avistamiento de ballenas, te enseñaré lo que se hace con ellas. Ve. —Aferró el hombro de su hijo—. Una muerte rápida o una muerte lenta. En dos horas amanecerá y para entonces las orcas ya estarán aquí. Le arrancarán la lengua y la dejarán desangrarse hasta que muera.

El rostro de Rick adquirió un color mortecino a la luz del reflector. Natalie se aferró a él.

—¡No! —gritó horrorizada.

Leif Larsen se acercó a ella con una mueca salvaje en el rostro.

—Esto es lo natural, así es como viven las ballenas... y así es como mueren. —Sacó del interior del barco un largo arpón y lo colocó en las manos de su hijo—. ¡Vamos, demuestra de qué pasta estás hecho! Sabes cómo hacerlo, una firme y profunda estocada hasta el corazón.

Rick palideció. Se quedó inmóvil, sopesando el arpón con la vista fija donde la ballena flotaba en medio de las oscuras olas.

—¡Salta! —bramó su padre—. ¡Ya me has oído!

—¡Rick, no! —gritó Natalie.

Se diría que él no los oía. Avanzó hacia el otro costado del barco como si estuviera en trance. Luego se detuvo.

—¿Te preocupan las ballenas o eres como ellos? —dijo su padre al tiempo que señalaba las luces de los barcos que se alejaban—. Esos tontainas creen que pueden interferir en estas cosas. Sabes qué es lo que tienes que hacer. Y si no lo haces, la que lo pagará será la ballena, no tú.

Lenta y fríamente, como un hombre que se encamina al patíbulo, Rick saltó a la lancha. Colocó el arpón en el fondo y luego tomó los remos.

—¡Espera! —gritó Natalie.

Él la miró por encima del hombro con la mirada propia de un sonámbulo. Ella solo pudo ver el reflejo de la blancura de sus ojos, como si la oscuridad le cubriera el rostro. El viejo soltó una risotada y largó la amarra. A continuación, colocando una de sus botas contra el costado de la lancha, la empujó y la apartó del barco.

Lo observaron mientras avanzaba con dolorosos golpes de remo hacia la ballena inerte, inmóvil, esperando impotente lo inevitable. La mirada de Natalie se posó en el animal moribundo. En ese momento, entre el hombre y el animal había un vínculo que ella solo podía sospechar. Algo que el padre había aprendido durante los años que había pasado en el océano Antártico y que ahora le transmitía a su hijo. Una atávica vuelta atrás en la línea familiar de cazadores que se perdía en los albores de la humanidad; de cazadores y de presas.

El viejo era un enlace con ese pasado, y su chico se estaba preparando para ser un eslabón más, lo mismo que la ballena franca. Dos seres en extinción. Víctimas del progreso. Natalie empezó a sollozar. ¿Cómo creer en la compasión cuando la vida era tan inmisericorde?

La lancha neumática chocó contra el costado de la ballena. El agua que se alzó con el impacto cayó en el bote. Su padre iluminaba la escena con el reflector. El haz de luz recorrió las zonas coloreadas de la piel callosa de la cabeza y la mandíbula superior del animal. Una parte de Rick trataba de apartar de sí un sentimiento de horror, pero la otra parte funcionaba con frialdad, planeaba lo que tenía que hacer, organizaba la tarea en una serie de pasos. Esa parte de él visualizaba la estructura interior de la ballena y dirigía la lancha hacia los orificios nasales de la cría. El oleaje parecía haberse calmado; su labor sería así fácil. No perdía de vista la suave curva por encima de la aleta derecha. La ballena o no se había percatado de su presencia o estaba demasiado débil para ofrecer resistencia.

Dejó los remos dentro del bote, se puso de pie y asió el arpón.

El animal se estremeció ligeramente y un débil chorro de aire emergió de la parte delantera de su cabeza. El cálido aliento de la criatura lo envolvió. Rick sintió un escalofrío y se apoyó en la bancada para no perder el equilibrio. La cría estaba muy hundida, y Rick miró hacia abajo con alivio. Le horrorizaba la idea de que su mirada se cruzara con la del animal. Si eso sucedía, estaba seguro de que no sería capaz de acabar con ella. Se sentía como envuelto por una niebla; le llegaban los gritos de su padre y Natalie desde el barco, pero en ese momento solo le importaban la ballena y el arpón que llevaba en la mano. No había tiempo que perder. La marea podría empezar a subir de nuevo. Levantó el arpón de más de tres metros por encima de su cabeza, apuntó hacia su objetivo y lo clavó con todas sus fuerzas.

Lo clavó una y otra vez, introduciendo la hoja en forma de pétalo en la tersa carne cada vez más profundamente, hasta alcanzar un órgano vital. El enorme cuerpo del cetáceo temblaba, cabeceaba y se retorcía, y a punto estuvo de lanzar a Rick al agua. Entonces, en la sexta o séptima estocada, la punta del arpón dio en el blanco. Un chorro de sangre brillante brotó por encima del agua hasta dos veces la altura de Rick. La punta del arpón había perforado una de las arterias cercanas a los pulmones. Rick se echó hacia atrás dentro de la lancha mientras aquella lluvia escarlata le caía encima. A su alrededor el agua se tiñó de espuma sanguinolenta. En la agonía previa a la muerte, la ballena se agitaba, sus aletas golpeaban las olas, salpicando por todas partes; seguía sangrando y su enorme cabeza se teñía de rojo. Rick se apresuró a tomar los remos y apartó la lancha del animal. Había sido testigo de lo que su padre y los antiguos balleneros llamaban «el frenesí», los estertores de la muerte. Parecían haber durado una eternidad, pero en realidad todo había terminado en menos de treinta segundos. Con un largo y convulsivo esfuerzo, la ballena se dio la vuelta, movió las aletas hacia arriba y se quedó flotando, inmóvil y silenciosa, sobre el manto de espuma de su propia sangre.

Rick se dobló sobre los remos. Estaba bañado en sangre de la cabeza a los pies, y un hedor dulce y empalagoso se le pegaba al cuerpo como una culpa. El motor rugió, la barca se colocó a su lado y su padre le echó un balde de agua por encima. Hoy, en la mente de Rick, todavía resuena la estridente risa de su padre, y todavía puede ver el rostro horrorizado de la chica.

Rick se marchó de la ciudad ese mismo día. Se hizo a la mar con su velero, bajo la brillante luz de la mañana, como su padre había hecho antes que él.

Eso ocurrió hace diez años. Ahora Leif está muerto y el chico, convertido ya en un hombre, acaba de regresar al hogar.

1

Cumbre Vieja, La Palma, Canarias, jueves a media tarde

Avanzaban traqueteando por la montaña; hacía calor y el polvo del camino que descendía hacia el oeste se les metía en la garganta.

—¿Está muy lejos? —gritó la chica en dirección al casco del conductor.

Le hablaba en inglés, que era su lengua común. Flavia —así se llamaba— tenía veinte años, era de Renania, tenía la piel dorada y una melena con mechas plateadas por el sol y el mar. Él era dos años más joven, español con rasgos árabes y porte altivo. La Honda que conducía era de su hermano mayor y la había tomado prestada sin permiso, lo mismo que a la chica.

Metió la moto en otra curva cerrada y la chica chilló mientras las ruedas rebotaban contra la piedra. Frenó y se detuvo un momento.

—¡Mira! —Señalaba hacia abajo—. Allí abajo, ¿lo ves?

A cuatrocientos metros del precipicio, por debajo del camino, había una pequeña ensenada rodeada de negra arena volcánica. Parecía esculpida bajo los acantilados, tan perfecta como un decorado de cine.

—Aquí no viene nadie. Estaremos solos en la playa.

Sintió los brazos de ella alrededor de su cintura y se sonrojó dentro del casco. Desde que Raúl había empezado a salir con ella, era la primera vez que se atrevía a algo así. Dos días antes, sabiendo que su hermano estaría fuera, en Tenerife, le habló de la playa secreta, en el otro extremo de la isla, un lugar protegido al que los delfines acudían a jugar, y donde una pareja podría estar sola y lejos de todas las miradas. Vio que sus ojos de color violeta se entornaban como los de un gato y que la punta de su lengua se deslizaba por la comisura de los labios. Ella asintió con la cabeza, una vez y deprisa; apenas una inclinación de cabeza, pero fue suficiente.

Diez minutos después aparcaban la moto a la sombra de una palmera. Como el muchacho le había prometido, era un lugar perfecto. La arena era inmaculada y muy fina, y las azules aguas del océano, protegidas de las olas del Atlántico por los dos brazos rocosos que rodeaban la ensenada, invitaban a zambullirse. De la ladera del acantilado colgaban bayas de enebro y caramillos, y un bosque de pinos coronaba la cima. Más arriba aún, como una amenaza siempre presente, se elevaba hacia los cielos la cima volcánica de Cumbre Vieja.

—Es un buen sitio para nadar. —El chico sonrió y mostró sus gafas y su tubo de buceo—. Hay muchos peces.

La chica miró hacia el oeste, por encima de la lisa superficie del agua y las suaves ondas. Ni barcos ni tierra a la vista en el horizonte brumoso por el calor.

—¿Qué hay hacia allí?

Los dientes de él brillaron en su cara bronceada.

—América —dijo sonriendo—. A tres mil millas.

Ella le devolvió la sonrisa.

—¿Y África?

Él movió el pulgar por encima del hombro.

—Por allí; Marruecos está solo a sesenta millas. Y aquí solo estamos nosotros.

—También hay delfines —se burló ella.

—Sí, y ballenas.

Ella abrió los ojos como platos.

—¿Ballenas?

—Solo ballenas pequeñas. No hacen daño a la gente.

La chica cogió el bronceador y se aplicó crema en los brazos.

—Los hombros, por favor —dijo volviéndose de espaldas.

Él se echó loción en la palma de la mano y se la extendió por los hombros, maravillándose de su piel sedosa, de la carne suave y firme y de los esbeltos huesos que había debajo. Estaba empezando a excitarse de nuevo.

Ella arrugó la nariz.

—¿No hueles algo?

El chico se enderezó. El aire en aquella cala era caliente, casi como si fuese a haber tormenta, pero el cielo estaba limpio de nubes. No se veía ningún pájaro y solo se oía el ocasional chasquido del motor de la moto al enfriarse. Mezclado con el perfume del aceite bronceador le pareció notar un olor a huevos podridos. Pero enseguida pasó.

—Puede —dijo encogiéndose de hombros. No tenía tiempo para sutilezas. Estaba empapado en sudor. Tenía ganas de nadar y, después, de hacer el amor—. Vamos —dijo avanzando hacia la orilla.

La chica colocó el tapón en el bronceador. Se hizo visera con la mano y miró hacia la lisa superficie del agua.

—¿Dónde están los delfines?

El chico le había asegurado que verían delfines. Les gustaba jugar en las aguas claras de la bahía. Él los había visto a menudo.

Con un movimiento ágil, se recogió el cabello en una cola y se lo anudó con una goma. Volvió a oler el aire.

—¿Qué es ese olor? Es muy desagradable.

—Nada. El mar. El ozono. Ven, vamos a bañarnos y a pasarlo bien.

Pensó que acaso no era más que el sudor tras el viaje en la moto a toda pastilla. Pasaría en cuanto se metiera en el agua. Una ráfaga de aire acre se le metió en la garganta y la hizo toser. Vio una nube de humo flotando bajo la luz del atardecer. Lo que fuera que estaba ardiendo había teñido las rocas de un color amarillo brillante.

—¡Aquí ha habido gente! —dijo ella.

—¿Qué?

—Gente; han hecho un fuego.

El chico negó con la cabeza, incrédulo.

—Aquí no viene nadie.

El pueblo de pescadores más próximo estaba a casi dos kilómetros El único hotel que había allí tenía su propia playa. Llegó hasta el agua y se puso a nadar. Delante de él, las olas atravesaban la superficie brillante del agua. Un pez loro flotaba de costado, con sus inconfundibles manchas rojas y amarillas hacia el cielo. Aquella era posiblemente la causa del mal olor. Dio un manotazo al agua y lo lanzó lejos. Le pareció oír un zumbido proveniente de las profundidades, pero no podía estar seguro. Tenía la sensación de que le llegaba a través de las plantas de los pies, desde muy lejos y muy abajo, como un camión subiendo por una montaña.

Cuando el agua le llegaba por la rodilla, se dio la vuelta, alzó los brazos y se zambulló de espaldas. Al poco volvió a salir a la superficie.

—¡El agua está estupenda! —le gritó a la chica.

Ella echó una última mirada al humo. Quizá después del baño podrían irse al otro lado de la bahía. Se colocó las gafas de buceo sobre la cabeza y corrió hacia la orilla.

—¡Ay, quema! —gritó.

—¿Estás bien? ¿Te has hecho daño?

—No. Me he quemado los pies con la arena. —Se sumergió en el agua para reunirse con él. El agua estaba maravillosamente clara. Buceó y cogió un trozo de cristal volcánico del fondo—. ¡Mira! —dijo cuando volvió a salir a la superficie.

Él le arrebató el cristal de las manos y volvió a lanzarlo al agua.

—¡Ahora tenemos que encontrarlo de nuevo! —gritó.

Riendo, empezaron a perseguirse por la bahía.

—Aquí el agua está caliente —balbuceó ella después de otra inmersión—. Y no he visto ningún pez, solo… ¿cómo se llama? ¿Burbujas?

Él frunció las cejas.

—¿Burbujas?

—Llenas de aire. Como globos amarillos.

Se sumergieron y juntos observaron el chorro burbujeante que ascendía hacia la superficie.

—¿Tú qué crees que las causa? —preguntó ella al salir a la superficie para tomar aire.

—¿Los peces? —dijo él con una mueca burlona.

—¡No digas tonterías!

Le salpicó en la cara y volvió a zambullirse entre los iridiscentes chorros de aire. Él la siguió hasta el fondo, nadó rápido para darle alcance y se deslizó a su lado por encima del fondo marino. Nuevas columnas de burbujas surgían de entre la arena al final de la ensenada. Algunos de los respiraderos estaban manchados de un color verde y amarillo, y ambos los examinaron con curiosidad.

—¿Dónde están los peces? —se quejó ella cuando salieron a respirar—. No he visto ninguno. Y me dijiste que habría delfines.

—Los delfines llegarán —le prometió él tomándola de la mano y conduciéndola de nuevo hacia las profundidades.

Entre las piedras que recorrían la línea de la costa encontraron una zona plana y se sentaron juntos, con los pies sobre la fina arena negra.

—¡Oh! —dijo ella—. Aquí hace mucho calor. Y el agua del mar parece mucho más salada. Me pica la piel.

Se frotó los brazos, pero el chico no estaba para mucha conversación. La tumbó de espaldas sobre la piedra y le tomó la cara con las manos.

—Raúl... —protestó ella al tiempo que apoyaba las manos en el pecho de él.

—Raúl no está aquí —le recordó.

—No se lo diremos, ¿verdad?

Él asintió con la cabeza y la besó. Aquello quedaría entre ellos dos. Sus manos se deslizaron por la espalda de la chica hasta alcanzar el cierre de la parte de arriba del biquini.

—Me escuecen los ojos —se quejó ella, parpadeando—. Es por la sal del agua.

Él le besó suavemente las largas pestañas.

—¿Mejor? —preguntó.

—Mmm —dijo por toda respuesta mientras se quitaba la parte superior del biquini y la dejaba caer sobre la roca.

Debajo, su bronceado era perfecto. Después de eso ninguno de los dos se dio apenas cuenta de lo que pasaba a su alrededor. Al parecer fue el chico quien sintió un estremecimiento bajo la planta del pie otra vez, pero en esta ocasión mucho más fuerte.

Al cabo de un instante, ella se puso rígida de golpe.

—¿Qué ha sido eso?

El chico gruñó. Estaba demasiado ocupado para preocuparse de otras cosas.

—¿El qué? —resolló.

—Un ruido sordo, grave, como un disparo.

—Te lo has imaginado. Yo no he oído nada.

Ella le clavó las uñas en la espalda.

—Lo he oído —insistió.

Él suspiró.

—Habrá sido una roca que se ha desprendido de la montaña. Sucede muy a menudo. No pasa nada. —Le acarició los lisos costados bajo el agua. Ella era cuanto había soñado y más—. No pasa nada —repitió.

Ella se relajó, sintió de nuevo los movimientos de él en su interior. Era tan apuesto, cariñoso y sensual... No como su hermano, que se echaba sobre ella como un toro. Sus labios se acercaron a su cuello mientras empujaba. De pronto se dio cuenta de que el aro de plata que él llevaba en una oreja se había vuelto negro, y aquello la incomodó.

Más tarde, cuando sus fuegos se hubieron apagado, nadaron lentamente hasta el centro de la bahía; habían dejado la ropa fuera, sobre las rocas. El agua abrazaba sus cuerpos desnudos. Flavia todavía sentía picores. Tenía manchas rojas en los brazos y en el pecho, las zonas donde se había rascado. Tal vez el chico tuviera razón y todo se debiera al sol que le había quemado la piel durante el paseo en moto.

—Mira, más burbujas —señaló él, intentando distraerla.

El fondo arenoso silbaba echando chorros de vapor de gas como si fuera una olla hirviendo.

—¿Qué las causará?

Él meneó la cabeza.

—¿Chorros de gas del fondo marino?

Se aproximó a ella jugueteando y le cubrió los pechos con las manos. Ella colocó sus manos encima de las de él y se dio cuenta de que su anillo estaba tan negro como el aro de él. Mientras lo observaba, sintió un temblor que pareció agitar el agua; la superficie se convirtió en una masa de olas que chocaban unas con otras como movidas por corrientes de viento contrarias. Pero no hacía viento. Aquello duró casi un minuto; después las olas se fueron calmando y la cala volvió a quedar sumida en una inquietante paz.

Cruzaron la playa como si estuvieran soñando, medio nadando y medio flotando, acariciándose perezosamente. No les pareció extraño que el agua siguiera calentándose, era el momento más cálido del día. Pero de repente la chica lanzó un grito de asco. Estaban en medio de un banco de peces muertos que flotaban en la superficie con los brillantes ojos abiertos.

Mientras se apartaban de allí, un montículo iridiscente surgió de la superficie, apenas a un metro de distancia, produjo un ligero oleaje, reventó y liberó un gas acre que los dejó jadeando.

—¡Qué asco! —se quejó la chica nadando a toda prisa en dirección contraria—. No podemos quedarnos aquí.

Apenas había terminado de pronunciar aquellas palabras cuando un ruido sordo, como si alguien estuviera aporreando un bombo al otro lado de las montañas, llenó la ensenada con un sonido inquietante.

—*Ist kommen ein sturm?* —se preguntó ella, incrédula.

El chico alzó la vista hacia el cielo y más allá de la cumbre de las montañas, buscando una explicación.

—No, no hay tormenta. Ha sido Cumbre Vieja —dijo arrugando la frente—. El volcán —añadió.

—¿Volcán?

En el rostro de la chica podía verse una mueca de alarma. Miró hacia atrás, más allá de la playa. El palmeral en el que habían aparcado la moto estaba medio oscurecido por el humo. El burbujeo del gas bajo el agua aumentó de intensidad, como si estuvieran en un baño de burbujas. La temperatura del agua había subido considerablemente.

El chico trató de recordar cuanto sabía sobre el volcán. Las erupciones eran cosas de la naturaleza, como el tiempo. Pero la montaña había estado dormida durante toda su corta vida. Dos años atrás había habido ligeros temblores de tierra. Y aquel invierno había vuelto a entrar en actividad, pero esta siempre quedaba confinada a la cima; por la noche se veían columnas de humo y chispas espectaculares provenientes de los ríos de lava que emergían del cráter. Su hermano había ganado mucho dinero llevando a los turistas a visitar el cráter. Luego las montañas se habían calmado de nuevo. ¿Sería aquel ruido la señal de nuevas erupciones? Seguramente se encontraban muy lejos de cualquier peligro. A menos que el gas que emergía del agua, las humaredas y los peces muertos estuvieran relacionados…

Otro ruido sordo descendió por la ladera; la superficie del agua se estremeció de nuevo.

—Esto no me gusta nada —dijo la chica con voz asustada. Empezó a toser. El humo los envolvía—. Vámonos de aquí. —Le zarandeó el brazo—. Vamos a buscar la ropa, ¿vale? —le rogó.

Sin esperar respuesta, echó a nadar hacia la orilla a toda prisa. El chico la siguió. Las erupciones de gas despedían un olor nauseabundo y teñían el agua de nubes de un amarillo sulfuroso y un verde envenenado. Les costaba respirar. Al chico le quemaba la piel a causa del ácido y le picaban tanto los ojos que no se atrevía a abrirlos. Pensó que aquello era lo que había matado a los peces y lo que había alejado de allí a los delfines.

Llegaron a la roca sobre la que habían hecho el amor unos minutos antes y recogieron sus bañadores. La playa estaba a unos pocos metros de allí. Pero parecía más empinada que antes. La arena de la playa ardía. A lo largo de la línea de la costa había agujeros de los que salía humo y vapor, como si la tierra, bajo la superficie, estuviera ardiendo. Cruzaron a toda prisa la ardiente playa.

Debajo de la rueda delantera de la Honda se había abierto un agujero sibilante. El chico le arrebató las dos piezas del biquini, agarró con ellas el manillar y apartó la moto del agujero.

La chica lanzó un grito. Él se giró para mirarla. Se estaba peleando con sus braguitas; había una mueca de consternación en su cara.

—¿Qué pasa? Vístete, deprisa.

—¡Están rotos! —se lamentó ella.

Él se la quedó mirando, sin comprender. Ella agarró las dos tiras de tela y trató de unirlas con un nudo. Se le abrió un agujero en la parte del trasero y la tela se desgarró por los lados como si fuera un saco viejo. La chica dio un grito mientras los trozos de tela caían al suelo.

El chico examinó su propio bañador. Habían cambiado de color, estaban descoloridos y tenían pequeños agujeros. Cuando tiró de la pretina para abrochárselos, la tela se deshizo en sus manos.

Miró boquiabierto los restos de la tela y luego a la chica desnuda.

—Es el ácido, hay ácido en el agua.

La chica pateó el suelo.

—¡Haz algo! ¡No puedo volver así! —vociferó al borde de las lágrimas.

Él miró alrededor con un gesto de impotencia. No se le ocurría nada. Ninguno de los dos había pensado en llevar una toalla. La chica estaba sollozando de rabia y humillación. Él bajó la cabeza; su pequeña escapada había terminado en desastre. La noticia daría la vuelta a la isla; serían el hazmerreír de todos. Y sin duda Raúl lo mataría. Su madre le daría un buen tirón de orejas, y en cuanto al padre de Flavia... Por su cabeza pasaron ideas disparatadas. ¿Y si le obligaban a casarse con ella? Tendrían que irse a vivir juntos a Alemania. No, seguramente no podían obligarle a eso.

Sin previo aviso, una terrible detonación hendió el aire por encima de sus cabezas. La tierra tembló. Sabía qué era eso. Todos en la isla eran capaces de reconocer un terremoto. Una lluvia de piedras cayó por el acantilado y los roció con polvo y escombros. Cogió a la chica, la llevó bajo el refugio de los árboles y permanecieron allí, temblando y encogidos de miedo, mientras las rocas seguían cayendo a su alrededor. El suelo empezó a vibrar con un chasquido, como si la tierra estuviese abriéndose por causa de una fuerza poderosa.

Una enorme columna de humo, tan gruesa y sólida como un muro, empezó a emerger por detrás de la cima de la montaña. Torrentes de ceniza se dispersaron por el aire, y el día se convirtió en noche. Las olas de la ensenada batían contra las rocas, y las aguas, antes verde esmeralda, estaban cubiertas de manchas amarillentas y de burbujas que reventaban en la superficie como en una caldera. A unos treinta metros de ellos, en medio de la bahía, estalló un rugiente géiser que levantó una columna de lodo hirviendo. Aquella lluvia negra les azotó la piel desnuda.

—¡No podemos quedarnos aquí! —gritó él por encima del estruendo.

La tomó de la mano y corrió con ella hacia donde estaba la moto, tirada sobre la arena. La puso de pie, saltó desnudo sobre el sillín y, rogando para que se pusiera en marcha, pisó el pedal de arranque. Para su alivio, el motor rugió. La chica se subió detrás, se abrazó a su cintura con fuerza y le gritó que se diera prisa. Él dio gas y saltaron hacia delante sobre la negra arena. Un fragmento de roca golpeó el velocímetro. Habían olvidado los cascos, pero no había tiempo para volver a buscarlos. La tierra seguía temblando y amenazaba con tragarlos en cualquier momento.

Abriéndose paso entre las piedras caídas del acantilado recorrieron la pista que conducía hasta la carretera. Por encima de su cabeza, el volcán jadeaba como un animal gigantesco echando humo, cenizas y chorros de fuego desde un orificio que no podían ver. Estaban aterrorizados. Ambos temían la posibilidad de encontrarse con una lengua roja de lava que fluyese montaña abajo para atraparlos. El chico tenía que aminorar la velocidad constantemente para evitar los obstáculos y limpiarse los ojos de barro y cenizas.

Negros de los pies a la cabeza, por fin alcanzaron la carretera. Las ruedas de la moto rodaron a más velocidad sobre una alfombra de cenizas cuyo grosor aumentaba por momentos. Lo que había empezado como una aventura inocente había terminado como una horrible pesadilla. Al menos en el estado en que se encontraban era imposible que alguien los reconociera, pensó el chico con desaliento.

2

Goodwill, Maine, seis de la tarde

—¿Has visto alguna vez un atardecer como este? —La mujer que estaba en la terraza suspiró—. ¡Qué colores! Parece como si el cielo entero estuviera en llamas.

Había sido un día perfecto. El calor por fin empezaba a remitir; el aire de la tarde era suave y fresco, impregnado por el aroma de los pinos. Más allá del césped, los árboles se extendían hasta la playa; las últimas barcas volvían a casa surcando la superficie del Estrecho, lisa como un espejo, mientras a lo lejos, en el oeste, se ponía el sol en medio de un halo glorioso, como anunciando el fin del mundo.

La fiesta en la casa de los Maxwell, en Indian Point, había empezado a las cinco de la tarde. En unas tinas llenas de hielo, a los pies de las hayas centenarias que daban sombra a la terraza de tarima, se habían puesto a enfriar las botellas, y también se habían encendido dos barbacoas, en las que se asaban langostas para casi un centenar de invitados.

Mientras se abría paso entre el bullicioso grupo de veraneantes, Rick sintió que la camisa nueva se le pegaba a la espalda. El champán lo había dejado un poco mareado y eufórico. Pero ahora se sentía algo más relajado; el calvario del anuncio del compromiso había quedado atrás y por fin el futuro parecía despejado.

Buscó a Natalie con la mirada. Durante los brindis había permanecido a su lado, pero luego había desaparecido, arrastrada por un grupo de amigas. La gente que pasaba a su lado le felicitaba dándole palmadas en la espalda. Rick les devolvía el saludo con una sonrisa al tiempo que intentaba recordar los nombres. Él era un chico del lugar que había navegado por todo el mundo, se había alistado en la Marina y había vuelto a casa para quedarse, y ahora se encontraba en medio de esta reunión, entre niños ricos vestidos con ropas deportivas de diseño y sus padres recién llegados de sus yates o de sus pistas de tenis. La gente de Natalie, no la suya.

Entre un mar de cabezas vio que Don Egan le hacía señas. Parecía preocupado y algo fuera de lugar, como él. Tenía el ancho rostro sudado y llevaba el uniforme arrugado. Seguramente había ido a la fiesta directamente desde su oficina, en el centro de la ciudad. Por un momento, se le pasó por la cabeza la idea de que podía haber ocurrido algo malo, pero en Goodwill eso era poco probable. Se disculpó ante los invitados y echó a andar hacia las puertas de la terraza, donde Don estaba esperándole.

Una señora bronceada por el sol y vestida con una blusa de seda estampada le bloqueó el paso. Era Mindy Drexler McNeil, la esposa de Harvey McNeil, cuya familia controlaba el Banco Drexler de Boston.

—Rick —sus dientes iluminaron una sonrisa de doble filo—. Espero que sepas que eres el hombre más afortunado de Goodwill.

Rick musitó un par de tópicos y se escabulló. Cole, el hijo de Mindy, había estado cortejando a Natalie antes de que él entrara en la escena. Natalie era tan rica como hermosa y la buena suerte de Rick era el comentario más oído de la velada. La gente que le estrechaba la mano parecía estar preguntándose cómo se las arreglaría ella para vivir en el minúsculo apartamento de él, en el centro de la ciudad, por no decir nada de la casa que él seguía construyendo.

Otra mujer, ataviada con un vaporoso vestido rojo y con brazaletes étnicos tintineando en sus muñecas, lo envolvió en un abrazo suavemente perfumado.

—Dime, querido —suspiró cogiéndole las manos entre las suyas—, ¿de qué signo eres?

—Capricornio, creo. —Rick hizo un esfuerzo y consiguió ubicarla: la señora Smith Tyrell hacía un año que vivía en Goodwill y montaba obras de teatro con la Repertory Company.

—¡Ah, y la encantadora Natalie es Piscis! Un signo de agua es el compañero perfecto para un signo de tierra, pero ten cuidado —dijo mirándolo con severidad—, el mar puede ser caprichoso.

—Lo tendré en mente. —Rick nunca leía el horóscopo, pero Natalie sí le echaba un vistazo de vez en cuando—. Discúlpeme, por favor. —Se liberó de ella y se escabulló entre la multitud.

Ya habían encendido las lámparas colgadas entre los árboles del jardín. Todos los años los padres de Natalie celebraban una gran fiesta cuando llegaban a Goodwill para pasar el verano. Tradicionalmente, esa fiesta señalaba el comienzo en la ciudad de las celebraciones del Día de los Fundadores, cuyo momento álgido tenía lugar tres días después con un desfile de carrozas y una banda de música. Rick nunca había estado en la lista de los invitados. Solo en los lejanos y difíciles días en que Natalie y él habían empezado a salir juntos, había subido alguna vez furtivamente hasta la caseta de los botes, aprovechando que los padres de ella habían salido.

—Querida —el inconfundible acento de Elise Maxwell sobresalía entre el bullicio generalizado—, ya conoces a Natalie, ¡cuando se le mete algo en la cabeza!

Rick se estremeció. La madre de Natalie podía ser amable y divertida o dañina y agotadora, según el día. Era una artista con talento y sus obras se exhibían en la localidad. Natalie había heredado aquel don, y también su genio.

Rebecca, la hermana mayor de Rick, se había escaqueado de la fiesta; no así la hermana de su madre, la tía Anne Peck —que solía encargarse de preparar el catering para las fiestas de los Maxwell—, quien en ese momento acababa de salir de la cocina y levantaba una copa a su salud. Y un buen número de los asistentes había empezado a secundarla. Allí estaba Hike Davis, antiguo entrenador de fútbol del instituto, con una copa en la mano, como siempre, al lado de Larry Smollett, el dueño del vivero de langostas del paseo marítimo. Apoyados en la barandilla de la terraza, tres tipos diferentes de doctores inclinaban su cabeza en dirección a él: el doctor Southwell, del centro médico; el doctor Potter, director del instituto, que había expulsado temporalmente a Rick el último año por pelearse; y el reverendo doctor Jean Gosling, de la iglesia episcopaliana de San Andrés, quien había acudido con sus dos hijas gemelas de ojos saltones, las chicas Gosling, una de las cuales tenía un lío a espaldas de su familia con un pescador casado del pueblo vecino de Ellsworthy.

Don había sido interceptado por un hombre de cabello plateado, vestido con unos pantalones de cuadros, y estaba disculpándose por su presencia.

—En absoluto. Eres muy bienvenido. Todos están invitados —oyó Rick que le decía su futuro suegro.

Por supuesto, eran bienvenidos todos los que habían recibido una invitación. Pero Elliott Maxwell se las arregló para que pareciese que había abierto las puertas a toda la población de Goodwill.

Rick se abrió camino entre la gente hasta reunirse con ellos.

—Elliott, ¿conoces a Don, nuestro jefe de policía?

—Pues claro que conozco a Don. Y muy bien, la verdad. Don y yo somos viejos amigos. Hemos tenido conversaciones muy interesantes, ¿no es así, Don? —Había un tono de crispación en la voz de Elliott. Los Maxwell siempre se habían tomado muy en serio lo de conocer a la gente del pueblo. Mezclarse con ellos, como decían.

—Toma un trago, Don. —Rick cogió una copa de la bandeja que sostenía Izzy Jenks, la hija de su prima Beth, a quien habían contratado para la fiesta junto con una docena de sus compañeros de clase. Izzy le guiñó un ojo y, con la lengua apretada entre los dientes como si estuviera muy concentrada en que no se le cayera el champán de los Maxwell, siguió su camino.

—Elliott. —La voz provenía de detrás de ellos. Al darse la vuelta, Rick reconoció a otro de los conciudadanos, pero esta vez se trataba de uno de los adinerados: Chance Greene, constructor y próspero agente inmobiliario. Él y Elliott Maxwell eran viejos amigos.

En aquel momento distinguió a Natalie al otro lado de la terraza. Estaba de puntillas, a punto de besar en la boca a un guapo veraneante. Un chico que seguramente formaba parte del equipo de remo en alguna de las universidades más elitistas del país. El tipo de joven que los padres de Natalie habían imaginado que su hija elegiría, en lugar de él. Se la veía tan radiante que a Rick el corazón le dio un vuelco de puros celos; la línea del ojo y la mejilla, de la mandíbula y la garganta de Natalie… tan dolorosamente perfecta.

Rick tomó a Don por el brazo y lo condujo escalera abajo hasta un césped inmaculadamente recortado. Se quedaron de pie al lado del mástil de la bandera, mirando hacia la casa iluminada y escuchando el canto de los grillos al atardecer. El sol poniente teñía el paisaje de llamaradas de violeta y bermellón. Don se pasó una mano por la cara.

—Todavía hace calor. Pensé en dejarme caer por aquí, acompañar a un viejo colega en su gran día. —Echó una ojeada hacia la fiesta y resopló—. No cabe ni una aguja. Bueno, ya te imaginarás que yo no conozco a mucha gente aquí.

Rick se sintió violento. Don y él se veían a diario. Habían ido al mismo colegio. Como suele ocurrir en los pueblos pequeños, sus respectivas madres estaban lejanamente emparentadas. Don era un fiel amigo que había estado al lado de Rick en los tiempos difíciles; tenía todo el derecho del mundo a estar presente en su fiesta de compromiso. Pero aquella era la fiesta de los Maxwell.

—Relájate y diviértete —le dijo Rick—. Natalie estará encantada de que hayas venido. ¿Va todo bien por la ciudad?

Don dio un sorbo a su bebida y chasqueó los labios.

—¿Este es importado y no de aquí, verdad? No pretendía inmiscuirme. Sí, todo va como es de esperar. Muchos turistas, lo cual es bueno, supongo. Coches y todoterrenos con caravana por toda la carretera hasta el puente. He tenido que poner la sirena para poder pasar. Supongo que venir hasta aquí puede considerarse una emergencia, ¿no? —Se rió, nervioso—. Además, tenemos a una pandilla de surfistas a los que se les ha metido en la cabeza hacernos una visita.

—¿Surfistas? —Rick había tenido que inclinarse para oírle bien.

Don asintió.

—Llegó todo un grupo hacia las cinco por la Ruta Uno, con caravanas, todoterrenos, camionetas; al menos treinta o cuarenta vehículos.

Rick estaba perplejo. Goodwill era conocido por sus mareas. El puerto estaba construido en el fondo de una ensenada a la entrada de la bahía de Fundy, el lugar con mayor variación en las mareas del mundo. Aquello era bueno para recoger almejas. Pero toda la línea de la costa era rocosa; a nadie en su sano juicio se le ocurriría practicar surf allí.

—Y el Día de los Fundadores se nos echa encima —añadió Don.

Dos días después se cumplía el tercer centenario del Primer Desembarco en Goodwill, en 1708. De todas formas, el departamento de policía de Goodwill, compuesto por seis personas, siempre tenía demasiado trabajo en verano. El Día de los Fundadores era el gran acontecimiento del año en aquel pequeño municipio, y atraía a multitudes que acudían desde Bangor y Bar Harbor, así como del otro lado de la frontera con Canadá.

—Los surfistas van a todas partes. Tal vez estén de camino a alguna fiesta en la playa en Nueva Escocia.

—Sí, podría ser.

A Don no se le daba bien mentir. Rick sabía que se estaba guardando alguna información, pero él ya tenía demasiados quebraderos de cabeza. En ese mismo momento la madre de Natalie estaba echándole miradas incendiarias para hacerle ver que no estaba departiendo lo suficiente con sus invitados.

—Don, tómate otra copa. Y olvídate de esos surfistas. No causarán ningún problema esta noche.

Don miró hacia otro lado.

—Puede que tengas razón. Pero uno de los tipos quería saber si ya habíamos tenido alguna ola grande. Cuando le dije que un metro o dos son lo máximo que hay por aquí en esta época del año, se rió en mi cara.

Desde la terraza de tarima les llegó un estallido de risas. Izzy Jenks pasó de nuevo por allí y Rick le pidió que le trajera una cerveza. Estaba harto de champán. Seguían llegando invitados; unos cuantos cruzaban el césped en aquel momento. Arriba, en la terraza, junto a las puertas que conducían a la casa, Rick reconoció la alta figura de Sarah Hunter, la secretaria de Maxwell cuando estaba en la ciudad durante el verano. Hubo un tiempo, en la época del instituto, en que ella y Rick tontearon. Otro de esos detalles delicados ahora que estaba comprometido.

Don estaba hablando de nuevo.

—Supongo que deberías ser el primero en saberlo, Rick. Ya que formas parte del consejo y todo eso.

—¿Saber qué, Don?

—Nos ha llegado un fax del estado. Nos avisan de la posibilidad de la llegada de olas grandes. Algo que tiene que ver con la actividad tectónica al otro lado del océano.

—¿Actividad tectónica? —Rick ahora estaba atento. Se le ocurrió una idea—. ¿Crees que puede estar relacionado con ese volcán que se vio por la televisión hace unos días? ¿Ese de una isla cerca de la costa de África?

—Parece que sí. En todo caso, se trata de la orilla derecha del océano.

—Pero está activo desde hace semanas, puede que incluso meses.

—Sí, bueno —Don se encogió de hombros—, parece que la cosa ha pasado a mayores o algo así. O puede que solo se trate de los medios de comunicación, que hablan siempre de lo mismo. Como te decía, me han mandado este aviso.

—¿Quién? ¿El servicio de guardacostas?

—No, no. —Don negó con la cabeza—. La AGEM, o sea, la Agencia para la Gestión de Emergencias de Maine, y también el Departamento de Seguridad Nacional. Parece que todo el mundo quiere meter baza en el asunto.

Rick lo miró muy serio.

—No me jodas, Don —le dijo en voz baja—, ¿olas grandes? Si se trata de eso, estamos hablando de un tsunami, ¿no es así?

Don miró a su alrededor, temiendo que alguien pudiera oírles.

—Ni idea, Rick. No lo especifican. Por eso he venido enseguida. Supuse que querrías conocer la noticia antes que nadie.

—Has hecho bien, Don. —Mierda, pensó Rick, precisamente ahora. La regata del domingo era el acto más importante de la celebración del Día de los Fundadores. Cancelarla era impensable. Pero ¡un tsunami! Por su cabeza cruzaron las imágenes de las secuelas de la catástrofe en el océano Índico y de las inundaciones en Nueva Orleans. Si algo similar ocurriera en la costa de Nueva Inglaterra, las consecuencias serían inimaginables.

Don seguía hablando en voz muy baja.

—Oficialmente está clasificada como una alerta de riesgo bajo a medio. Irán actualizándola según evolucione la situación. Otras agencias han hecho lo mismo. Se alertará por radio y televisión. Se me ha pedido que ponga avisos en los tablones de anuncios de las playas advirtiendo al público que, si notan que el océano retrocede, se dirijan rápidamente hacia el terreno más elevado que haya cerca.

—Estupendo —murmuró Rick con acritud—. Con la variación

de mareas que tenemos por aquí, el pánico estará garantizado al menos dos veces al día. —Conforme se acercaba la luna llena, cuando bajaba la marea en Goodwill casi un kilómetro de guijarros y rocas quedaba al descubierto.

—No es más que un aviso —le recordó Don—. Por lo que dicen, tienen instalados sistemas de alerta que nos avisarían con seis horas de antelación. Tiempo suficiente para trasladar a todo el mundo tierra adentro. Bueno, al menos a la mayoría —añadió muy serio.

Ese era el problema, se dijo Rick. Con una línea de costa salpicada por bahías y ensenadas, y con miles de turistas, muchos de ellos acampados donde les venía en gana, sería casi imposible localizar a todo el mundo, ni siquiera con la ayuda de helicópteros.

Era consciente de que Don estaba atento a sus reacciones. Rick era concejal y, técnicamente, el jefe de Don. Había cinco concejales en el ayuntamiento de Goodwill, pero Seb Elkins, el alcalde, estaba recuperándose de una intervención quirúrgica y los demás le habían pedido a Rick que ocupara su lugar.

Don se rascó una oreja.

—Demonios, los tipos de la Agencia de Emergencias tienen que cubrirse las espaldas. Venga ya, no parece que se avecine un temporal, ¿verdad? —dijo señalando hacia la bahía, bañada por un tono de luz rosado.

Rick se relajó un poco. Don tenía razón; estaba exagerando. Al fin y al cabo, África estaba a miles de kilómetros.

—Pediremos a Annie que redacte un aviso y lo distribuiremos en los hoteles y los lugares de acampada en caso de que sea necesario. —Annie Pellew era la secretaria de Don en la comisaría de policía.

—También podría ser una buena idea transmitir un aviso por la emisora local —propuso Don—. Nada alarmante, algo que advierta a la gente de que tenga cuidado cuando esté cerca del agua.

—Hablaré con Sheena. —Sheena Dubois era la editora del *Monitor*, el periódico local—. Es una mujer sensata.

—¿Quién es sensata?

Unos dedos rodearon la garganta de Rick. Reconoció el aroma del perfume Air du Temps y supo que Natalie se había unido a ellos.

—Hola, Don. —Besó al agente en la mejilla—. Gracias por haber venido. —Natalie parecía resplandecer a la luz del atardecer. Su aliento olía suavemente a vino y tenía un brillo travieso en los ojos—. Cariño, dame un sorbo —le pidió a Rick—, me dejé la copa en alguna parte.

Se llevó la botella de cerveza a los labios y los dos hombres contemplaron la curva de su cuello cuando echó la cabeza hacia atrás para beber y cómo se hincharon sus pechos por debajo de la delgada tela de su vestido.

—Bien, ¿cuál es ese gran secreto? —preguntó maliciosamente a Don.

Don le lanzó una mirada a Rick.

—Bah, nada, solo estábamos..., ya sabes, hablando de lo que pasa en la ciudad.

—Surfistas —contestó Rick por él—. Nos están invadiendo.

Los ojos de Natalie se abrieron como platos.

—¡Uau!, ¿surfistas en el pequeño y viejo Goodwill? Esto suena divertido.

—Eso piensas, ¿eh?

—Pues claro. Unos cuantos de estos guapísimos chicos californianos...

Los dos hombres se rieron. Sonó el móvil de Don, avisándole de que acababa de recibir un mensaje. Lo sacó del bolsillo y echó un vistazo a la pantalla.

—Oh, oh... —gruñó—. Me temo que tengo que dejaros.

—¿Ha pasado algo? —preguntó Rick con una mirada inquisitiva.

—Un aviso de incendio. Los arbustos que hay detrás del vertedero están ardiendo.

—¿Otro incendio? —Rick entornó los ojos—. Es la segunda vez en dos días.

—Tengo que irme —dijo Don—. Solo vine para desearos lo mejor, chicos. —Le dio una palmada en el hombro a Rick y un abrazo a Natalie—. Cuida bien a mi viejo camarada. Y dile de mi parte que se ha llevado a la mejor.

—¡Oh, venga ya, Donald Egan! —dijo ella riéndose—. Gracias por la publicidad que me haces. Te veremos mañana.

—Espera. —Rick tiró su cerveza a una papelera cercana—. Voy contigo.

—¡Rick! —Las uñas de Natalie se le clavaron en el brazo—. ¡No te atrevas! —murmuró furiosa—. Ni se te pase por la cabeza abandonarme en una noche como esta.

—Se trata de una llamada de emergencia. Tengo que responder.

—Ya has oído a Don. Solo es un pequeño incendio en el vertedero. Y tú libras esta noche, ¿recuerdas?

—De acuerdo, de acuerdo. —Rick dejó escapar un suspiro—. Es la fuerza de la costumbre.

—¡Dios mío!, ¿cómo puedes ser tan egoísta? ¿Cómo crees que me harías quedar delante de los invitados?

—Lo he entendido. Me quedo.

Ella lo zarandeó otra vez.

—No actúes como si fuera un castigo. Se supone que esto es una celebración. —Emitió un sonido gutural de exasperación—. Por lo menos finge que te estás divirtiendo antes de que mamá nos vea reñir.

Rick liberó su brazo de la mano de ella.

—Tengo que hacer unas cuantas llamadas.

3

Maple Cove, estrecho de Goodwill

Más tarde descubrieron que Tab Southwell, el hijo de la primera esposa de Bailey, que pasaba los veranos con él y con Donna, había sido la última persona que había visto a la pareja de turistas desaparecidos. Tab era un muchacho desgarbado de trece años, un chico solitario, desde el divorcio de sus padres, que se pasaba la mayor parte del día dando vueltas con la nueva bicicleta que le había regalado su padre. Había tomado el camino que conducía desde la carretera hasta la playa bordeando el abrupto acantilado, por donde caía la gravilla que saltaba bajo los flamantes neumáticos de su bici. Y luego había hecho una parada en el viejo cobertizo de madera que había al lado del aparcamiento de la cala.

Una mirada rápida a su alrededor le informó de que la playa estaba desierta. Desmontó y apoyó la bicicleta en la barandilla. Se obligó a permanecer quieto, escuchando, durante un minuto, con la mochila en una mano. El corazón se le salía del pecho a causa de la agitación, y tuvo que respirar profundamente varias veces para tranquilizarse. Se había escapado de detrás del vertedero por los pelos. Las llamas habían prendido en la hierba seca como la yesca, y el humo no tardó en anunciar el incendio. Había tenido el tiempo justo para irse de allí antes de que el primer camión de bomberos llegara.

Una ligera brisa encrespaba el agua de la ensenada. La marea estaba subiendo. Saltó de roca en roca lleno de orgullo por su atrevimiento. Aquello sería motivo de inquietud en la ciudad y de paso les enseñaría una lección a algunas personas.

Durante unos minutos caminó por la playa intentando parecer natural, mirando todo el tiempo a un lado y a otro de la orilla, comprobando que nadie pudiera verle. Una noche de la semana anterior había visto el coche de su padre allí y había señalado el lugar como si fuera un objetivo en su campaña de castigo. Había llegado el momento de devolverle el golpe.

Satisfecho tras comprobar que el lugar era seguro, Tab se dirigió de nuevo desde la orilla hasta el cobertizo. El pulso le martilleaba los oídos; tenía los nervios a flor de piel. Agachado en el cobertizo, lejos de las miradas de cualquiera que pudiera pasar por el camino, deshizo el paquete y sacó de él un puñado de trapos viejos y una lata de gasolina.

Habían construido el cobertizo veinte años atrás como almacén para los pescadores de la bahía. El suelo estaba roto por las esquinas. Colocó en una de ellas un puñado de trapos, los empapó de gasolina y salpicó con ella el suelo de madera. Cerró el tapón de la lata y luego guardó la gasolina en su mochila. Se metió la mano en el bolsillo para sacar el encendedor. La brisa se había calmado un poco y el agua de la ensenada estaba casi completamente en calma.

Estaba a punto de encender el mechero cuando el leve crujido de la gravilla le sobresaltó. Se incorporó y echó un vistazo desde el cobertizo a tiempo para ver un par de bicicletas de montaña que descendían desde el acantilado por el camino. Solo tuvo tiempo de guardarse de nuevo el encendedor y echarse la mochila al hombro. Allí no había sitio donde esconderse, y su propia bicicleta estaba todavía a la puerta del cobertizo; lo único que podía hacer era aparentar inocencia.

Con el corazón en un puño, salió del cobertizo tratando de comportarse de la manera más natural. Se agachó junto a su bicicleta e hizo ver que revisaba las marchas mientras vigilaba a los recién llegados con el rabillo del ojo; le temblaban las rodillas. Eran un hombre y una mujer de unos treinta años, con aspecto de turistas. El hombre, que iba delante, llegó hasta la orilla del agua y se quedó allí un momento, todavía montado en su bicicleta, mirando hacia el mar. Su compañera se detuvo a su lado y se puso de puntillas para estirar las piernas. Arqueó la espalda e inhaló el aire todavía cálido.

—Mmm. Qué bien huele. Este sitio es perfecto.

—Y que lo digas.

El joven se había bajado de su bicicleta y la apoyaba contra la barandilla del aparcamiento. Tenía algo más de treinta años, anchos hombros y aspecto seguro y profesional. Tab se dio cuenta con envidia de que las dos bicicletas llevaban platos y ruedas de última tecnología. Su compañera hacía buena pareja con el hombre: tenía un pelo rubio precioso, llevaba pantalones cortos ajustados y lucía unas piernas esbeltas. Miró hacia él mientras Tab se erguía y lo saludó con una mueca amistosa.

—¡Hola! ¿Qué tal?

Tab tenía la boca seca. Tuvo que tragar saliva para aclararse la garganta.

—Bien. ¿Estáis de vacaciones?

Su voz sonó extraña incluso a sus propios oídos, y las piernas le temblaron más que nunca.

La mujer no pareció notar en su actitud nada fuera de lo normal.

—Exacto. Estamos alojados en la ciudad, en el Seafarers. Me llamo Kim, y él es Randall. Somos de Nueva York, ¿y tú?

—Tab Southwell, y soy de New Jersey, pero mi padre vive en Goodwill. —«Bravo, ahora ya saben mi nombre. ¿Cómo se puede ser tan estúpido?», se dijo—. ¿Habéis venido aquí para pescar?

La mujer se rió.

—¡Por supuesto que no! —Señaló al hombre, que en ese momento estaba sacando una cámara de fotos del portaequipajes de su bicicleta y comprobando que el equipo estuviera en buenas condiciones—. Lo nuestro es la fotografía. Vamos a tomar unas instantáneas de la puesta de sol.

El chico miró a través de la amplia zona de arena hasta el agua tranquila de la cala. Estaba atardeciendo rápidamente, y una ligera fosforescencia se reflejaba sobre la superficie del agua. Una mancha negra contra el color violeta del cielo, donde el resplandor crepuscular persistía, llamó su atención. Una bandada de cormoranes volando en uve, que hasta hacía un rato habían estado zambulléndose en el mar, se alejaba lentamente en dirección este, hacia donde tenían sus nidos, en Curtain Bluff. Todo estaba en calma. En los árboles no se movía ni una hoja. Solo el suave romper de las olas en la orilla quebraba la calma de la tarde.

—El mar es una balsa de aceite —dijo ella con un suspiro—. Este lugar es maravilloso.

—Perfecto —convino el hombre. Dirigió su mirada hacia el sudeste, hacia el Estrecho. Tenía una expresión melancólica—. Me gustaría fotografiar el perfil de esta bahía, la manera como se refleja en el mar. Mira ese puñado de islas que se amontonan en medio del canal —añadió señalándolas—. ¿Verdad que es una silueta hermosa?

—Sí, pero el sol se está poniendo por detrás de la punta del cabo. Si las tomamos desde aquí perderemos la luz.

Tab los miraba pensativo, intentando averiguar de qué estaban hablando. La mujer también había sacado una cámara.

—¡Sonríe! —le ordenó.

Luego le enseñó el resultado en la pantalla. Tab sintió un arrebato de puro pánico. ¿Serían aquellos tipos alguna especie de policías buscando pruebas? Estaba empezando a sudar. Sin duda tenía toda la pinta de ser culpable.

—La punta de ese cabo de llama Indian Point —dijo con voz ronca, esperando distraer con ello su atención.

El hombre le lanzó una mirada breve, indiferente, y se pasó la lengua por los labios. Sus ojos volvieron a dirigirse hacia el océano.

—El mar está totalmente en calma. ¿Qué te parece si cogemos el equipo y vamos hasta la isla? —preguntó él señalando hacia un peñasco que afloraba en medio de la bahía.

Tab procuraba mantenerse a sotavento para que no pudieran oler la gasolina.

—Esa es la isla de Two Bush, «la isla de los dos matojos» —les explicó—. Aunque ahora ya ni eso crece allí.

—¿La isla de Two Bush? —se rió la chica—. Qué nombre tan gracioso. ¿Hay focas?

—No, no hay focas —dijo Tab. Pensó que las rocas allí eran demasiado puntiagudas y a las focas tal vez les fuera difícil saltar hasta la isla. El canal que había entre la isla y la costa se llamaba la Garganta—. Hay una zona muy profunda en medio del canal, el Mudhole, así lo llaman los pescadores de langostas. A veces también hay corrientes fuertes —añadió. Pero con la marea baja en aquella época del año no sería ningún problema cruzar—. Cuando la marea está baja, como ahora, se puede llegar al otro lado fácilmente.

En su intento de parecer natural estaba empezando a hablar demasiado.

—Qué pena, la verdad es que me encantan las focas. Pero de todas formas podríamos ir a echar un vistazo. Nos vemos luego, colega.

Tab se los quedó mirando mientras colocaban las cadenas a las bicicletas y echaban a correr hacia la orilla. La cala estaba desierta y los dos se dispusieron a meterse en el agua. La chica gritó al notar el contacto del agua fría. Las olas eran, como había dicho su compañero, poco más que suaves ondas.

—La isla parece bastante pequeña. Sería fantástico si pudiéramos dar la vuelta y llegar a la parte del faro que hay detrás —propuso él.

Los dos empezaron a caminar por el agua, surcando el mar en calma que se abría ante ellos. El fondo era firme y arenoso, y se podía andar sobre él fácilmente. A cincuenta metros mar adentro, el agua solo les llegaba hasta los muslos. Estaba helada, pero el esfuerzo les ayudaba a mantenerse en calor. Cuando ya habían andado unos ciento cincuenta metros, el canal se hizo más profundo.

—¡No quiero que se me mojen los pantalones! —protestó la chica.

Estaban casi en la boca de la ensenada, donde esta se abría a la bahía. Ella miró atrás por encima del hombro. El sol descendía rápidamente. Unas cuantas luces parpadearon a lo largo de la línea de la costa.

—Ven hacia aquí, es menos profundo —dijo el hombre alargando una mano para ayudarla a acercarse.

Siguieron andando durante un rato.

—Ya no queda mucho —dijo él.

Se detuvieron un momento para asegurarse de que llevaban buen rumbo.

—Escucha el silencio —dijo ella, impresionada—. Tenemos toda la cala para nosotros solos.

—¡Uh, qué miedo! —dijo al tiempo que la agarraba de la pretina de los pantalones y tiraba de ella.

—¡No, no! No hagas eso, me vas a tirar la cámara.

Siguieron caminando por el agua.

—Noto la corriente —dijo ella después de haber avanzado unos metros más—. Empuja hacia la bahía.

—Yo también la noto. Pisa el suelo con fuerza y agárrate a mí. Casi hemos llegado.

Al cabo de unos minutos Tab seguía oyendo sus voces.

—El agua empieza a estar realmente fría —dijo ella.

—Pero aquí hay menos profundidad. Ahora será más fácil caminar.

—¿Podremos escalar aquellas rocas?

—No lo creo. Parecen muy escarpadas. Será mejor intentarlo por el otro lado.

—Caramba, Randy. No me parece que esto sea muy sensato. Se está haciendo de noche y empiezan a dolerme las piernas. Creo que deberíamos pensar en regresar.

—Vamos, cariño, ya casi hemos llegado. Agárrate a mí.

Sus voces llegaban débilmente hasta la orilla donde Tab estaba sentado vigilando el aparcamiento. Todavía temblaba; le había ido de pelos. Si aquellos dos hubieran aparecido un minuto antes o un minuto después, lo habrían pillado con las manos en la masa. Quería largarse de allí, pero antes tenía que recoger los trapos empapados en gasolina del cobertizo. Pero todavía no, podrían mirar atrás y verlo. Sería mejor esperar unos minutos más, hasta que se hiciera realmente de noche. Se agachó de nuevo al lado de la bicicleta e hizo ver que reparaba algo. A lo lejos, en la playa, las dos figuras se iban perdiendo en la distancia. Todavía los vigilaba cuando algo llamó su atención.

Sucedía algo raro. El océano estaba retrocediendo. La marea tenía que haber comenzado a subir, y sin embargo el mar estaba retrocediendo. La luz empezaba a escasear, pero a pesar de eso Tab podía ver claramente que el agua había retrocedido en los bajíos, dejando al descubierto amplias zonas de arena y rocas cubiertas de lodo. Los peces varados daban saltos en algunos charcos y los cangrejos se metían debajo de la arena buscando refugio. Levantó los ojos buscando a la pareja, pero ya estaban demasiado lejos para poder divisarlos.

Durante lo que se le antojó toda una eternidad, pero que no fueron más de dos o tres minutos, el agua del mar siguió retrocediendo. Le parecía como si toda la cala se estuviera vaciando en el Estrecho y dejara abierto un camino seco hasta la isla. Sintió una presión en el pecho. Miró el paisaje marino, tan cambiado, y se preguntó qué sucedería a continuación. Empezó a sentirse asustado. La cala, un lugar que siempre le había resultado familiar y seguro, parecía haberse convertido en un sitio extraño y cargado de amenazas.

Durante un tiempo indeterminado no pasó nada. Entonces, de manera imperceptible, sin ruido, todo empezó a cambiar. En el desnudo fondo marino aparecieron riachuelos de agua. La marea había variado otra vez de sentido. El océano fluía de nuevo, corría por encima del lodo y cubría las rocas. Una alta línea de rompiente apareció bajo una enorme ola gigante que barrió la isla de lado a lado. En el silencio de la cala resonó un sordo estruendo como el de una tormenta al acercarse. La ola gigante rompía contra las rocas, donde la corriente empujaba el océano hacia fuera, más allá de la estrecha abertura del canal.

El estruendo era cada vez mayor, cada vez más profundo, hasta convertirse en un ruido chirriante, como si grandes cantidades de cantos rodados estuvieran siendo arrastrados por el fondo marino. Aquel sonido retumbó en la ensenada con una fuerza que Tab nunca había oído. Deseó que no les hubiera pasado nada a los dos turistas. La ola ascendió por la playa y rompió sobre las dunas que había delante del aparcamiento. Tab observaba, pasmado, cómo el nivel del agua subía uno, dos, tres metros. La oscura ola llegó hasta la cima de la ladera y rompió con un fragor de espuma. Tab, asustado, se echó hacia atrás. El agua que lo salpicó fue como una tormenta de invierno, solo que estaban a mediados del verano.

Aquel sonido chirriante seguía avanzando desde el agua. Pero ahora Tab conocía su procedencia; venía desde el canal, de la Garganta.

Por fin la enorme ola se calmó. Las aguas revueltas empezaron a detenerse, lamiendo la orilla, formando remolinos alrededor del cobertizo en el que se encontraba Tab. Tenía la piel empapada de un sudor frío que hacía que se le pegara la camiseta al cuerpo. Había algo amenazador en aquella impresionante masa de agua llenando la cala y empujando contra la tierra. Estaba muy nervioso. El horrible sonido procedente del canal había cesado. En el silencio que le siguió solo se distinguían el chapoteo del agua contra las rocas y una especie de sollozo apagado. Se quedó escuchando, tratando de localizar la fuente de aquel sonido, pero no volvió a oírlo. Se dijo que probablemente se tratara de un pájaro marino. Esperó otro minuto para ver qué sucedía.

La creciente oscuridad alargaba las sombras de los árboles. Aparecieron las primeras estrellas. Se levantó una brisa que agitó la superficie del agua, enfrió el aire de la cala e hizo que los árboles empezaran a susurrar. Tab se estremeció. Y entonces el mar empezó a retroceder de nuevo. Retrocedió lentamente desde la playa hasta que, llegado a sus límites habituales, se detuvo, moviéndose hacia delante y hacia atrás, como el oleaje que deja un barco al pasar cerca de la orilla.

Poco a poco Tab empezó a tranquilizarse. A veces pasaban cosas raras. Aguzó la vista en la oscuridad intentando ver a los dos fotógrafos, pero estaba demasiado oscuro. La última vez que los había visto estaban casi a la altura de la boca de la bahía. Tal vez hubieran subido a las rocas por el lado del faro de la isla. El retazo de un recuerdo pasó por su mente, algo malo que contaban sobre el canal de la Garganta, una señal de alarma perdida en algún rincón de su memoria, una advertencia que había pasado por alto cuando era pequeño. Una sombra de intranquilidad, nada más.

Recordó los hombros del turista. Caramba, era un tipo fuerte. Sabría cuidar de sí mismo. Y también de la chica. Esos tipos están acostumbrados a las aventuras. Y llevaban un equipo impresionante. Si al día siguiente volvían a la cala, tal vez les pediría que se lo enseñaran.

Pensó que ya era hora de marcharse. Se echó la mochila a la espalda, cogió la bicicleta y empezó a recorrer el camino que le llevaría a la casa de su padre.

Indian Creek era el más grande de los varios arroyos que desembocaban en el Estrecho. Se unía al mar al sur de la ciudad, por debajo del promontorio de Indian Point. Durante una época el riachuelo había desaparecido, convertido en una marisma en los linderos del Estrecho, pero habían drenado la marisma tiempo atrás y ahora el riachuelo fluía de nuevo. La marea lo convertía en un buen camino tierra adentro y era popular por las numerosas canoas que exploraban el interior.

Unos cientos de metros más allá del puente que conducía a la ciudad había una casa de tablillas edificada en la parte alta de una orilla. Conocida como Indian Patch, la había comprado por un buen precio una pareja de Filadelfia, como inversión. Tenía tres habitaciones y una fachada de veinte metros que daba al río, y la alquilaban desde junio por mil quinientos dólares. El precio era alto, pero la ubicación era muy atractiva; dos familias de Boston compartían el alquiler aquel verano. Los Gardiner, Ted y Jessica, que tenían un hijo de seis años y una hija de ocho. Y los Van Buren, Julie y Brook, con una hija, Paula, también de ocho años. Los tres niños compartían el tercer dormitorio. Se les había advertido que fueran prudentes cuando estuvieran cerca del río.

El precio de la casa incluía un par de canoas. Los adultos se sentaban en los extremos, y los niños en el centro. Todos llevaban chalecos salvavidas. Los padres estaban ansiosos por dar ejemplo a sus hijos. También solían pasear en bicicleta o tomar un barco que realizaba excursiones a mar abierto para ver ballenas. Pero ellos preferían el río.

El más pequeño de los tres niños, el chico de los Gardiner, se llamaba Lloyd. Era bajo para su edad, pero lo compensaba con su arrojo y agilidad. Se había subido a todos los árboles del jardín, y su padre había atado una cuerda a unas ramas y había utilizado un viejo neumático de coche para hacer un columpio. En la casa no había televisor, de modo que los niños se pasaban casi todo el tiempo jugando fuera, hasta que caían rendidos.

El quinto día de las vacaciones las familias volvieron tarde. Habían comido al aire libre, en la parte alta del río, y luego habían hecho una excursión a pie. Durante el camino de regreso, corriente abajo, una de las canoas había varado en un banco de arena. La excitación y la diversión de tratar de ponerla de nuevo a flote los había retrasado tanto que casi era de noche cuando vieron el tejado de tablillas de la casa detrás de un recodo del río.

Tenían prisa por regresar porque aquel día era el cumpleaños de Paula y habían planeado llevar a los niños a ver una película al cine al aire libre. Las madres recogieron los remos y pidieron a los niños que se dieran prisa en llevar sus cosas adentro y en lavarse. Los hombres sacaron las canoas del agua y las subieron hasta el cobertizo para las barcas. El pequeño Lloyd los seguía de cerca.

—¡Vaya, he perdido mi gorra! —exclamó.

—Posiblemente se te ha caído en la orilla, al salir de la canoa —le dijo su padre—. Ve allá y echa un vistazo. Y rápido, no vayamos a perdernos el principio de la película.

El chico echó a correr por la hierba. El terreno descendía abruptamente hacia el río. Cuando llegó a la orilla en la que habían varado las canoas, vio su gorra en el suelo, la agarró de un manotazo y volvió a ponérsela. Se quedó mirando el arroyo con el ceño fruncido. Algo había cambiado. Era difícil saber de qué se trataba, en la oscuridad, pero la orilla parecía estar más lejos que antes y entre las tablas del embarcadero se veían franjas oscuras de lodo. ¿Estaba seguro de que no había caminado todo ese trecho desde donde habían sacado las canoas? Entonces es que el nivel del agua había descendido. ¿Hacen eso los ríos? ¿Y por qué? Tendría que preguntárselo a papá.

Oyó un ruido de agua proveniente del Estrecho. Tras un meandro del río apareció una ola de espuma que avanzaba corriente arriba, hacia él. Como pegado a la tierra, Lloyd miraba con la boca abierta. Nunca antes había visto una ola así en un río. El agua de la ola llegaba de orilla a orilla y parecía tan alta como él. Ante sus ojos, el arroyo subía de nivel por la orilla, cubriendo de nuevo el lodo y sumergiendo las cañas hasta que solo se vieron las puntas asomando entre remolinos de agua. Lloyd se echó hacia atrás de un salto en el momento en que la cresta de la ola empezaba a bañar las tablas de madera del embarcadero. Sin disminuir de velocidad, la ola siguió subiendo contracorriente hasta perderse de vista. Las turbulencias del agua empezaron a calmarse, pero el río llegaba muy por encima de su cauce habitual. Se quedó mirando el río, fascinado, a la espera de ver qué sucedería a continuación. No estaba asustado, solo intrigado.

—¡Lloyd! —la voz de su madre le llegó desde la casa—. ¡Vámonos o nos perderemos la película!

Echó a andar de mala gana hacia la casa. A medio camino se detuvo y miró hacia atrás. El nivel del agua seguía alto, brillando como una sábana roja y dorada en la oscuridad. Le pareció que fluía en la otra dirección, hacia fuera, hacia el Estrecho, como antes. Qué raro. Su madre lo llamó de nuevo. ¡La película! Entonces echó a correr.

De camino a la ciudad les dijo a los demás:

—El río esta noche estaba completamente lleno.

—Sería por la marea creciente —le contestó su padre.

Y a continuación se lanzó a explicarle cosas sobre la luna y los ritmos del océano, pero ya estaban casi llegando al cine y tuvo que dejarlo para dedicarse a buscar aparcamiento.

Con la distracción de la película, Lloyd se olvidó de lo que había visto. Pero más tarde, cuando las chicas ya estaban dormidas, volvió a recordarlo. Se levantó de la cama y, arrodillándose al lado de la ventana, miró hacia fuera, hacia la luna que mueve las mareas. La franja de agua del arroyo era perfectamente visible, cruzaba serpenteante entre los árboles, brillante y misteriosa. Pensó que le gustaría volver a ver la ola de espuma corriente arriba. Quizá, si se levantaba temprano, podría escaparse hasta el río y pillar otra.

«... En el peor de los casos, los científicos estiman que el desprendimiento total de una ladera del volcán podría provocar una ola de ochocientos metros de altura, que ocasionaría una serie de tsunamis; estos cruzarían el océano a unos mil kilómetros por hora. Tardarían aproximadamente seis horas en llegar a Estados Unidos, provocando la devastación de la costa Este desde Florida hasta Maine, con una sucesión de olas gigantes de una escala similar al desastre del terremoto acaecido en el océano Índico, que se cobró más de dosicentas cincuenta mil vidas...»

En su pequeño apartamento de School Street, Sheena Dubois, sentada delante de su portátil, tomaba notas en una libreta con membrete oficial mientras escuchaba a medias la televisión. Había estado trabajando a un ritmo tranquilo hasta que, una hora antes, una llamada de Rick Larsen la alertó de la primicia. Su preocupación creció al descubrir que los tsunamis en el Atlántico eran más frecuentes de lo que ella suponía; durante los últimos ciento cincuenta años, se habían registrado más de treinta, el último en 1964.

El teléfono móvil sonó y ella lo abrió.

—Al habla Sheena. ¡Ah, hola, Rick! Estaba a punto de llamarte. En primer lugar, la erupción parece haber sido de poca magnitud, al menos de momento. Cumbre Vieja está clasificado como «activo pero no peligroso», y lo ocurrido se describe como «Escapes mínimos de gas con eyección de algo de materia sólida». En otras palabras, un montón de ruido y humo. Un vulcanólogo de Cambridge con el que he hablado me ha dicho que ha sido la más grande de una serie de erupciones que han tenido lugar a lo largo de la cima de la montaña durante más o menos los últimos veinte años. Básicamente el volcán es la cima de una montaña marina que se apoya en el límite de la placa. Si esta vez sigue el patrón de las otras erupciones, puede permanecer así durante varios meses antes de que vuelva a apagarse.

—¿Le has preguntado a tu amigo sobre el riesgo de tsunamis? —dijo Rick.

Sheena captó a través del auricular un tintineo de vasos. Por lo visto todavía estaba en la fiesta.

—Por supuesto. Y ¿sabes qué?, se rió. Dice que todo el mundo le pregunta lo mismo. Afirma que es una bobada. Habría peligro si la loma de la isla estuviera lo suficientemente erosionada para que una erupción fuerte pudiera romper una parte de la montaña y hacerla caer al mar. Algunos científicos calculan que si pasara eso el desplazamiento de agua podría provocar un tsunami de ochocientos metros de altura. La mayoría de los geólogos piensan que es una exageración. Haría falta una tremenda explosión para que eso sucediera, mucho más grande que las que están teniendo lugar. Y no solo eso, sino que la montaña tendría que caer al mar de una sola pieza, y las posibilidades de que eso suceda son mínimas. Lewis, mi amigo, dice que nos olvidemos de La Palma, que si queremos una situación realmente espeluznante no hay que ir más lejos de Yellowstone. Cuando la caldera explote se llevará por delante la mitad del Medio Oeste.

A continuación Rick habló con los guardacostas del puerto. Conrad Wolfowitz, el oficial de guardia, contestó a su llamada. Desde el principio, Rick lo notó frío.

—En primer lugar, Rick, la seguridad costera es responsabilidad del servicio de guardacostas. Nuestro servicio no ha puesto en circulación ese aviso. No digo que no aceptemos algunos de los argumentos, pero no procede de esta cadena de mando. En segundo lugar, el 2 de mayo el servicio de guardacostas, junto con el departamento de inspección geológica de Estados Unidos, envió una nota formal a todos los estados de la costa atlántica y del Caribe, incluidos los Cayos de Florida, el Golfo de México y Puerto Rico, avisando de la posibilidad de oleaje extremo. El servicio de guardacostas mantiene un seguimiento de la situación, en contacto con los departamentos correspondientes, y hará públicos más datos relacionados con sus áreas de responsabilidad.

Parecía como si estuviera leyendo un informe. Vaya, pensó Rick, además hay una guerra de responsabilidades. Justo lo que le hacía falta.

—Por eso te he llamado, Con. Ese aviso cayó en el ayuntamiento como un jarro de agua fría. ¿Cómo es de grave la situación?

—Ya, eso es lo que pasa cuando otros departamentos se entrometen en áreas que no les conciernen. Nuestros teléfonos no han dejado de sonar desde que se dio a conocer esa maldita noticia. La gente llama preocupada porque piensa que dentro de cinco minutos se producirá un tsunami. Lo próximo será un puñado de idiotas llamando a las emisoras de radio para contar que están viendo una ola gigante y el pánico estará asegurado. Si te soy sincero, creo que ese comunicado es una irresponsabilidad.

—Puede que tengas razón, Con.

—Por supuesto que la tengo. Unas cuantas falsas alarmas, y cuando al fin llegue la de verdad nadie le hará caso.

Estaba claro que los nervios estaban a flor de piel en el servicio de guardacostas.

—El Día de los Fundadores es pasado mañana —dijo Rick—. Habrá un desfile, regatas en el Estrecho y el puerto lleno de gente. Si es parecido a los dos últimos años, habrá más de cinco mil turistas en primera línea de mar. No podemos permitirnos ningún riesgo con tantas vidas en juego.

—Esa es nuestra responsabilidad. El servicio de guardacostas se toma el trabajo en serio, y no permitiré que nadie lo ponga en duda. Conocíamos ese riesgo desde hace bastante tiempo. El servicio de guardacostas, junto con el Servicio Nacional de Meteorología y otros organismos, participa en el Programa Nacional para Mitigar los Efectos de los Tsunamis, un esfuerzo para mejorar nuestra capacidad de detectar con anticipación el peligro e informar de los tsunamis cuando están todavía en mar abierto.

Don estaba otra vez leyendo el informe oficial. Rick lo interrumpió.

—¿Te refieres a esa nueva red de boyas de aviso de la que he oído hablar?

—Así es. Se trata de un nuevo sistema de aviso que consiste en boyas de presión situadas en aguas profundas para protegernos de este tipo de incidentes. El sistema ya está instalado, pero todavía no me han comunicado cuántas boyas están funcionando en este preciso instante y cuál es el tiempo de aviso previsto. He oído en la televisión que alrededor de cinco horas. Puede que sea correcto, pero no lo sé con exactitud.

—¿Estás diciendo que ese sistema no es operativo en este momento?

—No pongas en mi boca lo que no he dicho. Lo que yo sé es que las boyas están colocadas en su lugar, pero todavía hay que probar el sistema y tal vez haya que hacer algunos reajustes. Estamos hablando de aparatos muy sensibles colocados en el fondo del océano, a cinco mil metros de profundidad. Tienen que llevarse a cabo las pruebas pertinentes para poder establecer los parámetros adecuados. No se trata de una alarma antirrobo que conectas con un botón. Está a punto de hacerse público un comunicado ahora, en la fase final del proyecto, y te adelantaré que dice un montón de cosas sobre lo inoportuno de ese aviso.

—Entonces, en tu opinión, ¿es seguro que sigamos adelante con el desfile tal como estaba previsto?

—Mira, entiendo lo que dices, Rick, pero tienes que considerar todos los factores. Nosotros también tenemos nuestras responsabilidades, especialmente cuando hay una regata de por medio. Haré unas cuantas llamadas y trataré de darte algunas respuestas. Lo que puedo asegurarte es que, por lo que se nos ha dicho hasta el momento, no es más que una noticia precipitada. La gente tiene que estar alerta, pero no hay ninguna razón para que lo vayamos diciendo a gritos en la playa. Aunque la situación podría cambiar.

Perfecto, pensó Rick con desaliento. Los departamentos seguían peleándose unos con otros y los sistemas de alarma estaban desconectados.

4

Al otro lado de la ciudad, en su dúplex de Ditch Street, Jack Pearl se sentó a la mesa de la cocina con un gruñido de alivio. Había sido un día muy duro, allí abajo, en el muelle.

—¿Qué hay para cenar?

—Asado de carne —contestó su mujer— con crema de calabaza y, de postre, pastel de arándanos. —Sacó del frigorífico una jarra de leche fresca y mientras la dejaba a su lado sonó el teléfono—. ¡Oh, no! —protestó—. ¿Es que no pueden dejarte tranquilo ni un momento?

—Será mejor que vea quién es.

Jack suspiró echando la silla hacia atrás. Durante la temporada de verano no tenía ni un minuto de descanso. Cruzó el vestíbulo y descolgó el teléfono.

—Capitán del puerto.

Era un hombre bajo, musculoso y tenía una boca de labios muy finos por la que casi nunca salían más que monosílabos. Más tarde diría que enseguida se dio cuenta de que no se trataba de una llamada cualquiera. Tenía la sensación, casi el presentimiento, de que aquello era el comienzo de algo serio.

—¿Jack? —Reconoció la voz enseguida. Era Jean-Alice Penny, llevaba el restaurante de Bearskin Neck, en el puerto, y normalmente atendía la capitanía del puerto fuera de las horas de trabajo—. ¿Jack? —repitió ella, y él se dio cuenta de que estaba hablando en voz baja para no alarmar a los clientes—. ¿Podrías pasarte por aquí?

—Estamos a punto de cenar. ¿Se trata de algo que no puede esperar, Jeannie?

—No lo creo, Jack. —Se notaba la tensión en su tono de voz—. Ha pasado algo que creo que deberías solucionar personalmente ahora mismo.

Jack se volvió para mirar a su mujer, que en ese momento estaba llevando la bandeja con el asado de carne a la mesa, y le dirigió un impotente encogimiento de hombros.

Jean-Alice no era una persona que se alarmara innecesariamente. Soltó un suspiro.

—De acuerdo, Jeannie. Voy para allá —contestó con desaliento, al tiempo que le echaba una mirada pesarosa a la carne—. Guarda mi ración en el horno —le dijo a su esposa—. Diez contra uno a que no es nada.

Jack condujo su camioneta de trabajo hasta la ciudad. Había tenido la misma durante seis años y la transmisión estaba empezando a fallar. La directa solía saltar y tenía que mantener la palanca apretada para evitarlo. Había pedido dinero al ayuntamiento para comprar otra, pero los fondos procedían de tres fuentes diferentes y no era fácil conseguir que todas estuvieran de acuerdo. Ya era casi completamente de noche, las farolas de las calles estaban encendidas y la luna salía por el horizonte. Había un intenso tráfico que se dirigía al centro de la ciudad. Las aceras rebosaban de turistas que examinaban las cartas de los restaurantes y de los bares. Condujo hasta Sugarshack Road, giró a la derecha en Bay Road y luego a la izquierda hasta Bearskin Neck, centro de un istmo de tierra que sobresalía entre el puerto de pescadores, donde amarraban los barcos langosteros, y la bahía Lincoln, donde estaba el puerto deportivo. Allí se apiñaban una serie de pequeños comercios, entre ellos el Lobsterman, el restaurante de Jean-Alice, que funcionaba también como centro de reuniones no oficial para el personal del puerto, y el Larsen Chandlery, la tienda que abrieron Rick y Rebecca después de vender la vieja fábrica de hielo de la que eran propietarios. La oficina de Jack estaba al final de la calle.

A lo largo del muelle había jaulas metálicas para las langostas, en montones de cinco y seis cajas, cada una de ellas con un flotador de corcho coloreado alrededor. El verano era la temporada baja, cuando las langostas se acercan a la playa para procrear. Una ligera brisa movía el agua del mar, los barcos de vela del nuevo puerto deportivo se balanceaban y se oía el sonido de los cables de las jarcias. Había más de treinta barcos amarrados allí aquella noche, entre ellos el del empresario de éxito Chance Greene. El barco más grande del puerto era el *Pequod,* completamente blanco, un antiguo cúter guardacostas, de veinticuatro metros de eslora, convertido en embarcación para avistar ballenas. Rick Larsen había hipotecado su parte en el Chandlery para comprarlo. Estaba amarrado junto a la columna del faro, al final del Neck. En opinión de Jack, Rick se había arriesgado demasiado. Si no había muchos turistas que se animasen a comprar el tíquet para el paseo, Rick y sus fiadores se verían en un aprieto para pagar los plazos del barco. Pero Rick siempre hacía las cosas a su manera.

A las puertas del restaurante, bajo una farola de la calle, había un grupo de gente reunida. Cuando Jack aparcó, todos se acercaron a saludarlo.

—Vale —gruñó él mientras bajaba de la camioneta—. Ya me tenéis aquí. ¿Y ahora qué?

Reconoció a varios de ellos: Cal Burrows, un pescador de langostas de la ciudad con barco propio; Shaun Sullivan, un carpintero del puerto, todavía vestido con el mono de trabajo, y la delgada Sheena Dubois, que trabajaba para el *Monitor*. Junto a ellos había algunos propietarios de las embarcaciones del puerto deportivo. Jack apretó la mandíbula cuando vio a Sheena —siempre se enteraba antes que nadie de todo lo que pasaba en la ciudad— muy atareada tomando notas en la libreta de espiral que llevaba a todas partes. Si Sheena había olido una historia, eso significaba que allí había un problema. No vio a Jean-Alice por ninguna parte; seguramente estaba dentro del restaurante atendiendo a los clientes.

Entonces se dio cuenta de que uno de los propietarios de una embarcación de recreo estaba empapado, el agua de sus ropas goteaba en la acera.

—¿Qué le ha pasado, señor? —le preguntó cortésmente.

—Este es Dan Shoemaker. Tiene un barco amarrado en el puerto deportivo. —Quien contestó fue Shaun Sullivan—. Una ola hundió su bote y además ha perdido algunas pertenencias.

—¿Sí? ¿Y qué te parece si dejamos que el señor Shoemaker nos lo cuente? —dijo Jack amablemente, sacando su propia libreta de notas.

Dan Shoemaker era pelirrojo, llevaba el pelo corto, una barba bien arreglada y tenía esa barriga tan característica de la mediana edad. Tenía aspecto de ser profesional liberal, médico, abogado o algo por el estilo, y parecía furioso por estar empapado y muerto de frío. En el muelle hacía una temperatura agradable, pero el agua del mar, enfriada por la corriente del Labrador, podía bajar hasta los diez grados. Cuando empezó a hablar, Jack distinguió el acento de la zona de Boston; al principio le costó entender lo que le estaba diciendo, Shoemaker estaba tan enfadado y los dientes le castañeteaban tanto que no podía vocalizar, y para colmo sus compañeros no dejaban de interrumpirlo para expresar sus propias quejas.

—¡Hay gente que no sabe comportarse, por Dios! Son tan endemoniadamente engreídos que no se paran a pensar en las consecuencias de lo que hacen. Solo piensan que, como tienen más dinero y un barco más grande, ¡gozan de algún derecho divino para no respetar los límites de velocidad!

—¿Reconoció el barco? —preguntó Jack interrumpiendo su sarta de quejas.

—Era de noche. No se podía ver nada, pero era un barco, sí, y muy grande. Tenía que serlo.

—Ocurre todos los días —añadió otro.

—¡Dan demasiadas licencias de pesca!

—¡Mi lancha se ha hundido!

—Así pues, lo que me está diciendo, señor Shoemaker —resumió Jack—, es que un barco, que no alcanzó a ver, superó los límites de velocidad al cruzar el Estrecho y una ola lo hundió a usted y a su bote mientras estaba amarrado en el puerto deportivo. Y, como resultado, ha perdido ciertas pertenencias de gran valor. ¿Le he entendido bien?

—El maldito cabrón pasó a tanta velocidad que la presión del agua me tiró de la barca y me dejó sentado en el lodo. Antes de que pudiera entender lo que estaba sucediendo, la ola regresó, hizo zozobrar la barca y me dejó empapado de la cabeza a los pies, con todo lo que llevaba encima. He perdido un teléfono móvil, una agenda electrónica...

Jack tomó nota de las pérdidas y se preguntó si Sheena también estaría anotando lo mismo, en ese caso podría ahorrarse el trabajo. Nunca llegaría a entender por qué la gente se llevaba al agua tanto material electrónico. Eran ganas de buscarse problemas.

—De acuerdo. Dígame, señor Shoemaker, ¿dónde está su barco en este momento?

Otro de los propietarios de una embarcación de recreo, que evidentemente era amigo suyo, contestó.

—Amarrado en el puerto deportivo, al lado del mío, el *Indigo Kali*. Cuando nos golpeó la ola, subí a cubierta y vi el bote de Dan a la deriva, pero conseguí agarrarlo y amarrarlo. Luego me acerqué al muelle para buscar a Dan, pero ya se las había apañado para nadar hasta la escalera.

—La ola debía de tener por lo menos casi dos metros de alto. Hay gente que no se preocupa lo más mínimo por lo que hace. Deberían tener más respeto por los demás en el agua. Quienquiera que sea el responsable, tiene que ser denunciado. Y quiero que se me indemnice por los bienes que he perdido.

—Bueno, ahora ya tengo todos los detalles, señor Shoemaker. Lamento lo que le ha pasado.

—Sí, bueno, pero con que usted lo lamente no voy a conseguir un móvil nuevo. Su trabajo es evitar que se den este tipo de comportamientos irresponsables.

Jack suspiró de nuevo.

—Hacemos cuanto podemos. Váyase a casa, cámbiese de ropa, haga una lista de los objetos que ha perdido, junto con su valor, y llévemela mañana a la oficina del capitán del puerto, en cualquier momento del día entre las ocho y las seis. Entonces elaboraremos un informe del incidente para que usted pueda reclamar a su compañía de seguros.

—¿Cómo puede estar tan seguro de que fue la estela de un barco? —preguntó alguien desde detrás—. Acaban de decir por la radio que un tsunami se dirige hacia aquí.

Aquella palabra provocó un murmullo de inquietud.

—No estoy bromeando —insistió el hombre—. Lo ha hecho oficial el Comité de Emergencia de Maine. Todos los barcos y los residentes de las áreas costeras de la costa Este han de estar alerta ante la posibilidad de oleaje excepcional resultante de la actividad sísmica junto a las costas de África.

—¡Un tsunami! ¡Dios mío!

—Suelen venir en etapas —dijo alguien—. En Tailandia la primera ola no era muy alta y tuvo un retroceso largo.

—¡Lo mismo que esta noche!

—La gente del pueblo bajó a la playa para recoger los peces que habían quedado varados. Entonces llegó la ola grande y se los tragó a todos.

—Cien mil muertos. Y eso solo en Indonesia.

—Yo oí que fueron doscientos mil.

—Las malas noticias viajan más rápido que los aviones.

Jack alzó la voz e interrumpió el creciente coro de voces.

—¡A ver, cálmense! Ya he hablado con los guardacostas sobre ese asunto. El aviso es solo preventivo, advierte de las excepcionales olas que pueden ocasionar los terremotos o lo que sea. Por lo que yo sé, hasta hoy no ha habido demasiadas situaciones como esa. Si se diera el caso, nos avisarían con bastantes horas de anticipación, el tiempo suficiente para que todo el mundo pudiera alejarse del agua.

—Durante un tsunami, el mejor lugar en el que estar es en medio del mar —dijo alguien.

—Las olas que azotaron Tailandia tenían más de diez metros de altura.

Jack Pearl les interrumpió de nuevo.

—Tranquilícense. Si se diese el riesgo de un tsunami, nos avisarían mucho antes. No se ha recibido tal tipo de aviso. Y, por lo que he podido saber, no se ha informado de ningún desastre a lo largo de la costa.

El alboroto se apagó. Los hombres se dirigieron miradas avergonzadas.

—Entonces, ¿no piensa hacer nada contra el tipo responsable del accidente? —preguntó alguien.

—Lo que voy a hacer ahora es llamar a varios teléfonos para intentar averiguar qué barco causó los destrozos. Señor Shoemaker, váyase a casa y entre en calor antes de que pille un resfriado. Lo veré mañana por la mañana. Lo mismo digo para cualquiera que haya sufrido alguna pérdida. Vayan a verme mañana con los detalles.

Jack estudió las notas que había tomado. Había escrito: «Hora del accidente: aproximadamente las 18.30. Magnitud de la ola: casi dos metros». Pero le sorprendió mucho que un barco capaz de provocar una ola de estela de ese tipo estuviera navegando por encima de los límites de velocidad por el Estrecho y con marea baja.

El señor Shoemaker se marchó escoltado por un par de amigos. Jack se dirigió a los demás.

—Investigaremos este asunto. Y ahora, ¿qué otro problema hay?

Sheena Dubois sacudió su pelo rizado y volvió la página de su libreta de notas. Con el lápiz en ristre y sus ojos oscuros brillando en su delgada cara, dijo:

—Cal ha encontrado algo en el agua...

Pero Cal Burrows la agarró por el codo y no dejó que terminara la frase. Era un hombre grande, parco en palabras, y padre de nueve hijos.

—Será mejor que lo veas por ti mismo —dijo con voz recia.

Jack, Cal y Bud Stevens —el timonel de Cal durante aquella temporada, quien acababa de terminar el colegio y, cuando no estaba trabajando en los barcos, se dedicaba al reparto de leña— subieron a bordo del *Jason 28* de Cal Burrows, un barco que utilizaba para los trabajos de pesca cerca de la costa. Shaun ya se había marchado, y Sheena Dubois llegó la última, con su libreta de notas en mano. Cal le ofreció un chaleco salvavidas, pero ella lo rechazó. Vestía una camiseta de manga larga y en el agua parecía estar en su elemento. Jack le echaba unos veintiséis o veintisiete años, acaso algunos más. Si no le fallaba la memoria, llevaba dos años trabajando para el *Monitor*. Aparte de eso, no sabía nada de ella, si estaba casada o tenía novio, ni siquiera dónde vivía.

—Bueno, ¿dónde está eso que tengo que ver? —gritó Jack por encima del zumbido del motor.

—Donde la balsa —dijo Cal girando la cabeza hacia estribor.

La balsa era una especie de pontón en el que él y los demás pescadores de langostas almacenaban las capturas antes de venderlas. Jack no le preguntó qué era eso a lo que iban a echar un vistazo, y Cal no se lo dijo. Entre ellos, sin mencionarla, flotaba la palabra «ahogado». Un ahogado podía ser una mala señal. Jack se dijo a sí mismo que no se había notificado ninguna desaparición, pero eso no quería decir nada. Con la cantidad de barcos de vela, yates, canoas y tablas de windsurf que se pasaban todo el día en el mar en esa época del año, y con la mitad de los turistas alojados en caravanas o acampados en el bosque, podían pasar días, incluso semanas, antes de que se diera por desaparecida a una persona.

Hacía frío sobre el barco en movimiento. Jack intentó medir el oleaje. ¿Estaba el mar todavía un poco agitado?

—¿Notaste tú esa estela de la que hablaba el tipo de la barca? —le preguntó a Cal.

Cal le quitó el envoltorio a un chicle y se lo metió en la boca antes de contestar.

—Bud y yo estábamos en la isla de Rock —dijo después de pensarlo un rato—. Tuvimos problemas con un cabo que se enredó en la hélice, así que regresamos más tarde que de costumbre. Notamos un minuto de calma chicha y al cabo de un momento la ola.

—¿Alguna señal de un barco a toda máquina?

Se estaban acercando a la balsa. Jack podía distinguir aquel armatoste de casco bajo iluminado por el halo de las luces de proa. Cal disminuyó la velocidad antes de responder.

—Ya era casi noche cerrada. Bud y yo estábamos limpiando el eje de la hélice. De repente, una ola de resaca tiró del barco, como si lo estuviera remolcando, y luego, ¡bum!, lo levantó. Como un maldito viejo demonio, pero lleno de fuerza.

—Suena como una ola solitaria, ¿no?

El pescador de langostas dejó escapar un gruñido mientras daba vueltas al chicle en la boca. El ruido del motor se hizo más leve. Cal empezó a ciar lentamente y encendió la gran lámpara que asomaba por la popa. Bud se puso a su lado con el bichero en la mano. Sheena había sacado la cámara de fotos. Uno de esos pequeños aparatos digitales; seguramente la llevaba en el bolsillo. El barco avanzaba pegado a la balsa. Cal apagó el motor y Bud se inclinó hacia fuera y sujetó el bichero a la balsa para mantener la nave inmóvil.

—¿Quieres esto, Jack? —Le ofreció una pesada linterna.

—Gracias.

La cogió y se asomó a popa. El olor le llegó al momento, un hedor putrefacto. Se le cerró la garganta instintivamente.

—Apesta, ¿verdad? —dijo Cal innecesariamente—. Al principio, cuando lo olí, pensé que se trataba de una ballena muerta. Puede hacerte un buen estropicio si te tropiezas con una en medio de la niebla.

—Ya la huelo. —Cielo santo, pensó Jack, aquello era peor de lo que esperaba—. Parece que está en muy mal estado.

—Sí, eso pensé yo también. No he querido comentarlo en el muelle sin que antes le echaras un vistazo.

Se vio el resplandor del flash de la cámara de Sheena. Agarrada al hombro de Bud para no caerse, sacaba fotos con una mano mientras el viento le apartaba el pelo de la cara y le pegaba la camiseta al pecho. El flash se iluminó de nuevo y fijó aquella escena en la memoria de Jack: el barco, el agua iluminada por la lámpara instalada sobre la cabina, la chica afrontando el viento y aquella cosa horrible allí abajo, movida por el oleaje y golpeando las jaulas para langostas.

En Maple Cove, Tab Southwell estaba en su dormitorio, jugando con su consola Xbox, cuando oyó cerrarse la puerta de la calle y la voz de Donna que lo llamaba.

—¡Estoy aquí! —gritó él en respuesta.

—¿Ya has cenado? Si tienes hambre puedo preparar una pizza o, si lo prefieres, podemos salir a cenar fuera.

Tab detuvo el juego y bajó por la escalera. Donna estaba trajinando en la cocina. Tab observó sus hábiles movimientos. Le gustaba la compañera de su padre, su temperamento alegre y sus modales delicados. La trataba como si fuera la hermana mayor que nunca tuvo.

—¿Cómo fue la fiesta? —le preguntó.

—Muy divertida —contestó ella con una sonrisa—. Un montón de gente y de champán, y Natalie parecía muy feliz.

—¿Papá se ha quedado allí?

—No, al pobre le llamaron para una urgencia. Un accidente en el Estrecho.

—¿En el Estrecho? —Tab estaba muy serio—. ¿Qué tipo de accidente? ¿En qué parte del Estrecho?

Donna se giró hacia él y se lo quedó mirando.

—No me lo dijo. Me parece que ya habían enviado a los guardacostas. ¿Por qué lo preguntas? ¿Es que sabes algo?

A Tab se le quedó la boca seca de golpe. Bajó los ojos.

—No, nada —tartamudeó—, es que he oído algo de eso en la radio.

—¿Se trata de alguien que conoces? —preguntó ella con cara de preocupación—. ¿Algún amigo?

—No —contestó él sin levantar la mirada del suelo—. Ya te he dicho que no sé nada.

—¿Quieres que llame a tu padre?

Tab negó con la cabeza.

—Estoy bien.

Se dio medio vuelta y se fue al salón. Las ventanas daban sobre la cala; la colina sin árboles de la isla brillaba a la luz de la luna. El agua parecía mirarlo con un reproche silencioso.

—¿Quieres cenar ahora o prefieres esperar a que vuelva tu padre? —le preguntó ella al entrar en el salón.

Se le hizo un nudo en la garganta. Intentó hablar, pero no le salían las palabras.

—¿Tab? —insistió ella, preocupada—. ¿Te encuentras bien? ¿No habrás tomado demasiado el sol?

—Creo que puedo esperar —graznó.

A continuación, se dejó caer en el sofá cama y cogió el mando a distancia del televisor. Su mirada se quedó atrapada en la pantalla. Un canal de noticias retransmitía imágenes de una montaña que echaba fuego.

5

Ocho de la tarde

La luna llena colgaba por encima del Estrecho tiñendo el agua con su inusual color rojo. Los árboles de Indian Point estaban llenos de luciérnagas. Rick apagó el teléfono y volvió a la fiesta. Un joven descalzo, vestido con pantalones bombachos y con una cinta en el pelo, tropezó con él.

—¡Eh, cuidado, capitán Ahab! —dijo con voz pastosa.

Los compañeros del joven se echaron a reír. Aquel apodo era el chiste favorito entre los veraneantes, pero pocas veces lo llamaban así a la cara.

Rick se lo quedó mirando muy serio.

—¿Cómo me has llamado?

Al chico se le congeló la sonrisa; parecía tan asustado que por un momento Rick casi sintió pena de aquel tontaina. El pobre lo había dicho con buena intención, como los demás. Ese era el problema.

—Lo siento. Me parece que no me ha salido bien.

—Demasiado bien te ha salido, amigo.

—He dicho que lo siento.

Rick se contuvo. Después de todo, aquello era una fiesta.

—Olvídalo —murmuró alejándose de él.

Natalie se acercó a su lado y le cogió del brazo.

—Es nuestra fiesta de compromiso. Por lo menos podrías fingir que te estás divirtiendo. Esos son nuestros amigos y han venido a felicitarnos.

—Más bien los amigos de tus padres —la corrigió él—. No han venido demasiados lugareños, ¿no te parece? De todas formas, tengo que marcharme. Debo echar un vistazo a varias cosas.

Natalie se lo quedó mirando con la mandíbula apretada. Empezaron a aflorar a sus ojos lágrimas amargas. Pero enseguida se dio media vuelta y se perdió entre la gente.

Mientras Rick cruzaba la casa, Sarah Hunter se pegó a él.

—Vas a la ciudad en coche.

Era una afirmación, no una pregunta. Él se quedó demasiado sorprendido para contestarle, de modo que le dirigió un encogimiento de hombros, al que ella respondió siguiéndole a grandes zancadas. Vestía una falda larga, que la hacía parecer todavía más alta, y llevaba el pelo recogido en un moño. El vestíbulo y la escalera estaban forrados con paneles oscuros y decorados de manera ecléctica con objetos coleccionados a lo largo de los años.

—Si esta fuera mi casa, iluminaría más esta zona —murmuró Sarah.

Él no dijo nada. ¿Estaba preguntándole, sin decirlo, si se imaginaba a sí mismo en aquel entorno? ¿Pensaba lo mismo que la mayoría de la gente de la ciudad? ¿Que aquello no podía funcionar? ¿Que Natalie, en el fondo, era una chica de ciudad? ¿Que al final le pediría que se mudaran a Boston, a Washington o a cualquier otra parte?

Salieron juntos al calor de la noche de verano. Su camioneta estaba aparcada bajo los árboles. Sarah se sentó en el asiento de al lado del conductor. Habían pasado casi diez años desde aquella época en que solían ir juntos en coche a la playa, durante las noches de verano. Eso fue antes de que él se marchara de allí y ella se casara con un tipo que organizaba excursiones por el río Kennebec.

En silencio, puso el motor en marcha y la camioneta empezó a moverse. Los faros se reflejaron en los árboles y Rick echó una mirada al perfil de ella. Estaba sentada muy recta, pálida y con los labios apretados, mirando hacia delante. Le pareció que estaba enfadada y le asombró haber captado su estado de ánimo con tanta facilidad después de tanto tiempo.

—Cielos, detesto estas fiestas —dijo él con amargura mientras se metían en la carretera.

Sarah no contestó, permaneció con la mirada fija en el frente, en el polvoriento camino que se abría bajo los faros del coche. Él recordó lo orgullosa que era. Romper y empezar de nuevo debió de ser muy duro para ella.

—¿Te has peleado con Natalie? —preguntó ella en un tono de voz distante.

Rick volvió a encogerse de hombros.

—Han avisado de un incendio en la ciudad. Tengo que ir a ver qué ha pasado.

—¿Y ella te ha pedido que te quedes?

Un venado cruzó la carretera cuando doblaban en la primera curva.

—Su madre la pone muy nerviosa —contestó Rick, lacónico.

—Madres e hijas.

Unos puntos de luz se reflejaron en los ojos de Sarah.

—Aunque Elise es algo especial.

Se le hacía raro estar hablando de los Maxwell con Sarah. Se sintió incómodo.

—Natalie piensa que no me esfuerzo lo suficiente en caerles bien.

—A mí a veces me parece que Natalie exige demasiado. —Sarah echó mano de su bolso, sacó un paquete de cigarrillos y encendió uno—. Perdona, no debería haber dicho eso —añadió inhalando el humo.

Estaban saliendo del bosque, frente a ellos aparecía el puente sobre Indian Creek. El agua del río brillaba bajo la luz de la luna mientras cruzaban traqueteando el puente. Rick aminoró la velocidad para tomar la curva. La camioneta se balanceó. Sarah se puso cómoda, se giró en el asiento, apoyó la cabeza contra la puerta para mirarle a la cara y dobló las rodillas. Levantó las dos manos, tiró del moño y el cabello cayó sobre los hombros en una pálida cascada. El resplandor del cigarrillo dibujaba sombras debajo de las mejillas. Él se sintió de nuevo incómodo.

—No sabía que fumaras.

Un sonido gutural hizo eco en la oscuridad del coche.

—Fumo. Estoy divorciada. Ahora soy una chica mala, Rick.

—De camino tengo que parar en el Seafarers para dejar unas banderas —le dijo Rick cuando empezaban a entrar en la ciudad.

El motel Seafarers, en Pier Street, había pertenecido a dos generaciones de la familia Cotton. Tenía treinta y dos habitaciones repartidas en dos pisos y aparcamiento para los clientes; Abby Cotton y su cuñada Beth Robbins, que dirigían juntas el negocio, habían construido una piscina en la parte trasera el año anterior. Rick aparcó en el patio delantero; mientras llevaba a la recepción del motel los fardos de banderas azul, roja y blanca, Sarah se quedó en la camioneta.

Abby estaba sentada frente al ordenador cuando Rick abrió la puerta con mosquitera.

—Hola —dijo ella dándose media vuelta—. ¡Oh, eres tú, Rick! Un momento que acabo con esto.

—Tómate tu tiempo. Mientras voy a traer el resto.

Las banderas se colgarían en la calle como parte de la decoración del Día de los Fundadores. Joe, el empleado de mantenimiento del motel, se encargaría de colocarlas bajo la supervisión de Abby y Beth.

—Parece que estáis al completo —observó él mientras dejaba en el suelo el último fardo de banderas.

Casi todas las plazas de aparcamiento de la parte delantera de las habitaciones estaban ocupadas.

—Todas las habitaciones están ocupadas, excepto la de una pareja que no se ha presentado.

Abby empujó la silla y salió al otro lado del mostrador. Era una mujer alegre y animosa. Llevaba las cuentas del hotel, así como una casa con un marido y cuatro hijos, ayudaba en la iglesia y echaba una mano en cualquier asunto de la ciudad en el que se la necesitara. Siempre era amable, y Rick jamás la había visto desocupada.

—Suele pasar.

Las cancelaciones sin previo aviso estaban a la orden del día en los moteles.

—Sí, pero cuando me pasa se lo cobro. En las reservas siempre pido el número de la tarjeta de crédito —dijo meneando la cabeza—. También a los jóvenes que al teléfono parecen de fiar. Esos que dicen que vienen del estado de Nueva York.

—Nunca se sabe —se rió Rick. Era difícil que le tomaran el pelo a Abby. Lo mismo que a Beth—. No te olvides de la última reunión del viernes, antes del gran día. A las siete de la tarde en la Cámara de Comercio.

—Por supuesto, allí estaré. Beth puede quedarse en la recepción. Y, por cierto, felicidades —añadió—. Natalie es una chica maravillosa. —Mientras hablaba miró por la ventana hacia donde estaba aparcada la camioneta de Rick—. ¿Ha venido contigo? ¡Ah, no!

Rick sonrió con ironía mientras ella seguía mirando la camioneta.

—Sarah estaba en la fiesta. Voy a llevarla a su casa.

Al día siguiente lo sabrían todos en la ciudad.

Sarah estaba todavía aovillada en el asiento, con el cigarrillo entre los dedos, cuando él entró en la camioneta y la puso en marcha.

—Esa Abby Cotton nos está espiando desde la ventana de su oficina —comentó ella—. Le di una bofetada a su marido por haberme puesto la mano en la falda cuando cumplí dieciséis años y ella dice que yo le provoqué. Desde entonces me la tiene jurada.

Rick no dijo nada. Ted Cotton no había sido el único en ponerse en ridículo por culpa de Sarah Hunter. Puede que ella no lo hubiera provocado deliberadamente, pero su hermoso cuerpo y su porte insolente suponían un reto que parecía conducir siempre a meterse en problemas.

Recorrieron West Street hasta el Prado. En ese momento acababa la primera sesión del cine al aire libre y había grupos de quinceañeros alrededor de la estatua que recordaba la gran tormenta de 1812. Se empezaba a formar una cola a la puerta de la heladería de Pam. El centro estaba lleno de gente. Durante el verano las tiendas y los comercios solían estar abiertos todo el día. Muchos comercios habían colgado en la puerta banderas y serpentinas anticipándose al desfile del sábado. La noche era cálida y animada, y la gente parecía pasarlo bien.

Una gran pancarta colgada en Main Street proclamaba con orgullo: GOODWILL. ¡300 AÑOS DE HISTORIA AMERICANA! Rick había ayudado a colgarla aquella misma tarde, antes de la fiesta. Quedaba bien allí colgada. Mucha gente estaba arrimando el hombro para que la ciudad estuviera lista para el gran día.

—Puedes dejarme en el Shady Tree —le dijo ella mientras apagaba el cigarrillo en el cenicero—. He alquilado un ático. No es gran cosa, solo un par de habitaciones, pero es barato y privado.

Cuando Rick detuvo el coche delante del restaurante vio que todas las mesas estaban llenas y que había clientes esperando en el bar. En la parte trasera, debajo de la famosa encina que daba nombre al local, había una docena de mesas y gente cenando bajo las estrellas. Grupos de paseantes examinaban la carta que estaba colgada en la entrada y consideraban la posibilidad de quedarse a hacer cola.

—A Mat le va bien el negocio. Por lo menos debe de tener un centenar de clientes.

Dos o tres personas por mesa, calculó. Una noche como esa el restaurante podía llegar a hacer hasta mil dólares de caja. Y esos mismos clientes estarían alojados en hoteles y pensiones, dejando en ellos otros tantos ingresos. Delante de sus ojos tenía la constatación de que la ciudad estaba en plena fase de desarrollo.

—Seguro que le va bien. Algunas noches les ayudo con la caja. —Sarah agarró el bolso—. Hasta luego, Rick. Gracias por traerme.

Se inclinó, posó una mano en su cara y sus bocas se rozaron. Fuera sonó una música; una camioneta, con una pareja de pelo enmarañado, pasó a su lado. El beso duró más de lo que él hubiera querido. Ella fue la primera en apartarse.

—No deberías haberte ido de la ciudad, Rick. La vida ahora ha cambiado mucho.

Le dio una palmada en la mejilla, bajó del coche y entró corriendo en el restaurante. Vio su alta figura pasando por en medio de las mesas y al momento la perdió de vista.

Rick maldijo para sus adentros. ¿Cómo se le había ocurrido liarse de esa manera? Si alguien los había visto, sería la comidilla de toda la ciudad. ¡Él besando a Sarah Hunter la misma noche en que se celebraba su compromiso con Natalie! Maldita sea.

Metiéndose de nuevo en el tráfico, bajó por una calle hasta desembocar en Bearskin Neck. La luna parecía inclinarse sobre el agua del puerto haciendo brillar los cascos de los barcos amarrados en el puerto deportivo. El Lobsterman estaba a reventar. En la puerta lateral, unos banderines de color rojo, blanco y azul decoraban la fachada del Chandlery, la tienda de la familia. Seguramente su hermana estaba todavía allí, porque las luces estaban encendidas.

La furgoneta roja que había pasado a su lado un momento antes estaba aparcada delante de la puerta del viejo cobertizo que había enfrente; llevaba tablas de surf en la parte trasera y un remolque con una potente moto de agua. Rick aparcó delante de la furgoneta y apagó el motor. Cuando bajaba de la camioneta, una figura salió de debajo de la sombra del edificio y se dirigió a paso rápido hacia él. Un niño subido en una tabla de *skate*. No, no era un niño, sino un joven fornido con pantalones bombachos a quien Rick no conocía. Llamó a un compañero que estaba más abajo, en el muelle, mientras pasaba a su lado con un traqueteo.

El Chandlery había cambiado mucho desde que Rick y su padre dejaron de ocuparse por completo de la tienda. Ahora la dirigía su hermana Rebecca. Había puesto bombillas nuevas y había hecho desaparecer todos los objetos anticuados. Los carretes de nailon, las cadenas de ancla y las boyas de fondeo habían sido relegados a la parte trasera. Para llegar a ellos, los clientes tenían que pasar por delante de percheros con los últimos modelos de impermeables y ropa deportiva de marca, que dejaban mayor porcentaje de beneficio. En los extremos de la sala había cubos que contenían los artículos de oferta: gafas de diseño, navajas, linternas. También había arneses de seguridad para evitar las caídas por la borda, y chalecos salvavidas para los casos en que no se lograra evitarlo.

Rebecca estaba detrás de la caja registradora. Era cuatro años mayor que él, rubia como él y de constitución fuerte. Estaba casada con un pescador de langostas, Mike Caine, tenía dos hijos y un aspecto tan sensato que hacía que los demás, incluido Rick, se mostraran precavidos con ella.

Los dos surfistas con los que se había cruzado en el centro estaban echando un vistazo a una carta náutica que Reb había abierto para ellos sobre el mostrador. Rick vio que era la carta de la bahía y sus islas, con las profundidades señaladas en metros. Uno de ellos estaba hablando por su teléfono móvil, aparentemente recibiendo instrucciones.

Rick los miró con curiosidad. Llevaban impermeables y pantalones de náutica; hablaban con un lenguaje culto y alargaban las vocales como la gente de la costa Oeste. Decididos, cómodos y seguros de sí mismos y de su mundo.

El que estaba al teléfono dio por terminada la conversación. Rick le echó menos de veinte años, pero el otro, al que al parecer llamaban el Cojo, parecía mayor, puede que tuviera unos treinta años.

—Gracias, señora, creo que esta nos servirá.

El Cojo pagó y se apartó del mostrador con la carta enrollada en la mano. Rick se dio cuenta de que tenía la pierna derecha torcida y andaba renqueando.

—Ahí fuera tiene una buena moto de agua —comentó Rick mientras pasaban a su lado.

El Cojo se volvió para mirarlo. Sus ojos eran negros como el azabache.

—¿Es eso un problema aquí?

—Podría serlo. El acceso a algunas playas está restringido y, como a cualquier otro navegante, les pedimos que no molesten a las focas. Por lo demás, son bienvenidos. Les había tomado por surfistas.

—Él sí practica el surf. —El Cojo ladeó la cabeza en dirección a su amigo—. Una ola me destrozó la pierna el año pasado. Ahora me dedico a las motos de agua —dijo con amargura.

—Lo lamento. ¿Dónde le ocurrió?

El Cojo giró la cabeza meneando las greñas. Caminó hasta la puerta, la abrió con fuerza y salió fuera.

—En Tailandia —contestó el más joven mientras se dirigía hacia la puerta—. Una ola de más de diez metros lo aplastó. Ahora se dedica a remolcar a otros surfistas hasta mar abierto. A veces se le cruzan los cables. No se lo tome como algo personal.

La puerta se cerró de golpe detrás de él. Rick se volvió hacia Rebecca. Ella le dirigió una media sonrisa.

—Perdona, no he podido ir a la fiesta.

Rick no dijo nada. Ambos sabían perfectamente por qué no había ido.

—¿Ha salido todo bien? —preguntó ella.

—Muy bien. Don se pasó por allí, y Coach Davis. Y también estuvo Sarah Hunter.

—Ya. ¿Y cómo se lo ha tomado? El compromiso, quiero decir.

Rick tomó aire por la nariz.

—Bien, supongo. Luego la traje de vuelta a la ciudad.

Rebecca levantó las cejas.

—¿Hoy?, ¿esta noche? ¿Lo sabe Natalie?

—Natalie es una mujer adulta, Reb.

Rebecca le lanzó una mirada de hermana mayor.

—Lo mismo que Sarah —contestó ella con aspereza—. Y, por lo que he oído, anda otra vez merodeando por aquí.

Rick sintió que la felina intensidad de Sarah rondaba de nuevo a su alrededor. Estaba a punto de contarle que la cosa había estado a punto de complicarse, pero se detuvo a tiempo. Normalmente Reb era una persona muy reservada, pero cuanto menos le dijera, mejor.

—¿Qué tal ha ido la noche?

—Bastante tranquila. Solo esos dos tipos que has visto.

—Me crucé con ellos antes, en el centro. ¿A qué han venido?

Rebecca se encogió de hombros.

—El más joven quería saber cuánto tardaría en repararle un desgarrón en un traje isotérmico. Y el otro tipo, el que cojeaba, me pidió una carta del Estrecho. Y se la vendí.

—Me refería a qué están haciendo en Goodwill. Aquí no suelen venir surfistas.

—Supongo que eso es asunto suyo.

Mientras hablaban Rick miró si tenía algún mensaje en el teléfono móvil. Le había llegado uno de Don confirmándole que el incendio no era nada importante; otro de Rebecca disculpándose por no poder ir a la fiesta, y otros de felicitación de familiares y amigos. Estaba escuchando esos mensajes cuando el teléfono sonó avisándole de que tenía una llamada. Esta vez era la voz de Chance Greene, cortante e insistente.

—Rick, recoge y ven enseguida al Neck. Tenemos un problema muy serio.

6

Indian Point, nueve y media de la noche

La temperatura todavía era cálida. Los últimos invitados ya se habían marchado. Natalie salió por la puerta del jardín y cruzó el césped, ahora desierto, en dirección al camino de gravilla que llevaba al bosque. Un velo rojo rodeaba la luna llena y las copas de los árboles que flanqueaban el camino tenían un brillo extraño y misterioso. No soplaba ni una pizca de viento. El camino llegaba hasta el límite del acantilado, por encima de la playa seca y polvorienta que se divisaba más abajo. Hacía semanas que no llovía.

«Cariño —la voz de su madre todavía resonaba en sus oídos—, lo siento tanto por ti... ¡Tu gran día echado a perder! ¿Es que Rick estaba borracho? Estuvo a punto de enzarzarse en una estúpida pelea con Victor Harrington por un comentario completamente inocente...»

«Vic empezó. Estaba intentando tomarle el pelo a Rick. Se habría merecido que Rick le hubiera dado un puñetazo.»

«Eso no es ninguna excusa. Rick se comportó de forma vergonzosa delante de todos los invitados.»

«Mamá, por favor. No tengo ganas de seguir discutiendo de esto ahora», le había soltado Natalie tragándose las lágrimas.

Al final del camino se detuvo y miró hacia el extremo oeste del Point. Diez mil años atrás un glaciar en retroceso había dejado allí una bahía poco profunda, en la costa, ahora ribeteada de guijarros que limitaban una pálida franja de arena; un lugar tranquilo al que

Natalie acudía cuando quería estar sola. Descendiendo por las rocas del acantilado, llegó a la playa, se detuvo un instante y respiró en silencio. Maldito fuera Rick y ese estúpido orgullo suyo que lo hacía ser tan susceptible. ¿Por qué la había dejado sola precisamente aquella noche? Puede que su madre tuviera razón y su relación estuviera condenada al fracaso.

Se quedó mirando hacia el mar, agitada por las emociones. A lo lejos, en dirección norte, pudo ver el destello del faro de Curtain Bluff, donde Rick había matado aquella ballena hacía muchos años. Entonces él la había abandonado. ¿Volvería a hacer lo mismo? Suspiró; a veces le parecía que el peso del pasado era una carga muy difícil de llevar.

Su enfado empezó a remitir y en su lugar apareció un sentimiento de oscura desesperación. Las lágrimas comenzaron a fluir de sus ojos y se abrazó el pecho para calmarse. La marea todavía estaba bajando. Natalie caminó por la orilla dejando que el agua fría le lamiera los pies desnudos. La arena de la playa estaba fría y dura, recién lavada por la marea. Se detuvo un momento porque le pareció haber oído una voz. Volvió la cabeza buscando la fuente de aquel sonido. ¿Había oído cantar a alguien? No estaba segura; probablemente había sido producto de su imaginación.

Estaba casi en lo más alto de las rocas, en el extremo de la bahía, cuando miró de nuevo a su alrededor contrayendo las ventanas de la nariz. En el aire de la ensenada todavía pendía un olor a madera quemada. Aguzando la vista en la oscuridad pudo ver el momentáneo centelleo de unas brasas, los restos de un pequeño fuego que se consumía lentamente sobre la arena. Se quedó un rato allí de pie, observando la playa a la luz de la luna. Las olas del mar lamían la orilla con un ritmo monótono. El halo rojo de las ascuas brillaba en la oscuridad. La playa estaba completamente desierta. Tal vez quien había encendido el fuego se había marchado y había dejado allí la hoguera. Probablemente habrían sido algunos niños de las casas de veraneo de la urbanización del Point.

Anduvo por la playa en aquella dirección para echar una ojeada de cerca. La hoguera se había consumido casi completamente por el centro, dejando un montón de cenizas y rescoldos calientes. Se arrodilló y empujó varios trozos grandes de leña hacia el centro y sopló sobre las brasas para hacerlos arder. Al instante las llamas se alzaban de nuevo. Al lado de estas había más leña amontonada. Alimentó con ella el fuego y al cabo de un momento ya tenía una pequeña hoguera ardiendo.

Más tranquila, se sentó apoyándose en los tobillos y observó aquella cálida luz que danzaba creando sombras sobre la arena. El aire cálido y el suave ritmo de las olas le produjeron una mágica sensación de calma. Las tensiones de la fiesta parecían tan lejanas... Echó otra rama al fuego. El olor a la resina del humo le acarició la nariz. Alzó la cabeza, miró hacia los árboles y se quedó rígida. Acababa de distinguir entre las sombras el inconfundible brillo de unos ojos que la estaban observando. Una docena de pasos más allá, justo fuera del círculo de luz que creaban las llamas, había un hombre sentado.

—Imaginaba que antes o después te darías cuenta de que estaba aquí —dijo una voz tranquila desde la penumbra.

No se movía. Por eso no se había dado cuenta antes de que estaba allí. Su inmovilidad era total. Ella aguzó la vista para observarlo con cautela, pero no le pareció amenazador. Y la casa estaba muy cerca. Se sintió más tranquila.

—Hace un momento me pareció escuchar música.

De la penumbra le llegó una risa sofocada.

—El *St. Anger* de Metallica y Bob Marley. Lo que les gusta a los surfistas.

Miró de soslayo a la luz de la luna. El extraño estaba desnudo de cintura para arriba, lucía una barba rala y llevaba en la cabeza un pañuelo al estilo pirata. Por el acento se diría que era de la costa Oeste.

—¿Eres uno de los que han llegado esta noche?

—Exacto. ¿Y tú eres de la casa grande?

—Sí, nosotros... Esta playa es nuestra.

—De modo que estoy invadiendo una propiedad privada...

Parecía divertido por aquella idea.

Ella se encogió de hombros.

—Este lugar está bastante escondido. Nadie viene por aquí, excepto yo cuando...

Su voz se fue apagando.

—Excepto cuando tienes ganas de estar sola —acabó él la frase por ella—. En cuanto te vi me pareció que estabas un poco deprimida.

Ella agachó la cabeza.

—Bueno, ya sabes cómo son las cosas a veces.

—Por supuesto. Todos nos hemos sentido así. Yo suelo irme al mar para escuchar la música de las olas. Nunca falla.

Él se levantó, se acercó a su lado y se arrodilló junto al fuego con movimientos ágiles y silenciosos, como lo haría un gato. Era alto, más alto incluso que Rick; su poderosa musculatura la impresionó. Removió la leña con un palo. A la luz de la hoguera vio que tenía unas manos hermosas y unas facciones a la vez misteriosas y atractivas. En su oreja brilló un aro de oro.

—Me llamo Natalie —dijo ella.

—Encantado de conocerte, Natalie.

Hubo un momento de silencio.

—Y tú, ¿cómo te llamas? —preguntó ella.

Él le lanzó una mirada de soslayo, entornando los ojos, y se encogió de hombros.

—Yo no tengo nombre.

Observó el fuego con mirada ausente, viendo cómo se consumía el extremo del palo.

—Claro que antes tenía, sí. Diferentes nombres, en diferentes sitios. Pero con ninguno de ellos me sentía bien. Por eso no me he quedado con ninguno.

—Pero tus padres...

—Bueno, nadie ha pasado conmigo demasiado tiempo —dijo él—. Vivía en casas de acogida. Cambiaba constantemente de colegio. Y con cada colegio nuevo llegaba un nuevo nombre. Así que al final perdí la cuenta.

Él parecía hablar en serio, pero Natalie no pudo evitar reírse ante lo absurdo de todo aquello. Él también se rió.

—Es bastante extraño, ¿verdad? Diez años atrás, cuando tenía unos doce, me parece, dejé de preguntar por los nombres.

La punta encendida del palo que él sostenía entre las manos dibujó unos círculos en la oscuridad.

—Edades, nombres, son cosas que te atrapan. Sin nombre no figuras en ninguna de esas listas o archivos. Eres libre para vagabundear. —En voz baja canturreó para sí mismo—: «Un tipo sin nombre, una chica sin vergüenza».

Hubo otro momento de silencio. Ninguno de los dos sintió necesidad de decir nada más. Bastaba con estar sentados juntos al fuego. La luz hizo brillar la piedra del anillo que le había regalado Rick y, de repente avergonzada, le dio la vuelta.

—¿Y qué os ha traído hasta Goodwill? —preguntó tímidamente después de un rato.

—Lo mismo que a la mayoría de los lugares: la posibilidad de tomarte un descanso, montar alguna fiesta, subirte a la ola perfecta.

—¿Nadie os ha dicho que aquí, en verano, las olas son muy pequeñas?

Su boca dibujó una amplia sonrisa. Tenía unos dientes perfectos.

—No suelo hacer caso a lo que dice la mayoría de la gente. Puede que nos llevemos alguna sorpresa.

—En invierno es distinto. Cuando hay una buena tormenta, el agua llega a la altura de los árboles que hay allí.

Permanecieron sin decir nada durante un minuto, con la vista fija en el fuego.

—Antes vi una ola enorme —dijo él—. Venía directa hacia aquí, donde estamos sentados.

Ella frunció el entrecejo.

—¿Cuándo fue eso?

Él se encogió de hombros.

—No llevo reloj. Tal vez a las seis y media, puede que a las siete. Hice esta hoguera para marcar el lugar hasta donde llegó.

Ella calculó la distancia.

—A las siete de la tarde la marea empezaba a subir. No es normal que a esa hora el mar avanzara tanto en la playa.

Había un tono de duda en su voz.

Él inclinó la cabeza y no contestó nada; parecía no preocuparle lo que ella estuviese pensando. Parecía estar muy cómodo en silencio. Antes de que ella pudiera pensar en algo inteligente para seguir con la conversación se oyó un silbido procedente de los árboles que había detrás de ellos, un sonido agudo que rompió el silencio de la noche. Su acompañante escuchó atentamente con la cabeza ladeada. Entonces, colocó un dedo entre los labios y emitió una serie de silbidos agudos. Luego volvió a escuchar. Al momento su llamada recibió respuesta desde lo alto del acantilado con una serie de notas alternas. Aquel intercambio de sonidos continuó durante algo menos de un minuto y luego ambos volvieron a quedar en silencio.

Natalie lo miró de manera inquisitiva.

—Vaya, ¿de qué iba todo eso? Pensé que podría tratarse de una lechuza, pero diría que estabas conversando con alguien.

—Español, el código de los silbidos. Estuve viviendo en esa isla en la que los lugareños utilizan los silbidos para comunicarse de una montaña a otra. El silbo, así lo llaman. Algunos de nosotros lo aprendimos. Es divertido. Lo utilizamos muy a menudo.

—¡Qué ingenioso! —Se rió con alegría. Todo en aquel hombre era extraño y atractivo—. ¿Y a qué distancia puede oírse?

—Depende. A casi dos kilómetros, a veces tres.

—¡Qué divertido! Como un teléfono móvil pero gratis. De modo que hablabas con un amigo que estaba en la montaña...

—Sí. Me preguntaba dónde estaba. Le silbé que aquí abajo, en la playa. Me ha preguntado si estaba solo, y le he contestado que no, que estaba con alguien.

No parecía estar interesado en ligar con ella, como solían hacer todos los tipos con los que se cruzaba, y aquello despertó todavía más su curiosidad.

—¿Tienes algún sitio donde quedarte? —le preguntó, sorprendida ella misma de su descaro.

—Oh, bueno... me apretujaré con mis colegas.

Ella se sonrojó. Había declinado su invitación sin siquiera esperar a que se lo propusiera. Él echó el palo a la hoguera y los dos se pusieron de pie. Erguido, cara a cara, su porte era imponente. Natalie sintió de nuevo un escalofrío. Sus facciones estaban sombreadas y sus ojos oscurecidos por secretos.

—Supongo que tengo que devolverte tu playa —dijo él.

—Me ha encantado hablar contigo.

Él alargó una mano y la colocó por un instante sobre el hombro de ella. Natalie sintió un hormigueo en la piel ante aquel contacto. Sin decir una palabra más, él se dio la vuelta y echó a andar hacia las sombras de los árboles.

—¡Oye! —gritó ella—, ¿dónde puedo volver a verte? —Y en cuanto lo hubo dicho se sintió como una tonta.

La voz de él le llegó desde la oscuridad.

—Si tiene que suceder, volveremos a encontrarnos. Puedes estar segura.

Ella parpadeó y miró de nuevo hacia los árboles, pero él ya había desaparecido.

7

En el extremo este del Neck, donde el *Pequod* estaba amarrado de costado contra el muelle, se veían varias luces, incluidas las giratorias de al menos dos vehículos de emergencia.

El final del muelle estaba cerrado y un coche de la policía, atravesado en la entrada, mantenía alejado a un pequeño grupo de turistas que se arremolinaban allí, junto con varios lugareños y unos cuantos navegantes de recreo. La puerta del conductor estaba abierta. Rick reconoció a Lenny Duke, un policía veterano que solía trabajar en el turno de noche, sentado en el asiento delantero.

—Buenas noches, Len, ¿qué ha pasado?

—¿Quién habla? ¡Ah, eres tú, Rick! No te había reconocido. —Lenny se incorporó en el asiento con un gruñido—. Han encontrado a un ahogado. —Ladeó la cabeza en dirección a la escalera donde un pequeño grupo de gente se apiñaba alrededor de una ambulancia y una camioneta con el distintivo de GUARDACOSTAS—. Jack Pearl y Cal Burrows nos avisaron por radio hace un par de horas más o menos. Los guardacostas mandaron una lancha. Don está también allí, no te ha llamado porque no quería molestarte esta noche. Lo están sacando, si quieres puedes ir a echar un vistazo.

Era lo último que deseaba hacer, pero sabía que era su obligación.

—¿Sabemos quién es? —preguntó para retrasar el momento—. ¿Se ha avisado de alguna desaparición?

—No. —Len negó con la cabeza—. De momento no. Por lo que he oído, va a ser difícil averiguar su identidad. Por la radio han dicho que el cadáver está en muy malas condiciones. —Tamborileó con los dedos sobre el volante.

—¿Ya han llegado los periodistas?

—Sheena Dubois, del *Monitor*, está allí, con un fotógrafo. He olvidado cómo se llama, pero es de aquí. El tipo del *Ellsworthy Courier* que el año pasado cubrió el desfile ya ha estado aquí, y los de la WGBC enviarán un equipo de la televisión, pero me parece que a menos que lleguen durante los próximos minutos se van a perder el espectáculo.

No importaba si el equipo de la televisión llegaba a tiempo o no. Con uno de cada dos turistas armado con una cámara de vídeo, las diversas cadenas no tendrían dificultades para comprar el material audiovisual que necesitaran. Rick se agachó para pasar por debajo de la cinta de seguridad de la policía y caminó con los labios apretados hacia la ambulancia. Se detuvo al lado del coche oficial de Don Egan. En un par de horas llegaría la marea viva, y el *Pequod* ya estaba demasiado alto en el agua; la lancha del guardacostas estaba amarrada a su lado. Bajo la luz de los focos, Jack Pearl y un grupo de personas que habían podido cruzar la cinta de seguridad se mezclaban entre los guardacostas y los socorristas alrededor de una grúa.

—Hagan sitio, por favor.

El doctor Southwell, que había estado antes en la fiesta de los Maxwell y que hacía las funciones de consejero médico para la policía en esos casos, se abrió paso a empujones.

—Háganse a un lado —ordenaba Don a los allí reunidos—. Dejen paso a este hombre.

Rick se metió entre la gente hasta llegar a la ambulancia. La puerta trasera estaba abierta. Southwell estaba poniéndose una bata blanca desechable. Era un hombre joven que cuidaba su apariencia física con muchas horas de gimnasio y sesiones de bronceado.

—Doctor, me parece que ya están preparados —le dijo Don.

—Ya voy —dijo Southwell abrochándose la bata.

El cabestrante de la grúa se puso en marcha y la gente se agolpó para ver el ligero balanceo de la camilla con un bulto informe cubierto por un plástico de color amarillo. Los flashes de las cámaras empezaron a centellear. De la camilla chorreaban gotas de agua que brillaban a la luz tenue de los faros. Don estaba muy cerca. Rick vio que alargaba una mano para estabilizar el balanceo de la camilla y el cuerpo fue depositado sobre el muelle con un sonido húmedo que hizo que Rick apretara los dientes.

El doctor Southwell se colocó unos guantes de látex.

—¿Han terminado ya con las fotografías? —les preguntó a Sheena y a sus compañeros.

Los periodistas contestaron con otra salva de flashes. Southwell se colocó una mascarilla y asintió con la cabeza. A una señal de Don, dos de los guardacostas apartaron el plástico amarillo, dejando al descubierto una bolsa de color azul oscuro que contenía el cadáver. Los mirones dejaron escapar un suspiro colectivo.

Southwell se arrodilló para poder examinar el cadáver de cerca.

—Háganse un poco más atrás. Más atrás, por favor —ordenó de nuevo Don a los curiosos, Rick entre ellos, quienes estiraban el cuello con horrorizada fascinación.

Sheena mantenía su magnetófono en alto para grabar cuanto se decía. Southwell abrió la cremallera de la bolsa y de repente levantó la cabeza y empezó a toser. Las arcadas cundieron entre los mirones en cuanto les llegó el hedor. La gente se tapó la nariz y se echó hacia atrás.

—Perdone, doctor, deberíamos haberle avisado —se disculpó Jack Pearl con voz ronca.

El médico trató de contener la respiración mientras echaba un vistazo al contenido de la bolsa.

—Acérqueme esa luz —dijo con voz pastosa a uno de los enfermeros.

Utilizaba un instrumento metálico, una sonda o un escalpelo —Rick no podía verlo bien desde donde se encontraba— para examinar lo que fuera que había dentro de la bolsa. Se hizo un silencio tenso mientras esperaban el veredicto del médico. Sin duda necesitaría bastante tiempo para tener una idea clara. Rick oía el zumbido de las cámaras de vídeo filmando la escena. Una turista de pelo blanco lanzó un grito cuando alguien la pisó.

Al fin Southwell apartó el foco con un gesto y se levantó. Se quitó la mascarilla. Bajo la luz de los focos, su expresión era de crispación. Hundió los hombros en un ademán de cansancio. Parecía decidido a exprimir hasta la última gota de dramatismo de aquella situación. Sin decir una palabra indicó a los socorristas que volvieran a cerrar la bolsa de plástico.

La voz de Sheena rompió el silencio.

—¿Qué puede decirnos, doctor?

Southwell señaló hacia los despojos que había a sus pies.

—Los restos están... excesivamente descompuestos —dijo con voz dura—. Habrá que realizar varios análisis para determinar la identidad.

Sheena alzó en el aire su magnetófono.

—Doctor, ¿puede darnos una idea de cómo murió?

Allí había algo raro, pensó Rick, algo muy raro. Southwell se pasó una mano por la cara. Estaba claro que ocultaba algo.

8

El hospital era nuevo, un edificio de dos plantas construido por un consorcio de Ellsworthy y situado junto a la carretera elevada, la Cornisa, en un terreno que era propiedad de Chance Greene. Tenía un departamento de pediatría y otro de traumatología, y el doctor May, el cirujano, también realizaba allí algunas intervenciones menores. Para cualquier problema más serio era preciso ir hasta Bangor, un trayecto de al menos una hora incluso con la sirena puesta, y para tener que ir tan lejos era preferible girar hacia la derecha por la autopista 95 y dirigirse directamente a Portland, donde la asistencia hospitalaria era mucho mejor.

Al menos en el hospital local había un depósito de cadáveres, para cuando alguien fallecía y para realizar las autopsias. Sheena Dubois siguió a la ambulancia hasta la Cornisa. Luego aparcó, bajó y se paró a fumar un cigarrillo en la entrada del hospital. No le gustaban los hospitales, no soportaba cómo olían. La ambulancia que había llevado hasta allí el cadáver desde el puerto estaba aparcada a su lado. Ellsworthy estaba a cinco kilómetros al oeste, por la Ruta Uno. De vez en cuando pasaba algún coche por la Cornisa, rasgando la oscuridad de la noche con los halos de sus faros, que se reflejaban en el agua.

Pensó en el artículo que tenía que redactar. Primero la amenaza de un tsunami y ahora un ahogado. En el Neck todos estaban asustados. Los pescadores eran personas supersticiosas. Un ahogado siempre traía mala suerte.

En ese momento sonó su teléfono.

—¿Sheena?

Era Chance otra vez, quería saber qué iba a escribir.

—Dame un respiro, Chance. Ya has visto en qué estado se encontraba el cadáver. Se está hablando de informes dentales y de análisis de ADN. Por el momento será bastante difícil establecer el sexo, y no digamos ya la identidad.

—Entonces, ¿cómo están las apuestas? ¿Alguien que cayó de un barco?

—Supongo que sí.

—Puede haber sucedido en cualquier parte, lejos de la orilla, algún buque mercante de paso.

—Mira, por lo que sabemos hasta el momento, podría haberse caído del *Titanic*. No hay historia. Sin una identificación, las cadenas de televisión no emitirán nada. Vete a dormir. Bastantes preocupaciones tienes ya con la celebración del Día de los Fundadores.

—No hace falta que me lo recuerdes —le soltó él, y acto seguido cortó la comunicación.

Sheena suspiró y encendió otro cigarrillo. Llevaba más de veinte minutos esperando cuando salió el doctor Southwell con la chaqueta bajo el brazo.

—Vaya, estás aquí —dijo él. Los extremos de su boca se curvaban hacia abajo, señal de que estaba cansado. Ella lo siguió hasta donde estaban los coches aparcados—. No vas a creer lo que hemos averiguado —dijo él sin dirigirle la mirada mientras buscaba las llaves del coche en su bolsillo.

—Sorpréndeme.

—Vamos a alguna parte.

Sheena siguió las luces traseras del Landcruiser de vuelta por la Cornisa. Ya casi no había tráfico. Un kilómetro antes de llegar a la ciudad, él salió de la carretera y se metió por un camino arbolado hasta llegar a un claro del bosque. Se detuvo y apagó las luces. Sheena aparcó a su lado. Ambos se acomodaron en el asiento trasero del Toyota de Sheena.

—Bueno, ¿de qué se trata? —preguntó ella mientras él empezaba a quitarle la camiseta.

—Luego —dijo él metiendo las manos debajo de la ropa de ella.

—Deja que me ponga cómoda.

Se quitó la camiseta, se echó hacia atrás y se deshizo de los vaqueros. A él le gustaba que se desnudara por completo. Le encantaba el riesgo. Él hizo lo mismo.

—Creía que estabas agotado —dijo Sheena mientras él se movía dentro de ella.

—Nunca estoy demasiado cansado para esto —fanfarroneó.

Luego compartieron un cigarrillo. El extremo encendido dibujaba sombras sobre sus cuerpos. Cualquier día los pillarían. En una ciudad pequeña era imposible guardar un secreto mucho tiempo. Y si eso sucedía, ella tendría que abandonar la ciudad; ¿acaso él estaba dispuesto a perder a su hermosa mujer? Pero ¿y si quisiera casarse con ella? Se rió de sí misma en silencio. Imposible. Al menos había una parte positiva en eso: con un malnacido como Southwell no hacía falta tener muchas expectativas. No había lugar para la decepción. Entonces, ¿por qué se dejaba utilizar por él? ¿Sexo, amor, soledad, aburrimiento? Todo eso no eran más que palabras.

Él estaba hablando de nuevo.

—Lo que hemos encontrado es realmente extraño.

—¿En qué sentido? ¿Es que tenía dos cabezas o algo por el estilo?

—Mucho más extraño que eso. Pusimos los restos en la mesa de operaciones y ¿a qué no sabes lo que encontramos? Ni más ni menos que una mortaja.

—¿Una mortaja?

Él emitió un gruñido de impaciencia.

—Ya sabes a qué me refiero. Un sudario, una de esas sábanas que se utilizan para enterrar a la gente. Las habrás visto en muchos cuadros.

—Ya sé qué es una mortaja, pero supongo que hoy en día ya no las utiliza nadie.

Él tomó aire.

—Quién sabe lo que hacen por ahí abajo. Puede que muchas de esas comunidades rurales sigan aún las costumbres antiguas.

—A ver si lo entiendo —dijo Sheena quitándole el cigarrillo de entre los dedos—. ¿Estás diciéndome que lo que encontraron en la balsa de langostas de Cal Burrows era el cuerpo de alguien al que habían enterrado en el mar? ¡Vaya!

Él se rió entre dientes.

—Has fallado el tiro, cariño. En esta costa está prohibido echar los cuerpos al mar. Es una reserva marina. Y en los lugares donde sí se puede, lo hacen en aguas profundas, más allá de la plataforma continental. Además, el estado de descomposición del cadáver revela que permaneció bajo tierra durante bastante tiempo, unos veinte años, antes de que lo echaran al mar.

—¿Alguien desenterró el cadáver, exhumó el cuerpo que había estado enterrado y luego lo tiró al mar? ¿Para qué iban a hacer eso?

—Puede que no les quedara espacio. La única otra explicación que se me ocurre es que las olas llegaron a un cementerio situado cerca del mar y desenterraron los cuerpos.

Sheena guardó silencio durante un minuto.

—El mar devuelve un cadáver —dijo incorporándose y buscando su sujetador—. Suena bíblico. Como si se tratara de un presagio.

—Sí, pero ¿de qué?

Bearskin Neck

Eran casi las once de la noche. Los equipos de socorrismo y la policía ya se habían marchado. Chance Greene también se había ido a casa. Rick y Rebecca estaban sentados en el Lobsterman tomando café con bollos. Mitch, el encargado del restaurante de Jean-Alice, con el pelo recogido en una cola de caballo, leía el periódico detrás del mostrador. Una radio con el volumen muy bajo emitía música country. La única otra mesa ocupada era la de delante de la ventana, a la que se sentaban una docena de surfistas.

El tipo llamado el Cojo entró por la parte trasera del local, donde Jean-Alice tenía el servicio de internet. Su mirada se detuvo en Rick durante un momento. Unos ojos oscuros y hostiles. Rick tuvo la sensación de que estaba siendo descortés y miró hacia otro lado. El Cojo renqueó hasta el grupo de surfistas, y estos le hicieron un sitio. Era evidente que lo consideraban una especie de líder.

Rebecca apartó a un lado su plato, con un bollo a medio acabar.

—No debería comer estas cosas. ¡Son bombas de calorías! ¿Qué crees que ocultaba Southwell?

Rick miró a su hermana.

—Lo sabremos muy pronto, en cuanto hayan hecho las pruebas al cadáver —dijo él secamente.

Reb le tocó la mano.

—Lo siento. Te han fastidiado tu gran día. ¿Se lo vas a contar a Natalie?

—¿Tengo algo que contarle? —preguntó él apartando la mano.

—Sí, tienes razón. —Rebecca se puso en pie y cogió su bolso—. Va siendo hora de que me marche. Mike estará preguntándose dónde me he metido. Te veré mañana en la tienda.

Rick hizo un gesto hacia el mostrador para que le sirvieran otra taza de café. En su mente persistían una serie de imágenes inquietantes: el saco con el cuerpo cuando lo sacaban del agua; los labios de Sarah Hunter pegados a los suyos; la mirada hostil del surfista cojo; la desazón en los ojos de Natalie cuando abandonó la fiesta. Aquel día, que había empezado tan bien, no dejaba de complicarse conforme pasaban las horas. Pero le parecía que estaba olvidando algo importante, aunque no era capaz de descubrir qué era.

La música suave dio paso a la voz del locutor: «Cinco minutos antes de la media noche, en la WGBC, en *Hora de música ligera*. La próxima canción está dedicada a un afortunado tipo de Goodwill, Rick Larsen. Rick, la persona que ha llamado te envía su amor y dice que tú ya sabes de quién se trata. Una canción de Celine Dion: «It's All Comming Back to Me Now».

—¡Vaya, Rick! —le gritó Mitch—. ¡Esa es para ti!

«Hay noches en las que el viento es tan frío…»

Rebecca, de camino a la puerta de salida, se detuvo para escuchar.

—Vaya, hermanito, parece que hay alguien que de verdad te quiere.

Rick forzó una sonrisa. Recordaba demasiado bien aquella canción. Había sido un tema muy popular cuando él estaba en el instituto. También era la canción favorita de Sarah Hunter.

Una figura pasó como un relámpago al otro lado de la ventana. Una explosión de vítores procedentes de la otra mesa ahogó la música mientras los surfistas aplaudían las piruetas de su colega montado en el monopatín. Al momento todos se levantaron y salieron para reunirse con él. Mientras Rick los seguía con la mirada, se fijó en un trozo de papel arrugado que había quedado encima de la mesa de los surfistas. Echó una ojeada y se dio cuenta de que era un e-mail impreso. «La Palma: largo temblor de magnitud aproximada 5,2. 1 p.m., hora local. Informes de desprendimientos de tierra en la costa oeste. Estado del mar revuelto durante varias horas. Olas de más de cinco metros.» El mensaje estaba sin firmar.

Debajo había otro mensaje: «Bermudas, 4 p.m. Mar revuelto en los arrecifes exteriores. Olas de más de dos metros».

¿De qué iba todo aquello? No sabría decirlo.

«... Hay noches en las que el viento es tan frío...»

Natalie ladeó la cabeza y la luz de la lámpara se reflejó en su cabello.

—Ahí está otra vez.

—¿El qué? —preguntó su madre.

Estaban sentadas en el salón de la casa, en el Point. Los teléfonos habían estado sonando toda la noche.

—No dejan de poner esa canción en la radio, pero nunca puedo oír el título. No soy capaz de recordar cómo se llama y eso me saca de quicio.

—Me gustaría que te concentraras un poco, cariño. Tenemos que tomar una decisión.

Natalie hizo una mueca.

—Le dije a Rick que debíamos decidir una fecha, pero me contestó que antes tiene que acabar esa maldita casa que está construyendo.

El Hombre sin Nombre —al que los surfistas conocían como el Rey de la Montaña— había convocado a sus lugartenientes para una reunión. Se trataba de los seguidores en los que más confiaba, sus más íntimos amigos, los más valerosos guerreros del agua. Juntos habían hecho todo tipo de hazañas en el mar. Y llevaban en sus cuerpos las cicatrices que lo demostraban. Entre ellos estaban Kiwa, el forzudo polinesio con el pecho tatuado; Earless, que se había estrellado contra un arrecife y había salido de aquella aventura casi entero; Greg, de Namibia; Pico, de Brasil, y los Bandidos de Brisbane, todos ellos surfistas de la costa Norte y del sur de California. No eran novatos ni adolescentes, sino hombres duros, profesionales, los veteranos de Jaws, de Tahití, de Mavericks y de un montón de lugares secretos en todos los océanos y los mares del mundo.

En la punta del cabo de Curtain Bluff, en el lindero de los árboles, a unos metros del cementerio habían hecho una hoguera mirando hacia el Estrecho; los únicos sonidos eran el romper de las olas contra los acantilados y el ulular de las lechuzas en los árboles. Se sentían a gusto en la oscuridad. Estar al aire libre era como estar en casa; era el hábitat natural de los surfistas. Se habían reunido para escuchar a su líder indiscutible, a su jefe, al anónimo Rey de la Montaña, coronado más veces de las que nadie podía recordar. Aquel iba a ser su mayor reto. Era un momento solemne.

Prepararon la hoguera y se sentaron en la susurrante oscuridad. Habían contestado a su llamada, y ahora esperaban que se les diera a conocer la razón por la que estaban allí.

El Cojo fue el primero en hablar; de pie, con la pierna tullida apoyada en una tabla. No necesitaba presentación. Todos conocían su historia, la caída que había estado a punto de acabar con él, y la larga búsqueda que había dado sentido a una vida truncada. Aquel era su descubrimiento, él había llevado a cabo la investigación, y él era el encargado de exponer el plan y desvelar su secreto mientras las brasas crepitaban en el dulce y cálido aire de la noche.

Su aventura les resultaba en parte familiar, pero cuando hablaba de grandes olas, de arrecifes y de gigantes siempre conseguía que todos asintieran en silencio. Se trataba de retos a los que todos se habían enfrentado más de una vez. Hablaba de Jaws, de Mavericks, de Tasmania y de Teahupoo, pero no les decía nada nuevo. Cuando empezó a hablar de Cortes Bank, todos prestaron más atención.

—... la ola golpea el arrecife y se eleva... Parsons montó sobre sus más de veinte metros en 2001 y ganó el premio XXL... Pero podría haber sido más grande... Podía haber llegado a alcanzar los treinta metros... —El Cojo hizo una pausa para crear más tensión—. O incluso veinte más...

En ese momento se sentó.

—Más de cincuenta metros, eso es lo que dijo Garret McNamara —gruñó Coughlin. La plateada sutura de la cicatriz que un tiburón dejara en su hombro se movió a la luz de la luna—. Sean Collins calculó como mucho treinta.

—¡Demonios, en Cortes se fotografió una de más de treinta metros! —soltó alguien con desdén.

—Y de esa altura tenía que ser por lo menos la de Cortes —admitió el Cojo secamente—. ¿Y qué sabemos de esa legendaria ola? Una montaña subterránea de ocho kilómetros de largo a cien millas de San Diego; más de veinte metros de agua en la plataforma continental; la formación de una gran ola que rompe en la playa con solo un metro de altura. ¿Qué la hace diferente de Jaws, de Mavericks, de Shipstern Bluff, de Teahupoo o de cualquier otra ola legendaria?

—¡La resaca es mayor! —gritó otro tipo echándose a reír.

El Cojo se encogió de hombros. Supuso que cualquiera podía ser estúpido si se lo proponía. Pero él estaba hablando en serio.

—Son olas provocadas por los vientos —dijo el Cojo—. Y dependen de tres factores: la fuerza y la duración del viento, la profundidad del agua y el tamaño de la onda. Dos de esos factores, la profundidad y el tamaño, y la fuerza a la que sopla el viento sobre el agua, están sujetos a limitaciones físicas. Por otra parte, la fuerza del viento es una variable que todos conocemos. En los temporales fuertes las olas de treinta metros son relativamente comunes. Según los oceanógrafos, un temporal de fuerza doce, con vientos de más de ciento treinta kilómetros por hora soplando en una zona de más de mil millas de océano durante más o menos doce horas. La ola más alta oficialmente documentada tenía una cresta de treinta y cinco metros. De acuerdo —alzó una mano—, ya sé lo que estáis pensando, las olas realmente enormes sobrepasan las mediciones habituales. Lo que quiero decir es que hay límites físicos para las olas provocadas por los temporales, y esos límites están entre los treinta y los treinta y cinco metros... Incluso en Cortes Bank.

—¡Maldita sea, no nos hemos reunido aquí para que nos cuentes un montón de cosas que ya sabemos! —gruñó Mack, el gran motociclista—. Corta el rollo, tío. ¿Qué ola nos estás vendiendo?

Aquellas palabras quedaron suspendidas en el aire. Los otros surfistas esperaron. Era imposible leer la expresión de la mirada del Cojo.

—Esta ola, nuestra ola —miró al Rey por encima de estaba sentado a su lado, observando las llamas como si aquello fuera con él—, la ola Goodwill, puede llegar a alc —se calló de nuevo y su voz se hizo más baja, hasta convert un murmullo apenas audible—... ¡cincuenta metros!

El silencio que siguió a aquellas palabras fue absoluto. El estaba prometiéndoles una ola de cincuenta metros de altura, tres veces más que la ola más alta que ellos habían montado. Aqu llo era épico. Era glorioso. Era la muerte.

El Rey se puso en pie y avanzó unos pasos hacia la hoguera. Su sombra le siguió como las alargadas alas de un arcángel y las estrellas se reflejaron en su pelo.

—Este es mi sueño —les dijo con una voz suave y grave que parecía salir de las entrañas de la tierra—. Me he pasado toda la vida preparándome para este momento. Esa ola nacerá. Cruzará el océano y llegará hasta aquí, hasta el Estrecho. Y yo volaré en ella hasta la luna.

—¡Hasta la luna! —repitió el Cojo como un eco.

—¡Hasta la luna! —repitieron los demás en respuesta a sus palabras—. ¡Hasta la luna!

El Gran Mack se puso en pie con expresión huraña.

—¿Y qué pasa con nosotros? ¿Vamos a poder compartir tu gloria?

Un pájaro graznó entre los árboles. Una nube negra pasó por delante de la luna y el cielo se oscureció.

El Rey lo miró con un gesto igual de huraño. No temía a nada, ni a los hombres ni a las bestias ni a la furia del mar.

—Todos sois bienvenidos a volar conmigo —dijo en un tono frío—. Solo hace falta tener cojones.

9

Palma, Canarias, viernes

Carlos, el dueño del hotel, consiguió los explosivos. Diez kilos que compró en una cantera al norte de la Caldera de Taburiente, y que transportó en su camioneta utilizando los caminos vecinales para evitar los controles. Los soldados tenían órdenes de no dejar avanzar a ningún vehículo más allá de El Paso. Desde que el nuevo cráter empezó a vomitar cenizas, se hablaba de evacuar la mitad sur de la isla. Algo ridículo cuando las montañas estaban llenas de científicos y periodistas. Gracias a Dios que estaban allí, pensó. Con la marcha de los turistas, tal como establecía la orden municipal, de no haber sido por los científicos y los periodistas el hotel estaría vacío.

Con forma de cabeza de hacha, La Palma era la más grande de las islas Canarias occidentales. La cima de una montaña oceánica a sesenta millas de la costa oeste de África, que se elevaba siete mil metros desde el fondo del océano, tres cuartos la altura del Everest. El volcán de Cumbre Vieja, hacia el que Carlos se dirigía en ese momento, era uno de los volcanes de crecimiento más rápido del mundo, y tenía gran actividad. Durante el siglo pasado había entrado en erupción en tres ocasiones. Negros campos de lava, conos de carbonilla y de rojas cenizas volcánicas habían hecho inhóspitas las laderas escalonadas de la isla. Pero las cenizas y los escombros no eran los únicos peligros; durante su viaje Carlos se había visto obligado en dos ocasiones a dar la vuelta a causa de las grandes grietas que se abrían sobre el terreno, producidas por los continuos temblores de tierra.

La camioneta dio un bandazo sobre un bache cubierto de cenizas cuando viró hacia la derecha para tomar el camino que descendía hacia la costa. Desde allí eran visibles las fumarolas de los dos conos de lava; el más antiguo se hallaba bastante abajo, hacia el sur de San Antonio, donde había comenzado la erupción, y el nuevo cráter se había abierto casi por encima del punto medio de la costa oeste, apenas a un kilómetro del hotel. Ese último era el que amenazaba con destruir su medio de vida y el de sus amigos.

El agujero había aparecido tres días atrás, a primera hora de la tarde. Carlos estaba en el bar, preparando unas bebidas para el equipo de una cadena de televisión estadounidense que había volado desde Madrid el día anterior: dos cámaras y una presentadora rubia con voz ronca, que acababan de regresar de filmar en San Antonio, y los dos ayudantes que transportaban el equipo. Estaban dentro, protegidos del calor y mirando hacia el mar en dirección a Estados Unidos. En la parte posterior del hotel se levantaba la cumbre casi vertical de mil metros, la primera plataforma del volcán, desde la cual, antes de la erupción, los intrépidos parapentistas se dejaban caer en sus velas de vistosos colores.

Carlos estaba colocando las cervezas en una bandeja cuando el suelo empezó a temblar y tuvo que agarrarse al mostrador para no caerse. La mujer lanzó un grito, y Carlos se dio media vuelta para decirles que salieran a la terraza porque el temblor parecía muy fuerte, demasiado cercano, y el techo podía derrumbarse en cualquier momento. Pero antes de que pudiera hablar se oyó un estruendo, como un trueno muy fuerte, seguido por el crujido agudo de la corteza terrestre al abrirse. El temblor menguó y empezó a oírse el silbido del vapor a alta presión que emergía del suelo, mezclado con el estrépito de las rocas que caían. Y el olor. Carlos conocía aquel olor. Todos los isleños lo conocían.

Salió corriendo por el vestíbulo hasta la entrada principal. El humo y el vapor surgían de detrás de la escarpada cumbre rocosa que caía a pico sobre el mar, justo al norte del pueblo. Solo podía tratarse de un nuevo cráter que acababa de abrirse, pero no estaba completamente seguro; tal vez se trataba de una erupción submarina. Echó a correr hacia la playa; otros lugareños le siguieron los pasos.

El cono era un espolón de lava de treinta metros de altura, de dentado basalto negro, formado por el fluido magmático de una antigua erupción. La afilada roca, demasiado escarpada para escalarla, escondía detrás una pequeña cala que muy poca gente visitaba. Cuando Carlos y sus vecinos llegaban al final de la playa, se vieron envueltos por una lluvia de lodo negro que salía de la parte más alta de la cumbre. La pequeña cala que había al otro lado acababa de desaparecer, tragada por un géiser hirviente de cincuenta metros de alto o más que en aquel momento vomitaba su apestoso contenido sobre el pueblo y el puerto.

Mientras miraban boquiabiertos con horror y consternación, agazapados para protegerse del bombardeo de lodo, el cráter recién abierto empezó a rezumar un río de lava incandescente semisólida que se deslizó por debajo del montículo de barro que acababa de formarse alrededor de la monstruosa garganta del géiser. A continuación se formó un arroyo que avanzaba lentamente y cambiaba de un rojo vivo a un color más apagado conforme el magma se iba enfriando. ¡Lava! Una ráfaga de gas ácido que descendía por la ladera se le metió a Carlos en la garganta y le hizo caer de rodillas entre jadeos.

Había que detener aquel río de lava. Había que detenerlo fuera como fuese, antes de que arrasara la casa de Carlos y todo el pueblo. Esa era la razón por la que en ese momento avanzaba entre nubes de ceniza con la camioneta cargada de explosivos.

Viernes

Dos mil millas al este de las Bermudas, en medio del océano Atlántico, el *Tarp*, un buque estadounidense de reconocimiento T-AGS-60, navegaba a ocho nudos en dirección al norte de África. A bordo, a más de cien metros por encima de la superficie del agua, se hallaban las cincuenta y cinco personas que formaban la tripulación de la nave y un equipo de científicos. El buque iba provisto del más moderno instrumental de vigilancia oceanográfica, que incluía sondas multibanda y sónares laterales, y de un equipo subacuático militar de vanguardia en cuanto a sistemas de posicionamiento y sensores acústicos. Durante el último mes el *Tarp* había llevado a cabo un seguimiento de los movimientos sísmicos de la zona nordeste de la dorsal

Media del Atlántico, la cordillera submarina que se extiende desde la isla de Jan Mayen, en el Círculo Polar Ártico —coronada por el enorme volcán Beerenberg, a mil millas al norte de Islandia—, hasta el humeante glaciar del pico de Bouvet, centinela del casquete polar de la placa Antártica.

En la popa, un transmisor acústico recogía las pulsaciones sísmicas del fondo marino, a tres mil metros por debajo de la superficie. Esa información era procesada a bordo por un generador de imágenes sonográficas que ofrecía una visión del suelo oceánico en tres dimensiones.

Dos años atrás, el Servicio Nacional de Meteorología, cumpliendo órdenes del presidente, puso en marcha un programa para proveer a las costas del Atlántico y del Pacífico de Estados Unidos de un completo sistema de alarma previa ante la amenaza de tsunamis. El programa pretendía cuadruplicar el sistema ya existente en la zona del Pacífico e instalar una cobertura similar en la costa Este, así como en la zona del Golfo y en las franjas costeras del Caribe. Conocido como DART (Vigilancia del Fondo Oceánico y Aviso de Tsunami), el programa disponía de treinta y ocho boyas de presión ancladas en el fondo marino y provistas de sismógrafos. Estas se hallaban unidas por un complicado sistema de transmisores a unas boyas de superficie ideadas para calcular la altura de la columna de agua sobresaliente de la superficie del mar y transmitir los datos resultantes a una estación terrestre por medio del sistema de satélites GOES.

Las primeras veinticinco boyas se destinaron al Pacífico, para reforzar el sistema de seis boyas que ya existía. A finales de aquel año se pusieron en funcionamiento las boyas del Pacífico, y el sistema se declaró funcional. Ahora le tocaba el turno al Atlántico. Ya se habían ubicado cuatro de las cinco boyas que debían colocarse a lo largo de la dorsal. Al día siguiente por la mañana se instalaría la boya restante, con la que se completaría la cobertura en el sector norte, hasta las Canarias. A partir de ese momento, el Servicio Nacional de Meteorología daría luz verde para poner en marcha el sistema de aviso de tsunami y los habitantes de la costa Este al fin podrían dormir tranquilos.

Además del programa DART, aquel viaje tenía otro objetivo. Dos años atrás, uno de los barcos gemelos del *Tarp*, el *Maven*, había descubierto una garganta submarina que cruzaba la dorsal Media del Atlántico de este a oeste. Un examen posterior confirmó no solo que el desfiladero era más profundo de lo que había parecido en un primer momento, sino también que estaba conectado con una serie de fisuras en el fondo marino que se extendían hasta la plataforma continental de la costa Este de Estados Unidos.

Aquel descubrimiento era potencialmente importante para la marina de guerra estadounidense, ya que parecía ofrecer una ruta oculta para los submarinos que transitaban por el Atlántico. De modo que la misión secundaria del *Tarp* era cartografiar el sector este del desfiladero para saber hasta dónde se extendía.

En el centro de procesamiento de datos que se había instalado a bordo, la doctora Mary Sennett estudiaba en silencio las últimas imágenes recibidas. En la pantalla plana de veinte pulgadas que tenía delante, el tamaño de la fisura era enorme, comparable con la del valle del Riff, en África. Se veían elevaciones escarpadas y acantilados que se sumergían casi doscientos metros en un barranco de diez millas que cortaba el fondo oceánico de un tajo limpio. Y de momento no se tenía idea de dónde acababa. Se suponía que aquel desfiladero se extendía hasta el litoral este africano.

Existían diversas teorías acerca de su formación. Algunos creían que se debía al estiramiento de la corteza terrestre provocado por la separación de la placa africana y la placa americana, que expelían rocas fundidas desde el manto terrestre al fondo marino. Mary se inclinaba por la teoría del impacto de un asteroide, según la cual la colisión de un gran meteorito en uno de los extremos del globo terráqueo podría haber provocado una inmensa fuerza de marea en la corteza terrestre, haciendo que en la zona opuesta al impacto se abriera una grieta enorme.

Un trazador gráfico, un *plotter*, que tenía al lado se puso en marcha para procesar los datos recién recibidos y escupió una tira de papel pautado. Derek Wanless, profesor de la Universidad del Servicio Nacional de Meteorología, situada en el Centro de Investigaciones Subacuáticas de Connecticut, y director adjunto del programa, se acercó a la máquina a la vez que Mary y arrancó la hoja para examinarla a la luz. Gruñó.

—¿Más picos?

—Sí. Movimientos sísmicos en las islas Canarias. Menudo fastidio.

La mirada de Mary se dirigió a la gran carta náutica del Atlántico que había en la pared. Una línea amarilla trazaba el recorrido que había hecho el *Tarp* hasta su actual posición en medio del océano. Cumbre Vieja, en La Palma, el volcán responsable de aquellas perturbaciones, estaba aproximadamente a trescientas millas al este. Menos de un día de navegación a aquella velocidad de crucero. El equipo de sónar que el buque llevaba a bordo podía registrar los más leves temblores. Mary había intentado retocar los programas de su ordenador para filtrar aquellas interferencias, pero el eco de las erupciones seguía afectando a las imágenes submarinas. Aquello irritaba a un perfeccionista como Wanless.

—Lo que me sorprende es que las señales sean tan fuertes —dijo ella—. Estamos demasiado lejos del centro de la erupción. La única explicación que se me ocurre es que la propia fisura esté aumentando el efecto del sónar.

—Yo también me estaba preguntando lo mismo —dijo Wanless mordiéndose los labios—. Valdría la pena sumergir un sismógrafo cerca de la costa Este para ver si las ondas de choque se propagan a lo largo de la fisura hasta allí.

Mary pulsó una tecla de su ordenador y consiguió una imagen a pequeña escala de toda la estructura del desfiladero que ya tenían cartografiado. Lo hizo encajar con las cumbres de la dorsal Media del Atlántico, estrechándolo en uno de los extremos al toparse con la línea costera de Nueva Inglaterra. Ambos científicos observaron la pantalla durante unos momentos.

—Ahí hay una topografía muy singular —observó Wanless—. Mira de qué manera corta la fisura la plataforma continental casi hasta llegar a la bahía de Fundy.

—Hagmar sostiene la teoría de que posiblemente las ballenas utilizan el desfiladero como ruta migratoria hacia Nueva Escocia —dijo ella. Felix Hagmar, otro investigador del Instituto Oceanográfico de Woods Hole, era especialista en cetáceos—. ¿Has enviado ya una petición para esos sismógrafos? —preguntó Mary volviéndose para mirarlo.

—Ajá —dijo él asintiendo con la cabeza.

—¿Y?

Wanless se encogió de hombros y se pasó una mano por la cabeza. Le quedaba muy poco pelo y se acarició suavemente el poco que no se le había caído.

—La historia de siempre. Ya nos hemos gastado el presupuesto de este año, de manera que dijeron que se lo pidamos a la Armada. Se mostraron interesados, pero piden que hagamos un informe detallado explicando cómo puede afectar esto a la seguridad nacional. Podríamos colarlo en nuestro proyecto para el año próximo.

—Para entonces la erupción ya habrá terminado y el sismógrafo no tendrá ningún sentido.

—Pero no por eso el comité dejará de incluirlo —añadió Wanless con una media sonrisa.

—No, colocarán ese sismógrafo de todas maneras y así tendrán un motivo más para acusarnos de malgastar el dinero en un experimento fallido —se rió Mary.

Wanless estaba mirando por la ventana hacia la inmensidad del océano.

—Dentro de unas horas divisaremos la fumarola de Cumbre Vieja. Dejaré de preocuparme en cuanto hayamos colocado la última boya y pongamos rumbo de regreso —confesó él.

—¿De verdad crees que el volcán explotará pronto?

Él meneó la cabeza.

—Solo Dios lo sabe, pero perdí a un buen amigo en el volcán Saint Helens en 1980. Los volcanes son brutales e impredecibles. ¿Recuerdas la filmación del Krakatoa? ¿Y los barcos que navegaban alrededor de la isla, ajenos a cualquier peligro cuando el volcán estaba a punto de hacer erupción? Eso mismo podría pasarnos a nosotros.

A pesar del calor que hacía dentro del barco, Mary sintió un escalofrío.

10

La Palma, Canarias, viernes

A doscientos metros de la boca del volcán, el doctor Malcolm Mackenzie, del Instituto de Vigilancia Geológica de Estados Unidos, se detuvo para tomar un trago de agua. Había caminado toda la mañana bajo el sol, a dos mil metros de altura, por un paisaje de lava solidificada, grises rocas volcánicas y arenas cobrizas. Junto con él, otros tres geólogos, dos hombres y una mujer, habían ascendido por el tortuoso camino hacia la cima de aquella montaña que recorría la isla de norte a sur. A tres kilómetros, detrás de ellos, la fumarola de la primera erupción en Fuencaliente, en la punta sur de la isla, se elevaba cientos de metros. Pero no era eso lo que les preocupaba, sino la fumarola que tenían delante, cuya erupción no veían a causa del muro de piedra que se elevaba ante ellos. Pero sí podían oírla, un chirriante estruendo de gas y vapor que surgía de los conos de la parte alta del cráter.

Malc cerró el tapón de su cantimplora y volvió a colocársela en el cinturón. Mientras lo hacía sintió un temblor en el suelo. Solo duró unos pocos segundos y tras una pausa fue seguido por otro temblor de similar intensidad. Media docena de metros detrás de él, Felipe se detuvo.

—¡Dos coma cinco! —dijo—. Puede que más. Dos coma seis o siete.

Malc se dio la vuelta.

—Y tan superficial como los otros. Puede que a unos cinco kilómetros.

Esperó que Felipe le diera alcance. El español era un hombre mayor, de cincuenta años —Malc solo tenía treinta y uno—, enjuto y fuerte, y con una nariz aguileña que había heredado de sus ancestros piratas. Treinta años caminando por aquellas montañas le habían dejado una piel muy morena, casi negra, y una perspicacia sin precedentes en todo lo relacionado con los volcanes.

—Hay incremento sísmico —le dijo a Malc, y ambos fruncieron el entrecejo.

Un rápido aumento de los temblores superficiales, como el que ahora estaban experimentando, era un claro indicador de una erupción inminente.

Un helicóptero del ejército español había llevado al grupo y su equipo hasta la montaña. Luego habían tenido que andar durante más de cuatro horas a lo largo de la escarpada cima de Cumbre Vieja, parando de vez en cuando para recoger datos. Ahora estaban de camino a Hoyo Negro, el cráter que había estado dormido durante más de cincuenta años. Los datos que recibían de los GPS situados en el borde del cráter indicaban que la distancia entre los bordes este y oeste había aumentado al menos dos centímetros durante las últimas veinticuatro horas. El nivel del terreno en la parte central estaba deformándose por la presión que empujaba desde abajo, desgajando la isla en dos. Los geólogos tenían la intención de observar aquel proceso desde cerca.

Los temblores habían comenzado dos horas antes y desde entonces habían continuado a intervalos irregulares. Los datos de los GPS indicaban que una masa de magma estaba ascendiendo a través de la montaña, haciendo que la superficie de roca se abriera. El lugar en el que el magma saliera al exterior podría señalar una nueva erupción.

Malc siguió ascendiendo con dificultad, con el cono del volcán elevándose delante de él. Grupos de pinos canarios, cubiertos por una capa de ceniza y ya bastante quemados, daban paso a vetas de esquisto y carbonilla de un brillante color rojo y ocre con afloramientos negros de lava endurecida. El viento estaba cargado de un humo tóxico que se les metía en los ojos. Al llegar a la cima del borde del cráter, hicieron un descanso al lado del tronco carbonizado del último árbol; respiraban con dificultad por el esfuerzo realizado en aquella atmósfera enrarecida. Miraron hacia abajo, hacia el orificio irregular de medio kilómetro de ancho y más de cien de profundidad en el centro. Estaba lleno de carbonilla gris y gravilla entremezclada con guijarros, los productos de las anteriores erupciones. Chorros de vapor y fumarolas se elevaban desde el terreno en diferentes puntos tiñendo las rocas con unos vivaces colores verde, amarillo y azul cian, y dejando un ambiente viciado en el aire que les resecaba la garganta.

Esperaron a que llegase el resto del grupo. El primero en alcanzarlos fue Viktor, un ruso barbudo especialista en gases volcánicos; cargaba a la espalda una mochila llena de medidores de temperatura y frascos para recoger muestras. Llegó hasta la cumbre jadeando.

—¡Ah! —exclamó con alegría exhalando los vapores—. Bueno. Excelente. Valía la pena venir hasta aquí.

Malc vio que Felipe observaba su reloj y echaba una ojeada al cielo, ahora parcialmente oscurecido por el humo y las nubes de vapor que se elevaban por encima de sus cabezas. Conectó el radiotransmisor para contactar con las autoridades de La Palma y darles su posición. Eran las dos de la tarde; les quedaban como mucho dos horas de trabajo antes de regresar al lugar previsto donde el helicóptero debía recogerlos. Ansioso por no perder ni un minuto, Viktor empezó a ponerse su mono refractario de color naranja.

La estudiante asistente de Felipe, Concha, la más joven del grupo, llegó a paso ligero a pesar de su pesada mochila. Por debajo de sus pantalones cortos, sus robustas piernas estaban cubiertas de polvo ocre. Llevaba un casco con un logotipo de surf, algo incongruente en aquel paisaje lunar. Era una mujer valiente y hermosa, aunque un tanto huraña. Malc no conseguía entenderse con ella. Le dirigió una rápida sonrisa, pero ella se dio media vuelta para decirle algo a Viktor.

Felipe desconectó el radiotransmisor.

—En el observatorio estiman que las posibilidades de una erupción dentro de las próximas doce horas son del veinte por ciento.

Había una posibilidad entre cinco de que la montaña explotara en un futuro muy próximo, justo cuando estaban a punto de descender hasta su corazón palpitante. Los volcanes eran los últimos monstruos míticos, impredecibles y mortíferos. La única manera de estudiarlos era observarlos de cerca, llevar los instrumentos de recogida de datos hasta el interior mismo del cráter. «Olfatear el aliento del dragón», decían los vulcanólogos. El peligro era grande. Muchos científicos morían todos los años intentando conseguir lo que ellos estaban a punto de hacer.

—Estad alerta —advirtió Felipe en inglés, que era la lengua que utilizaban entre ellos. Aquella era su montaña; él era el jefe de la expedición—. Si grito, dejad el instrumental y corred hacia el borde del cráter. Y no os quitéis la ropa protectora —dijo tocándose el casco—. ¿De acuerdo?

Empezaron a descender por la ladera, con Viktor a la cabeza. El borde del cráter era de piedra suelta, y las botas de Malc se hundían en algunos lugares hasta las pantorrillas. Aquí y allá había gruesos terrones de magma solidificado, producto de los chorros de lava que el volcán había escupido en erupciones anteriores.

Viktor se acercó deprisa a la fumarola, se agachó muy cerca del chorro de vapor y metió en el agujero tubos de ensayo resistentes al calor para conseguir muestras de vapor. Un trabajo peligroso y poco agradable. El vapor emergía de la tierra a una temperatura muy elevada y normalmente el humo que desprendía era tóxico. Además del casco debería haber llevado una máscara antigás, pero Viktor tenía muchísima experiencia; había trabajado en volcanes de todo el mundo y despreciaba el peligro. Felipe y Concha examinaban los datos de los GPS y medían las temperaturas. Felipe, además, realizaba un reportaje fotográfico de la zona.

La especialidad de Malc eran las mediciones de densidad. La ascensión del magma hacia la superficie de la tierra conllevaba cambios en la densidad de las rocas en ese punto. Y eso era lo que él mediría. Las mediciones tenían que hacerse en un espacio lo más amplio posible alrededor del cráter y luego debían contrastarse todos los datos. Por último, era preciso afinar los datos que los transmisores enviaban al observatorio para comprobar la recepción. Eso llevaba su tiempo. Trabajaba todo lo rápido que podía, pendiente del más mínimo estremecimiento bajo sus pies, mientras el monstruo que había en el interior de la montaña se movía intranquilo. Podía sentir el calor que llegaba hasta sus pies a través de las suelas de sus gruesas botas. El calor, el humo sofocante y el continuo chirrido amenazador que producían las fumarolas que había dentro del cráter le hacían sentirse intranquilo. Intentó apartar de su mente la idea de que estaban caminando por encima de una delgada costra de tierra bajo la cual había una columna de basalto líquido muy caliente que estaba a punto de salir a la superficie con una fuerza que podría hacer que el cráter se abriera y acabara friéndolos a todos.

Le tomó más de una hora llevar a cabo todas las comprobaciones de sus instrumentos, hasta que al fin se sintió satisfecho al ver que todos los sistemas funcionaban perfectamente. Agotado y mareado a causa del ruido y del humo, echó una mirada alrededor para ver qué hacían los demás. Felipe hablaba de nuevo por la radio. Viktor seguía agachado al lado de su colección de frascos. Se diría que las exhalaciones tóxicas no le afectaban. Estaba completamente absorto en su trabajo, no era consciente de que el tiempo pasaba.

Concha llegó corriendo desde el otro lado del cráter; una capa de polvo le cubría el rostro.

—Felipe dice que tenemos que marcharnos en cinco minutos —le dijo—. Desde La Palma nos han avisado de que los datos de los GPS muestran movimientos verticales, y que el aumento de la temperatura supera los treinta grados.

—Yo ya estoy listo.

Con alivio, Malc metió el equipo en la mochila. Los instrumentos de medición láser de un satélite que había por encima de ellos habían detectado que el cráter estaba empezando a abrirse debido a la presión que empujaba desde abajo. Era hora de irse. Como confirmación, un nuevo temblor recorrió el suelo del cráter e hizo que se desprendieran partículas de piedra desde el borde.

Se puso en pie. Concha estaba mordiéndose los labios. Recordó que Felipe le había dicho que tenía un novio surfista. Posiblemente ansiaba estar de nuevo a salvo, de vuelta en la playa. Bueno, en eso coincidían.

—Asegúrate de que Viktor lo entiende —le dijo—. Posiblemente no se dará cuenta de algo tan trivial como una erupción.

La chica se estremeció.

—Marco dice... —resopló ella al tiempo que movía el puño como si golpeara las palabras; Malc supuso que Marco debía de ser su novio— que cuando explote Cumbre Vieja la sacudida podrá sentirse incluso en América.

11

Bearskin Neck, Goodwill, viernes

La sirena sonó de nuevo a las seis y media, que era la hora a la que Rick solía levantarse. Al momento estaba ya despierto, oyó la segunda sirena y pensó «mierda, otra vez no» mientras saltaba de la cama y echaba mano a su ropa. Estaba solo en el apartamento que tenía encima de la tienda; Natalie había pasado la noche en casa de sus padres.

Al cabo de dos minutos se encontraba ya en el muelle. Por la noche había hecho un calor agobiante, pero en ese momento el viento soplaba del este, el cielo lucía gris, y el aire, húmedo y frío, estaba cargado de sal. En el puerto no olió el humo, pero cuando entró con su camioneta en Main Street vio una nube de humo que se elevaba hacia el cielo, esta vez desde el sudoeste de la ciudad. El gran camión cisterna salió de la estación de bomberos, y él lo siguió hasta las afueras de la ciudad. Sammy Lewis, propietario de un negocio de lavandería en Goodwill y en Ellsworthy, iba de pie en la plataforma trasera del vehículo, agarrándose con fuerza cada vez que entraban en una curva.

Fred Tarr se unió a ellos en el cruce de Forest Road y Loop Road; vestía una chaqueta amarilla manchada de hollín y ceniza. Delante de ellos ardía el antiguo almacén de maderas de los Sawyer y las llamas amenazaban el cámping. Los coches y las autocaravanas iban de aquí para allá buscando una salida, y la gente corría en todas direcciones empujada por el miedo.

Fred estaba dando órdenes al grupo de bomberos.

—¡Rick, tenemos que sacar de aquí a esos idiotas antes de que alguien acabe lastimándose! —gritó por encima del ruido.

—Guíalos fuera con tu vehículo —dijo Rick—. Les diré que sigan la luz de emergencia a través del humo.

—Me temo que no querrán abandonar aquí sus malditos remolques.

—Iré detrás de ti y les obligaré a salir.

Cuando entraban en el cámping se toparon con una Winnebago enorme que se dirigía directa hacia ellos; al volante iba una mujer vestida con un traje de noche. Rick le cerró el paso y saltó de su furgoneta agarrándose el casco de protección.

La señora bajó la ventanilla.

—¡Apártese de mi camino! —gritó.

Rick vio que en el vehículo iban por lo menos tres niños, todos ellos aterrados, convencidos de que estaban a punto de quemarse vivos.

—Señora, no puede seguir por este camino. No es seguro. Por favor, dé la vuelta y siga a aquel vehículo de los bomberos.

—¡Apártese o pasaré por encima de su coche!

Tocó el claxon con el dedo pulgar y lo dejó allí. El ruido del claxon era ensordecedor, y no hacía más que aumentar el caos reinante. Posiblemente, aunque los niños no gritaran desesperadamente, la mujer no habría podido oír nada.

Rick agarró la manecilla de la puerta y tiró de ella. Mientras la mujer gritaba como una loca, él colocó un pie en el estribo y saltó dentro.

—Hágase a un lado —gritó Rick a la vez que le daba un fuerte empujón.

Antes de que ella pudiera resistirse, la apartó del asiento del conductor, se hizo con el volante y cerró la puerta.

—Escuchadme todos —gritó por encima de los alaridos de los demás—, me llamo Rick y soy miembro del servicio de socorrismo. Voy a sacaros de aquí. Calmaos y haced lo que se os mande.

La respuesta de la mujer fue abalanzarse hacia la puerta del pasajero con el niño que tenía más cerca. Rick la aferró por la parte de atrás del vestido y la obligó a volver a sentarse.

—¡Estese quieta! —ordenó con toda la autoridad que pudo imprimir a su tono de voz.

Puso marcha atrás e intentó en vano ver algo a través de los espejos retrovisores. El humo hacía casi imposible ver nada.

—Vaya atrás y dígame si el camino está libre —ordenó Rick a la madre.

Ella se lo quedó mirando sin decir palabra y empezó a sollozar.

—Yo iré —dijo un niño de unos diez años mientras salía por la puerta trasera.

Rick aguardó.

—Joey dice que se puede pasar —dijo al poco un niño todavía más pequeño.

Rogando que Joey tuviera razón, Rick maniobró el pesado vehículo marcha atrás y dio la vuelta. El humo, cada vez más denso, se filtraba en el interior del coche. La niña empezó a hacer ruidos guturales, como si estuviera a punto de vomitar, pero Rick no tenía tiempo de preocuparse por ella. Otros vehículos avanzaban sin rumbo en medio de la oscuridad. Bajó la ventanilla y gritó a los conductores que le siguieran. Un hombre rodeado por su familia llegó corriendo hasta él haciendo señas con las manos.

—Nos hemos quedado bloqueados. ¡No puedo mover el remolque!

—Suban atrás. Les sacaremos de aquí.

—¿Y qué va a pasar con mi remolque?

—Los bomberos ya están aquí. Conseguirán apagar las llamas. Lo importante ahora es poner a su familia a salvo.

—Será mejor que esté diciéndome la verdad. Ese remolque me ha costado seis mil dólares. Y si lo pierdo, denunciaré a alguien.

«Perfecto —pensó Rick—, rescatas a un hombre y a toda su familia, y te lo agradece amenazándote con ponerte un pleito.»

Justo delante divisó la luz de emergencia del vehículo de Fred Tarr centelleando entre las nubes de humo. En algún lugar siguiendo aquella dirección estaba la salida a Forest Road. Una vez llegados allí, los campistas podrían encontrar una ruta segura, atravesando el bosque, hasta llegar al puente que cruzaba el río Indian Creek. La mujer, que por fin había dejado de lloriquear, se secaba las lágrimas de la cara.

—No sé quién es usted, pero nos ha salvado la vida —dijo.

Rick se dio cuenta entonces de que era bastante joven. Esperó que el desgarrón que le había hecho en el vestido a la altura de las bragas, para impedir que saliera del coche, no lo llevara también ante los tribunales.

Condujo a los campistas hasta una zona alejada de los árboles, donde estarían a salvo. Fred Tarr había vuelto de la zona del incendio y le informaba de que el fuego estaba bajo control.

—Sé que todos ustedes se han llevado un buen susto —dijo Rick a los turistas—. Y no les culpo por estar enfadados. Pero estas cosas son frecuentes aquí en verano. Los árboles están muy secos y prenden fácilmente. Como ven, tenemos el equipo necesario y contamos con un personal entrenado para responder con rapidez a cualquier contratiempo. No ha habido que lamentar daños.

Eso era casi totalmente cierto. En medio de la humareda, un conductor asustado había atropellado a un niño de doce años, pero milagrosamente el chico no había sufrido ni un solo rasguño.

—Dejaremos un camión de bomberos de vigilancia durante todo el fin de semana —prometió. Pensó que a Fred Tarr aquello no le haría ninguna gracia, pero había que tranquilizar de alguna manera a aquella gente—. Ahora comprobaremos que las instalaciones siguen siendo seguras, y luego podrán regresar al cámping. Nuestro jefe de bomberos acaba de confirmarme que ningún vehículo ha sufrido desperfectos. Los cortafuegos han mantenido las llamas alejadas del terreno de acampada, como era su cometido. Si algunos de ustedes deciden no quedarse aquí, trataremos de buscarles un alojamiento alternativo o les devolveremos el dinero.

—¿Y adónde se supone que podríamos ir? —gruñó un hombre—. Aunque quisiéramos irnos de aquí, esta semana está todo reservado.

—Nos han arruinado las vacaciones —se quejó otra mujer con amargura—. Mis hijos no van a pegar ojo esta noche.

«Podrían si usted pusiera algún empeño en ello», pensó Rick. Por su propia experiencia, sabía que los niños se recuperaban rápido de los sustos. Solían ser los adultos los que no dejaban de quejarse.

—Bueno, nosotros sin duda regresaremos al cámping —dijo la mujer a la que Rick había rescatado—. Siempre que sea este héroe quien nos conduzca de vuelta personalmente —añadió riendo tontamente mientras sus hijos gritaban de alegría y daban palmadas.

Rick tuvo ganas de besarla. Después de aquello ya no hubo más problemas.

—Y bien, ¿cómo empezó este incendio? —preguntó a Fred Tarr más tarde.

Estaban de pie entre los restos del almacén de madera. Uno de los coches de bomberos ya se había ido y el otro rociaba con agua cualquier madera que todavía pudiera arder. Sheena Dubois ya había aparecido por allí. Rick la había visto hablando con los campistas, sacando fotografías y tomando notas de sus impresiones.

—¿Tú qué crees? —Fred miró a su alrededor—. Estamos muy lejos de cualquier vertedero y me parece que podemos descartar que cayera algún rayo. Así que la única explicación posible que nos queda es la intervención humana.

Rick miró a los campistas que estaban por los alrededores.

—¿Niños jugando con cerillas? Puede ser. Hablaremos con los padres para asegurarnos de que entienden el peligro que corren. Si es que no se han hecho ya a la idea.

—No estoy pensando necesariamente en alguien del cámping.

—¿Estás diciendo que podrían haberlo provocado?

—¿Dos incendios en dos lugares distintos en solo doce horas? Opino que debemos empezar a pensar en serio en esa posibilidad, ¿tú no?

Rick regresó en su coche a la ciudad. Las barreras colocadas en Bay Road impedían el paso a calquier vehículo que no fuera de emergencias. El aire frío tenía un regusto metálico que anunciaba el calor que estaba por llegar. Pero de momento todavía soplaba la brisa del mar. Había algo de niebla pero se despejaba rápidamente. El sol emergía con una corona azul con matices verdes; conforme ascendía en el cielo, el azul dio paso a un halo rojo que solo duró unos instantes, antes de desaparecer entre las nubes que pendían al este.

Aquel día le tocaba sacar el barco al mar. El *Pequod* era una inversión familiar, propiedad de Rick y de sus primos Olsen, Magnus y Paul. Sus antepasados escandinavos habían llegado a la ciudad el siglo anterior para trabajar en las canteras de granito que estaban situadas a lo largo de la costa. Las canteras ya no eran productivas, pero habían dejado un legado de elegantes casas de piedra a lo largo de Main Street y Bay Road.

De vuelta en su apartamento, se duchó para quitarse el hollín y el olor a humo. La previsión del tiempo era buena: altas presiones y suave oleaje. Las condiciones perfectas para salir a navegar. Encendió el televisor para ver las noticias de la CNN. Parecía que la inquietud del día anterior por un posible tsunami había decrecido. Un asesinato múltiple en Atlanta y la boda de una estrella de cine habían robado protagonismo al volcán. Habían aparecido más fumarolas. Un equipo de expertos había volado hasta la isla para elaborar un informe de la situación.

Las primeras llamadas que hizo fueron a los capitanes de los barcos de pesca. Necesitaba saber dónde estaban las ballenas para localizarlas enseguida y no perder tiempo y combustible. Habló también con algunos capitanes que se dedicaban al avistamiento de ballenas. No habían divisado ninguna por el momento, pero todavía era temprano, de manera que no se preocupó.

Su teléfono sonó.

—¡Rick! —A Chance Greene ya le habían llegado noticias del incendio—. ¿Ya has hablado con Don? Esto es serio, Rick. Si corre la voz de que tenemos un pirómano en la ciudad, la temporada puede irse al traste y hacernos volver muchos años atrás.

Para ser un hombre con experiencia y recursos, aquel inversor inmobiliario tenía una extraña tendencia a asustarse.

—Chance, solo se trata de una posibilidad. Fred Tarr está trabajando con la gente de Don, pero de momento no se ha dicho nada de que tengamos un pirómano en Goodwill.

—¿Cuándo fue el último aviso de incendio? Hace meses. Y de repente tenemos dos en dos días. ¡Hay que atrapar a ese maniático antes de que alguien resulte herido!

Rick puntualizó que Fred Tarr se había guiado por su instinto al afirmar que aquel incendio parecía muy sospechoso. Y eso era con lo único que contaban, de momento.

—Pero puede haber sido un accidente —añadió—, alguien que descuidara la barbacoa. Anoche no hubo apenas rocío, y las brasas pueden seguir ardiendo durante horas.

—Ya es bastante malo que tengamos la amenaza de un tsunami. Imagínate que una de esas olas llega en pleno desfile, con las calles rebosantes de gente. Sería una carnicería.

—Claro, y mañana podría acabarse el mundo. Escucha, Chance, si quieres que te dé mi opinión, todo eso no son más que exageraciones de la prensa. Las noticias alarmantes son fuente de grandes titulares. En el peor de los casos recibiríamos un aviso de peligro al menos cinco o seis horas antes. Tiempo de sobra para trasladar a todo el mundo tierra adentro si fuera necesario.

—Dios quiera que tengas razón. Si hemos de suspender los festejos en el último momento, quedaremos como una pandilla de idiotas.

—Ni la mitad de idiotas que si lo canceláramos ahora y al final no pasara nada. Te veré más tarde.

En el muelle, las gaviotas graznaban y revoloteaban por el cielo y los barcos langosteros zarpaban para revisar los cebos. El primer camión maniobraba marcha atrás al lado de la antigua fábrica de hielo. Otros más llegarían pronto y el frente del puerto se llenaría de puestos y tenderetes. En la puerta del Lobsterman había algunas banderas. Rick entró.

—Un café cargado y bien caliente —le dijo a Jean-Alice.

—Te lo mereces. Ese incendio podría haber sido más grave.

El café era bueno. Se lo bebió de un trago y se limpió los labios.

—Sí, bueno, ahora ya está controlado.

—Hasta la próxima vez —murmuró ella mientras pasaba un paño por el mostrador. El televisor emitía un programa de deportes; el local estaba a rebosar de gente. A Jean-Alice le iban bien los negocios; el restaurante, situado en primera línea de mar, recibía tanto pescadores como turistas—. Chance Greene estuvo aquí antes. Dice que entre los turistas hay algún pirómano.

Rick hizo una mueca y cambió de tema.

—Anoche había mucho jaleo en el puerto.

—No me lo recuerdes —dijo ella frunciendo el entrecejo. Era supersticiosa con los ahogados.

—¿Habéis oído eso? —resonó una voz detrás de Rick. Shannon Morrissey, apodado «Ballena», se dejó caer en la silla de al lado—. El viejo Cal Burrows no encuentra quien le compre sus langostas. ¿Imagináis la razón? —El comedor resonó con su risa.

El Ballena hacía honor a su nombre, no tanto en altura como en anchura.

—Hola, Ballena, pensé que habías salido en tu barco —dijo Rick a modo de saludo.

—Ayer esa maldita cafetera me dejó tirado. No he encontrado recambios por ninguna parte. Al final ha llegado Dan con un apaño y está tratando de arreglarla. Lo he dejado y me he venido a tomar un bocado. —Dan Pedhoe era un mecánico especialista en reparar motores de barco—. ¡Eh, Jeannie! —gritó Ballena dando un puñetazo en el mostrador—. Lánzanos un beso y no pongas esa cara tan triste. ¡Que no se ha muerto nadie! —Y se echó a reír de nuevo.

—Cuida tus modales, Ballena Morrissey —lo riñó Jean-Alice—. Por lo menos no era nadie de aquí, pobre diablo. Y basta ya del tema. ¿Vas a comer o solo has venido a sentarte un rato?

—Vaya, ¿tú a qué crees que he venido, Jeannie? Tráeme una ración doble de todo lo que tengas, ¿de acuerdo?

El estibador que estaba sentado a la derecha de Rick acabó su desayuno y se marchó; una exuberante joven rubia con la piel muy bronceada ocupó el taburete libre. Era Patsy Easton, investigadora del Instituto Oceanográfico de Woods Hole. Acompañaba a Rick en el *Pequod* para explicar a los turistas lo que iban viendo durante la travesía.

—Hola, Rick —dijo palmeándole el brazo—. Parece que hoy va a ser un buen día, ¿no crees?

Las ballenas eran su pasión. Cuando no estaba en Goodwill, estaba en el Atlántico Sur siguiendo a las manadas de ballenas en sus migraciones. A su regreso mostraba los vídeos de sus viajes a los turistas. Además de optimista, sincera y alegre, era experta en barcos, por lo que en caso de emergencia podía ser un miembro más de la tripulación. Era su segunda temporada con ellos, y Rick y sus primos se consideraban afortunados de que así fuera.

—Cuando venía hacia aquí he visto a un montón de turistas en la oficina de reservas —dijo ella.

Eso era una buena señal. El barco estaría lleno para el viaje de la mañana, y por la tarde también tendría bastante trabajo; así solía ser durante aquella época del año. Durante la temporada, los propietarios de los barcos ganaban el dinero suficiente para mantenerlos durante los meses flojos. La temporada de avistamiento de ballenas abarcaba de marzo a septiembre, pero el verano era el momento clave. A menos que la amenaza del tsunami lo desbaratara todo.

—He hablado con un par de capitanes. De momento no han visto nada, pero todavía es temprano.

—Sí. Me he cruzado con Saul Harris en el muelle. Su hermano salió al mar con las primeras luces del alba y dice lo mismo. Pero en cambio vio un gran banco de *Physalia* a unas ocho millas de la costa.

—¿*Physalia*? ¿Quieres decir medusas carabelas?

—Exacto, también conocidas como «fragatas portuguesas». Es raro que lleguen tan al norte. Puede que la culpa la tenga este constante viento del este que tenemos.

Rick empezó a sentirse exasperado. Aquel día llegaba una mala noticia detrás de otra.

—Si se acercan a la costa, sus picaduras pueden causar estragos.

—Tienes razón —convino Patsy—. Ya han avisado a los guardacostas para que pongan avisos en la playa.

Jean-Alice había escuchado la conversación.

—Por Dios, chicos, dentro de poco habrá más avisos que gente —observó en tono mordaz—. Justo lo que necesitábamos para la gran celebración de mañana.

Patsy saludó con la cabeza a una pareja de surfistas que acababa de entrar. Por las mañanas salía a correr a Deep Bay, y había trabado amistad con algunos de ellos. Rick y ella siguieron hablando de olas y de lo que podrían esperar los nuevos visitantes. Rick calculó que las olas no alcanzarían más de un metro. Patsy negó con la cabeza.

—Ya has visto sus motos de agua. Esos tipos son cazadores de gigantes. Irán más allá de los bancos para buscar las olas más grandes.

Jean-Alice dejó sobre el mostrador los huevos con jamón que había pedido Rick y le sirvió más café. Patsy pidió zumo de arándanos, yogur y un bollo.

Luego hablaron de la amenaza del tsunami.

—¿Qué se comenta en el Instituto Oceanográfico? —preguntó Rick.

—Tienen a dos tipos en un buque de la marina cerca de La Palma, una de las islas Canarias, frente a las costas de África —explicó.

—Ahí va esto, Ballena. Que te aproveche —dijo Jean-Alice depositando la montaña de comida en la barra, en medio de un murmullo de aclamación de los clientes.

—Serví en la Armada, ¿recuerdas? —dijo Rick—. Salíamos a navegar. Y las Canarias están a tres mil millas de aquí, ¿qué te parece?

—Tres mil millas no son nada para un tsunami. —Patsy se lanzó a darle una explicación técnica sobre cómo podría desgajarse el volcán, desprenderse parte de la montaña, caer al mar y producir una enorme ola que recorrería el mar hasta llegar a las costas de Estados Unidos—. Pero quédate tranquilo —concluyó—. Eso no pasará en este milenio.

—Pero cuando pase, ¿Goodwill podría llegar a inundarse?

—Tal vez no llegara a tanto. De acuerdo con los informes que he oído, se trataría de una ola grande pero no muy destructiva.

—¿A qué te refieres con «grande»?

—Bueno, dicen que podría empezar con una altura de treinta o cuarenta metros, pero que cuando llegara a la plataforma continental habría disminuido a unos tres o cuatro.

—¿Tres o cuatro metros de altura?

—Eso es lo que dicen los expertos. Y con el régimen de mareas que tenemos aquí, podría definirse como una onda.

—¿Y los surfistas? ¿Qué piensan ellos del asunto del tsunami?

Patsy se encogió de hombros. Fuera lo que fuese lo que los surfistas pensaban sobre el tsunami, ella no se lo dijo.

Natalie Maxwell llegó a la ciudad en el Jaguar rojo XK descapotable que sus padres le habían regalado para su cumpleaños.

Llevaba la capota bajada y el aire le despeinaba el cabello. Era un hermoso día. Encendió la radio.

«Hay noches en las que el viento es tan frío...»

«Sí, amigos, la canción "It's All Coming Back to Me", de Celine Dion. Esta es la petición para Rick Larsen, de Goodwill. Rick, quien nos llamó te manda todo su amor y nos pide que te digamos: "¿Recuerdas el juego al que solíamos jugar?".»

Natalie todavía estaba tratando de descubrir qué significaba aquello cuando sonó el teléfono.

—Lo sé, acabo de oírlo. —Era Cindy Thompson, una veraneante de su misma edad—. Supongo que no pensarás que he sido yo. ¡Celine Dion! Por favor. No, Natalie. ¿Cómo voy a saber quién ha sido? Una de sus ex amantes, supongo. ¿Por qué no se lo preguntas a él?

Natalie siguió escuchando cómo su amiga le contaba cosas sobre las antiguas novias de Rick y sobre el mal gusto de esas peticiones radiofónicas.

—¿Que qué voy a hacer? Me dirijo al centro para encontrarme con un surfista muy simpático. ¡No, no puedes venir con nosotros, adiós!

Colgó el teléfono y pisó el acelerador. El deportivo rugió y entró en la curva levantando una nube de polvo y con un chirrido de los neumáticos.

—¡Zorra! —gritó Natalie mientras golpeaba el volante con las manos—. ¡Zorra, zorra, zorra!

Rick estaba saliendo del restaurante cuando el Jaguar rojo dobló la esquina a toda velocidad y entró en el muelle. Se suponía que Bay Street estaba cerrada al tráfico, pero por lo visto Natalie se las había arreglado para sortear el control.

—¡Hola! —dijo él agachándose para darle un beso.

Ella tenía un aspecto excitantemente joven.

—Hola, marinero.

—¿Todo bien por el Point?

Lo que en realidad quería decir era: «¿Qué tal se han tomado tus padres nuestro compromiso a la luz del día?». Elise era especialmente ladina y el padre de Natalie siempre había abrigado grandes sueños para su única hija.

—El típico comportamiento de los padres, bastante negativo, pero no han dicho nada abiertamente. Papá se muestra frío. Y mamá está buscando fechas.

—¿Ya?

—Ya sabes cómo es. —Natalie hizo el signo de las comillas con los dedos e imitando la voz de su madre añadió—: «Deberías fijar el día ya. Eso es lo que hicimos tu padre y yo». Como si tuviéramos que casarnos mañana o algo así.

Rick lo sabía. Secretamente sospechaba que Elise había tomado las riendas de la boda con la intención de que su hija acabara sintiéndose atrapada.

—Y tú ¿qué le has dicho? —preguntó, consciente de que se metía en un terreno delicado.

Natalie lo miró fijamente a los ojos.

—Que tenemos que esperar a que acabes de construir tu maldita casa —dijo.

Natalie sonrió ligeramente, pero el brillo de sus ojos le advirtió que no estaba bromeando.

—Claro —convino él procurando mantener un tono de voz neutral.

Ambos se rieron. Natalie tenía la mano apoyada en la montura de madera del volante y Rick se dio cuenta de que llevaba el anillo de compromiso vuelto hacia abajo.

—¿No estarás empezando a arrepentirte? —preguntó.

—Un poco —contestó en un tono ligeramente frío.

—¿Y eso?

—He oído que anoche acompañaste a Sarah a su casa.

Él se encogió de hombros, como quitándole importancia al comentario.

—No tenía quien la llevara.

—Supongo que fue como en los viejos tiempos, ¿eh? Tú y ella a solas.

Rick no contestó. Notó un destello de enfado en sus ojos y vio que la línea de la mandíbula se marcaba. Prefirió esperar a que Natalie añadiera algo más.

Luego se encogió de hombros.

—Éramos niños. Fue en la época del instituto.

—Pero ya no sois niños —soltó Natalie con cara de enfado.

—No —convino él—. Y tú tampoco.

Se miraron a los ojos durante unos segundos.

—¿Y cómo crees que me siento cuando oigo por la radio que te dedican canciones? Y cuando me llaman mis amigas riéndose, ¿qué se supone que he de contestar? ¿Que ese es el resultado de tus antiguas travesuras?

Ahora su enfado era manifiesto. Se sentía traicionada y humillada. Rick no podía culparla por eso.

—Sarah está confundida. Ha cortado con el tipo con el que estaba viviendo, ha vuelto al lugar en el que empezó y está trabajando de camarera y haciendo recados para tu padre. Por supuesto que está celosa. Se le ha ido un poco la cabeza. Pero haré que no se entrometa más.

—Yo diría que se le ha ido bastante la cabeza —le corrigió Natalie—. Dile a Sarah de mi parte que nos deje en paz, ¿me oyes? Y se acabó eso de llevarla de paseo en tu furgoneta. ¡Dios mío, los hombres podéis ser tan bobos! Cualquiera que no sea un completo idiota se daría cuenta de que estaba tratando de echarte el guante. La próxima vez le dices que se vaya a casa andando.

Si Sarah estaba intentando crearles problemas, había que reconocer que lo estaba haciendo muy bien. Pero Natalie no había acabado.

—¿Y qué es ese juego del que habla en su mensaje? ¿Qué significa? ¿Qué secreto os traéis entre manos? Me gustaría conocerlo. Si hay algún juego al que tú y yo no hayamos jugado todavía, me gustaría saber cuál es.

Rick se sonrojó.

—No es ningún secreto. No sé a qué se refiere. Los únicos juegos están en su imaginación, además del que está jugando con nosotros.

Intentó imprimir un tono convincente a su voz, pero no era fácil y sabía que ella no le creería.

Alargó una mano para ponérsela en el hombro, pero Natalie se apartó. Puso el coche en marcha, dio la vuelta en redondo con un chirriar de ruedas y salió del muelle a toda velocidad, camino de la ciudad.

Rick siguió a Patsy por el embarcadero hasta el *Pequod*. Era una embarcación magnífica. Tenía el casco de acero y las líneas afiladas de un yate transoceánico, y era uno de los mejores barcos de la costa para el avistamiento de ballenas. Turistas ataviados con ropas de colores, cámara de vídeo en mano y mochila a la espalda se amontonaban alrededor de la pasarela. Magnus y Paul ya se encontraban a bordo, preparándolo todo para la llegada del resto de la tripulación. No hablaban mucho, apenas intercambiaron un lacónico saludo. El carácter taciturno típico de los suecos. Eran Patsy y Rick quienes se encargaban de hablar con los pasajeros y de vigilar a los niños que corrían de un lado a otro.

Hicieron subir a los pasajeros, les dieron los chalecos salvavidas y los reunieron para ofrecerles una charla sobre la seguridad en el mar.

—Vamos a navegar más allá de la bahía de Fundy —explicó Rick—. El viaje hasta donde están las ballenas dura aproximadamente una hora, a veinte nudos de velocidad. Pasaremos más o menos dos horas observándolas, antes de poner de nuevo rumbo a Goodwill. Seguiremos estrictamente el reglamento federal para barcos en proximidad de cetáceos, incluidos delfines y marsopas.

Algunos pasajeros preguntaron qué posibilidades reales tenían de ver ballenas.

—Entre un noventa y un noventa y cinco por ciento en esta época del año —contestó Patsy—. Lo más probable es que vean rorcuales. En esta zona también son frecuentes las manadas de delfines y marsopas. Como cosa excepcional, hoy es posible que veamos una especie de medusa conocida como carabela o fragata portuguesa, que es una de las que más pican. De manera que espero que hayan traído bastantes baterías y tarjetas de memoria para sus cámaras. Y también crema protectora para el sol; parece que va a ser un día abrasador.

Una anciana vestida con un impermeable de color rojo levantó la mano.

—¿Será un viaje muy movido?

—En mar abierto suele haber oleaje incluso en verano —contestó Rick—. Si es propensa a los mareos tenemos medicamentos a bordo.

—En la televisión del hotel he visto un reportaje en el que se decía que puede haber olas particularmente grandes —dijo bromeando uno de los pasajeros.

Patsy intentó sortear la pregunta.

—Sí, también yo lo he visto. Pero el tipo de olas a las que se refería ese reportaje son muy raras. Y en caso de que se dieran, apenas llegaríamos a notarlas en mar abierto. Los efectos solo se aprecian cuando rompen en la orilla.

—Supongo que por eso las llaman «olas rompedoras» —se burló otro de los turistas.

Todo el mundo estaba de buen humor. La mayoría de los turistas se encaminaron hacia la cubierta para asomarse a los costados de la embarcación mientras la tripulación soltaba amarras. Patsy se movía entre los pasajeros hablándoles de los diferentes tipos de pájaros que vivían en la zona y contestando sus preguntas. Su energía y su pasión por los animales eran contagiosas, y enseguida los tuvo a todos revoloteando a su alrededor.

Con Rick al timón, una vez pasado el espigón del rompeolas, pusieron rumbo a alta mar. Detrás quedaba Indian Point; la mole de ladrillo de la antigua fábrica de hielo, donde Natalie tenía su estudio, pasó por un momento a estribor. La cabina estaba provista de un radar y un sónar de última tecnología para detectar las ballenas, además del equipo habitual de comunicaciones. Los motores funcionaban de maravilla y el sol empezaba a calentar. Tenían todo a su favor para pasar un espléndido día en el mar. Patsy se tomó un descanso y se dirigió hacia la proa. Estaba ansiosa por ver alguna señal de la proximidad de las ballenas. La corriente de la marea estaba entrando hacia la bahía en aquel momento, y seguramente llevaba con ella una buena cantidad de comida, por lo que los augurios para el avistamiento parecían muy buenos.

—Ayer tuvimos un montón de avistamientos —observó Rick—. Pero ahora parece que está bastante tranquilo.

—Son cosas que pasan. Puede que algún banco de peces grandes se haya dirigido hacia alta mar y las ballenas lo estén siguiendo.

Rick echó un vistazo al rumbo en el Loran y localizó su posición en la carta náutica. El radar estaba encendido con un alcance de quince millas. En la pantalla se veían los puntos de los reflectores de varios veleros y de un par de barcos más, posiblemente pescadores de langostas. La sonda marcaba sesenta metros de profundidad. Estaban bastante cerca del límite de aguas internacionales; la cruzarían en unos minutos. Y la pantalla del *plotter* no mostraba todavía ninguna señal de vida debajo de la quilla.

—Muy bien, amigos, préstenme atención un momento —sonó la alegre voz de Patsy por el sistema de megafonía—. Supongo que todos ustedes habrán oído hablar de la plataforma continental, que normalmente se extiende entre veinte y treinta millas desde la línea de la costa, con una profundidad de aproximadamente doscientos metros, y que marca la línea de costa que existía hace unos veinte mil años, cuando el nivel de los mares era mucho más bajo de lo que lo es hoy. Normalmente nos encontramos con un escalón pronunciado, con un desnivel de dos a veinte grados, y una longitud en profundidad que va de los quinientos a los mil metros. Este escalón es el que separa la plataforma continental del océano abierto. A partir de ahí, los márgenes del Atlántico generalmente están marcados por otros escalones durante las siguientes cuatrocientas millas, más o menos, hasta llegar al fondo abisal, que es la zona más profunda del océano, con aproximadamente cuatro mil metros de profundidad.

Hizo una pausa y sonrió.

—¿Me han seguido todos hasta aquí? Disculpen las explicaciones técnicas, pero creo que les ayudarán a entender qué es lo que hace que Goodwill sea un lugar tan especial.

En primer lugar les explicó que debían tener en cuenta la topografía de la costa.

—Estoy segura de que todos saben que la manera en que el mar está medio encerrado por el brazo de tierra de Nueva Escocia, que se extiende hacia el sur, produce el mayor índice de mareas del mundo en este tramo de la costa e inmediatamente al norte de la bahía de Fundy.

Pero había otra característica que era única en Goodwill.

—Ya les he hablado de la plataforma continental que se extiende por debajo de nosotros. Aquí el agua es poco profunda; en este momento estamos pasando por encima del banco de Goodwill. Pero no se trata exactamente de un banco, sino más bien de un acantilado subacuático, en cuyo borde, aproximadamente a una milla de donde nos encontramos, se pasa repentinamente de unos sesenta metros de profundidad a más de mil.

Hizo una pausa para esperar los predecibles murmullos de sorpresa. A Rick le encantaba cómo Patsy explicaba todo aquello. Y sin duda a los pasajeros también.

—Lo que tenemos aquí es un valle o una grieta en la plataforma continental que se hunde en la zona poco profunda del océano, haciendo que el fondo oceánico llegue casi hasta la entrada del Estrecho.

Y aquello tenía gran importancia para la pesca, les explicó Patsy.

—El agua fría de la profundidad del océano fluye contra las paredes del valle y asciende hacia la superficie. Este movimiento de ascenso es importante porque lleva el plancton hacia la superficie. El plancton crece en las aguas más frías. Es falso que el agua caliente sea fértil. En realidad, son los mares fríos los que rebosan vida. La razón por la que las aguas del Caribe son tan claras reside en que no tienen apenas plancton, es decir, comida para los peces. Los peces se agrupan en los arrecifes y no salen a mar abierto. Aquí, en el Estrecho, el agua fría del fondo marino asciende hacia la superficie y ofrece un alto grado de sustento alimenticio en forma de plancton. Por eso hay tanta pesca de calidad en esta franja de la costa, y eso es lo que atrae a las ballenas hasta aquí en verano, año tras año, para alimentarse.

Se levantó una ligera brisa. Hacía fresco en mar abierto. La zona de altas presiones del norte, por encima de la costa canadiense, se mantenía estable, y el viento soplaba suavemente del sudeste. Pero, como había dicho Patsy, el agua del mar era fría, apenas llegaba a los diez grados. El cielo era de un azul lechoso con algunas trazas de neblina. El mar estaba en calma, las olas eran pequeñas y suaves. Patsy volvió a la popa para mezclarse con los pasajeros que estaban alineados a las barandillas. Se estaba bien en la cubierta del barco. El *Pequod* clavó la proa en el seno de una ola y provocó un chaparrón que barrió el triángulo del balcón de proa. Los niños corrían de aquí para allá gritando de alegría.

—No dejen de vigilar —dijo Patsy a una familia del Medio Oeste—. En cualquier momento puede aparecer una manada de rorcuales. Tengan las cámaras preparadas, y no se olviden de quitar la tapa del objetivo.

Como esperaba, aquel comentario final provocó las risas entre los pasajeros. Pero Patsy estaba sorprendida. Lo normal era que a esa distancia de la costa ya hubieran avistado por lo menos delfines.

Cinco millas más tarde, Paul lanzó un grito desde el techo de la cabina. Todos se acercaron a la borda, con la vista fija en el este, pero se trataba tan solo de un grupo de medusas. Patsy se entusiasmó.

—Pueden considerarse afortunados de ver un banco tan grande de este tipo de medusas. Normalmente suelen verse ejemplares aislados, y solo en aguas más calientes. No son tan peligrosas como las del Pacífico, pero sus tentáculos pueden alcanzar los veinte metros de largo y producir picaduras muy dolorosas. Tengan cuidado si se encuentran con una en el agua. Manténganse siempre a distancia.

La proa del *Pequod* pasó por encima del grupo de carabelas y los turistas se alegraron de tener algo que fotografiar. Desde la cabina, Rick observaba aquellas bolsas flotantes con disgusto. Si alguna de ellas llegaba hasta la costa, sería un incordio añadido. Bastante escasos eran ya los recursos que tenían para limpiar las playas.

Giró la rueda del timón y puso el *Pequod* rumbo al nordeste, siguiendo el borde norte del desfiladero submarino. Si había alguna ballena, lo más probable era que la encontraran por aquella zona.

La radio VHF estaba conectada en el canal 16, la frecuencia de emergencia, y la de onda corta, de manera análoga, en la de 2.182 megahercios. Intentó sintonizar una de las emisoras de trabajo para ver qué estaba pasando. Tras un chisporroteo de interferencias oyó una voz. Reconoció la señal de llamada del *Cat's Eye*, uno de los otros dos barcos dedicados al avistamiento de ballenas que trabajaban en las aguas de Goodwill. El patrón, Steve Moreno, preguntaba si alguien había visto alguna ballena. El corazón le dio un vuelco. El avistamiento de ballenas era un negocio muy competitivo. Los patrones de barco se guardaban para sí el lugar donde habían avistado algún cetáceo. Y Steve era un buen navegante, tenía una habilidad casi mágica para encontrar ballenas hiciera el tiempo que hiciese. Sus competidores bromeaban diciendo que era capaz de olerlas. Debía de estar desesperado.

—Negativo —contestó él—. ¿Dónde estás?

Se encontraba un poco más allá de la boca de la bahía, fue la respuesta. Toda la zona estaba muerta. No se veía nada en el *plotter*.

—Hace aproximadamente una hora hubo una larga salva de murmullos de ballenas, y desde entonces, nada. Ni sonido ni avistamiento. Es como si todas se hubieran marchado a alguna parte. Y yo estoy con cuarenta y nueve pasajeros a bordo que me piden que les devuelva el dinero.

Rick soltó un suspiro y llamó a Patsy. Tenía un mal presentimiento. Había días malos, y eso lo entendía la mayoría de los pasajeros, pero casi siempre conseguían unos cuantos avistamientos, un chorro de agua en la distancia, uno o dos delfines. Aquel vacío era algo realmente extraño, inquietante.

—Puede que algo las haya asustado —observó Rick.

Patsy hizo una mueca.

—No entiendo qué puede haber pasado. Vienen aquí todos los años en esta época. Aquí encuentran el alimento que necesitan. Tiene que haber sido algo muy grave para que se hayan marchado de aquí tan de repente.

12

Playa de Maple Cove, estrecho de Goodwill, diez de la mañana

Tab Southwell preparaba su bicicleta en el garaje.

—Tab —oyó que lo llamaba Donna.

—Enseguida subo —le contestó él, poniéndose de pie con sentimiento de culpabilidad.

Ella apareció en la puerta vistiendo una bata azul.

—Acabo de hablar por teléfono con la madre de Bruno. Tenía una clase de tenis en el club esta mañana. Me preguntaba si te apetecería ir con él. Por lo visto han cancelado una clase y me ha dicho que podrías hacerla tú y luego jugar un partido con Bruno. Yo puedo jugar con la madre de Bruno y después nos iríamos todos juntos a comer y a darnos un baño. ¿Qué me dices?

Tab se quedó pensando un momento. Los padres de Bruno eran veraneantes y amigos de su padre. El chico tenía la misma edad que él.

—Me parece perfecto —contestó con cautela.

—De acuerdo. Se lo diré a Sue. Las pistas están reservadas para las once y cuarto, así que tendremos que salir hacia las once.

Tab se quedó en silencio, observando a su madrastra.

—¿Qué te pasa? ¿Hay algún problema? —le preguntó ella.

Él dudó.

—Papá volvió anoche a casa bastante tarde —dijo a regañadientes.

—Lo sé, pobrecillo, tuvo que realizar la autopsia del cadáver que sacaron del Estrecho. —Vio la expresión del chico y su voz adoptó un tono preocupado—. ¿Eso es lo que te preocupa? Dice que se trataba de una persona muerta hacía mucho tiempo. Mucho tiempo. No se trata de nadie que tú puedas conocer.

Tab pareció algo aliviado.

—Si no vamos a irnos hasta las once, voy a bajar en bici hasta la playa, a ver un rato los peces.

—Hecho, pero acabo de oír en la radio que se han visto medusas en el Estrecho, de manera que ten mucho cuidado, ¿de acuerdo?

—¡Medusas! ¿Qué tipo de medusas?

—No sé de qué tipo se trata, pero han dicho que son muy peligrosas, o sea que ten mucho cuidado.

Carretera de Ocean Drive, Goodwill

El doctor Southwell estaba de nuevo trabajando en el hospital. Sheena reconoció su Toyota aparcado en el sitio habitual mientras pasaba con el coche de regreso del incendio. Seguramente lo habrían llamado temprano por la mañana. Pobre hombre, no habría podido dormir mucho aquella noche. ¿Le habría tenido Donna despierto hasta muy tarde preguntándole dónde había estado hasta esas horas?

Se lo imaginó atendiendo a sus pacientes. ¿Tendría algún lío también con alguna de ellas? Era posible, incluso muy probable. Era un hombre inteligente, bueno en su trabajo y le gustaba lo que hacía. Amaba a su hijo y tenía una preciosa mujer, pero sobre todo era un mentiroso. Un adúltero consumado.

El hospital fue desapareciendo de su vista por el espejo retrovisor y ella se lo quitó de la mente como ya había hecho antes. Debía intentar no mezclarlo todo. Southwell seguramente hacía lo mismo. ¿Cómo podía si no seguir sobreviviendo?

Southwell le había prometido una exclusiva sobre el origen del cadáver de la noche anterior y de momento parecía que mantenía su palabra.

Llegó hasta el cruce y giró a la izquierda para tomar la carretera de la costa que iba hasta Curtain Bluff. Las especulaciones de Southwell acerca del cadáver que habían sacado del agua era una historia bastante enrevesada. Pero Sheena sabía por experiencia que ese era el tipo de historias que mejor se amortizaban.

La iglesia del Point se elevaba hacia el cielo en medio de los árboles. Se trataba de un pintoresco edificio, tenía el campanario de madera y la entrada en arco, pero era demasiado pequeña y estaba demasiado lejos de la ciudad para que fuera utilizada muy a menudo en aquellos tiempos.

El camino terminaba en un terreno llano y circular. Sheena aparcó, cogió su cámara y cerró la puerta del coche con llave. El camino estaba seco y bien cuidado. Aquel era el lugar favorito de las parejas de la ciudad. Southwell la llevó allí una vez, pero se encontraron con otro coche aparcado y tuvieron que marcharse a otra parte.

El cementerio estaba en la parte de atrás, junto al acantilado. Empezaba a hacer bastante calor, pero todavía soplaba una ligera brisa. El viento había virado hasta convertirse en una brisa marina que normalmente solía traer niebla. Sheena aceleró el paso. Le bastaría echar un rápido vistazo para confirmar la teoría de Southwell.

Al momento tuvo a la vista el muro bajo. Y entonces se quedó de piedra.

Si bien esperaba ver algo por el estilo, el espectáculo no dejó de causarle impresión.

Intentó recordar dónde estaba antes el borde del acantilado. La última vez que ella estuvo allí, con Southwell, no llegaron más allá de la iglesia. De manera que su recuerdo debía de remontarse al menos a un año atrás, puede que incluso un año y medio. La imagen que tenía en su memoria era de unos diez metros de terreno entre el muro y el borde del acantilado. Por supuesto que desde entonces el terreno podía haber sufrido erosiones.

¡Pero no tanto! El muro del fondo había desaparecido, no quedaba ni rastro de él. Donde antes había una hilera irregular de ocho o diez piedras erosionadas alrededor de un sencillo césped mal cortado, ahora no había más que un enorme agujero en el suelo. De la noche a la mañana, el acantilado se había desmoronado y más de la mitad de las tumbas habían acabado sobre las rocas bajo el agua, cuya superficie estaba unos treinta metros más abajo. Terrones de tierra fresca colgaban del borde de una grieta casi perpendicular, como coágulos de sangre seca alrededor del agujero de una muela recién arrancada.

Cuando Tab bajó por la ladera del acantilado, la playa estaba desierta. Lo primero que vio fueron las bicicletas de montaña de la pareja con la que se había encontrado allí la tarde anterior. Estaban apoyadas contra la barandilla de madera en el mismo lugar. Haciéndose sombra en los ojos con la palma de la mano, echó un vistazo a la cala. No se veía a nadie, pero los cormoranes ya habían regresado y zambullían la cabeza cerca de la isla de Two Bush. Tal vez aquel tipo y su mujer habían ido nadando hasta allí para fotografiarlos.

Pasó al lado del cobertizo, se quitó los zapatos y corrió hasta la orilla. La marea estaba alta. Miró el agua en busca de medusas, pero no vio ninguna. Decepcionado, trepó hasta las rocas que quedaban enfrente de la isla con la esperanza de ver alguna medusa. Algo en un pequeño charco de agua entre las rocas llamó su atención. No era una medusa, sino algo blanco. Un zapato.

Tuvo que dar un buen salto para llegar hasta él. Se agachó con cuidado desde una roca, lo cogió y lo observó con atención. Era una zapatilla de deporte de la marca Nike, y por el tamaño y el color parecía haber pertenecido a una mujer. Su memoria volvió a la tarde anterior. ¿Cómo iba vestida aquella pareja? Ella llevaba un top de color rosa. Recordaba cómo se ajustaba a sus pechos y también sus largas piernas, pero ¿llevaba además unas zapatillas de deporte a juego? Puede que sí, pero no estaba seguro.

Con el hallazgo en la mano volvió a la playa y fue a echar otro vistazo a las bicicletas. Los sillines estaban secos, pero el sol era tan intenso que cualquier rastro de sudor se habría secado en un instante. Miró hacia la arena. No vio huellas de pisadas aparte de las suyas, pero había un montón de escombros allí donde había llegado la ola de la tarde anterior, hasta la entrada del aparcamiento.

El ruido de un motor lo asustó. Un vehículo de la policía se acercaba por el camino, un potente cuatro por cuatro que daba tumbos en los baches. Se metió en el aparcamiento y se detuvo. Un policía de mediana edad salió del vehículo. Llevaba en las manos un puñado de octavillas y una grapadora.

—Hola, hijo —saludó moviendo la cabeza hacia Tab—. ¿Pescando?

Tab lo saludó con la cabeza. Tenía la garganta seca y se sentía aterrorizado.

—¿Has visto alguna medusa por aquí?

—No —consiguió contestar—. Pero mi madrastra ya me ha avisado del peligro.

—Bien. Si ves alguna, mantente alejado. Con esos bichos es mejor no meterse. Una sola picadura puede dejarte en el sitio.

Mientras hablaba, el policía grapaba octavillas en la baranda de madera. Tab leyó el aviso.

—Vaya, fragatas portuguesas. Me gustaría ver una de esas.

—¿Te gustaría? —gruñó el policía—. Bueno, pero recuerda que puedes mirarlas pero no tocarlas, especialmente en los tentáculos, donde tienen el veneno. —Entonces vio la zapatilla de deporte que el chico llevaba en la mano—. ¿La has encontrado aquí, en la playa?

—No, allí, entre las rocas que hay frente a la isla —contestó—. Supongo que alguien la habrá perdido.

—Déjala aquí, encima de la baranda. Puede que la persona que la ha perdido vuelva a buscarla —repuso el policía. Su mirada se detuvo en las bicicletas.

—Ya estaban aquí anoche —dijo Tab.

—¿Cómo? ¿Han estado aquí toda la noche?

—Eso creo. Quiero decir que me parece que nadie las ha movido de aquí desde ayer.

El policía se acercó para observarlas de cerca.

—Son buenas —observó.

—Los cuadros son de titanio.

—No hace falta que me lo digas. Valen un dineral, te lo aseguro.

—Por lo menos mil pavos. Y el cambio de marchas es japonés. El chico me dijo que eran fotógrafos.

—Entonces los viste.

Tab le explicó cómo se había encontrado con ellos.

—La mujer me dijo que estaban alojados en el Seafarers.

—¿Sabes cómo se llamaba?

—Creo que me dijo que se llamaba Kim. Pero no recuerdo el nombre del chico.

El policía echó una mirada a su alrededor.

—Y dices que anoche estaban aquí. Y tú ¿a qué viniste? —preguntó con curiosidad.

Tab tartamudeó algo sobre dar una vuelta en bici. El policía asintió con la cabeza.

—Puede que vinieran a tomar algunas fotografías —dejó caer el chico.

Tab estaba casi seguro de que las bicicletas no se habían movido del sitio. Se quedó mirando la zapatilla, pensativo. Quizá debería contarle lo de la extraña ola que había visto, pero tenía miedo de que le hiciera más preguntas.

El policía le quitó la zapatilla y la sopesó pensativamente.

—En el Seafarers, ¿eh? De vuelta a la ciudad, pasaré por allí a preguntar. A ver si alguien sabe algo de ellos.

La entrada principal de la antigua fábrica de hielo estaba cerrada con una cadena, y las ventanas de la planta baja, que daba a Bay Road, tenían rejas.

Natalie abrió el candado. Hacía frío dentro del edificio. El calor del sol no podía penetrar las gruesas paredes de madera. Para eso habían sido diseñadas. Durante tres generaciones aquel edificio había pertenecido a la familia Larsen, hasta que la flota pesquera abandonó Goodwill para trasladarse a Portland y a Gloucester. Entonces vendieron la maquinaria y alquilaron el edificio; al principio Natalie alquiló el taller al padre de Rick, pero a la muerte de este los gastos de mantenimiento y los impuestos acabaron con aquel negocio. Ahora estaba en manos de Chance Greene.

La pesada puerta se cerró a su espalda con un golpe que resonó por toda la cavernosa sala central. Al fondo, en el muro trasero, por el que antaño asomaba la cinta de los bloques de hielo, había un agujero desde el que se veía el puerto bajo las bandadas de ruidosas gaviotas. El suelo de cemento estaba cubierto de agua. Natalie se preguntó de dónde provendría, puesto que el techo estaba más o menos intacto, y además no había llovido. Aquel podía ser un buen lugar para montar exposiciones, pero había que limpiarlo y arreglarlo un poco.

Se dirigió hacia la escalera que conducía al piso superior. El padre de Rick solía tener allí una habitación, donde se retiraba con una botella de alcohol y con sus recuerdos. Su viejo arpón estaba colgado en la pared, junto a la estufa negra de hierro que solía utilizar para calentarse durante los inviernos. Allí arriba, durante las noches de tormenta, con el viento soplando por el tubo de aireación de la estufa y golpeando las contraventanas, habría sido fácil para Leif Larsen imaginarse que estaba de nuevo en los océano Antártico, cazando otra vez aquellas enormes ballenas.

Casi podía volver a escuchar los gritos que lanzaba desde su guarida a los intrusos, maldiciendo a todos los demonios como si fuera un oso borracho.

Su estudio estaba al final de la escalera. La primera vez que el viejo la acompañó allá arriba, se quedó boquiabierta. Un ático de más de treinta metros cuadrados, con el suelo de madera de arce, un techo alto con vigas de madera de pino y enormes ventanas que dejaban entrar la luz hasta todos los rincones.

«Es perfecto —dijo ella con júbilo—. No puedo creer que se haya mantenido así tanto tiempo.»

Y el viejo Leif hizo una mueca engreída. Le gustaban las muchachas, pero a ella nunca la había molestado. Eso tenía que reconocérselo.

Atado a una de las vigas del fondo colgaba un pálido triángulo, medio oculto por las sombras del hueco del techo. Era un enorme hueso blanco, de la altura de un hombre, y con dos hileras de dientes de punta a punta, de más de seis metros de ancho. La mandíbula abierta de un cachalote; aquel ejemplar debía de medir casi treinta metros. El padre de Rick se había traído aquel recuerdo de uno de sus viajes. Natalie lo había rescatado de entre los restos de la fábrica, y Rick lo había colocado allí para ella. Tocó uno de los dientes con la punta de un dedo, acariciando la grasienta superficie de la mandíbula. Incluso después de cien años a la intemperie, el hueso seguía exudando grasa.

Natalie intentó concentrarse. Su madre la había animado a preparar una exposición para una galería local. Lo llamaban una «retrospectiva». Una manera curiosa de mirar atrás, algo que en la veleidosa producción de Natalie carecía de sentido. Esculturas hechas con piezas de madera a la deriva en sus jóvenes quince años, algunos de sus primeros paisajes, esbozos y retratos de la gente de la comarca y, su actual obsesión, intrincadas fotografías de conchas.

Echó un vistazo a las paredes. Lienzos de tres o cuatro metros de alto casi rozaban el techo. Las marinas estaban en la parte superior; eran imágenes de una etapa temprana que ya solo existía en su memoria. Los retratos parecían devolverle la mirada. En ellos, en opinión de Natalie, se plasmaba su talento. Pescadores de langostas, estibadores del puerto, mujeres cuya miseria y privación se reflejaba en sus rostros. Su favorito era un retrato del padre de Rick con el océano a su espalda. Estaba sin afeitar, y bajo la luz oblicua la mandíbula se le llenaba de reflejos plateados; tenía los ojos entornados, como retando al mundo con una mirada feroz. Se había vestido con un viejo chubasquero; en la mano derecha sujetaba un largo cuchillo y en la otra, a la que le faltaban dos dedos, llevaba un arpón para cazar ballenas. Se diría que acababa de desembarcar de un ballenero en Argentina y que apestaba a grasa de ballena y a alcohol.

Un ruido en la escalera la sobresaltó. Se dio media vuelta y vio una figura que se recortaba en el umbral de la puerta.

13

—Dijiste que si teníamos que encontrarnos nos encontraríamos.

Él sonrió burlonamente.

—En la calle he visto un cartel con tu fotografía. Y te he reconocido.

—Estaba oscuro —dijo ella con cautela.

—A la luz de la hoguera, realmente romántico.

Natalie se dio cuenta de que su simpatía enmascaraba su vulnerabilidad.

Él echó un vistazo a los cuadros.

—¿Los has pintado tú?

Asintió con la cabeza, repentinamente incómoda por lo que él pudiera pensar.

Él se detuvo delante del retrato de Leif Larsen.

—Este parece un tipo duro.

—Un cazador de ballenas de los viejos tiempos. —Cruzó los brazos por encima del pecho, a la defensiva—. Y sí, era un tipo duro. El hombre más duro que he conocido.

Él miró la mandíbula de cachalote y se rió. Su risa era muy contagiosa.

—Oye, ¿te apetece que nos divirtamos un rato?

—¿Qué tipo de diversión? —preguntó de nuevo con recelo.

—Ven conmigo al muelle y echa un vistazo.

Natalie abrió la puerta del Chandlery. Rebecca estaba dentro atendiendo a los clientes.

—Estoy contigo en un minuto, Nats.

—Perfecto. Solo necesito un traje de neopreno.

—Están en aquella pared, al fondo. ¿De qué tipo lo quieres?

—De verano, supongo. Unos amigos van a llevarme a dar una vuelta por el Estrecho.

—Uno de grosor medio te irá bien. Son los de la etiqueta verde. Si necesitas un chaleco salvavidas, tengo unos con alguna tara en la cesta que hay al final de aquella hilera.

Natalie pasó entre las hileras de ropa colgada en perchas. Cogió un modelo ligero de color azul claro con unas franjas amarillas en los costados. De un estante con trajes de baño tomó la parte de abajo de un biquini, añadió un chaleco y se dirigió hacia el probador.

—Oye —la llamó Rebecca desde el mostrador donde estaba cobrando a un cliente con tarjeta de crédito—, también necesitarás esto —dijo alargándole una bolsa de plástico.

—¡Oh, sí, lo olvidaba!

En el probador, Natalie se quitó la ropa y se dispuso a ponerse el traje de neopreno. Gastado como un calcetín viejo, el plástico la ayudó a deslizar los pies por las estrechas perneras.

—Perdona que ayer no pudiera llegar a tiempo a la fiesta —dijo la hermana de Rick a través de la puerta.

—No te perdiste nada —contestó Natalie mientras se subía la cremallera negra—. Rick tuvo que marcharse y yo acabé discutiendo con mi madre. —Salió de la cabina del probador—. Me queda un poco ajustado, ¿no? ¿Tú qué crees?

—Te queda como un guante. ¿Te sientes cómoda?

—Un poco apretada, pero supongo que así es como tiene que ser.

—¿Necesitas botas? Hay algunos pares sueltos en la cesta de las ofertas. Se supone que son de buena calidad. Aquí están.

—Gracias, creo que esto es todo. ¿Te importa que deje aquí mi ropa?

—Por supuesto que no. Dame el bolso, lo guardaré en la trastienda, con el mío. ¿Pagarás con tarjeta?

—Sí, coge cualquiera de las que llevo en el bolso.

«Hay noches en las que el viento es tan frío…»

Las bien conocidas palabras salieron de la radio que había sobre un estante detrás del mostrador.

Las miradas de ambas mujeres se cruzaron por un instante.

—Se pasan el día poniendo esa maldita canción —comentó Reb mirando hacia otro lado.

—Sí, también yo la oigo continuamente —dijo Natalie con voz tranquila.

—¿Así que vas a dar una vuelta en moto de agua?

—Eso me han prometido. Iremos hasta el arrecife para ver cómo están las olas.

—Que te diviertas.

—Gracias. Nos vemos luego.

Rebecca miró atentamente a la prometida de su hermano mientras esta salía por la puerta.

No eran motos de agua normales, sino unas máquinas impresionantes, con tubos de escape especiales y chasis bajo para alcanzar mayor velocidad. Y el depósito era enorme.

—Parecen muy potentes —dijo Natalie, impresionada—. ¿Kawasaki?

—Sí, pero rectificadas y reconstruidas por un especialista que conozco. Sesenta nudos en mar abierto. Pueden alcanzar cualquier cosa que flote en el agua. Golpea una ola con el ángulo equivocado a esa velocidad, y te romperás todos los huesos.

—Creo que no puedo esperar.

—Ni falta que hace. Salimos ahora mismo.

El traje de neopreno que llevaba él le quedaba ajustado como una segunda piel. Y resaltaba cada uno de sus músculos. Tenía un físico muy atractivo. A su lado ella se sentía como un elfo.

Pusieron los remolques junto al agua. El Rey metió su máquina en el agua y se sentó en ella. El motor rugió.

—¡Sube! —gritó.

Ella obedeció y se abrazó a su cintura. Se pusieron en marcha con una sacudida.

La velocidad que alcanzaban aquellas motos era terrible y excitante. Los dos surfistas avanzaron hasta mar abierto saltando por encima de las olas y cayendo de un salto por las pendientes. Avalanchas de espuma caían sobre ellos cuando atravesaban la cresta de una ola. El Rey parecía divertirse conduciendo su moto entre las olas que rompían.

Dejaron atrás la isla de Greenstone y después pasaron por delante de la casa a medio construir de Rick; la parte trasera miraba hacia la colina, lo que la protegería de las tormentas del otoño. La primera vez que Rick la llevó allí para que la viera, después de meses de burlas y evasivas, ella pensó que era el lugar más romántico del mundo. Ahora había pasado por delante de sus ojos en un suspiro. Siguieron a toda velocidad hacia el faro de Long Island y se dirigieron hacia el arrecife, hacia Goodwill Bank; el agua helada de la corriente del Labrador les salpicaba en la cara. Cegada y muerta de frío, Natalie clavó los dedos en los hombros del Rey mientras la moto golpeaba la superficie del agua entre ola y ola. Pensó que así era como tenía que ser. «Eres demasiado joven para comprometerte», se dijo.

Y en un rincón de su mente seguía sonando como una queja persistente: «Hay noches en las que el viento es tan frío...».

Bahía de Fundy, a bordo del Pequod

Todavía no se veía nada en la pantalla del *plotter*. Incluso los tiburones y los peces espada parecían haber desaparecido. El océano estaba vacío. Patsy conectó los micrófonos acuáticos. En los días buenos la megafonía del barco emitía los cantos de los cetáceos llamándose unos a otros desde las profundidades del mar. Así como los silbidos y los chasquidos de los delfines y las orcas. Los sonidos de baja frecuencia viajan enormes distancias bajo el agua. Oyeron algunos ruidos, pero confusos y a mucha distancia. Patsy tuvo la sensación de que las ballenas estaban alejándose de allí.

—¿Podría ser que estuvieran más allá de la bahía? —preguntó Rick, esperanzado.

—Es posible, pero, si quieres saber mi opinión, creo que el sonido viene de alta mar. Y es bastante disperso. Se mueven rápido, ahorrando energía, no desperdician el aire para charlar.

Siguieron navegando por un mar que parecía completamente vacío excepto por la estela del propio barco. Los pasajeros, decepcionados, enfocaban sus cámaras hacia los pájaros que se zambullían en el agua, más abundantes que las ubicuas medusas. Por la radio, otros barcos se lamentaban de lo mismo. Parecía como si de repente todas las ballenas y los delfines de la costa hubieran decidido marcharse a alta mar. Uno de los miembros de la tripulación dijo en voz alta lo que todos estaban pensando.

—¿Qué sabrán que nosotros no sabemos?

Patsy salió de la cabina y se dirigió hacia el balcón de proa. El barco navegaba casi a veinte nudos y el viento le golpeaba en las orejas. Normalmente aquel era su lugar favorito, lejos de los humos del motor, con la brisa del mar sobre sus mejillas y las olas rompiendo contra el casco. Un grupo de pasajeros seguía agarrado a la baranda mirando hacia el mar con desánimo. Los niños jugaban con los cabos bajo la seria mirada de Paul. Estaba empezando a sentirse nervioso y algo preocupado.

Patsy reunió a los pasajeros. Era importante levantarles el ánimo.

—Ayer mismo estábamos aquí y una familia de cuatro ballenas francas emergió del agua por el costado de babor a menos de cinco metros del barco. Las ballenas francas no son fáciles de ver; la caza indiscriminada casi acabó con ellas. Ayer, el chorro de sus espiráculos llegaba hasta donde estoy yo. Nos dejaron empapados.

Les describió con detalle cómo saltaban fuera del agua y volvían a caer sobre las olas, con una envergadura que llegaba a la mitad de la eslora del barco. Y los golpes de la cola contra la superficie del agua levantando oleadas de espuma.

—Las orcas hacen eso para dejar atontados a los bancos de peces pequeños y poder darles caza fácilmente. Es impresionante ver de cerca algo vivo y tan grande como una ballena.

Patsy continuó un rato más con su disertación hasta que se dio cuenta de que estaba pulsando la tecla equivocada. Los pasajeros habían visto fotos y habían oído contar aquellas historias antes. Lo que querían era ver las ballenas de verdad. Habían pagado para eso, y no para otra cosa. Sus esfuerzos solo estaban empeorando las cosas.

Llegaron a la entrada de la bahía de Fundy y navegaron de aquí para allá en una búsqueda infructuosa. Aquella era una de las zonas de más alimento para las ballenas de toda la costa. La abundancia de plancton y krill teñía el agua de verde. Petreles y pardelas volaban en círculos por encima del barco lanzando agudos chillidos. Patsy recordó haber visto una manada de once orcas cazando a un tiburón azul precisamente en aquellas aguas. Pero aquel día el océano estaba vacío. En la distancia divisaron otros barcos dedicados a su misma e infructuosa búsqueda.

El oleaje aumentó y algunos pasajeros comenzaron a mostrar signos de mareo. El tiempo pasaba. Patsy subió a la cabina. El barco navegaba con el piloto automático; Rick, asomado a la ventana, miraba el mar por la borda con los hombros hundidos. Aquel viaje que había empezado tan bien se había convertido en un desastre.

Magnus entró en la cabina. Después de una breve charla, Rick decidió poner rumbo al puerto. Por el sistema de megafonía anunció a los pasajeros que se les devolvería el dinero. En la cabina se hizo un silencio cargado de sombría resignación. Rick y sus primos acababan de perder ochocientos dólares. El doble de si no hubieran siquiera zarpado. Patsy tenía que cobrar sus cien dólares, pero les dijo que prefería compartir con ellos las pérdidas de aquel día.

Se sentía abandonada y traicionada. Las ballenas eran sus amigas. Podía reconocer a la mayoría a simple vista, como a la gente que conocía en tierra firme. Y ahora se sentía como si se hubieran alejado de ella. ¿Qué era lo que iba mal?

—Los animales suelen atenerse a patrones de conducta fijos —le dijo a Rick—, y es muy extraño que actúen de manera caprichosa. Si han alterado tan drásticamente su comportamiento, tiene que haber sido por una razón muy convincente.

—Puede que se trate de un factor medioambiental —aventuró él—. ¿Un cambio en la temperatura o en la salinidad del agua? ¿Algo que tenga que ver con lo que ha traído a esas malditas medusas carabelas hasta aquí desde el trópico?

Ella se encogió de hombros.

—Las ballenas son unos animales muy complejos. Son muy diferentes entre sí, incluso entre grupos sociales de la misma especie. Se me hace difícil imaginar una sola razón que haya hecho que animales de diferentes especies hayan salido huyendo en el mismo momento.

«Sea lo que fuere, tiene que ser algo realmente grave», añadió para sus adentros.

El barómetro todavía estaba muy alto. Rick sintonizó la emisora del Servicio de Meteorología, pero no radiaron ningún aviso especial. No había nada que pudiera darle una pista de por qué se habían marchado de allí las ballenas. Magnus tomó el timón y puso el barco a toda máquina; aquello iba a suponerles un mayor gasto de combustible, pero al menos le ayudaría a quitarse la desilusión de encima.

Enseguida tuvieron a la vista la isla de North Head. Era un perfecto día de verano. Patsy todavía tenía la esperanza de que pudieran avistar algo antes de llegar al puerto. A veces los delfines y los tiburones se acercaban hasta la bocana del puerto, y en ocasiones las ballenas se aproximaban tanto que era posible verlas desde la costa. De repente se oyeron gritos procedentes del costado de babor. Los pasajeros habían divisado algo. Patsy cogió los prismáticos y lo vio, una estela blanca que avanzaba a gran velocidad. Por un momento todos se animaron. Pero al cabo de un instante la imagen cobró nitidez. Era la silueta de una máquina, no de un mamífero. Una moto de agua y, detrás, otra.

Todavía estaban a dos millas de la costa y las estelas de las motos eran lo suficientemente grandes como para hacer que el *Pequod* se balanceara. Las motos hacían cabriolas, saltaban por encima de las olas, cabalgaban sobre sus crestas sin el menor cuidado.

Magnus se asomó a la borda.

—¡Los surfistas! —gritó—. Ahora ya sabemos qué es lo que ha asustado a las ballenas.

Mientras se aproximaban redujeron momentáneamente la velocidad. Patsy observó con envidia la libertad con la que aquellos tipos se movían sobre el agua. No parecían tenerle ningún miedo al mar. Rick los enfocó con sus potentes binoculares desde el puente. Cuando el barco estuvo casi a su lado, algunos de los pasajeros los saludaron con la mano, contentos de que algo rompiera la monotonía de aquella excursión. Los motoristas acuáticos les devolvieron el saludo dando vueltas y saltando sobre el oleaje que iba dejando la estela del *Pequod*.

—Esos tipos no tienen límites. Parece que estén probando las olas para más tarde —observó Patsy.

—¿Tan lejos de la costa? —dijo Rick en un tono cortante.

Él también estaba enfadado y buscaba a alguien a quien echarle la culpa.

Patsy se encogió de hombros. En Hawai algunas de las olas más grandes del mundo había que ir a buscarlas a cuatro millas de la costa, allí donde rompían contra los arrecifes. Olas de más de veinte metros. Olas tan impresionantes que solo los más valientes y los mejores se atrevían a montar. La más feroz de aquellas olas incluso tenía nombre: la llamaban Jaws.

Patsy apoyó una mano consoladora en el hombro de Magnus. Él creía que las motos de agua, con sus ruidosos motores, habían asustado a las ballenas. Le pidió a Rick que, como concejal electo, propusiera un bando para que se les prohibiera utilizarlas lejos de la playa. Rick dijo que eso era imposible, y que, aunque lo hiciera, no conseguiría que el municipio lo aprobara. Patsy meneó la cabeza. No podía culparse a los surfistas, de eso estaba segura. A las ballenas no parecía molestarles las barcas de los turistas. Por la zona de los Grandes Bancos solían buscar deliberadamente a los barcos pesqueros como indicadores de las zonas donde había comida abundante. No, lo que había echado de allí a aquellos cetáceos tenía que ser algo mucho más serio que una moto de agua.

Surfistas y ballenas. Patsy estaba segura de que entre ambas cosas había alguna relación. Las ballenas habían desaparecido al mismo tiempo que habían llegado los surfistas. Pero ¿qué unía aquellos dos hechos?

Rick tenía un semblante sombrío. No decía nada. Estaba intentando convencerse de que se había equivocado. Que la pasajera que había visto pegada a la espalda de uno de los conductores de las motos de agua, y saludándole con la mano, no podía ser Natalie.

14

Cumbre Vieja, La Palma, Canarias

—¡Me parece que estás exagerando! —gritó Malc. La irresponsable manera con la que Concha planteaba las cosas siempre conseguía sacarlo de quicio—. Y ese es exactamente el tipo de comentario que no necesitamos ahora.

Con toda la población de la isla esperando en cualquier momento una nueva erupción, dejarse llevar por el pánico no era lo más aconsejable.

Concha se lo quedó mirando con los puños cerrados y una expresión hostil en el rostro.

—¡América! —gritó—. Cuando la montaña caiga en el mar, se levantará la ola más grande que jamás se haya visto. Una ola que atravesará el océano y romperá contra la costa Este de tu país —añadió como si los estragos que se producirían en la indefensa Nueva Inglaterra justificaran de alguna manera su estado de ánimo.

Él intentó imaginar cómo se sentiría si su hogar estuviera siendo devastado mientras unos cuantos científicos engreídos de países ricos y lejanos se dedicaban a estudiar el desastre con indiferente curiosidad. Quizá él también se sentiría furioso y con ganas de echar de allí a aquellos extranjeros.

Una repentina sacudida bajo sus pies acabó con aquella discusión. Felipe llamó a los demás a gritos. La presión del magma que ascendía desde el interior de la tierra era cada vez más fuerte, y la delgada corteza terrestre que le impedía salir a la superficie, como el tapón de una botella, amenazaba con romperse. Podía saltar por los aires en cualquier momento y las consecuencias para cualquiera que estuviera en el cráter serían catastróficas. Se echó la mochila al hombro, instó a Concha a que echara a andar delante de él, y avanzaron hacia el borde del volcán.

Habían dado una docena de pasos, con Viktor a la cabeza, cuando notaron una terrible vibración acompañada por un tamborileo justo debajo de sus pies. Aterrorizados, se agarraron los unos a los otros para mantener el equilibrio mientras la insoportable vibración continuaba y la montaña se estremecía como si estuvieran golpeándola por debajo con un martillo gigante. Malc y Concha salieron despedidos hacia abajo como muñecos de trapo. Tambaleándose, Malc intentó con todas sus fuerzas ponerse en pie y ascender por la pendiente. Aferró a Concha del mono y la levantó del suelo. Tenían que seguir caminando costara lo que costase.

Un estallido como el disparo de un cañón resonó por todo el cráter. Chorros de lodo y piedras empezaron a caer sobre ellos. En el suelo del cráter se abrieron fisuras de las que salía un líquido burbujeante. Una grieta de un metro de ancho se abrió justo delante de Concha, y un géiser de agua sulfurosa emergió de ella con una lluvia hirviente e inmensos chorros de vapor.

Malc aferró a Concha por el brazo para ayudarla a mantenerse en pie. De las fumarolas salían gases venenosos, y el líquido hirviente que emergía de la grieta recién abierta podía quemar la piel como el ácido. Avanzaron hacia el límite del cráter, envueltos en humo y gases, sudando dentro de los trajes protectores y los cascos, mientras la montaña se estremecía bajo sus pies. Llegaron hasta el límite del cráter y ascendieron hacia el borde. La superficie de la empinada ladera se había convertido en un pantano de lodo húmedo; sus botas se hundían a cada paso.

Estaban a medio camino del borde del cráter cuando el volcán hizo erupción. Malc casi no oyó la explosión; el estruendo de las fumarolas y de las piedras que saltaban por los aires y caían por todas partes lo había dejado medio sordo. Un puño enorme le golpeó por detrás, y él y la chica cayeron de bruces sobre la ladera pedregosa. Ensangrentado y tosiendo, con los ojos, la boca y la garganta llenos de un barro acre, reunió las pocas fuerzas que le quedaban para ponerse de nuevo en pie y continuar caminando. Quedarse allí significaba una muerte segura.

Miró hacia atrás, hacia el remolino de humo que se había formado a su espalda. Un resplandor morboso iluminaba un escenario infernal. La tierra vomitaba chorros de fuego líquido que chamuscaba cuanto alcanzaba. Un humo negro y turbio, con vetas tóxicas de color verde y azul, hervía furioso por encima de su cabeza, oscureciendo el sol. Entonces oyó un silbido y un golpeteo reverberante que resonó en la ladera por la que ascendían, y se quedó de piedra. Otro temblor sacudió el cráter y un terrón de roca de media tonelada ardiendo al rojo vivo emergió entre el humo negro y cayó con estrépito sobre un saliente y levantó una lluvia letal de metralla de piedras afiladas que atravesaba el tejido y la piel y quemaba cuanto tocaba.

Bombas de lava. Cumbre Vieja había explotado y aquellos científicos estaban atrapados en el cráter.

15

Estrecho de Goodwill

La moto de agua del Rey, con Natalie a su espalda agarrándose con fuerza a sus hombros para no caerse, hizo un amplio giro alrededor del faro de Long Island bajo los acantilados de Curtain Bluff. Aminoraron un poco la velocidad y Natalie dejó de recibir agua en la cara. Por la manera como se mecían le pareció que debían de estar justo sobre el arrecife, también conocido como Goodwill Bank, donde el fondo del océano descendía de manera abrupta. Por encima de las crestas de las olas veían intermitentemente a otros surfistas, la mayoría montados también en motos de agua, a la espera de entrar en acción.

El Rey llamó a su colega. El Cojo señaló hacia alta mar. Evidentemente, allí era donde esperaban encontrar olas que pudieran montar. El Rey asintió con la cabeza y se dirigieron juntos hacia allí saltando a través de las olas. Volvieron a aminorar la velocidad. A Natalie le pareció que el Cojo manipulaba una radio portátil. Vio que se ponía en pie sobre su máquina para observar en la distancia. Seguramente tenía un vigía en algún lugar de los acantilados observando el movimiento de las olas.

Se habían acercado bastante a los surfistas. Desde la moto más cercana habían dejado caer una tabla en el agua, y una chica rubia, con los rizos cayéndole sobre los hombros de su chaleco de neopreno, se subió a ella. La moto aceleró lentamente y la muchacha se puso en pie sobre la tabla con agilidad. Se reclinó hacia la moto que la remolcaba y estiró los brazos. La tabla se deslizó por la superficie del agua saltando de cresta en cresta. Seguramente mantenía los pies sujetos a la tabla gracias a unas cintas, pensó Natalie, maravillada por la fuerza y la agilidad de la muchacha.

El Rey giró en redondo y la llamó por encima del hombro. El Cojo avanzaba con rapidez tras la estela de la surfista. El Rey puso la moto a toda máquina y se lanzó en su persecución; ambas motos buscaban un lugar para entrar en la ola. Empezaron a ascender por una gran ola. Al llegar a la cresta, la proa de la moto se inclinó hacia abajo y Natalie vio el océano abrirse como un enorme abismo bajo sus pies. El corazón le dio un vuelco. Se lanzaron hacia abajo en un ángulo vertiginoso. Una sombra oscureció la superficie del agua cuando el muro de la ola se levantó por encima de sus cabezas.

La surfista estaba a unos cincuenta metros por delante de ellos. La ola estaba empezando a romper por la izquierda y el conductor de la moto que la remolcaba la remontaba para dejar a la chica justo en el punto más alto de la cresta. La ola era muy grande, el doble de alta que la chica, o eso le pareció a Natalie. La vieron soltar el cabo de remolque y avanzar sobre la ola con la agilidad de un pájaro, impulsada tan solo por la fuerza de la propia ola. El Rey apretó el acelerador y se echó hacia delante para alcanzar la cresta. Llegaron exactamente en el momento en que la ola rompía encima de ellos, y Natalie sintió una ráfaga de agua que los golpeó como una bomba.

El Rey dio la vuelta encima de la cresta y aceleró hacia la estela de la moto que había remolcado a la chica cabalgando sobre el rompiente de la ola en dirección al acantilado. La larga cabellera del Rey le tapaba parte de la vista. Estaban muy cerca del acantilado, podía ver la espuma que se estrellaba contra las rocas y caía a sus pies. De repente la chica emergió desde detrás de un muro de espuma, justo al final del rompiente, para saltar hacia un lado y ponerse a salvo de las rocas. La moto de remolque se acercó y la recogió del agua.

—¡Oye, eso ha sido magnífico! —gritó Natalie.

Durante unos minutos avanzaron en paralelo a la costa, con el Cojo a su lado. Natalie se sentía libre y entusiasmada. El mar estaba de nuevo en calma y ella empezaba a acostumbrarse al movimiento de la moto sobre el agua.

El Rey señaló algo. Natalie vio un barco que se acercaba a ellos en dirección al Estrecho. Aquel casco blanco no podía ser otro que el del *Pequod*. Desde la distancia tenía un aspecto hermoso y estilizado. Seguramente Rick estaría al timón. Cuando se acercaron, vio a los pasajeros asomados a la borda y saludó con la mano, desafiante.

El *Pequod* siguió su rumbo y ellos regresaron a los acantilados en busca de más olas. El Cojo se acercó a ellos e intercambiaron algunos comentarios sobre lo que acababan de presenciar.

El Rey meneó la cabeza.

—¡Tres metros de altura! ¡Simples ondas! —dijo con desprecio.

El Cojo señaló hacia el cielo con la mano y gritó algo, pero el viento se llevó sus palabras. El Cojo se colocó un dedo en la boca y al momento Natalie escuchó el extraño silbido que oyó la primera noche. El silbo. El Rey le contestó mediante una serie de cortos y estridentes silbidos que sonaban a enfado.

El Cojo interrumpió aquel intercambio y echó mano de su radio. De nuevo se disponían a entrar en acción. Con las dos motos a toda máquina, se dirigieron en una alocada carrera hacia los acantilados.

Alguien había resultado herido.

Bearskin Neck, Goodwill

Sheena Dubois seguía recogiendo testimonios de lo sucedido la noche anterior. Se acercó a Jack Pearl, a quien encontró a la puerta del restaurante de Jean-Alice. Hablaron de la posibilidad de que la corriente hubiera empujado el cuerpo hacia el Estrecho y entonces salió a colación el nombre de Ray Burns.

—¿El tipo de pelo blanco que vive en Pigeon Cove?

—Sí, claro —dijo Jack con su voz cansina; el viejo Ray había sido originalmente una especie de ingeniero—. Se vino a vivir aquí hace unos veinte años. Era un viejo excéntrico; no tenía coche e iba a todas partes en bicicleta. Tenía unas raras teorías sobre las corrientes del golfo de Maine, decía que los expertos habían cartografiado mal su circulación. En cierta ocasión, la Sociedad para la Conservación del Mar lo denunció por echar botellas de Coca-Cola al agua, en Curtain Bluff.

Sheena anotó su nombre.

—Cuéntame más sobre él.

—Ray tiene una página web. Si alguien encuentra una de sus botellas, verá que dentro lleva una nota en la que se le pide que le informe de dónde y cuándo la encontró.

—¿Le han llegado muchas respuestas?

Jack Pearl se rascó la cabeza.

—Te costará creerlo, pero Ray dice que recibe contestaciones de todas partes del mundo: de África, de Portugal, de España, del Caribe, y de más sitios. Como si la gente que vive en esos lugares no tuviera nada más que hacer que ir todos los días a comprobar cuánto ha subido la marea. Y algo curioso —añadió—: según el viejo Ray, ahora están empezando a llegarle de vuelta algunas de sus botellas. La gente anota sus datos en la tarjeta que llevan dentro y vuelve a echarlas al mar.

—¿La misma corriente las trae de vuelta hasta el Estrecho? —preguntó Sheena con un tono de duda.

Jack chasqueó los labios.

—Ray me mostró un par de esas botellas. Dice que todo se debe al movimiento de las corrientes. —Emitió una risa sofocada—. Una de las personas que recogió una de las botellas era una danesa que vivía en no sé qué isla, no recuerdo el nombre. Le dije a Ray que podían mantener una relación por correspondencia. El único problema es que las respuestas tardarían dos años en llegar —dijo riéndose.

Aquella ciudad estaba llena de sorpresas, pensó Sheena mientras regresaba a su coche.

Cuando se ponía en marcha oyó el aullido de la sirena de la ambulancia.

Indian Point, mediodía

La madre de Natalie estaba cortando unas flores al lado de la casa cuando la destartalada camioneta subió la cuesta. Se trataba del arqueólogo aficionado y zahorí que estaba llevando a cabo una excavación en la comarca. Una de las ideas de su marido para fomentar el respeto por la historia local. En ese momento la saludaba con la mano, así que tendría que dejar lo que estaba haciendo y hablar con él, precisamente cuando estaba tan ocupada.

—¿Qué tal, señor Seymour? —dijo haciendo un esfuerzo por recordar su apellido.

—Buenos días, señora Maxwell —la saludó él amablemente—. Bien, estoy muy bien. Anoche tuve una conversación muy interesante con su marido. No tenía ni idea de que este promontorio tuviera tanta historia.

—Parece que está usted haciendo algunos descubrimientos sorprendentes, señor Seymour.

—Sí, realmente es algo de lo más curioso. —Su cara brillaba de entusiasmo—. En el último trecho de zanjas excavadas detrás de la casa, bueno, o delante, si se mira desde la carretera. —Hizo una pausa—. En el extremo de la casa, y en la parte más alta de la colina, con el océano a la espalda, como estamos ahora —añadió en tono pedante—. En ese último tramo de zanjas excavadas hemos descubierto una serie de franjas bajas compuestas enteramente de gravilla y conchas.

—¿Conchas? —repitió Elise cortésmente mientras se preguntaba adónde conduciría todo aquello.

—Sí, y gravilla. Bueno, en realidad se trata de cantos rodados, guijarros pulidos por el mar, para ser más exactos.

—Muy... interesante.

—Sí, es algo de lo más curioso. Todavía no he conseguido descubrir su origen. Parece como si esa parte del promontorio hubiera estado bajo el agua en una época relativamente reciente; digamos durante los últimos quinientos años, más o menos. Lo cual, por supuesto, parece ridículo, ya que estamos a más de treinta metros por encima de la línea de la costa.

—¿Puede que eso esté de algún modo relacionado con nuestra cultura india nativa?

El señor Seymour meneó la cabeza sobre su cuello largo y delgado.

—Sí, existe esa posibilidad. Como sabe, hasta el momento no hemos descubierto ni un solo resto de la antigua cultura nativa tribal de Indian Point. Y eso es bastante raro. No solo por el propio nombre del lugar, sino porque el Point es un lugar ideal para la vigilancia. Pero hay que reconocer que toda la zona de Goodwill es particularmente pobre en lo que se refiere a restos indios cerca de la costa. Tierra adentro hay numerosos restos de asentamientos. Parece como si el litoral hubiera sido abandonado en una época reciente. Lo cual es bastante extraordinario.

—Extraordinario —repitió Elise Maxwell.

El oficial Logan Clancy entró con su coche en el patio delantero del motel Seafarers. El encargado del mantenimiento estaba subido a una escalera, colgando una ristra de banderas por encima de la entrada, y la recepción estaba llena de huéspedes. Había carteles en las paredes y una nota en el mostrador que decía: DEJE AQUÍ LAS LLAVES. Abby estaba dando instrucciones a una pareja de jóvenes de clase alta que acababan de registrarse.

—Crucen el aparcamiento por el camino del fondo. Es la habitación número ocho, en la primera planta. Justo delante tienen una plaza de aparcamiento. Hay máquinas expendedoras en el pasillo; el hielo es gratis, no tienen más que llenar el balde que hay en la habitación. Al otro lado de la calle están el supermercado y la lavandería. Las toallas para la piscina las tenemos aquí, en la recepción. Hágannos saber cualquier cosa que necesiten. Estamos aquí para ayudarles.

—¿Tiene un mapa de la ciudad?

—Encima de la mesa que hay detrás de usted. Mapas, guías, folletos, lugares que visitar, actividades recreativas, restaurantes, oficinas de cambio. Espero que disfruten de su estancia aquí. —Abby se volvió hacia Clancy—. Buenos días, Logan.

—Buenos días, señora Cotton. ¿Cómo le va?

—Muy bien, gracias. ¿Qué puedo hacer por ti?

Clancy empezó a hablarle de las bicicletas.

—Discúlpame un minuto —le interrumpió Abby para atender a una mujer joven—. ¿Se marcha? Beth, querida —voceó llamando a su cuñada—, ¿puedes preparar la cuenta de la veintiuno, por favor?

—¡Ahora mismo! —contestó Beth y de inmediato empezó a teclear en su ordenador.

—Y bien —continuó Abby dirigiéndose a sus clientes—, ¿fueron finalmente ayer a hacer rafting?

—Sí, claro. En el Kennebec, como usted nos aconsejó. ¡Fue fantástico! Janis casi se cae de la barca en los rápidos.

—Sí, cuando abren las compuertas de la hidroeléctrica que hay corriente arriba, el río baja realmente rápido. Y a los guías les gusta que la gente vaya dando tumbos en la barca de un lado a otro. Es realmente muy emocionante. Pero sin duda son muy cuidadosos, saben lo que hacen. Aquí llega Beth con su cuenta. Que tengan buen viaje, y espero volver a verles por aquí alguna vez.

»Perdóname, Logan —dijo volviéndose de nuevo hacia él—. Me estabas hablando de unas bicicletas.

Clancy volvió otra vez al principio. A cómo había descubierto las bicicletas y lo que había hablado con el chico.

—¿Y estás seguro de que dijeron que estaban alojados aquí, en el Seafarers?

—Eso es lo que Tab afirma que le dijeron.

—¿Y no sabes sus nombres?

—El chico cree que ella se llamaba Kim.

Abby frunció el entrecejo.

—Tenemos contactos con los servicios de alquiler de bicicletas, pero que yo sepa nadie se ha quejado de que no le hubieran devuelto alguna.

Miró por la ventana y vio una furgoneta que entraba en el patio delantero.

—Es la furgoneta de la lavandería. Tengo que ir a ver.

—Dos bicicletas —le corrigió Clancy—. Eran especiales, no de alquiler.

—Disculpe, señora, ¿a qué hora empieza el festival? —preguntó un hombre de pelo rubio acompañado por su mujer y dos niños.

—El Día de los Fundadores es mañana, señor. El gran desfile empezará a las dos del mediodía, delante de la estación de bomberos, en el Prado, y este año habrá también fuegos artificiales por la noche. El domingo se celebrará una regata y otras competiciones acuáticas. La fiesta empezará a animarse a partir de las siete de la tarde, cuando se cierren las calles. Y habrá una feria para los chicos, con carreras y de todo. Tendrán un montón de diversión para toda la familia.

»Perdona de nuevo —se disculpó dirigiéndose otra vez a Clancy—. Hoy tenemos un día muy atareado. Esas bicicletas de las que me hablas… no se me ocurre qué otra cosa podemos hacer salvo poner un aviso.

Clancy meneó la cabeza.

—Olvídalo. Si no son capaces de cuidar de sus cosas, allá ellos. Tenemos demasiado que hacer en este momento para dedicarnos a buscar a los dueños de esas bicis.

—De acuerdo, Logan. Gracias por pasar por aquí. Cuídate.

16

La Palma, Canarias

Malc y Concha subieron a gatas, lentamente, por la ladera hacia el borde del cráter; por detrás de ellos las fauces del volcán rugían y tronaban como si fueran las puertas abiertas del mismísimo infierno. Con cada nuevo chorro de lava que salía a la superficie, la montaña se sacudía. Bloques de magma ascendían por el aire muchos metros para caer de nuevo en una lluvia mortal envuelta en humo que salpicaba contra el suelo de blando pedregal. Cada vez que uno de aquellos disparos de lava caía cerca de ellos, acababan enterrados bajo polvo y cascotes.

Con cada explosión, el cielo se llenaba de centellas de fuego que cubrían a los científicos de briznas incandescentes. El calor y el hedor eran insoportables. La arena y el pedregal que había bajo sus pies ardían, y el aire les quemaba los pulmones. Un nuevo temblor sacudió la montaña y provocó una avalancha de piedras desde la cima de la ladera. Atrapado por la avalancha, Malc cayó al suelo y fue arrastrado ladera abajo en medio de una cascada de piedras y polvo que lo dejó cegado y casi sin aliento sobre un saliente de lava endurecida, mientras la tierra se sacudía y temblaba.

El ruido de la erupción se convirtió en una especie de resoplido casi gutural que le hizo vibrar de la cabeza a los pies de tal manera que sintió que se le iban a desencajar todos los huesos. El miedo le dio fuerzas para ponerse de nuevo en pie. No veía a Concha por ninguna parte, y por un momento pensó que la habían perdido. Pero al cabo de un instante divisó su casco moviéndose lentamente en medio del humo mientras ascendía hacia la cima de la ladera. Felipe también estaba allí cerca. Malc lo vio detenerse y observar hacia abajo: Viktor, con su pesada mochila a la espalda, se arrastraba entre los cantos rodados que caían pendiente abajo. El ruso había sido el último de la expedición en abandonar el suelo del cráter. Felipe le estaba gritando algo, posiblemente que dejara allí su mochila. Pero más le habría valido que ahorrara el aliento. Malc conocía bien a Viktor; para el ruso era impensable deshacerse de su equipo.

Malc se limpió la boca, la nariz y los ojos de la costra de humedad y polvo que los cubrían, y se puso de nuevo en marcha hacia arriba, alejándose de la boca de cráter. El calor era casi insoportable. Había perdido los guantes ignífugos y sus manos desnudas estaban llenas de rozaduras y ampollas. Felipe despreciaba ese tipo de ropa, lo mismo que Viktor. El ruso afirmaba que te daba una falsa sensación de seguridad y te hacía caminar más despacio. Un buen casco podía ser útil en caso de que empezaran a caerte piedras sobre la cabeza, pero la ropa ignífuga era muy pesada, y si quedabas atrapado en un río de lava, Dios no lo quisiera, esa ropa no te serviría absolutamente de nada.

El cono central del volcán seguía escupiendo cascotes ardiendo y chorros de arena y piedras que silbaban y caían a su alrededor como una lluvia de metralla. Felipe bajaba por la ladera para ayudar a Viktor. Malc le hizo un gesto con la mano para indicarle que él estaba más cerca y podía llegar antes. Señaló con la mano en dirección a Concha; sería mejor que Felipe ayudara a la chica mientras él se ocupaba de Viktor. El ruso estaba de rodillas intentando salir de un charco de esquisto. Malc se deslizó hacia abajo, avanzando en diagonal a lo largo de la ladera para llegar hasta un punto superior desde el que tenderle una mano. Viktor lo vio acercarse y sus blancos dientes relucieron en su rostro oscurecido por el humo mientras alzaba una mano para indicarle al estadounidense que siguiera su camino.

—Estoy bien —le dijo—. Me las apañaré solo. Será mejor que cuides de ti mismo.

Los separaban apenas veinte metros. Malc estaba a medio camino cuando el volcán se estremeció de nuevo y, mientras las explosiones rasgaban el cielo, una masa líquida de un rojo intenso bañó la superficie del cráter. Este empezó a vomitar nubes sulfurosas amarillas en medio de chorros de ceniza; las llamas que ascendían desde las aberturas entre las rocas del cráter alcanzaban más de veinte metros de altura. De pronto se oyó un terrible golpeteo y el suelo del cráter empezó a abombarse y a rasgarse a causa de la potente presión que desde debajo de la tierra hacía surgir lenguas de magma. El aire se llenó de vapor y de chispas. Los pulmones les ardían y se les hacía casi imposible respirar.

Malc no vio la bomba letal. Tenía toda la atención puesta en Viktor, que subía a gatas por la ladera, hundido bajo el peso de su mochilla. La enorme masa de líquido incandescente, que había sido lanzada desde las fauces de la tierra, cayó mortalmente sobre el ruso en medio de una nube de humo. Lo cubrió por completo, aplastándolo y arrebatándole la vida en un segundo con su tremendo peso.

Cumbre Vieja acababa de cobrarse su primera víctima.

17

Bastante antes de que el *Pequod* hubiera cruzado el Estrecho, el teléfono de Rick comenzó a sonar. Munroe le llamaba desde el *Cat's Eye* para preguntarle si sacaría de nuevo el *Pequod* para la excursión de la tarde. Rick le contestó que no, no quería gastar más combustible para nada.

Patsy estuvo de acuerdo con él.

—Las ballenas volverán cuando lo crean oportuno. Siempre lo hacen.

La memoria del teléfono de Rick indicaba que Natalie le había llamado pero no había dejado ningún mensaje. Y cuando él trató de comunicarse con ella, Natalie no respondió.

El teléfono volvió a sonar. Esta vez era el número de Don. La voz del agente de policía parecía preocupada.

—Rick. Tenemos problemas. En primer lugar, ha habido un accidente. Una chica surfista se ha herido en el Bluff. Sus colegas nos la han traído y la hemos llevado al hospital. De momento no se sabe cómo está.

—¿Han avisado a su familia?

—Estamos en ello. Pero aquí no acaba la cosa, hay malas noticias del otro lado del océano. Parece que la situación en aquella isla se ha puesto realmente fea. Otra erupción, esta vez de las grandes, y los rumores ya corren de boca en boca.

—¿Cómo de grave es la situación?

Rick hablaba en voz baja. Pero Paul, desde el timón, intentaba escuchar lo que estaban hablando.

—Confusa. No he podido conseguir una respuesta clara de la central de Augusta. Aunque me han asegurado que me informarán con más detalle en breve. Ahora mismo, mientras hablamos, están dando un comunicado por televisión. Parece una erupción bastante fuerte, hay mucho humo, llamas, fuego que se eleva hacia el cielo... Gracias a Dios que no me ha tocado estar ahí. Están hablando de víctimas, pero todavía no han dado ninguna cifra.

—Escúchame, Don, estaré amarrando dentro de unos veinte minutos. Ponte en contacto con la gente del Comité de Emergencias. Entérate exactamente de qué está pasando y de cómo nos afecta. Cuando hayas conseguido toda la información, pásala a la radio y a la televisión local. Y que quede claro de dónde la has sacado. Y añade que cada hora se informará de cómo evoluciona la situación. Advierte a la gente para que esté a la escucha de las emisoras locales y lista para reaccionar con rapidez en caso de que se les den instrucciones de hacerlo. Es vital mantener la situación bajo control.

—De acuerdo, Rick, tú eres el jefe.

Rick colgó. Tenía otra llamada esperándole. Chance Greene.

—Ahora mismo acabo de hablar con Don —soltó antes de que Chance empezara a hablar—. Va a ponerse en contacto con el Comité de Emergencias de Augusta para conseguir un informe definitivo. Corren demasiados rumores.

—Estoy viendo la televisión, Rick, y puedo asegurarte que esto tiene muy mala pinta. —La voz de Chance sonaba asustada. Era una persona que bajo presión siempre estaba a punto de estallar—. Ríos de lava ardiendo que fluyen hacia el mar. Se habla de terremotos.

—¿De qué intensidad dicen que son los temblores?

—No he retenido la escala. La CNN tiene un equipo en la isla y la presentadora está hablando de una sacudida muy fuerte, el suelo se mueve bajo sus pies mientras está en pantalla. Parece realmente asustada.

«No es la única», pensó Rick. Tendrían que cancelar las celebraciones del tercer centenario y no quedaría ni un solo turista en la ciudad.

—En las Bermudas ha cundido el pánico. Se habla de evacuar los Cayos de Florida. La gente está preocupada. Yo también estoy preocupado. Creo que deberíamos convocar una reunión para decidir qué vamos a hacer.

—De acuerdo, Chance, lo haremos en cuanto Don tenga una respuesta de la capital. Por lo que nos dijeron anoche, recibiremos un aviso de cualquier posible tsunami por lo menos cinco horas antes. Tiempo de sobra para trasladar a todo el mundo tierra adentro en caso necesario.

Mientras hablaba, su cabeza funcionaba a toda máquina. Había dos puentes para salir de la isla: el de Indian Point y el de la Cornisa. Indian Point llevaba al terreno más elevado. Por el este había un llano que llegaba hasta la carretera. El centro médico quedaría en la zona de riesgo. Sería preciso evacuar a los pacientes. Esa parte de la tarea correspondería al doctor Southwell. La oficina del censo podría prepararles una lista de las personas inválidas y confinadas en sus casas que necesitarían ayuda; por suerte, en una situación de emergencia la ayuda de los vecinos todavía era algo con lo que se podía contar en un lugar como Goodwill. Uno de los mayores problemas sería recoger a la gente que estaba acampada a lo largo de la costa.

Chance hablaba de nuevo. Algunas de sus propiedades no estaban aseguradas. ¿Podía confiar en que el gobierno le pagaría alguna compensación por los daños? Rick no sabía qué contestarle. Él y Reb tenían una pequeña póliza de seguros en el Chandlery, pero ¿sería suficiente? Algunos de los pueblos arrasados por el tsunami del océano Índico habían sido borrados del mapa.

¿Podría suceder eso en Goodwill?

El teléfono de Beth Robbins sonó.

—Motel Seafarers.

—Hola, ¿está Kim Schaffer alojada en su motel?

—Un minuto. Voy a comprobarlo. ¿Puede repetirme el nombre, por favor?

—Schaffer, Kimberly Schaffer, de Nueva York, es mi hija.

Beth Robbins giró en su silla y pasó un dedo por la pizarra blanca en la que estaban anotados los nombres de los huéspedes y el número de la habitación que ocupaban.

—No, lo siento, señora, no hay ninguna Schaffer en nuestro motel.

—Tal vez se haya registrado con el nombre de su pareja, Baines, Randy Baines.

—¿Baines? Voy a ver. No, lo siento, pero tampoco.

—No pueden haberse marchado tan pronto. Son una pareja de jóvenes que viajan en bicicleta, llegaron ayer.

—Bicicletas. —Beth alzó las cejas—. ¿Quién comentó antes algo sobre un par de bicicletas? No, ya sé. Mire, ninguna de esas dos personas están en nuestro motel. ¿Ha probado en el Admiral's Inn?

—Sí, ya he hablado con ellos. Y también con el Ocean View, el Baytop y el Captain Briggs.

—También están el Aurora y el Landing, así como el Cape Inn. Podría intentarlo en esos hoteles. También hay un par de moteles a las afueras, en la carretera de Ellsworthy, uno de ellos se llama Chieftain. Y también existen varios cámpings en la zona, pero no siempre tienen listas de las personas que se alojan en ellos.

—De acuerdo, seguiré intentándolo. Gracias por su tiempo. ¿Puedo dejarle mi número por si acaso aparecieran por ahí?

—Por supuesto. Lamento no haber podido ayudarla.

—¿Todo bien por ahí afuera? —le preguntó Beth a Abby cuando esta entró en la recepción.

El ajetreo de la mañana ya había pasado. La mayoría de los huéspedes habían salido a visitar el pueblo.

—No; Tracy hoy tampoco se ha presentado y he tenido que ayudar a la chica canadiense a arreglar las habitaciones del lado sur. La tal Tracy es un desastre; ni siquiera se molesta en llamar para avisar. He llamado a su madre, a la panadería, para que le diga que ya estoy harta de ella.

—¿Y qué te ha dicho?

—Dice que Tracy es muy despistada. Le he dicho que eso ya lo sabíamos y que la contratamos solo para hacerle un favor a ella, pero estamos en la semana del Día de los Fundadores y no podemos permitirnos tener a una gandula entre el personal. No es justo para los demás empleados.

—Estoy de acuerdo. Lo siento por su madre, pero no podemos cargar con Tracy por hacerle un favor a ella.

—En fin, Marie-Crystal y yo hemos hecho las camas y limpiado esas habitaciones. Ella sí que es trabajadora. Nunca se queja por tener que trabajar más y siempre tiene una sonrisa para los huéspedes.

Abby se puso a ordenar el mostrador.

—¿Algún mensaje? —dijo al tiempo que alcanzaba el cuaderno en el que se anotaban las llamadas—. ¿Quién es Schaffer? —añadió mientras pasaba el dedo por la última entrada.

—¿Schaffer? ¡Ah!, una señora de Nueva York que llamó preguntando por su hija.

—¿Es una de nuestros huéspedes? ¿Qué le has dicho?

Informaciones de esa naturaleza eran una cuestión peliaguda para los dueños de los hoteles; los huéspedes tenían derecho a su intimidad.

Beth negó con la cabeza.

—No está registrada aquí. Me ha dicho que viajaba con un amigo llamado Baines. Lo he comprobado, pero tampoco tenemos alojado a nadie con ese nombre.

—Baines —dijo Abby pensativa—. ¿No hemos oído ese nombre en alguna parte?

—Que yo sepa, por aquí no ha aparecido. La mujer dijo que viajaban en bicicleta. Los ciclistas suelen andar dando vueltas por ahí.

—Puede que sea eso. Espera, no. Logan Clancy pasó antes por aquí preguntando si sabíamos algo sobre unas bicicletas abandonadas en Maple Cove.

—Logan Clancy —dijo Beth alzando las cejas—. No te entiendo. ¿Quieres decir que pueden ser las bicis de la señora Schaffer y su amigo?

—No lo sé, pero ese nombre, Baines, me suena mucho.

—No aparece en la pizarra ni en el ordenador, he mirado en los dos sitios.

—Espera... —Abby empezó a pasar hacia atrás las páginas del cuaderno de llamadas, en el que solía anotar algunos detalles de cada llamada. Deslizó el dedo por la lista de entradas—. Nada, nada... —Siguió pasando páginas hacia atrás—. ¡Sí! —exclamó con aire triunfal—. Sabía que ese nombre me sonaba de algo. Aquí está, Baines, de Nueva York. Hicieron una reserva el mes pasado para este fin de semana. Son los que no aparecieron ayer. Creo que tenemos su número de tarjeta de crédito, ¿recuerdas?

—No se me ocurrió mirar en las entradas anteriores. Solo eché un vistazo a la pizarra y luego lo comprobé en el ordenador.

—En el ordenador no están sus nombres porque los borré anoche, cuando les dimos a otros clientes la habitación que tenían reservada.

Se oyó un fuerte chapoteo proveniente de la piscina seguido de un alboroto de gritos de niños. Una adolescente con una camiseta de tirantes entró en la recepción y pidió la llave de la habitación número once. Beth se la dio.

—Parece que te has quemado los hombros —comentó cuando la chica se daba media vuelta para marcharse—. Deberías tener cuidado con el sol. Con una piel tan clara, es muy fácil quemarse.

—Sí, hemos salido a dar una vuelta en el barco de un amigo y me he achicharrado. Voy a ducharme y a ponerme crema.

—Esta tarde deberías quedarte a la sombra.

—Sí, tiene razón. De todas maneras, estoy agotada. Creo que me echaré a dormir un par de horas —dijo mientras salía por la puerta.

—Espero que esa chica se encuentre bien —dijo Beth—. Parece un poco aturdida.

—Es el mareo del mar. Estará perfectamente en cuanto descanse un rato.

Beth parecía de nuevo preocupada.

—¿Qué me decías sobre Logan Clancy y esas bicicletas? —preguntó a su cuñada.

Abby meneó la cabeza con rapidez.

—Puede que no tenga nada que ver, pero Clancy encontró dos bicicletas de montaña abandonadas en Maple Cove. Afirma que habían estado ahí toda la noche, y ahora me dices que esa pareja de Nueva York iba a venir aquí en bicicleta.

Las dos mujeres se miraron durante un momento.

—Pero antes habrían pasado por aquí para registrarse, ¿no?

Abby apretó con fuerza la mandíbula, como solía hacer cuando intuía que estaba a punto de enfrentarse con un problema.

—Tenemos que comunicarles lo que sabemos a la familia. Ahora mismo. Llámales y esta vez trata de descubrir todo lo que puedas.

Hicieron una reserva solo para dos noches; puede que se hayan ido a cualquier otra parte. Pregúntales si saben la ruta que pensaban seguir. Es posible que por alguna razón decidieran no parar en este pueblo.

—Ahora mismo llamo. ¿A quién estás llamando tú?

—A Logan Clancy. Creo que va siendo hora de que la policía recoja esas bicicletas de Maple Cove.

Larry Hageman estaba de servicio en la patrulla de vigilancia del tráfico. Esta vez le acompañaba una grúa que se iba llevando los vehículos que habían pasado por alto los avisos de que no debía quedar ningún coche aparcado en Bay Road a partir de las ocho. Antes buscaban a los propietarios para darles al menos la oportunidad de retirar sus vehículos, sobre todo si eran turistas. «No tiene sentido dar la bienvenida a los visitantes y luego llevarnos el coche», solía decir Don Egan. Y la verdad es que siempre había unos cuantos que parecían no leer las señales de tráfico o que creían que las restricciones no les concernían personalmente.

En ese momento el agente hablaba pacientemente con el dueño de un Mercedes descapotable que seguramente valía más que la casa de Larry.

—Señor, estoy dándole una última oportunidad para que retire su coche de la calle. De lo contrario, esa grúa remolcará su cacharro y se lo llevará al depósito. A partir de ese momento, le costará cien dólares y cierta cantidad de tiempo recogerlo de nuevo. Así que, ¿por qué no nos ahorra todo ese esfuerzo llevándose su coche cien metros más adelante, hasta el aparcamiento de Sugarshack, donde sé que todavía quedan plazas libres?

El dueño del Mercedes miró hacia atrás y, al ver a Gus montado en la grúa, con el enorme gancho colgando y listo para actuar, decidió que no le apetecía nada que nadie remolcara su flamante coche a través del pueblo como si fuera un montón de chatarra y se apresuró a cumplir con lo que se le pedía.

Larry volvió al coche patrulla meneando la cabeza. Qué gente.

Estaba en la esquina con Eden Avenue cuando vio el Explorer con el remolque para bicicletas. Bajo el limpiaparabrisas tenía todavía el aviso de la noche anterior en el que se le informaba de que si no movía el vehículo la grúa se lo llevaría. Cabía la posibilidad de que perteneciera a alguno de los huéspedes del Eden Inn, que estaba en la acera de enfrente. Larry le pidió a Gus que esperara un momento mientras iba a comprobarlo.

—Negativo —dijo cuando regresó del motel—. Y Andy dice que ahora tiene un aparcamiento para los clientes en la parte trasera.

—Seguramente es un coche de alquiler —dijo Gus señalando una carpeta de una compañía de alquiler de coches que podía verse en la guantera—. La matrícula es de Boston, probablemente lo alquilaron en el aeropuerto.

Larry tamborileó sobre el techo del vehículo, como esperando que el conductor se materializara de un momento a otro. Como no pasó nada, hizo un gesto con la cabeza y dijo:

—Llévatelo.

Luego dejó escapar un suspiro y echó mano al bloc de multas.

18

Las medusas carabela empezaron a salir a la playa hacia el mediodía. Había empezado a soplar la brisa del mar, y entre las diez y las once los navegantes se encontraron con bancos de medusas a la entrada del Estrecho. Al cabo de un rato, todas las calas y ensenadas estaban llenas de carabelas flotando en el oleaje. Enseguida corrió la voz, y un montón de excursionistas bajaron a las playas para verlas.

—En Saint John están teniendo el mismo problema —informó Con Wolfowitz, del servicio de guardacostas, a Rick. Saint John estaba en el lado canadiense de la frontera, por encima de la bahía de Fundy—. También se han visto más al sur, en Winter Harbour. Aunque me parece que en ninguna parte hay tantas como aquí.

—Magnífico, Con. ¿No tienes ninguna buena noticia? En la televisión han hablado de una gran erupción en las Canarias.

—También yo lo he oído. Pero nuestra gente sigue diciendo que todavía no hay ningún peligro para las costas de Estados Unidos.

—¿Y cuánto tiempo más vamos a seguir creyéndoles?

Persistían los intentos de descubrir qué había sucedido con los dos turistas de Nueva York que habían desaparecido. Beth habló dos veces más con su familia, pero aparte de confirmarles que no se habían registrado en el motel, poco pudo hacer para ayudarles.

Logan Clancy había vuelto a Maple Cove. La marea estaba subiendo y traía consigo más medusas carabela. Algunas habían acabado en la arena de la playa y la gente las empujaba con palos, pasando por alto las advertencias de mantenerse alejados. Las dos bicicletas seguían encadenadas a la barandilla del aparcamiento. Una de ellas se había deslizado y estaba caída de lado. Logan pensó que aquello había sido cosa de los niños. De cualquier modo, tuvo una excusa para recogerlas y «protegerlas».

—Lo cual me parece perfecto, tal como están las cosas —le explicó Don Egan a Rick, más tarde—. Pero las bicicletas no tienen marcas de identificación. Y parece que ningún miembro de la familia las ha visto nunca.

—¿No ha aparecido ningún vehículo? —preguntó Rick—. Supongo que no habrán venido pedaleando desde Nueva York hasta Maine.

—Esa es otra de las incógnitas. Hablé con el hermano de la mujer desaparecida. Por lo que dijo, habían decidido no alquilar un coche en Nueva York. Demasiados problemas de aparcamiento y todo eso. Cuando salían de viaje, alquilaban algún vehículo, si lo necesitaban, al llegar a su destino. Pero en este momento la mitad de los coches que hay en la ciudad tienen matrícula de otro estado.

Rick suspiró al otro lado del teléfono. Estaba en su despacho, en el edificio de la Cámara de Comercio, junto al Prado. El Día de los Fundadores se les echaba encima. Todavía tenían que aprobarse los cambios de última hora para el desfile del día siguiente, tenía que hacer unas cuantas llamadas interurbanas y la ciudad no paraba de llenarse de visitantes. A pesar de los incendios y de las catastróficas predicciones, no había habido más que un puñado de cancelaciones. Pero todo podía cambiar de la noche a la mañana, como bien sabía Rick.

Y ahora, en el momento más álgido, con Don y sus fuerzas totalmente colapsados, tenían que vérselas con una doble desaparición.

—Estamos en contacto con las compañías de teléfono para saber cuándo hicieron las últimas llamadas desde sus móviles.

—O si todavía los están utilizando —puntualizó Rick.

Él todavía se aferraba a la esperanza de que hubiera algún tipo de explicación sencilla detrás de todo aquello.

—Eso también —convino Don. De todas maneras, antes deberían enfrentarse a unos cuantos problemas legales y administrativos—. Los familiares tienen que rellenar un formulario de denuncia de personas desaparecidas, que ya les hemos enviado por fax, para que podamos pedir a las compañías telefónicas que nos faciliten los listados de las llamadas.

—¿Estamos seguros de que las bicicletas que encontró Logan pertenecen a esa pareja? No sabemos que llegaran a Goodwill. Tal vez decidieron no quedarse en el motel, o puede que sus datos estuvieran equivocados, o algo por el estilo.

—Te olvidas de que el hijo de Southwell vio a la pareja de desaparecidos. Su descripción concuerda con ellos perfectamente. Además, dijo que eran fotógrafos, y eso también encaja.

El tono de Don y el pesado silencio que siguió a sus palabras hicieron que Rick reconociera la señal de «malas noticias» del jefe de la policía. Se sintió apesadumbrado. ¿Estaba insinuando que tenían entre manos un caso de asesinato? Aquello parecía imposible en Goodwill.

—Esos dos tuvieron que llegar aquí en algún vehículo. De lo contrario, ¿dónde están sus equipajes?

—Eso mismo estaba preguntándome. Todavía estamos investigando en otros lugares a los que podrían haber ido, pero de momento no tenemos nada. Es como si se hubieran apeado del mundo en alguna parte entre aquí y Maple Cove.

Don Egan colgó y marcó el número particular del policía Haden Booth. Mientras esperaba a que contestaran se quedó mirando por la ventana a los turistas que paseaban por Eden Avenue. Como si los problemas fueran pocos, eran tantos los curiosos que se dirigían hacia Curtain Bluff para sacar fotografías de la parte hundida del acantilado, que el ayuntamiento había tenido que ordenar que se cerrara el tráfico en esa zona por razones de seguridad.

Al cabo de un rato contestaron.

—Haden, te necesito aquí ahora mismo. Sí, ya sé que solo hace una hora que terminaste tu turno, pero ese asunto de los dos desaparecidos se está poniendo feo, y tal como están las cosas no tengo a nadie más. Muy bien. Gracias, Haden, sabía que podía contar contigo.

Eso era lo bueno de vivir en una ciudad pequeña: la gente siempre estaba dispuesta a echar una mano. Todos arrimaban el hombro cuando era necesario. Oyó la tos seca de Annie Pellew a su espalda.

—¿Sí? ¿Qué ocurre, Annie?

—He hablado con la compañía de teléfono del señor Baines —dijo con su forma de hablar entrecortada—. Su teléfono móvil no contesta. Les he preguntado qué significa eso exactamente. ¿Quiere eso decir que él no contesta al teléfono? Me han dicho que no, que le envían una señal de prueba, pero no les llega ninguna respuesta. En ese caso existen tres posibilidades: o el teléfono está apagado o sin batería, lo cual suele ser lo más normal, o no tiene cobertura, como si estuviera en algún lugar apartado en las montañas.

—Vale, ¿y cuál es la tercera posibilidad? —preguntó Don.

—Que el teléfono esté estropeado o se haya roto y ya no funcione —dijo Annie—. Extraoficialmente me han dicho que la última llamada que se hizo desde ese número se registró el jueves a las diez y cuarto de la mañana.

—Eso quiere decir ayer por la mañana. Por lo que podemos suponer que tal vez le robaron el teléfono.

Annie se encogió de hombros.

—Podría ser; aunque no acabo de entender adónde nos lleva todo esto. Pero gracias de todas formas —dijo Don.

Annie se quedó en el umbral de la puerta.

—Donna Reid, la mujer del doctor Southwell, estuvo aquí hace un rato —dijo.

Don esperó un momento a que ella siguiera hablando.

—¿Te refieres a la madrastra de Tab? —Annie asintió con la cabeza—. ¿Y? —preguntó Don.

—El chico le habló de su encuentro con la pareja desaparecida. Donna quiere saber si puede haber hecho algo malo. Le tiene mucho cariño al chico y no le gusta verlo preocupado.

—¿Y por qué iba a estar Tab preocupado? A menos que nos esté ocultando algo.

Annie apretó los labios.

—No podemos estar seguros de lo que ha pasado —protestó Chance Greene—. Esos dos pueden estar en cualquier parte. Quizá se encontraron con algunos amigos y decidieron quedarse con ellos donde estuvieran alojados.

—¿Y las bicicletas? —preguntó Rick—. ¿Abandonaron sin más tres mil dólares de equipo deportivo de la mejor calidad en el aparcamiento? No me parece demasiado verosímil.

—Puede que las olvidaran allí. Las bicicletas estaban encadenadas, ¿no es eso lo que ha dicho Don? Y quizá estén aseguradas. Tal vez pensaran volver más tarde a recogerlas, pero se retrasaron. Seguramente imaginaron que estarían más seguras allí, en Maple Cove, que colgadas en la parte trasera de un todoterreno en plena calle.

—En eso tiene razón, Rick —convino Don Egan.

Los tres estaban en su oficina, en el edificio de la comisaría de policía situado en Eden Avenue.

—Lo que estoy intentando decir es que estamos pasando por alto lo que puede haber detrás de todo esto —enfatizó Chance—. ¿Habéis olvidado que ayer por la noche sacaron al puerto el cuerpo de un ahogado? ¿O que ya ha habido dos incendios? ¡Por el amor de Dios! Si empezamos a empapelar la ciudad con carteles de personas desaparecidas conseguiremos que la preocupación de la gente aumente considerablemente. Vivimos en una ciudad pequeña. ¿Qué pensarán los turistas? ¿Que anda suelto un asesino en serie? ¿Que nuestras playas no son seguras?

—No podemos poner esos carteles hasta que no tengamos las fotos, y de momento todavía no hemos recibido ninguna —dijo Don—. Y lo mismo en el caso de la televisión. Con lo cual solo nos queda la radio local. Un anuncio del tipo: «Por favor, llamad a casa», ya sabes.

No era mucho, pero por el momento eso era lo único que podían hacer.

19

Goodwill

El deportivo rojo de Natalie estaba aparcado ante la barrera que impedía el paso a Main Street, pero ella no estaba dentro. Rick miró a su alrededor y la vio acercándose a él con el pelo despeinado y mojado.

Esperó a oír lo que tenía que decirle, pero ella se lo quedó mirando muy sonriente.

—Reb me ha dicho que la salida de hoy ha sido un desastre. Lo siento.

Él asintió con la cabeza.

—Ni un solo avistamiento.

—Sí, qué lástima. Pero pasa a veces, ¿no?

Él señaló su pelo mojado, pero Natalie no dijo nada, se limitó a mirarle, hermosa y distante.

—¿Has estado en el agua? —preguntó Rick al fin.

Ella asintió con aire soñador.

—He salido al mar con unos amigos.

—Parece que te hayas caído al agua.

—Ha estado bien. —Se apartó el pelo de la cara—. Ya se está secando. Me puse un traje de neopreno de la tienda.

—Y esos amigos, ¿los conozco?

—Son unos colegas —dijo de manera deliberadamente enigmática—. Unos tipos que he conocido.

Él intentó otra táctica.

—Parece que una chica se ha hecho daño hoy en el mar. Una de las surfistas.

—Sí, tuvieron que sacar a una muchacha de Curtain Bluff.

—¿Y?

Natalie se encogió de hombros.

—Son cosas que pasan cuando se practica el surf.

A Rick le parecía que estaba siendo deliberadamente poco comunicativa.

—Bueno, ¿y está...?

—Si está ¿qué?

Él empezaba a enfadarse.

—Si está bien.

Los hombros esbeltos de Natalie se encogieron bajo su camiseta.

—Se cayó de la tabla y se golpeó.

—No pareces preocupada.

Ahora era ella la que parecía molesta. Él pudo ver cómo se le entornaban los ojos y se le subía el color a las mejillas. Rick se había marcado un punto.

—No fue más que un accidente. Se cayó y se golpeó contra la tabla de surf. Por suerte, los demás estaban cerca. Los chicos la sacaron enseguida del agua y la llevaron a Maple Cove.

Le costó un gran esfuerzo no picar el anzuelo y preguntar quiénes eran esos chicos que estaban con ella y, en particular, quién era el conductor de la moto de agua.

—Podría haberse hecho bastante daño.

Ella siguió aparentando indiferencia.

—El surf tiene sus riesgos. Un accidente como ese no es de los peores. Quiero decir que podría haberla atacado un tiburón o algo por el estilo.

—He oído que llevaron a la chica al hospital.

—Sí, estaba inconsciente. Se dio un golpe en la cabeza y tenía una herida bastante fea. La llevaron de inmediato a la clínica y el doctor Southwell le cosió la herida.

—¿Tuvieron que ponerle puntos?

—Parece que sí. —Natalie lo miró con frialdad—. ¿A qué viene esto? ¿Me estás interrogando? Ni que hubiera tenido yo la culpa.

—Se sentó al volante de su Jaguar y se puso las gafas de sol—. Te veré luego, Rick.

El coche se puso en marcha con un rugido.

Rick se la quedó mirando hasta que la perdió de vista. Se había dado cuenta de que Natalie no llevaba puesto el anillo de compromiso. Quizá se lo había quitado para no perderlo en el agua.

A las puertas del restaurante de Jean-Alice, Rick se tropezó con Mike Caine, el marido de su hermana Reb, que estaba cargando el remolque de su camioneta.

—Hola, forastero —dijo Mike.

—Lo sé, no he tenido tiempo de pasar a saludar a los chicos —se disculpó Rick—. He tenido una semana muy ocupada.

—Lo imaginaba.

Mike sacó una cerilla del bolsillo delantero de su mono y se la colocó entre los dientes, pensativo.

—La verdad es que estaba pensando en pasar a verte. Necesito que me hagas un favor. ¿Recuerdas el barco de trabajo de tu padre?

—¿Todavía es nuestro? Creí que se había vendido con todo lo demás.

Mike negó con la cabeza.

—No. Un tipo de Lewisport nos hizo una oferta y Rebecca la aceptó, pero al final el tipo se echó atrás. De momento sigue amarrado al muelle. El problema es que mañana llegará el buque cisterna y necesitará amarrar allí.

—¿El buque cisterna? Pero se suponía que no llegaría hasta el lunes.

Dos años atrás, la compañía de servicios que abastecía a la ciudad había instalado un nuevo generador que funcionaba con gas líquido. Cada tres meses llegaba un barco desde Halifax, en Nueva Escocia, para reponer los suministros. Aquel combustible era más caro, pero habían recibido ayudas para pagar el coste de la nueva central eléctrica y el gobierno se hacía cargo de la diferencia con algún tipo de programa de protección del medio ambiente.

Mike se encogió de hombros.

—Jack Pearl se cruzó conmigo hace cinco minutos y me lo contó. Dice que la compañía quiere librarse ya del cargamento a causa de todos esos rumores que corren. Ya sabes, esa historia del tifón.

—Tsunami.

—Eso es. En fin, lo haría yo, pero le prometí a Rebecca que llevaría a los gemelos a Ellsworthy para que les hicieran una revisión en el dentista. Ya sé que estás muy ocupado...

—Tranquilo, yo me encargaré —le dijo Rick. Solo le llevaría diez minutos—. ¿Dónde están las llaves?

—Las tengo en casa.

—Pasaré por allí a recogerlas.

Rick encontró a Jack Pearl en su despacho. Estaba hablando por teléfono.

—Maldita sea, Jack —dijo Rick en cuanto colgó—. ¿Qué es eso de que el buque cisterna llegará el domingo?

—Qué narices el domingo, ahora mismo estaba hablando con ellos. Dicen que llegarán mañana por la mañana.

—Estás bromeando. ¿No les has dicho que mañana es el Día de los Fundadores, que tenemos una regata y todo eso?

—Por supuesto. Y que el Estrecho estaría lleno de yates y barcos de vela. Les he dicho que nos están pidiendo que dejemos esa bomba flotante aquí, y que es la cosa más estúpida que me han propuesto jamás.

—¿Y no te han hecho caso?

Jack desenvolvió un chicle y se lo metió en la boca. Había dejado de fumar y se suponía que aquello era un sustitutivo. Masticó durante un minuto y luego contestó.

—Les dije que elevaría una queja al servicio de guardacostas en su calidad de garantes de la seguridad pública en el mar.

—¿Y qué han contestado a eso?

—Ya han aclarado el asunto con ellos. Toda la culpa la tiene esa estúpida alerta acerca del tsunami. El buque cisterna pasará por aquí y luego irá a Camden y a Portland. La última parada es Boston, donde acabará de vaciar las cisternas. Quieren deshacerse de todo el combustible antes de que la situación empeore, eso es lo que le han dicho a Con Wolfowitz.

—¿Con te ha dicho eso?

—Esas han sido sus palabras.

—Si las autoridades creen que la situación empeorará, ¿se supone que dejar amarrado un buque cisterna cargado con veinte toneladas de gas combustible altamente inflamable mejorará las cosas?

—¿Crees que a mí esto me hace más gracia que a ti? Imagino que tú y la junta municipal podéis intentar quejaros a la compañía de abastecimiento, pero no te queda demasiado tiempo. El barco se pondrá en camino mañana con las primeras luces del alba. Supongo que la única manera de detenerlo sería provocar otro incendio —se rió Jack con tristeza.

—Muy gracioso —contestó Rick.

Sabía lo que había pasado. Las autoridades portuarias de Halifax, donde estaba amarrado el barco, no querían tener allí durante más tiempo una bomba flotante, no más de lo que lo deseaba Goodwill, y lo habían obligado a hacerse a la mar.

Ahora le tocaba el turno a Goodwill. Lo único que podían hacer era cruzar los dedos y esperar que no pasara nada.

Entretanto había habido novedades en el caso de las dos personas desaparecidas. Don había dado instrucciones de que se indagara entre los clubes de ciclistas con la esperanza de que acaso alguno hubiera tenido noticias de la pareja. Se había parado a todo aquel que conducía un vehículo con portabicicletas para preguntarles si los conocían. Al final, el caso había llegado a oídos de Larry Hageman.

—En este momento tenemos uno en el depósito de vehículos —informó Larry a Annie Pellew.

Ella se lo quedó mirando sin comprender de qué le hablaba.

—¿Un qué, Larry?

—Un Ford Explorer deportivo, marrón, del último modelo y con un portabicicletas —explicó mientras Annie seguía mirándole con el ceño fruncido—. Habéis estado buscando un coche de esas características, ¿no es así? Bueno, pues Gus y yo llevamos uno esta mañana al depósito.

—¿Dónde lo recogisteis, Larry? —preguntó Annie con repentino interés.

—En la esquina de Eden con Bay. Estuvo aparcado allí toda la noche. La matrícula es de Massachusetts; parece un coche de alquiler. He pasado por el depósito cuando venía para acá, y sigue allí. De momento no ha ido nadie a recogerlo.

—¡Jefe! —llamó Annie—. ¡Creo que deberías oír esto!

—Dame otra vez el número de la matrícula —le dijo Don al policía que hacía el turno en el depósito.

En menos de quince minutos ya habían averiguado que el Ford Explorer había sido alquilado por Randy Baines en el aeropuerto de Logan el día anterior. Desde ahí no era difícil reconstruir los hechos.

—Quinientos kilómetros desde Boston hasta el cruce de la Cornisa —dijo Don—. Seis horas de viaje, por lo menos, según el tráfico.

—El jueves al mediodía las carreteras estaban bastante llenas, pero en la Ruta Uno no había mucho tráfico —añadió Larry.

—Alquilaron el coche a las doce y cinco. De modo que debieron de llegar a la ciudad sobre las seis o las seis y media, si contamos que hicieron una parada en el camino. La pregunta es: ¿por qué no se dirigieron directamente al Seafarers, donde tenían una habitación reservada?

—Porque son fotógrafos —recordó Rick—. Era una tarde maravillosa, ¿recordáis? Todo el mundo lo comentaba. Seguramente acababan de llegar a la ciudad y quisieron fotografiar esos colores. Se estaba haciendo tarde y tenían que darse prisa. La habitación podía esperar. Beth Robbins les había prometido que los esperaría hasta, ¿qué hora dijo? ¿Las nueve?

—Las ocho —le corrigió Annie—. En el Seafarers reservan las habitaciones hasta las ocho.

—No tiene sentido —objetó Don—. El Seafarers solo está a ocho manzanas. ¿Por qué no dejaron el coche en el aparcamiento del motel?

—Estás pensando como alguien que vive en la ciudad —dijo Rick—. Esa pareja eran turistas y estaban de vacaciones. Estarían más preocupados por no perder la posibilidad de sacar unas cuantas fotografías memorables. De manera que dejaron el vehículo en Eden Avenue y pedalearon por Ocean Drive hasta Maple Cove. Que fue el punto más lejos al que llegaron.

La charla con Tab Southwell tuvo lugar en el despacho de Rick. Estaban presentes Don, Annie Pellew para tomar notas, el padre de Tab y Donna, porque el chico pidió que también ella estuviera allí. Rick acudió a la reunión en calidad de testigo independiente. Había planteado la posibilidad de que Tab fuera acompañado de un abogado, pero todos estuvieron de acuerdo en que no había hecho nada malo. Lo único que querían era escuchar su versión de los hechos. Don incluso llegó a decir que no era estrictamente necesario que se tomaran notas. Solo se utilizarían durante la investigación que llevaban a cabo para encontrar a aquellas personas, después de eso serían destruidas.

—No habría tenido ningún problema en hacer esto en vuestra casa, si Tab lo hubiera preferido —dijo Don.

—Bueno, ahora ya estamos todos aquí —soltó Southwell—, vayamos al grano.

Nadie sabía cómo empezar. Interrogar a un chico como Tab, desesperadamente preocupado por la idea de que de alguna manera hubiera podido contribuir a la muerte de aquellos dos forasteros, no era fácil. Fue Donna la que tomó la iniciativa.

—Tab, cariño —le dijo suavemente acariciándole la mano—, ¿por qué no les cuentas lo que me dijiste a mí? Todos saben que tú no tienes la culpa de nada. No hiciste nada malo. Nada en absoluto. Tú no tienes la culpa de nada, ¿de acuerdo?

—Todos estamos de acuerdo en eso —afirmó Don.

Y lenta y vacilantemente Tab les contó lo que había visto.

—Una ola de marea.

—Pero no demasiado grande, por lo que parece.

Donna se había llevado a Tab a casa. Los demás estaban comentando su declaración.

—No, en eso el chico estaba seguro. Dijo que podría haber sido la estela de un barco.

—Según Jack Pearl, eso es lo que comentaba la gente del puerto. Y también Cal Burrows.

—Tab les advirtió de que tuvieran cuidado si intentaban llegar a la isla de Two Bush. Se siente culpable por no haber ido a pedir ayuda después de ver que la ola se alejaba de nuevo.

—Si sucedió como imagino —dijo Rick con seriedad—, para cuando el chico vio que el agua volvía a descender, nada de lo que hubiera hecho habría cambiado las cosas. La velocidad de la corriente entre la isla y la cala debió de arrastrarlos hacia el Gurge, y seguramente se ahogaron en Mudhole. No tenían ninguna posibilidad de salir de allí. Probablemente no se dieron cuenta de lo que estaba pasando hasta que empezaron a hundirse.

Southwell se secó la cara con un pañuelo. Parecía agitado.

—Nunca pensé que eso de la corriente que te succiona fuera de verdad. Creía que se trataba de un cuento de marineros.

—Pobres diablos, no me extraña que no hayamos encontrado sus cuerpos —dijo Don.

—¿Cancelar el desfile del Día de los Fundadores? Ni hablar, ¿me has oído? ¡Ni lo pienses! —Chance Greene golpeó la mesa con la palma de la mano; tenía el rostro enrojecido por el enfado—. No existe ninguna prueba real de que nadie, absolutamente nadie se haya ahogado.

—¡Santo Dios, Greene! —protestó Don—. ¿Cómo puedes decir eso?

Estaban en el despacho de Don, reunidos a puerta cerrada. Annie Pellew se había quedado fuera, sentada a su escritorio, y posiblemente oía cuanto decían. El hermano de la mujer desaparecida había enviado por e-mail unas fotos de la pareja, y Annie tenía una copia encima de su mesa.

Chance Greene seguía despotricando.

—Se supone que vosotros deseáis lo mejor para la ciudad. Y en lugar de eso, aquí estáis, dando a entender que Goodwill es un sitio poco seguro para pasar las vacaciones en familia.

Rick intentó darle nuevos argumentos.

—Chance, han desaparecido dos personas. El coche que alquilaron fue encontrado en Eden Avenue, con el equipaje dentro, y sus bicicletas, en Maple Cove, y además tenemos un testigo que los vio tratando de cruzar hacia la isla de Two Bush minutos antes de que una extraña ola inundara la playa. Desde entonces nadie los ha visto ni se ha sabido nada más de ellos. El hermano de la mujer volará hasta Portland esta noche, ¿qué se supone que tenemos que decirle? ¿Que su hermana y su compañero se fueron a pasear al mar ayer por la noche, pero no hace falta que se preocupe? Imagínate que se ahogara otra persona porque no hemos puesto un aviso. ¿Cómo nos sentiríamos entonces? Por supuesto que tenemos que hacer algo. Y si no lo hacemos, no estaremos tomándonos en serio nuestra responsabilidad con la gente.

Chance miró a Don con el entrecejo fruncido.

—Tú eres el jefe de la policía. ¿Estás de acuerdo con él? ¿Qué tienes que decirnos?

—¿Qué quieres que te diga? Rick tiene razón, no podemos mantener en secreto una cosa como esta. El *Monitor* ya tiene la historia. Ray Burns está diciendo que todo tiene que ver con el asunto del tsunami. Pero el desfile es otra cosa. Eso es asunto del consejo.

Como siempre, Don estaba saliendo con evasivas.

Chance estaba furioso, apretaba la boca en una línea recta.

—El desfile se llevará a cabo como estaba previsto. Punto. Los demás me apoyarán en eso, no lo dudéis. —Alzó un dedo en dirección a Rick—. Primero desaparecen las ballenas, y ahora esto. No pienso olvidarlo, Rick Larsen —dijo y, calándose el sombrero, salió de allí.

Don miró a su amigo con expresión preocupada.

—No deberías enfadarte con él, Rick. Puede ser muy violento. Y no se trata solo de ti; tiene en nómina a un montón de gente de la ciudad.

Pero Rick no le estaba escuchando.

—Don, ¿era verdad eso que dijiste de Ray Burns?

Chance Greene había dejado la puerta abierta. Don bajó la voz.

—Sheena estuvo aquí. Según lo que me dijo, Ray cree que esas extrañas mareas y esas olas son un anticipo de lo que está por llegar.

20

Seis de la tarde

Rick sacó el barco como le había prometido a Mike que haría y de paso aprovechó para echar un vistazo a la zona de la Garganta.

El *Chimay*, «iceberg» en noruego, era un barco arenero de cabotaje, de unos diez metros de eslora, ennegrecido por el humo del motor diésel Perkins y acondicionado con una cabina cerrada. Visto de costado, amarrado al muelle, parecía un barco desvencijado y abandonado. Su padre no se había preocupado nunca de su mantenimiento. Eso era lo bueno de la fibra de vidrio, solía decir.

El motor se puso en marcha a regañadientes. Cuando al fin consiguió arrancarlo, soltó las amarras, tomó el timón y puso rumbo al Estrecho. Lo pilotaba con cuidado, procurando que no diera muchas cabezadas. Como le había dicho Mike, el sonido del Perkins denotaba que le faltaba una puesta a punto, pero era una máquina de construcción sólida y dedicándole un poco de tiempo podría seguir funcionando muchos años más. Necesitaba una revisión a fondo y que le cambiaran el motor de arranque.

Tardó más de quince minutos en divisar la cala de Maple Cove. La tierra al norte del Estrecho era una zona escalonada, muchas casas aprovechaban esa particularidad del terreno para tener una buena vista desde la parte alta de la colina. Eran más pequeñas y menos pretenciosas que en la zona residencial de Indian Point, pero era un hermoso lugar para vivir.

Yates y veleros se acercaban a la isla en busca de un refugio para echar el ancla. Un helicóptero con el distintivo del servicio de guardacostas sobrevoló el *Chimay* y luego descendió hacia Indian Point. Don Egan había enviado a tres de sus agentes y a un puñado de voluntarios para que hicieran una batida a pie por la playa y los acantilados. Y una lancha del servicio de guardacostas recorría la línea de la costa del Estrecho. Si no encontraban nada, el grupo se dirigiría hacia las islas adyacentes; cabía la posibilidad de que la bajamar hubiera arrastrado los cuerpos de los desaparecidos hasta allí. Jack Pearl había puesto su bote a disposición de la batida de búsqueda, y se había pedido a los barcos que estaban en las proximidades que tuvieran los ojos abiertos y dieran aviso en caso de que vieran algo fuera de lo normal.

Rick pasó al lado de varios bancos de medusas carabela; con sus hinchadas capuchas azules, su aspecto era siniestro, pero no tanto como lo que temía encontrarse flotando en el agua. Había varias lanchas por la zona; vio a tres muchachos pavoneándose a bordo de lo que parecía un ballenero último modelo, con un enorme motor Mercury fueraborda y un completo juego de aparejos de pesca. Cuando se acercó a la costa, divisó varias figuras que deambulaban por la zona de rastreo de la playa. Lo observaron, haciéndose visera con las manos sobre los ojos, mientras el barco viraba hacia sotavento de la isla de Two Bush.

La sonda de pesca empezó a marcar una profundidad de dos metros y medio conforme se acercaba a la entrada del canal. Rick esperó que estuviera bien calibrada. La sonda era de una marca de confianza, y dos metros y medio de agua bajo la quilla era lo de esperar para ese momento de la marea. La parte más profunda del canal estaba en la zona norte de la isla, enfrentada a la costa. Había allí una hilera de boyas con señalizaciones de peligro al oeste, si es que recordaba correctamente el significado de los colores de las señales. Alejó el barco cuanto pudo de la zona de peligro, para no encallar, y observó la costa con los prismáticos. Varios cormoranes lo miraban desde lo alto de las rocas, pero no vio ninguna foca. Y tampoco ningún cuerpo ni resto flotante significativo. La verdad era que tampoco esperaba encontrar gran cosa. Con había recorrido el lugar con la lancha del servicio de guardacostas antes que él.

Mantenía un ojo fijo en la sonda de profundidad mientras navegaba por el centro del canal. De repente la aguja del indicador subió casi hasta el límite de la escala. La lectura pasó en un instante de dos metros a quince metros. Era el Mudhole. Durante las épocas de tormenta, cuando la marea subía con fuerza empujada por los vientos que iban del Atlántico hacia la costa, las corrientes contrarias que se encontraban alrededor de la isla provocaban en ese preciso lugar un fuerte torbellino. Y ese torbellino había creado un enorme hoyo en el fondo de lodo del canal. Cuando el remolino de agua que se formaba en la Garganta tenía mucha fuerza, se oía un terrorífico sonido chirriante que, según decían los viejos marineros, era causado por los guijarros del fondo que golpeaban unos con otros.

Si los dos fotógrafos desaparecidos habían intentado cruzar la Garganta contra la corriente de la marea, solo Dios podría haberlos salvado.

Al salir del canal, puso el motor a toda máquina y el barco se alzó por la proa. Con el motor a pleno rendimiento navegaría a unos diez nudos, aun en contra de la corriente de la marea. El depósito estaba lleno. Alzó la cabeza hacia el cielo; atardecía, pero todavía había luz. Le quedaba el tiempo justo para echar un vistazo por el Estrecho.

¿Habrían vuelto las ballenas?

La isla de Greenstone quedaba justo a su proa, al sur. El nombre se lo habían dado las canteras de mármol verde que se habían encontrado en una pequeña bahía que miraba hacia el Estrecho. Se decía que aquel era el único lugar de Nueva Inglaterra donde se encontraba ese tipo de piedra. Las vetas de mármol estaban sumergidas bajo el agua, pero algunos fragmentos de piedra solían llegar hasta la playa. Según una leyenda, aquella piedra verde de Goodwill era un poderoso amuleto que protegía contra los naufragios; y los marineros de antes, entre ellos el padre de Rick, nunca se hacían a la mar sin llevar una de esas piedras consigo. Al viejo le había pillado una vez un huracán en el cabo Hatteras. El barco empezó a zozobrar y solo se salvó por un milagroso cambio del viento en el último momento. Después, Leif se dio cuenta de que había perdido su piedra verde, pero estaba seguro de que la llevaba consigo cuando zarpó. La tormenta le había robado la piedra a cambio de la vida. Las supersticiones tienen mucho arraigo.

Desde el lugar que Rick había escogido para construirse la casa se divisaba la bahía de Greenstone. Años atrás había allí una casa de campo en la que vivían dos hermanas gemelas, pero la última de ellas murió cuando Rick todavía era un niño; la casa quedó deshabitada y, con los años, se vino abajo.

Ahora la isla de Greenstone era propiedad del municipio, que la compró en una subasta pública para protegerla contra la especulación inmobiliaria. Un pequeño legado de su madre permitió a Rick conseguir el contrato de arrendamiento del terreno de la antigua casa, y el ayuntamiento, a regañadientes, le dio el permiso para construir allí. Los trabajos avanzaban lentamente. Había tenido que hacer muchas modificaciones en los planos a causa de las restricciones del ayuntamiento y de algunas que él mismo se había impuesto: la más importante era que toda la madera utilizada debía proceder de tablones a la deriva encontrados en el Estrecho.

Giró el timón hacia estribor y el *Chimay* viró rumbo a la bahía. La casa estaba en una ladera; tenía dos plantas de altura y un porche abierto con vistas a Indian Point y al puerto, a la derecha, y a Curtain Bluff, al norte. Desde donde Rick se encontraba en aquel momento, parecía casi acabada. Espoleado por Natalie, había acabado de construir el tejado durante el otoño anterior. El exterior, y los suelos y las paredes interiores estaban terminados. Solo quedaba por acabar las instalaciones, pero esos trabajos avanzaban muy lentamente. Como Natalie había dicho más de una vez, parecía una casa diseñada para que no se acabara nunca.

El pequeño barco atravesaba limpiamente las olas con su proa mientras una cálida brisa procedente de tierra acariciaba la espalda de Rick. A su lado, una bandada de petreles se dibujó sobre la superficie del agua. Se adentró en la bahía y echó una ojeada a la playa con los prismáticos, pero no vio nada, ni siquiera una sola medusa en la arena. Definitivamente, allí no había ningún ahogado. Alzó los prismáticos y vio la roja luz del atardecer reflejada en las ventanas de la casa.

Empezaba a anochecer. Era hora de volver al puerto. Giró el timón y puso de nuevo rumbo a mar abierto. De regreso podría pasar por Curtain Bluff para echar un vistazo a las rocas del acantilado.

Fue entonces cuando se paró el motor.

No estaba preocupado. Los motores de los barcos le habían dejado tirado montones de veces, y estaba bastante cerca de la costa. Encontraría el problema del motor y lo arreglaría. Lo más probable era que el filtro de la gasolina estuviera sucio. El depósito estaba lleno, Rick lo había comprobado antes de zarpar, y sabía por experiencia que la mayor parte de los problemas de los motores tenían que ver con una obstrucción en el paso de la gasolina. Dejó que el barco se pusiera al pairo, soltó el timón y abrió la escotilla del motor. Perdía mucho aceite, lo cual era de esperar, lo mismo que la cantidad de agua acumulada en la sentina, sin duda resultado de la falta de mantenimiento o más bien la falta de una adecuada revisión general del barco fuera del agua, algo que Mike también había mencionado.

Con la escasa luz reinante, necesitó varios minutos para localizar el problema. Por un momento temió que se tratara de las bujías (estaba convencido de que a bordo no habría ninguna de recambio), pero al recorrer con los dedos el tubo del combustible se dio cuenta de que había una grieta en la parte interior de un codo, unos centímetros antes del lugar en el que el tubo se unía al fondo del depósito. Encontró cinta aislante en la cabina y tapó el orificio lo mejor que pudo, trabajando casi al tacto desde el momento en que las baterías de la linterna se le agotaron.

Cuando volvió a salir a cubierta, las primeras estrellas brillaban ya en el cielo. Por suerte contaba con el radar del barco para que le condujera de regreso a casa. Estaba limpiándose el aceite de las manos con un trapo cuando algo hizo que mirara por encima del hombro. Y lo que vio lo dejó helado.

A popa, a no más de cien metros de distancia, un silencioso monstruo se había elevado desde las profundidades. Oscura contra el brillo del cielo, una enorme ola avanzaba en dirección al *Chimay*. Tenía por lo menos cuatro metros de altura y se dirigía hacia el barco tan escarpada como un acantilado. De inmediato, Rick puso en marcha el motor y aceleró a tope; la máquina alcanzó la máxima velocidad mientras el muro de agua seguía echándosele encima inexorablemente. La mejor manera de enfrentarse a una ola como aquella era de proa, pero no tenía tiempo de virar en redondo; debería alejarse cuanto pudiera y rezar para que la ola no lo alcanzara. Por fin entendía a qué se referían los tipos del puerto cuando hablaban de olas monstruosas. Esa había aparecido de repente. Y mientras agarraba el timón, y notaba que la popa empezaba a elevarse a la vez que la ola se metía por debajo de la quilla, no dejaba de darle vueltas a la cabeza tratando de encontrar una explicación.

La base de la ola alcanzó el barco, haciendo que la proa se hundiera en el agua y empujándolo con tanta fuerza que le pareció estar cabalgando sobre un rompiente. Rick resistió la tentación de intentar escapar por los lados. Solo con que moviera un poco el timón hacia un lado, estaría perdido: el barco empezaría a dar tumbos, la ola lo atraparía y, en cuanto rompiera encima suyo, lo hundiría. Cuando te enfrentas a una ola tan grande, tienes que subirte a ella y aguantar hasta que la ola pase por debajo y te adelante. En el pasado, Rick se había enfrentado muchas veces con tormentas, se las había visto incluso con un tifón en el Pacífico, pero había algo extraño y siniestro en aquella ola. La manera como había aparecido sin previo aviso en un mar en completa calma, como un oso que te ataca de repente en el bosque, peligroso e impredecible.

En un rincón de su mente estaba la idea de que veinticuatro horas antes una fría montaña de agua como aquella se había cobrado dos vidas.

21

El Rey tenía sus principios. Podía dormir en la playa bajo las estrellas si hacía falta; lo había hecho a menudo. Decía que para él era lo mismo un hotel que una choza, pero aquellos días tenía que mantener su reputación. Haría lo que debía, pero lo haría de la manera adecuada. Y eso significaba un equipo adecuado, un buen ambiente y el apoyo de los demás, mucho apoyo. Necesitaba varios equipos de filmación, como mínimo dos, y otro más desde el aire. Y camarógrafos con valor, capaces de arriesgarse para tomar planos de cerca.

Aquello era una pesadilla para su manager, pero el Cojo estaba preparado para encargarse de todo. Todas las estrellas eran iguales: creían que el dinero caía del cielo.

Estaba en contacto confidencialmente con varios productores, en la medida en que se podía confiar en alguien de aquel mundillo. Era difícil. La reputación del Rey podría hacer que algunas puertas se abrieran rápidamente y que se cerraran otras. La productora de su última película lo evitaba.

—Estamos buscando caras nuevas. Ya sé que él hizo una buena película, pero eso fue hace tres años. Y luego hubo aquel asunto con la chica…

—Todo eso es agua pasada. La gente ya no se acuerda de aquella historia.

—Los patrocinadores sí se acuerdan. Este deporte está haciéndose muy popular, y hay que tener en cuenta la imagen.

El Cojo conocía otro estudio de producción que había fracasado con su última estrella, de modo que habló con el productor.

—Se trata de algo tan fuerte que no te lo vas a creer.

—Tenemos ya un nuevo grupo, son surfistas salvajes, y llevan un equipo impresionante.

—No sabrás lo que es salvaje hasta que conozcas lo que te estoy proponiendo. Te estoy hablando de algo épico, algo que solo sucede una vez en la vida. Arrasarás a la competencia, te lo aseguro.

—Sí, sí, te creo, pero para convencer a la gente que pone el dinero necesitamos una propuesta, tío. ¿Tienes algún guión gráfico? ¿Algún *storyboard*?

—Tengo al Rey y tengo una ola. —La voz del Cojo se convirtió en un gruñido amenazador—. La ola más grande que jamás se haya cabalgado. El mayor monstruo marino de los últimos mil años.

Hubo una pausa. Una larga pausa. El Cojo sabía que estaba a punto de picar, pero ¿aguantaría el sedal?

—Si estás hablando de lo que creo, acabamos de mandar un equipo a las Bermudas para cubrir lo que está pasando allí.

—Perderán el tiempo. En las Bermudas no habrá acción. Las olas no alcanzarán más de diez metros, puede que quince. Más pequeñas que las de Jaws, incluso que las de Mavericks. Tus chicos harían mejor quedándose en casa.

—¿De veras? ¿Y qué me estás ofreciendo?

—La más grande, la madre de todas las olas, ¡maldita sea!

—¿Se puede saber de qué altura?

El Cojo lo dejó esperando la contestación casi medio minuto.

—¿Y bien?

—Tres veces las olas de las Bermudas.

—Tres veces las de las Ber… ¡más de cuarenta metros! Mierda, es una broma, ¿no?

—Yo no bromeo con estas cosas. Más de cuarenta metros y escarpada.

—No te creo, tío. Estás como una puta cabra.

—No estoy loco, y te diré algo más: mientras hablamos, la cosa ya ha empezado. Ha empezado la cuenta atrás. ¡Ya han muerto dos personas!

—¡Cielos! Ahora sí estoy seguro de que te has vuelto loco.

—Hablo en serio, y creo que harías mejor en creerme. Tengo el sitio y el hombre adecuados para conseguirlo.

—De acuerdo, mandaremos a alguien. ¿Dónde estás?

—Maine.

—¿Maine? ¿Qué demonios está pasando en Maine?

—El fin del mundo. Dile a tu chico que se traiga una maleta llena de pasta.

Sheena Dubois daba sorbos a un vaso de zumo de arándanos en el porche cubierto de la casa de Ray Burns, en Pigeon Cove. A partir de aquel asunto de las botellas de Coca-Cola, había esperado encontrarse con un chiflado, pero había en Ray una extraña intensidad lúcida. Sheena estaba preguntándole sobre el acantilado de Curtain Bluff.

—¿Es posible que las olas que provocaron ese último desprendimiento fueran especialmente grandes?

—No necesariamente; en absoluto. La erosión de la costa es un proceso constante. Pasa ininterrumpidamente. Los cantos rodados que hay en todas partes a los pies de los acantilados son el producto de ese proceso. Durante algún tiempo, las piedras recién caídas sirven de protección al pie del acantilado. Actúan como un rompeolas. Pero enseguida acaban erosionándose y el ciclo vuelve a empezar de nuevo.

Sheena quiso saber entonces si el desprendimiento del acantilado era el resultado de un proceso habitual y no guardaba ninguna relación con la amenaza de un tsunami.

Ray meneó la cabeza. El papel que habían desempeñado las llamadas «olas monstruosas» en los acontecimientos recientes era uno de los principales interrogantes de los oceanógrafos.

—Le pedí a Jack Pearl que me dejara ver las anotaciones de la marea de la noche en cuestión.

—¿Y qué descubrió? —preguntó Sheena con mucho interés.

—Que las características físicas del Estrecho pueden alterar y aumentar la acción de las olas.

Sheena esperó a que añadiera algo más, pero él no se extendió en el tema.

—Según Jack Pearl, es usted un experto en el Estrecho y en el funcionamiento de las corrientes de los océanos.

—Sí, me interesé mucho en ese tema después de que muriera mi esposa. Tenía mucho tiempo libre, y lo empleaba dando largos paseos por la playa y recogiendo fragmentos de lo que luego descubrí era piedra pómez en la cala que hay allí abajo. Eso picó mi curiosidad.

—La piedra pómez es lava, ¿verdad?

—Sí, piedra volcánica porosa. Es tan ligera, debido a las cavidades producidas por los gases del magma en expansión, que flota en el agua.

—¿Y de dónde vienen esas piedras? ¿De Islandia?

—Podría ser, aunque las muestras que he mandado analizar parecen ser originarias de los márgenes volcánicos africanos, es decir, las Azores o las islas Canarias, más probablemente estas últimas.

—¿Diría que son un detalle significativo, en vista de la situación de amenaza actual? —preguntó Sheena.

—Diría que es un detalle interesante —contestó Ray en tono burlón.

Sheena echó un vistazo a sus notas. Pasó a otro tema.

—El Departamento de Seguridad Nacional ha anunciado que existe un nuevo sistema de alarma que nos advertirá en caso de que un tsunami se acerque a la costa. ¿Tiene algo que decir al respecto?

Ray Burns dejó de reír y sus ojos grises la miraron fijamente.

—Puedo asegurarle que ese sistema todavía no funciona.

Las atracciones de la feria estaban en pleno funcionamiento cuando Rick amarró el *Chimay* en el nuevo lugar de atraque. Estaba completamente empapado. El Neck estaba repleto de visitantes que charlaban y el sonido de la música le llegaba a través del puerto. Jack Pearl le estaba esperando para ayudarle a amarrar.

—Una ola enorme casi me hunde en el arrecife —dijo Rick.

—¿En serio? ¿Cómo de grande?

—De tres o cuatro metros.

Jack Pearl se quedó pensativo.

—El puerto también ha estado movido. Y ya es la tercera vez en dos días.

—¿Algún daño?

—No —dijo Jack meneando la cabeza—. Gracias a esas malditas medusas carabela no había mucha gente en el agua. Supongo que hemos tenido suerte.

Rick acabó de amarrar el barco.

—Rick, ha habido novedades mientras estabas en el Estrecho.

—¿De qué se trata, Jack?

—Dos de los surfistas quieren hablar contigo. El tipo que cojea y su amigo el grandote. Se preguntaban si estarías interesado en alquilarles el *Pequod* para un viaje.

Rick se quedó sorprendido.

—¿Para qué lo quieren? ¿Van a salir a pescar?

—Parece que quieren un barco grande posicionado en el arrecife como base para el surf. Creo que están dispuestos a soltar bastante dinero.

—¡Maldita sea! No puedo hacer eso. Las salidas para el avistamiento de ballenas atraen a muchos turistas. Son nuestro pan de cada día. No puedo dejar a toda esa gente en tierra por un capricho de un puñado de surfistas.

—Eso ellos ya lo saben, Rick. Entienden cuál es tu posición. Lo que te ofrecen es un anticipo para que les des la opción de alquilarlo, siempre y cuando te lo notifiquen con cuatro o cinco horas de antelación. Siguen los pronósticos meteorológicos diariamente; cuando vean que el mar está bien para el surf, ese día te pagarán un alquiler por horas. Pensé que, después de la mala suerte que has tenido esta mañana, podría interesarte.

Rick hizo una mueca.

—Aun así, el *Pequod* no es un barco barato.

—Eso también lo saben. Conocen bien los costes de un barco, Rick. Creo que han hecho esto otras veces y están al corriente de las tarifas. Piénsatelo. Tal vez no consigas sacar bastante pasta de los viajes con los turistas para... —Jack dejó la frase sin concluir.

Tenía razón. Otro par de salidas como la de aquella mañana y tendría serios problemas económicos. Desde ese punto de vista, alquilar el barco a los surfistas podía ser un regalo del cielo.

—Hablaré con ellos —dijo meneando la cabeza—. Pero tendré que ver el dinero antes de comprometerme.

—Por su manera de hablar, yo diría que eso no será un problema. Parece que tienen el apoyo de una productora para filmar una película. —Jack movió la cabeza en un gesto de incredulidad—. Surfistas, películas... El mundo ha cambiado mucho últimamente. Supongo que habrá que acostumbrarse.

Rick se acercó hacia la tienda, abriéndose paso a empujones entre la multitud, y alcanzó a Rebecca justo en el momento en que salía.

—Esa jovencita tuya estuvo aquí esta mañana. Se dejó trescientos dólares en un traje de neopreno de diseño.

—No la envié yo.

—Creo que iba a dar una vuelta con sus nuevos amigos, en una moto de agua, ¿no?

Rick se encogió de hombros.

—Me parece que necesita un poco de tiempo para ella. Diría que el compromiso la ha asustado.

Rebecca lo miró fijamente a los ojos.

—Si me lo preguntas, lo que necesita es que le peguen una buena zurra.

—Vale, vale —dijo Rick—. Mensaje recibido.

Su teléfono empezó a sonar.

—Rick, soy Elise. ¿Dónde estás?

—Hola, Elise. Estoy en el Neck. ¿Qué puedo hacer por ti?

—¿Está Natalie contigo?

—No, no la he visto desde el mediodía. ¿Por qué lo preguntas?

—Se suponía que iba a reunirse con nosotros para cenar, pero no contesta al teléfono.

—Puede que esté en alguna parte donde no tenga cobertura. —La cobertura de los móviles en esa zona de Maine era notoriamente problemática—. O tal vez se haya quedado sin batería. Si la veo le diré que te llame —prometió Rick.

Luego colgó. Rebecca lo miró con un gesto enigmático.

—¿Qué nueva travesura ha hecho la señorita Cabeza de Chorlito?

Las familias de Indian Patch abandonaron, exhaustas, el recinto de las atracciones. Cansados y felices, caminaron por Main Street hasta el restaurante Shady Tree, pero había cola esperando para ocupar las mesas del jardín. Sarah Hunter se apiadó de ellos a causa de los niños.

—¿Habéis dado ya una vuelta en el Tren de la Ballena, chicos? —les preguntó—. ¿No? Mirad, ahora mismo está entrando en el Prado. Corred a pillar sitio. Así podréis descansar un rato mientras disfrutáis de la fiesta; Pat os traerá de vuelta en cuarenta minutos. Cuando lleguéis, os tendré preparada una mesa bajo el árbol. Os lo prometo.

Los niños, emocionados, echaron a correr hacia el Prado y saltaron a uno de los vagones. Pat Stevens se subió de nuevo a la locomotora y empezó a tocar la campana. Al momento todos los niños chillaban de alegría mientras el tren se ponía en marcha.

—Qué divertido, ¿verdad? —Ted Gardiner rió entre dientes. Se acomodó en el asiento del vagón abierto y pasó el brazo alrededor de los hombros de su hija mientras el tren descendía por la calle en medio del calor de la noche.

Lloyd olisqueó el aire.

—Huele a humo.

—Tonto —se burló su hermana—, es un hombre que hay ahí delante fumando un cigarrillo.

22

Rick empujó la puerta de Chandlery y caminó con paso ligero hacia el Neck. La feria que habían montado frente a Bay Road vibraba de música y luces; cientos de personas, lugareños y turistas, se amontonaban alrededor de las atracciones y de los puestos de venta ambulante. El aire estaba impregnado del olor a perritos calientes y palomitas de maíz. Aquellas fiestas tenían más éxito cada año, atraían a turistas que venían de Boston y de Halifax, e incluso desde Montreal, al otro lado de la frontera.

Las luces del Tren de la Ballena se desvanecían por Main Street mientras ascendía a través del gentío en dirección al Shady Tree. El restaurante estaba abarrotado, todas las mesas estaban ocupadas y los camareros corrían de un lado para otro. Las luces colgadas de las ramas del famoso árbol brillaban en el patio trasero. Vio la alta figura de Sarah Hunter en la parte del fondo, bajo el árbol, con la cara vuelta hacia el camarero jefe. Luego la vio pasar entre las mesas. Al reconocerlo, la cara de Sarah se iluminó. Pero enseguida vio la expresión de Rick y la sonrisa desapareció de sus labios.

Rick la agarró del brazo.

—¿Qué quieres? ¡Suéltame! —dijo Sarah en voz baja.

—Ven conmigo a menos que quieras que te dé una buena tunda delante de todos los clientes.

—¡Maldita sea, Rick, me estás poniendo en evidencia!

Hablaban en voz baja pero en un tono agresivo, y los que estaban sentados en las mesas cercanas los oyeron y se volvieron. La mayoría eran turistas, pero podía haber entre ellos algunos visitantes asiduos o incluso lugareños, que sin duda los reconocerían. «Que se vayan al infierno», pensó Rick. Tenía que aclarar aquello de una vez.

—¿Te estoy poniendo en evidencia? ¿Y qué crees que estás haciendo tú con tu estúpido mensaje radiofónico?

—No sé a qué te refieres —contestó ella mirando hacia otro lado.

—No me tomes por tonto. Me refiero a esa estúpida canción que has pedido que pongan en la radio seis veces al día, ¡a eso me refiero!

—Ah, eso. —Se las apañó para soltar una breve risita amarga—. Es mi regalo. Un pequeño recuerdo de los viejos tiempos. —Entornó los ojos con coquetería—. Era nuestra canción, solíamos ponerla mucho. ¿Ya no te acuerdas, Rick? —Su voz se convirtió en un ronco susurro—. ¿No recuerdas aquella noche en la autopista, en el coche de papá? Era el día de tu cumpleaños. Me preguntaste si iba a hacerte algún regalo, y yo te contesté: «Pídeme lo que quieras, cariño». Y apostaste a que no sería capaz de conducir desde Goodwill hasta Portland sin camiseta. Estaba sonando esa canción en la radio, ¿recuerdas? —Se mojó los labios con la lengua—. Dios mío, hacía tanto frío que tuviste que…

Él apretó los dientes.

—¡Cállate, Sarah! Eso sucedió hace mucho tiempo.

Ella volvió a reírse.

—No tanto, querido —dijo en un tono bajo y amenazador—. Supongo que todavía no le has hablado a la dulce Natalie de nuestros juegos, ¿verdad?

—Maldita sea, si le cuentas una sola palabra a Nats, te juro que…

—¿Qué, Rick? No me asusto fácilmente, deberías saberlo. Y de momento solo has visto la mitad. Espera a ver el resto.

—Maldita sea, Sarah, ¡déjame en paz! ¿Es que no puedes? Lo que hubo en otro tiempo entre nosotros se acabó.

Ella lo miró con ojos tiernos.

—Estás loco, Rick. Te estoy haciendo un favor. ¿De verdad crees que a ella le importas lo más mínimo? Está jugando contigo. Te la está pegando a tus espaldas con su amiguito el surfista. Ha conseguido que todo el pueblo se ría de ti.

Aquel insulto le atravesó como un cuchillo.

—Lo que haya entre Natalie y yo es asunto nuestro. Así que mantente alejada de nosotros.

Ella lo miró fijamente a los ojos.

—No puedo hacerlo, Rick. Tú y yo volveremos a estar juntos para siempre. No pienso darme por vencida sin pelear.

Cuando Rick salió del patio del restaurante sintió que las orejas le ardían.

¿Dónde estaba Natalie?

En el cine del Prado estaban proyectando una película de un ídolo cinematográfico a petición popular. La audiencia que abarrotaba el local tenía una media de dieciséis años de edad; la película se llamaba *Gigantor*, y la estrella indiscutible era el Rey de la Montaña. Y allí estaba el propio Rey en persona, en medio de sus admiradores, frente a una mesa del centro de la primera fila, repleta de cervezas y con una pizza de marisco recién hecha y humeante.

Una ola enorme tras otra: Mavericks, Shipstern's, Teahupoo y Jaws, siempre Jaws, Jaws, Jaws. Veinte metros, y una de incluso veintidós metros, aunque eso todavía era algo en constante discusión. Las secuencias de las grandes películas, las que llenaban las taquillas, pasaban una tras otra; escenas tan arriesgadas que ningún actor se atrevió a filmarlas, hasta que los productores se dirigieron a él, al Rey, el más valiente, el único que se había atrevido a todo. Y ahí estaba, para que todo el mundo lo admirara: balanceándose sobre el lomo casi vertical de una montaña de agua, manteniéndose en la cresta de la ola, deslizándose por ella, saltando sobre ella, girando sobre ella, desafiando a la muerte.

Los aplausos del público le golpeaban los oídos. Días de gloria y de enormes olas. Ahora necesitaba otro reto, una conquista que lo haría inmortal, que lo colocaría más allá de cualquier posible competencia, para siempre. La última y más poderosa ola. Era un milagro, un sueño que lo había acompañado durante toda la vida; y ahora, si creía al Cojo, lo tenía casi al alcance de la mano, casi…

Natalie, apoyada en su brazo, miraba su imagen en la pantalla grande. Desafiando orgulloso la furia del océano sobre la tabla de surf, parecía un héroe salido de alguna leyenda épica. Un héroe siempre dispuesto a enfrentarse a nuevos desafíos, movido por un ansia insaciable de intentar cada vez algo más difícil. Sin miedo aparente, escogiendo siempre el reto más difícil, el camino más peligroso, se arrojaba contra rarezas impresionantes, una y otra vez.

—Eres una buena influencia para él, ¿lo sabes? —le había susurrado el Cojo a Natalie—. Sin duda cree en sí mismo, pero a veces también necesita que alguien más esté a su lado y le apoye. No le falles.

La película seguía avanzando: otra serie de olas, cada una más grande que la anterior, potentes chorros de agua elevándose de forma impresionante en mar abierto. Y una figura vestida completamente de negro, envuelta por la boca de la ola rompiente mientras su techo se abalanzaba sobre él.

La película terminó y se encendieron las luces. El Cojo se puso en pie.

—Tengo que hacer unas llamadas.

Un puñado de chiquillos se acercó al Rey para pedirle un autógrafo.

Él los miró con una sonrisa.

—¿Qué tal va eso, chavales?

Ellos se quedaron a unos pasos de él, amedrentados. Natalie deseó que se marcharan. Una muchacha con el pelo muy negro y una camiseta ajustada les sacó una foto a los dos juntos con la cámara de su móvil.

El Cojo apagó su teléfono.

—Ya está hecho —dijo en tono de alivio—. Ya tenemos el grupo de apoyo.

—¿Wild Reef? —preguntó el Rey.

—Y Surf Chaser, los dos acaban de firmar, junto con Waves West. La productora será Righteous Features.

—El equipo que hizo *Ola asesina 2*, ¿no es así?

—Los mismos. Van a enviar a un equipo para la filmación. K. Zamos vendrá con ellos. Mañana mismo volará hasta aquí en un jet privado. Todas las estrellas estarán aquí.

—¿Mañana? ¡Sí! —El Rey dio un puñetazo triunfal al aire—. ¡Lo sabía! ¡Sí, sí, sí!

—Ya tienen un título provisional: *Muro mortal.*

—Escucha, tengo una buena historia para ti —dijo el doctor Southwell.

—Cuéntame —dijo Sheena echando el humo hacia el techo del Landcruiser. Estaba tumbada encima de él, en el asiento trasero. Fumaban un cigarrillo a medias.

—He estado hablando con Tab. Todavía está muy afectado por la pareja desaparecida. Se culpa por no haber corrido a pedir ayuda. —Southwell dio una calada al cigarrillo y prosiguió—. En fin, estábamos hablando y empezó a contarme que había conocido a unos surfistas. Parece ser que uno de ellos es famoso, una auténtica estrella desde los principios del surf.

Sheena sintió una pizca de interés.

—¿Cómo de famoso?

—Venga, ¿encima te vas a permitir ser puntillosa? —se burló el doctor Southwell—. Ese tipo es famoso, por lo menos lo es entre los chicos que practican el surf. No tiene nombre, o al menos él afirma no tenerlo; los demás lo llaman el Rey, de Rey de la Montaña. Es el título que les dan a los que cabalgan sobre las olas más acojonantes del mundo.

—¿Acojonantes? ¿Dónde has aprendido ese vocabulario? —se rió ella.

—De Tab, ¿de quién si no? Todos los chicos hablan así. Las olas son acojonantes, o duras, o a veces aplastantes. El caso es que el Rey de la Montaña está aquí, en Goodwill. Y creo que vale la pena hacerle una visita, te lo aseguro.

—¿Ha venido de vacaciones?

Southwell meneó la cabeza.

—Nadie lo sabe. Se rumorea que va a tener lugar aquí otra gran competición, una de las Series Eliminatorias Mundiales, sea eso lo que sea.

—¿Y eso es una noticia?

—Tab dice que para los surfistas ese tipo es un dios. Hace películas, sale con estrellas del rock.

—Parece un tipo bastante macho.

—Eso dice Tab. Para ellos, tenerlo aquí es como si hubiera venido el Papa a bendecirlos.

—¿Y qué hace una estrella del surf por estos lares?

Southwell se encogió de hombros.

—Eso sería mejor que se lo preguntaras a él.

—Supongo que sí. ¿Tienes idea de por dónde tengo que empezar a buscar?

—Claro. —Southwell se rió—. Pero hay otra cosa: Tab dice que lo ha visto saliendo con Natalie Maxwell.

Rick estaba comiendo en casa de Reb, con Mike y los chicos. Habían pedido unas pizzas. Mike tenía el frigorífico repleto de cervezas y Rick luchaba con sus sobrinos por hacerse con el mando del televisor.

—¡Tranquilizaos un poco! —gritó Reb desde la cocina.

—Solo quiero ver los titulares. Así que estaos quietos un segundo, ratas de mar.

Tirando a sus sobrinos sobre el sofá y haciendo caso omiso de sus chillidos de queja, Rick cambió de canal.

«... y ahora conectamos con Washington, donde el Departamento de Seguridad Nacional recientemente hizo pública una declaración sobre la situación en las islas Canarias y definió la amenaza hacia Estados Unidos como "remota".»

La imagen cambió de nuevo al estudio de televisión. El presentador de las noticias dedicó una sonrisa radiante a su invitada.

—Profesora Jean Ballister, tiene usted una enorme experiencia en este ámbito. Háganos un resumen del peligro que cree que existe.

—Buenas tardes. —La profesora Ballister se volvió hacia la cámara con una expresión seria—. Como ya le dije antes al director de programación, y repetí después al presidente en la Casa Blanca, cosa que ambos me agradecieron, tenemos que estar alerta pero no hay motivo para que cunda el pánico; no estamos en La Palma.

—Pero la erupción es grave, ¿no es así, profesora? Y según la opinión de muchos científicos, puede provocar un tsunami que rompa sobre la costa atlántica, ¿es eso cierto?

Jean Ballister hizo un gesto despreciativo con la mano.

—Esa es una fantasía inventada por un puñado de catastrofistas que pretenden hacerse publicidad. El nivel actual de actividad volcánica está muy lejos de ser una amenaza para nadie más que para los desafortunados habitantes de La Palma. Si la montaña del volcán se desprendiera, lo cual es una posibilidad remota, no llegaría a crear ese enorme tsunami del que se está hablando. La ola resultante por la caída de esa roca al mar no sería más que un leve oleaje cuando llegara a nuestras costas.

—Sin embargo, esta noche hemos tenido noticias de que las autoridades de La Palma han ordenado la evacuación de las más de diez mil personas que se encontraban en la zona afectada, y se han cerrado los complejos turísticos…

—Exacto. De la zona afectada —interrumpió Ballister de manera cortante—. Estamos hablando de una pequeña isla, un territorio de poco más de setecientos kilómetros cuadrados. Las personas que están allí son las que se enfrentan al peligro de las nubes de humo, los chorros de lava, los hundimientos del terreno o los incendios. Nada que ver con un enorme tsunami. Seamos un poco realistas, por favor.

El presentador tenía una pregunta más para su invitada.

—Aun así, profesora, parece que nuestras autoridades han decidido instalar un multimillonario sistema de detección de tsunamis en el Atlántico, y se han apresurado a ponerlo en marcha precisamente en este momento, por lo que se diría que al menos el gobierno sí parece tomarse en serio dicha posible amenaza.

—El gobierno tenía previsto el desarrollo de un sistema de alerta. La red de ese sistema se ha puesto en funcionamiento por primera vez hoy, lo sé. Pero es solo una coincidencia. Lo que estamos tratando de explicar en este momento es que todos los grandes tsunamis que se han dado en los últimos cien años han sido el resultado de terremotos, no de la actividad volcánica.

—¡Qué aburrido! —gritó Mike junior liberándose de los brazos de Rick—. Queremos ver un tsunami, ¡uno de verdad!

—¡Sí, un acojonante muro de agua barriendo el Estrecho! —corroboró su hermano pequeño, Leif.

—Bueno, ya habéis tenido bastante televisión por hoy —les dijo su madre—. Vamos a sentarnos todos juntos a la mesa, como una familia normal por una vez. Niños, si seguís peleándoos os quedáis sin pizza. Rick, eso también va por ti. Mike, trae las cervezas. Vamos, todos a la mesa.

—Parece que esa profesora sabía de lo que estaba hablando —dijo el cuñado de Rick mientras abría una cerveza y se la ofrecía a Reb—. Supongo que podemos dormir tranquilos, ¿no, Rick?

Rick se quedó mirando la pantalla, abstraído en sus pensamientos.

—Yo creo que es difícil decidir a quién hay que creer en este momento.

Mike frunció el entrecejo.

—¿Qué quieres decir?

—Para esa mujer es fácil quedarse en Washington y decirnos que no nos preocupemos. El agua no va a llegar hasta la puerta de su casa.

—No te tenía por alguien que hiciera mucho caso a las noticias catastróficas, Rick —dijo Mike mirando de reojo a su cuñado.

Rick se encogió de hombros, irritado. Mike y él eran buenos amigos, pero su cuñado tenía una forma de decir las cosas que a veces lo sacaba de quicio.

—Yo lo llamaría ser realista —contestó.

A Mike se le ensombreció el rostro. Era una persona a la que siempre se le notaba lo que sentía.

—¿He de suponer que sabes más que esa profesora a la que el presidente ha llamado para que le aconseje?

—¡Chicos! —Se oyó la voz de Reb desde la cocina—. ¡Venid a coger vuestras pizzas!

—Dilo de una vez, Rick —insistió Mike—. Dime que tú tienes razón y ella está equivocada.

—Por el amor de Dios, Mike —soltó Rick—. ¿Qué quieres que piense de todo esto?

—No lo sé. Pero hablas como uno de esos científicos catastrofistas a los que se refería ella. Uno de esos que ven el fin del mundo a la vuelta de la esquina, y a mí me parece un planteamiento desleal. Eso es todo.

Rick se lo quedó mirando durante un momento.

—Puede ser —admitió a regañadientes—. Pero en estos últimos días han pasado muchas cosas raras en Goodwill. Y la ola que hizo que se desprendiera parte de Curtain Bluff, y que posiblemente ahogó a dos turistas, no fue una simple onda.

Rebecca llegó a la mesa.

—Bueno, basta ya de discusiones —dijo—. Estamos en la Semana de los Fundadores y… —De repente se detuvo—. ¿Qué ha sido eso?

Los demás lo habían oído perfectamente; era un sonido inconfundible. Todo el mundo en Goodwill lo reconocía y lo temía: la sirena de los bomberos.

23

El doctor Southwell acabó. Sheena sintió el sudor resbalando por su piel mientras poco a poco recuperaban el aliento. Southwell había dejado puesto el aire acondicionado.

—Ha estado bien —dijo ella con voz ronca.

—Salvaje —añadió él.

Sheena le acarició la espalda. Para un hombre de su edad, se mantenía en buena condición física.

—¿Es así también cuando lo haces con Donna?

Él se volvió, irritado.

—Deja a mi mujer fuera de esto, ¿de acuerdo? Lo que hay entre nosotros seguirá siendo lo que es.

—No la tomes conmigo. Era simple curiosidad.

—Por Dios, eres tan enrevesada como Tab.

—¿Qué tiene que ver él con todo esto?

—La otra noche, cuando volví a casa le pregunté si le gustaba Donna, y él me soltó: «Por supuesto, ¿a ti no?».

—¿Qué quería decir con eso?

—Supongo que nada, solo era una de esas tonterías que suelen preguntar los niños.

—¿Crees que sabe algo de lo nuestro?

—¡Por supuesto que no! ¿Cómo podría haberlo descubierto? ¡Por el amor de Dios! Ni siquiera nos ha visto nunca juntos. Estás siendo tan tonta como él.

Se quedaron un momento en silencio.

—¿Qué es ese ruido? —preguntó Sheena al cabo de un rato.

—Yo no he oído nada.

Ella se incorporó para alcanzar el botón de abertura de la ventanilla. Mientras el cristal bajaba, le llegó un olor a aire húmedo. Arrugó la nariz.

—Huele a humo.

En la distancia se oyó un ligero aullido que aumentaba y disminuía de volumen.

—¿Eso no es una ambulancia? —Southwell asomó la cabeza por la ventanilla y se quedó de piedra—. ¡Mierda!

—¿Qué pasa?

—Un montón de luces vienen hacia aquí.

—¡Déjame ver!

—¡Mete la cabeza! —Southwell la empujó con brusquedad para apartarla de la ventana—. Mierda, son sirenas. Debe de tratarse de los bomberos.

—¿Un incendio? ¿Ahí fuera? ¡Dios mío!

—Están en la carretera, llegando a la curva. ¡Oh, sí, ahí están! ¡Mierda, se dirigen directamente hacia aquí!

Algo se metió en la garganta de Sheena.

—¡Oh, Dios mío —dijo ella tosiendo—, aquí hay humo! ¡Tenemos que salir de aquí inmediatamente!

—¡Vístete, deprisa! No pueden encontrarnos así.

Pero en realidad quería decir: «No pueden encontrarme así».

Se pusieron los pantalones y la camisa a toda prisa. Sheena se abrochó los vaqueros y se metió la ropa interior en el bolsillo. El doctor Southwell la echó a un lado y saltó hasta el asiento del conductor. Puso en marcha el Toyota y salieron dando marcha atrás hasta el camino.

—Parece que están dando la vuelta —dijo Shenna casi sin aliento—. ¡Oh, cielos, ahora ya se ve el fuego!

—Debe de estar muy cerca de la central eléctrica —dijo Southwell secamente—. Un poco más y nos hubieran pillado.

—Ni lo digas —replicó ella con un temblor.

Llegaron a la carretera y él se detuvo en el ceda el paso.

—Aquí nos separamos —dijo alargando una mano por delante de ella para alcanzar la manija de la puerta, abrirla y echarla afuera antes de que ella se diera cuenta de lo que estaba pasando.

—¿Qué quieres decir? ¡No puedes dejarme aquí tirada!

—Seguro que hay controles en la carretera. Si te ven en mi coche, no dudes de que le irán con el cuento a Donna. Estaría acabado en esta ciudad.

Ella golpeó la puerta del coche con los puños.

—¿Y qué hay de mí? ¡Por el amor de Dios! —gritó—. He dejado mi coche en la ciudad.

—Date una vuelta por ahí y entérate de lo que está pasando. Eres periodista. Tu trabajo es informar de los incendios.

Las luces traseras desaparecieron en la carretera.

—¡Cabrón! —gritó Sheena.

Freddy Tarr había cumplido con su palabra. Había dejado un retén de bomberos y un coche en la entrada del cámping. De hecho, había sido el propietario de una de las autocaravanas el primero en darse cuenta del humo y de las chispas mientras conducía de vuelta desde Ellsworthy, por la Cornisa, después de una cena en el Lobster Pound: «... un auténtico atracón: todo lo que puedas comer por solo veinticinco dólares por cabeza». Aquel hombre, que se llamaba Carlsberg («Sí, vale, como la cerveza»), vio un resplandor en el bosque, a la derecha.

—Estaba tan cerca de la ciudad que pensamos que se trataba de alguna barbacoa, ya sabe, en medio de los árboles. Pero luego, cuando me acerqué, me dije: «¡Oye, ahí hay un árbol que está ardiendo!». En fin, que después de nuestra experiencia de esta mañana pensé que no había tiempo que perder, así que marqué el teléfono de emergencias sin pensarlo dos veces.

El grupo de rescate de Freddy estaba ocupado con el incidente de Curtain Bluff. A causa de la multitud que se había reunido en el centro de la ciudad, el grupo que había de reserva en la estación de bomberos tenía que dar la vuelta por el sur, hacia el puente de Indian Point para salir del pueblo, y luego volver a dar la vuelta por la autopista para llegar hasta la Cornisa, de modo que el grupo que estaba apostado a la entrada del cámping era el más cercano al incendio. Willy Stevens, el jefe del equipo, llamó por radio a la central.

—Se está quemando casi media hectárea de bosque, y la brisa está empujando las llamas hacia el edificio de la central eléctrica —informó a su superior, y añadió—: Vamos a necesitar ayuda, Freddy.

La segunda unidad de bomberos estaba ya en camino. Freddy Tarr dudó por un momento si llamar por segunda vez en veinticuatro horas a los bomberos de Ellsworthy, para que enviaran refuerzos, o ir a ver él mismo si sus hombres podían controlar la situación. Decidió hacer esa llamada sin más dilación. La información de Willy de que estaba ardiendo media hectárea de terreno y de que el fuego podía alcanzar la central eléctrica bastaron para que tomara esa decisión, pero sobre todo porque algo en el tono de voz de Willy le confirmó que la situación era realmente grave. Una de las ventajas de trabajar siempre con el mismo equipo de personas es que aprendes a distinguir lo que sucede por el tono de sus voces. De modo que marcó el número de Sam Jones, el jefe de bomberos de Ellsworthy.

—Hay un incendio en el bosque. Mándame todos los refuerzos que puedas a la Cornisa.

Freddy sabía que su petición no sería bien recibida, ni fácil de atender: los viernes por la noche solían ser muy movidos en todas partes. Por eso era mejor hacer aquella llamada inmediatamente. Sam dijo que mandaría un equipo en cuanto le fuera posible. Y luego añadió: «Y espero que esta vez no se trate de otra falsa alarma», o algo por el estilo, porque los jefes de bomberos tenían que apoyarse siempre los unos a los otros, pasara lo que pasase. Uno nunca puede saber cuándo le llegará el turno de pedir ayuda, y en el pasado los equipos de bomberos de Goodwill jamás habían dejado en la estacada a Ellsworthy.

Cuando Freddy y su equipo llegaron al incendio el fuego era realmente grande. Willy había hablado de media hectárea, y no había exagerado. El viento levantaba las llamas y ya había unos cuantos árboles de gran tamaño ardiendo como antorchas. Había mucho humo y lo que más preocupaba a Freddy era que no parecía que el fuego tuviera un solo origen. Más bien le daba la impresión de que las llamas se habían originado en diferentes puntos a la vez.

Willy se dio cuenta enseguida de que no había nada que hacer con los árboles, solo dejarlos arder hasta que se consumieran. Estaba poniendo todo su empeño en apartar y apagar la maleza y la hierba de los alrededores para tratar de evitar que el fuego siguiera extendiéndose. Sus hombres, provistos de palas, trataban de luchar contra el frente del incendio; reservaban el agua para las llamas altas. El trabajo, en medio de aquella humareda y con un calor abrasador, era agotador y peligroso. Si el viento cambiaba de dirección de repente, podían llegar a encontrarse atrapados entre las llamas.

Necesitaban más hombres y más camiones. El equipo de reserva estaba en ese momento presentándose en la estación de bomberos, y se podía esperar que al menos les mandarían un camión de refuerzo de Ellsworthy durante los siguientes quince minutos. Freddy llamó por teléfono a Stu Baker. Stu tenía un buldózer que solía alquilar para trabajos de construcción. Era un gran conductor y un gran bebedor, justo el tipo de bala perdida que podría estar allí en un abrir y cerrar de ojos si lo necesitaban.

—Stu, tenemos un problema al lado de la central eléctrica. Necesitamos tu buldózer para abrir un cortafuegos. Tengo que darles una salida a mis muchachos en caso de que las cosas se pongan feas.

—Tengo el vehículo al lado de la escuela. —A juzgar por el ruido que se oía a través del auricular, Stu debía de estar en el bar, lo cual era bastante previsible—. Estaré allí en veinte minutos, Fred.

—Si puedes, que sea antes.

—Haré lo que pueda.

—Sabía que podía contar contigo, Stu.

Por suerte la brisa soplaba hacia el mar y se llevaba el humo y las chispas lejos de la ciudad. Pero por los alrededores había al menos una docena de casas que podrían estar en peligro si el incendio se avivaba. Tendría que poner sobre aviso a sus ocupantes. Habló con Don y este le dijo que lo dejara en sus manos. Avisaría a los dueños de esas casas y enviaría algún vehículo para que los evacuara en caso de que fuera necesario.

—¿Qué tal van las cosas por ahí? —preguntó Don—. ¿Quieres que haga una llamada a los voluntarios?

Freddy se quedó pensando un momento. Estuvo tentado de decirle que sí, pero con tres equipos, tal vez pronto cuatro, además del buldózer de Stu, supuso que serían capaces de arreglárselas. Además, en una operación nocturna como aquella podían producirse todo tipo de contratiempos. Se dijo a sí mismo que si permitía que un grupo de civiles estuviera por allí, en medio de la oscuridad, y algo iba mal —un cambio de viento, por ejemplo—, los problemas aumentarían. Era mejor dejar aquello a los profesionales.

—No —dijo—. Gracias, pero podemos controlarlo nosotros. Solo diles a tus hombres que avisen a esa gente para que estén preparados para marcharse en caso de emergencia. Si las llamas pasan al otro lado de Bridge Road, no tendremos demasiado tiempo para evacuarlos.

Más tarde Don afirmaría que podía oír el crujir de las llamas mientras hablaban por teléfono. Aquello no le gustó nada. Dos incendios en un mismo día le parecía demasiado. Le habría gustado preguntarle a Freddy cómo creía que había empezado aquel, pero pensó que no era el mejor momento. Freddy ya tenía bastantes cosas entre manos tratando de controlar la situación.

Annie Pellew había vuelto a la oficina para avisar a los dueños de aquellas casas. Siempre estaba allí cuando se la necesitaba. Vivía sola en un pequeño apartamento dos calles más arriba; aquel trabajo era toda su vida.

Se lo quedó mirando con aire remilgado.

—Los Glen y los Raby no contestan. Pero sé que los Glen están aquí, porque me encontré con la señora Glen en el supermercado de Bob el jueves por la mañana. Los Raby suelen venir a principios del verano. Puede que tengan inquilinos, y que estos no contesten al teléfono.

—Dile al coche patrulla que pase por allí de todas formas. No podemos permitirnos el lujo de perder a nadie.

—Ya lo he hecho. Logan Clancy está de camino.

—Perfecto, Annie.

A continuación Don llamó al móvil de Andy Orwell, el dueño de la central eléctrica. Andy ya había tenido noticias de lo ocurrido y estaba dirigiéndose hacia allí. Andy había hablado con el vigilante nocturno, quien le dijo que había oído como una suave explosión poco antes de que empezaran a sonar las sirenas.

—Hicimos un gran cortafuegos alrededor de la central cuando cambiamos el sistema de combustible a gas. Cada primavera viene un equipo de mantenimiento que lo revisa todo, limpia la zona de matorrales y matojos y lo deja todo desbrozado. La seguridad de la planta está totalmente en regla. Tendría que tratarse de un incendio realmente grande para que llegase a afectar a la central eléctrica, pero supongo que nunca se puede estar del todo seguro. Lo peor que puede pasar es que las llamas alcancen el depósito de gas. Aunque está muy bien protegido, con válvulas de escape y un completo sistema contraincendios.

Don intentó no pensar en tanques de gas volando por los aires.

Logan Clancy pasó con su coche patrulla por cada una de las direcciones que Annie le había dado y se encontró con que más de un dueño estaba dispuesto a quedarse allí para proteger sus propiedades. Así que les informó del aviso que le había dado Freddy Tarr.

—Reúnan sus pertenencias más valiosas y estén preparados para evacuar la casa si las llamas se acercan demasiado. No lo dejen para más tarde. Es mejor que se marchen y puedan regresar después, que quedarse y acabar ardiendo.

Una de las mujeres ya estaba ardiendo, pero de rabia.

—¿Quiere saber lo que hay detrás de ese incendio? —vociferó—. Los surfistas, eso es lo que hay. Esta tarde estuvieron en el bosque tocando música, tomando drogas y haciendo de todo. ¿No me cree? Vaya a ver. Mi marido y yo estábamos dando un paseo, poco después de la seis, y nos encontramos con un grupo de esos surfistas alrededor de una hoguera. Y con un montón de leña preparada como nunca había visto.

La siguiente persona con la que se encontró fue Rick Larsen, que iba conduciendo su camioneta.

—Se trata de algo serio —dijo Logan—. Me han dado instrucciones de prepararme para evacuar toda esta zona.

—¿Se sabe cómo ha empezado el incendio?

Logan se encogió de hombros.

—Una testigo dice haber visto una furgoneta saliendo como alma que lleva el diablo justo después de que se declarara el incendio. Don ha ordenado que se detenga a todos los vehículos que pasen por la Cornisa.

Logan tenía la radio conectada en la emisora de emergencia y mientras hablaban se oyó una llamada urgente.

«Coche tres, diríjase a la central. Se ha detenido a dos sospechosos en un coche en Parson's Corner. Repito, llamada al coche tres para que se dirija a Parson's Corner.»

—Parece que han pillado a alguien —dijo Rick—. Te dejo que sigas trabajando.

Rick continuó conduciendo. Medio kilómetro después oyó las sirenas que aullaban detrás de él, vio las luces rojas por el espejo retrovisor y se apartó del camino. Se trataba del equipo de Ellsworthy, que llegaba a toda velocidad. Los dejó pasar y los siguió. Giraron en la curva que había alrededor de la central eléctrica y enseguida pudo ver el incendio delante de él. Unas nubes de humo incandescente llenaban el cielo, y había árboles enteros ardiendo como teas; en medio de aquella imagen dantesca, apenas visibles entre las nubes de humo y las chispas, pudo ver las figuras de un puñado de hombres que luchaban contra las llamas para detener el incendio.

El camión de bomberos de Ellsworthy se detuvo al lado de otros dos camiones de Goodwill, y el equipo saltó a tierra al instante, tirando de las mangueras y preparando todo el equipo. En menos de un minuto el agua a presión salía a chorro contra las primeras llamas.

En otras ocasiones, como la mayoría de sus conciudadanos, Rick había ayudado en la extinción de incendios. Sabía perfectamente qué había que hacer. Agarró una pala del remolque de su camioneta y avanzó hacia la zona periférica del fuego, para golpear las llamas y apagar los matojos que ardían alrededor de los árboles.

Al cabo de unos minutos oyó el motor de un vehículo pesado que se acercaba. El buldózer de Stu Baker avanzaba con el acelerador a fondo. Al momento se metió entre la densa nube de humo y empezó a excavar un cortafuegos en dirección hacia donde soplaba el viento, justo en el lugar donde se necesitaba. Cerca de donde estaba Rick, un pino alto empezó a prender. Stu lo vio y dirigió su buldózer hacia allí. Con la pala hidráulica de su máquina arrancó de cuajo el tronco ardiendo y lo lanzó hacia el centro del fuego, evitando el peligro de que incendiara con sus llamas los árboles que había alrededor.

—¡Creo que ya lo tenemos controlado! —gritó Freddy Tarr al oído de Rick veinte minutos más tarde.

Habían llegado más voluntarios para ayudar, y con las cuatro bombas de agua de los camiones dirigiendo sus chorros hacia las llamas, además del buldózer de Stu, se había conseguido evitar que estas se extendieran. Ahora solo se trataba de esperar y controlar el incendio hasta que las llamas acabaran consumiéndose.

Rick se limpió el sudor y la suciedad del rostro con la manga de la camisa.

—¿Cómo crees que puede haber empezado este incendio, Fred?

Fred se aclaró la garganta y escupió sobre la alfombra de cenizas.

—Rick, no me andaré con rodeos. Con los otros podía haber alguna duda, pero este… —Meneó su cabeza entrecana— no hay duda de que ha sido intencionado. Mira esto.

Condujo a Rick hacía un rincón de la zona quemada.

—Las llamas empezaron en este pequeño agujero que hay aquí. Por lo que ha quedado puedes ver que la vegetación era relativamente verde, pero las llamas alcanzaron enseguida un terreno de casi media hectárea. Más o menos lo que podría esperarse si alguien se dedicara a vaciar por los alrededores un bidón de gasolina. Después, tiró el bidón entre los matojos y prendió una cerilla. Y en un instante tienes un incendio como este. Algunos pirómanos son tan estúpidos que se quedan a ver cómo arde. Este, desgraciadamente, parece que tiene algo más de sentido común.

—Freddy, ¿estás seguro de lo que dices?

Tarr se rió.

—¿No me crees? Sígueme. —Echó a andar por la parte ancha del hoyo—. Ya te he dicho que nuestro pirómano no es estúpido. Bueno, un poco sí, porque dejó el bidón de gasolina aquí, y ahí tienes lo que ha quedado de él. —Se agachó sobre un matojo de hierbas y metió los dedos entre la maleza—. Toma esto, huélelo.

Le pasó un trozo de vidrio.

Rick lo cogió y lo olió.

—Gasolina.

—Bingo. Ya puedes ponerle precio a su cabeza. Don se lo llevará mañana por la mañana al equipo especial de la policía para ver si pueden encontrar alguna huella. He oído que uno de los coches patrulla ha detenido a un coche sospechoso hace un momento. Puede que incluso hayamos atrapado ya a ese cabrón.

El suceso había atraído al habitual grupo de mirones que se había reunido entre las sombras. Rick vio a Tab Southwell montado en su bicicleta y apoyado en un árbol; le saludó con la mano, pero el chico se dio media vuelta y se fue sin decir nada. También había aparecido por allí Sheena Dubois. Vio a Rick y se acercó a él.

—¿Vas a la ciudad? ¿Podrías llevarme? No consigo poner en marcha el coche.

Una enorme luna estaba empezando a salir cuando abandonaban el bosque. Sheena apoyó el codo en el reposabrazos del asiento y bostezó.

—¿Te importa si fumo?

Él se rió.

—¿No has tragado suficiente humo?

Siguieron circulando durante un minuto en silencio.

—Este es el tercer incendio en dos días —dijo Sheena—. Todo un récord, ¿no te parece?

Él le lanzó una mirada de soslayo.

—Yo también sé contar.

—Dicen que este último ha sido intencionado.

—Hay muchos indicios que lo demuestran —corroboró él.

No tenía ningún sentido intentar ocultarle información a Sheena.

—En tal caso, lo mismo podría suponerse de los otros dos —comentó Sheena—. Lo que quiere decir que puede que nos las estemos viendo con un pirómano.

—Es una deducción lógica —contestó Rick secamente.

—Y casualmente Don Egan ha detenido a dos surfistas como sospechosos, ¿lo sabías?

Las luces de la ciudad aparecieron delante de ellos. Rick mantuvo la mirada en la carretera y se tomó su tiempo para contestar.

—He oído que la policía ha detenido un vehículo. No sabía que fueran surfistas.

Entraron en Sugarshack Road. La mayoría de las casas tenían las luces encendidas. Un incendio en el bosque hacía que la gente se quedara despierta por la noche. Sheena sacó una mano por la ventanilla para atrapar el aire.

—Uno de los tipos a los que ha pillado la policía se hace llamar el Cojo —dijo ella.

—¿Un tipo que cojea? Lo conozco.

—Supongo que será ese. Lleva un tiempo por aquí. El otro llegó el martes. Un tipo robusto, con tatuajes californianos.

—Esa descripción podría encajar con la mayoría de ellos. ¿Acaso no tiene nombre?

Él estaba dando rodeos aposta y podía asegurar que ella se daba cuenta.

—Se niega a dar su nombre. Creo que el resto de la banda lo llama «el Rey».

Maple Cove

Tab Southwell se despertó sobresaltado. Se quedó escuchando. La casa estaba en silencio. Encendió la luz de la mesilla y bebió un trago de agua. Su reloj marcaba las dos de la madrugada. Seguramente había tenido una pesadilla. Se recostó de nuevo contra la almohada y trató de recordar qué había soñado. Estaba en Bay Road; era de día; en el puerto se veían barcos y gente que iba de aquí para allá. Trató de recordar si había entre ellos alguna cara conocida, pero los rostros pasaban de largo antes de que pudiera verlos claramente. Su padre estaba en alguna parte, en medio de la muchedumbre, y él lo buscaba. Ese era uno de los temas recurrentes de sus sueños.

Todavía le olía el pelo a humo. Había regresado a casa pasadas las once de la noche. Donna lo esperaba despierta.

—¡Me prometiste que volverías a las diez! —lo regañó—. Estábamos preocupados por ti.

—Oí las sirenas y me fui a ver el incendio.

Ella le pasó una mano por el pelo con afecto.

—Me lo imaginé. ¿Estás bien?

Él se encogió de hombros.

—¿Dónde está papá?

—Otra vez en el hospital, pobrecillo. Un bombero inhaló demasiado humo. Llamó para decirme que volvería tarde. Será mejor que te laves y te duches. Tienes las manos y la cara llenas de hollín. Te prepararé algo para cenar.

Más tarde, ambos se hallaban en la cocina.

—Sería genial que pudieras quedarte unos cuantos días más —dijo Donna—. A tu padre le encantaría. Y a mí también —añadió con una de sus radiantes sonrisas.

—Lo pensaré —murmuró él.

—¿Sigues preocupado por ese asunto de la pareja de la playa? —preguntó Donna apoyando una mano fraternalmente sobre su brazo—. No fue culpa tuya, ¿sabes? Eran adultos; no tenían por qué haberse metido en el agua.

Él bajó la cabeza.

—No tiene nada que ver con eso.

Algo golpeó en el tejado del porche, justo por debajo de su ventana, posiblemente un mapache que andaba hurgando en la basura de la cocina. Tab apagó la luz y se echó a dormir.

24

Atlántico Medio, sábado, cinco de la madrugada

Acababa de amanecer, pero ninguno de los que estaban a bordo del *Tarp* había conocido un amanecer como aquel. El barco estaba detenido a cien millas al oeste de La Palma, y el polvo y la ceniza procedentes de la erupción del volcán habían oscurecido el cielo. Unos rayos de sol amenazadores les saludaban atravesando el cielo con brillos de color verde y púrpura, aunque el disco del astro estaba oscurecido por un rojizo rubor. Iluminada por la luz del amanecer, al fondo, se veía la inmensa fumarola que despedía el volcán, alzándose más de un kilómetro en la atmósfera y proyectando su enorme sombra sobre las olas. El suelo de la cubierta tenía un color verdoso a causa de la ceniza, y la superficie del mar se había teñido de un polvo iridiscente. Bancos de peces muertos o agonizantes llevados por la corriente pasaban junto al barco.

Dos horas antes, la tripulación somnolienta del *Tarp* había empezado a preparar la colocación de la boya final del sistema de detección de tsunamis llamado DART. El proceso se llevó a cabo a contrarreloj. Primero, con la ayuda de las grúas extrajeron de las bodegas del *Tarp* el sumergible ATMOS y lo colocaron sobre la cubierta de popa. A continuación repasaron el instrumental, lo cual les llevó dos horas más. Entretanto los ingenieros se dedicaron a realizar las pruebas finales de los controles de la boya de presión que depositarían en el fondo marino, la BPR, preparando las conexiones de las anclas y disponiendo los cabos de unión de la boya de profundidad con la de transmisión de datos que debería colocarse en la superficie.

Una vez hubieran acabado con estos preliminares, podrían empezar la delicada tarea de sumergir en el mar el conjunto del BPR. El sistema debía colocarse en el agua a no más de veinte metros del fondo. Los submarinistas se sumergieron para comprobar una vez más que todas las conexiones y los cables estuvieran bien colocados. A continuación se echó al agua el sumergible y se comprobaron todos los sistemas de a bordo. Se reparó un fallo técnico de última hora en el sistema de comunicaciones del sumergible con el barco, y a las ocho de la mañana se dio la orden de que comenzara la inmersión. Los larguísimos cables de acero de la popa comenzaron a desenrollarse lentamente y el sumergible se hundió entre las olas. A una velocidad de dieciséis metros por minuto, el sistema tardaría unas cuatro horas en llegar al fondo marino.

Por debajo de la cubierta, en la sección del laboratorio técnico, los sismógrafos tomaban mediciones de la erupción y de los temblores, pequeños y grandes, que esta producía.

—Me quedaré más tranquila cuando acabemos de colocar esta última —confesó Mary Sennett a su jefe, Derek Wanless—. Esos temblores de tierra parecen indicar que toda la isla acabará hundiéndose en el mar.

Wanless meneó la cabeza en señal de desaprobación.

—Eso no va a pasar.

—Pareces muy seguro.

—Estoy seguro. Los desprendimientos masivos de islas de formación volcánica son tan raros que no suceden nunca. Piénsalo bien: el empuje absoluto lateral que se requiere para superar la inercia de un bloque de quinientos kilómetros cuadrados solo puede producirse por la cámara de una enorme caldera magmática que estalle.

—¿Y qué me dices de las intrusiones de un canal de magma profundo que ejerza una presión lateral en la base de la falla? ¿Acaso no es una teoría hoy aceptada como posible agente provocador del hundimiento para un tipo de ladera masiva como la de las Canarias? Y es de formación volcánica.

—Ese tipo de erupción no puede darse en las Canarias. Y, de todas formas, la situación en La Palma todavía no es crítica.

«Todavía», pensó Mary. Pero involuntariamente echó una mirada al reloj. Wanless se dio cuenta y le puso una mano en el hombro.

—Dentro de un par de horas habremos acabado de colocar esa boya y podremos marcharnos —dijo—. Me parece que todos nos alegraremos de poner algo de distancia entre nosotros y Cumbre Vieja.

Mary reprimió un escalofrío. No quería pensar en eso. El año anterior sus padres se habían mudado a vivir a los Cayos, en Florida.

Seiscientos metros por debajo de la superficie del mar y trescientas millas al sur de la cuenca de Cabo Verde, el *Thresher*, un submarino nuclear de combate del tipo Los Ángeles, iba de patrulla de regreso a casa. En el centro de control, el capitán de la nave, Butch Krauss, y su oficial, Leo Martin, temían que un fallo en el sistema de enfriamiento del reactor principal de propulsión pudiera revelar su presencia allí a un submarino ruso del tipo Kilo, que cruzaba la región de la cordillera submarina del Atlántico Medio en ese momento.

—La elección más obvia sería poner rumbo al este de la corriente de las Canarias —dijo Martin—, reducir al mínimo las máquinas y dejar que la corriente nos arrastrara de la manera más silenciosa posible.

El capitán Krauss estudió la carta náutica.

—Eso es lo que los rusos esperan que hagamos, y por eso están manteniendo su posición a babor de la cordillera. Suponen que si permanecen lo suficientemente cerca, incluso al mínimo de revoluciones en sus motores, podrán detectar nuestra estela con el sónar y seguirnos durante todo el viaje hasta Norfolk.

—La alternativa es avanzar a toda máquina por la ladera de la cordillera para, de alguna manera, perderlos en las aguas profundas.

El capitán Krauss tomó una decisión.

—No, eso es lo que quieren que hagamos. Pongamos rumbo al este —dijo golpeando con los dedos en la carta náutica—. Nos dirigiremos hacia la zona profunda pero pasando por las Canarias.

—Allí es donde un volcán acaba de hacer erupción. La pantalla del sónar está registrando los temblores desde hace horas.

—Perfecto. —Krauss sonrió—. Contaba con eso. El volcán enmascarará el ruido de los reactores de propulsión. Eso nos dará la oportunidad de que perdamos al Kilo; luego pondremos rumbo al norte por el fondo abisal ibérico. Allí nos sumergiremos en la profundidad, y después buscaremos una ruta de regreso a casa a través de la cordillera.

—Eso parece perfecto. —El oficial tomaba notas—. ¿Cuánto debemos aproximarnos a las islas?

—Las aguas allí son profundas. Podemos acercarnos a la costa cuanto queramos.

—De acuerdo, pero no deberíamos olvidar la erupción. No queremos que nos caiga una roca encima.

El capitán hizo una mueca.

—Veinte millas será una distancia suficiente para que no nos alcance cualquier cosa que el volcán pueda arrojar. Ajuste nuestro rumbo con esas coordenadas.

—Sí, señor.

—Y baje la velocidad hasta los diez nudos. Lo haremos lentamente.

—Diez nudos, señor. Eso nos llevará a las cercanías de La Palma hacia las diez de la mañana de mañana, hora local.

—Bien, además tendremos una excusa para comprobar el equipo de comunicaciones. Y la oportunidad de tomar algunas fotografías de los fuegos artificiales.

El oficial soltó una risotada. Al capitán Krauss le gustaba bromear.

A bordo del Tarp

A mediodía la boya de presión tocó el fondo del mar, a 6.500 metros de profundidad. El sumergible se colocó encima para realizar una última inspección y ajustar la posición del sensor con su brazo de control remoto, mientras los técnicos que iban a bordo del barco nodriza observaban sus pantallas. Cuando todos quedaron satisfechos con la operación, se activaron los medidores de presión y se realizó una comprobación del equipo de comunicaciones. Mary Sennett y Derek Wanless estudiaron las lecturas y Derek dio el visto bueno. Todo parecía en orden, siempre teniendo en cuenta las interferencias producidas por los temblores que causaba la erupción del volcán de La Palma, a apenas cien millas.

Mary, viendo el movimiento y los saltos de las agujas de los sismógrafos, no podía por menos que desear que Derek tuviera razón. La enorme sombra que se alzaba por el este en el horizonte parecía haber crecido en extensión durante el transcurso de la mañana; alcanzaba casi los siete mil metros y oscurecía por completo el sol.

Cuando todos los componentes estuvieron conectados, la central de Woods Hole dio permiso por radio para que el sumergible iniciara la ascensión. Entretanto, se colocó la boya de superficie y se comprobó su sistema de comunicaciones con el satélite. Les tomó bastante tiempo verificar cada uno de los equipos. Por fin, a las tres en punto, se botó la boya de superficie. Todo el sistema estaba instalado. Lo único que quedaba por hacer era integrar en él los nuevos sistemas de datos y enviar los resultados de las mediciones a la central de Woods Hole.

El sumergible apareció en la superficie del agua a cincuenta metros de babor. Inmediatamente lo subieron a bordo y lo colocaron de nuevo en las bodegas.

—Atención todo el mundo —anunció el capitán por el sistema de megafonía del barco—, ha llegado la hora de que nos marchemos de aquí.

Mary tuvo ganas de gritar de alivio.

Charco Verde, La Palma, Canarias, sábado, tres de la tarde

El nuevo cono que se había abierto cerca de la playa, y que había empezado siendo un pequeño hervidero en uno de los flancos de Cumbre Vieja, había crecido de modo alarmante. Las fotografías aéreas mostraban un cono de lava de cien metros rodeado por un anillo compacto de cenizas y escoria. Se estimaba que aquel cono crecía a una velocidad de diez metros cada cuarenta y ocho horas. Sin embargo, las estimaciones no bastaban, era preciso hacer mediciones reales. Y eso requería instalar el equipo adecuado en la propia abertura, lo cual implicaba poner en peligro vidas humanas.

Felipe dirigiría la expedición, eso se daba por supuesto. Aquella era su montaña.

—Yo también voy —dijo Concha, y nadie puso en duda que tenía todo el derecho de acompañarlos.

En cuanto a Malc, había viajado hasta allí para ver las cosas de cerca.

—Podéis contar conmigo —dijo sin dudarlo haciendo que los demás le sonrieran.

En el último momento se les unió un periodista sin que nadie supiera cómo.

Fueron por carretera. Se les había prometido un helicóptero, pero al final hubo que cambiar de planes. Problemas técnicos. Felipe los llevó en coche, dando tumbos y derrapando sobre las cenizas recién caídas. Dos veces tuvieron que dar media vuelta, la primera para evitar un desprendimiento de tierra y la segunda para encontrar un camino que rodease una enorme brecha que se había abierto en medio de la carretera. Todos los coches con los que se cruzaron viajaban en dirección contraria, hacia el este y el norte. Los Llanos se había convertido en un pueblo fantasma. Las casas de tejado rojo estaban teñidas de gris por el polvo que caía del volcán. A lo lejos, en la distancia, podían verse pinos ardiendo a lo largo de los lados de la carretera, y tres conos más de lava lanzaban chorros de humo al aire.

El camino de curvas que descendía por la montaña hacia el oeste atravesaba viñedos y plantaciones de plátanos. Cuando por fin llegaron al pueblo, parecía desierto, y las casas estaban cubiertas de cenizas. A lo largo de la línea de la playa las palmeras se mantenían aún en pie, exánimes, y las sombrillas estaban dobladas y retorcidas. Aquel debía de haber sido un hermoso lugar de veraneo. Cuando pasaron junto al hotel, un perro les ladró y a su lado un hombre los observó con asombro desde lo que en otro tiempo había sido una terraza.

—Pensaba que habían ordenado desalojar a toda la población —dijo Malc.

Concha se encogió de hombros.

—No pueden obligarles a marcharse. Todo lo que poseen está aquí.

—Pobre gente —dijo el periodista. Como si le importara.

Felipe condujo el jeep lo más cerca que pudo de la playa. Cuando bajaron, la ceniza recién caída crujió bajo las suelas de sus botas. Felipe tomó una pequeña muestra con los dedos. Eran fragmentos muy finos.

—Podría ser freático —dijo.

Una prolongada detonación retumbó al frente. Por el cono de lava salían llamas y humo, en medio de negras nubes entremezcladas con chorros de blanco vapor. Malc señaló hacia allí en silencio. Felipe asintió con la cabeza. La fina ceniza que salía de la abertura, así como los chorros de vapor que podían verse en medio del humo, eran indicadores de las descargas de vapor de agua. Echó una ojeada a sus botas; estaban medio hundidas en una capa de polvo rojo con fragmentos blanquecinos por encima.

—Justo aquí, debajo de la tierra, debe de haber un lago.

—Pero los niveles de agua freática son ahora estáticos, ¿no es así? —preguntó el estadounidense.

—Sí, pero eso no quiere decir nada. Las corrientes subterráneas pueden haber cambiado su curso o estar obturadas por los escombros.

Malc lo miró fijamente. Confiaba en aquel hombre y respetaba sus opiniones; tenía más experiencia en aquel volcán que ninguna otra persona. Y no era alguien que se asustara fácilmente.

—Tienes un mal presentimiento al respecto, ¿verdad?

El español asintió lentamente con la cabeza, manteniendo los labios muy apretados.

—Sí, así es.

Pero todavía no estaba seguro de cuál era la posible amenaza.

Se encaminaron hacia el borde de la abertura, a través de una zona cubierta de ceniza caliente, hasta el antiguo afloramiento de lava; todos cargaban con una pesada mochila en la que llevaban su equipo. Sudaban bajo sus cascos, guantes, calcetines y trajes ignífugos. El nuevo cráter estaba en plena actividad. Llegaron casi tan cerca del nuevo cono como Malc quería.

Al cabo de un rato, para alivio de todos, Felipe dio la orden de detenerse. Habían cruzado el antiguo puente de lava y habían llegado al anillo exterior de ceniza de la nueva abertura; allí era donde colocarían los instrumentos de medición.

—Solo tenemos quince minutos —advirtió Felipe.

Se encontraban a menos de quinientos metros del cráter y el cono de lava arrojaba borbotones de lava hirviente cada pocos minutos.

Los geólogos se pusieron manos a la obra, clavaron en el suelo los gravímetros y los receptores de GPS, y trataron de protegerlos lo mejor posible entre las piedras. El instrumento más importante era el plato de transmisiones que enviaría los datos recogidos en el terreno hasta la estación LPO, vía satélite. Lo habían transportado entre Malc y Concha, y lo colocaron bajo la supervisión de Felipe, protegido entre las piedras y perfectamente enfocado.

Felipe comprobó las comunicaciones con su teléfono móvil y mantuvo una rápida charla con la central del observatorio.

—Tenemos que acabar enseguida —les dijo a Malc y a Concha—. Los del LPO dicen que el GPS está dando unas lecturas mucho más altas que antes.

—¿Y eso qué significa? —preguntó Scott, el periodista—. ¿Qué quiere decir? —repitió asustado.

—Se trata del GPS que acabamos de instalar —explicó Malc—. Los receptores envían su posición a un sistema vía satélite. Eso nos permite comprobar sus posiciones a tiempo real con un alto grado de precisión.

—Sí, sigue —pidió Scott.

—Si las mediciones son correctas, el movimiento de superficie es mucho más grande de lo que esperábamos, medio centímetro desde que estamos aquí.

—¿Y eso es grave? —preguntó Scott parpadeando; el sudor le caía a chorros sobre el polvo que le cubría el rostro—. ¿Puede alguien traducirme esto en un lenguaje que pueda entender?

Malcolm lo hizo.

—Hemos colocado tres receptores en un triángulo alrededor del cráter. La distancia entre los tres está aumentando de manera considerable. Y eso significa que se está produciendo un hinchamiento del cono base.

—Sí, sí, pero ¿eso qué quiere decir para un profano como yo?

—Quiere decir que algo está empujando hacia arriba desde abajo.

Y para subrayar sus palabras el suelo empezó a temblar bajo sus pies.

Tarp, *tres y cuarenta minutos de la tarde*

Mary Sennett había subido a cubierta para tomar un poco el aire. El barco navegaba a una velocidad de veinte nudos rumbo noroeste y ella estaba en la proa viendo cómo el sol descendía poco a poco en el cielo. Había dejado a Wanless a cargo del control de las transmisiones del nuevo niño, como lo llamaban. Y en ese momento la llamaron.

—Ven abajo, tienes que ver esto.

Minutos después Mary estaba con Wanless en el laboratorio.

—Ha habido otra sacudida —dijo Wanless—. Esta vez una muy grande. Y parece que el epicentro está exactamente debajo de la montaña. En el Estado Mayor están evaluándola en este momento.

Mary miró asustada la tira de papel del sismógrafo. Era el temblor más fuerte de todos los habidos hasta ese momento. Ahora más que nunca estaba realmente contenta de que hubieran abandonado aquella zona.

Wanless había regresado a la sala de control de la boya de presión. Al momento soltó un suave silbido.

—Caramba, mira esto, Mary. Parece que ya tenemos la primera lectura positiva.

Mary se acercó a su lado deprisa. Un solo vistazo a la pantalla bastó para que se sintiera enferma.

—¡Oh, Dios mío! —susurró—. ¿Puede ser? Pero no es posible, no tan pronto.

Un par de técnicos se acercaron para ver qué estaba pasando.

—¡Jesús! —murmuró uno de ellos—, ¿ese es el aspecto que tiene un tsunami?

—Eso creo —contestó Wanless, impresionado—. Los habitantes de La Palma podrían decírtelo ahora mismo.

Santa Cruz de la Palma, cuatro de la tarde

Situada en la ladera este de un antiguo cráter volcánico, la capital de la isla volvía al trabajo después de la siesta. Los bares y las cafeterías de la Avenida Marítima abrían otra vez sus puertas. Gracias a la alta presión de los vientos del nordeste, la ciudad se había visto protegida de las nubes de ceniza. Aun así, buena parte de la población corrió a tomar el barco para Tenerife desde que se dio la primera voz de alarma. Para los que se habían quedado, los temblores de tierra se dejaban ver en forma de ventanas desencajadas y tejas que se desprendían de los tejados. No se trataba de daños importantes, pero provocaban una gran sensación de alarma e incertidumbre. Sonaban las campanas, y se oían las sirenas de emergencia y los cláxones de los coches por todas partes. Las avenidas y las plazas estaban llenas de lugareños asustados. Otros huían del peligro de los altos edificios dirigiéndose hacia la línea de la playa, temblando y rezando para que la tierra dejara de una vez de temblar.

Aproximadamente veinte minutos después del primer temblor, los que estaban cerca del mar vieron que las olas, que normalmente chocaban contra el rompeolas, crecían y los salpicaban de espuma. Alarmados, retrocedieron hacia la Avenida, pero la gente que se agolpaba allí nos los dejaba escapar. Durante un momento las olas del mar recuperaron su tamaño normal y el agua se calmó. El mar empezó a bajar de nivel y alguien dijo que la marea estaba bajando.

Un segundo temblor más pequeño, que duró apenas catorce segundos, volvió a inflamar de miedo a la multitud. Más personas se acercaron a la línea de la playa en busca de refugio. El océano se había alejado lo suficiente para que quienes estaban junto al rompeolas no tuvieran ninguna duda de qué iba a pasar a continuación. Un terrible grito colectivo invadió la Avenida en el momento en que la bahía fue barrida con furia por una gigantesca ola que avanzaba a toda velocidad hacia la playa. Conscientes del peligro en el que se encontraban, los que estaban en la Avenida empezaron a correr en busca de refugio en las calles transversales. Afortunadamente para muchos, la ciudad era muy plana. Tenían poco tiempo, pero el suficiente para salvarse. Los estúpidos que prefirieron quedarse dentro de sus coches no tuvieron tanta suerte.

Un hecho interesante es que el tsunami que produjo el primer temblor apenas causó daños en ninguna otra parte de la isla. Más tarde los oceanógrafos dirían que posiblemente las olas irradiadas hacia afuera, desde el lado oeste de la isla, se propagaron hacia el norte y el sur hasta que ambas acabaron por chocar en alta mar, lejos de La Palma. Allí quedaron concentradas por los confines del golfo dentro del cual estaba el puerto.

La primera ola rompió contra la isla como una masa compacta de agua de unos seis metros de alto desde la base a la cresta, dos veces la altura del rompeolas. Rompió contra el parapeto y sobre la línea de coches aparcados, levantándolos del suelo y lanzándolos contra la Avenida en una masa informe de metal aplastado. Luego el agua siguió avanzando por la Avenida y las calles laterales, inundando las cafeterías y los locales que había en las plantas bajas de los edificios. En ese momento, la fuerza de la ola ya había disminuido, absorbida primero por el rompeolas y obstruida después por la barrera de escombros que había dejado frente a él. Por suerte también, su anchura era mucho mayor que la de las olas provocadas por una tormenta. El retroceso del agua fue rápido y fluyó hacia el mar por las aberturas del rompeolas; pero las dos olas siguientes fueron mucho más demoledoras.

En la terminal de los barcos de pasajeros que había al sur de la ciudad, el ancho espigón ofreció cierta protección. Un barco rápido que unía la isla con Tenerife había zarpado un poco antes y solo notó una ligera turbulencia en medio del mar, pero los otros barcos que estaban amarrados en el puerto, entre ellos una goleta de veinticinco metros de eslora, acabaron aplastados contra el muelle. Muchos de los barcos más pequeños terminaron hechos añicos a causa del continuo golpeo del agua contra las rocas.

Después ya no hubo más olas ni temblores, y los habitantes de la isla empezaron a recoger, aturdidos, los destrozos de la zona de primera línea de mar. El resultado final fue de doscientos heridos, pero el número de muertos fue relativamente bajo para un desastre de ese tipo: cinco personas perdieron la vida, casi todas ellas atrapadas en sus vehículos.

El mundo acababa de recibir un anticipo de lo que le esperaba a la vuelta de la esquina.

El primer temblor fue lo suficientemente fuerte como para que lo sintieran en las vecinas islas de Hierro y La Gomera, y para que lo registraran los sismógrafos instalados alrededor de toda la cuenca atlántica. En Washington, los instrumentos del Centro de Información de Terremotos del Estado Mayor detectaron rápidamente el epicentro, y los expertos que controlaban los temblores que se producían en la isla alertaron al Comité de Emergencias de la Casa Blanca. El temblor fue de 5,3 en la escala de Richter, y a este le siguió otro de magnitud 4,1. El Estado Mayor estaba en contacto con el Observatorio del Volcán de La Palma, situado en la isla, cuyos medidores localizaron los epicentros exactamente debajo del volcán, a una profundidad de aproximadamente diez kilómetros.

25

Goodwill, sábado, ocho de la mañana

Don Egan acababa de llegar a su oficina en el Prado. Annie Pellew ya estaba en su despacho.

—Buenos días, Annie, parece que nos espera otro día abrasador.

—Treinta y dos grados, si hay que creer el parte meteorológico.

—De todos modos, está bien para el desfile.

—Jack Pearl cree que se está formando una tormenta para más tarde, y normalmente no suele equivocarse.

Annie tendía a ver siempre el lado oscuro de la vida.

—Te están esperando —dijo con los labios arrugados en una mueca de desaprobación.

—¿Tan pronto? ¿De quién se trata?

Annie suspiró, como queriendo decir: «Compruébalo tú mismo». Don entró en su oficina y se encontró con Natalie Maxwell arreglándose la cola del pelo.

—Hola, Don —lo saludó plantándole un beso en la mejilla.

—Hola, Nats —contestó él con recelo—. No nos habíamos visto desde la fiesta. Todo un acontecimiento. ¿Dónde te has metido?

Ella se encogió de hombros.

—Aquí y allá. Mi padre y mi madre están muy nerviosos. Esta noche es la cena de la regata del Yatch Club. Me paso todo el día fuera de casa.

Don tenía ganas de preguntarle dónde estaba Rick, pero como había oído los rumores, al igual que toda la ciudad, prefirió decir:

—¿Y qué te trae por aquí?

Ella bajó la cabeza y se mordió los labios.

—Don, tengo que pedirte un favor.

—Dime.

—Esos surfistas a los que detuviste anoche. —Lo miró rápidamente de arriba abajo—. Son buenos amigos míos. —Se le endureció la expresión—. No sé de qué se les acusa exactamente, pero no tendré ningún problema en depositar una fianza por ellos para que los dejes libres.

—Caramba, Nats, me gustaría ayudarte. —Don se frotó la cara—. Pero estas cosas no son tan fáciles. Esos amigos tuyos se enfrentan a unas acusaciones muy serias.

—Don, conozco a esos dos tipos. Están aquí para practicar el surf y pasarlo bien. Lo último que harían es lastimar a alguien.

—Nats, de verdad que me gustaría ayudarte, si pudiera, pero eso no está en mis manos.

Ella apretó las mandíbulas con impaciencia.

—Don, ¿crees que es necesario que mezcle en esto al señor McGaffey? —Jock McGaffey era el abogado de los Maxwell—. Al final llegaríamos a lo mismo, y lo único que haríamos sería complicar mucho más las cosas para todos.

Annie Pellew apareció en la puerta.

—El señor McGaffey está fuera de la ciudad este fin de semana —informó a Don, quien la miró con cara de póquer. Annie volvió a su despacho.

Natalie se puso pálida de ira.

—¡No tienen nada que ver con el fuego! —gritó.

—Nats, se los encontró en la zona del incendio con bidones de gasolina.

—La gasolina era para sus motos de agua —le interrumpió Natalie—. No tienes ningún derecho a detenerlos por eso.

—Por el amor de Dios, Natalie, ha habido tres incendios durante las últimas veinticuatro horas, todos intencionados. El buque cisterna atracará hoy con un cargamento de veinte toneladas de gas líquido que podría explotar y hacer que todo el pueblo salte por los aires con una sola chispa. Tal vez esos amigos tuyos sean inocentes, pero no voy a arriesgarme. Por lo que a mí respecta, lo más seguro para todos es que los mantenga encerrados, al menos durante el fin de semana. El lunes el buque cisterna ya se habrá marchado y quizá el juez decida dejarlos en libertad.

Numerosas páginas de internet hablaban de los últimos temblores de tierra. En especial las de aquellos grupos que supervisaban los sismógrafos de la zona y otras personas interesadas en el tema, como Ray Burns, que podían ver las agujas moverse en tiempo real. Las cámaras que se habían instalado en Cumbre Vieja filmaban las fumarolas, pero ninguna cubrió el puerto de Santa Cruz. La información sobre el tsunami apareció más tarde y parcialmente.

Ray Burns estaba suscrito a varias páginas de grupos de científicos que colgaban informes diarios sobre la actividad del volcán de La Palma. Cuando volvía de la ciudad, donde había estado ayudando en la decoración para el desfile, echó una ojeada a la pantalla de su ordenador y vio que tenía nuevos mensajes. Tardó varios minutos en dar con el más alarmante:

> ¡Hola a todos los amigos de la costa Este! ¡Echad un vistazo a los últimos registros de la nueva boya DART! Y después entrad en www.santacruzdelapalma.es y leed sobre la inundación. ¿Alguien duda de que es hora de prepararse para las grandes olas?

Ellsworthy, mediodía

El avión privado rugió cuando las ruedas se posaron sobre la pista de asfalto del pequeño aeropuerto. Había sido alquilado para un viaje a cuenta de una cadena de televisión de la costa Oeste a cambio de tener acceso exclusivo a la filmación. K. Zamos seguía negociando los detalles del contrato mientras descendía por la escalerilla del avión con el teléfono pegado a la oreja.

—Será la más grande, la definitiva. Sí, el Rey en persona será el protagonista, de eso no hay duda. Por el amor de Dios, ya tengo todo el equipo preparado —gritó en el micrófono de su móvil.

Le acompañaban un equipo de cuatro cámaras de cine y Carly

—una escritora de éxito con *Dude and Rude*, el terreno particular de Zamos—, que en aquel momento ejercía de ayudante personal. Zamos llevaba un maletín lleno de dinero en efectivo. Bajaban del avión con los ojos enrojecidos por la falta de sueño, estaban nerviosos e impacientes. Había un montón de cosas en juego en aquel trabajo. No solo dinero. También sus carreras profesionales. Si el rodaje era un éxito, habrían triunfado de por vida. Si fallaban, quedarían fuera del circuito.

Zamos estaba dispuesto a perder un brazo por el Rey. O, mejor dicho, estaba dispuesto a perderlo por el Cojo, pues aquel había sido su sueño. Un castillo de naipes edificado sobre la obsesión de montar la ola más impresionante nunca vista a partir de una teoría descabellada. Era una locura, pero las grandes fortunas habían nacido de sueños disparatados. Y, de todas formas, el surf siempre era una apuesta arriesgada.

Y Zamos creía fervientemente en eso, rezaba literalmente por ello (durante el vuelo había ido incluso al lavabo para arrodillarse), creía que al Rey todavía le faltaba dar el golpe final, la hazaña que lo llevaría directo a la tumba y lo convertiría en una leyenda para toda la eternidad.

Un deportivo de color rojo salió del aparcamiento y se dirigió hacia el avión. Llevaba la capota bajada, y la negra melena de la conductora volaba hacia atrás como una sábana brillante. Un ángel negro: la imagen centelleó en la mente de K. Zamos.

—¿Qué es esto? —gruñó la pelirroja Carly entre dientes—. ¿Dónde está la limusina?

Las ruedas del Jaguar chirriaron al frenar de golpe al pie de la escalera, y la conductora se subió las gafas de sol.

—K. Zamos, bienvenido a Maine. Soy Natalie Maxwell, tu chófer personal. Sube. —Golpeó el asiento de cuero del pasajero—. Una furgoneta espera al resto del equipo. Lamento no poder llevaros a todos aquí, chicos.

Zamos se acomodó y Natalie arrancó de inmediato.

—Al principio habíamos pensado alojaros a todos en el hotel —gritó Natalie mientras avanzaban por la pista de asfalto—. Pero luego nos dijimos que no, que merecíais algo especial.

—Lo que sea —dijo Zamos sin darle importancia. Al fin y al cabo, aquello no era más que un negocio—. ¿Dónde está el Rey?

—Anda ocupado. Ya lo verás después.

Se dirigió a la ciudad por la carretera de circunvalación. Cruzaron el puente hasta Indian Point, el coche derrapó en la curva y Natalie pisó el acelerador a fondo. Las ruedas se agarraban al camino de tierra y levantaban una nube de polvo mientras el pequeño bólido rojo subía a toda velocidad por la estrecha calle.

Los frondosos árboles del bosque ocultaban parcialmente la luz del sol. Un par de kilómetros más adelante se abría la entrada de un discreto camino privado. Natalie disminuyó la velocidad para entrar en la curva, las ruedas traseras levantaron una lluvia de gravilla, y cruzaron las puertas de una verja. Los pinos dieron paso a robles y encinas ancestrales; el aire se hizo más fresco. Natalie frenó dibujando un círculo justo delante de las puertas de una mansión decimonónica. Aparcó el coche perfectamente alineado con el pórtico de la entrada.

—No te preocupes por el equipaje, vendrán a recogerlo.

Zamos echó una ojeada a la casa, los jardines y la vista de la playa privada. Luego miró a la chica.

—Apostaría a que esto es lo que tú llamas una «casa de campo» —dijo haciendo una mueca.

—Exacto —contestó ella—. Nuestras otras casas son mucho, mucho más grandes.

El Cojo estaba histérico. Él y el Rey estaban todavía en la cárcel. Natalie les había hecho llegar un móvil y estaba tratando de conseguirles un abogado, pero era fin de semana y Don estaba jugando duro.

—Procura que Zamos esté lejos de la ciudad. Si habla con alguien y se entera de que el Rey está en la cárcel, el trato se irá al garete —le dijo el Cojo, nervioso y en un tono de voz agudo cuando ella lo llamó para informarle.

—Está impaciente por verle. Y quiere saber por qué no fuiste a recibirlo tú personalmente.

—Le llamaré pronto. Ya sabes lo que tienes que hacer a continuación.

A Natalie le tembló la mano cuando colgó el teléfono y marcó el número que el Cojo le había dado. Se estaba implicando en aquello mucho más de lo que jamás hubiera imaginado que se atrevería a hacer.

Una voz contestó.

—Alquiler de aviones. ¿En qué puedo ayudarla?

Ella tomó aliento antes de contestar.

—Hola, necesitaría un helicóptero…

Lobsterman, dos de la tarde

Jean-Alice bebía un tazón de café detrás del mostrador. Había contratado a cuatro ayudantes más para el fin de semana. Dos en la cocina y dos sirviendo las mesas, y aun así no habían tenido ni un minuto de reposo. El trabajo fuerte empezó a las once de la mañana, cuando los primeros turistas se acercaron al Neck para comer o desayunar, dependiendo de lo madrugadores que fueran. A las doce se había formado ya una cola de gente en la puerta que esperaba mesa para comer. Desde esa hora Jean-Alice no había podido tomarse un solo minuto de respiro.

—Lo importante es que por lo menos ya han pillado a los tipos que lo hicieron —le dijo a Rick.

Rick no hizo ningún comentario. Natalie le había dejado una docena de mensajes en su buzón de voz, y él todavía no había contestado. A quién habían detenido o por qué, era asunto de Don, y Rick estaba decidido a mantenerse al margen.

—Supongo que no lo sabremos con seguridad hasta que no lleguen los informes del equipo forense.

—¿Se tiene alguna noticia de esos dos turistas que desaparecieron en Maple Cove? —preguntó Jean-Alice.

—No —dijo Rick meneando la cabeza—. Esta mañana llegó el hermano de la chica para ayudar en la búsqueda. Está destrozado. Parece que estaban realmente muy unidos. Eran como gemelos. Don y yo lo hemos llevado hasta la playa, y luego a que viera el coche y las bicicletas. Después nos dijo que le gustaría ver a Abby. Se puso a llorar; está convencida de que si hubiera notificado a la policía que no se habían presentado en el hotel, las cosas habrían sido distintas. Pero, como le dijo Don, no puede llevar a la vez un registro de la gente que se aloja en el hotel y de los que no se presentan. ¿Cómo iba a imaginar lo que les había pasado?

—¿Qué va a hacer el hermano?

—Dice que se quedará por aquí hasta que se descubra algo nuevo. Abby le encontró un hueco en el hotel. —Rick dejó escapar un suspiro—. Como tú misma has dicho, han desaparecido y no volverán.

—Supongo que se vieron atrapados en la estela de algún barco, la misma que hundió los botes del puerto. Y en el primer día de sus vacaciones, pobres chicos.

Rick devoraba un bocadillo de carne sentado en un taburete en el extremo de la barra que daba a la puerta de la cocina. El fondo del local, así lo llamaban. Jean-Alice procuraba tener siempre sitio allí para los amigos que trabajaban en el Neck. El centro de la ciudad estaba abarrotado de turistas y aquel día había colas de gente esperando a la puerta de todos los establecimientos de la ciudad.

Jean-Alice lo dejó para atender a unos clientes. Rick se frotó la nuca. Andaba falto de sueño y tenía por delante un largo día. Habían conseguido extinguir el incendio, pero para eso hizo falta llenar cuatro veces los tanques de agua de los camiones de los bomberos, y se había pasado allí casi toda la noche. El incendio había quemado un poste de teléfonos, pero el edificio de la central eléctrica no se había visto afectado. Ahora solo quedaba un montón de ceniza en el bosque y un mal espectro que rondaba por la ciudad.

El desfile tendría lugar como estaba previsto. Empezaría con un minuto de silencio por la pareja de Nueva York que había desaparecido. Rick lo comentó con el señor Schaffer y este se sintió emocionado. Seguían con la búsqueda por las playas, de norte a sur, y por los islotes de los alrededores. Al día siguiente se enviaría un equipo de buceo de la guardia costera para que examinaran las aguas de la Garganta.

Entretanto, las ballenas seguían sin aparecer, y Rick había tenido que suspender la salida del *Pequod* por segundo día consecutivo. Ninguno de los pescadores de la isla había visto ni rastro de delfines. Patsy estaba desesperada, a pesar de que Rick le recordó que el sábado de la Semana de los Fundadores solía ser un mal día para las excursiones en barco.

—Los turistas prefieren quedarse en tierra para disfrutar aquí del espectáculo.

—¡Al diablo los turistas! Lo que me preocupa son mis ballenas; algo las asustó y las hizo marcharse de su zona habitual de crianza y que me aspen si soy capaz de entender qué les ha podido pasar.

El televisor del local estaba emitiendo noticias de deportes, pero el ruido del restaurante hacía imposible oír nada. El rótulo de noticias de última hora que aparecía en la parte inferior de la pantalla hablaba de víctimas en las islas Canarias. Todo aquello le parecía viejo y a la vez extrañamente nuevo.

Jean-Alice volvió a su lado.

—¿Otra cerveza? —Sin esperar su respuesta deslizó una cerveza por encima del mostrador y luego se cruzó de brazos delante de él—. Entre tú y yo —dijo bajando la voz para evitar que alguien más pudiera oírla—, me parece que tendrías que hacer algunos arreglos en tu compromiso.

Rick apretó la mandíbula. Ella se dio cuenta y le puso una mano amigable en el brazo.

—Hagamos un poco de memoria. ¿Recuerdas cuando eras un chiquillo que no hacía más que meterse en peleas? Yo sí, por eso me parece que puedo preguntarte si vas a quedarte dando vueltas por aquí como un perro apaleado mientras ella se divierte con esos surfistas.

Él se encogió de hombros, malhumorado.

—Si eso es lo que quiere hacer, es su elección —murmuró mirando para otro lado.

—¿Eso es todo? ¿No te parece que te has dado por vencido sin siquiera pelear? Antes eras más peleón. ¿O es que hay algo entre Sarah Hunter y tú, como anda diciendo la gente?

Jean-Alice vio la frialdad que cubría sus ojos como una cortina. Una parte de él siempre quedaría fuera del alcance de los demás.

—De acuerdo —se disculpó—. Lo siento, no es asunto mío.

Hubo un largo silencio antes de que él volviera a hablar.

—Sarah se está vengando de cosas que pasaron entre nosotros hace mucho tiempo. Forma parte del pasado, y ninguno de nosotros puede hacer nada por cambiarlo. Si Natalie quiere tomarse en serio las tonterías que Sarah va diciendo por ahí, es su problema.

Jean-Alice se sintió más aliviada.

—Es tu vida. Yo solo intentaba echarte una mano.

Mientras pronunciaba estas últimas palabras el ruido en el salón aumentó. Ballena Morrissey se abría paso por la puerta. Vio a Rick, se encaminó hacia él y lo saludó con un bramido. Un tipo vestido con un traje blanco que ocupaba el taburete contiguo a Rick lanzó unas monedas sobre el mostrador y se apresuró a dejar el sitio libre.

—Gracias, colega —dijo Ballena mientras dejaba caer su voluminosa masa sobre el taburete—. ¡Chico, vaya un bochorno que hace hoy! —boqueó casi sin aliento. El sudor le caía a chorros por la cara—. Hola, Rick. Dime, Jeannie, ¿no tendrás por ahí un par de kilos de hielo?

—¿Dónde quieres que te los ponga?

—¡En un barril de cerveza! —Su barriga golpeó contra la madera del mostrador mientras se reía—. No, mejor trae un vaso de hielo y échamelo aquí —añadió abriéndose la camisa—. ¡Enfríame!

—¡Más te valdría tirarte al mar! —gritó Jean-Alice mientras le deslizaba una jarra de espumeante cerveza por el mostrador.

Ballena echó un buen trago y se limpió la boca con el dorso de la mano.

—Cielos, lo necesitaba. Es el día más caluroso del año, te lo aseguro.

—Entonces, ¿Don Egan va a acusar a esos dos surfistas o no? —preguntó Jean-Alice.

Ballena leía el tablón con el menú del día.

—¿Qué dices? —preguntó, distraído.

—Digo que si Don acusará a esos surfistas de provocar el incendio —repitió Jean-Alice.

Ballena meneó de arriba abajo sus grandes hombros.

—Bueno, ya conoces a Don. Normalmente es un tipo bastante comprensivo, pero cuando se le mete una idea en la cabeza no hay quien lo saque de ahí.

Un entrecano pescador de langostas que estaba sentado en la otra punta del mostrador se metió en la conversación.

—Fue llegar los surfistas y tener tres incendios en dos días. ¿Llamarías a eso coincidencia? La cárcel es el mejor lugar para ese tipo de gente.

Jean-Alice se apartó un mechón de pelo de la cara.

—Lo que no entiendo es cómo alguien puede disfrutar haciendo algo tan tonto como pegarle fuego al bosque.

El viejo pescador dejó al descubierto unos amarillentos dientes lobunos.

—Quién sabe lo que tiene esa gente en la cabeza. Esos tipos siempre andan buscando problemas. Hay que encerrarlos y dejar que se pudran en la cárcel.

—Tal vez estuvieran preparando una barbacoa o algo por el estilo —dijo Rick.

Ballena soltó una risotada.

—Vete a decirle eso a Don. Uno de los tipos a los que ha detenido es ese que anda renqueando. Lo he visto otras veces por la ciudad. ¿Qué viene a buscar a un lugar como este? ¿Alguien me lo puede decir?

Rick se levantó para marcharse.

—El desfile va a empezar. Hasta luego, Jeannie. Ballena, te veo luego en el desfile, ¿de acuerdo?

—Por supuesto, allí estaré, a tu derecha. Jeannie, ¿puedes hacerme un bocadillo con un gran pedazo de carne de langosta dentro? Demonios, mejor hazme dos. Hoy tengo que estar en forma.

—Marchando, Ballena. —Jean-Alice gritó el pedido a través de la puerta de la cocina. Luego salió de detrás del mostrador y acompañó a Rick hasta la puerta—. Escucha —le susurró agarrándolo de una mano—, lo que te he dicho antes... No te lo tomes a mal. Pero piensa en ello. Natalie es una mujer estupenda, solo un poco alocada, a veces. Me imagino que debe de ser duro sentirse atada a alguien.

Rick le apretó la mano con cariño.

—Te lo agradezco. Es bueno saber que hay alguien dispuesto a defenderla.

—¡Tonto! —dijo Jean-Alice dándole un abrazo—. Es a ti a quien estoy tratando de defender. No me gustaría que te hicieran daño.

—¡Dios mío, qué calor! —Jessica Gardiner, la madre de Lloyd, se abanicaba—. Me gustaría estar en el río en vez de en la ciudad.

—Ya queda menos —dijo su amiga Julie—. Estoy segura de que

esta noche habrá tormenta. Todo el mundo dice que el tiempo cambiará pronto.

Por lo que respectaba a los niños de Indian Patch, el mayor acontecimiento del día era el grupo de equilibristas sobre zancos que habían sido invitados especialmente del otro lado de la frontera, de Quebec. Lloyd Gardiner llegó a contar seis tipos de personajes con diferentes trajes trotando entre el gentío de Bay Road. Había una bruja fabulosa, un vampiro con unos colmillos chorreantes, un Tío Sam con sus pantalones a rayas, una princesa Diana, y el personaje favorito de Lloyd, un hombre vestido completamente de negro con un gran sombrero de deshollinador.

A Lloyd le encantaba aquel sombrero. El actor que encarnaba a ese personaje era muy astuto y se escondía detrás de los árboles o en las calles circundantes para luego aparecer entre la gente, por sorpresa, cuando menos lo esperaban. El tipo parecía conocer cada rincón del puerto como la palma de su mano. Incluso los lugareños de Goodwill estaban impresionados con su habilidad.

Unos estrechos pantalones negros le colgaban alrededor de los zancos y su chaqueta estaba teatralmente remendada para darle un aspecto de espantapájaros desaliñado. Tenía una energía fenomenal; saltaba, giraba sobre sí mismo, se paraba en seco, cambiaba de dirección, arrancaba el sombrero a la gente o golpeaba a los transeúntes en la espalda con un largo bastón. Mientras el resto de los actores se movían de manera elegante, muy erguidos y haciendo reverencias cuando se acercaban a alguien, él avanzaba entre la multitud de manera pícara y descarada, y hablaba con la gente con un gracioso acento francés. Se divertía especialmente metiéndose con los surfistas, tiraba con sus dedos huesudos de sus enmarañados pelos y salía a toda prisa antes de que pudieran darle alcance.

Y Lloyd parecía hacerle una gracia especial. Donde fuera que se encontraran, que solía ser muy a menudo pues el chico lo acechaba constantemente, se oía resonar su risa lunática y su rostro se convertía en una torcida mueca detrás de su pintada máscara.

—¡Ay, ay, ay, chiquillo! ¿Dónde estabas?

Lloyd hacía ver que no veía a la balanceante figura que se deslizaba por detrás de él, y gritaba con sorpresa fingida cuando sus dedos pintados de blanco apretaban sus hombros.

El puerto estaba repleto de barcos de vela, desde pequeños botes hasta goletas de veinticinco metros de eslora que pertenecían a banqueros de Nueva York. Un lugar destacado entre todas las embarcaciones lo ocupaba el *Elise 2*, el motovelero de Elliott Maxwell, que en ese momento se encontraba amarrado al muelle del Yatch Club. Elliott era el presidente del club y el director de la regata. Su barco servía como base para los jueces de la competición. Era sin duda hermoso; Elliott había pagado una cantidad desorbitada de dinero por él, eso sin contar los gastos de mantenimiento. Natalie hacía tiempo que se había negado a volver a subir a bordo; decía que le daba claustrofobia.

Estaba previsto que el desfile diera comienzo a las cuatro en punto de la tarde, pero los acontecimientos del día estaban retrasándolo. Uno de ellos era la llegada del buque cisterna al puerto. Cuando Rick salía del Neck vio la enorme silueta del buque apareciendo por detrás de la bruma de Long Island y poniendo rumbo al Estrecho.

Llamó a Jack Pearl.

—¿Ese que está llegando es el buque cisterna? Creía que la compañía había cancelado el envío al enterarse del incendio de anoche.

Jack soltó un improperio, como si él mismo acabara de hacerse aquella pregunta.

—Lo hicieron, pero parece que cambiaron de opinión. No me preguntes por qué. El buque fondeará en el Estrecho, como estaba previsto. Y, suponiendo que no haya más incendios, la descarga del combustible empezará mañana por la mañana.

—¿Por qué no esta noche?

—Porque dicen que quieren asegurarse de que el fuego no se reaviva de nuevo.

—¿Y cuánto tardarán en descargar? ¿Seis horas?

—Así fue la última vez, si no recuerdo mal.

—De manera que si comienzan a las ocho habrán terminado hacia las dos. Lo que quiere decir que zarparán con la marea de la tarde e interrumpirán las mangas finales de la regata.

—Estoy intentando arreglar eso.

—Te agradecería mucho que me tuvieras informado, Jack. Ahora será mejor que vaya a explicarle a Elliott Maxwell las buenas noticias.

El desfile solía formarse en la explanada que había en el aparcamiento del supermercado, junto al puente de Indian Creek. Muchas de las carrozas se reciclaban año tras año, pero rediseñar, limpiar y repintar conllevaba un montón de trabajo. El tema de ese año era la historia; un tema muy apropiado dado que se celebraba el tercer centenario de la ciudad. Beth Robbins y la señora Mather, profesoras de teatro en el instituto, habían diseñado varios trajes típicos del siglo XVII con un aspecto muy auténtico.

Antes de que las carrozas se pusieran en marcha, Rick pidió un minuto de silencio. Los que tomaban parte en el desfile inclinaron la cabeza mientras Rick pronunciaba los nombres de Randall Baines y Kimberly Schaffer. Fue un momento emocionante.

El desfile iba encabezado por la banda de música, a la que seguía la representación de los bomberos de la ciudad, con sus relucientes camiones. Aquel año Rick y sus primos habían elegido ir en su propia carroza *Pequod*, en lugar de con la asociación de comerciantes de Bearskin Neck. Rick había alquilado un camión de plataforma a Chance Greene, y junto con Paul y Magnus habían reconstruido un antiguo barco ballenero, con ballena y todo, muy al estilo Moby Dick. El barco, construido con tablones de madera, estaba equipado con velas hechas con sábanas; parecía auténtico. La ballena era de color blanco; una figura del capitán Ahab de cuerpo entero, con su pata de palo, colgaba de la cabeza del animal.

Los conductores subieron a los vehículos y pusieron los motores en marcha. La banda estaba en formación, sudando dentro de sus uniformes y con los instrumentos preparados. Las animadoras hacían estiramientos. Las majorettes se ejercitaban lanzando los bastones al aire. El conductor del desfile dio la señal de salida, y con un redoble de tambores todos se pusieron en marcha tras el abanderado.

Un helicóptero azul y blanco filmaba la escena desde el aire. Dio varios giros, descendió y luego se alejó en dirección al Estrecho con el sol reflejándose en el fuselaje.

En Maple Cove, Ray Burns preparaba una carta náutica comparativa. Asumiendo que un tsunami viaja a una velocidad constante de aproximadamente 550 millas por hora, como la mayoría de los expertos aceptaban, y tarda cinco horas en atravesar el Atlántico, una ola provocada por un terremoto en las Canarias a las ocho de la mañana, hora local, llegaría a las costas de Maine a la una de la tarde. Es decir, dada la diferencia horaria de cinco horas en la costa Este, a las ocho de la mañana. De modo que, una vez hechos los ajustes de las zonas horarias internacionales, un tsunami que se produjera a cierta hora en las Canarias debería hacer impacto en Nueva Inglaterra exactamente a la misma hora local del mismo día.

Ese cálculo podía hacerse en las dos direcciones. Si ocurriera un incidente de ese tipo en el Estrecho de Goodwill a las, por ejemplo, seis y media de la tarde, entonces sería posible relacionarlo con un suceso sísmico que se produjese al otro lado del océano y que hubiera tenido lugar a la misma hora local.

Utilizando para ese fin los informes oficiales sobre incidentes sísmicos que publicaban las estaciones de seguimiento gubernamentales, Ray había elaborado una lista de cada uno de los temblores significativos en la zona y de cada una de las erupciones de las que se había tenido noticia durante los últimos meses. Pensó en las extrañas olas o series de olas que aparentemente habían golpeado el Estrecho el jueves por la noche. ¿Podrían estar relacionadas con un incidente correspondiente en La Palma que se hubiera registrado a una hora similar?

Aquella pregunta era inquietante. Las cartas sísmicas de la isla mostraban distintos picos de actividad a aproximadamente las mismas horas en que se habían producido las nuevas erupciones volcánicas en La Palma.

Pero seguramente solo se trataba de una coincidencia. Tenía que ser una coincidencia.

26

Desde la cabina del helicóptero la vista era espectacular. El aire era limpio y se divisaba con todo detalle cada islote y ensenada del Estrecho. Natalie vio el barco de su padre, una gran mancha blanca en el muelle del Yatch Club, y el gentío que se dirigía hacia Bay Road para presenciar el desfile del Día de los Fundadores. Rick estaría ahí abajo, en su carroza. Se sintió culpable por no estar allí, con él y con Rebecca.

K. Zamos y los camarógrafos estaban contentos como niños con zapatos nuevos. Eso era lo que habían venido a ver. El helicóptero era grande y estaba bien equipado. Tenía que serlo para poder llevar a toda esa gente y su equipo. El coste era algo en lo que prefería no pensar. Lo había cargado a la cuenta de su padre. En cierto modo, le parecía que el timón de su vida se le estaba escapando de las manos, que navegaba a la deriva.

Zamos daba instrucciones al piloto; quería que sobrevolara el Estrecho lo más bajo que pudiera.

—Quiero ver de cerca ese banco que hay a la entrada, hacia el acantilado. ¿Cómo lo llamáis? —le preguntó a gritos a Natalie por encima del ruido de las hélices.

—El arrecife. El fondo se hunde de forma abrupta, como un precipicio submarino. —El Cojo le había contado todo aquello en su breve charla telefónica.

«Asegúrate de que lo vea bien. Que se dé cuenta de cómo el agua cambia de color; ese es el indicador de que el terreno desciende abruptamente», había dicho el Cojo.

Pero Zamos no necesitaba tantas explicaciones. Tenía una carta náutica de la zona y sabía interpretarla.

—Vaya —dijo a Carly—, fíjate en estas profundidades. El fondo marino cae en picado, como si fuera un muro. ¿Ves las líneas de contorno más allá? Es un cañón subterráneo que va desde aquí hasta el fondo abisal. Es increíble; como si hubieran cortado de un tajo la plataforma continental.

En el asiento de detrás, los camarógrafos hablaban de ángulos y valores de luminosidad.

—Oye —dijo uno de ellos de repente—, ¿de dónde ha salido eso?

Todos miraron en la dirección hacia la que estaba señalando. Una línea de agua —una mancha oscura sobre la superficie azul y lisa— avanzaba con rapidez hacia tierra desde el arrecife.

—Parece que se ha formado una fuerte marejada.

Todos miraban ensimismados.

—Está creciendo —dijo otro de ellos.

—Por lo menos tiene ya dos metros.

—Y es sólida, tío. Cómo me gustaría estar ahí abajo, con mi tabla.

—Gary, haz una toma de eso —ordenó Zamos.

—La cámara ya está filmando.

Natalie miraba hacia abajo embelesada. Cuando el helicóptero giró otra vez en redondo, tratando de ofrecer a los pasajeros una mejor vista, Curtain Bluff entró en su campo de visión por las ventanillas del costado derecho. Inexorablemente la ola estalló contra las rocas del acantilado.

—¡Impacto! —gritó exultante uno de los cámaras a la vez que una explosión de espuma blanca salpicaba la fachada de rocas.

Natalie se mordió la lengua.

Miró su reloj. Era hora de volver.

—¡De acuerdo, ya está! ¡Volvamos! —gritó al piloto.

El camarógrafo la oyó.

—Hable por usted. Nosotros todavía no hemos acabado.

—No creo que tengamos suficiente combustible —dijo ella mirando hacia el piloto.

Este echó un vistazo a los medidores.

—Nos da para cincuenta minutos. Puede que una hora.

—Perfecto —dijo Zamos.

Natalie pensó con rapidez.

—En tal caso, déjeme en el Neck. Hay un helipuerto al lado del puerto deportivo.

—Lo conozco.

—¿Nos vas a dejar? —dijo Zamos, sorprendido.

—Tengo cosas que hacer. Vosotros seguid con lo vuestro. Cuando hayáis acabado, el piloto os llevará de regreso al Point. Nos encontraremos allí.

Zamos entornó los ojos.

—Y esta vez, que te acompañe el Rey.

—Se lo diré.

—Te lo diré más claro. Si no se presenta hoy, no hay trato.

Estrecho de Goodwill

Elliott Maxwell nunca asistía al desfile del Día de los Fundadores, aquella celebración le parecía un acto irrelevante cuyo único momento memorable era la regata que el Yatch Club organizaba el fin de semana. Aquel era el único acontecimiento que le interesaba de todo el verano, el resto no eran más que asuntos de segunda categoría.

Se sentía a sus anchas en la cubierta de popa del *Elise 2*. Vestía sus mejores pantalones de lino blanco y una camisa de algodón; hacía demasiado calor para ponerse la chaqueta azul. Aunque el sol no estaba todavía en lo más alto del mástil, se estaba sirviendo champán a los miembros del comité de la regata en copas de plata que Elliott había heredado de su abuelo y que tenían grabado el anagrama de los Maxwell. Los cócteles que auspiciaba el presidente del club a bordo de su barco eran una tradición centenaria.

—Cómo me alegro de que hayáis venido —oyó la voz de su cordial esposa mientras pasaba entre los invitados que llenaban el salón—. ¡Y qué día tan hermoso! Se está mucho más fresco aquí, en el mar.

Las puertas de vidrio correderas de la parte de popa se habían dejado abiertas para que los numerosos invitados pudieran circular con comodidad. Los trajes de las mujeres eran sencillos, es decir, elegantes y con un mínimo de pedrería. La propia Elise, vestida con un vaporoso traje de seda de Milán, eclipsaba a todo el mundo, pero para algo era la anfitriona y aquel era su barco. Elliott la miró con satisfacción. Su esposa era hermosa y fascinante, y satisfacía todos sus deseos, no como su hija. Soltó un suspiro. ¿Dónde demonios estaría Natalie?

Mindy MacNeil, la madre de Cole, acababa de hacerle la misma pregunta.

—Y Rick también es un hombre encantador —añadió enseguida—. Espero que todo les vaya muy bien.

Los ojos azules de Elise se entornaron. La almibarada dulzura de Mindy no hacía mella en ella. Obviamente, aquella mujer había oído los rumores que corrían por toda la ciudad. El comportamiento descocado de Natalie era cada día más difícil de explicar.

Afortunadamente, la pequeña Izzy Jenks, una prima segunda de Rick o lo que fuera, apareció en ese momento con una bandeja de canapés entre las manos.

—Natalie se reunirá con nosotros enseguida. En este momento está en tierra ayudando en el desfile —contestó Elise después de llenarse la boca con un canapé—. Tiene montones de amigos en la ciudad.

Desde el helicóptero la imagen era confusa. Otra ola avanzaba hacia el Estrecho; sus rompientes se veían claramente en las playas de los islotes, pero cada vez era más difícil distinguir su silueta. El equipo de camarógrafos no se ponía de acuerdo sobre lo que estaba pasando. Gary señaló hacia la estela de agua blanca que apareció a lo largo de la costa norte, entre Curtain Bluff y Maple Cove.

—Es como el extremo de una ola que se acelera y adelanta al resto del oleaje.

—Ahí abajo hay varios barcos —observó Zamos.

Natalie estaba mirando por encima de su hombro.

—Ese buque que hay en medio de la corriente es un buque cisterna que transporta gas líquido para la central de suministro eléctrico.

—¿Y el otro más pequeño que hay a su izquierda?

—Es el *Elise 2*, un yate privado.

—Vaya yate. ¿Quién es el dueño?

Natalie no contestó. La pelirroja Carly le lanzó una mirada de arpía.

—Es el de tu padre, ¿no?

Natalie se cruzó de brazos.

—Le encantan esos juguetes.

Zamos se rió alegremente.

—Será mejor que le avises. Me parece que el agua va a estar un poco revuelta ahí abajo.

El piloto miraba a través del plexiglás de la ventanilla del parabrisas.

—Nos estamos acercando al puerto deportivo.

Natalie puso en marcha sus planes. Gracias a Dios que existían los teléfonos móviles. Marcó el número de Brandie, la chica de California cuyo amigo, Mack, conducía la otra moto de agua.

—¡Es hora de ponerse en marcha! ¡Reúne a la gente! —gritó en el micrófono de su móvil en el momento en que el helicóptero giraba para aproximarse al puerto—. Diles que vayan a la esquina de Bay Road. Sí, ese es el lugar. A todos los que puedas encontrar. ¡Instrucciones del Rey! ¡Y traed cadenas!

El desfile seguía su itinerario como estaba previsto. Las carrozas que iban en cabeza ya casi habían llegado a la entrada de Bay Road; la gente que se agolpaba por los alrededores era mucha a pesar del bochornoso calor. La banda tocaba muy bien y el público aplaudía con entusiasmo. Beth Robbins había preparado a un grupo de payasos que repartían caramelos a lo largo de la ruta; los niños estaban encantados. Para sus dientes habría sido mejor repartir fruta, pero, qué diablos, se trataba de un desfile.

Rick conducía con mucho cuidado, manteniendo la velocidad de la comitiva. Cuanto más alargaran la tarde, mucho mejor. Se comentaba que la asistencia era un récord. Un exitoso fin de semana del Día de los Fundadores daba el tono de toda la temporada de verano. Para una ciudad como Goodwill, que dependía casi por completo de los ingresos de los turistas, aquello era vital.

Su móvil le avisó de que tenía un mensaje. Echó un vistazo a la pantalla mientras mantenía el volante cogido con una mano. No había texto, solo una imagen. Los reflejos del sol no le dejaban ver claramente de qué se trataba. Ese era el problema de aquellos diminutos teléfonos con una pantalla de solo dos pulgadas. Era como mirar a través del agujero de una cerradura con poca luz. Fuera lo que fuese, decidió dejarlo para más tarde.

Avanzaban muy despacio. Rick saludaba con la mano a la gente que se había reunido en las aceras, muchos de ellos amigos. Un helicóptero aterrizó en el puerto y al momento alzó de nuevo el vuelo en dirección al Estrecho. Posiblemente se tratara de algunos amigos de los Maxwell que acababan de llegar para la fiesta que se daba en el barco. Al fondo de la calle, los acróbatas sobre zancos hacían reverencias; su cabeza sobresalía por encima de los espectadores como si fueran enormes marionetas.

Con el pelo alborotado sobre la cara por el aire que levantaban las hélices del helicóptero, Natalie Maxwell corrió a lo largo del muelle desde la plataforma del helipuerto hasta Bearskin Neck.

—¡Brandie! —gritó en su teléfono móvil—. ¿Están los chicos preparados?

—Y esperándote, cariño. ¿Dónde estás?

—Voy para allá. ¿Por dónde va el desfile?

—Estoy viendo a la banda.

—Entonces diles que empiecen el espectáculo.

Sheena Dubois estaba en el centro de la ciudad, con su cámara de vídeo al hombro, entrevistando al público. La gente se lo estaba pasando bien. Nadie parecía demasiado preocupado por el peligro del tsunami.

—Señora, con tres mil millas de verde océano entre ese volcán y nosotros, yo no tengo problemas para dormir a pierna suelta.

Sheena se hizo con un vaso de té helado en un puesto que había al final del Prado y se dirigió hacia el oeste, hacia el puente de Indian Point, para encontrarse allí con el desfile. Al doblar la esquina tomó varias vistas de la gente que había en los alrededores de la antigua fábrica de hielo, donde un par de actores en zancos estaban formando un divertido cuadro con un grupo de chicos. Aquella toma le dio la oportunidad de ver a Tab Southwell, el hijo del doctor, por la mirilla de su cámara. Estaba solo y parecía sentirse perdido. Southwell le había dicho que el chico estaba preocupado, que se culpaba por no haber ayudado a la pareja de turistas desaparecidos. A Sheena le habría gustado acercarse y hablar con él un momento, ser amable con él, pero se sentía incómoda. ¿Cómo se presenta una ante el hijo de su amante?

«Tienes que acabar con esto —se dijo a sí misma, y no era la primera vez que lo hacía—. Te hace daño a ti, le hace daño al chico, le hace daño a Donna. El único que se lo está pasando bien es Southwell.»

En Bay Road cada vez se oía más fuerte el tamborileo y el resoplar de la banda. Lloyd Gardiner miró hacia arriba, a la cara pintada de oscuro del acróbata sobre zancos, y se rió. El deshollinador le devolvió una mueca burlona.

—*Pas beaucoup de temps maintenant!* ¡No queda ya mucho que esperar, amiguito! —le dijo entre risas.

Betsy, la hermana de Lloyd, saludó con la mano al acróbata sobre zancos disfrazado de princesa. Las dos familias habían tomado posiciones para observar el desfile desde el puerto, al final de Bay Road, justo enfrente de la antigua fábrica de hielo. El parque de atracciones que había a su espalda quedó momentáneamente desierto cuando la gente se acercó a las aceras para presenciar la llegada del desfile. Lloyd, mirando entre las patas de palo de los zancos, vio los reflejos del sol sobre los instrumentos de la banda de música, cada vez más cerca. Se oyó un retumbar de bocinas procedente del muelle; los barcos del puerto se habían unido a la música de la banda. Todos estaban disfrutando de lo lindo, aplaudían, saludaban con el sombrero en la mano y tiraban serpentinas.

La madre de Lloyd tenía a sus dos hijos agarrados de la mano.

—¡Eh, que no puedo ver al deshollinador! —protestó el chico, pero su madre no le soltó—. ¡Esos barcos! —gritó él—. ¡Cuánto ruido!

—Ven —dijo su padre—. Súbete a mis hombros. Desde aquí verás mejor.

El padre de Lloyd se subió al niño a los hombros. El niño estaba radiante. Desde allí podía ver a toda la banda, que en ese momento aparecía en formación abriendo la marcha de la comitiva de carrozas. Estaba casi a la altura de los acróbatas sobre zancos.

Los espectadores se arremolinaban en las esquinas tratando de divisar la comitiva de carrozas. Lloyd notaba que la gente empujaba desde detrás. Un par de tipos con pantalones cortos se abrían paso a codazos para llegar a la primera fila. Su padre se dio media vuelta.

—Eh, chavales, ya vale de empujones; aquí hay niños —dijo en tono cortante.

Estrecho de Goodwill

En el puente del *Marie-Sainte* —un buque cisterna con base en Quebec que transportaba gas líquido combustible—, el capitán Roland Leclerc discutía con el piloto la maniobra de acercamiento al Estrecho. Leclerc era un francés canadiense con doce años de servicio en la marina mercante de Canadá y Estados Unidos. Aquel era su tercer año al mando del *Marie-Sainte*, y ya estaba casi tan familiarizado con los canales como el propio piloto.

Casi, pero no tanto. Al Smither, un piloto de cabotaje de Portland, llevaba diez años más que el canadiense navegando por aquella costa. Había pilotado buques de todo tipo, desde Boston hasta Halifax, en todas las condiciones meteorológicas posibles, y no había un solo banco o canal, arrecife o corriente que no fuera capaz de navegar incluso con los ojos cerrados. Había visto de todo y un poco más, como le gustaba decir.

—El canal está lleno de yates —observó Leclerc estudiando el panorama que tenían delante.

El puente estaba exactamente a treinta metros por encima de la superficie del agua, la altura necesaria para que los redondos tanques blancos que había en la sección media de la cubierta del buque no impidieran la visibilidad. Aquellos depósitos contenían el gas líquido que proporcionaría energía eléctrica a la ciudad durante los siguientes cinco meses. Solo una parte de su carga estaba destinada a Goodwill, el resto debía desembarcarse en Portland. Desde donde se encontraba, el capitán tenía una excelente vista de la entrada del canal. El Estrecho solía estar lleno de yates y barcos de recreo. El ojo profesional de Leclerc enseguida distinguió entre ellos a unos cuantos barcos más grandes, incluido un catamarán de St. John, en Nueva Escocia, el *Pequod*, en su lugar de amarre habitual, y un enorme yate de motor que se acercaba por la amura de babor y que parecía estar esperando a que el buque cisterna pasara para cruzar el canal. El reglamento de seguridad obliga a que todos los barcos que se encuentren a menos de media milla de un buque cargado con combustible se aparten de su rumbo hasta que este haya fondeado. Una lancha patrullera de los guardacostas, que iba delante del buque cisterna, aseguraba que se cumpliera el reglamento.

Al Smither se colocó el chicle que estaba mascando en un lado de la boca.

—Regata —dijo lacónico.

Era un hombre de pocas palabras. Durante algunos viajes, Leclerc había pasado un día entero con él, en el puente de mando, sin que los dos hombres cruzaran una sola palabra que no fuera estrictamente profesional.

De repente el piloto se puso tieso.

—¡Vigila el rumbo! —le gritó al timonel.

El indicador electrónico de la pantalla que estaba delante del piloto se había movido una fracción de grado a babor.

El timonel giró delicadamente la rueda. El barco pesaba veinte mil toneladas, poco para un buque cisterna, pero bastante para las confinadas aguas del Estrecho. Todos los sistemas de control del barco —velocidad, rumbo y potencia— estaban informatizados. Los hombres solo tenían que realizar las correcciones oportunas por medio del software. Y para tomar los mandos en el sistema manual en caso de emergencia. El cerebro electrónico del barco era perfectamente capaz de llevar al *Marie-Sainte* desde alta mar hasta el lugar designado y amarrar en el muelle exterior de cualquier puerto. Leclerc y el piloto eran simples observadores. Si hubiese existido una necesidad real de corregir el rumbo, el ordenador lo habría señalado minutos antes y habría realizado las maniobras pertinentes. Ni siquiera habría sido necesario dar noticia de ello al puente de mando. Eso venía a significar —solía comentar Leclerc con tristeza— que los marineros empezaban a ser prescindibles. La siguiente generación de barcos podría navegar sin las complicaciones y los gastos que suponía mantener a una tripulación a bordo.

—*Capitaine!*

La voz del timonel lo sacó de sus pensamientos. Leclerc miró directamente la pantalla de mandos, lo que demostraba la confianza que tenía en la electrónica. Había aparecido un indicador rojo con un lacónico mensaje: VELOCIDAD SOBRE EL FONDO DE 0,5 NUDOS.

Inmediatamente alerta, Leclerc trató de interpretar y analizar el significado de ese aviso. La velocidad del *Marie-Sainte*, que normalmente navegaba a un mínimo de dos nudos durante maniobras como la que realizaban en aquel momento, estaba disminuyendo tanto que el sistema informático que controlaba la velocidad no podía rectificarla. La mirada del capitán se dirigió instintivamente a los indicadores de la potencia de máquinas. Los dos motores estaban funcionando al mínimo de revoluciones. No se había recibido ningún mensaje de alarma del sistema de control de rotación de las hélices, situado en el fondo del casco. Los timones seguían en la posición adecuada; los motores no se habían recalentado; el combustible fluía con normalidad; las palancas de velocidad funcionaban como debían.

La causa más probable podía ser una fuerte corriente que fluyera hacia fuera del Estrecho, como cuando había marea baja. La resistencia suplementaria podía deberse a la frenada del propio peso del barco. Pero el problema residía en que a esa hora del día la corriente tenía que ser entrante —hacia el Estrecho—, no saliente.

Al cabo de un segundo, cuando todavía estaba dando vueltas a todas esas ideas en la cabeza, se encendió otra luz de aviso. Y esta vez iba acompañada por un sonido de alarma, lo cual era una señal definitiva de que el sistema informático había encontrado un problema muy serio. En la pantalla apareció otro mensaje: PROFUNDIDAD 2 METROS.

Leclerc hizo acopio de toda su capacidad de concentración. La sonda colocada bajo el casco había registrado un cambio repentino en el fondo marino. El barco no estaba en peligro de varar, todavía no, pero se había alcanzado ya el margen de seguridad bajo la quilla.

Como si aquello no fuera suficiente, el pitido de alarma volvió a sonar, esta vez con un tono diferente, y un tercer mensaje de aviso se unió a los dos anteriores: ERROR DE RUMBO 3 GRADOS A BABOR. En la carta de aproximación de la pantalla, el icono del barco desviaba claramente del rumbo marcado. Un cuarto mensaje añadía un nuevo detalle al último aviso: VELOCIDAD DE DERIVA 0,5 NUDOS.

Los receptores de GPS que señalaban la posición del barco, con un margen de error de un metro, habían detectado que la nave se movía de costado sobre el agua, un movimiento conocido como «deriva». La fuerte corriente a la que se enfrentaban, unida al lento avance del buque, estaba haciendo que el *Marie-Sainte* cambiase de dirección y provocaba que la proa se moviera hacia un lado. Así pues, una tercera complicación dificultaba la maniobra.

El capitán Leclerc miró al piloto. Según los reglamentos marítimos y las leyes de Estados Unidos —en cuyas aguas estaban navegando en ese momento—, el mando del barco era responsabilidad del piloto, dada su experiencia y su conocimiento de las aguas costeras. Sin embargo, en un sentido más amplio, la responsabilidad última recaía en el capitán. Si él, Leclerc, tenía razones para creer que el barco se estaba gobernando mal y no rectificaba ese error de manera inmediata, podía verse acusado de negligencia. Por otra parte, para Leclerc era más que imposible quedarse con los brazos cruzados cuando su nave estaba en peligro.

Por fortuna, él y Smither habían trabajado juntos en esa ruta durante muchos años, y el canadiense tenía muy buena opinión de las habilidades del piloto. La situación era grave, y las posibilidades de maniobra eran muy reducidas. El buque estaba perdiendo arrancada posiblemente a causa de una corriente inesperada que fluía por el canal en dirección a alta mar. La solución más obvia era aumentar la potencia de las máquinas, pero la repentina falta de profundidad ponía en peligro la seguridad.

Para acabar de acentuar la situación de emergencia, una nueva alarma llegó desde uno de los costados de cubierta. El vigía de babor apareció en el puente corriendo y gritando.

—*Capitaine*, mire allí, en el puerto, ¡hay humo!

La comitiva del desfile se había detenido temporalmente en la parte baja de Bay Road. Rick llevaba una radio de dos bandas, además del teléfono móvil, para estar en contacto con los demás concejales y con el director del desfile. Cuando intentó comunicarse con Chance Greene, que iba en el vehículo en cabeza, solo consiguió oír el ruido de las interferencias.

Apagó el motor de su vehículo para que se enfriara y asomó la cabeza por la ventanilla. Todavía hacía un calor insoportable. La gente empezaba a aburrirse y algunos se dirigían ya hacia la parte baja del puerto. Recordó la imagen que le había llegado al móvil y volvió a conectarlo. Hizo sombra con la mano para ver bien la pantalla y soltó un exabrupto en voz baja. Ahora veía la imagen perfectamente clara. Era una foto de lo que parecía una fiesta. Había un sofá enorme, y en él estaba sentada Natalie. Al lado de un surfista.

—¡Mierda!

Lleno de rabia, lanzó el teléfono hacia el asiento del acompañante. El aparato rebotó en la puerta del vehículo y luego cayó al suelo, a sus pies.

—¿Qué te pasa?

Alzó la vista y vio a Reb al otro lado de la ventanilla.

—He bajado para ver qué es lo que nos está deteniendo —dijo ella—. ¿Qué te pasa? —repitió—. Te he visto arrojar el teléfono.

—Sí, maldita sea —gruñó Rick entre dientes.

Pero no estaba dispuesto a informarla del mensaje que acababa de recibir. Aún no.

—¿Va todo bien?

—No lo sé, la pantalla está en blanco. Debo de haberla roto, maldita sea.

—Está contratado por la empresa, ¿no es así? En ese caso tenemos un seguro. Puedes pedir uno nuevo, e incluso puedes cambiarlo por un modelo más moderno.

—Un nuevo modelo sería perfecto —dijo él, enfurecido.

Su hermana frunció el entrecejo.

—¿Te pasa algo?

—Por Dios, ya no sé de qué va todo esto.

Ella lo miró con preocupación.

—¿Natalie?

Él hizo una mueca.

—Un anónimo me ha mandado un mensaje para animarme el día.

En pocas palabras le contó lo de la foto.

Reb dejó escapar el aire a través de los dientes.

—A veces esta es una ciudad demasiado pequeña.

—Sí, bueno, de momento hay en ella un par de tipos de los que no voy a olvidarme fácilmente.

En ese momento oyó una llamada por la radio. Del aparato salió la airada voz de Chance Greene. Rick pulsó el botón de transmisión.

—Estoy aquí, en la comitiva. ¿Qué sucede?

Hubo otro ruido de interferencias. La muchedumbre se acercaba hacia donde debía estar la banda; la gente estiraba el cuello para ver qué estaba pasando. Rick se dio cuenta de que la música se había interrumpido. Apagó el motor del camión y abrió la puerta de la cabina.

—Iré a ver cuál es el problema —le dijo a Reb—. Toma el volante por mí, ¿de acuerdo?

Echó a correr entre la gente. Otros conductores habían hecho lo mismo. Cuando llegaron a la cabecera del desfile se toparon con un grupo de gente amontonada.

—Soy concejal, déjenme pasar, por favor —dijo.

Alguien le puso una mano sobre el hombro. Cuando se volvió, se encontró con Sheena Dubois y su cámara al hombro.

—Voy detrás de ti —dijo ella.

—¿Qué se está cociendo aquí? ¿Lo sabes?

—Una sentada.

—¿Una qué?

—Los surfistas han bloqueado la calle un poco más adelante. Ahora los verás.

Por fin apareció la banda por Bay Road, seguida por el primer coche de bomberos. El gentío rompió a gritar de alegría y el alboroto aumentó cuando la primera carroza dobló la esquina. Los bomberos hicieron sonar las campanas de su camión en señal de reconocimiento y saludaron a sus admiradores.

Lloyd Gardiner gritaba con todas sus fuerzas cuando de repente los dos surfistas que estaban detrás de ellos los apartaron a él y a su padre con brusquedad y echaron a correr hasta el centro de la calle. Otros les siguieron; chicos y chicas, agarrados de las manos, formaron una fila justo delante del camión de los bomberos. Por un momento la gente, creyendo que aquello formaba parte del espectáculo, aplaudió. Pero entonces empezaron a aparecer más surfistas de entre la muchedumbre. Fueron tomando posiciones al lado de los otros, sentándose en el suelo, delante del camión que abría la comitiva. Los aplausos se apagaron y dieron paso a una explosión de risotadas.

—¿Qué está pasando? —preguntó Lloyd a su padre.

—No estoy seguro, hijo —dijo Ted Gardiner—. Pero me parece que se trata de algún tipo de protesta. Me imagino que en unos minutos averiguaremos qué pasa. Esperemos a ver.

Su mujer le tiró del brazo.

—¿Tienes idea de qué va todo esto?

—Vete a saber, cariño. Por lo que puedo ver desde aquí, no llevan pancartas ni carteles de ningún tipo. Solo se trata de democracia en acción, chicos —dijo a sus hijos.

Quienes iban a la cabeza del desfile habían bajado de sus vehículos y se habían unido al caos. Había demasiada gente reunida delante del coche de bomberos, y era difícil distinguir a los que protestaban de los espectadores. Cerca de una veintena de jóvenes estaban sentados en el suelo voceando consignas. Entre el griterío de la gente era imposible entender cuál era su mensaje. Un chico alzó una pancarta en dirección al público en la que ponía LIBERTAD A LOS DOS DE GOODWILL, escrito con rotuladores de varios colores; algunos muchachos llevaban consigo su tabla de surf y trataban de repeler con ella a los agentes de Don. Entretanto, una chica de apenas quince años se había metido entre las ruedas del primer camión de bomberos y dos de los hombres de Freddy trataban de sacarla de allí. Parecía como si se hubiera encadenado al eje del motor. Un bombero la agarró por las piernas. Ella lo pateó con fuerza; los pantalones cortos se le bajaron y dejaron al descubierto su pálido trasero. La chica gritaba, la gente se reía y los bomberos se retiraron avergonzados.

Rick sintió que la ira que había ido acumulándose en su interior empezaba a hervirle en la sangre. Se acercó al primer grupo de surfistas.

—Vale, chicos, ya os habéis divertido bastante —dijo en tono amenazador—. Hoy hace mucho calor y nosotros tenemos un programa muy ajustado por delante. Si sabéis qué es lo que os conviene, os aconsejo que mováis el culo y os larguéis de aquí antes de que se calienten más los ánimos.

—Que te jodan, marinero —gritó un tipo ya mayor, con un bronceado color caoba y una canosa cola de caballo cayendo sobre su espalda—. Si sacas a nuestros amigos de la cárcel, nosotros dejaremos pasar a tu bonito coche cisterna rojo, *capisce?*

Más surfistas avanzaban entre la multitud para unirse a la protesta. Entretanto, el público parecía divertirse con el espectáculo mientras esperaba a ver qué pasaba a continuación.

Chance Greene vio a Rick y corrió hacia él.

—Bueno, no te quedes ahí parado, ¡haz algo! —dijo con el rostro rojo de ira.

Rick se quedó donde estaba.

—Esto es cosa de Don y de sus agentes —respondió.

Por las comisuras de los labios del constructor asomaban unas salpicaduras blancas de saliva.

—Pero ¿estás ciego o qué? ¿Acaso no ves lo que hay detrás de todo esto? ¡Echa una ojeada a tu alrededor!

En ese momento alguien que gritaba por un megáfono empezó a corear:

—¿Qué queremos?

Y los surfistas que estaban en el suelo contestaron:

—¡Queremos al Rey!

—¿Qué queremos?

—¡Al Rey! ¡Al Rey! ¡Libertad para el Rey!

Parecía un coro ensayado, y la animadora que llevaba el megáfono era Natalie. Estaba sentada en el techo del coche de bomberos, con las piernas abiertas, la cabeza echada hacia atrás, despeinada, y arengando a los embelesados turistas con su megáfono.

—Lamentamos haberos estropeado el desfile, amigos, pero necesitamos vuestra ayuda. ¿Por qué? Porque han metido en la cárcel a dos amigos nuestros.

Se oyó un murmullo entre los que la escuchaban. Aquello empezaba a animarse.

—¿Por qué? —gritó alguien entre la gente.

—¿Preguntas por qué? —gritó Natalie en respuesta con un brillo de emoción en los ojos—. Eso mismo me pregunto yo. No los han acusado de nada, no los han llevado ante el juez. Un ayuntamiento corrupto y un...

No pudo decir nada más. Con un arrebato de furia, Chance Greene se había subido al camión de bomberos y tiraba de ella para que bajara de allí al tiempo que trataba de quitarle el megáfono de las manos. Tres surfistas que estaban sentados cerca de ellos se levantaron y lo hicieron bajar del camión. Larry Hageman se acercó para intentar separarlos antes de que empezara una pelea. Natalie recibió un golpe y resbaló desde el techo del camión hasta el suelo.

Rick sintió que el pecho estaba a punto de estallarle de rabia y desesperación. Gritando a todo pulmón, se metió en la pelea, agarró a Natalie de un brazo y la puso en pie.

—¿A qué demonios estás jugando? —dijo tratando de aplacar su ira.

—¡Déjame en paz! —contestó ella, y se soltó de sus manos de un tirón.

—Cariño, esto se está poniendo feo —le susurró Jessica Gardiner a su marido—. Creo que deberíamos llevarnos a los niños de aquí.

—No es más que un forcejeo —dijo él riendo—. Seguro que los polis podrán controlar la situación. Nadie va a resultar herido.

Por los extremos del gentío parecía haberse calmado la confrontación. La policía se contentaba con mantener separados a los que protestaban de los que participaban en el desfile. Lloyd Gardiner empezaba a aburrirse. Miró a su alrededor y tiró de los flecos de la chaqueta del deshollinador.

—Huele a humo —le dijo gritando con la cara vuelta hacia arriba.

—*Comment?*

—Digo que huele a humo —repitió el niño en voz más alta—. Ya sabes, como de un fuego o un cigarrillo —añadió de manera explicativa.

—*Tu demandes une cigarette?* —preguntó el acróbata con una voz aguda a la vez que movía sus pintadas manos en un gesto de horror—. *C'est affreux! Mais non, mais non!* ¡Eres demasiado joven para fumar, amiguito!

—No, tonto —dijo Lloyd con enfado—. ¿Es que no hablas inglés? ¡Que huelo a humo!

—Oye, oye —le interrumpió su padre apretándole la rodilla—. No le hables así. Pídele disculpas.

Se oía un chisporroteo por allí cerca. Lloyd se volvió para ver de dónde provenía aquel sonido. Desde los hombros de su padre tenía una buena vista de los alrededores. Por el cristal roto de la ventana de un edificio grande de ladrillo que estaba justo detrás de ellos salían unas cuantas volutas de humo.

—Allí está el humo. ¡Lo estoy viendo! —gritó alarmado.

—¿De qué habla, papá? —preguntó su hermana tirando a su padre de la mano.

—No estoy seguro, cariño. Yo no veo el humo del que está hablando.

—Pues yo lo huelo, ¿tú no? —dijo la otra niña a su madre—. Puede que alguien esté friendo salchichas.

Y en aquel momento se oyó un alboroto entre la gente.

—¡Es en la antigua fábrica de hielo! —gritó alguien—. ¡Está ardiendo!

Otras voces se unieron a la primera en un grito de alarma. La gente empezó a moverse, unos alejándose hacia atrás y otros avanzando para ver qué pasaba. Los surfistas se desencadenaron rápidamente y se apartaron del camino.

Zarandeado por todas partes, Lloyd se aferró a los hombros de su padre. El humo que salía por la ventana rota era cada vez más denso y formaba gruesas nubes negras. Pronto el humo salió también por los agujeros del tejado y en poco tiempo se formó una densa nube negra por encima del edificio.

Entonces empezaron a sonar las sirenas de alarma.

27

A bordo del yate, Elise se salvó de tener que contestar más preguntas sobre su hija gracias a un grito proveniente de la cubierta superior. Luego se oyeron otros gritos de respuesta de los hombres que estaban en la popa, seguidos por un ruido de pasos apresurados.

—¿Qué está pasando? —preguntó uno de los invitados—. Me parece haber oído que alguien gritaba «fuego».

Mindy echó un vistazo por la ventana.

—Veo humo —dijo en un tono alarmado—. El viento lo trae hacia aquí.

—¿Qué demonios está pasando ahí fuera? ¿Puedes decírmelo? —gritó Elliott Maxwell, desde la cubierta de popa, a uno de los tripulantes que estaba en el puente de la cubierta superior filmando el desfile con una cámara de vídeo.

—Está ardiendo un edificio, señor Maxwell. ¿Ve el humo que hay a la izquierda del puerto?

Los invitados se agolparon contra el pasamanos para ver mejor. Se oyeron más gritos provenientes de la cubierta superior, y luego unos ruidos de pasos apresurados mientras el motor del yate se ponía en marcha.

—Están subiendo la pasarela. ¿Es que nos vamos? —preguntó una mujer a Elise.

Los motores empezaron a traquetear con fuerza. Elise notó que la cubierta vibraba bajo sus pies. Las copas empezaron a tintinear y Mindy dejó escapar una risa nerviosa.

—¡Ay! —dijo dejándose caer sobre uno de los asientos—. Casi se me olvida mantener el equilibrio.

En el puente alguien estaba dando órdenes urgentes. Elise reconoció la voz del capitán, pero era imposible entender lo que decía en medio del zumbido de los motores. Los invitados dejaron sus copas y se empujaban unos a otros para salir del salón. A través de un ojo de buey que tenía delante, Elise vio cómo se movía el frente del puerto mientras la proa del barco se alejaba del muelle.

En el puente del *Marie-Sainte* una voz de ordenador entonó un «¡Alerta, aproximación por babor! ¡Cuatrocientos metros!».

Las aguas profundas del canal no estaban en la línea central del Estrecho, sino hacia la costa norte, lo que obligaba a los buques que entraban a pasar bastante cerca de la isla de Two Bush. El *Marie-Sainte* estaba acercándose al saliente rocoso.

Los oficiales del puente recibían numerosos avisos y alertas sonoras. El barco estaba perdiendo arrancada y era empujado por la corriente hacia las rocas. La maniobra apropiada era dar potencia a los motores y corregir el rumbo hacia las aguas bajas. La mente de Leclerc funcionaba deprisa tratando de entender lo que estaba sucediendo.

Como si la situación no fuera todavía suficientemente preocupante, en el puerto se había declarado un incendio. El *Marie-Sainte* era una bomba flotante cargada de un gas propano líquido altamente inflamable. Llevaba un sistema contra incendios de lo más avanzado. Con solo pulsar un botón desde el puente de mando Leclerc podía hacer que todo el buque, de proa a popa, se cubriera de espuma a presión y agua. El reglamento interno prohibía de manera estricta el uso de cualquier llama en el buque o en sus cercanías, y lo mismo se aplicaba en el lugar aislado en que tenía que amarrar durante el proceso de descarga del combustible. Cualquier fuego en las proximidades del buque haría que se dispararan de inmediato todas las alarmas, y entonces debería ponerse en marcha el sistema contra incendios tanto en el buque como en tierra.

Leclerc echó un vistazo en la dirección que señalaba el oficial vigía. El origen del humo parecía estar en la parte sur del puerto, y la brisa de tierra llevaba el humo hacia el barco. Aquel humo podía portar consigo algunas chispas, y era urgente evitar cualquier posible contacto de estas con el buque. La reacción de Leclerc fue instintiva. Su mano se posó sobre el botón de alarma contra incendios, que estaba a su derecha, y lo pulsó una vez. La respuesta fue instantánea: por todo el barco empezaron a sonar las sirenas de alarma. Los grupos de bomberos vestidos de amarillo se colocaron en sus puestos, preparados para entrar en acción, a lo largo de la cubierta principal. Al mismo tiempo, el sistema de alarma puso en funcionamiento los circuitos del sistema automático contra incendios, que envolvía los enormes tanques de combustible con una fina lluvia de agua a presión que enfriaría el metal y evitaría el peligro que podría desencadenar cualquier chispa que cayera sobre ellos.

Al Smither todavía no había dicho nada, pero en ese momento estaba abriendo la boca. Leclerc supo cuál sería su orden y se preparó mentalmente para cumplirla. Leclerc intentaba imaginar cómo reaccionaría el estadounidense ante una situación como aquella. A veces le parecía que el piloto había pasado su infancia en un orfanato de monjes trapenses, donde cualquier palabra, incluso susurrada, sería motivo de un severo castigo. No cabía duda de que Smither era tan avaro con las palabras como otros hombres lo son con el dinero.

Pero antes de que el estadounidense pronunciara su decisión final —antes de que Leclerc pudiera ver satisfecha su curiosidad—, hubo una última interrupción. El segundo oficial llamó de nuevo su atención.

—¡Señor, hay un barco maniobrando en dirección al canal!

En Bay Road comenzaron a sonar las campanas. La gente gritaba; los manifestantes se apartaron de los camiones de los bomberos y los dejaron pasar. Los camiones se alejaron de la cabecera del desfile y se dirigieron a toda prisa hacia el edificio en llamas. Lloyd se entusiasmó al ver a los bomberos con sus cascos y sus trajes de color amarillo y negro tirando de las mangueras y conectándolas a las bocas de riego de la calle.

—¡Están echando las puertas abajo! ¡Han entrado en el edificio con las mangueras!

Desde los hombros de su padre, Lloyd comentaba emocionado cuanto veía.

—¡Yo también quiero ver, yo también quiero ver! —Betsy Gardiner saltaba intentando ver por encima de las cabezas de la gente.

—Cariño, yo no puedo subirte a los hombros, pesas demasiado. ¿Ted, no te parece que deberíamos alejarnos un poco? —le dijo Jessica Gardiner a su marido, tratando de mantener un forzado tono de calma para no asustar a los niños.

—Caramba, no veo que aquí corramos ningún peligro. Y los niños quieren ver qué pasa… —dijo su marido para intentar tranquilizarla.

Con aquel espectáculo se lo estaba pasando tan bien como sus dos hijos.

—¿Qué me dices de los Van Buren? ¿Dónde han ido?

Estirando el cuello, él miró entre el gentío.

—Brook está justo al otro lado de la calle. Paula y Julie están con él. ¡Hola, Jules! —dijo saludándola con la mano—. ¡Ven aquí, con nosotros!

Julie le devolvió el saludo.

—¡Creo que estamos más seguros aquí, al lado del mar! —gritó señalando el mar y riendo.

Como un solo hombre, Leclerc y Smither se giraron en dirección al nuevo problema. El yate que se acercaba por babor, y que hasta un minuto antes había estado amarrado al muelle del club, estaba alejándose del puerto. Parecía haber soltado amarras, y podía verse un chorro de espuma en la popa mientras las hélices se ponían en marcha.

Leclerc no podía saber si la corriente había alejado el yate de su amarradero o simplemente estaba tratando de alejarse del incendio, pero no tenía tiempo de averiguarlo. La proa del yate se hallaba a menos de media milla de su rumbo y el reglamento requería que ambos barcos tomaran las medidas necesarias para evitar una colisión. Y eso sucedía en el momento en que las posibilidades de maniobrabilidad del buque cisterna se estaban viendo fuertemente comprometidas por otras causas.

El piloto dio por fin la primera de sus órdenes. Poniéndose el chicle en uno de los carrillos, abrió la boca y dijo en tono claro y tranquilo:

—Paren los motores.

Inmediatamente, el oficial de mando, otro francés canadiense, colocó la palanca de mando en la posición central; había obedecido la orden. El efecto de aquella maniobra no fue inmediato. Un barco no tiene frenos que le permitan detenerse de golpe. Las turbinas del motor habían dejado de moverse, pero las hélices seguían girando mientras el *Marie-Sainte* continuaba avanzando lentamente sobre el agua.

Sin embargo, aquella había sido una acción decisiva, porque demostraba de qué manera pretendía Smither enfrentarse a los múltiples problemas que habían aparecido de golpe. Al realizar aquella maniobra, el piloto había aumentado las opciones que tenía ante él. El lento avance del barco le otorgaba más tiempo de reacción. También había dejado abierta la posibilidad de dar marcha atrás, en caso de que fuera necesario. En ese momento solo estaba tratando de enfrentarse al problema más urgente que se les avecinaba: el riesgo de varar en aguas poco profundas. Al maniobrar como lo había hecho, corría el riesgo de perder el control de la nave, pues había dejado el barco a la deriva. Pero, como era de esperar, Smither ya había previsto cómo solucionar aquel problema.

Volvió a abrir la boca, otra vez con el chicle en un lado de los carrillos.

—Hélice uno de proa a media máquina.

Leclerc se permitió dirigirle una silenciosa inclinación de cabeza en señal de aprobación. Aquella era precisamente la maniobra que él habría realizado. Pero no lo dijo en voz alta para no distraer a los demás oficiales del puente. En una situación de emergencia era importante que la cadena de mando fuera clara. El buque cisterna llevaba dos hélices en la proa —una a cada lado de la línea de crujía—, que servían para las maniobras de virar a un lado o a otro cuando tenían que hacerlo en aguas confinadas. Un par de hélices similares situadas en la popa ayudaban a realizar este tipo de maniobras. De esta manera, en caso de que fuera necesario podría incluso conseguirse que el barco girara en redondo, sobre su eje, al acercarse a un fondeadero.

Como para confirmar lo que Leclerc estaba pensando, Smither habló de nuevo:

—Hélice número tres de popa a media máquina.

Una vez más Leclerc dio su aprobación a aquella orden. Evitando la deriva del buque, al frenar su arrancada, el estadounidense estaba tomando las medidas necesarias para volver a hacerse con el control de la nave. Las hélices de proa y popa contrarrestarían la fuerza de la corriente que estaba haciéndolos derivar hacia la isla rocosa de Two Bush.

En la pantalla de navegación continuaban apareciendo mensajes de alerta. El sónar de profundidad seguía en la misma lectura de antes. Por lo menos aquella era una buena señal. Smither trató de reforzar su posición.

—Máquina principal, media potencia a popa.

Con esa orden, que haría que la trayectoria del buque derivara lentamente hacia babor, el piloto pretendía detener completamente el buque con sumo cuidado. El hecho de que las hélices de proa y popa estuvieran controlando la posición de la nave le permitía dar marcha atrás y alejarse del peligro de dirigirse de nuevo hacia la isla de Two Bush. Era como tratar de domesticar un caballo testarudo apretándole los flancos con las rodillas y tirando del bocado con suavidad para tranquilizarlo poco a poco, en lugar de fustigarlo con el látigo.

Leclerc echó un vistazo a la pantalla. El icono que representaba la posición del buque se había estabilizado, lo que indicaba que la proa ya no derivaba, aunque la velocidad seguía siendo de medio nudo. Aquella corriente debía de ser realmente muy fuerte para poder frenar las veinte mil toneladas de empuje de aquel buque como si se tratara de un barco de juguete. Luego miró por la ventanilla hacia la isla que quedaba a su derecha. Las rocas parecían estar realmente muy cerca. Pero solo navegaban con los motores a media potencia.

Leclerc cogió los binoculares y los enfocó hacia la columna de humo que se elevaba por encima del puerto. Los chorros de agua que enfriaban los tanques de combustible le impedían una visión perfecta, pero aun así pudo ver a la gente que se amontonaba en el puerto y las luces centelleantes de los camiones de bomberos. ¿Qué demonios estaba pasando? A su lado, el segundo oficial hablaba por radio con los guardacostas, les preguntaba si era seguro proceder a la maniobra de fondeo.

Leclerc volvió a mirar la pantalla del ordenador. El buque casi se había detenido. Smither había conseguido controlar por fin el barco utilizando los motores laterales de proa y popa para contrarrestar el empuje de la corriente saliente. La profundidad había ascendido un poco, lo suficiente para que la señal de aviso desapareciera de la pantalla. Por primera vez desde que empezara la situación de emergencia, Leclerc sintió que podía respirar un poco más tranquilo.

Smither estudiaba la pantalla y meneaba la cabeza de un lado a otro como un sabueso sorprendido. Leclerc se dio cuenta de que su mirada iba de la pantalla a la isla que tenían al lado, y en ese momento el piloto se volvió hacia él.

—¿Cuál era su calado en St. John? —le preguntó.

Leclerc alzó un hombro, en un típico gesto francés.

—Siete metros y cuarto, lo normal —dijo en tono brusco.

Smither estaba insinuando que el buque cisterna podía tener sobrecarga, lo cual habría hecho que se hundiera más en el agua, excediendo así el calado reglamentario.

—La carga fue la misma de siempre —añadió el capitán; el estadounidense lo miró de reojo—. No hubo cambios. Debe de ser cosa de la corriente.

Smither le sostuvo la mirada un momento y luego asintió con la cabeza.

—La corriente —corroboró.

El oficial de puente tosió.

—*Oui?* —dijo Leclerc volviéndose hacia él.

El hombre inclinó la cabeza hacia la pantalla de navegación. Leclerc se fijó en ella y entornó los ojos.

La lectura estaba cambiando. El contador de velocidad aumentaba de 0,5 a 0,6 y 0,7 nudos. No había duda: el barco estaba ganando velocidad. Y otra cosa más empezó a cambiar. La sonda de profundidad también indicaba una nueva medición. Señalaba que había dos metros y medio más de agua bajo la quilla de lo que marcaba solo cinco minutos antes.

El capitán y el piloto se miraron estupefactos.

—La corriente debe de haber cambiado de dirección —dijo Leclerc.

Era la única explicación posible a lo que estaba sucediendo.

Entonces, como para recordarles que el peligro no había pasado, otra voz les interrumpió con el típico acento nasal de los ordenadores.

«¡Colisión por babor! ¡Acercamiento a ochocientos metros!»

Según el manual, una situación de emergencia de ese tipo se definía como «un mensaje de actuación inmediata», lo que significaba que la alerta seguiría sonando hasta que se tomaran las medidas necesarias para salir de la situación de peligro.

Leclerc, llevado por el instinto que le habían dado sus largos años de experiencia, actuó de inmediato. Su mano se movió hacia la izquierda y pulsó el botón de la sirena del barco con fuerza. Tres silbidos de aire comprimido salieron a través del metal de las bocinas y llenaron el Estrecho con un sonido grave. Esa fue su respuesta como capitán de la nave, y al momento empezaron a tomarse las medidas pertinentes para la seguridad del barco.

El yate también hizo sonar su bocina, y sus pitidos resonaron en los acantilados. Varias figuras se movían por la cubierta preparándose para evitar la colisión. A Leclerc le pareció que los del yate también tenían dificultades para gobernar su nave, como si la misma corriente estuviera afectándoles también a ellos. Su velocidad era muy lenta y parecía que no podían mantener el rumbo. Supuso que el otro barco tal vez no estaba equipado con hélices laterales de proa que le ayudaran a controlar la situación. La fuerza de la corriente empujaba de manera inexorable a los dos barcos uno contra el otro.

«¡Cambiando al sistema anticolisión!»

En el puente de mando del *Marie-Sainte* acababan de dispararse todos los sistema de alarma. Todas las campanas del buque se habían puesto a sonar. Leclerc pensó en qué sentiría la tripulación de máquinas cuando oyeran el golpe metálico de las puertas herméticas de seguridad al cerrarse y dejarlos atrapados en el fondo de la nave mientras las alarmas de incendio seguían sonando.

«¡Alarma de colisión por babor, seiscientos metros!»

Leclerc sintió un retortijón de pánico en el estómago. A menos que uno de los dos barcos tuviera éxito en sus maniobras para tratar de cambiar el rumbo de manera drástica, la colisión sería inevitable, y las consecuencias, catastróficas.

El capitán del *Elise 2* era Nick Costakis, un ex teniente del servicio de guardacostas de Estados Unidos, con doce años de experiencia navegando en lanchas y pequeños barcos. Nick estaba muy familiarizado con aquella costa. Antes de que el incendio se hiciera visible, él ya se había dado cuenta de una extraña turbulencia en el agua del Estrecho y la había interpretado como resultado del acercamiento del buque cisterna a demasiada velocidad. Durante el tiempo que llevaba en el servicio, Nick se había formado una mala opinión de la mayoría de los capitanes de los buques mercantes.

Cuando el fuego en la cercana antigua fábrica de hielo llamó su atención, su instinto marinero le dijo que tenía que soltar amarras y salir de allí a toda máquina. Empezó a dar las órdenes pertinentes y la tripulación se puso en marcha a toda prisa. Nick era un capitán muy exigente, deseaba que sus órdenes se cumplieran sin dilación. En su barco no toleraba ni la lentitud ni la falta de disciplina.

Un barco como el de los Maxwell, un yate transatlántico, estaba equipado con el más moderno instrumental; sus motores principales se ponían en marcha electrónicamente. Al contrario de lo que suponía el capitán Leclerc, el *Elise 2* contaba con hélices de costado a proa y a popa. Nick estaba utilizándolas para sacar rápidamente al barco de su amarre. Menos de cinco minutos después ya estaba abriéndose camino hacia el canal principal.

Nick enfocó al buque cisterna con sus prismáticos. Se aproximaba directamente hacia ellos y parecía estar acelerando la velocidad. Según su radar, el buque navegaba a cuatro nudos, una velocidad mucho mayor de la que habría sido apropiada para cruzar aquel canal de manera segura. Ordenó que se ajustara el rumbo cinco grados para que el yate se colocara a un rumbo paralelo al del buque cisterna.

Elliott Maxwell subió por la escalerilla resoplando, desde la cubierta inferior.

—¿Qué demonios está pasando? —preguntó señalando hacia el puerto, que ahora se hallaba cubierto de humo.

—Se ha declarado un incendio —dijo Nick hablando por encima

del hombro y manteniendo los ojos fijos en el buque cisterna—. Solo nos estamos alejando un poco, señor Maxwell.

—Por supuesto. —Elliott tenía en gran estima a su capitán, y estaba de acuerdo con él en todos los temas marítimos. Vio unos vehículos que se movían entre el humo—. Parece que los chicos de Fred Tarr ya han llegado.

Nick emitió un sonido de indiferencia. El fuego ya no le preocupaba: ahora tenía que enfrentarse a otro problema. Estaba esperando a que la proa del *Elise 2* acabara de virar en redondo.

—He dicho timón cero, cinco, cero —repitió con voz cortante dirigiéndose al timonel.

El marino se aclaró la garganta antes de contestar.

—El timón no responde, señor.

Era un tipo de Terranova, un hombre serio y fiable. Y manejaba el timón con firmeza.

Elliott Maxwell se acercó a él.

—¿Cuál es el problema?

—La estela del buque cisterna debe de ser lo que nos está echando hacia atrás —contestó Nick con seriedad—. Aumente las revoluciones a dos mil —ordenó.

—Revoluciones a dos mil, señor —contestó el primer oficial.

Al lado de Nick había tres oficiales. Aquel yate contaba casi con tanta tripulación como un barco mercante. En el indicador del motor la aguja se movió hasta la nueva posición.

—Timón, cero, seis, cero.

—Está fallando, señor; puedo notarlo.

El timonel estaba sudando. El yate se movía de costado y la proa seguía apuntando obstinadamente hacia el buque cisterna, que se aproximaba.

—¿Existe algún problema con el timón? —preguntó Elliott, sorprendido.

Nick Costakis giró la cabeza para mirarlo por un instante.

—El timón está en perfecto estado, lo mismo que los motores. Al barco no le pasa nada; el problema es la estela del buque cisterna, que nos está haciendo virar de proa.

»Ponga en marcha la hélice de babor de proa —ordenó Nick a uno de los oficiales—. A media máquina.

Siguió un momento de espera.

—Parece que se mantiene, pero todavía no puedo virar —comentó el timonel.

Al menos aquello ya era algo, pensó Maxwell. El barco ya no derivaba de costado. En ese momento el buque cisterna hacía sonar su bocina y sus silbidos les llegaron como un desafío. «Qué caradura —pensó Maxwell—, y todo es culpa suya.»

Nick le leyó el pensamiento.

—Posiblemente tiene el mismo problema que nosotros —comentó—. El piloto se ha aproximado al canal demasiado rápido y el empuje lo está arrastrando hacia nosotros. —Luego se dirigió a su oficial—: Ponga la hélice de proa a tres cuartos de potencia.

—Tres cuartos en proa, señor.

Elliott miraba preocupado la proa del barco. Le pareció que empezaba a moverse de lado. Y esperó con todas sus fuerzas que así fuera. Tuvo ganas de pedirle a Nick que utilizara la hélice de popa del costado opuesto para aplicar mayor potencia, pero se contuvo. Nick era el capitán y sabía lo que estaba haciendo. Además, existía el peligro de que la corriente cambiara de repente y perdieran por completo el control de la nave.

Un sonido procedente del ordenador de control le hizo dar un respingo. El GPS indicaba un movimiento hacia atrás. El barco estaba siendo empujado hacia atrás. Elliott se alarmó. A esa velocidad acabarían estrellándose contra las rocas.

Nick ordenó que se aumentara la potencia de los motores. Podían ver las turbulencias en el agua cercana a la costa y las olas que rompían contra el muelle.

—Tenemos mucha más potencia de reserva —señaló.

—Sí, claro —corroboró Elliott en un tono de fingida despreocupación.

El buque cisterna se acercaba a ellos rápidamente y seguía haciendo sonar la bocina con insistencia. Su enorme perfil se recortaba contra el azul del cielo.

—Debe de estar teniendo los mismos problemas que nosotros. Al haber entrado en el Estrecho a tanta velocidad, ahora tiene que intentar dar marcha atrás a toda máquina, de lo contrario podría acabar varando —dijo Nick en un tono tan frío como si estuviera hablando del tiempo—. Señor Mate, ponga a toda máquina la hélice de babor.

—A toda máquina en babor —contestó el primer oficial.

Pasó un minuto y luego otro. El buque cisterna estaba ya muy cerca. El puente de proa y los tanques de combustible se veían medio oscurecidos por una neblina de vapor de agua.

—Ha accionado el sistema contra incendios —dijo el primer oficial.

Elliott miró hacia la proa fijamente. Le parecía que al menos ellos estaban empezando a virar hacia un lado. Sí, así era. Sintió un alivio en el pecho. Al menos el yate respondía a la maniobra. Empezaba a virar en redondo, poco a poco, pero de manera estable.

—Estabilícelo —ordenó Nick al timonel—. Manténgalo ahí.

—¡Dios mío! —exclamó el primer oficial—, ¿qué demonios están haciendo? —Miraba al buque cisterna con horror.

A pesar de que el *Elise 2* había apartado la proa del rumbo de colisión, el *Marie-Sainte* estaba virando otra vez a un nuevo rumbo de colisión, como si una mano invisible manejara el timón del otro buque.

Nick se volvió hacia Elliott.

—Señor Maxwell —dijo en tono serio—, voy a ordenar que se active la alarma de colisión. Todos los pasajeros deben subir inmediatamente a la cubierta y colocarse el chaleco salvavidas. Ahora mismo, por favor.

Jack Pearl, el capitán del puerto, estaba en la punta del espigón del muelle gritando por su radio portátil.

—¡Malditos idiotas! —gritaba a quien fuera que le estuviera escuchando. Ya había visto aquello antes: grandes barcos mercantes que se acercaban al puerto a demasiada velocidad—. La corriente de la marea los empuja y tienen que ir a toda máquina a popa. Están provocando una estela enorme; hundirán algún barco. ¡Por el amor de Dios, alguna gente no aprenderá nunca!

El *Marie-Sainte* se aproximaba al muelle muy rápidamente. Por la estela que se veía debajo del faldón de popa, Jack supo que el piloto había puesto los motores marcha atrás a toda máquina, utilizando incluso las hélices de los costados. La proa viró hacia babor y el buque comenzó a escorar. «Mierda —pensó Jack—, está derivando de lado como si fuera un iceberg, con lo pesado que es.»

Entonces llegó la ola.

—¡Jeeesúus! —gritó, y echó a correr hacia la escalera que llevaba al nivel superior del espigón mientras la cresta de una ola de la altura de un hombre estallaba sobre una hilera de pequeños botes y rompía las amarras como si fueran hilo dental.

Jean-Alice oyó las sirenas y pensó que el ruido formaba parte del espectáculo del desfile. El Lobsterman estaba vacío, todos los clientes habían salido a ver pasar el desfile. Estaba cerrando las puertas para acercarse a la parte alta del Neck y hacer lo mismo, cuando llegaron corriendo dos personas procedentes del embarcadero. Por un momento pensó que corrían para no perderse el paso de las carrozas, pero entonces vio el buque cisterna y la enorme ola elevándose en el embarcadero, y se quedó helada.

Un montón de espuma blanca estalló en la parte del embarcadero donde estaba amarrado el *Pequod*. Jean-Alice oyó el sonido del impacto de la ola en el mismo momento en que el agua empezaba a invadir la calzada.

«Dios mío —se dijo—, esto solo es el principio.» Al instante pensó en el desfile, y echó a correr por el Neck hasta el cruce con Bay Road.

Lloyd estaba buscando al actor de los zancos. Por un momento pensó que había vuelto a desaparecer. Entonces vio el sombrero de chistera moviéndose por encima de la cabeza de la gente, al otro lado de la calle. ¿Cómo había llegado hasta allí? El deshollinador lo vio y movió las dos manos enérgicamente. Lloyd respondió al saludo.

—Mira —le dijo a su padre—, al deshollinador también le gusta el fuego.

Ted Gardiner se dio cuenta de que la forma de saludar y los gestos del acróbata eran realmente extraños, por no decir desesperados. No le sorprendería que algunos niños se alarmaran al verlo.

—Mamá —dijo Betsy tirando de la mano de su madre—. Mamá —repitió con voz quejosa—, se me han mojado los zapatos.

Los manifestantes se habían retirado. Natalie corrió hacia el edificio en llamas rodeada por una nube de humo. Vio a Rick en la entrada y se detuvo de golpe.

—¡Rick! —gritó, desesperada—, tienes que creerme, esto no tiene nada que ver con la protesta. —Hablaba a trompicones y tenía la cara mortalmente pálida.

Él le devolvió una mirada helada y le hizo un gesto para que se apartara.

—Lárgate de aquí.

—Rick, por Dios, lo siento, sé lo mucho que este lugar significa para ti —dijo con voz angustiada—. Sé lo que piensas, pero te aseguro que los surfistas no tienen nada que ver con este incendio.

Él la miró fríamente, sin decir nada, como si fuera una desconocida.

—Rick, no me mires así —le rogó ella—. Tú me conoces muy bien.

—Eso creía —contestó él con una voz dura y cortante como el acero—. Pero me parece que estaba pensando en otra persona.

Se dio la vuelta y desapareció entre el humo.

—¡Rick! —Los gritos de Natalie lo siguieron desesperadamente—. ¡Rick, escúchame, por favor!

En el puente del *Marie-Sainte* el estado de alarma rozaba el pánico. Los dos motores de popa iban a toda máquina, pero el buque cisterna continuaba su avance implacable.

—¡Tiene que ser un fallo del timón! ¡Debemos hacer algo! —gritó Leclerc.

Smither miraba a su alrededor con los ojos muy abiertos. El buque estaba siendo empujado inexorablemente hacia la bocana del puerto. En unos minutos chocaría contra el muelle de amarre, y las consecuencias serían catastróficas. La única alternativa era un cambio radical del rumbo y cruzar la trayectoria que seguía el yate, que en ese momento se acercaba rápidamente a ellos.

Smither apartó al timonel de su puesto y agarró la rueda. Sus dedos pulsaron los botones de la consola de mandos; la hélice de babor de proa se puso a toda máquina, y la del lado opuesto de estribor de popa también. Ejerciendo la máxima potencia desde los dos extremos, popa y proa, y a esa velocidad, el buque tenía que virar en redondo.

En el puente la tensión era manifiesta.

—Durante el giro nos veremos expuestos a toda la fuerza de la corriente —dijo Smither.

Leclerc asintió con la cabeza. El barco estaba colocándose de través a la corriente; corría el peligro de que comenzara a escorar, perdiera el control, y acabara estrellándose contra el espigón del muelle.

Poco a poco la proa empezó a virar en redondo. Leclerc no apartaba la vista del yate que tenían delante. Parecían haberse dado cuenta de lo que estaba sucediendo. El agua formaba furiosos remolinos por debajo de la proa, mientras las hélices aceleraban hasta alcanzar la máxima potencia para mover la parte delantera del buque. Leclerc cogió el micrófono del sistema de megafonía.

—¡Atención toda la tripulación! ¡Preparados para posible colisión! ¡Preparados para posible colisión!

El personal del puente de mando parecía tranquilo, pero los signos de inquietud eran evidentes en los puños cerrados y las mandíbulas apretadas. Leclerc tomó el teléfono que comunicaba con la sala de máquinas.

—Sommer —contestó una voz femenina. Anna Sommer, de treinta y siete años, casada y con dos hijos adolescentes.

Todavía había muy pocas mujeres en la marina, pero Anna, jefa de máquinas y una de las mejores, era prácticamente única en su profesión. Leclerc podía imaginar cómo se sentiría la tripulación que había quedado atrapada en la sala de máquinas, tras las puertas herméticas, sin posibilidad de escapatoria.

—¡Aquí Sommer! —repitió Anna, impaciente.

—Le habla el capitán —dijo Leclerc muy deprisa—. Estamos teniendo dificultades para maniobrar en el Estrecho. Hay un pequeño incendio en la costa, pero ese no es el peligro en este momento. Dentro de poco le pediré que ponga los dos motores a toda máquina.

De aquella manera les daba a entender que no se habían olvidado de la tripulación que se encontraba en las entrañas del buque.

—*Entendu, mon capitaine*. Esperamos sus órdenes —contestó Anna. Hubo una pequeña pausa y luego añadió—: Puede contar con nosotros.

—*Bien*.

Leclerc colgó el auricular. No tenía ninguna duda de que podía contar con Anna, pero no estaba tan seguro del resto de la tripulación de ahí abajo. Era gente sin experiencia. Si uno de ellos fallaba y pretendía salvar él solo el pellejo, el pánico cundiría entre los demás como el fuego en un pajar. Anna permanecería en su puesto, pero ¿sería capaz de manejar los dos motores ella sola?

—Jess, ¿tienes contigo a Betsy? Cariño, ven aquí, entre tu madre y yo, y agárrate fuerte a nuestras manos. Mantengámonos juntos hasta que lleguemos al Prado. No hay por qué preocuparse, solo nos mojaremos un poco los pies.

Lloyd tenía el corazón en un puño, pero sabía que con su padre estaba a salvo. Era fuerte. No dejaría que le pasara nada malo. Entonces se acordó del deshollinador. ¿Dónde estaba? Se giró en redondo sobre los hombros de su padre para mirar atrás. ¿Cómo podía aguantar el equilibrio con toda aquella gente empujando y corriendo de un lado a otro? ¿Y si el agua llegaba demasiado alto? ¿Quién le ayudaría?

—¡Mamá, el deshollinador, tenemos que esperarle! —suplicó Lloyd.

—No le pasará nada. Con esas piernas tan largas que tiene, no nos necesita a nosotros —le contestó su madre entre jadeos. Se había echado a Betsy a la espalda, y forcejeaba entre la gente para salir de allí.

Betsy notaba la respiración entrecortada de su madre y sintió miedo. Su padre estaba justo delante de ellas, haciendo uso de su fuerza y su corpulencia para abrirles paso. La rapidez y la velocidad con la que habían cambiado los acontecimientos de la tarde desconcertaban a la pequeña. Lloyd lo llevaba mejor porque desde su posición elevada podía ver lo que estaba sucediendo.

Nadie supo quién fue el primero en gritar «¡Tsunami!», pero el efecto de aquella palabra fue dramático. Una multitud de hombres, mujeres, niños y ancianos corrieron en estampida alejándose del agua. Los únicos caminos seguros eran las calles adyacentes que llegaban al Prado por el oeste. Los tres mil espectadores que había en el puerto se lanzaron hacia allí abriéndose paso a empujones, forcejeando los que iban detrás con los que estaban delante, tambaleándose y tropezando, mientras que los que seguían en la primera línea de mar se agarraban a las espaldas de los otros tratando de escapar.

Jessica no podía quitarse de la cabeza las imágenes de la televisión sobre el desastre ocurrido en el océano Índico varios años atrás. Oía a su espalda el rugido de una ola gigante que avanzaba desde el Estrecho. El miedo a aquella masa de agua a punto de romper sobre el puerto los empujaba, a ella y a todas las demás familias, en una desaforada carrera hacia la parte más alta de la ciudad.

A Lloyd Gardiner aquella escena le dejó un terrible recuerdo. Volvió la cabeza y vio al deshollinador detrás de ellos, atrapado en medio de la multitud, balanceándose de un lado a otro y tratando de mantener el equilibrio sobre sus zancos. De repente, incapaz de sostenerse sobre sus inestables piernas de madera, Lloyd vio caer a la alargada figura hacia un lado; abrió los brazos en un intento desesperado de recuperar el equilibrio, y al instante lo vio desplomarse sobre la acera y acabar hecho un ovillo en el suelo.

—¡Mamá! —gritó Lloyd—. ¡Se ha caído!

La última imagen que vio de él fue la manga de su chaqueta negra y la mano pintada de blanco moviéndose desesperadamente en el aire.

—¡Agente, agente! ¿Qué está pasando ahí afuera? ¡Que alguien conteste! —gritó el Rey mientras golpeaba con los puños la puerta metálica de su celda.

—¡Callaos de una vez! —le gritó en respuesta Logan Clancy. Cruzó el pasillo, se acercó hasta la puerta de la celda del Rey, abrió la mirilla de metal de la puerta y espetó—: ¿Qué te pasa?

—¿Qué está ocurriendo ahí fuera? ¿A qué vienen todos esos gritos? —preguntó el Cojo también a gritos.

—Olas en el puerto. No es asunto vuestro.

—¡Olas! ¿Cómo de grandes? ¿Un tsunami?

—¡Sí, gigantes, como no las habéis visto nunca! —se burló Logan—. La ciudad se está inundando. ¿Qué, estáis asustados? ¡Pues deberíais! —dijo riéndose.

—¡Vete a la mierda, tío! ¡Déjanos salir de aquí!

—Ni lo sueñes. Os quedaréis aquí y os ahogaréis como ratas. A mí qué me importa. —Y luego Logan cerró la mirilla de un golpe.

Todos los ojos de la tripulación del buque cisterna estaban puestos en el yate. Apenas doscientos metros separaban las proas de los dos barcos. Todas las alarmas estaban sonando: las de proximidad, las de incendios y ahora también la de profundidad.

—¡Señor! —El primer oficial agarró a Leclerc por el brazo y le señaló el indicador de la sonda, que en ese momento marcaba que bajo la quilla volvía a haber apenas dos metros de profundidad.

Smither ya se había dado cuenta. El buque estaba siendo arrastrado de costado por la corriente y él estaba dando toda la potencia a los motores para tratar de apartarlo de las rocas del muelle.

—Un par de minutos más y conseguiré que acabe de virar —dijo el estadounidense con voz seca.

En el momento en que lograra colocar la proa del barco contra la corriente, el *Marie-Sainte* tendría de nuevo la situación a su favor. En lugar de presentar toda la longitud del buque a la corriente, el barco la cortaría con la proa, como era lo adecuado. Y en lugar de tener que confiar en los poco potentes motores de las hélices de proa, podría gobernar el barco con toda la potencia de sus dos motores principales. Aquello los sacaría del aprieto.

Sin embargo, hasta que llegara ese momento, lo único que podían hacer era esperar y rezar.

El helicóptero pasó en vuelo rasante por encima de la ciudad, casi rozando el campanario de la iglesia del Prado, para que los cámaras sacaran algunas tomas del incendio. Carly saltaba de un lado al otro de su asiento intentando descubrir qué estaba pasando en el puerto. Aquel yate se hallaba demasiado cerca del buque cisterna. Podía ver a la gente que corría por la cubierta superior. Debían de estar aterrorizados.

K. Zamos también estaba inquieto.

—¡Eh, chicos, vale ya de hacer el tonto! —gritó a los del equipo—. Se supone que tendríamos que estar buscando olas en el mar, no haciendo un reportaje sobre una casa en llamas.

El teléfono de Carly vibró en su bolsillo. Se apresuró a sacarlo y abrirlo, pero cuando lo hizo ya había dejado de sonar. No conocía el número desde el que la habían llamado. Estaba marcándolo cuando el teléfono volvió a sonar.

—¡Hola! —dijo ella haciéndose bocina con la mano en el micrófono.

—¿Cómo dice? ¿Quién…? —la voz se perdió de nuevo en medio del ruido de fondo. Pero era una voz inconfundible.

—¡Oh, Dios mío! —dijo ella gritando de alegría— ¡Es el Rey! Hola, soy Carly.

—Carly…, ¿qué Carly?

—Carly Testarosa, de Oahu, ¿no te acuerdas? —Los demás se apretujaron a ella—. Estoy en el helicóptero, con K y los chicos. Hemos ido a dar una vuelta por el Estrecho.

—¿Quién… qué?

La comunicación estaba plagada de interferencias.

—Dámelo. —Zamos le quitó el teléfono de las manos—. Rey, soy K. ¿Dónde demonios te has metido?

Con el ruido de las hélices del helicóptero era imposible entender nada. Zamos se colocó la mano que tenía libre sobre el otro oído para intentar tapar el ruido.

—¡Te estás escondiendo de nosotros! ¿Dónde estás? —gritó con todas sus fuerzas.

Pero en ese momento la comunicación se cortó.

La proa del *Marie-Sainte* estaba a menos de ciento cincuenta metros de la línea central del costado del yate, que a su vez trataba de apartarse del rumbo de colisión con el buque cisterna. Con el barco en estado de emergencia de colisión, toda la zona de pasajeros de la popa se encontraba sellada por las gruesas puertas estancas. Dentro del barco reinaba un angustioso silencio; desde detrás de las ventanas reforzadas, los pasajeros observaban atónitos y rezaban para que pudiera evitarse la tragedia. Todos los marineros y los oficiales llevaban puestos los chalecos salvavidas, y de sus cuellos pendían los tubos de respiración. Seguramente habían ensayado aquella situación cientos de veces, pero esta vez era de verdad.

Leclerc, desde el puente de mando, apenas podía ver el *Elise 2*, la enorme estructura de metal de su propio buque lo ocultaba. Solo podía imaginar el horror de la gente que había a bordo del otro barco al ver que aquel enorme leviatán se les echaba inexorablemente encima. Las máquinas seguían funcionando marcha atrás, pero la inercia del buque era tres nudos mayor de lo que debería, con un avance de cien metros por minuto. El buque cisterna, avanzando con la potencia de un hacha de veinte mil toneladas de acero, haría añicos el yate.

Leclerc estaba preparándose para la colisión, tratando de cuantificar los daños que podría causar en su propio barco. Los enormes tanques de gas líquido contaban con la protección suficiente para soportar cualquier colisión. Aun así, imaginó que una nube de gas podría llegar a escaparse, alcanzar tierra firme empujada por la brisa y envolver todo el puerto. En la concentración adecuada, y con un edificio ardiendo, había muchas posibilidades de que el resultado fuera una inmediata explosión, y el incendio se propagaría entonces por toda la ciudad.

La sonda de profundidad pasó de un pitido intermitente a un silbido continuo. Leclerc la miró con el rabillo del ojo. El contador señalaba un metro. La corriente seguía empujándolos hacia tierra. En otras condiciones se hubiera sentido muy asustado, pero eso habría hecho que perdiera la concentración ante el peligro inminente de colisión.

Conectó el sistema de megafonía y tomó aire para enviar un último mensaje de alarma. Justo en ese momento, un estremecimiento recorrió el casco del barco, y el capitán sintió un escalofrío de pánico en todo su cuerpo. Ya no podía ver el yate. ¿Habían chocado? Seguramente eso habría producido una vibración mucho más fuerte, a pesar de la diferencia de tamaños. El medidor de profundidad emitió un chirrido agudo. De repente sintió un cambio brusco en el movimiento del barco, una extraña ausencia de vibración, casi una rigidez absoluta. Smither y Leclerc se volvieron el uno hacia el otro. Habían comprendido lo que había pasado casi a la vez.

El piloto se puso rígido.

—Hemos varado —dijo con su habitual economía de palabras y encorvando los hombros.

Leclerc fue el primero en recuperarse de la sorpresa. Con el buque varado, el mando pasaba del piloto a sus propias manos. Se irguió.

—Paren las máquinas —ordenó.

Una extraña quietud invadió el buque. La lectura de la sonda de profundidad era de cero. Era la primera vez que Leclerc veía aquello. Por la ventanilla del puente divisó la proa del yate avanzando lentamente por delante de ellos. Por lo menos aquel peligro había pasado. Leclerc dirigió su atención al edificio en llamas. El humo seguía saliendo por las ventanas, pero los camiones de los bomberos ya estaban actuando.

—Que todas las secciones notifiquen los daños —ordenó.

Lo primero era saber qué daños podía haber sufrido el buque cisterna al varar.

—La presión es normal en todos los tanques —dijo el primer oficial.

Al menos aquello suponía un alivio; si alguno de los tanques de gas se hubiera perforado, las válvulas habrían detectado inmediatamente un descenso de la presión y las alarmas se habrían disparado.

Sonó el teléfono del puente. Era Anna Sommer.

—Las máquinas están paradas. No hay daños en el sistema de propulsión. Las hélices de propulsión giran perfectamente. El timón responde con normalidad. No se detectan vibraciones inusuales en los ejes de transmisión. Todos los subsistemas funcionan con normalidad.

El sistema de propulsión del barco estaba intacto. Aquella era una muy buena noticia.

Por la radio, Smither notificaba lo sucedido a las autoridades portuarias. No, no había peligro de fuga de gas. Todos los tanques eran seguros. Sí, lo más probable era que necesitaran ser remolcados, pero antes los submarinistas tendrían que comprobar qué daños había sufrido el casco.

El primer oficial meneó la cabeza.

—Marea alta en la marea viva —dijo de manera taciturna—. Podríamos habernos pasado aquí un mes.

28

Dorsal Media del Atlántico, diez de la noche

El *Tarp* navega rumbo al oeste a velocidad de crucero. La doctora Mary Sennett ya había cenado y estaba viendo una película que ya había visto antes durante aquel viaje. Ese era el problema de los viajes largos, que nunca había suficientes DVD.

Subió al centro de comunicaciones para pedir una llamada telefónica a su casa. Se le permitía hacer cierto número de llamadas, pero uno de los satélites estaba temporalmente fuera de servicio y las llamadas se habían restringido. Se cruzó con Wanless, que bajaba en aquel momento. Parecía preocupado.

—¿Va todo bien? —Mary sabía que su mujer estaba esperando un niño, pero no tenía que nacer hasta dentro de un mes.

Él meneó la cabeza, malhumorado.

—Nada que tenga que quitarnos el sueño. He hablado con el centro de Woods Hole. Una de las boyas está dando problemas. Pero no logran descubrir si es un error de telemetría o un fallo en los indicadores.

—Más dinero en un fallo de comunicaciones. ¿De qué boya se trata?

—De la cero-ocho.

Mary trató de reprimir un mal presentimiento momentáneo. Cero-ocho era el código de la última boya de la serie. La que habían colocado el día anterior.

—Las pruebas fueron perfectas. Las verificamos juntos.

—Lo sé, eso es lo que les he dicho. La maldita boya funcionó perfectamente hasta que se produjo el último temblor. Desde ese momento parece ser que los datos de la corriente han sido erráticos.

—¿Qué quieres decir con «erráticos» en este caso?

Wanless dejó escapar un suspiro. Estaban de pie en la escalerilla exterior y el viento le encrespaba su escaso pelo. Se lo aplastó con la mano sin ningún resultado.

—Según lo que dicen en Woods Hole, la presión del indicador está demasiado compensada.

—¿Quieres decir que es demasiado alta en la base?

Él asintió.

—Al parecer, ofrece una lectura engañosa en comparación con las otras boyas del sistema. He comprobado los datos y he encontrado un par de picos.

—¿Altos? —preguntó Mary mirándolo fijamente.

Wanless inclinó la cabeza como diciendo que sí y que no a la vez.

—Altos, pero no como para preocuparse. Les he dicho que tenía todo el aspecto de ser un problema de distorsión telemétrica de los datos de la corriente.

—¿Y se lo han tragado?

—Más o menos. Ahora están realizando unas pruebas en las transmisiones. Espero que dentro de un rato nos comuniquen si han tenido éxito.

Mary siguió su camino con cara de preocupación. Desde la cubierta de popa, la noche era negra y sin estrellas.

Atlántico Medio, Thresher

El primer oficial llamó a la puerta del camarote del capitán Krauss.

—Señor, vengo a informarle, tal como me pidió: el problema de la bomba de enfriamiento sigue estable. No ha habido deterioro detectable desde esta mañana. El jefe de máquinas cree que podrá llevarnos hasta Virginia sin más problemas. Nuestra velocidad y la potencia de los motores siguen siendo estables.

—Excepto por nuestro nivel de ruido —indicó el capitán—. Parece que los rusos se han movido hacia el oeste, hacia aguas profundas, como esperábamos. Hemos detectado ráfagas intermitentes de su sónar que parecen indicar que nos han perdido y nos están buscando.

—Estoy de acuerdo, señor, por eso he estado examinando la carta náutica. Han aparecido de nuevo señales de perturbaciones procedentes del volcán; al menos ha habido un fuerte temblor en las últimas cuatro o cinco horas.

El capitán asintió.

—Sí, lo he oído. Tenemos que pasar muy cerca de la isla. Creo que sería bueno que reconsideráramos el rumbo que teníamos previsto.

—Me alegra oírlo, señor —dijo el oficial en tono de alivio.

—Subamos al centro de operaciones para estudiar la carta.

En el centro de operaciones del submarino, el oficial de navegación estaba preparando, en una pantalla plana de cuarenta pulgadas, una proyección en tres dimensiones del fondo oceánico que rodeaba La Palma.

—Si mantenemos el rumbo, mañana a las nueve de la mañana deberíamos estar exactamente aquí, señor —dijo el oficial al tiempo que pulsaba una tecla para que se iluminara un icono en la pantalla—. A veintiuna millas al sur de la isla.

El capitán estudió la carta náutica mientras los otros dos oficiales esperaban su decisión.

—La actividad volcánica se concentra en la zona central de la isla, ¿correcto?

—Sí, señor —confirmó el primer oficial—. Parece que hay cinco o seis aberturas principales en actividad de norte a sur, y una más subsidiaria en la costa este, aquí, en Puerto Naos —añadió indicando el lugar en la carta.

El capitán frunció el entrecejo.

—Ha llegado el momento de las propuestas, caballeros. ¿Cuáles son sus consejos técnicos? Usted primero, Leo.

—Sí, señor —contestó el primer oficial—. Lo que me preocupa son las posibles turbulencias resultantes de la actividad sísmica de la isla. No tanto en el aspecto físico como en cuanto a que afecte a nuestra capacidad sensorial, debido al ruido de fondo. Los rusos pueden servirse de eso para enmascarar un drástico cambio de rumbo. Luego pueden decidir quedarse quietos en medio de la dorsal esperando a que hagamos nuestra aparición. Con el ruido de nuestros reactores no tendrán problemas para detectarnos.

—Una observación muy sensata —dijo el capitán—. ¿Algo más?

Esta vez fue el oficial de navegación quien habló.

—Podríamos llegar a La Palma por el canal de El Hierro, pasando al este de La Palma.

El capitán negó con la cabeza.

—Eso nos haría perder más tiempo, y de todas formas tendríamos que cruzar la dorsal por el norte de nuestra actual posición, que es exactamente lo que la nave rusa espera que hagamos. —Observó la carta de la pantalla mientras golpeaba con dos dedos sobre la mesa—. Si no fuera por el problema que tenemos en la bomba de refrigeración, estaría de acuerdo con usted. Debemos mantener nuestro rumbo y esperar a las nueve horas de mañana. Entonces ya estaremos dentro de la zona de turbulencias, con lo que nuestro ruido quedará enmascarado. Nos entretendremos unas cuantas horas en la zona. Si los rusos están haciendo ver que nos han perdido, tendrán que mostrar sus cartas. Si no, nos deslizaremos hacia el oeste, a la mínima velocidad, esperando volver a verlos en nuestro sónar conforme nos acerquemos a la zona límite de turbulencias provocadas por el ruido del volcán y antes de que ellos puedan oírnos de nuevo.

Recorrió la sala con la mirada.

—¿Todo el mundo ha entendido lo que vamos a hacer?

—Sí, señor —fue la respuesta.

—Mantenemos el rumbo y la velocidad actuales.

Charco Verde, La Palma, Canarias, diez de la noche

En el desierto pueblo de pescadores se movían sombras. El rojo resplandor de la lava que fluía de la grieta que se había abierto en la ladera de la montaña, al norte del pueblo, bañaba un puñado de casas con una siniestra luz mortecina. La ceniza cubría los tejados de las casas y caía sobre las estrechas callejuelas. El humo que transportaba la brisa de la noche tenía un olor metálico y sulfuroso. En alguna parte un perro abandonado alzó su hocico hacia el disco de la luna y se puso a aullar.

Al principio la grieta vomitó un chorro de líquido, un torrente de roca ardiendo que recorrió casi un kilómetro durante las primeras cuatro horas. En ese momento avanzaba de manera más pausada, como una avalancha a cámara lenta que quemaba y cubría cuanto encontraba a su paso.

El fluido pasó por los campos cultivados hasta llegar a los huertos que había detrás de las casas. Durante dos días, las familias que vivían en el pueblo habían presenciado el avance de la lava. Las familias que tenían propiedades en los caminos se daban ánimos las unas a las otras y murmuraban plegarias a Dios para que detuviera aquello. En vano. El humo que ascendía de la lava, las costras duras cubiertas de color verde —donde la lava se había enfriado al contacto con el aire—, las grietas de la tierra, que mostraban el ardiente centro de su interior, aumentaban inexorablemente. Los muros y las edificaciones caían bajo su peso. Las casas ardían lentamente o quedaban convertidas en montones de escombros. Un terrorífico muro de roca móvil avanzaba por los callejones.

Y aquel río ardiente se movía sin cambiar su rumbo hacia el puerto.

Bajo el pórtico del hotel de Carlos, una antorcha destellaba en la noche. Horas antes la Guardia Civil había evacuado a los habitantes que quedaban en el pueblo, junto con sus pocas pertenencias, en una caravana de vehículos que se dirigían a las montañas. Pocos se habían resistido al traslado; el inexorable avance del río de lava crepitando entre los campos, quemándolo todo a su paso, aterrorizaba a todo el mundo. Carlos era el único que permanecía en el pueblo.

La ceniza se pegaba a sus zapatos mientras caminaba por las calles desiertas. El rumor de la lava en movimiento llenaba la oscuridad, el silbido del vapor se mezclaba con el ruido de las piedras que caían sobre las casas vacías. Conforme se acercaba, el ruido aumentaba, el humo le cegaba los ojos y se le metía en la garganta. Dobló una esquina y se detuvo de golpe tapándose la cara con las manos para protegerse de una repentina llamarada. A sesenta metros de él, una casa había empezado a arder y caía en pedazos sobre la calle en una avalancha de escombros. Entre las nubes de polvo y humo apenas pudo distinguir el brillo rojo de las llamas y de la avalancha de rocas ardiendo. Las piedras y los cascotes avanzaban hacia él. El río de roca líquida había arrasado un edificio de dos plantas y había dejado en su lugar un baldío.

El río de lava proseguía su curso entre las callejuelas que había detrás; las casas ardían a su paso. La estrecha calle estaba medio obstruida por los escombros de las casas derruidas mezclados con calientes bloques de lava. Tenía que cruzar antes de que la lava lo cubriera todo completamente. Dos casas más allá había otra callejuela que lo conduciría directamente hasta el puerto. Empezó a caminar con determinación sobre los cascotes. Solo había andado unos cuantos pasos cuando una viga se derrumbó delante de sus pies. Dio un salto a un lado para apartarse y cayó sobre un montón de rocas ardiendo. Se levantó de un brinco, gritando de dolor. La corriente de lava se movía cada vez más rápido. Parte de la costra sólida del suelo se abrió en dos y expuso su interior al rojo vivo. Tosió mientras el humo caliente se le metía en la garganta. A una velocidad vertiginosa, una losa de piedra fluidificada cruzó por detrás de él e invadió el tramo de calle por el que había pasado hacía apenas un instante; la retirada por allí era imposible.

Empezó a sentirse aterrorizado. Clavó los dedos en la piedra caliente; se le abrasaron las yemas y dejaron manchas de sangre sobre la humeante roca. El pelo le olía a quemado, y tenía la piel de las manos y la cara achicharrada. Un pedazo de muro cayó delante y le cerró el paso; su miedo iba en aumento. Haciéndose una bola se lanzó contra una ventana cerrada. Sintió cómo los cristales se hacían añicos y al momento oyó el ruido del marco de madera al romperse bajo su peso. Pasó por el hueco de la ventana y cayó al otro lado con un ruido de huesos desencajados. Se golpeó la frente contra las losas del suelo y la cabeza empezó a darle vueltas. Trató de ponerse de pie, vio una luz y se dirigió hacia ella. Anduvo a tientas en la oscuridad, saltando piedras y vigas rotas, hasta que consiguió salir, jadeante, por el patio trasero de la casa.

El camino que quedaba al otro lado, entre dos muros altos, estaba lleno de humo. Era imposible saber dónde desembocaba. Miró a la izquierda y vio el oscuro fulgor de las llamas, giró hacia el otro lado y echó a correr cual alma que lleva el diablo. Al cabo de unos momentos llegó a la zona segura de la plaza.

En el bar del hotel, Carlos se sirvió una copa de cocal —el oscuro ron canario— y se la bebió de un trago, con el fin de darse ánimos para hacer lo que tenía en mente. Sonaron unos pasos en la gravilla del patio delantero. Una figura delgada y con los hombros encogidos se acercó hasta el círculo de luz de la puerta principal.

—¿Juan? —preguntó él en voz baja.

—Sí, compadre, aquí estoy.

—¿Han venido los otros contigo?

—Todos menos Olivero. Su casa está cerrada con llave y nadie abre la puerta. Tomás dice que esta tarde lo vio cargando el coche. —El hombre encogió los hombros con un gesto elocuente—. La familia de su mujer vive en Santa Cruz.

Carlos emitió un chasquido de desdén. Con los temblores de tierra sacudiendo todavía el suelo y el tronar de las explosiones de la cima del volcán haciendo eco en las paredes, era extraordinario que no se hubieran ido todos. Juan era el dueño del taller mecánico, y los dos hombres que estaban con él eran pescadores. El medio de vida de todos ellos estaba unido a aquel pueblo, a su puerto y a su playa.

—Su prima hermana estaba ayer en la montaña, cuando se mató aquel geólogo.

Seguían hablando de Olivero.

—¿La que trabaja en el observatorio? ¿La que se fue a estudiar a Madrid?

La isla era tan pequeña que todos se conocían.

—Sí, esa. Estuvo aquí la semana pasada, con su novio, un estadounidense.

Carlos escuchaba la conversación y fruncía el entrecejo.

—¿El tonto de Olivero no le habrá dicho a la chica lo que estamos planeando? —les interrumpió.

Los demás se miraron y se encogieron de hombros. ¿Quién podía saberlo?

—Está empezando a levantarse viento —dijo el más viejo del grupo, un pescador de piel tostada y un ojo estrábico, que se llamaba Pedro de Vera—. Tenemos que apresurarnos.

Estaban nerviosos y ansiosos por acabar el trabajo.

—Seguidme. —Carlos rodeó el edificio y los condujo hasta el cobertizo que había detrás del hotel, donde estaba el almacén—. Una caja entre cada dos. Cogedlas por las asas, y que no se os caigan.

No hacía falta que se lo advirtiera; los hombres manejaban las cajas de madera como si fueran de cristal.

Estaban sacando la última caja cuando aquello empezó de nuevo: una leve vibración bajo sus pies, como si un escalofrío recorriera de repente la piel de la tierra, y luego el latido de un pulso oculto, el corazón de la montaña estremeciéndose bajo la tensión.

29

Goodwill, siete de la tarde

Rick atravesó la fachada quemada de la planta principal de la fábrica. Los chicos de Freddy habían apagado las llamas; la ola, que había inundado la calle con hasta veinticinco centímetros de agua antes de retirarse, los había ayudado. Unos cuantos chorros de humo salían todavía del techo de madera que había sobre sus cabezas, en las partes donde no se había desplomado. Sobre la carbonizada escalera yacía la chamuscada mandíbula del cachalote; un símbolo, en cierto modo, de la historia de la familia.

Rebecca frotaba los huesos con un pañuelo, pero no conseguía limpiar el hollín. Dejó escapar un suspiro.

—Gracias a Dios que papá y mamá no pueden ver esto —dijo.

Rick le pasó un brazo por encima de los hombros.

—De todas formas, ahora este lugar pertenece a Chance. Supongo que ya tiene la excusa perfecta para derribarlo.

Su hermana se pasó los dedos por los ojos.

—Me pone tan triste... Ya sé que no es más que un viejo y feo edificio de ladrillo, pero fue nuestro durante tanto tiempo, que siento como si me arrancaran una parte de mí.

Él la abrazó con fuerza.

—Nosotros estamos aquí y sobreviviremos. Esta es nuestra ciudad. Nada podrá echarnos de aquí.

—Primero mamá, luego papá y ahora esto. Es duro, Rick, y mucho más para una mujer. Yo ya ni siquiera conservo el apellido.

—Puede ser, pero Mike es un buen hombre y tus hijos son Larsen de arriba abajo.

Ella se animó un poco.

—¿Lo dices de verdad? Los muy tunantes… Les dije que se quedaran en la carroza con Patsy, mientras iba a ver si todo estaba bien en la tienda, y en cuanto me alejé y no podía verlos, saltaron de la carroza y vinieron aquí a ver las llamas. Freddy Tarr ha tenido que agarrarlos del pescuezo y sacarlos de aquí.

La tienda había sufrido una mínima inundación, nada importante. Lo mismo valía para el Lobsterman. Todas las tiendas del Neck estaban bien protegidas contra las tormentas. Tenían que estarlo. Algunos barcos de la marina habían zozobrado, y otros se habían llenado de agua o habían sido lanzados a tierra. Podría haber sido mucho peor. El daño más grave era el que había sufrido la propia ciudad en tanto que lugar seguro para pasar las vacaciones en familia.

—Natalie ha podido salvar algunos de sus cuadros. Por lo menos eso he oído —dijo Reb.

—Sí, eso creo —reconoció él.

—Me encantaba aquel cuadro que le hizo a papá.

—A mí también, era un buen retrato.

Reb le lanzó una mirada inquisitiva.

—¿Está bien el *Pequod*? —preguntó.

Rick frunció el entrecejo.

—Tiene un gran rasguño en estribor, desde la sección media hasta tres metros y medio de la proa. Se ha levantado toda la pintura y el rasguño llega hasta el metal. La ola del buque cisterna rompió la amarra de popa del *Sequoia* y le dio la vuelta en redondo ciento ochenta grados, hasta que se partió también la amarra de proa y salió disparado como un torpedo. Primero dio contra el embarcadero, después contra el *Pequod* y acabó sobre el flamante yate de Chance.

—¿Se ha agujereado el casco?

—No, las defensas amortiguaron el impacto. Solo necesitará una mano de pintura.

—Entonces has tenido suerte. Mike me ha dicho que el *Sequoia* está en las rocas. —El *Sequoia* era una antigua patrullera de la marina canadiense que había pasado a ser propiedad privada. Estaba anclada en el Estrecho desde hacía dos semanas por problemas en el motor—. Por lo que me ha contado Mike, la ola lo arrojó contra las piedras. Si el casco todavía no se ha roto, dentro de poco las rocas acabarán con él.

—Una lástima. Era un barco muy hermoso.

—Ha sido la única pérdida importante, pero la ola ha volcado otros muchos barcos. La peor parte se la han llevado los que estaban en la rada. Ballena Morrissey ha perdido parte del aparejo. Está que echa chispas.

Incendios e inundaciones, ¿es que había caído un maleficio sobre Goodwill?

Muchas familias estaban anulando su participación en la regata del día siguiente. En West Street y Bay Road se formó una caravana de vehículos que se dirigían al norte por la Cornisa, hacia tierra firme.

—He intentado decírselo —comentaba Beth Robbins con desánimo a su cuñada.

—Lo sé, pero no te han hecho caso.

—Los únicos afectados han sido los barcos del puerto, ¡nada que ver con un tsunami! —Beth estaba a punto de echarse a llorar—. Ese maldito buque es demasiado grande para el Estrecho. Nunca debieron cambiar al gas.

—Pero los ecologistas intentaron cerrar la hidroeléctrica a causa de los peces. Deberíamos habernos mantenido firmes.

—Bueno, al menos ahora estamos más tranquilos —dijo Beth abriendo mucho los ojos—. Se acabaron los turistas molestando todo el tiempo.

—Los surfistas siguen aquí —le recordó Abby.

Chance Greene no tenía dudas sobre a quién había que culpar por el desastre del desfile.

—¡Por supuesto que la culpa es de los surfistas! —gritó golpeando la mesa—. El incendio no fue accidental. ¡Y quien piense lo contrario es que está loco! Pillamos a dos de ellos y esa ha sido su forma de devolvernos el golpe. Hay que meterlos a todos en la cárcel. ¡Encerremos a esos malditos cabrones!

—No tenemos sitio —señaló Don.

—¡Entonces échalos de la ciudad! —Chance estaba fuera de sus casillas—. Yo puse diez mil dólares para el desfile. Y es como si los hubiera tirado a la basura por culpa de un puñado de vagos que ahora están riéndose de nosotros.

—Todos hemos puesto dinero para las fiestas, Chance —le recordó Rick—. Y también tiempo y trabajo. Beth y Abby trabajaron todo el invierno en los vestidos del desfile.

Jack Pearl intervino.

—Yo estoy más preocupado por el hecho de que tengamos un buque cisterna varado, que transporta veinte mil toneladas de gas líquido, mientras, por lo que parece, hay un pirómano suelto en la ciudad.

En el edificio del ayuntamiento, en el Prado, se había convocado una reunión de urgencia de los concejales.

—Desde anoche tenemos a dos sospechosos en prisión —dijo Don. Tras hacer una pausa continuó—: Pero si he de ser sincero, a menos que las pruebas del forense sean positivas, no podré retenerlos más allá del fin de semana.

—¡Pues encuentra una razón! —bramó Chance—. Por el amor de Dios, toda la ciudad está aterrorizada. ¿Qué efecto imaginas que puede tener que dejemos libres a los cabecillas de los sospechosos?

—En concreto, ¿por qué detuvieron tus hombres a esos dos —preguntó Rick a Don.

Don movió los ojos de un lado a otro; no había duda de que se sentía incómodo.

—Que quede entre nosotros: nos dieron un chivatazo. Dos tipos en una furgoneta que actuaban de forma sospechosa.

—¿Y eso fue antes o después del incendio?

—Media hora después de que sonara la alarma. Está en el informe.

—¿Y quién llamó?

La incomodidad de Don se hizo más evidente.

—Annie respondió al teléfono. Pero ella no habló exactamente con la persona que los había visto. La persona que llamó lo hacía de parte de otra.

—Me he perdido —dijo Rick—. ¿Con quién habló Annie?

Don se había puesto colorado.

—Prefirió no darle su nombre —susurró.

—¿Me estás diciendo que fue una llamada anónima?

Don alzó las manos mientras intentaba explicar lo que había sucedido.

—Yo estaba fuera. Annie contestó al teléfono. Era una mujer. Dijo que ciertas personas se habían puesto en contacto con ella para informarle de que en el bosque que hay detrás de la estación eléctrica había una pareja que parecía estar haciendo algo sospechoso. No dio nombres, solo que se trataba de una furgoneta.

Rick empezó a exasperarse.

—¿Dos hombres en una furgoneta?

—Las palabras exactas fueron «una pareja». No especificó que se tratara de un asunto sexual.

—De manera que quien llamó podía haber estado refiriéndose a un hombre y una mujer —dijo Rick.

—O dos mujeres —añadió Jack Pearl en tono de burla.

Don se encogió de hombros.

Rick insistía.

—Y, por lo que me han dicho, los dos tipos a los que detuvisteis iban en un todoterreno, ¿es cierto?

—Sí, bueno… —Don agachó la cabeza. Su rostro parecía cansado bajo la luz de la lámpara—. Se trata de una de esas Sport Trac de trabajo, puedes llamarla como quieras.

Rick sabía a qué tipo de vehículo se refería, solía describirse como un cruce entre camioneta y todoterreno. Esa en concreto era una camioneta tipo Ranger de cinco plazas y con un remolque pequeño donde podían cargarse bicicletas o remolcar motos de agua.

Era muy fácil culpar a los surfistas de todos los males que habían caído sobre la ciudad. Pero Rick tenía la corazonada de que la verdad demostraría que se trataba de algo mucho menos simple.

Marie-Sainte, *estrecho de Goodwill*

Leclerc estaba agotado. Por fin se habían marchado los del servicio de guardacostas. Los oficiales se habían pasado dos horas a bordo, y se habían llevado los cuadernos de bitácora del buque y las copias de los sistemas informáticos. Comentaron que había muchas posibilidades de que se cursara una denuncia. En cuanto esta estuviera en curso se informaría a Leclerc de los cargos. Al Smither había bajado a tierra con los oficiales para responder a algunas preguntas más sobre su conducta. Leclerc lo sentía por él. Entretanto, lo más importante en esos momentos era la seguridad de la ciudad.

Las investigaciones preliminares indicaban que no había habido ningún desperfecto ni en los tanques principales ni en el sistema de tuberías asociado a ellos. No se había producido ningún escape de gas ni parecía que pudiera producirse en las horas siguientes. El buque estaba varado y el fondo del casco tenía un desperfecto de un tamaño de quince metros, desde la proa, por el costado de estribor. Se habían detectado varias vías de agua en el pantoque y se habían utilizado las bombas de achique para refrenarlas. Al menos uno de los costados del buque tenía su estructura afectada. El principal problema era que, si la marea lo empujaba de nuevo, el peso del barco podría hacer que la quilla se clavara en el lodo, causando todavía mayores desperfectos.

Era imprescindible vaciar la carga del buque lo antes posible para reducir la presión sobre el casco. Y eso significaba vaciar los tanques de combustible utilizando mangueras auxiliares conectadas al puerto o, si eso no fuera posible, llevando hasta allí otro buque cisterna vacío al que poder transferir el contenido de los tanques. Leclerc había dejado claro a los del servicio de guardacostas esa cuestión; pero era consciente de que eran ellos los que tenían que decidir al respecto.

Otra fuente de problemas era su tripulación. Según las primeras impresiones, algunos de los tripulantes más jóvenes habían sufrido una fuerte conmoción por el hecho de haberse salvado por los pelos de un naufragio. Pensó que lo mejor para levantarles la moral sería mandarlos a tierra por la noche. Había alquilado un autobús para trasladar a más de una docena de ellos a un hotel de Ellsworthy. Todos los oficiales, menos uno, se quedarían a bordo; pero si se les presentaba una emergencia, lo más probable es que se encontraran faltos de personal.

—En la ciudad dicen que fue una ola provocada por el barco, no un tsunami —dijo Brook Van Buren—. Por la televisión no han dicho nada.

—Eso mismo decían en Tailandia y mira luego lo que pasó, ¡trescientos mil muertos! —añadió su esposa Julie.

—Lo sé, pero ya han pasado dos horas y el mar no ha vuelto a moverse. Parece como si esta vez los expertos tuvieran razón.

En la casa de campo de Indian Patch, los Gardiner y los Van Buren seguían discutiendo.

—Me da igual que haya sido una falsa alarma. No pienso quedarme aquí con los niños ni una hora más —declaró Jessica de manera terminante mirando a su esposo con ansiedad—. No sería capaz de dormir tranquila aquí. ¿Te acuerdas de las fotografías del hotel en Phuket? ¿Con las olas barriendo edificios de cinco y seis pisos? Ni siquiera pudieron encontrar los cuerpos de la gente que había dentro.

Julie Van Buren la secundó.

—Paula está aterrorizada. No deja de rogarme que nos vayamos a otra parte, lejos del mar.

—Lloyd sigue preocupado por aquel actor de los zancos, el deshollinador —añadió Jessica—. Le dije que nadie resultó herido, pero me gustaría saber si es verdad.

—Puedes llamar a la comisaría de policía —le propuso Julie—. Supongo que ellos tendrán una lista.

—No hay razón para que nos quedemos aquí. —El marido de Paula miró a Ted Gardiner—. Si vosotras estáis decididas a que nos vayamos, podemos marcharnos esta misma noche, en cuanto hagamos las maletas.

—Es verdad —admitió Ted—. Las tiendas y los sacos de dormir ya están en el coche. Todavía es de día, tenemos tiempo de sobra. Podemos conducir hasta tierra firme y encontrar un lugar donde acampar.

—¿Acampar? —preguntó Jessica, no muy convencida. Las dos mujeres intercambiaron una mirada de preocupación. En la distancia se oyeron truenos—. Parece que se aproxima una tormenta.

—De acuerdo, entonces iremos a una pensión o a un hotel.

—¿En fin de semana y en junio? Necesitaremos mucha suerte para encontrar algo libre.

—En la televisión afirman que hay que viajar al menos a diez kilómetros tierra adentro para estar a salvo —dijo Julie.

Brook le pasó un brazo por los hombros.

—Entonces conduciremos veinte kilómetros y así estaremos más seguros —dijo él riendo.

Jessica se estremeció.

—Para mí ni treinta kilómetros serían suficientes. En este momento me gustaría que hubiera una montaña entre nosotros y el océano.

—No te preocupes, cariño —le dijo su esposo con voz suave—. De momento empecemos recogiendo las cosas. Lloyd, guarda tu PlayStation y todos tus cachivaches. Y date prisa o se quedarán aquí.

Mientras su hermana Paula iba de aquí para allá ayudando, Lloyd salió al porche y echó a correr por el césped húmedo hasta la orilla. Quería despedirse del río. El cielo estaba oscuro y ocasionales gotas de lluvia anunciaban la tormenta que estaba a punto de estallar. Echó a andar con cuidado por el embarcadero. La madera estaba mojada, lo cual le sorprendió porque apenas había empezado a llover. La hierba que había en las dos orillas estaba doblada, como la vez que estuvo allí y vio cómo el río subía de repente. Supuso que la causa debía de ser aquella ola del barco de la que hablaban sus padres.

—¡Lloyd! ¿Dónde estás?

Su madre estaba llamándolo. Meneando la cabeza, corrió hacia la casa. Iba a echar de menos aquel río con sus misteriosas mareas.

Elliott Maxwell pilotaba su yate de regreso a su amarre privado, bajo Indian Point. En la terraza Natalie se unió a K. Zamos y al resto del grupo. Se sentía un tanto decaída.

Zamos no estaba de humor para más dilaciones.

—Me dijiste que traerías al Rey contigo. ¿Dónde está? —preguntó.

Ella se encogió de hombros.

—No soy su guardián.

La pelirroja Carly intervino:

—Intentó hablar conmigo por teléfono, pero la comunicación se cortó.

—¿Y?

Carly apretó los dientes.

—¿Cuál es el misterio? K te dijo que vinieras con el Rey o no habría trato.

A Natalie se le acababa la paciencia.

—¿Queréis saber dónde está? De acuerdo, os lo diré, pero no pienso hacer nada más. Está en la cárcel.

—¿En la cárcel? —La expresión de Zamos era de total incredulidad—. ¿Has dicho en la cárcel?

—Los han detenido acusados de provocar un incendio, a él y al Cojo.

—¿Provocar un incendio?

Natalie lo miró fijamente con el ceño fruncido. Empezaba a estar harta de todo aquello.

—¿Es que estás sordo? Por provocar un incendio, sí, eso he dicho, como encender un fuego. En este caso un fuego en el bosque.

K. Zamos no estaba acostumbrado a que le hablara de aquella manera una mujer joven, tampoco un hombre joven, que para el caso era lo mismo. Se la quedó mirando con una mezcla de sorpresa y respeto.

—¿Lo hicieron ellos? —le preguntó con voz seca.

—Por supuesto que no, pero la gente de aquí…

Carly la interrumpió.

—Provincianos, hemos tenido que enfrentarnos con eso en otras ocasiones.

—Cállate —le dijo Zamos.

—Ha sido un chivatazo —continuó Natalie—. Los polis están analizando el bidón de gasolina que encontraron, buscando huellas dactilares; en cuanto tengan los resultados los dejarán libres, pero hasta entonces… —Natalie se encogió de hombros—. Es un asunto de celos. —Sus hombros se hundieron de nuevo—. Me dijo que no te contara nada. Supongo que pensaba que si lo sabías te retirarías.

Hubo un momento de silencio. Zamos se volvió hacia Carly.

—¿Sabes qué? —le dijo en voz baja—. Me parece que me gusta. La verdad es que me gusta.

Carly asintió con la cabeza. Sus ojos empezaron a brillar.

—Como historia, sin duda tiene emoción. El héroe encarcelado… ¿Conseguirá salir de allí a tiempo…? ¿Podrá liberarlo la chica…?

Zamos sonrió. Ahora lo tenía claro: el héroe condenado bajo una acusación falsa, una hermosa heroína, una leyenda del surf, una ola gigante. Aquello era una mezcla explosiva y mucho más, era un auténtico cuento de hadas. Paseó la mirada por el Estrecho, se imaginó una ola de más de treinta metros de altura rompiendo sobre las islas, y al Rey manteniendo el equilibrio sobre su cresta. Sintió un fuego cálido que le encendía el corazón. *Juventud condenada.* Ese podía ser el título de la película. Sería un éxito de taquilla, podía sentirlo.

—Encuéntrale un abogado —dijo con alegría—. Esta historia cada día pinta mejor.

Logan Clancy estaba otra vez de servicio en el Prado. Parecía que le tocara hacer todos los turnos. Su mujer estaba furiosa.

—Piensa en las horas extra que me van a pagar —le dijo Logan.

—Ese tacaño de Don Egan nunca paga las horas extra, y tú lo sabes —gritó ella—. Dirá que te presentaste voluntario por el bien de la comunidad.

—Don no tiene la culpa de eso, los que hacen los pagos son los concejales. Don no puede pagarnos si no le aceptan el presupuesto.

Sea como fuere, allí estaba; era la única persona que había en el edificio en aquel momento. Los dos coches patrulla estaban haciendo la ronda por si los pirómanos actuaban de nuevo. Don se hallaba en la oficina de la concejalía. Incluso Annie se había tomado unas horas libres, cosa rara en ella. Lo cual lo dejaba a solas con los dos surfistas encarcelados. Bueno, por lo que a Logan respectaba, podían pudrirse allí. Así se lo había dicho a Don, y cuando le contó que no dejaban de gritar, este les quitó los teléfonos móviles, como castigo. Un problema más y acabarían también sin televisor. De manera que ahora estaban tranquilos. Habían cenado, una hamburguesa para cada uno enviada desde el Burger King. Lo único que Logan tenía que hacer, entre ese momento y el final de aquella guardia, era apagar las luces a las diez.

Se acomodó en el sillón de la sala de vigilancia, puso una silla delante para descansar las piernas, y el volumen de la radio muy bajo para poder oír la película que estaban dando en la televisión. Los Red Sox jugaban en uno de los otros canales, pero ver un partido solo era un aburrimiento. En el Prado había muy poco tráfico para ser sábado por la noche. La mitad de la ciudad ya se había marchado.

Cuando se levantó para ir al lavabo, oyó unos silbidos. Los lavabos se hallaban en la parte de atrás de las celdas; una gran ventana corredera daba al aparcamiento de los coches patrulla. Logan tenía la bragueta desabrochada y estaba a lo suyo cuando empezó a oír el ruido. Al principio creyó que se trataba de un pájaro o algún otro tipo de animal, pero se dio cuenta de que eran más de uno, y entre silbido y silbido podía distinguir un murmullo de voces.

Cuando acabó de hacer sus necesidades, se subió la bragueta y permaneció a la escucha. El silbido iba y venía, primero de un lado y luego del otro. Notas largas y cortas que variaban de tono, como si se tratara de un par de pájaros que hablaban entre sí desde los matorrales. Pero Logan en ese momento estaba seguro de que ahí fuera había alguien.

Decidió averiguar qué estaba sucediendo. Se subió al alféizar de la ventana con ambas manos y se encaramó hasta que pudo echar un vistazo al exterior. Desde allí podía divisar la valla que rodeaba los bloques de pisos que había unos metros más allá. Había tres chicos subidos a la valla; no podían ser más que surfistas. Uno de ellos era quien emitía aquellos silbidos; Logan vio cómo se le hinchaban los mofletes cuando los llenaba de aire. El tipo hizo una pausa para respirar y ladeó la cabeza para escuchar. Al cabo de un momento se oyeron unas notas silbadas procedentes de las celdas.

—¡Eh! ¿Qué demonios creéis que estáis haciendo, tíos? —gritó Logan a todo pulmón.

Los silbidos se interrumpieron de golpe. Los chicos que estaban subidos a la valla miraron a su alrededor hasta que descubrieron la cara de enfado de Logan mirándoles a través de los cristales de la ventana. El que había silbado, un muchacho con un peinado a la moda y un aro de acero en una ceja, se puso muy tieso.

—¿Hay alguna ley que prohíba silbar? —preguntó en tono insolente.

—No te hagas el listo conmigo, punky —le soltó Logan—. Estás en una propiedad de la policía. Así que largo de aquí.

El chico lo miró con el ceño fruncido.

—Este lado de la valla no es propiedad de la policía. No puedes hacernos nada.

—Ya verás si puedo —gritó Logan—. Comunicarse con un preso sin tener permiso es una falta contra el código penal. Como sigas ahí un minuto más, acabarás encerrado con tus colegas. Así podréis silbaros el uno al otro todo lo que queráis.

Uno de los chicos dio un paso adelante. Era mayor que los otros y llevaba el pelo largo y recogido en una cola. Levantó las manos con las palmas abiertas en son de paz.

—Nadie quiere causar problemas, agente. Ya nos íbamos. Venga, Phil, vámonos de aquí.

El chico con el peinado a la moda dirigió a Logan una mirada de odio.

—¡Que te den por el culo, tío! ¡Y que le den a toda tu ciudad! —gritó levantando un puño cerrado al cielo—. ¡Cumbre Vieja! ¡Tu día está a punto de llegar! —añadió.

Desde la celda llegó un grito en respuesta:

—¡Cumbre Vieja! ¡Cumbre Vieja!

Las voces siguieron haciéndose eco durante un rato.

Logan Clancy entró corriendo en la zona de los calabozos. Sus botas golpeaban contra el suelo mientras se acercaba a la última de las celdas y aporreaba la puerta.

—¡Callaos de una puta vez! ¿Me habéis oído?

Desde dentro se oyó un coro de risas burlonas.

—¡Cumbre Vieja, gilipollas!

Logan alzó la mano para alcanzar el interruptor de la luz, tiró de él y dejó la zona de los calabozos a oscuras.

—¿Queréis cantar? Estupendo, ¡cantad a oscuras, so mierdas!

Sonó un trueno. El tiempo estaba empeorando.

Dorsal Media del Atlántico, Tarp, *medianoche*

Las noticias que había estado temiendo Mary Sennett llegaron al cabo de dos horas. Derek Wanless reunió a todo el equipo. En un tono de voz enérgico e impasible les informó de lo que ya todos habían oído rumorear o de algún modo sospechaban. Las pruebas realizadas en la boya cero-ocho —llevadas a cabo por los expertos en telemetría de Woods Hole— no habían podido solventar el problema del medidor de presión.

—Debemos regresar y enviar de nuevo el sumergible ahí abajo para que realice una inspección visual. He hablado con el capitán y ya ha ordenado el cambio de rumbo. Si navegamos toda la noche a buena velocidad, estaremos sobre la zona de despliegue hacia las diez de la mañana, hora local. Por favor, cambien sus programas para ajustarlos al nuevo horario. Gracias y buenas noches.

Mary salió a cubierta para tomar un poco de aire fresco. De repente le parecía que su hogar, del que había salido hacía solo dos semanas, se hallaba en otro planeta.

Notó cómo el barco maniobraba para cambiar el rumbo. Estaban virando en dirección contraria.

La montaña en llamas parecía tirar de ellos.

30

Goodwill, motel Seafarers

Fue Beth Robbins quien tuvo la idea de poner a Frank Schaffer en contacto con Martin Seymour, el zahorí.

—Él es capaz de encontrar cosas. Shelley Winter perdió un anillo en Hemlock Hill, y él lo estuvo buscando y le dijo dónde tenía que mirar, y allí estaba; dio en el clavo.

Beth estaba hablando con Don Egan. Don acababa de llevar a Frank al motel, y Abby estaba enseñándole la habitación.

Don puso cara de escepticismo y dijo que no tenía ni idea de cómo funcionaba eso de los zahoríes.

—Mira, yo puedo animarle a que lo intente. Al menos eso le dará algo que hacer al pobre hombre —insistió Beth—. Siento tanto que no sepa lo que ha pasado con su hermana…

Don dejó escapar un suspiro.

—Supongo que hablar con Seymour no le hará ningún daño. Ponte en contacto con él, y si dice que cree que puede ayudarle, pásale el mensaje al señor Schaffer.

—Llamaré a Martin ahora mismo.

—De acuerdo, pero que quede claro que se trata de un asunto privado entre Frank y él. No quiero que el departamento de policía se vea envuelto en esto, ¿entendido?

—Por supuesto. Gracias, Don. Tengo el presentimiento de que esto podrá ayudar de alguna manera.

—¿Señor Seymour? Hola, soy Frank Schaffer. Me alegro de conocerle.

—Encantado, Frank. Mis amigos me llaman Martin. Pase, hace mucho calor ahí fuera.

En otro tiempo la casa había sido una pequeña granja. Ahora, en la planta baja había un gran salón con el suelo de madera y el techo de vigas antiguas. El mobiliario también era antiguo y había libros amontonados por el suelo. Seymour hizo un gesto disculpándose.

—Perdone el desorden. Soy soltero.

Frank Schaffer era más joven de lo que parecía por teléfono, no debería de tener más de treinta años. Vestía unos pantalones bombachos y una camiseta. En Bay Road podría haber pasado por el típico turista, pero él estaba allí porque había perdido a su hermana, y eso se le notaba.

—Somos una familia muy unida. Kim y yo solo nos llevamos diez meses. De niños lo hacíamos todo juntos. Este asunto está destrozándome, y también a mi madre. Y lo mismo puedo decir de la familia de Randy.

Martin echó unos cubitos de hielo en dos vasos altos y los llenó de café frío.

—¿Azúcar?

—No, gracias.

—Si no le importa pasar un poco de calor, podemos salir fuera.

Una extensión de hierba conducía hasta un granero con un techo alto de madera y un altillo. Aquel era el lugar que Martin utilizaba para trabajar. En el centro había una gran mesa de arquitecto, llena de mapas, iluminada por unas claraboyas abiertas en el techo. El aroma del heno aún impregnaba toda la sala.

—Este es un mapa a gran escala de la ciudad —explicó—. Dos centímetros por kilómetro. Los hay más grandes, pero este tamaño es el que mejor me va.

Suspendida de una viga, colgando sobre la mesa, había una delgada cuerda con un peso que tenía la forma y el color de una piña verde. Lo movió ligeramente.

—Esto es una plomada. Del latín *plumbus*, que significa «plomo». Los albañiles llevan miles de años utilizando estos artilugios para trazar las perpendiculares. Los grandes acueductos del Imperio romano, las catedrales y los castillos de la Europa medieval, todos esos edificios deben su existencia a este sencillo peso al final de una cuerda.

Frank Schaffer tomó un trago de su café y asintió ligeramente con la cabeza para demostrar que seguía sus explicaciones con atención.

—La técnica que yo utilizo se llama «búsqueda remota» —continuó Martin—. Por ejemplo, aquí tenemos un plano de la propiedad de los Maxwell en Indian Point. Elliott Maxwell quiere saber si en otra época hubo algún asentamiento de indios nativos en su propiedad. Para empezar, coloco el mapa en la parte donde quiero buscar y lo muevo por debajo de la plomada sosteniendo suavemente la cuerda de esta manera. —Cogió el hilo entre los dedos pulgar e índice—. Así le quito la tensión y espero a ver si se presenta algún tipo de vibración.

Frank lo miraba fascinado.

Martin soltó la cuerda y pasó la palma de la mano por encima del mapa.

—Cuando creo que he detectado una vibración en algún lugar, lo marco con lápiz. Como aquí, mire.

Frank se inclinó sobre la mesa. Martin encendió una lámpara que había encima de la mesa y Frank vio unas delgadas líneas trazadas a lápiz que cruzaban la superficie del mapa formando patrones.

—¿Esos son los asentamientos nativos?

Seymour negó con la cabeza.

—Pensamos que no. Es todo bastante confuso, pero por las excavaciones más bien parece que las líneas indicarían los bordes de la marea en una era en la que el océano estaba mucho más alto de lo que está hoy en día.

—¿Cree que esta técnica puede ayudarnos a encontrar a mi hermana y a su novio?

—Sin duda es muy posible. A menudo he encontrado objetos que la gente había perdido, o que no sabía dónde había dejado.

—Sí, Beth, la señora Robbins, me lo dijo. Encontró usted un anillo de una amiga suya.

—Claro que en este caso estamos buscando a una persona, no un objeto.

Mientras hablaba, Seymour acercó un gran mapa del Estrecho y se inclinó sobre él pensativo.

—Creo que deberíamos empezar por la cala, ¿no le parece? —dijo Schaffer tras un breve silencio.

—Sí, por supuesto —contestó Martin enderezándose—. Solo estaba visualizando mentalmente el lugar.

—Beth me dijo que trajera una fotografía de Kim y Randy —comentó Frank al tiempo que le tendía una foto—. Esta se la tomaron a principios de año, cuando fueron a pasar un fin de semana en Poughkeepsie. Y este es el fular que más le gusta ponerse. Es su bufanda de la suerte, así lo llama ella.

Martin Seymour cogió los dos objetos con solemnidad. Colocó la carta náutica bajo la plomada y luego la alisó con la palma de la mano.

—Voy a pedirle que se concentre en su hermana y en su novio. Bajaron hasta la cala en bicicleta, ¿verdad? Bien, pues trate de imaginarse que está usted allí, con ellos. Imagínese que es usted un pequeño ser que los sigue mientras salen de la carretera y bajan por el camino hacia la playa. —Alzó la cabeza para observar al joven—. Puede resultarle duro, pero es importante que intente establecer un vínculo entre ellos y usted.

—Lo entiendo. Haré todo lo que pueda.

—Entonces, empecemos.

Martin alzó la mano derecha para agarrar el hilo de la plomada y dejar que el peso vibrara en el extremo de la cuerda.

> Ocho y media de la noche. Se oye un ligero crepitar mientras la lluvia martillea la calle y esta ciudad se estremece de miedo e indignación.

Sheena Dubois tecleaba sobre su portátil en su pequeño despacho.

> Hace tres horas se evitó un catastrófico accidente de milagro. La navegación en el Estrecho se convirtió en un caos en el momento en que se vio salir humo de un conocido edificio del frente costero de la ciudad: la antigua fábrica de hielo. Entretanto, un buque cisterna, el *Marie-Sainte*, de St. John, daba vueltas en las

aguas confinadas del Estrecho, escapando por muy poco de colisionar con otro barco que trataba de huir de las llamas. Los oficiales a bordo del *Marie-Sainte* explican su maniobra por un repentino cambio de las corrientes de marea, pero el capitán del puerto, Jack Pearl, afirma que la marea era normal para esta época del año. Cierto número de barcos de la rada se vieron afectados por la estela del carguero, y los espectadores que estaban disfrutando del desfile anual del Día de los Fundadores se vieron obligados a vadear el agua que cubría Bay Road. Se ha prometido que se llevará a cabo una investigación.

Tab Southwell, de Maple Cove, dio la alarma del fuego cuando estaba viendo el desfile entre la gente reunida en la parte del puerto que da a Bay Road. Tab dice que olió a humo y fue a ver de dónde procedía. Su rápida actuación al avisar a las autoridades evitó males mayores. Los voluntarios del Departamento de Bomberos de Goodwill —que en ese momento estaban participando en el desfile con sus coches de bomberos— consiguieron apagar el incendio. El jefe de los bomberos, Fredrick Tarr, declaró: «Fue una suerte que estuviéramos allí. Había muchos escombros en la planta baja del edificio, y el fuego se extendió rápidamente por la madera que había allí». Tarr comentó que la causa más probable pudo ser una cerilla o un cigarrillo, y añadió que «en esta época del año todos tenemos que estar muy alerta».

El teléfono de Sheena comenzó a sonar. Echó una ojeada a la pantalla y se pasó la lengua por los dientes. Era el número del doctor Southwell. La noche anterior se había prometido a sí misma terminar con aquello. Tal vez aquel fuera un buen momento. Pulsó el botón para contestar.

—Hola.

—Hola, ¿quieres que nos veamos?

—¿Ya has olvidado dónde me dejaste tirada anoche?

—Lo siento de veras. Pero ambos teníamos buenas razones, ¿no te parece? De todas formas, tengo algo para ti.

—¿Qué? —preguntó Sheena traicionándose a sí misma.

—Es un regalo, una sorpresa. Reúnete conmigo en el camino de la playa en media hora.

Y dicho esto, colgó.

Martin Seymour era muy meticuloso en su trabajo.

—¿Lleva teléfono móvil? —le preguntó a Frank Schaffer—. Si es así, por favor, apáguelo. Me parece que las ondas electromagnéticas merman mis percepciones sensoriales. Por esa razón yo no lo utilizo. De hecho, en casa no tengo televisor ni radio.

Frank apagó su móvil y lo dejó sobre un estante al lado de la puerta.

Se sentaron a la mesa. Martin sostenía la cuerda de la plomada entre los dedos pulgar e índice y la mantenía inmóvil por encima de la carta náutica.

—Este método asegura que la plomada no llegue a estar en contacto con la mesa, o con la carta, bajo ninguna circunstancia —explicó—. La idea es que la plomada esté lo más aislada posible de cualquier interferencia exterior. Ahora coloque el fular de su hermana sobre la mesa, entre nosotros dos, por favor.

Frank, sin decir una palabra, depositó el fular de seda perfectamente doblado al lado de la carta náutica.

—Si lo desdoblara un poco, tal vez su posición fuera algo más natural. Excelente. Ahora pongamos las manos sobre él. Bien, si se encuentra cómodo podemos empezar.

La carta del Estrecho estaba colocada de tal manera sobre la mesa, que Maple Cove quedaba exactamente debajo de la plomada. Martin, con los codos apoyados en la mesa, movió suavemente la cuerda.

—Solo estoy relajando un poco la tensión —explicó—, lo suficiente para que pueda detectar cualquier vibración, por ligera que sea.

Desde detrás de sus gafas, Martin miró a Seymour.

—Ahora viene la parte más difícil. Intente dejar su mente en blanco y concéntrese exclusivamente en el fular. Trate de imaginarse a su hermana con él puesto, tal como la recuerda. Cuando consiga tener la imagen de ella en la mente, manténgala ahí. Péguese a ella, quédese con ella, no permita que nada le despiste. Si nota que su atención empieza a flaquear, vuelva a intentarlo. Y sobre todo no trate de buscar. —Martin enfatizó estas últimas palabras—. La tentación de dirigir nuestros pensamientos suele ser muy fuerte. Si su hermana está en alguna parte, intentando conectar con nosotros para pedir ayuda, es vital que su mente esté totalmente receptiva. De otra forma es como si las conversaciones se cruzaran. Bloquearía el mensaje entrante con su propio mensaje saliente.

A continuación se hizo el silencio. Martin mantenía la plomada suspendida directamente sobre el aparcamiento que había en un extremo de la cala.

—Aquí debió de ser donde se detuvieron su hermana y su novio para dejar las bicicletas, por lo que podemos suponer —dijo con voz suave.

Pasaron varios minutos. La mano de Martin permanecía completamente inmóvil mientras sostenía la cuerda. La plomada colgaba como una gota de agua helada suspendida en el espacio. La intensidad de la luz de la lámpara había disminuido, y la lluvia que golpeaba contra el tejado tenía en Frank un efecto soporífero. Recordó las instrucciones de Martin e intentó mantener la imagen de Kim fija en su mente. Pero se le hacía difícil.

Tras lo que le pareció mucho tiempo, Martin Seymour se relajó y le dirigió una sonrisa.

—Nada por el momento —admitió—, lo cual es bastante normal. Suele necesitarse bastante tiempo antes de que empiecen a notarse las vibraciones. Para mí es como el proceso de afinar un instrumento. ¿Cómo se encuentra?

—Bien, creo. Bastante cansado. Es más difícil de lo que imaginaba.

—Sí, lo es. ¿Está preparado para que continuemos?

—Sí, lo estoy.

—Te has perdido el espectáculo de esta tarde, ¿verdad? —dijo Sheena—. Echa un vistazo.

Le pasó la cámara de vídeo.

Estaban en el coche de ella, en el camino que había detrás de la cala; la lluvia se deslizaba por los cristales. El regalo del doctor era una pulsera de oro y plata. Ella la llevaba ya en la muñeca.

Southwell echó un vistazo a la pantalla.

—¡Eh, ese es Tab! —exclamó.

Sheena le arrebató la cámara.

—¿Dónde? No lo veo.

—Rebobina la cinta un poco. Un poco más, ahí. Ahí está. ¿No lo ves? Saliendo de la fábrica de hielo.

—No puede ser, el fuego empezó después.

—Era Tab, lo he visto. Vuelve otra vez atrás. Ahí, ¿lo ves? Ese de ahí es Tab.

Sheena no contestó. Se le había quedado la boca seca y sentía un nudo en el estómago. ¿Cómo no se había dado cuenta antes? ¿Acaso lo había pasado por alto porque estaba mentalmente bloqueada? «¡Oh, no, por favor!», rogó en silencio.

Southwell estaba hablando.

—Fred Tarr me llamó para decirme que el chico se portó muy bien para la edad que tiene. ¿Hay algo más? Pon toda la cinta.

Con el corazón en un puño, Sheena dejó que la cinta siguiera avanzando. «Tiene que ser un error», se repetía.

—¡Eso es una estupidez! ¿Es que te has vuelto loca? Nadie va a creer que mi hijo haya hecho eso.

Sheena estaba nerviosa.

—Mira, echa un vistazo de nuevo a la filmación. Tab entra en el edificio. La hora aparece en la parte inferior de la pantalla: cinco y doce de la tarde. No se dio la alarma hasta las cinco y media. Tab entra... —volvió a poner la cinta en marcha— y ahí está, saliendo de nuevo. Ahora son las cinco y veinte. Ha estado dentro ocho minutos. ¿Qué ha estado haciendo todo ese rato?

—Cualquier cosa. Podía estar haciendo cualquier cosa. Mear, por ejemplo.

—Ahora mira a su alrededor de una manera sospechosa.

—Tiene trece años, no es más que un niño. ¡Por el amor de Dios, así es como actúan los niños de su edad!

—Mira un poco más. Se aparta de la puerta. Duda, se detiene, mira hacia atrás. Actúa de un modo definitivamente sospechoso, eso es lo que yo diría. Y ahora son las cinco y veintiséis, y mira lo que pasa, un fogonazo en el edificio, hasta se puede ver el humo saliendo por la ventana que hay en la segunda planta, encima de la puerta. La gente empieza a ponerse nerviosa. Se han dado cuenta de que pasa algo, pero aún no saben de qué se trata. Posiblemente han olido el humo, pero todavía no pueden verlo.

—Sí, eso es lo que tú dices —murmuró Southwell.

—Yo estaba allí, ¿recuerdas? Tab todavía está dudando, y aquí, de repente, se ve que ha tomado una decisión. Vuelve a entrar corriendo a la fábrica de hielo, míralo, ha echado a correr. Apenas llega a empujar la puerta y sale otra vez a toda prisa. Ahora está gritando «¡Fuego!».

Sheena detuvo la cinta. Southwell miró la imagen congelada de su hijo en la pantalla, gritando en silencio hacia ellos.

—Esto no prueba nada —susurró él con una risa falsa.

Sheena se sintió hundida.

—El incendio premeditado es un delito de imitación. Puede que Tab no sea el responsable de los demás incendios. Así lo espero, pero pienso que de alguna manera ha descubierto lo nuestro. Y está muy enfadado; como tú dices, Donna le cae muy bien. Ella le ofrece cierto grado de estabilidad en la vida cuando viene aquí a pasar el verano. El asunto de la pareja desaparecida puede que lo haya llevado al límite. Lo que sé es que ayer hubo un incendio y él estaba allí. Eso también es un patrón típico; los pirómanos suelen quedarse en el lugar para ver el resultado de sus acciones.

Southwell tenía una expresión aturdida, como si de repente todo se hubiera acabado para él. Sentía una opresión en el pecho. Parecía hacer esfuerzos para encontrar algo que decir.

—Podemos averiguarlo —dijo con voz entrecortada—. Podemos averiguarlo juntos. Hablaré con él.

—Tienes que hacer algo más que hablar con él —dijo Sheena—. Tab necesita la ayuda de un profesional. Tú eres médico, deberías saberlo mejor que nadie.

—Mira, hasta el momento nadie ha resultado herido. Solo se trata de unas hectáreas de bosque quemado, pero eso se regenera. La fábrica de hielo estaba en ruinas; el edificio estaba abandonado desde hacía veinte años. Chance Greene iba a demolerlo de todas formas.

—No puedes quedarte así, sin hacer nada. Por lo que sabemos, en este momento el chico podría andar por ahí con un bidón de gasolina.

Southwell seguía negando con la cabeza.

—No lo entiendo, siempre hemos tenido tanto cuidado… ¿Cómo ha podido descubrirnos?

—Está lloviendo a mares. No vamos a encontrar ningún lugar donde pasar la noche —se quejó Jessica.

—Tendremos que seguir hasta que encontremos un sitio con habitaciones libres —dijo su marido con hastío.

Llevaban una hora conduciendo y era evidente que las predicciones de su esposa se habían cumplido. Todos los hoteles por los que pasaban tenían puesto el cartel de «COMPLETO». Al final, siguiendo un camino tortuoso que, según un panel indicador, llevaba al River Recreation Center, encontraron un edificio con un letrero luminoso justo después de cruzar el puente sobre el río.

Ted frenó.

—Ahí es.

—Deportes acuáticos. Habitaciones. Cámping —leyó Jessica—. Parece que tienen habitaciones libres. Vale la pena intentarlo.

—Parece un sitio medio abandonado —murmuró Julie mientras avanzaban hacia el porche bajo la lluvia.

—No me importa si nos encontramos a Anthony Perkins en la escena de *Psicosis* —le dijo Jessica—. No puedo dar ni un paso más.

Pero el propietario era amable y atento.

—¿Dos habitaciones familiares para una noche? Sí, tenemos sitio para ustedes. Den la vuelta al edificio; pueden aparcar justo en la puerta.

—¿Estamos muy lejos del mar? —preguntó Jessica de repente.

—La playa más cercana es la de Goodwill. A unos cuarenta kilómetros por carretera.

—¿Y en línea recta?

El hombre se encogió de hombros.

—No sabría decírselo exactamente, veinte, puede que quince. El camino tiene bastantes curvas.

Las dos familias intercambiaron unas miradas. Entretanto, Lloyd estaba observando los carteles de la pared.

—¿Podremos ir a hacer rafting mañana? —preguntó con ilusión.

—Por supuesto —le dijo el hombre—. Tienes que estar aquí a las nueve y media de la mañana. A las diez y media estarás ya en el agua. A las once menos cuarto abren las compuertas de la presa que hay más arriba.

—¿Estamos cerca del río? —preguntó Jessica con sorpresa mientras echaba un vistazo al exterior a través de la ventana mojada de la recepción.

—Parece mentira con este tiempo, ¿verdad? —El propietario hizo una mueca—. El canal pasa a un kilómetro de aquí, al otro lado de la ladera. Desde aquí solo se ven los árboles de la orilla.

—¿Podremos ir, mamá? ¿Papá? Por favor, decid que sí —les suplicaba el niño.

Los adultos lo discutieron entre ellos.

—No estoy segura. ¿Cómo es de fuerte la corriente? —preguntó Julie.

—No se preocupe, señora. Las secciones están clasificadas según la dificultad de dos a cinco. La del nivel dos es apropiada para niños de más de siete años.

—¡Yo cumpliré siete la semana que viene! —dijo Lloyd, ansioso—. ¿Es suficiente?

—Bueno, yo hubiera dicho que al menos tenías ocho años —le dijo el hombre—. Hablando en serio, amigos, siempre he llevado a los niños a ese río y nunca hemos tenido problemas. Es una travesía muy emocionante y cumplimos todos los requisitos de seguridad. En cada uno de los botes va un guía cualificado y con mucha experiencia. Los chicos se lo pasarán en grande, y es una buena manera de conocer el río. El precio es de cien dólares para los adultos. Cincuenta para los niños.

Ted hizo un cálculo rápido.

—De acuerdo —dijo después de que Brook asintiera con la cabeza—. Entonces, ¿a las nueve y media?

—Aquí, en la recepción. Cojan los trajes de baño y alguna prenda de abrigo para protegerse del viento. Nada de algodón, tarda mucho en secarse y acabarían congelados. Lo mejor son las prendas sintéticas. Tenemos trajes de neopreno para alquilar. En esta época del año se lo recomiendo. Llévense también toallas y ropa para cambiarse después.

—De acuerdo. Y ahora, ¿dónde podríamos cenar algo? Estamos hambrientos.

—El restaurante y el bar están al otro lado de esa puerta. La cocina cierra a las nueve. Hasta esa hora pueden prepararles unos filetes estupendos.

Cuando ya se daban media vuelta para dirigirse a los coches, Jessica formuló la última pregunta:

—¿Cómo se llama el río?

—¿No lo vieron en el cartel, antes de cruzar el puente? Se llama Dead River, el río muerto.

31

La Palma, Canarias

El despegue del helicóptero estaba previsto para las cinco de la mañana. Los geólogos hubieran preferido salir más tarde, querían tener el máximo de luz posible para ver bien el cráter, pero las autoridades estaban desconcertadas. El último terremoto había dejado catorce muertos en La Palma; ocho de ellos pertenecían a una misma familia que había quedado sepultada bajo los escombros de un edificio de cuatro pisos que se había hundido. A recomendación del observatorio, las autoridades habían puesto en marcha el nivel de alerta cuatro: se esperaba una erupción mayor en las siguientes veinticuatro horas. Los isleños se amontonaban en cualquier avión o barco que saliera de la isla. En la capital la situación estaba fuera de control, y se necesitaba una respuesta urgente. De manera que se programó el vuelo del helicóptero para las cinco de la mañana, y más tarde fue aplazado hasta las seis con la esperanza de que el tiempo mejorara.

La organización lo tenía todo previsto. Los geólogos, Felipe, Concha y Malcolm Mackenzie, más un portugués que se había unido a ellos en el último momento, se reunieron en la plataforma de aterrizaje del observatorio. El helicóptero, un Bell Augusta de las fuerzas aéreas que operaba en la zona de Tenerife —desde el último terremoto, las aeronaves ya no tenían su base en La Palma durante la noche—, debía trasladar primero a una personalidad del gobierno entre otras dos islas del archipiélago. Después se dirigiría al aeropuerto civil que había en la costa, al lado de la capital. Para cuando se hubieron resuelto esos problemas, y el helicóptero tomó tierra para recoger a los científicos, ya habían perdido tres horas de trabajo.

El viento soplaba del sudeste, de manera que la caldera y el observatorio quedaban cubiertos por una capa de ceniza que se removió en medio de una nube de color rojizo cuando el helicóptero volvió a alzar el vuelo. El copiloto le gritó algo a Felipe mientras tomaban rumbo hacia el este, de vuelta a la capital. Malc intentó entender lo que decía, pero con el ruido de la cabina le fue imposible.

—¿Qué dice? —le gritó a Felipe.

Felipe se lo tradujo.

—La visibilidad es muy mala en toda la isla. Tenemos que girar por encima de La Gomera y El Hierro, y aproximarnos por el sur. Eso nos llevará sesenta minutos, y andamos cortos de combustible.

—Nos está tomando el pelo. Pregúntale cuánto tiempo podremos estar sobre el cráter.

Felipe asintió. Hubo un intercambio de palabras a gritos entre los dos pilotos y él. Felipe se volvió de nuevo para hablar con Malc.

—El piloto dice que eso depende del polvo. Si la cosa está mal, no podremos permanecer mucho tiempo, tal vez solo hagamos una pasada por encima del cráter. Los filtros podrían bloquearse y hacer que se calentasen los motores, y eso sería un gran problema para los que vamos a bordo.

Malc miró hacia las nubes coloreadas que estaban suspendidas sobre la montaña y se preguntó si aquellos tipos podrían siquiera atravesarlas.

Sin embargo, en cuanto empezaron a volar por encima del agua, el aire se fue aclarando y la visibilidad mejoró progresivamente conforme se acercaban a los escarpados acantilados de La Gomera y luego giraban hacia su nuevo rumbo. Al cabo de veinte minutos, apareció a sus pies la inmensa bahía de la estrecha isla de El Hierro brillando bajo la luz del sol.

—Aquí no hay mucha ceniza —le comentó Malc a Concha.

—No, han tenido suerte. El viento les es favorable.

—Esperemos que también lo sean los demás elementos —dijo él. Había fruncido las cejas—. Quiero decir el océano. Si cae Cumbre Vieja, los de ahí abajo no tendrán mucho tiempo para llegar a las tierras altas.

Ella lo miró con labios temblorosos.

—Entonces, ¿crees que puede pasar? Ayer me dijiste que era una tonta solo por pensarlo.

Él asintió con la cabeza.

—Eso fue hace veinticuatro horas; han pasado muchas cosas desde entonces. De todas formas, te lo dije porque hablabas de que podría llegar a afectar a la costa Este de Estados Unidos. Y sigo pensando que esa es una posibilidad muy remota.

El copiloto estaba diciendo algo.

—Nos estamos acercando a la zona de observación —les comunicó Felipe—. Por lo visto, hay que tener mucho cuidado porque el humo de las bocas del volcán puede dejar ciego el radar del helicóptero.

«Esos pobres chicos están realmente asustados —pensó Malc—. En la base han estado viendo la televisión y saben que el volcán puede estallar en cualquier momento. Están horrorizados pensando que pueden arder vivos. El piloto hará una pasada a media altura antes de anunciar que debe regresar a la base, de modo que será mejor que aprovechemos cada minuto.» En el asiento de su lado, Felipe había llegado a las mismas conclusiones y estaba preparando su cámara.

Volaron en dirección norte. Delante de ellos, una inmensa nube oscura, de más de tres mil metros de altura, se alzaba sobre La Palma como un desgastado sudario. Abajo, el océano se había oscurecido por la cantidad de polvo y ceniza arrojados por el volcán. Y cuando sobrevolaron el pequeño pueblo de Fuencaliente, en el extremo sur de la isla, vieron que las antiguas casas blancas estaban vacías y ennegrecidas. A un par de kilómetros del pueblo, la sima abierta del nuevo cono hervía y echaba humo, y a ratos emergían al aire chorros de chispas incandescentes.

El helicóptero se ladeó para que tomaran fotografías; pero era uno de los cráteres menores y enseguida lo dejaron atrás y siguieron la línea de la costa hacia el oeste.

Malc le golpeó a Felipe en el hombro.

—Se están alejando demasiado. Tenemos que pasar por encima del cráter central.

El piloto echó la cabeza hacia atrás y gritó algo en respuesta. Felipe le contestó exasperadamente, y entre ellos tuvo lugar una discusión airada.

—Les he dicho que tenemos que pasar más cerca —tradujo Felipe a sus compañeros—. Pero no les hace ninguna gracia. Dicen que es demasiado peligroso. Les he explicado cuál es el propósito de esta misión, que los datos que tenemos que recoger son vitales y que si no nos acercamos lo suficiente habremos hecho este vuelo en vano y tendremos que regresar en otro momento, lo cual será todavía más arriesgado. Han accedido a llevarnos donde les digamos, pero ya veis que no les hace ninguna gracia.

El piloto, sin dejar de quejarse, viró la nave hacia estribor. Malc vio pasar por debajo de ellos un barco de pesca que avanzaba hacia el norte, en dirección a Puerto Naos. La sombra del helicóptero rozó la superficie del oscuro mar. Habían descendido a unos novecientos metros. Una playa de arena negra apareció ante ellos, y el suelo de la isla empezó a elevarse. Justo delante se alzaban los acantilados. Por la ventanilla de la izquierda se veía una nube de humo que ascendía del agua. Malc miró el mapa. Eso debía de estar cerca de El Charco. Luego pasaron sobre un bosque cuyos árboles parecían cadáveres cubiertos de un polvo verdoso.

Felipe indicaba al copiloto las coordenadas en el mapa, y este las introducía con rabia en la consola de su ordenador. Tampoco el piloto hacía ningún esfuerzo por disimular su enfado. Lo único que los había convencido para acercarse tanto al volcán era la perspectiva de que les ordenaran sobrevolarlo por segunda vez.

El helicóptero se ladeó y empezó a volar en círculos. Habían llegado al primer punto marcado en el mapa y buscaban un sitio donde aterrizar. En alguna parte, allí arriba, entre el humo y las cenizas, debía de estar lo que habían ido a ver: el límite sur de la línea de fractura de 1949.

—Jesu! —El portugués que estaba sentado detrás de Felipe se santiguó.

Delante de ellos se alzaban unos riscos con forma de torre. El helicóptero se elevó un poco para sobrevolarlos. Entonces se abrió un hueco entre la densa nube de humo y todos pudieron ver un río de lava, de más de un kilómetro de longitud, que, como una pesadilla infernal de un vivo color carmesí, vomitaba el cráter de Hoyo Negro.

Y en el suelo todavía era peor.

El piloto los dejó en el extremo del primer cono, del que salía un chorro de humo. Los científicos se quejaron, querían acercarse más.

—¡Salgan ya! —gritó el piloto—. ¡Vayan a hacer lo que tengan que hacer! ¡Cada minuto que les esperemos aquí nuestras vidas estarán en peligro!

Nos les quedaba más remedio que recorrer el resto del camino a pie.

Las densas nubes de ceniza que se cernían sobre la zona, y la constante salida de humo, oscurecían tanto el paisaje que de vez en cuando el grupo tenía que detenerse para poder orientarse. Felipe les recomendó que improvisaran máscaras con sus pañuelos para protegerse de la ceniza y el humo. Aquellas fumarolas le tenían preocupado. Se sabía que uno de los riesgos allí eran las emanaciones de gas metano. Deberían haber llevado bombonas de oxígeno, pero por alguna razón no las habían traído.

—Si alguien se siente mareado, que se detenga inmediatamente —les dijo con énfasis—. Y luego que regrese al helicóptero. Trabajaremos por parejas; que cada uno vigile al otro.

Malcolm se acercó a la chica. Aquel sector de la falla era impresionante. Durante la erupción de 1949 el suelo se había elevado verticalmente cuatro metros a lo largo de la cresta de la cumbre, con un desnivel de más de medio metro a lo largo de tres kilómetros de distancia. La pregunta era: ¿se extendía esa fractura hacia el interior de la tierra o solo se trataba de una grieta superficial? Para decirlo con términos técnicos: ¿se trataba de un nivel profundo de discontinuidad o tan solo de una fractura poco profunda? ¿Se había producido a causa de asentamientos gravitacionales provocados por las cámaras de magma que exhalaban las numerosas grietas? ¿O se trataba de la cima de una línea de escisión, que podría romperse como si fuera una bandeja de cristal con el siguiente terremoto?

—Si se trata de una fractura de nivel profundo —les había dicho Felipe mientras iban en el helicóptero—, tendremos que encontrar indicios de posibles rompimientos futuros con movimientos tanto en vertical como en horizontal.

En palabras más simples, estaban buscando signos de que la montaña se estuviera partiendo en dos.

—Y si encontramos esos indicadores, ¿qué? —había querido saber Concha.

Ninguno de ellos tenía respuesta a esa pregunta. Su trabajo era encontrar pruebas, demostraran lo que demostrasen. Lo que hubiera que hacer después ya era asunto de los políticos.

Sudando dentro de sus trajes ignífugos, jadeando y tosiendo a causa del aire fétido, se pusieron manos a la obra. El paisaje parecía un campo de batalla devastado. Montones de ceniza y grava carbonizada, y terrones de piroclasto, alternaban con cráteres que se habían formado allí donde habían caído las rocas ardiendo arrojadas por el volcán. El cráter de Hoyo Negro no estaba a más de dos kilómetros. Cuando el viento soplaba en dirección a ellos, el humo y el ruido de los respiraderos se hacía insoportable y una lluvia de metralla de grava barría la ladera. Malc temía que en cualquier momento los motores del helicóptero se pusieran en marcha y los abandonaran en medio de aquel infierno.

Entre los cuatro cubrieron la mayor parte de la línea de la falla —unos quinientos metros—, hundiéndose hasta las rodillas en la ceniza, y escalando antiguos cráteres de cortante lava solidificada. Por todas partes alrededor del cráter había marcas de zonas hundidas y quebradizas. Eso era algo de esperar después de los constantes temblores de las pasadas semanas, pero por mucho que Malc buscó, no vio ninguna grieta profunda, el anuncio del posible colapso que tanto temían.

Llamó a Concha. Ella también negó con la cabeza.

—Me parece que ya podemos regresar al helicóptero, ¿no?

—Ya que estamos aquí, aprovechemos para hacer bien las cosas.

Caminaron otros cien metros. Concha lo seguía de mala gana.

—No hay nada, creo que deberíamos regresar. Los pilotos estarán preocupados.

Malc se dio por vencido. Posiblemente ella tenía razón.

—De acuerdo, volvamos.

Con alivio, regresaron sobre sus pasos. Se reunieron con Felipe y con el portugués junto al helicóptero.

—No hemos encontrado nada, ¿y vosotros?

—Tampoco.

—¡Madre de Dios, gracias!

La tripulación estaba muy nerviosa.

—¡Deprisa, deprisa! —les gritaron a través de la puerta—. ¡Vámonos ya!

Mientras se elevaban, Felipe llamó por radio al observatorio para comunicar las buenas noticias.

—Sigue como antes, hay algunas zonas hundidas y quebradizas, pero ninguno de nosotros ha detectado algún deslizamiento mayor. Ahora nos dirigimos hacia el sector norte.

—¡Por última vez! —añadió el copiloto entre dientes, y luego murmuró una breve oración.

Malc saltó en su asiento cuando una bolsa de aire sacudió el Bell Augusta. Sobrevolaban la cima de la Ruta de los Volcanes a unos doscientos metros del más alto de los conos humeantes. Hasta el momento habían contado cinco cráteres mayores que lanzaban cenizas y fragmentos de piroclasto. El cielo, por encima de ellos, estaba teñido del rojo de la ceniza y el humo.

—¡Mira, ahí abajo! ¡Ese es el lugar! —gritó Felipe por encima del ruido del motor y las hélices.

A través de la ventanilla de metacrilato, sucia de ceniza, los geólogos divisaron una fractura en un lateral de la cresta, un muro vertical de roca que cortaba los restos del antiguo flujo de lava ahora ya solidificada.

La situación empeoraba cada minuto que pasaba. En el helicóptero se notaban las repetidas detonaciones procedentes de Hoyo Negro, y los guijarros y fragmentos de lava despedidos por el volcán golpeaban el fuselaje del aparato. El portugués tiró a Malc de la manga y señaló también hacia abajo. Malc alzó el pulgar para indicarle que había comprendido. Felipe hablaba nervioso con el piloto, quien, vuelto hacia atrás, le contestaba a gritos y negaba furiosamente con la cabeza. Malc solo pudo entender las palabras «no» y «prohibido».

—¡Quince minutos! ¡Dile a ese imbécil que necesitamos parar ahí quince minutos! —le gritó a Felipe.

Trató de enfocar los prismáticos entre el traqueteo del helicóptero.

—¿Ves algo? —preguntó el portugués.

—¡Nada, hay mucha ceniza y mucho humo, y no puedo ver nada con detalle! —contestó Malc a gritos—. ¡Maldita sea, Felipe, dile a ese tipo que nos deje en tierra! Para eso hemos venido hasta aquí, ¡por el amor de Dios!

Felipe levantó una mano.

—¡Cinco, capitán, cinco! —le suplicaba—. Cinco minutos, ¿vale?

El capitán meneó la cabeza con gesto de disgusto. Maldiciendo entre dientes, echó una ojeada al suelo y le dijo algo al copiloto a la vez que señalaba con un pulgar hacia abajo. El morro del aparato se inclinó bruscamente, la cola se elevó y después volvió a enderezarse. Luego realizó un breve vuelo rasante y acabó posándose en el suelo en medio de una nube de polvo y humo.

Malc y sus compañeros cogieron el equipo y abrieron la portezuela lateral. El capitán se giró en redondo y se dirigió a ellos con una mueca de disgusto en la cara.

—Cinco, ¿de acuerdo? ¡Cinco minutos! ¡Luego nos iremos! —les gritó con ira—. Y si no han vuelto, se quedarán en este maldito lugar.

Inclinándose para proteger la cara del viento que levantaban las hélices del aparato, Malc corrió hacia las rocas empujando a Concha delante de él. Los cuatro se echaron al suelo, a la espera de que las hélices dejaran de moverse. Entonces Malc le dio una palmada a Felipe en el hombro y todos se pusieron en pie y caminaron en fila hacia la línea de fractura. Buscaban, de nuevo, deslizamientos de tierra, fisuras recientes, signos de algún movimiento que advirtiera de un desprendimiento en la ladera de la montaña.

Y rogaban no encontrar nada.

Pero esta vez Malc no estaba tan seguro.

Había avanzado una docena de pasos cuando Concha, que iba a su lado, lanzó un grito y cayó hacia delante sobre un manto de ceniza. Él la aferró por el brazo y la ayudó a ponerse en pie.

—¿Te has hecho daño?

Ella tosió y negó con la cabeza. Felipe estaba justo detrás de ellos.

—Debemos darnos prisa —jadeó con la boca tapada por un pañuelo—. Tú y Concha iréis por allí —añadió señalándoles el lugar.

—No. —Malc levantó la cabeza en dirección al cráter de Hoyo Negro—. Quiero intentarlo por ahí. Cuando sobrevolábamos la zona me ha parecido ver varias alteraciones en el terreno.

Felipe se lo quedó mirando un instante.

—De acuerdo, como quieras. Yo iré por el otro lado, con López. Pero no vayáis muy lejos. Si la erupción empeora, los pilotos no nos esperarán.

—¿Es aquí donde has visto la nueva brecha? —gritó Concha.

—¡Eso creo! —le contestó Malc a voces.

El chirrido del vapor que salía de las fumarolas hacía casi imposible oírse.

—¡No veo nada!

El pelo negro que escapaba por debajo del casco de la chica le rozaba las mejillas.

—¡Intentémoslo un poco más allá!

—¿Qué?

Malc la cogió del brazo y le indicó el camino.

—¡Ahí abajo! ¿No te parece eso el efecto de un terremoto reciente? —le gritó al oído.

Concha miró hacia abajo de la pendiente arrugando la frente.

—¡Puede que sí, pero no es muy profundo!

—¡Tenemos que comprobarlo! ¡Espérame aquí!

—¡No! ¡Iré contigo! ¡No me da miedo!

Juntos se deslizaron por la pendiente de gravilla hasta llegar a un lugar donde la tierra se abría ante ellos.

—No es profundo —dijo Concha entornando los ojos en medio del humo. Allí estaban parcialmente protegidos del ruido y del viento—. Fisuras de los temblores, creo.

Malc se apartó un poco y miró a un lado y a otro. Concha tenía razón. El terreno estaba cuarteado en varias zonas, pero podía ser el resultado de los sucesivos temblores relacionados con la erupción del cráter de Hoyo Negro. Aun así, estaba inquieto. Sobre todo por la extensión de las fracturas, por la manera en que se hundían en el terreno y se interconectaban. Tenía la sensación de que una amenaza les aguardaba a la vuelta de la esquina. Miró su reloj. Llevaban allí diez minutos. Cuando abrió la boca para hablar, una estruendosa explosión del volcán lo dejó sin palabras. Un cono de color rojo vivo empezó a latir entre las nubes de humo. A su alrededor comenzaron a caer gotas de lava líquida y chispas de roca ígnea.

—¡Corre!

Esta vez fue Concha quien lo agarró por el brazo. Tratando de protegerse de aquella lluvia mortal, se ayudaron mutuamente a subir por la ladera. De entre el humo aparecieron dos figuras cubiertas de polvo. Felipe alargó una mano para ayudarles a salir.

—Hemos venido a buscaros. Deprisa, el helicóptero está a punto de marcharse.

—Espera, he visto unas grietas por allí. Creo que deberíamos ir a echar un vistazo.

—¿Cómo de grandes? Yo no he visto nada. ¿Lo ha visto alguien más?

Los otros dos negaron con la cabeza. Concha se lo quedó mirando.

—No eran más que fisuras producidas por los temblores.

—No estoy de acuerdo —dijo Malc con ardor—. No podemos estar seguros sin ir a comprobarlo.

Felipe se mostró inflexible.

—Esto es una estupidez. No voy a arriesgarme a perder más vidas. Os ordeno a todos que abandonemos la montaña.

—No hemos examinado este sector lo bastante como para estar seguros —insistió Malc.

—¿Te has vuelto loco? ¿Es que quieres que muramos todos?

Malc se enfrentó a él.

—Hemos venido hasta aquí para descubrir algo. Si no inspeccionamos esta zona de la manera adecuada, no podremos estar seguros de si la ladera de la montaña es estable. Lo haré yo solo. Podéis marcharos.

—Tenemos el GPS —dijo Felipe, muy enfadado—. Yo soy el jefe. Y yo tomo las decisiones.

Antes de que Malc pudiera seguir discutiendo se oyó un silbido y todos miraron en la dirección de donde procedía. Una bomba de lava al rojo vivo, del tamaño y el peso de un saco de cemento, salió volando de entre la nube de humo, golpeó la ladera a una docena de metros de donde se encontraban con un impacto que hizo temblar la tierra y luego cayó rodando montaña abajo. Fragmentos de lava humeante llovieron sobre ellos.

—¡No hay más que hablar! —gritó Felipe—. ¡Volvemos al helicóptero!

Resbalando y tropezando, corrieron a través del humo. Mucho antes de que vieran el aparato oyeron el ruido de los rotores poniéndose en marcha. «Cielos —pensó Malc—, esos cabrones se marchan y nos dejan aquí.» Y así habría sido si se hubieran quedado allí más tiempo. La arena y el polvo les abofetearon. Avanzaron agachados hacia el helicóptero. Oían a los pilotos gritarles que se dieran prisa. Llegaron a la portezuela y subieron de un salto. Malc fue el último. Cuando por fin entró, ya estaban despegando. Jadeando y prácticamente sin aliento, se dejó caer al lado de Concha. Por encima del ruido de los motores pudo oír la voz de Felipe hablando por radio con el observatorio.

—Hemos inspeccionado toda la zona. No existen deslizamientos significativos en la falla. Sí, ya hemos abandonado la montaña y regresamos. Corto.

Aquellas fueron las últimas palabras de Felipe.

Un resplandor rojo brillante envolvió el morro del aparato. Se oyó un chasquido apagado y la zona de la derecha del helicóptero —el lado opuesto al que ocupaba Malc— se disolvió en una mezcla de fragmentos de vidrio y trozos de metal. El aparato dio un giro brusco y empezó a caer como una piedra, dando bandazos y haciendo que Malc saliera despedido de su asiento. Un aire helado entró por el boquete y llenó el interior del helicóptero con un montón de escombros. Malc se agarró al asiento para no salir despedido por el agujero abierto en el fuselaje, pero el aparato seguía dando violentas sacudidas, girando en redondo, y los motores chirriaban como si estuvieran a punto de estallar. Todo lo que había dentro del helicóptero, cuerpos, equipo, mochilas, iba de un lado a otro de la cabina.

Malc vio vagamente el acantilado que se elevaba delante de ellos. El helicóptero, fuera de control, dio un giro brusco y se apartó de la montaña. Caía ladera abajo.

Momentos más tarde se oyó un impacto, mucho peor que el primero, que lanzó a Malc de nuevo contra lo que debía de ser el techo de la cabina, pero no podía estar seguro. Luego oyó un ruido espantoso de metal aplastado y hecho añicos, junto con una serie de sacudidas que lo dejaron medio inconsciente. Oía los gritos de los demás como en sueños. La cabina del aparato se había llenado de humo y ceniza. Parecía que estaban deslizándose, cayendo, dando tumbos sobre las rocas. Malc no podía pensar en nada más que en su terror al fuego.

De golpe el movimiento cesó. Notó el viento en la cara, vio un hueco delante de él y, haciéndose una bola, se lanzó hacia fuera. Cayó al suelo con un golpe seco que le hizo perder el poco aliento que le quedaba. Jadeando, levantó la cabeza del polvo y, como pudo, se puso en pie.

El Bell Augusta estaba en el suelo como un insecto aplastado, incrustado entre las grandes rocas de la falla. Había trozos de metal por todas partes. Vio que empezaba a salir humo del aparato. «¡Dios mío, fuego!», pensó. Entonces, a través del hueco por el que había salido, vio que Cocha yacía en el asiento. La aferró con fuerza y tiró de ella para sacarla fuera. La muchacha gemía, medio inconsciente, pero estaba viva. Maldita sea, todavía llevaba puesto el cinturón de seguridad. Tardó unos minutos en desatarla. Le pasó un brazo por las axilas y volvió a tirar de ella. El olor del humo era cada vez más fuerte. El miedo a un incendio lo estaba consumiendo. Se echó a la chica a los hombros y, tambaleándose, con el corazón saliéndosele del pecho, las piernas doloridas, movido solo por la adrenalina y cargando con el peso muerto de Concha, empezó a caminar. Un fogonazo rojo estalló sobre las rocas; sintió el ruido sordo del combustible al arder y un calor a su espalda, y supo que los demás habían muerto.

No tenía ni idea de cuánto se habían alejado. Cuando las piernas le fallaron, se dejó caer de rodillas. Concha tenía los ojos abiertos y lo miraba.

—¿Estás herida? —le preguntó Malc.

Ella no contestó, pero sus ojos miraban alrededor con las pupilas muy dilatadas.

—¿Puedes oírme? ¿Estás herida? —repitió.

Ella se humedeció los labios resecos.

—Allí —carraspeó ella, a la vez que alzaba la mano que tenía apoyada en el hombro de él y hacía un gesto señalando hacia el suelo.

Pero para entonces Malc también lo había visto.

—¡Dios mío! —susurró, horrorizado.

Acababan de encontrar la prueba que estaban buscando. Estaba allí mismo, delante de sus narices. Exactamente en el lugar donde se habían detenido, fracturas recientes, abiertas por encima de las de hacía sesenta años, hendían el terreno.

Y eso no era todo. Había algo todavía mucho peor: a lo largo de la línea de la antigua falla había una franja de roca virgen que mostraba el nuevo deslizamiento. Era la huella dejada por la montaña donde el terreno se había deslizado hacia el mar.

La montaña se estaba partiendo en dos.

La montaña se estaba partiendo y ellos eran los únicos que lo sabían. Los únicos, y no tenían modo alguno de comunicárselo a los demás. Las últimas palabras de Felipe habían sido un catastrófico error. Y había pagado con su vida por ello.

32

Bearskin Neck, Goodwill

Rick se despertó a las cinco menos cinco, momentos antes de que sonara la alarma de su despertador. La noche, después de la lluvia, había sido húmeda, pero esa mañana el viento soplaba del este y el aire era frío y húmedo, cargado de sal. Apartó las sábanas a un lado y apoyó los pies en el parquet. Estaba solo en el apartamento que tenía encima de la tienda; Natalie no había pasado ni una noche allí desde el día de su compromiso.

Salió fuera y puso en marcha su furgoneta bajo una oscuridad que empezaba a disiparse lentamente. Se hallaba a tres minutos en coche del Prado. En la comisaría de policía, Ted Hopper, uno de los dos guardias que hacían el turno de noche, estaba sentado detrás de su escritorio.

—Tu jornada empieza cuando acaba la mía —le dijo con voz pastosa.

A Ted le faltaban seis meses para la jubilación. Todos los domingos le hacía el mismo comentario. Cogió la llave de seguridad del gancho en el que estaba colgada y acompañó a Rick a la parte de atrás del edificio.

—¿Nunca te cansas de este trabajo? —le preguntó mientras entraban en el garaje, donde se guardaban también los vehículos que había llevado allí la grúa.

Rick se encogió de hombros.

—Sirve para pagar el alquiler. No me importa empezar tan pronto. Al menos no en verano.

La misma conversación de todos los domingos.

El furgón de seguridad, de color azul oscuro, estaba aparcado junto a una de las paredes del garaje en el mismo lugar donde lo habían dejado el día anterior. Medio tumbado en el asiento del pasajero, con una pistola en la mano, había un hombre de cara pálida. Evan Kelso, el guarda del banco, era el encargado del traslado del dinero.

—Buenos días, Evan —lo saludó Rick.

Kelso contestó meneando la cabeza en silencio. Casi nunca hablaba. Puede que fuera a causa de los nervios.

Antes de subir al vehículo, Rick dio una vuelta alrededor y comprobó el estado de los neumáticos. Lo último que deseaban en uno de aquellos traslados era tener un accidente. Se enfundó el uniforme y el casco de kevlar, se metió la pistola que la empresa le proporcionaba en la cartuchera y saltó al asiento del conductor. A una señal suya, Hopper pulsó el botón que abría la puerta del garaje.

—¿Todo en orden? —le preguntó Rick a Kelso, y recibió una inclinación de cabeza como respuesta.

Rick giró la llave de contacto. El reloj del salpicadero marcaba las cinco y veinticinco. Iban bien de tiempo.

La primera parada fue en el banco de Main Street. Rick giró en Crocus Lane, avanzó hasta una puerta metálica que daba a la zona de descarga y esperó con el motor en marcha a que Kelso recogiera las sacas vacías; debían llevarlas a Bangor y traerlas de vuelta llenas, para hacer frente a los gastos de Goodwill.

Bangor estaba a ciento cincuenta kilómetros por la Ruta Uno. A esas horas la carretera estaba vacía, y Rick podía hacer todo el recorrido de ida y vuelta en apenas cuatro horas. El banco les daba una hora más por los posibles retrasos, pero casi nunca les hacía falta. Si no tenías problemas para madrugar, el dinero que te pagaban por aquel trabajo estaba muy bien. Kelso y él hacían el mismo recorrido todos los domingos. Incluidas las primas, a Rick le salía cada hora de trabajo a treinta y cinco dólares. Kelso ganaba algo menos, pero él no tenía que conducir, solo mirar el paisaje y acarrear las sacas en las distintas paradas. Para Rick, Kelso soportaba la peor parte del trabajo; si alguien podía acabar recibiendo una bala era él. Aunque, en los cuatro años que Rick llevaba conduciendo el furgón de seguridad, nunca se habían encontrado con problemas. Y en Goodwill, ciento setenta y cinco dólares a la semana era bastante dinero.

Cruzaron la ciudad, que recién empezaba a desperezarse. En la Cornisa había algo de niebla. La luces del hospital estaban encendidas, pero no se veía signo alguno de actividad. Rick giró para entrar en la autopista y aceleró. El motor del vehículo era viejo, y con el sobrepeso del blindaje que llevaba aceleraba muy lentamente. Además de su pistola, Rick llevaba un M-16 en la puerta para poder echar mano de él rápidamente en caso de emergencia. Se suponía que la carrocería del furgón podía resistir el impacto de armas cortas.

La carretera estaba desierta, salvo por las ocasionales furgonetas de los granjeros y un camión de largo recorrido que pasó hacia el sur a toda velocidad. A las afueras de Jonesboro pasaron ante un par de furgonetas, con las cortinas echadas, aparcadas junto a un riachuelo. Turistas que exploraban la zona.

El furgón siguió avanzando entre las ocasionales nubes de niebla. No llevaban radio. Rick repasó mentalmente las cosas que tenía que hacer aquel día. Si el padre de Natalie seguía empeñado en que la regata se celebrara, y si había suficientes turistas dispuestos a seguirla, el fin de semana no sería, después de todo, un completo desastre. Chance Greene hablaría con los medios de comunicación locales a primera hora de la mañana para que anunciaran la regata.

En el asiento de al lado, Kelso mascaba chicle y pensaba en sus cosas, si es que pensaba. Aquella mañana sorprendió a Rick con un amago de conversación.

—¿Y qué vas a hacer ahora? —le preguntó Kelso con su voz nasal.

Rick se lo quedó mirando sorprendido.

—¿Qué? —dijo.

—He dicho que qué vas a hacer ahora —repitió Kelso con voz monótona.

Tal vez había oído hablar de su compromiso de boda, pensó Rick. La pregunta era bastante razonable, dadas las circunstancias. Un hombre recién casado no saltaba de la cama todos los domingos a las cinco de la mañana, por gusto.

—La verdad es que todavía no lo he pensado demasiado. —Esa era en buena medida la verdad—. Aún no hemos hecho planes.

Kelso no dijo nada más. Una vez se hubo quitado aquella pregunta de encima, pudo relajarse y permanecer en su silencio habitual.

Charco Verde, La Palma, diez y media de la mañana

El último temblor hizo que el pequeño pueblo se sacudiera durante tres minutos. El suelo se elevaba y palpitaba como si estuviera tratando de librarse del peso de los edificios. El océano se retiró tres veces, y tres veces la enorme ola volvió a romper en tierra, destruyendo los barcos ya maltratados por los anteriores terremotos. Las olas se estrellaron contra el rompeolas, doblaron la barandilla y levantaron los adoquines del pavimento.

El suelo del patio de Carlos, enterrado bajo un manto de arena y polvo, se levantó desde abajo hacia arriba y las baldosas se hicieron añicos; pareció como si una bestia salvaje emergiera de debajo del suelo. Las nubes de humo tiñeron el cielo de un color pálido y la temperatura descendió por debajo de los veinte grados.

Carlos todavía seguía allí. El cráter que se había abierto entre las rocas había crecido en tamaño y fuerza hora tras hora, expulsando cenizas y chorros de lava hirviendo que descendían del cono y formaban una costra de lava endurecida en sus laderas. La arena de la playa ardía bajo los pies, y en algunos lugares se veían emerger chorros de vapor.

—No podemos esperar. Tenemos que actuar ya o acabará por destruirnos —les dijo a los otros.

Sus compañeros asintieron. No tenían opción. Sin su pueblo, no eran nada.

En una fábrica del centro de la isla habían conseguido doce bidones de acero; habían colocado dentro los explosivos y luego habían sellado los bidones. El primo de Carlos, que era el encargado de la cantera de Taburiente, les había conseguido los detonadores.

En grupos de a dos transportaron los bidones ya preparados desde el cobertizo hasta el remolque que habían aparcado fuera. El remolque pertenecía al yerno de Pedro de Vera, el de ojos estrábicos; otro de ellos había conseguido el tractor. También contaban con una grúa hidráulica que utilizarían para colocar los bidones sobre el montículo de lava.

—Tenemos que colocar todos los bidones juntos, contra uno de los lados del cono, de cara al océano —les dijo Carlos—. La explosión abrirá un boquete que hará que la lava se dirija directamente al mar.

—Esa perra recibirá una buena —murmuró con voz siniestra Pedro, dando a entender que estaba de acuerdo.

Cargar el remolque les llevó más tiempo del que habían imaginado. Cada bidón pesaba sesenta kilos. Y a pesar de que el primo de Carlos les había dicho que el explosivo plástico era muy difícil que explotara sin un detonador, todos estaban muy preocupados por la posibilidad de que se produjera un accidente. Cuando la comitiva se puso en marcha en dirección a la playa, la marea ya había empezado a subir.

Frente a ellos, el cono chisporroteaba y escupía humo y fuego como un maldito demonio.

Ruta de los Volcanes

En lo alto de la humeante cumbre, Malc se sentó en el suelo y se agarró la cabeza con las manos.

—Ha sido culpa mía. Si no hubiera discutido con Felipe antes de regresar al helicóptero, podríamos habernos alejado a tiempo.

Concha se lo quedó mirando muy seria.

—No, tú tenías razón, y los demás, todos nosotros, estábamos equivocados. Tendríamos que haber mirado mejor hasta encontrar la nueva falla. ¿No fue eso lo que dijiste? Somos geólogos, ese es nuestro trabajo. Y si lo hubiéramos hecho, no habríamos estado en el helicóptero cuando la bomba de lava alcanzó el rotor. Ahora los demás están muertos y nosotros vivos. Tenemos que encontrar el camino para bajar y avisar al observatorio de lo que está pasando antes de que muera más gente.

Malc escupió un puñado de polvo y se incorporó. Concha tenía razón, el sentimiento de culpa y la pena no tenían cabida en aquellos momentos. Lo importante ahora era regresar. Las radios y los teléfonos habían quedado destruidos en el accidente. Tenían que encontrar una casa cuanto antes.

—Cuando se den cuenta de que el helicóptero no ha regresado, enviarán otro para buscarnos —dijo Concha con esperanza.

—No cuentes con ello. Están faltos de aeronaves, y con esta cantidad de humo y polvo en el aire es muy difícil que nos vean. ¿Dónde está la zona poblada más cercana?

—El pueblo más próximo está abajo, en la costa. Puede que en Puerto Naos o en Charco Verde todavía haya teléfonos que funcionen, pero lo dudo. Si no, probablemente nuestra mejor opción sea seguir por la Ruta de los Volcanes hasta llegar a El Pilar.

—Si bajamos hasta la costa, y resulta que allí los teléfonos no funcionan, volver a subir hasta aquí nos llevará todo el día. Yo opino que lo mejor será que continuemos por la cumbre.

El magma, empujado desde debajo de la tierra por una fuerza increíble, ascendía por canales que llegaban hasta la superficie, donde era expelido en forma de rocas incendiarias. Si aquel proceso seguía avanzando, todo el terreno entre el lugar en el que ellos se encontraban, en la cumbre, y la costa, a cinco kilómetros al oeste, acabaría deslizándose de manera catastrófica hasta caer al mar. Y su peor pesadilla se haría realidad.

Estaban entrando en la fase final de la erupción. Lo único que podían desear a partir de ese momento era tener tiempo; tiempo para evacuar a la población de la isla, y tiempo para avisar a las poblaciones de la cuenca atlántica de que estuvieran preparadas para trasladarse a lugares alejados de la costa.

Charco Verde

—¿Y si una chispa toca el plástico? —preguntó el estrábico Pedro de Vera con nerviosismo.

El tractor había llegado al final de la playa. Se ataron pañuelos alrededor de la cara para protegerse de los gases tóxicos que salían de las fumarolas y subieron hasta el saliente rocoso que rodeaba la cala. El cráter estaba debajo: un hoyo humeante que desfiguraba la pequeña bahía como una úlcera sangrante con su cono ennegrecido elevándose en el centro. El orificio expelía humo y vapor con un chirrido que hacía que se les encogiera el corazón. Estaban observándolo cuando una burbuja de roja lava líquida rebasó por el borde del cráter y empezó a deslizarse lentamente ladera abajo.

Carlos se limpió la arenilla de los ojos.

—Este material es muy seguro. Lo utilizan todos los días en la cantera. Si se le acerca una llama, arde, no explota. ¡Por eso necesitamos los detonadores, tonto!

El viejo pescador, con las manos metidas en los bolsillos, se encogió de hombros.

—Esto es una locura. No sé qué estamos haciendo aquí.

Carlos se giró en redondo hacia él y lo miró con unos ojos oscuros como el sílex.

—¿Acaso preferirías trabajar de camarero en Lanzarote? ¡Deja de lloriquear y compórtate como un hombre!

Aquellas palabras les levantaron la moral. Bajo la dirección de Carlos desengancharon el remolque del tractor y, con ayuda de la grúa hidráulica, bajaron la carga explosiva hasta el afloramiento rocoso. Desde ahí había que cargar con los bidones hasta lo más cerca posible del borde del cráter y luego bajarlos al interior con cuerdas.

—Como si metiéramos una cuba de vino en una bodega —dijo uno de ellos.

—No hables tanto —le cortó Carlos—. Vamos por el siguiente.

Dentro de una hora la marea empezaría a cambiar.

Océano Atlántico, once y media de la mañana

El sistema de megafonía del *Tarp* anunció que se había conseguido una lectura de radar —por medio del sistema de transmisión aérea— de la boya DART que estaba funcionando mal. Mary Sennett se había pasado la noche sin dormir, y aquella mañana la montaña aparecía ante ella más amenazadora que nunca. Una enorme mancha negra en el horizonte, un penacho con forma de yunque elevándose hacia la estratosfera, y su inmensa sombra cubriendo la superficie del mar como una mortaja.

—La Montaña Maldita —bromeó alguien.

A Mary el comentario no le hizo ninguna gracia. La frecuencia y la magnitud de los temblores iban en aumento. No hacía falta ser geólogo para adivinar que se avecinaba algún tipo de cataclismo. Rogó que al menos pudieran localizar la boya y hacer las reparaciones pertinentes antes de que la isla acabara por estallar y se los llevara por delante.

Derek Wanless volvió a dirigirse a su equipo.

—No voy a negar que hay cierto grado de riesgo en este regreso. Pero la gente que está en casa confía en que el sistema DART les dé el tiempo suficiente para reaccionar en caso de un tsunami. No podemos fallarles. Las evaluaciones preliminares de las señales indican que el problema reside en un fallo del procesador, más que en un error en la transmisión de los datos. Por lo tanto es necesario que la recuperemos. El capitán ya ha dado órdenes para que empiece a prepararse el sumergible, de modo que podremos comenzar nuestro trabajo en cuanto el barco llegue a la boya. Cuanto antes acabemos el trabajo, antes podremos marcharnos.

Mary se quedó compungida. Hacía cálculos mentalmente. Al menos cinco horas para que el sumergible llegara al fondo del océano, recuperara la boya de presión y la sacara a la superficie. Luego el tiempo que hiciera falta para cambiar el componente que hubiera fallado, aproximadamente entre dos y cuatro horas, teniendo en cuenta las comprobaciones necesarias. Otras cuatro o cinco horas para volver a colocar la boya en el fondo y que el sumergible emergiera. Mínimo doce horas, suponiendo que el control completo del equipo pudiera realizarse mientras el sumergible regresaba por segunda vez a la superficie. Las normativas de la marina prohibían la utilización nocturna de sumergibles excepto en casos de emergencia; lo cual quería decir que la recolocación de la boya podría aplazarse hasta la mañana siguiente. En el mejor de los casos, y suponiendo que el tiempo les fuera favorable, que no hubiera ulteriores complicaciones y que todas las pruebas fueran satisfactorias, podrían pasar veinticuatro horas antes de que volvieran a levar el ancla.

Mirando hacia el mar, apoyada en la barandilla del barco, Mary habría deseado que la montaña explotara en ese momento; eso les daría una excusa para salir de allí a toda prisa.

Mientras navegaban hacia su destino, vio signos reconocibles en el agua: trozos de piedra pómez, peces envenenados que flotaban en la superficie. Una fina lluvia de ceniza caía del cielo y cubría el barco con una capa de color gris. El sol, que al amanecer brillaba como una bola de fuego, ahora, mientras se acercaban al mediodía, se había convertido en un siniestro crepúsculo.

—Me siento como si estuviéramos entrando en el más allá —le confesó a Derek.

Él se encogió de hombros.

—Puede que nosotros tengamos suerte. Piensa en los geólogos que en este momento están allí arriba, en el volcán.

Mary sintió un escalofrío.

Thresher, *mediodía*

La válvula de drenaje de los tanques silbó mientras el agua era bombeada hacia fuera y la nave se elevaba lentamente hacia la superficie.

—Profundidad de periscopio, señor —informó el primer oficial—. Antena de radar elevada. Actividad en el aire, negativa. Distancia a tierra: quince coma ocho millas. El sónar no indica todavía la presencia de los rusos. Un contacto en superficie a cero-cuatro-cero, estimación de un pequeño barco de pesca a unos dos mil quinientos metros de la orilla, posiblemente se dirige hacia Puerto Naos. También se detecta la presencia del buque de reconocimiento *Tarp* a aproximadamente treinta millas al nordeste.

—Muy bien. Arriba periscopio.

—Periscopio arriba, señor.

La delgada barra de acero se elevó lentamente desde el suelo de la sala de control. El capitán tomó las asas del aparato, que se habían detenido a la altura de sus ojos. La imagen se proyectaba simultáneamente en una pantalla para que los demás oficiales pudieran verla, pero, como tantos otros comandantes, Krauss prefería la visión directa.

—El cielo está muy oscuro —murmuró observando alrededor—. Se diría que en lugar de ser mediodía estuviera atardeciendo. Hay mucha suciedad sobre el agua, sobre todo cenizas y piedra pómez. Tenía razón acerca del barco de pesca: azul claro, sin cabina, tres hombres a bordo, probablemente pescando con caña. —Con la manivela acercó la imagen hasta tener una visión más clara.

—Parece que se han alejado para apartarse de debajo de la nube de humo —comentó el primer oficial.

En la pantalla brillaron los dientes de un pescador con bigote en el momento en que recogía el sedal.

—Se le ve contento —comentó alguien.

—¿Tú no lo estarías, si fueras él?

El capitán hizo girar lentamente la lente del periscopio y dejó escapar un leve silbido.

—Allí hay un montón de humo y enormes nubes de ceniza. Por lo menos deben de alcanzar los cinco mil metros…

—¡Recibimos una fuerte actividad sísmica en tierra! —dijo de repente el operador del sónar—. Parece otro temblor de los fuertes.

—Desde esta distancia no puedo ver lo que está pasando. Hay un montón de materia de color rojo saltando desde el área central. Tomemos algunas fotografías para los informes.

Durante varios minutos, el submarino se deslizó lentamente mientras tomaba fotografías de la isla en llamas.

—Parece que haya cuatro cráteres echando humo —le comentó el primer oficial al capitán—. Tal vez sea verdad eso que dicen de que la isla puede llegar a partirse en dos.

Krauss meneó la cabeza. No tenía ganas de ponerse a especular al respecto.

—¡Capitán, observe ese bote, señor! —les interrumpió de repente un oficial subalterno encargado de mantener bajo vigilancia el barco de pesca—. ¡Uno de los españoles ha caído al agua!

—¿Qué ha pasado?

—Puede que haya perdido el equilibrio.

—¿En estas aguas?

—Eh, a los otros dos tampoco les van bien las cosas. El del bigote acaba de caerse sobre la escotilla de popa.

—Mierda, ¡el bote se está hundiendo!

Krauss echó mano al periscopio y lo movió de un lado a otro.

—Lo he perdido. ¿Dónde está?

Hubo un momento de silencio.

—Creo que acaba de hundirse —dijo al poco el primer oficial.

El oficial subalterno, que no había apartado la vista del bote, tenía una expresión de sorpresa.

—No lo entiendo. Hace un momento estaba ahí, y un instante después se ha hundido, como si hubiesen tirado de él hacia abajo.

Los hombres que estaban en el centro de mando observaban en silencio las pantallas. La superficie del mar estaba desierta. El bote de pesca y sus tres ocupantes, que hasta ese momento habían sido claramente visibles gracias a las potentes lentes del periscopio, habían desaparecido.

Krauss fue el primero en reaccionar.

—¡Busque otros barcos en las proximidades!

—Negativo en el radar, señor.

—El sónar registra muchas interferencias provocadas por la actividad sísmica, señor, pero no se ve ninguna nave por los alrededores.

—¿Está seguro? ¿Qué me dice de los rusos?

—Estoy seguro en un noventa y nueve por ciento, señor. Tenemos su signatura en el archivo. Si los rusos estuvieran a menos de veinte millas, los habríamos detectado.

Krauss seguía observando la superficie del mar con la vaga esperanza de ver aparecer de nuevo el bote de pesca.

—¿Alguien ha recibido un *mayday*?

—Negativo, señor. Se oyen algunas conversaciones por radio, pero todas provenientes del interior de la isla o de las otras islas que hay alrededor.

—¿Velocidad del viento?

No sabía por qué lo preguntaba, el mar estaba completamente en calma.

—De diez a doce nudos, señor, del oeste. El estado de la mar es normal.

Lo que fuera que había hundido aquel bote no tenía nada que ver con el mal tiempo.

—El sónar acaba de detectar el sonido de un casco tocando fondo, señor.

Nadie dijo nada. El primer oficial y el capitán se miraron.

—Pobres tipos. Al menos ha sido rápido. —El primer oficial se humedeció los labios—. Debe de haberse hundido como una piedra.

—Sí, pero ¿por qué? —preguntó Krauss.

—¿Una ballena que agarró uno de los sedales y tiró de él hacia el fondo?

—Imposible —dijo el oficial que estaba a cargo del sónar—. Si hubiera pasado por aquí cerca una ballena, la habríamos detectado.

—Y, de todas maneras, antes de hundirlos se habría roto el sedal, ¿no es así? —añadió otro oficial.

—Sí, pero un barco no se hunde así como así, sin ningún motivo.

—La actitud de los pescadores antes de naufragar era muy rara.

—¡Más ruidos, señor! —gritó el operador del sónar.

Krauss avanzó hacia donde estaba el oficial sentado a su consola.

—¿Motores? —preguntó.

—No, señor, más bien parecen burbujas de agua subiendo hacia la superficie.

—Probablemente provengan del barco hundido —dijo el primer oficial.

Todos permanecían en una tensa espera.

—¿Siguen oyéndose esos ruidos? —preguntó Krauss.

El operador meneó la cabeza.

—No es fácil decirlo; hay mucho ruido de interferencias proveniente de la isla.

—No me lo trago —dijo el primer oficial—. ¿Cuánto tiempo ha pasado, un minuto, un minuto y medio? ¿Cómo puede un bote de pesca tan pequeño llegar al fondo del mar tan rápido?

Krauss tenía una expresión pétrea.

—Deme la última posición conocida del bote.

—Mil quinientos metros a cero-tres-cero, señor —contestó el oficial de navegación al instante.

Fuera lo que fuese, el submarino se estaba acercando.

—¡Señor, la temperatura del agua está aumentando! —advirtió el técnico que controlaba los aparatos de medición exteriores.

Todos se volvieron hacia él.

—¿Cuánto? —preguntó Krauss.

—De dos a veinte grados. Debemos de estar pasando por una zona de termoclima.

El primer oficial tenía una expresión de no comprender nada.

—¿Una zona cálida? ¿El combustible que ha soltado el bote de pesca? —aventuró.

—¡Veintidós grados! —dijo el técnico.

—Lo más probable es que sea vapor de agua que asciende del fondo del océano —dijo el oficial de navegación.

En ese momento todos perdieron los nervios.

De golpe el submarino dio un bandazo y empezó a caer hacia el fondo. Las pantallas del periscopio se quedaron en blanco y las alarmas empezaron a sonar.

Charco Verde, La Palma

La colocación de los explosivos continuaba sin interrupción. Carlos había pensado que la operación sería más rápida. Pero había que depositar cada uno de los bidones en el foso, a un lado de las rocas. Mientras los demás llevaban hasta la grúa los últimos bidones, Carlos bajó hasta el hoyo, evitando la lluvia de chispas y las ocasionales burbujas de lava, y colocó los detonadores.

En cada uno de los bidones puso un explosivo eléctrico y un detonador; luego arrastró el cable que unía todos los detonadores y lo conectó a cada una de las tapas de los bidones. Todas las tapas habían sido selladas con material resistente al agua. Las cargas eran de explosivo plástico C-4, elaborado con un noventa por ciento de RDX, o ciclonita, mezclada con polvo explosivo, plástico y aceite de petróleo. El C-4 tiene el aspecto de una pasta blanda de color blanquecino. Es el explosivo ideal: potente y muy seguro.

Lo único que quedaba por hacer era que Carlos conectara todos los bidones a un capacitor que su primo le había proporcionado de la cantera. Era esencial, le explicó su primo, que los cables de los detonadores estuvieran entrelazados para evitar que alguna señal de radio perdida provocara una detonación prematura. Si no se unían los cables y se dejaban sueltos, cualquier contacto fortuito podría actuar de antena con otro, haciendo masa. A continuación se debía inducir a los cables una corriente que provocara el calor suficiente para hacer arder el filamento que había dentro de los detonadores, y conseguir así que la carga explotara.

El primo de Carlos utilizaba un tipo de detonador de cables explosivos enroscados. Un cable de poco grosor hacía la función de filamento. El capacitor proporcionaba trescientos voltios de electricidad, cuya descarga a través del detonador hacía que la sección de los cables explosivos estallara, iniciando la explosión secundaria del explosivo plástico.

El capacitor era un aparato complejo que podía hacer pasar la corriente detonante por cada uno de los detonadores, uno tras otro, o simultáneamente a todos a la vez, dependiendo de cómo se hubiera instalado el conjunto de los explosivos. Ese día se había ajustado el aparato para que hiciera detonar todas las cargas a la vez.

Colocaron el último bidón en su lugar, encima de todos los demás. Carlos localizó el trozo de cable que sobresalía de la tapa, lo limpió, enroscó las puntas, lo insertó en la juntura de la caja detonadora y lo atornillo a su tapa. Entonces, tal como le había indicado su primo, se tomó un minuto para comprobar que todos los cables estuvieran bien conectados. El humo que salía del cráter, una mezcla de ácido clorhídrico y dióxido de azufre, era muy denso dentro de la fosa. A Carlos le daba vueltas la cabeza y tenía que luchar constantemente contra las náuseas. Por fin peló el extremo del cable de la bobina, lo fijó a la caja de unión y lo enrolló apretándolo fuertemente al enchufe.

—Ven aquí —le gritó a Pedro, que estaba de pie sobre la roca, esperándole—, toma esto. Ayúdame a subir. Ya he acabado aquí abajo.

Con la ayuda de Pedro, Carlos escaló la fosa y juntos desenrollaron el cable de la bobina hasta el remolque, donde los otros les esperaban. Lejos por fin de los humos del cono, Carlos sintió que recuperaba las fuerzas.

—De acuerdo —le dijo al conductor—, volvamos por la playa hasta el muro. Y conduce despacio, no vaya a romperse el cable.

El muro era una sección de rompeolas de doscientos metros edificado por la gente del pueblo hacía algunos años; formaba parte de un proyecto, finalmente abandonado, de construir una zona de paseo en primera línea de mar. Detuvieron el tractor en la parte más alejada del cráter y todos se agruparon alrededor de Carlos mientras conectaba el cable de la bobina al capacitor para hacer explotar la carga.

—¿Estás seguro de que tenemos suficiente plástico? —preguntó Pedro de Vera.

—Doce barriles de sesenta kilos cada uno. Eso hace más de setecientos kilos de explosivo —le dijo Carlos—. Mi primo dice que es suficiente para abrir un agujero en la isla que la haga hundirse en el fondo del mar —añadió riéndose.

Comprobó una vez más todos los cables y las conexiones, y cargó el capacitor. Se encendieron un par de luces rojas de peligro. Carlos colocó los dedos sobre el interruptor de encendido.

—¿Todos listos? —preguntó—. ¡Escóndete detrás del muro, tonto! —añadió dirigiéndose a Juan, el más joven del grupo.

—Quiero ver la explosión —protestó el joven.

—La oirás, y con eso tendrás suficiente —bromeó uno de los otros, y los demás se rieron.

Ahora que ya habían acabado el trabajo, todos estaban bastante más animados

—¿Listos? —repitió Carlos, y esta vez todos se agacharon.

—Espera —dijo de repente Pedro de Vera.

—¿Qué pasa ahora? —preguntó Carlos, irritado.

—¿Quién tiene que hacer estallar la carga?

Carlos se lo quedó mirando con los ojos como platos.

—¿Estás insinuando que deberías hacerlo tú? —le preguntó, furioso.

Pedro le contestó en un tono altisonante.

—Todos hemos ayudado por igual. Yo digo que deberíamos someterlo a votación.

Los demás estuvieron de acuerdo.

Carlos los miró con el ceño fruncido.

—¿Quién ha pagado el plástico y los bidones, eh? ¡Contéstame! ¿Quién ha colocado los detonadores? No he visto a ninguno de vosotros meterse en ese apestoso hoyo rodeado de chispas.

Nadie le discutió. Todos miraron para otro lado.

—Por supuesto que debes ser tú quien lo haga —contestó Pedro de Vera enseguida.

Carlos se rió. Escupió sobre la arena y se frotó las manos.

—¡Atención! —gritó.

Malcolm Mackenzie caminaba cojeando detrás de Concha. La española era la que guiaba. Ella conocía la isla, pero el paisaje había cambiado tanto que le era difícil orientarse. En la ladera, cientos de hectáreas de bosques habían ardido, y muchos de los caminos habían quedado sepultados bajo los escombros y las cenizas. Los dos geólogos estaban cubiertos de un polvo de color rojo que se les metía en la garganta y hacía que les escocieran los ojos. A ratos, los chorros de humo que salían de las fumarolas de la cumbre los envolvían en una nube ácida, y Malc y Concha tosían sin aliento y se tambaleaban como un par de borrachos.

Bajo la nube de cenizas todo estaba oscuro, y hacía frío. Para poder andar con más facilidad, se desprendieron de los trajes ignífugos y se quedaron en pantalón corto y camiseta. Habían perdido las cantimploras de agua en el accidente, y Malcolm tenía una sed abrasadora.

En algún lugar delante de ellos, en un desfiladero entre dos colinas, estaba la zona de acampada del área de El Pilar. Desde allí había un camino estrecho que desembocaba en la carretera principal que cruzaba la isla, y luego el túnel bajo la montaña que llevaba hasta la capital, Santa Cruz. Si tenían suerte podrían telefonear desde El Pilar, o al menos encontrar un vehículo que los llevara hasta la ciudad.

Todavía sentían los temblores bajo sus pies, pero les parecía que cada vez eran de menor intensidad, quizá porque estaban alejándose de la zona de erupción. A su espalda, sin embargo, el volcán seguía exhalando grandes cantidades de humo y cenizas hacia la atmósfera, y oscureciendo el sol, obligándoles a andar a tientas bajo una amenazadora penumbra, entre árboles chamuscados y rocas envenenadas.

Llevaban una hora andando cuando Concha se detuvo en un cruce, frente a un camino que giraba hacia abajo, a la izquierda.

—Creo que este camino lleva hasta Puerto Naos y Charco Verde —dijo sacudiéndose el polvo del pelo y señalando hacia abajo. Regueros de sudor le caían por el cuello sucio de polvo ocre—. Si lo seguimos, más adelante podríamos enlazar con la carretera que lleva a El Paso.

—Eso nos alejará de la carretera principal, aunque de todas formas supongo que los pueblos de la zona oeste de la cumbre deben de haber sido desalojados.

Concha se encogió de hombros.

—Puede que nos encontremos con alguna patrulla del ejército. Ellos nos llevarían de regreso a la capital. Supongo que a estas horas deben de estar buscándonos.

Malcolm pensó que eso era poco probable. Incluso aunque ya se hubieran dado cuenta de la desaparición del helicóptero, con tantas responsabilidades a sus espaldas, las autoridades tardarían varias horas en adoptar medidas para organizar una patrulla de rescate.

—Caminar montaña abajo será mucho más fácil —comentó Concha con desaliento.

Tenía la cara cubierta de sudor. El cansancio y la tensión empezaban a hacer mella en ella.

—Yo todavía puedo aguantar —le dijo él muy serio—. Dentro de un par de kilómetros llegaremos a la carretera, y desde allí todo será más fácil.

—Los militares tendrán radios. Seguro que están en contacto con Santa Cruz. Si nos encontramos con ellos, podremos hacer llegar la alarma más rápidamente. —Concha dudó un momento y luego añadió—: Además, yo tengo familia en la costa.

—¿En la costa? ¿Dónde?

—En el pueblo al que fuimos el otro día. Charco Verde.

Malc lo recordaba.

—Donde apareció el nuevo cráter, el pueblo que estaba junto al mar.

—Sí, ese. No sé si el cráter seguirá existiendo. Cuando hablé con mis tíos, me dijeron que estaban planeando provocar una explosión para abrir un boquete en un costado y que la lava fluyera directamente al mar.

Malc meneó la cabeza. Aquellas palabras tardaron unos instantes en surtir efecto.

—¿Qué estás diciendo?

Ella se lo repitió.

—Mi tío y unos amigos suyos, gente que vive en el pueblo, tienen miedo de que el nuevo cráter acabe con la playa y aleje de allí a los turistas. De modo que se han procurado explosivos para hacer volar el cono y...

Él se la quedó mirando horrorizado.

—¿Te contaron eso cuando estuvimos allí y no nos dijiste nada?

Ella frunció el entrecejo.

—No me pareció importante; es un pequeño cráter, pero podría arruinar la vida de la gente que vive en el pueblo.

—¡Dios mío! —exclamó Malc—. ¡Fuego y agua! ¡Reacciones freáticas! ¿Es que eso no significa nada para ti?

Concha se lo quedó mirando con mala cara.

—Sé lo que son esas cosas. Sí, se pueden producir explosiones de vapor de agua, pero los hombres estarán a suficiente distancia cuando hagan detonar la carga. Nadie resultará herido.

Malc se puso furioso. ¿Es que a los jóvenes de ahora no les enseñaban nada en la universidad?

—¡Podrían provocar una reacción combustible-refrigerante, una RCR! —le gritó.

Ella se lo quedó mirando, sin comprender.

—¿Una RCR? ¿Qué es eso?

—¡Es la clave de lo que pasó en el Krakatoa!

Las reacciones combustible-refrigerantes, RCR, le explicó Malc, se descubrieron en las industrias de refinería del acero. Allí se dieron cuenta de que cuando el agua entra en contacto con un combustible extremadamente caliente —en ese caso, acero fundido— puede convertirse en vapor explosivo, llegando a lanzar al aire gotas de combustible caliente y generando más explosiones, en una reacción en cadena. Más tarde se observó un fenómeno similar en las centrales nucleares, en las que se utilizaba sodio líquido como refrigerante y uranio fundido como combustible que producía la reacción en cadena.

—No veo la relación con todo esto —objetó Concha—. Los ríos de lava llegan muy a menudo al mar y no se produce ninguna explosión. Vapores, sí, pero no explosiones, no RCR.

—Eso es así porque, excepto en raras ocasiones, afortunadamente para nosotros, la lava que llega al mar no se mezcla, sino que hay un límite claro entre ambos líquidos. El agua en el límite de contacto con la lava se calienta hasta convertirse en vapor, y se evapora, pero ese es un proceso comparativamente inocuo. En ese caso no se da una mezcla violenta, como la que puede provocar una carga explosiva.

Mientras la muchacha lo escuchaba consternada, él le habló del experimento Heimaey realizado en Islandia.

—En 1973 había en Islandia un pequeño pueblo con un problema similar al de Charco Verde. Un río de lava procedente de un cráter cercano anegaba el puerto y amenazaba con cubrirlo por completo. Unos ingenieros tuvieron la brillante idea de volar una brecha, en una de las orillas del flujo de lava, para abrir la corteza y conseguir que el río de lava desembocara directamente en el mar. Por suerte, en el último minuto un grupo de científicos realizó los cálculos pertinentes y advirtieron del riesgo potencial. Se dieron cuenta de que con solo hacer detonar diez kilos de explosivo podrían poner en marcha una reacción en cadena que daría como resultado una explosión equivalente a cuatro mil toneladas de TNT.

Concha se apoyó contra una piedra y se llevó una mano al pecho.

—Y Krakatoa —carraspeó ella.

Malc se pasó la lengua por los labios agrietados. Tenía la garganta irritada a causa del polvo y el humo, y le dolía al hablar.

—Krakatoa siempre fue un misterio. ¿Cómo pudo detonar con tanta violencia un volcán relativamente pequeño? Bien, ahora ya lo sabemos. Krakatoa era una isla. Una de las primeras explosiones debió de perforar el cono y abrir una brecha en un costado que dejaba que el agua del mar entrara hasta el corazón al rojo vivo de la caldera. Aquello desencadenó una terrible explosión, pero lo peor estaba por llegar. Aquella explosión abrió un camino hacia la cámara subterránea de magma, un inmenso lago de piedra fundida que descansaba bajo el volcán, cuyo calor hacía funcionar todo el sistema. ¡Imagínate la energía que debió de producirse en el momento en que el agua del mar llegó hasta allí! ¡La explosión fue un cataclismo! Todo el planeta se conmovió con la onda expansiva.

—Malc, te juro que no sabía nada de eso.

—¿Cuántos kilos de explosivo dices que tienen tu tío y sus amigos?

Ella lo miró con expresión de horror.

—Carlos me habló de más de setecientos kilos.

—¡Por Dios bendito! ¡Con eso podrían volar la isla!

33

Charco Verde, La Palma, una de la tarde

Carlos accionó por fin el interruptor del capacitor para poner en marcha el circuito de ignición. El sistema funcionó perfectamente. La corriente eléctrica pasó por el cable principal y produjo una descarga de alto voltaje que hizo estallar simultáneamente las doce cajas de aluminio que contenían los tubos con los detonadores, introducidos en el plástico C-4 que había en los bidones colocados contra la pared del cráter. Casi instantáneamente los doce cables quedaron fulminados; en medio de un tremendo estallido de llamas, los doce detonadores hicieron explotar los ochenta miligramos de tetranitrato de pentacritritol de la carga inicial que contenía cada uno de los bidones.

A su vez el tetranitrato provocó la explosión del detonador secundario de la carga, que consistía en un gramo de ciclonita RDX. Inmediatamente después, el RDX empezó a arder con una velocidad increíble y produciendo gran cantidad de gas caliente. Esa llamarada de gas en ignición entró en contacto con el explosivo plástico C-4 de la carga principal.

Los setecientos veinte kilos de ciclonita del explosivo plástico —con una pureza del noventa por ciento— explotaron contra la pared del cono del cráter de Charco Verde con un estallido impresionante. A quinientos metros de la explosión, Carlos y sus compañeros, escondidos detrás del muro del rompeolas, fueron arrojados hacia atrás por la onda expansiva y cayeron de espaldas sobre la arena. Carlos notó una oleada de calor acompañada de una tormenta de arena, gravilla, piedras y partículas de ceniza. Cuando volvió en sí, estaba medio enterrado entre los escombros y completamente ensordecido. Tenía los ojos hinchados y solo veía sombras borrosas. Se puso en pie y vio, asombrado, los cuerpos tirados de sus compañeros. Moviéndose como entre la niebla, se acercó tambaleándose hasta el muro y echó un vistazo al lugar donde había estado el cráter.

Lo único que pudo ver fue una nube blanca. Tenía un pitido metido en los oídos. O al menos eso le pareció al principio, pero luego se dio cuenta de que lo que estaba oyendo era en realidad el violento silbido del vapor de agua que salía con mucha presión de lo que quedaba del cráter. Nubes de blanco vapor llenas de cenizas se elevaban hacia el cielo a una velocidad increíble. La tierra temblaba bajo sus pies, como si una enorme fuerza estuviera empujando hacia arriba desde el subsuelo.

La arena saltó por los aires en chorros, lanzando al cielo montones de ceniza negra y salpicando toda la playa con fragmentos de piedra ígnea. Por encima de su cabeza pasaban torrentes de chispas y de piedra pómez, acompañadas por oleadas de arena.

El océano se elevó y volvió a descender. La superficie del agua se veía gris por la ceniza y la piedra pómez. Una gran ola inundó la orilla de la playa. En algunas partes el agua hervía a borbotones y desprendía chorros de vapor. Aparecieron varios géiseres de barro burbujeante, de un color amarillo mate, que producía una espuma acompañada de un intenso olor a ácido sulfúrico. La marea se retiró y volvió a subir varias veces, como si el agua del mar quisiera apartarse de la hirviente orilla.

Durante un rato, el ruido pareció calmarse, pero al cabo de un momento se oyeron una serie de terribles crujidos que hicieron eco por toda la playa. Del cráter salían llamaradas que se elevaban cientos de metros en el aire y caían luego sobre la playa como una lluvia de muerte. La tierra retumbaba con tremendos truenos que parecían producirse en su interior. La arena temblaba y se movía. A continuación se oyó una salva de explosiones, como una descarga de cañones. Con nuevas llamaradas, el cráter empezó a escupir piedra al rojo vivo que se elevaba hasta una altura increíble y dejaba una estela de humo negro antes de caer al mar y sumergirse en el océano entre nubes de vapor de agua.

¿Era eso lo que se suponía que debía pasar? ¿Se trataba quizá de los estertores del cráter? Carlos no tenía manera de saberlo. Lo que habían hecho ya estaba hecho. Habían actuado como hombres: habían arriesgado sus vidas para salvar a su pueblo. Ahora lo que tenían que hacer era ponerse a salvo ellos mismos.

Carlos corrió hacia sus compañeros.

—¡Vámonos! —les gritaba mientras sacudía sus cuerpos aturdidos—. ¡Rápido, al tractor! ¡Tenemos que marcharnos de aquí ahora mismo!

Los demás le obedecieron como sonámbulos, apoyándose los unos en los otros para subir al tractor. Carlos limpió el asiento de los escombros que había traído el viento y se sentó al volante. Giró la llave de contacto y rogó para que el motor se pusiera en marcha a la primera.

En ese momento se oyó un retumbar como de fin del mundo por toda la cala. Lo último que Carlos vio fue la playa entera en llamas.

Thresher

—¡Señor, estamos descendiendo a unos ciento veinte metros por minuto! —vociferó el oficial de guardia.

—¡Mierda!

El primer oficial se había quedado pálido. El *Thresher* estaba cayendo como si lo hiciera por el hueco de un ascensor.

Krauss echó un vistazo a los medidores. Todavía tenían dos mil metros de agua debajo de la quilla. Mil quinientos para alcanzar el límite de fractura, ese punto a partir del cual —de acuerdo con lo que decían los de la Groton Electric Boat Company, quienes habían construido el submarino— el casco de la nave se hundiría hacia dentro bajo la presión de una tonelada de agua por centímetro cuadrado.

—Todo a babor —gritó al timonel—. Máquinas a dos mil revoluciones. Los planeadores a media altura. Vacíen el lastre principal.

El *Thresher* había caído en el remolino de algún tipo de corriente que lo empujaba hacia abajo. Necesitaba mucha potencia de máquinas para elevarse de nuevo. Y a la vez Krauss tenía que evitar una violenta ascensión, o podrían llegar a saltar por encima de la superficie del agua.

—¡Seguimos bajando! —informó el primer oficial—. Ciento veintidós metros por minuto.

—¡El agua del mar está llegando a los treinta grados! —informó el técnico que controlaba la temperatura exterior.

Aquello era una locura; la nave se estaba sumergiendo, pero la temperatura del agua aumentaba.

—¡Profundidad doscientos cuarenta metros!

Krauss se volvió para mirar al primer oficial. En su rostro había una mueca de tensión.

—¡Metano! —dijo lacónicamente.

Gas metano. Una fisura abierta en el fondo marino estaba lanzando una mezcla letal de gases al océano. Metano, un gas incoloro e inodoro que unido al aire formaba una mezcla explosiva y ahogaba a quienes lo respiraran. Como el pescador que había caído por la borda del bote. Y había otro peligro conocido del metano en el mar. Una repentina emisión de grandes volúmenes de gas metano podía hacer que la densidad del agua descendiera de manera drástica. La consecuencia de eso era que ya no podría mantener a flote el peso de un barco, o de cualquier otro tipo de nave. Para un barco, entrar en una zona muy rica en metano era lo mismo que querer flotar en el aire; se hundiría en el agua sin poder evitarlo y acabaría cayendo hasta el fondo como un peso muerto.

Como le estaba pasando en ese momento al *Thresher*.

—¡Trescientos metros!

Entonces se oyó un ruido seco que resonó por toda la nave como si un martillo gigante acabara de golpear al submarino.

Cuando el ruido de las nuevas explosiones empezó a hacer eco en las colinas, Malc y Concha se miraron horrorizados.

—¡Madre de Dios, esos idiotas lo han hecho! —dijo la chica muy alterada—. Han colocado el explosivo.

Las detonaciones aumentaban en intensidad y en cantidad. Desde la costa se veía cómo ascendían chorros de humo y vapor de agua que se elevaban en remolinos por el cielo. Por encima de la costa se veían reflejos de luces rojizas. Bombas de lava ardiendo subían por el aire, cruzaban las nubes y dibujaban arcos que dejaban en el cielo una estela de humo negro.

Malc la agarró del brazo.

—¡Tierra adentro! —le dijo con fuerza—. ¡Debemos salir de la montaña!

Corrieron tambaleándose por el camino que llevaba hasta la zona de acampada. El viento soplaba del oeste, trayendo consigo montones de nubes de ceniza. Al cabo de un rato, una fina lluvia de fragmentos de piedra pómez empezó a caer sobre ellos y la luz del día se vio teñida de un color amarillento, lo que les dificultaba seguir el camino. Malc hacía cálculos mentales. Estaban cerca del límite norte de Cumbre Vieja, a unos dos kilómetros de la costa. La zona más débil de la ladera de la montaña, el área que con más posibilidades podría romperse, quedaba a su espalda. Sí, pero eso no les serviría de nada en caso de que se diera una explosión de enormes proporciones. Setecientos kilos de ciclonita RDX podrían provocar, en teoría, una explosión en cadena de muchos megatones.

Intentó localizar el cráter de la playa en medio de la niebla que cubría la bahía, para ver si el agua del mar empezaba a entrar en el cono. Se suponía que aquello produciría mucho vapor de agua y las consiguientes explosiones provocadas por las bolsas de vapor. Eso debía de ser lo que estaban oyendo en aquel momento. Pero como bien había señalado Concha, los volcanes hacen erupción muchas veces en el mar sin que ello conlleve un cataclismo de reacciones en cadena.

Excepto, por supuesto, en el caso de Krakatoa. Malc se estremeció de dolor. Solo se trataba de una teoría, de una explicación entre otras posibles. Pero seguramente el agua era un elemento clave. Krakatoa era una isla. La ruptura del techo de la cámara del volcán dio como resultado la irrupción del agua del mar en la cámara al rojo vivo que contenía el magma hirviendo. De eso no había ninguna duda. Y la explosión que esto provocó hizo volar por los aires más de diez kilómetros cuadrados de isla, con fragmentos de roca que volaron hasta más de diez mil metros en la atmósfera.

«¡Dios mío!», mientras Malc pensaba en todo aquello elevaba una silenciosa plegaria por el alma de ellos dos. ¿Qué esperanza podía haber para cualquiera de los que estaban en la isla si sucedía algo similar?

Tarp, *dos de la tarde*

El capitán del *Tarp* estaba dando las órdenes pertinentes para que sacaran el sumergible de la bodega y lo depositaran en el agua.

El buque se mecía sobre el oleaje, detenido junto a la boya de transmisión; mantenía su posición mediante las hélices auxiliares. Gracias a los GPS y a los motores controlados por un sistema informático, podían mantener una posición exacta sobre un punto concreto del fondo marino durante todo el tiempo que fuera necesario, hasta completar su misión.

Mary Sennett había bajado al centro de control para comprobar que las conexiones de vídeo funcionaran correctamente. En aquel momento el *Tarp* estaba a cincuenta y una millas al noroeste de Charco Verde. La explosión de los setecientos veinte kilos de carga explosiva que Carlos había hecho estallar se oyó perfectamente desde la cubierta del barco, aunque no dentro. Sin embargo, a nadie pasó inadvertida la subsiguiente erupción. La segunda de las explosiones y la onda expansiva llegaron al barco casi simultáneamente. Mary vio estremecerse la imagen en la pantalla al mismo tiempo que fuera sonaba un estallido. Durante unas décimas de segundo le pasó por la mente la idea de que el barco había sido alcanzado por una mina. Más tarde no pudo entender cómo se le había ocurrido aquella idea. Cogió un chaleco salvavidas de uno de los armarios que había a la altura de su cabeza y salió corriendo a la cubierta. Todos los demás estaban allí, observando con la boca abierta la enorme columna de humo que se elevaba sobre el horizonte.

El primer momento de sorpresa dejó paso enseguida a una actividad frenética. El capitán llamó a toda la tripulación a sus puestos con voz firme. Tenían que volver a subir a bordo el sumergible. Se cerraron las escotillas y las puertas de seguridad y se aseguró toda la carga. Al momento todos llevaban puestos los chalecos salvavidas, como Mary, y se reunieron en las estaciones de emergencia del barco. El buque se colocó con la proa apuntando a la isla, y todos esperaron.

Mary vio que Derek Wanless bajaba a la sala de control y lo siguió. Se lo encontró sentado ante la consola de comunicaciones y activando la conexión vía satélite.

—Estás enviando una señal de emergencia, ¿no es así? —dijo ella—. Eso podría ayudarnos.

—Solo se trata de una precaución —contestó él muy serio—. No tiene sentido desperdiciar todo el trabajo que hemos hecho hasta ahora.

Mary se sentó a su lado y empezó a teclear en su consola, preparando los datos que tenían que actualizarse y seleccionando los más importantes.

—Suerte que ayer mismo hicimos una copia completa de seguridad de todos los datos —dijo ella.

Wanless no contestó nada. Ambos calculaban mentalmente las posibilidades de que se hiciera realidad la más horrible de sus pesadillas: si el flanco de la montaña del volcán había caído al agua, mientras permanecían allí sentados una gigantesca ola se acercaba hacia ellos. Mary echó una mirada a su reloj: las dos de la tarde y ocho minutos. Habían pasado cuatro o cinco minutos desde que la onda expansiva llegó hasta ellos. ¿A qué velocidad puede viajar una ola? Esa era una cuestión que ella y Wanless habían discutido a menudo. Algunos expertos afirmaban que a más de quinientas millas por hora; otros aseguraban que mucho más despacio. Suponiendo que la velocidad máxima posible fuera de 240 millas por hora, eso daba una velocidad de unas cuatro millas por minuto. Una ola de esas características tardaría entonces exactamente treinta minutos en alcanzar el *Tarp*. Poner el buque en marcha con los motores a toda la potencia no supondría apenas diferencia alguna. La velocidad máxima del *Tarp* era de menos de treinta nudos. Lo máximo que podrían conseguir era retrasar el impacto un par de minutos.

La siguiente pregunta era: ¿cómo de grande podía ser esa ola? Eso era más difícil de saber. Las estimaciones que podían hacerse, sobre la posible altura de una ola provocada por la caída al mar de una de las laderas de Cumbre Vieja, iban desde los quinientos metros hasta apenas una décima parte de eso. Tomando la más optimista de las posibilidades, el resultado sería una ola de cincuenta metros de altura navegando a 240 millas por hora. No, era mejor no pensar en eso.

Sí, pero las olas de poca longitud disminuyen rápidamente de altura cuando viajan lejos de su origen, y su energía se disipa en una gran área del océano. Y esa disminución siempre es mucho más pronunciada en sus estadios iniciales. Se puede esperar que un tsunami pierda la mitad de su altura a lo largo de las primeras cincuenta millas que recorre. De modo que era de esperar que dentro de los siguientes cuatro o cinco minutos apareciera por el horizonte una ola de unos veinticinco metros de altura.

La megafonía del barco emitió un chasquido que los sacó de sus pensamientos.

«Atención, les habla el capitán. Se espera que experimentemos grandes olas durante los próximos cinco minutos. Asegúrense de que llevan puestos los chalecos salvavidas. No salgan, repito, no salgan a cubierta a menos que se lo indique algún oficial del barco. Esta situación puede durar varias horas. Cuando haya pasado el estado de alerta se les informará. Hasta entonces, todo el personal debe permanecer en estado de máxima alerta; es obligatorio llevar puesto todo el tiempo el chaleco salvavidas. Buena suerte.»

Esperaron contando los minutos que pasaban. El retumbar de la isla seguía llegando hasta ellos, pero a un volumen mucho más bajo. Parecía que la erupción estaba disminuyendo. «Una ola de veinticinco metros», pensó Mary mientras imaginaba un monstruoso muro de agua. Pero el *Tarp* era un buque de guerra, había sido construido para soportar cualquier tipo de mar, se recordó a sí misma.

El equipo de megafonía volvió a ponerse en funcionamiento.

«Les habla otra vez el capitán. Una ola avanza hacia nosotros. Parece tener unos diez metros de altura. Nos cruzaremos con ella por la proa. Agárrense, por favor.»

Mary y Wanless se intercambiaron una sonrisa nerviosa. Diez metros de altura. Podría haber sido peor, pero acaso eso solo fuera el principio.

«Allá vamos», añadió el capitán al cabo de un minuto. Las turbulencias en el mar aumentaron. Notaron cómo el barco se elevaba rápidamente. Mary se clavó las uñas en las palmas de las manos y trató de no mirar por la ventanilla. Podía notar la vibración de las máquinas poniéndose a toda la potencia, pero el *Tarp* parecía haberse quedado allí parado, encima de la inmensa ola. El descenso, deslizándose por la otra pendiente de la ola, fue más fácil. El barco empezó a perder altura y se balanceó un poco al caer en la depresión de la ola.

Pasaron varios minutos más.

«Viene otra —les informó la voz del capitán con calma—. Y esta es más grande. Pero podremos cruzarla.»

Abajo, en la sala de control, Mary se agarró con fuerza a los reposabrazos de la silla.

La segunda ola le pareció mucho más grande, o tal vez solo fuera más escarpada. El agua barrió la cubierta en el momento en que el *Tarp* forcejeaba lentamente para subir y bajar por la cresta. La caída en la depresión posterior a la ola le pareció interminable. Y empezaba a sentir que la inclinación del barco era realmente incómoda.

El capitán habló de nuevo.

«Como supongo que todos desearán saberlo, les diré que, según los cálculos que hemos hecho en el puente, esta última ola podía tener unos veinte metros de altura, lo cual, para este barco, es un récord.»

Mary pudo oír las risas de fondo en el puente de mando, y sonrió. Algunos de los tripulantes de aquel barco eran realmente muy jóvenes.

«Además —continuó el capitán—, nuestro navegador ha medido el penacho de humo que se eleva desde el volcán, después de la última erupción, e indica que tiene una altura de veinticuatro kilómetros. Pueden utilizar esos datos para impresionar a sus amigos cuando regresen a casa.»

Santa Cruz de la Palma

La ciudad empezaba a recuperarse lentamente de la impresión del tsunami de la tarde anterior. La nueva erupción volvió a provocar un ataque de pánico. La onda expansiva hizo que los barómetros del observatorio del volcán descendieran dos centímetros, pero los principales daños fueron la rotura de cristales de las ventanas y las grietas en la mampostería de las paredes. Una parte del acantilado que se alzaba sobre la carretera LP-1, la que iba desde el sur hasta el aeropuerto, se desplomó y bloqueó los dos carriles.

Al oír el primer estallido, muchos de los habitantes de la ciudad, recordando las olas que habían inundado la primera línea de mar, salieron a las calles y echaron a correr tierra adentro. Aunque eran poco más de las dos de la tarde, la ciudad se vio sumida en una oscura penumbra que empeoró por un corte en el suministro eléctrico. Los coches avanzaban lentamente, con las luces de sus faros oscurecidas por la espesa lluvia de piedra pómez y ceniza que empezaba a caer. Muchas calles estaban bloqueadas por escombros, y hubo algunos accidentes sin importancia.

La ciudad se llenó de gente que había llegado de los pueblos en busca de refugio. El gobierno español había intensificado las evacuaciones. Se había puesto un servicio especial de tres barcos de pasajeros entre Tenerife y Fuerteventura. Debían llevar a quinientos pasajeros en cada viaje. Se decía que pronto se pondrían a disposición de la isla más barcos, procedentes de Italia y de la península, pero tardarían varios días en llegar a la isla. Todo apuntaba a que cuando llegaran ya sería demasiado tarde.

Todos los vuelos de la isla estaban completos. Pero la constante necesidad de barrer la ceniza de la pista y la negativa de los pilotos a volar ante la posibilidad de que la ceniza obstruyera los filtros de aire retrasaba las salidas de los aviones. Antes del primer tsunami un tercio de la población se había marchado de la isla. Diez mil personas más se habían unido a ellos durante las últimas veinticuatro horas, muchas de ellas embarcándose con poco más que lo que llevaban puesto.

Pero todavía quedaban en la isla más de veinte mil personas; en su mayoría personas mayores, los pobres, los enfermos y los que cuidaban de ellos. Las víctimas de todas las tragedias. Los últimos eran siempre los que no podían hacer nada más que esperar y rezar. Todas las iglesias estaban llenas. Los curas estaban exhaustos de decir misa cada hora. Dios está aquí. Dios nos ayudará. Los más devotos encendían cirios, mientras que los no creyentes maldecían. Se empezaba a hablar de robos y saqueos. Como siempre, se les echaba la culpa a los inmigrantes. Cualquiera que tuviera facciones africanas corría el riesgo de ser apedreado en plena calle. Como si no tuvieran ya bastantes problemas con intentar sobrevivir. Estos últimos se escondían entre las sombras de los edificios abandonados murmurando sus propias oraciones.

Pero les iba a hacer falta algo más que oraciones, algo más que cirios, algo más que promesas de barcos que no llegaban.

34

Washington, ocho de la mañana

Las noticias sobre el incremento de la actividad del volcán de La Palma habían recorrido todo el mundo. La profesora Jean Ballister estaba en la CBS.

—La información es todavía insuficiente —informaba a la nación—, pero no hay duda de que la situación ha adquirido una nueva dimensión…

La presentadora la interrumpió.

—Acaba de llegarnos una noticia del Departamento de Defensa. El *Tarp* informa del encuentro con dos inmensas olas a cincuenta millas al noroeste de La Palma. Se estima que la amplitud EC… —Hizo una pausa—. No estoy segura de lo que significa esto.

—EC, «entre crestas» —le informó la profesora—. Es el sistema de medición estándar para la altura de las olas. Y la amplitud se refiere a la diferencia entre las dos olas.

—De acuerdo. Entonces, la amplitud entre crestas era de entre diez y quince metros. La velocidad de las dos olas era de aproximadamente trescientos nudos.

—Sí, pero esas son olas de impacto, no exactamente tsunamis. Imagínese que tira una piedra en un estanque; se producirá una ola inicial, de impacto, que desaparecerá casi enseguida. También se producirán una serie de ondas que avanzarán hacia la orilla. La ola de impacto es impresionante, de poca duración y decae rápidamente. Ese es el tipo de ola que experimentó el barco.

—Entonces, ¿no suponen un peligro para nuestras costas?

—¿Ese tipo de olas? Probablemente no. Para los surfistas de Florida será motivo de alegría. Lo que me preocupa es lo que puede venir a continuación...

La presentadora la interrumpió.

—Profesora, por la información que estamos recibiendo, parece que las cosas en La Palma se están complicando. Está cayendo ceniza en Santa Cruz, y las explosiones se oyen hasta en la capital. El gobierno se apresura a evacuar a toda la población de la isla. Tenemos algunas imágenes de las televisiones españolas.

En la pantalla apareció lo que en otro tiempo había sido la playa de Charco Verde, ahora completamente oculta bajo una monstruosa columna de humo, mezclado con vapor de agua y cenizas, que se elevaba cientos de metros.

—¿Qué le parece, profesora? Denos su sincera opinión.

Jean Ballister apretó los labios.

—La erupción ha aumentado en al menos dos niveles, si no tres, durante las últimas horas. Eso es un incremento importante. El potencial es en extremo alarmante. La pregunta que deben de estar planteándose en este momento todos los científicos, y nosotros mismos, es cuáles son los factores que pueden haber hecho que la actividad del volcán se disparara hasta el nivel cuatro o cinco de erupción.

—¿Y cuál podría ser la respuesta, profesora? —preguntó la entrevistadora.

—La única explicación que se me ocurre, para una escalada tan rápida de la actividad, es que, de alguna manera, el agua del mar ha penetrado en la cámara de magma.

—¿Y eso qué significa exactamente?

Jean Ballister tenía una expresión desalentadora.

—Significa —dijo inclinándose hacia la cámara— que podemos estar ante un nuevo Krakatoa.

Thresher

—¡Señor! —la voz nerviosa del timonel se elevó entre el clamor de la sala de mandos—. ¡El timón de babor no responde!

A setecientos metros por debajo de la superficie del mar, el *Thresher* empezaba a salir del torbellino de metano que lo estaba enviando al fondo. En el suelo de la sala de mando había agua, y las luces de emergencia se habían encendido. Cuando por fin la nave empezó a enderezarse sobre la quilla, el capitán Krauss ordenó que pararan las máquinas y que todas las secciones informaran de los daños.

—Señor, la bomba de refrigeración número dos está funcionando peor que nunca —informó el jefe de máquinas—. Mis muchachos están trabajando ahora mismo en ella. Hasta que la reparemos, la potencia del reactor quedará disminuida al cincuenta por ciento.

—Maldita sea, justo cuando necesitamos la máxima potencia.

—Sí, señor, lo siento. Esta infernal inmersión ha provocado una sobrecarga en el sistema de reserva. Todos los contadores están en la zona roja.

—Hace un calor de mil demonios, Sam. ¿Puedes hacer algo para solucionarlo?

—Enseguida, señor. Uno de los ventiladores principales del sistema de aireación se ha salido de su eje. Dentro de unos minutos respiraremos otra vez aire fresco.

—¿Qué hay del timón?

—El timonel dice que tenemos que desmontar la conexión hidráulica. Tardaremos aproximadamente una hora. Pero con suerte podremos solucionarlo sin necesidad de subir a la superficie. Si no es así, deberemos enviar afuera a un submarinista.

—No quiero dar esa orden a menos que sea absolutamente necesario. No en estas aguas plagadas de metano.

—Lo entiendo, señor. Haremos cuanto podamos.

—¿Podemos hacer algo para detener esa vía de agua que hay en el techo?

—Seguramente se ha roto una de las juntas del periscopio por habernos sumergido con él fuera. Enviaré a alguien para que le eche un vistazo.

Tras despedir al jefe de máquinas, Krauss se dio media vuelta y observó la carta náutica. Estaban todavía a menos de veintiséis millas de la isla, con un timón que fallaba y el reactor a la mitad de su potencia.

A su lado oyó una tos discreta. El primer oficial se había acercado a él.

—Señor, creo que debería saber que justo antes de que se pararan los motores el timonel de estribor detectó que el timón no respondía. Cree que ya funciona bien, pero no podremos estar seguros hasta que volvamos a navegar.

Krauss notó que una mano de hielo le agarraba el corazón. El fallo de uno de los timones no impedía gobernar el *Thresher*; haciendo que la hélice de babor girase lentamente en sentido contrario, podrían evitar el efecto de giro y mantener un curso estable. Pero con los dos timones fuera de servicio eso sería imposible. La nave quedaría atrapada en un rumbo orbital que los acercaría cada vez más a la zona de peligro.

Otro estruendo procedente de la isla hizo que la nave volviera a temblar. Cumbre Vieja no había acabado todavía con ellos.

CBS, Washington

La profesora Jean Ballister seguía hablando.

—El perfil de erupción de un volcán como el Krakatoa, o de un súper Krakatoa, sigue un patrón diferente a los demás volcanes. Hacia la etapa final, las descargas de ceniza y piedra pómez se intensifican de manera impresionante, unidas a explosiones que aumentan en violencia e intensidad. Las cenizas pueden alcanzar una altura de diez kilómetros, con explosiones más o menos continuas. El final de una erupción tipo Krakatoa llega con una única explosión que hace estallar toda la caldera. En aquella ocasión fue seguida por dos detonaciones culminantes, de más o menos la misma intensidad, y luego por una última detonación paroxística que partió en dos la isla y la destruyó casi por completo. La primera explosión tuvo lugar a las cinco y media de la madrugada, hora local. Aquella explosión lanzó a la atmósfera diez kilómetros cúbicos de roca durante un período de cuatro horas y media.

—Entonces, ¿quiere decir que lo peor está por llegar? —preguntó la presentadora tragando saliva.

—Así es.

—¿Y que un tsunami devastador podría llegar a nuestras costas?

—Si la erupción se desarrolla según el patrón del Krakatoa y hace que la isla se parta en dos, entonces, sí. En ese caso, toda la costa Este se hallaría expuesta a un serio peligro.

—Y en su opinión, ¿es posible que eso suceda?

Ballister meneó la cabeza.

—Soy vulcanóloga, no oceanógrafa. Pero hay una manera segura de saber si puede suceder y cuándo —añadió haciendo que todos fijaran en ella su atención.

—¿Y cuál es?

Ballister señaló el mapa.

—Hace un momento hemos hablado del *Tarp*, el buque de vigilancia que está intentando reparar una de las boyas DART. Su última posición conocida era a aproximadamente cincuenta millas de la costa de La Palma.

—¿Quiere decir que si apareciera una ola lo suficientemente grande como para ser una amenaza, ellos podrían dar el aviso? —preguntó la presentadora.

Ballister seguía mirando el mapa.

—Si Cumbre Vieja explota, y su ladera oeste cae al mar, la ola de impacto puede llegar a alcanzar un kilómetro de altura. El *Tarp* no la resistiría.

La presentadora la miró con expresión preocupada.

—Así, lo que está diciéndonos es que si el *Tarp* se hunde y perdemos el contacto por radio, eso podría ser una señal de que… —La voz se le fue apagando.

La profesora Ballister acabó su frase.

—De que un grave peligro está en camino. Sí, eso es.

35

Goodwill, ocho y media de la mañana

Rebecca, la hermana de Rick, se levantó temprano para abrir la tienda. En verano los domingos eran días de mucho trabajo, pues los dueños de los barcos del puerto deportivo aprovechaban para reparar sus embarcaciones. Quitó el candado y abrió las puertas de entrada y la de detrás para airear el local y disipar la humedad que había en el ambiente desde el día anterior.

Su primo Paul pasó por delante conduciendo su camioneta de camino al muelle; quería ver cómo estaba el *Pequod*. Desde el puerto le llegaba el ruido del barco de dragado, que intentaba hacer más profundo el canal para que el condenado buque cisterna pudiera ser remolcado lejos de allí. Una densa niebla oscurecía la isla por la zona del Estrecho; las gaviotas no dejaban de graznar.

En la tienda no había televisor; Reb opinaba —y su hermano estaba de acuerdo con ella— que no lo necesitaban, pues andaban siempre muy atareados. Aunque sí tenía una radio para informarse del tiempo. La encendió.

«... se informa de que se está a la espera de una gran erupción en la isla de La Palma, en el archipiélago de las Canarias. Expertos del gobierno federal describen la situación como un segundo Krakatoa...»

—¡Oh, Dios mío! —exclamó llevándose las manos al pecho.

Lo primero que se le pasó por la cabeza fue su familia. Mike estaba todavía durmiendo en su cama, pero ¿y los niños? ¿Dónde estaban los niños?

Corrió hasta los estantes que había detrás del mostrador y empezó a sacar cajas repletas de componentes eléctricos de gran valor. Luego llevó las cajas hasta el coche y las metió en el remolque. Aquello era una locura; vaciar ella sola la tienda podría llevarle todo el día. Llamó por teléfono a casa.

—¡Mike! ¡Mike, despierta! —gritó por el micrófono del aparato—. ¡Viste a los chicos y venid para aquí enseguida!

¿Y dónde estaba Rick cuando más se lo necesitaba?

Frank Schaffer se despertó en la habitación para invitados de la granja. La luz entraba de soslayo por la ventana del ático; cuando abrió los postigos de la ventana, vio un manzano cuyas ramas quedaban casi al alcance de la mano. Se duchó en un cuarto de baño inmaculadamente blanco y con el suelo de planchas de madera. La noche anterior había trabajado con Martin y la plomada durante dos horas, hasta que este propuso que hicieran una pausa.

—Estamos a punto de conseguir un avance importante, puedo sentirlo —le dijo Martin, muy serio—. Pero hay algo que nos bloquea, y no consigo descubrir qué es.

—¿Será que estoy haciendo algo mal?

—No, no. En absoluto. Puede que incluso esté intentándolo con demasiado empeño. La energía no ha de forzarse. Tiene que fluir a su propio ritmo. Estoy seguro de que puedo sentir una presencia que está intentando comunicarse con nosotros. Lo sé, pero hasta el momento el mensaje no nos ha llegado.

Martin se quedó mirando a su invitado con una expresión de disculpa en el rostro.

—Lo siento, sé que esto debe de ser una agonía para usted. Me parece que le estoy fallando. Posiblemente las cosas nos irán mejor mañana por la mañana.

Todavía estaba lloviendo cuando volvieron a entrar en la casa. Se sentaron un rato a beber una copa de vino. Frank le habló de su hermana y de su familia, mientras Martin freía unos filetes que había sacado del congelador. Se los comieron en la cocina. Cuando Martin le ofreció una habitación en la que podría pasar la noche, Frank aceptó encantado.

—Buenos días —lo saludó Martin en cuanto apareció por la puerta de la cocina—. Espero que haya dormido bien en mi pequeño ático. La última persona que se alojó ahí fue la madre del granjero, que vivió hasta los noventa y tres años. Estoy preparando un café, y si lo desea puedo freírle un par de huevos.

Tomaron el desayuno en el porche de la casa. El aire era húmedo, frío; la niebla lo envolvía todo.

—Parece que hoy hará más fresco —observó Martin mientras se servía zumo de naranja.

Le explicó que él nunca tomaba café antes de una sesión.

—Mi hermana Kim afirma que la cafeína es una droga —dijo Frank.

—Cuando haya terminado de desayunar podemos volver al granero —le dijo Martin.

La carta de la zona y la plomada colgando de su cuerda estaban exactamente en la misma posición en que las habían dejado la noche anterior. Antes de que ambos tomaran asiento, Martin recitó un padrenuestro.

—Es lo primero que hago todas las mañana —explicó—. Es mi manera de limpiar esta habitación de influencias negativas y a la vez canalizar toda la energía hacia la luz.

Sheena Dubois también se levantó temprano el domingo. Había pasado mala noche. Cuando se separaron, el doctor Southwell se quedó preocupado, lo cual era de entender. También estaba enfadado. Era capaz de hacer cualquier cosa con tal de evitar que Tab tuviera problemas con la policía.

—Déjamelo a mí; yo lo enderezaré —le había prometido—. No voy a perderlo de vista ni un instante.

—¿Te has vuelto loco? Bastante mal están las cosas. ¿Qué vas a hacer? ¿Pedirle ayuda a Donna?

Él cerró los ojos.

—Cielos —suspiró—. Si lo descubre, estoy acabado. —Luego se sentó con la cabeza entre las manos—. Podría enviarlo de vuelta con su madre.

—Imagínate que empieza a hacer lo mismo allí. Antes de tomar una decisión, piénsalo bien, por el amor de Dios.

—Lo sé, lo sé —refunfuñó él.

—La policía tiene pruebas. Los hombres de Freddy Tarr encontraron un bidón en el bosque, una botella de gasolina o algo por el estilo. Don Egan dijo que lo examinarían para ver si encuentran huellas dactilares.

El doctor Southwell se la quedó mirando con el ceño fruncido.

—No pueden probar nada. ¿Qué pasa porque sus huellas estén en una botella? Tab estaba allí viendo el incendio. Igual que tú. Lo mismo que otras dos docenas de personas. Cualquiera podía haber tocado esa botella.

Le pidió que le diera tiempo para arreglar aquel asunto. Los hombres siempre pedían lo mismo.

Aquel día se despertó para ver las noticias sobre La Palma en todos los canales de televisión. Las imágenes eran alarmantes. El comentario de la profesora Ballister sobre «un segundo Krakatoa» ocupaba todos los titulares. ¿Realmente Estados Unidos estaba en peligro? África se hallaba a miles de kilómetros de distancia, pero el recuerdo de los terremotos del océano Índico estaba todavía fresco en la memoria de la gente. En Florida, muchas de las personas que residían en los Cayos estaban abandonando sus casas para buscar refugio en las tierras del interior. Entretanto, las autoridades habían hecho un llamamiento para que se mantuviera la calma. El sistema de alarma todavía no había detectado ninguna amenaza de tsunami. Pero algunos expertos eran escépticos.

—Es la típica reacción del gobierno —dijo uno de los científicos preguntados al respecto—. Pasar por alto todas las advertencias y confiar en un sistema multimillonario de detección del peligro que solo proporcionará datos exactos cuando este ya se nos haya echado encima.

Aquel hombre tenía razón, pensó Sheena. Miró la lista de cosas que tenía que hacer aquel día y llamó por teléfono a la cárcel. Preguntó por Don. Annie Pellew se mostró reticente, pero al final le pasó con él.

—Don, buenos días, ¿cómo va eso?

—Ahora tengo mucho trabajo, Sheena. ¿Qué quieres?

—¿Todavía tienes retenido al Rey?

—Dime el nombre de nuevo.

—No te hagas el tonto conmigo, Don. No tenemos tiempo para juegos. Ya sabes a quién me refiero. Al Rey de la Montaña, el cabecilla de los surfistas.

—¿Y eso a ti qué te importa? —preguntó Don, malhumorado.

—Es una noticia local. O tal vez nacional, quién sabe. Podría tratarse de algo grande.

—Se me ocurren historias más grandes.

—¿Como un tsunami? —Don dio un bufido—. Los expertos están empezando a hablar de un segundo Krakatoa.

—¿Sí? Vaya, pensaba que no eras de las que se creen cualquier tontería que se diga por la televisión. Hablas como esos idiotas que tenemos encerrados.

—Aseguran que la gran ola está a la vuelta de la esquina, ¿verdad?

—No sé, pregúntaselo a ellos.

—Eso es precisamente lo que quiero, hacerles una entrevista.

Don resopló.

—¡No me hagas reír!

Ella lo intentó con otro truco.

—¿Se sabe algo del resultado de los análisis forenses? ¿Se han encontrado huellas dactilares?

—No voy a preguntarte de dónde has sacado esa información.

Sheena se rió ligeramente.

—Y si lo hicieras, yo no te lo diría. Entonces, ¿no han encontrado nada en Ellsworthy?

—¿A quién pretendes tomarle el pelo? Hoy es domingo. Y en el laboratorio no trabajan los domingos.

—¿Es verdad que la señorita Maxwell ha contratado a un abogado?

—Tampoco esos trabajan los domingos. Al menos ninguno de los que yo conozco.

—Con dinero todo se consigue, Don. Ella sabe de dónde sacarlo. Y veinte de los grandes no es una suma exagerada.

—¿Por qué no te pierdes, Sheena?

—Y sin las huellas, ¿qué tienes? ¿Algún móvil?

Se oyó un gruñido al otro lado de la línea. Sheena se rió entre dientes.

—Tampoco hay móvil, por lo que veo. Y en el incendio de la antigua fábrica de hielo, tienen la coartada perfecta. Me parece que no vas a poder acusarlos. Sería mejor que los dejaras marchar, Don, antes de que te lo ordenen los jueces.

Se oyó un golpe en el auricular y la línea se cortó. Sheena esbozó una sonrisa. Se lo debía a los surfistas. Incluso en el caso de Tab, no le parecía que nadie fuera a ser acusado de incendio premeditado. Aunque la actitud de Don la había sorprendido. Normalmente no era una persona intransigente. Puede que estuviera enfadado con el Rey por haber salido con Natalie a espaldas de Rick.

Y hablando de Rick, ¿por qué no contestaba al teléfono?

Goodwill, nueve de la mañana

El cielo todavía estaba bastante nublado cuando Rick volvió con el furgón de seguridad al aparcamiento de la comisaría de policía y apagó el motor. Saltó a tierra y estiró los músculos de la espalda. Kelso y él guardaron las armas en el compartimiento trasero del furgón; luego Rick cerró el vehículo con llave y dejó esta, junto con la copia que tenía Kelso, en el mostrador de la policía.

—Hasta luego.

Kelso inclinó la cabeza, como hacía siempre, y se marchó sin decir una palabra. Los domingos solía ir a la iglesia y luego se quedaba en casa arreglando el jardín. Tenía el seto más tupido de toda la ciudad.

Rick cruzaba la calle en dirección a su furgoneta cuando vio el Jaguar rojo girar por la esquina del Prado y aparcar delante de la comisaría. Natalie salió y cruzó las puertas de la comisaría sin verlo siquiera. Era evidente que tenía mucha prisa.

Tenía la intención de darse una vuelta por la tienda para ver cómo iba todo, y luego llamar a Chance Greene y a los otros concejales. Pero de repente se le quitaron las ganas de ver ni hablar con nadie. Puso en marcha la furgoneta y condujo hasta el final del puerto. La furgoneta de Mike estaba aparcada a la puerta de la tienda. Parecía que él y Reb estaban cargando en ella algún pedido. Lo que no entendía era por qué tenían que hacerlo en domingo, pero en aquel momento no tenía ganas de averiguarlo. Chance Greene pasó por Bay Road con su enorme Porsche todoterreno —que valía más que una casa— a toda marcha y tocando el claxon. El buque cisterna seguía varado en el lodo, al final del espigón; la barca de Jack Pearl y una lancha del servicio de guardacostas estaban abarloadas al buque. Algunas personas hacían pequeñas reparaciones en sus embarcaciones y corrían de aquí para allá a lo largo del muelle, pero eso era bastante normal la víspera de la regata, y Rick no le dio importancia. El *Chimay*, el barco de su padre, estaba amarrado donde lo había dejado el día anterior. Soltó las amarras y subió a bordo. Había una fuerte marea saliente. El motor arrancó a la primera y la hélice batió el agua con un sonido gutural. Al cabo de un momento estaba ya cruzando la bocana del puerto en dirección a la isla de Greenstone.

Llevaba el teléfono móvil en el bolsillo, pero lo dejó apagado. Necesitaba tiempo para estar solo y pensar.

Entretanto, el Rey estaba empezando a ponerse frenético. Caminaba de un lado a otro de la celda como un animal enjaulado: dos pasos hasta la pared, giraba en redondo, dos pasos hasta la ventana de rejas. Una y otra vez. Una y otra vez. Viéndolo, el Cojo estaba a punto de perder la paciencia.

—Date un respiro —le dijo desde el camastro en el que estaba sentado, descansando su rodilla herida—. Así solo consigues ponerte más nervioso.

El Rey sentía un nudo de rabia e impotencia en el estómago. El teléfono que les había mandado Natalie se había quedado sin batería, y como castigo por silbar y golpear la puerta les habían tenido toda la noche sin electricidad. Y les habían amenazado con que a la siguiente insolencia visitarían la celda de castigo.

Echó un vistazo por la ventana. Daba al aparcamiento. Al fondo estaba la valla a la que de vez en cuando alguno de sus amigos se subía para pasarles un mensaje silbado, hasta que los policías los echaron de allí. En ese momento no había nadie en la valla. Dentro de poco el sol calentaría la playa y las olas estarían en todo su esplendor. Y allí estaba él, el Rey de la Montaña, ¡encerrado como un perro!

El vidrio de la ventana estaba protegido por una rejilla, cerrada con un candado, que había que quitar para poder abrir la ventana. Las rejas estaban en la parte de fuera. La única manera de salir de allí era a través de la puerta de acero, que estaba cerrada con cerrojo y llave. El Rey se sentía asfixiado. El aire allí dentro olía a rancio, y tenía la garganta seca.

Oyó pasos en la escalera de cemento que conducía a la planta de los calabozos. En la ventanilla de la puerta apareció la cara de Logan Clancy.

—El jefe Egan me ha dicho que vuelva a conectar la luz, de manera que podréis volver a ver la televisión, chicos. Pero si me dais algún problema, volveré a cortarla durante el resto del día.

Pulsó un interruptor y la bombilla que había en el techo de la celda se encendió.

—¡A la mierda la luz! —gritó el Cojo—. ¿Dónde está nuestro abogado?

El pastor McCabe se encaminó hacia la iglesia del Prado. La puerta estaba abierta. Aquello era Goodwill, una ciudad todavía temerosa de Dios. Aunque durante los últimos días aquellas palabras se habían hecho incómodas. Durante el invierno anterior había tenido que asistir a un entierro donde el ataúd estaba lleno de piedras. La gente de allí tenía sus propias costumbres; el muerto era un pescador de langostas miembro de su parroquia. Lo hizo por respeto a la familia. El viernes anterior apareció otro cadáver, y habían desaparecido dos turistas. Empezaban a correr rumores de catástrofes y de castigos divinos.

—Oye —dijo el Cojo—, échale un vistazo a esto.

Estaba viendo la televisión. En la pantalla se veían imágenes de un océano revuelto con un fondo de altas nubes de humo rodeadas de chorros de fuego. El Cojo subió el volumen.

«... evacuaciones hacia las tierras del interior. El repentino aumento de la actividad ha pillado por sorpresa a las autoridades. Los geólogos dicen que los continuos de temblores de tierra pueden ser el aviso de explosiones incluso más violentas en un futuro inmediato. Se habla de un posible segundo Krakatoa, por el tipo de erupción, que podría acontecer durante las próximas doce horas…»

—¡Mierda! —gritó el Cojo—. ¡Oh, mierda, mierda, mierda!

La plomada se estaba comportando de una manera muy extraña. No había otras palabras para describirlo. La noche anterior, la cuerda que la sujetaba permanecía tensa y lacia, pero esa mañana parecía tener vida propia. Casi en el mismo momento en que Martin Seymour la agarró entre los dedos la plomada empezó a temblar y a balancearse como si estuviera poseída. Poco después, la carta que había debajo de la plomada estaba llena de cruces marcadas a lápiz.

—No entiendo qué está pasando; no tiene sentido. Ayer no tuvimos ninguna respuesta y ahora nos está llegando un torrente de energía. El problema es que ahora son demasiadas respuestas juntas.

—¿Hay en esto algo específico relacionado con Kim?

Martin meneó la cabeza.

—Nada, pero puedo sentir cómo vibra el aire a nuestro alrededor. Es una energía tan fuerte que casi la siento en la piel.

Frank miró a su alrededor, consternado. Quizá no era más que la brisa que entraba por la ventana, pero a él también le parecía que sentía el aire vibrando en sus oídos. ¿Eran pequeñas ondas lo que veía en su vaso de agua? Seguramente se lo estaba imaginando.

Rebecca fue corriendo al Lobsterman para buscar a Jean-Alice. Ballena Morrissey y un grupo de asiduos de los muelles estaban allí sentados, viendo la CNN y discutiendo. Jean-Alice, detrás de la barra, hablaba con Sarah Hunter.

—Hola —saludó Sarah a Rebecca—. Precisamente he venido hasta aquí para verte.

Reb apretó los labios.

—Si estás buscando a Rick, no puedo ayudarte.

—¿No puedes o no quieres? —preguntó Sarah parpadeando.

—Tómatelo como prefieras.

Jean-Alice intervino.

—Eh, chicas, no perdamos la calma. Sarah pasaba por aquí para despedirse.

—¿Te largas de la ciudad? ¿Después del lío en el que has metido a Rick?

Sarah levantó una mano como dándose por vencida.

—De acuerdo, es verdad que he peleado por tu hermano. Le quiero, siempre le he querido. ¿Qué querías que hiciera? ¿Que me echara a un lado y dejara que esa zorra de los Maxwell se largara con el único tipo que me ha tratado de una manera medio decente?

La mirada de Reb se suavizó un poco.

—No lo había considerado desde tu punto de vista. Posiblemente, si hubiese estado en tu lugar habría hecho lo mismo que tú. —Se encogió de hombros—. Y bien, ¿por qué te marchas?

Sarah se encogió de hombros.

—¿Para qué voy a quedarme?

—No lo sé, Rick no es el único soltero de la ciudad —dijo Jean-Alice. Y luego, mirando a Reb, añadió—: ¿Tomas algo? Invita la casa.

—Gracias —contestó Reb sentándose en un taburete—. Tal como están yendo las cosas entre esos dos, quién sabe cómo acabarán.

—¿Lo dices por ese surfista? —Jean-Alice negó con la cabeza—. No son más que los nervios del compromiso. Muchas chicas se asustan cuando sienten que el nudo empieza a apretar.

—No solo las chicas —intervino Reb—. Recuerdo una pelea que tuvimos Mike y yo poco antes de casarnos. Él desapareció durante una semana. Creí que había embarcado y que no volvería a verlo jamás.

—Si Natalie prefiere a un tonto surfista en lugar de a Rick Larsen es que está loca —dijo Sarah—. Y en cuanto a Rick… —Suspiró y meneó la cabeza con tristeza.

—Su surfista estuvo por aquí —dijo Jean-Alice con expresión meditabunda—. Un tipo grande, de esos que hacen que te sientas frágil. Y excitada. El típico tío que habla con un lenguaje místico, «el reino inexplorado», «la fraternidad del peligro», «el regreso a la protección del hogar», como uno de esos personajes que se ven a veces en los dibujos animados. No me malinterpretes. Tiene un aire de leyenda. Un hombre nacido para cabalgar gigantes y matar dragones. Entiendo que una chica pueda perder la cabeza por él.

En la celda de detrás del Prado, los dos hombres discutían, alzaban los puños al cielo y daban golpes y patadas a la puerta de metal.

En su despacho, en el piso de arriba, Annie Pellew, que estaba viendo las mismas imágenes por televisión, apretó los labios y miró a Logan Clancy. Este se encogió de hombros. Que siguieran dando golpes. Por lo que a él respectaba, podían pudrirse ahí dentro.

El Rey dio media vuelta para mirar por la ventana. Apretó los puños, luego fue relajándolos lentamente y acabó flexionando los dedos con fuerza. Hinchó el pecho, tensando los músculos hasta que se le onduló la espalda y le crujieron las articulaciones. Dio un paso atrás y metió los dedos entre las rendijas de la malla que cubría el vidrio de la ventana. Mientras agarraba la rejilla de metal y tiraba de ella, el Cojo lo miraba pasmado.

—¡Por el amor de Dios! —gritó—, vas a destrozar la celda y los polis nos van a…

No pudo acabar la frase. Aquella celda había sido construida para resistir un ataque, pero en aquel momento el Rey tenía la fuerza de un loco. La malla se desgarró y se separó de la parte superior del marco de metal que la rodeaba. El Rey flexionó de nuevo las manos y se preparó para un segundo asalto. Las venas de los brazos se le hinchaban y estiraban. Poco a poco, vencida por aquella formidable fuerza, la rejilla se desprendió completamente de un lado. Con un grito de triunfo, el Rey la agarró con fuerzas renovadas y, tirando de ella con todo el cuerpo, acabó de desgajarla de la ventana.

El Cojo miró boquiabierto el hueco.

—¡Dios mío! —exclamó en un susurro.

El pastor McCabe estaba frente a sus fieles. La iglesia estaba llena. En los malos tiempos la gente se acuerda más del poder de Dios. Los miró a los ojos y vio su preocupación, su miedo por sus familias, por sus casas, por sus semejantes. Tenía que encontrar las palabras que les diesen ánimos y valor.

—Recemos —dijo con voz tranquila, y todas las cabezas se inclinaron—. Recemos al Señor Todopoderoso para que nos dé las fuerzas necesarias para soportar cualquier prueba que quiera enviarnos…

En la granja, Martin Seymour retiró la mano de la cuerda que sujetaba la plomada como si hubiera recibido una descarga eléctrica.

—¿Qué sucede? ¿Ha sentido algo? —le preguntó Frank con impaciencia.

Martin se volvió hacia él. Había en sus ojos una expresión de sorpresa y algo más: miedo.

Tardó un momento en hablar.

—No estoy seguro de lo que ha sido. Nunca antes había experimentado un temblor tan fuerte, como si el mundo entero retumbara como una campana.

Los dos hombres se quedaron mirando la plomada. Esta todavía estaba temblando. Parecía haber adquirido una sobrecogedora vida propia, moviéndose en círculos por encima de la carta náutica del Estrecho como si estuviera poseída.

—Es como si… —trató de explicar Frank luchando por encontrar las palabras—. Es como si estuviera sucediendo algo terrible.

Martin estaba pálido.

En el Estrecho, una espesa niebla húmeda se pegaba a las ventanas de la cabina del barco. Apenas había viento, pero una repentina ráfaga lo balanceó. Rick mantenía el rumbo observando la brújula y sin dejar de mirar afuera, vigilando el acercamiento de otras posibles embarcaciones. No es que esperara encontrarse con muchas. Muy pocos barcos de faena solían salir en domingo, y una niebla como aquella habría disuadido a los navegantes de recreo.

Pasó al lado de la isla de Two Bush y recordó a la pareja a la que todavía se daba por desaparecida. Un banco de medusas carabela pasó flotando a su lado; parecían los supervivientes de lo que debió de haber sido una gran armada. Seguían sin verse ballenas, ni delfines, y apenas había unos cuantos pájaros. El balanceo del barco comenzó a disminuir, señal evidente de que estaba pasando a sotavento de la isla de Greenstone. Echó un vistazo al radar y allí estaba, justo a dos millas.

Diez minutos después se encontraba entre los brazos de la bahía de Greenstone.

El sencillo malecón que él mismo había construido allí a duras penas había sobrevivido a los rigores del anterior invierno. Necesitaba un buen arreglo, pero no había tenido demasiado tiempo libre para eso. Acercó el *Chimay* de costado hacia el embarcadero, dio marcha atrás y lo dejó en punto muerto. Después dio potencia al motor y lo paró de golpe en el momento de saltar a tierra.

El silencio era total. Y la niebla hacía que la quietud pareciera todavía más profunda, amortiguaba el ritmo de las olas, absorbía y apagaba su ruido sordo a lo largo de la playa. La casa estaba al final de un camino lleno de malas hierbas, pero aquel día sus pies le condujeron instintivamente en dirección contraria. La casa era un símbolo de demasiadas preguntas que seguían sin respuesta. Caminó a lo largo de la arena dorada y sintió, como siempre, la serenidad que le infundía la claridad y la pureza de la arena. Una piedra que la marea baja había dejado al descubierto llamó su atención. Se detuvo, la cogió y la limpió. Incluso bajo la mortecina luz de la mañana, el mármol translúcido brillaba como si estuviera iluminado por dentro. Era una piedra verde de Goodwill; nunca había tenido una tan pura en las manos.

Un buen augurio; no, un talismán. Se la guardó en el bolsillo para que le protegiera. Y entonces se detuvo. ¿Era un trueno lo que había oído? Seguramente no. Y sin embargo le pareció como si un pequeño temblor sacudiera la bahía durante un instante. Sí, ahora estaba seguro, había vuelto a notarlo, una vibración, infinitamente remota pero profunda, casi por debajo de la percepción del oído humano, un ruido sordo que parecía proceder de ninguna parte y avanzar por el suelo, bajo sus pies.

—Confiamos en Dios, como todo buen estadounidense. La fe que trajo a nuestros ancestros hasta esta playa, que los sostuvo durante las privaciones, que les dio las fuerzas para volver a construirlo todo después del diluvio, esa fe nos sostendrá ahora a nosotros, y en los años venideros, contra los peligros y las dificultades…

Oyó un ruido de pasos que corrían al otro lado de la puerta de entrada. La puerta del oeste estaba completamente abierta y la figura de Ballena Morrissey irrumpió violentamente en medio de la congregación. El pastor se interrumpió a mitad de una frase, mientras las cabezas de los fieles se volvían para observar al intruso. En dos zancadas Ballena se colocó en mitad de la iglesia. Estaba rojo por el esfuerzo, el sudor le caía a chorros por la cara y en sus ojos había una expresión salvaje.

—¡Se ha ido! —jadeó de manera incoherente—. La isla… —meneó la cabeza como para aclararse las ideas—, el volcán acaba de estallar. ¡Krakatoa, Krakatoa!

Y repitió aquella palabra como si fuera el toque de trompeta que despertaría a la audiencia de su estupefacción.

—¡Krakatoa! —volvió a gritar a todo pulmón hasta que las vigas del techo resonaron—. ¡Llega el segundo Krakatoa!

36

Cumbre Vieja, La Palma

Malc y Concha avanzaban en fila por un estrecho camino excavado en la ladera escalonada de una colina. Cruzaban un paisaje de pesadilla de bosque quemado, incendiado por bombas de lava ardiendo. Los pocos árboles que permanecían en pie estaban envueltos en cenizas, como centinelas de la muerte. Avanzaban apurados y tambaleantes. Desde la primera gran explosión, los temblores y las detonaciones provocadas por el nuevo cráter habían continuado sin descanso, y el suelo se estremecía y se agitaba bajo sus pies a cada paso que daban.

Cuando rodearon una enorme piedra, un destello brillante, cien veces más luminoso que cualquier otro que hubieran visto antes, iluminó las piedras con una intensidad cegadora. En el instante en que la onda expansiva los alcanzó, tras recorrer el valle como si fuera un puño invisible, se vieron aplastados contra el suelo. El impacto arrancó de cuajo troncos de árboles, arrastró piedras y produjo una avalancha de cascotes y pedregal.

Malc echó las manos hacia delante, instintivamente, mientras ambos caían hacia atrás. Por suerte, un frondoso matorral de enebro, capaz de soportar su peso, frenó la caída. Desde los escalones superiores de la ladera empezaron a caer piedras y cascotes, pero él aguantó allí, agachando la cabeza. A la onda expansiva del estallido siguió una ráfaga de viento caliente cargado de un polvo sofocante que se le metía en la boca y las orejas y le cegaba los ojos. La violencia de la caída lo había dejado sin aliento; permaneció allí tumbado, tosiendo y jadeando, intentando que el aire volviera a pasar por su garganta. Durante un rato le pareció que en cualquier momento caería al fondo del barranco y moriría asfixiado o achicharrado vivo.

Las detonaciones seguían sonando. Un potente retumbar, mezclado con un profundo traqueteo, como si el cráter estuviera aclarándose la garganta, llenó el valle. Hacia el oeste, Malc entrevió una enorme columna de llamas y cenizas que se elevaba hacia el cielo. Inmensas virutas de humo blanco y negro se expandían a una velocidad extraordinaria. Chorros de lava centelleaban al saltar por el aire entre nubes de vapor. El humo salía sin pausa del cráter, cegando la escasa luz del sol. Tremendas sacudidas, como las que produciría una enorme puerta al cerrarse de golpe, azotaban la colina. El suelo se elevaba y vibraba. Una tormenta de gravilla y ceniza caliente caía del cielo.

Durante lo que le pareció una eternidad, Malc se apretó con fuerza el pecho con los brazos, esperando la gran explosión final, la que marcaría el momento en que el techo de la gran cámara subterránea de magma se rompiera y dejara salir miles de toneladas de lava líquida a la superficie. Pero al cabo de un buen rato y después de una gran salva de estallidos, las explosiones empezaron a disminuir y la avalancha de piedras y cenizas se hizo más ligera. Malc escupió el polvo que se le había metido en la boca, se puso de rodillas y se arrastró de nuevo hasta el camino.

Miró a su alrededor buscando a Concha. Cuando se produjo la gran explosión, estaba a unos pasos por delante de él, pero en ese momento no la veía por ninguna parte.

—¡Concha! —gritó.

Tenía que chillar con todas sus fuerzas incluso para oírse a sí mismo. El humo seguía saliendo de la nueva abertura a una velocidad vertiginosa. Apenas podía ver nada a unos pocos metros a su alrededor.

—¡Concha!

El polvo y el aire caliente habían convertido su voz en un débil chirrido apenas audible entre el retumbar de la montaña.

—¡Concha! —la llamó de nuevo desesperadamente.

Esta vez oyó un débil sonido de respuesta; procedía de más abajo de donde él se hallaba. Asomándose a la ladera distinguió un rostro entre un montón de escombros ennegrecidos. La chica había caído más de diez metros por la ladera de pedregal; una piedra en forma de cuña la había frenado.

—¡Aguanta! —gritó Malc.

Como la mayoría de vulcanólogos, Malc era un escalador experimentado. Se movió hacia un lado para evitar que cayeran más escombros sobre Concha mientras descendiera por la ladera, y eligió una zona en la que había árboles y ramas que le ofrecían cierto asidero. Luego empezó a bajar; cuando llegó a la altura donde se encontraba la chica, se arrastró de lado por la ladera y llegó hasta ella.

—Tengo un pie atrapado —le dijo Concha.

—¿Está roto?

—Me parece que no. Pero cada vez que intento sacarlo, la piedra se inclina; tengo miedo de que se caiga y yo con ella.

La piedra hacía cuña entre el suelo y el pie de la chica, y se tambaleaba al menor movimiento que intentaba ella. No había duda de que podría desprenderse en cualquier momento. Concha tenía la cara llena de sangre a causa de las heridas que se había hecho al rodar montaña abajo; su camiseta estaba hecha jirones. Aparte de eso, no parecía herida. Malc se quitó el cinturón y lo pasó por la cintura de Concha; lo agarró fuerte y se sujetó con la otra mano a un pino joven.

—Ahora voy a tirar de ti; tú intenta sacar el pie.

—No sale —jadeó ella.

—Sigue tirando; te tengo bien agarrada.

Ella tiró de la pierna, y la piedra se balanceó de manera inquietante. Concha dejó escapar un grito de dolor. Malc se dio cuenta de que la piedra se había deslizado pero seguía apoyada sobre la pierna de la chica. La situación era todavía peor que antes.

—Intenta quitarte la bota.

Concha forcejeó con su calzado durante un par de minutos, pero luego se dio por vencida y volvió a tumbarse.

—No sirve de nada. Ahora no puedo alcanzar el pie.

—De acuerdo. Aflojaré un poco el cinturón para que intentes acercarte más. Quizá yo pueda aproximarme por debajo.

En cuanto esas palabras salieron de su boca, una nueva salva de detonaciones retumbó desafiante al otro lado de la montaña. La muchacha alzó el pecho y se mordió los labios.

—No te quedes aquí —le dijo con voz jadeante.

Malc miró hacia atrás por encima del hombro. Se quedó de piedra. Arroyos de lava ardiendo descendían por la ladera. A través del humo pudo distinguir una docena de nuevas aberturas de las que fluía aquel líquido al rojo vivo.

¡Cumbre Vieja estaba ardiendo! Las detonaciones de la costa habían roto la cámara de magma subterránea. Sería un milagro si al cabo de unas pocas horas las fracturas que se habían abierto en la parte sur de la cumbre no se extendían por toda la montaña.

A lo largo de todo el planeta, las alarmas de veinte mil instrumentos de medición saltaron a la vez mientras la onda expansiva de la erupción del cráter daba la vuelta a la Tierra. Los sistemas informáticos detectaron los datos, los procesaron y los analizaron. Al cabo de unos minutos señalaban el epicentro del seísmo y trazaban un perfil exacto de la situación. De inmediato se desencadenó un aluvión de mensajes automáticos de alarma, llamadas telefónicas, e-mails y notas en tablones de anuncios de internet: ¡NOTICIA DE ÚLTIMA HORA! CUMBRE VIEJA, LA PALMA, CANARIAS. ¡LA MAYOR ERUPCIÓN REGISTRADA EN UN ÍNDICE DE EXPLOSIVIDAD DE NIVEL 6!

Mientras Malc luchaba por liberar a Concha, la mitad del mundo estaba viendo en la televisión, en tiempo real, imágenes de la erupción.

Tarp

Aquellas nubes de humo no se parecían a nada que Mary Sennett hubiera visto antes, ni siquiera en fotografías o en películas. El cielo era de color negro, y todavía no era ni media tarde. Todas las escotillas y las ventanas del barco estaban cerradas y cubiertas por una espesa capa de ceniza. La lluvia de piedra pómez y arenilla era tan abundante que el personal solo podía salir a cubierta con ropa de protección, incluido casco y máscara antigás. Más de un palmo de escombros cubría los techos de las cabinas y la cubierta.

La superficie del mar estaba irreconocible. El azul del océano por el que habían navegado se había teñido de color barro; extensas capas de piedra pómez flotaban en el agua. Durante los primeros momentos de la erupción, algunas bombas de lava habían alcanzado el barco, gruesos terrones de roca semisólida que cayeron silbando de entre las nubes de polvo como si fueran obuses. Una de ellas se desplomó sobre el puente superior, hirió gravemente a un oficial, produjo quemaduras a otros y originó un pequeño incendio. Aquello obligó a gobernar el barco desde la sala de mandos del puente inferior.

Balanceándose bajo el peso de las piedras y los escombros que llenaban las cubiertas, el *Tarp* luchaba contra una sucesión de olas monstruosas que se alzaban amenazantes desde el este, en medio de la oscuridad, como negros acantilados. En dos ocasiones, Mary y sus colegas creyeron que el barco se iría a pique. Las alarmas no dejaban de sonar a través del sistema de megafonía, mientras el capitán les advertía del peligro que se avecinaba.

Ráfagas de rojas llamas iluminaban el cielo a cada instante. Ni los sistemas de comunicación ni la mayor parte de los instrumentos funcionaban; las constantes y violentas descargas electromagnéticas habían quemado los circuitos. Cuando las sirenas de alarma volvieron a sonar, una ola de color acerado sacudió los costados del barco, que cayó sin gobierno en la depresión de otra ola. Mary miró afuera y gritó.

Entre los negros remolinos del agua el barco brilló de punta a punta con una luminiscencia fantasmal. Los extremos de todas las antenas, de los discos de los radares, de los mástiles y de las barandillas resplandecieron con una vacilante corona de color azabache y palpitaron con una radiación espeluznante.

Una mano le aferró el hombro. Derek Wanless estaba observando aquel prodigio a su lado.

—¡Meteoros! —gritó Wanless por encima del fragor de la tormenta—. ¡Fuegos de San Telmo! Los antiguos navegantes creían que eran una señal de la protección de Dios.

Costa oeste de Marruecos, cuatro y cuarto de la tarde, hora local

La espeluznante mancha que se veía en el horizonte, hacia el sudoeste, se hacía más grande y oscura conforme avanzaba la tarde. Hacia las tres, el estruendo de la montaña que se hallaba a sesenta millas, en medio del mar, sonó como el martilleo de una distante artillería y los temblores de tierra se notaron claramente en el suelo. La costa estaba llenándose de piedra pómez y cada ola que rompía en la orilla dejaba un cerco de polvo de color óxido. El Vigilante, el jefe del grupo, les ordenó que hicieran el equipaje, lo metieran en el Land Rover y estuvieran preparados para partir en cualquier momento. No obstante, los más jóvenes se alejaron para observar el espectáculo hasta que él les ordenó que regresaran.

—Nosotros aquí no somos más que centinelas —les recordó con voz suave desde la terraza del establo, donde había colocado la cámara de vídeo, bajo una improvisada cubierta—. No nos toca jugar a ser héroes.

—Tío, eso es una gilipollez —protestó un australiano con rizos al estilo rastafari—. Las olas no son propiedad de nadie. Cualquiera de nosotros puede cabalgar sobre uno de esos gigantes si se lo propone.

El Vigilante no contestó. Tenía la cámara conectada con un teléfono vía satélite por medio de una PDA. Le bastaba pulsar un botón para que la PDA marcase el número y empezara a enviar las imágenes en directo, vía satélite, a una página de internet de Estados Unidos.

El rastafari seguía hablando con voz desafiante.

—Yo me las puedo apañar muy bien con una ola de treinta metros.

—¿Quién ha hablado de treinta metros? —preguntó el Vigilante.

—Tú lo dijiste, tío. Dijiste que el Rey está esperando que llegue una ola de treinta metros.

—Eso es a este lado del charco. No tres mil millas más allá. —El Vigilante se encogió de hombros—. Para cuando llegue allí tendrá trescientos.

—¡Trescientos pies!

El Vigilante se lo quedó mirando con desprecio.

—Trescientos metros, colega.

En el silencio que siguió a aquellas palabras cada uno de los miembros del grupo intentó imaginar el efecto de una ola gigantesca rompiendo contra la playa a una velocidad de sesenta nudos.

—¿No dijiste que recibiríamos un aviso? —preguntó con preocupación una chica muy bronceada.

—¿Y cómo llamarías a eso? —contestó el Vigilante señalando hacia el mar.

Otro refulgente destello iluminó el extremo superior de la imponente nube de humo con llamas de color carmesí mientras el terrible horno volcánico que se elevaba en el horizonte lanzaba más energía explosiva hacia la atmósfera.

Cinco minutos después les llegó la onda expansiva y todo cambió. Los chicos todavía estaban discutiendo si deberían quedarse o sería mejor marcharse de allí cuando el terreno se elevó y explotó como si alguien hubiera hecho detonar una mina. Los muros de barro se cuartearon, y las dunas se estremecieron y se deslizaron en medio de una nube de polvo asfixiante. Un violento retumbar golpeó sus tímpanos en rápida sucesión; las chicas gritaron y una enorme ola asoló toda la playa como si fuera una avalancha. Los surfistas se agarraban los unos a los otros mientras pequeños estallidos de réplica continuaban martilleando la arena. En el suelo se abrieron varias fisuras; una palmera se balanceó y acabó cayendo a tierra. El mar seguía batiendo contra la orilla de la playa entre olas de espuma.

El Vigilante fue el primero en sobreponerse.

—¡Vámonos! —gritó—. ¡Todos a la camioneta, rápido!

—¡Las lanchas! ¡Todavía están en la playa!

—Olvidaos de las barcas, no hay tiempo que perder. Si llega la ola, no tendréis ninguna posibilidad de escapar. Meteos en la camioneta y salid a toda pastilla hacia el interior. Y no os detengáis ni miréis atrás. ¡Solo pisad el acelerador a fondo!

No hacía falta que los apremiaran. Se echaron las mochilas a la espalda y saltaron a la camioneta.

—¿Y tú qué? —le preguntó el rastafari al Vigilante mientras este saltaba de la escalera de mano a la terraza—. ¿No piensas venir con nosotros?

—Yo me iré en bicicleta. Antes tengo que hacer varias cosas. ¡Marchaos ya! ¡Vamos!

37

Dead River, Maine

La sesión de rafting de la mañana había sido cancelada, pero la de la tarde seguía programada. Lloyd Gardiner estaba intrigado.

—No, en absoluto —les aseguró el recepcionista a los dos padres—. No hay ningún tipo de riesgo en este río. Estamos a más de veinte kilómetros de la costa, puede que a treinta. El aviso del gobierno es que, en el caso de que se detectara un tsunami, algo que por otra parte no ha sucedido nunca... —Hizo una pausa para tomar un trago de agua de un vaso de plástico—. Si hubiera un tsunami a la vista... —se corrigió—, entonces los residentes de las «zonas de riesgo» —dijo marcando las comillas con los dedos— deberán trasladarse a unos diez kilómetros de la costa. Por lo que sé —continuó—, en este momento eso solo incumbe a los residentes de Florida. No se ha señalado que el área de Maine sea una zona de riesgo. Por lo que han dicho en la televisión, ninguna parte de Nueva Inglaterra ha sido incluida en la zona de peligro.

Las dos familias habían estado dialogando, preocupadas.

—No sé qué pensar —dijo Jessica apretando con una mano el brazo de su marido—. Una parte de mí quiere regresar a casa, pero son las vacaciones de los niños y no quisiera estropeárselas.

—Aquí nos hallamos a más de sesenta metros sobre el nivel del mar —le dijo el propietario—. Por lo que se dice, esas olas no superarían los diez metros de altura, y eso en Florida. Lo más exagerado que he oído ha sido treinta metros. Piense que si la costa estuviera justo debajo de su habitación, la ola todavía quedaría treinta metros por debajo.

Jessica se rió, pero su inquietud era manifiesta. El padre de Lloyd parecía impresionado.

—Seamos serios, señores, puedo asegurarles que sería más fácil que vieran un iceberg en el infierno que un tsunami por estos lares.

—Entonces, ¿por qué han cancelado el rafting? —preguntó Lloyd.

Todos se rieron. La espontaneidad del niño rebajó un poco la tensión.

—No lo han cancelado ellos, hijo —le dijo su madre con seriedad—. Lo que ocurre es que la central eléctrica debe abrir las compuertas del dique para dejar salir el agua sobrante y que la corriente del río aumente. Pero a causa de la inseguridad que reina por el asunto del tsunami, la central eléctrica ha decidido esperar. No les parecía apropiado tener un montón de agua sobrante en la boca del río. Abrirán las compuertas por la tarde. y así se podrá realizar el rafting que estaba programado para las cuatro y media.

—¿Pueden mantener las compuertas cerradas tanto tiempo? —preguntó Brook al propietario.

—Por supuesto, sin problemas. Ahora es verano.

—Ayer llovió bastante —intervino el padre de Lloyd.

—Y eso es bueno. Significa que cuando vayan a hacer rafting habrá un montón de agua en el río. ¿Qué me dicen? ¿Se han decidido?

—Eso creo —dijo Jessica mirando a su marido—. ¿Queréis que vayamos, niños?

—¡Oh, mamá, sí, por favor, por favor!

El dueño del motel sonrió abiertamente.

—¡De acuerdo entonces! A las tres de la tarde todos aquí. Les proporcionaremos chalecos salvavidas y cascos. Un autocar los llevará a la zona de desembarco, y sobre las cuatro ya estarán en el agua, con tiempo suficiente para que el guía les dé las instrucciones necesarias y puedan familiarizarse con el equipo. Navegarán río abajo durante aproximadamente veinte kilómetros, hasta la curva que hay allí, justo al lado del hotel. El guía los dejará en la zona de desembarque. Cualquier cosa que quieran dejar en el autocar estará aquí esperándoles cuando regresen. Luego tendrán a su disposición duchas de agua caliente y toallas, y el restaurante les preparará algo de comer, porque, créanme, el río les abrirá el apetito. ¡Será una experiencia que recordarán toda su vida!

Goodwill, mediodía

El capitán Leclerc estaba en plena discusión con la burocracia.

—¡Exijo que se me devuelva mi tripulación! —gritó por teléfono a Con Wolfowitz, que estaba en la oficina del servicio de guardacostas—. No tiene ningún derecho a retenerlos. Tienen visados de marineros y sus papeles están en regla.

La ventana de la oficina de Con Wolfowitz daba al Estrecho. Mientras hablaba por teléfono veía el lugar donde estaba el buque cisterna, varado como una ballena a la entrada del espigón. La televisión estaba emitiendo unas imágenes de un paisaje urbano devastado en algún lugar del norte de África: calles destrozadas y llenas de escombros, vehículos volcados y enterrados en un mar de lodo y arena.

—Señor, varios miembros de su tripulación abandonaron el buque ayer por la noche voluntariamente y de mutuo acuerdo —le explicó Con pacientemente una vez más—. Se les permitió quedarse en tierra por razones humanitarias debido a la inseguridad del barco a causa de que se había varado y del peligro de explosión. Pero una vez en tierra son responsabilidad del Departamento de Inmigración de Estados Unidos.

—Sí, sí, eso ya lo entiendo, pero el fuego ya se ha extinguido, se ha pedido un remolque y quiero que mi tripulación vuelva a bordo.

—Señor, antes debemos realizar una inspección para declarar que el buque es de nuevo seguro.

—Pero es seguro. El casco no tiene ninguna vía; no hay fisuras en ninguno de los tanques; los motores funcionan perfectamente. Usted mismo pudo comprobarlo anoche —insistió Leclerc.

Con no se mordió la lengua.

—Capitán, su buque lleva una carga altamente peligrosa; en este momento está varado en el lodo, delante de un puerto repleto de embarcaciones, es incapaz de gobernarse por sus propios medios y, por si fuera poco, estamos ante la posible alerta de un tsunami. No culpo a su tripulación por no querer volver a bordo. Francamente, en su lugar yo habría hecho lo mismo.

—Si se niega a ayudarme tendré que hablar con el Departamento de Inmigración; les pediré que me devuelvan a mis hombres, a la fuerza si es necesario.

—Inmigración no tomará ninguna decisión hasta que nuestros expertos declaren que el buque es seguro, lo cual no sucederá hasta que la compañía de salvamento envíe un remolcador para sacarlo del lodo. Una vez que lo pongamos de nuevo a flote, los inspectores subirán al barco para realizar las inspecciones pertinentes. En cuanto ese trámite termine, su tripulación podrá regresar a bordo, y luego cada uno de nosotros podrá seguir su propio camino.

Al otro lado del hilo telefónico no hubo ninguna respuesta.

—Capitán, ¿me está escuchando? —dijo Wolfowitz.

—Sí, comandante, le escucho —contestó Leclerc secamente—. Dígame, y si entretanto aparece por el horizonte ese tsunami, ¿qué se supone que debo hacer sin mi tripulación? Contésteme a eso, comandante.

Pero a Con Wolfowitz, que en ese momento miraba la gran mole blanca de los tanques que contenían veinte mil toneladas de gas líquido, no se le ocurrió cuál podía ser la respuesta adecuada.

Natalie subía a toda velocidad por la carretera de la costa, al volante de su Jaguar, cuando oyó la sirena. Miró por el espejo retrovisor y vio un coche celular de la policía con las luces de emergencia encendidas. «¿Y ahora qué?», pensó ella mientras aminoraba la velocidad.

—Sí, agente, ¿qué sucede? ¡Ah, hola, Logan! ¿Acaso iba demasiado rápido? Lo siento.

—Hola, señorita Maxwell, no se trata de eso. —Logan parecía incómodo—. ¿Le importaría abrir un momento el maletero, por favor?

—Por qué no, si eso le hace feliz. Pero le aseguro que no llevo nada más que las bolsas de la compra.

Ella pulsó el botón y la capota del maletero se abrió. Clancy echó un vistazo dentro.

—Está bien, señorita. Pero tengo que pedirle que me acompañe a la comisaría.

—¿Ahora?

—Sí, señorita, ahora mismo. Son órdenes del jefe Egan.

—¿Por qué? ¿Qué quiere Egan de mí?

—No sabría decírselo. Yo solo cumplo órdenes.

—¿Acaso estoy detenida?

—No, a menos que se niegue a cooperar. En tal caso, tengo órdenes de detenerla.

—¿Y bajo qué cargos, si es que puede saberse?

Logan se sonrojó.

—Por ayudar a escapar a un sospechoso, señorita.

—¿Ayudar a escapar a un sospechoso? ¿Insinúa que llevo a un delincuente en el maletero? ¡Oh, Dios mío! —exclamó al darse cuenta de lo que había sucedido—. ¿Se ha escapado? ¿Qué le han hecho?

—No lo sé, señorita Maxwell, pero será mejor que me acompañé a la comisaría ahora mismo.

La comisaría de Goodwill era un caos. La entrada principal estaba abarrotada de gente que esperaba consejos y asistencia, de modo que Logan la guió hacia la puerta de atrás. Don no la saludó con su habitual amabilidad.

—¿Qué había en los paquetes que les llevaste a los presos esta mañana? —le preguntó bruscamente cuando Annie Pellew la condujo hasta su despacho.

—Nada. Un teléfono, baterías de recambio y varias revistas que me habían pedido —dijo ella encogiéndose de hombros—. ¿Por qué? ¿Hay alguna ley que lo prohíba?

—¿Ha intentado alguno de ellos ponerse en contacto contigo desde entonces?

Ella alzó la barbilla.

—No creo que tenga que contestar a esa pregunta.

—Si no quieres que se te acuse de ayudar a escapar a un delincuente, será mejor que respondas.

—¡No es un delincuente y no tienes ninguna prueba contra él!

Los dos se quedaron mirándose fijamente. Don suspiró.

—No entiendo qué está pasando. Éramos buenos amigos. Y ahora aquí estoy, amenazándote con encerrarte. Me parece que nos hemos vuelto todos locos.

—Lo siento, Don. Sé que no es fácil para ti, y que tienes que hacer tu trabajo. Desde que les llevé esas cosas y me marché de aquí, no he vuelto a saber nada de él ni de sus colegas. La primera noticia que he tenido de que había pasado algo me la ha dado Logan cuando me ha parado en la carretera.

Natalie bajó con Don hasta el sótano, donde estaban los calabozos. Don abrió la puerta.

—Mira lo que han hecho tus amigos.

Natalie se quedó de piedra. La celda estaba en completo desorden. La rejilla de hierro que cubría la ventana estaba retorcida hacia un lado. El marco de la ventana estaba combado, y el vidrio, roto. Y lo más increíble de todo: uno de los barrotes que cubrían el hueco de la ventana había sido arrancado del cemento; en su lugar quedaba un agujero.

—¡Madre mía! —exclamó ella, estupefacta.

—Lo sé, parece como si aquí hubiéramos tenido encerrado un oso —dijo Don. Luego se volvió hacia Natalie y añadió—: Esto no es cosa de broma. Con el carácter que tiene tu amigo, si no se le paran los pies, terminará haciéndole daño a alguien. Y él podría acabar mal. Si mis hombres lo encuentran, y se resiste, no tendrán más remedio que utilizar sus armas. De manera que, si te pones en contacto con él, te aconsejo que por su propia seguridad le recomiendes que se entregue voluntariamente.

En ese momento Natalie notó que el móvil que llevaba en el bolsillo empezaba a vibrar. Pensó que acaso Don pudiera oírlo y sintió miedo.

—¿Puedo irme ya? —preguntó.

Cuando volvieron a la oficina principal, había todavía más gente esperando. Don parecía exhausto.

—Espero que podamos solucionar todo esto —dijo Don—. Por cierto, no sabrás dónde se ha metido Rick, ¿verdad?

Ella negó con la cabeza.

—No he hablado con él hoy. Normalmente lo primero que hace

los domingos por la mañana es transportar el dinero del banco. No le habrá pasado nada, ¿verdad?

—No. Al menos que yo sepa. Dejó el furgón aquí a la hora acostumbrada, pero luego desapareció. Nadie sabe dónde se ha metido, y no contesta al teléfono.

—Vaya, pues lamento no poder ayudarte.

Cuando ya estaba en su coche, sacó el teléfono del bolsillo. Pero se equivocaba. El mensaje que le habían dejado no era del Rey. «Marruecos, 16.23, hora local. Potentes detonaciones por el este. Fuertes temblores seguidos de una enorme ola. ¡Llega la montaña! ¡La Ola Asesina!»

Don Egan tenía otras muchas cosas en la cabeza aparte de la fuga de dos presos. Todos los canales de televisión y un montón de portales de internet emitían imágenes de la explosión Krakatoa de aquella maldita isla, de las enormes olas rompiendo contra las costas de España y Portugal, y de las playas del sur de Marruecos llenas de turistas. Y el miedo empezaba a extenderse entre la población como las llamas de un incendio en pleno agosto. Después de consultar con las autoridades, Don había ordenado que se cerraran las playas hasta nuevo aviso. Entretanto, los teléfonos no dejaban de sonar, y una multitud de personas que esperaban recibir consejos o la ayuda necesaria para abandonar la ciudad invadían la comisaría.

—¡No podemos decirles cuál es la situación! ¡De momento no contamos con más información que ustedes! —repetía Don una y otra vez a los asustados residentes.

—¿No has podido hablar todavía con el Comité de Emergencias? —le preguntaba repetidamente a Annie.

—Sigo intentándolo, pero todas las líneas de teléfono están ocupadas. Lo único que se oye es un mensaje grabado que dice que dentro de poco se ofrecerán unas declaraciones oficiales.

—Llama otra vez. Necesitamos saber cómo debemos manejar la situación. Aquí todos se están volviendo locos.

De momento, a los alterados ciudadanos solo podía darles una respuesta.

—Volved a casa. Mirad qué dicen por la televisión y esperad a que nos den más información. Si se ordena que evacuemos la zona, se darán instrucciones por los medios de comunicación y mediante vehículos con altavoces. No vamos a dejar a nadie atrás.

Don llamó personalmente al Centro de Emergencias de Bangor.

—De acuerdo con lo que nos han dicho desde Washington, la zona de riesgo no se extiende al norte de Jacksonville —le dijeron—. La emergencia afecta exclusivamente a Florida y a los estados del Golfo.

—¿Eso significa que puedo permitir el acceso a las playas de nuevo?

—Eso es algo que tendrás que juzgar por ti mismo. En este momento nosotros no podemos decidir nada al respecto.

Pero al cabo de media hora, el servicio de guardacostas le comunicó que la zona de riesgo se extendía ya hacia el norte, hasta Cape Cod.

—¿Y qué tiene de especial Cape Cod? ¿Es que creen que al norte de Boston no vive suficiente gente como para preocuparse de rescatarlos? —preguntó Don con enfado.

—¡Yo qué sé! Nosotros solo transmitimos la información que nos llega. Supongo que tienen que poner el límite en alguna parte.

—¿Eso es todo? —dijo Don, enfurecido—. ¿Un burócrata de Washington ha trazado una línea en el mapa y han decidido que se desentienden de la zona que hay más al norte? ¿Y se supone que así nos sentiremos más seguros?

—Mira, hasta ahora no ha cambiado nada. Por el momento solo se han dado órdenes de evacuación en Florida y la costa del Golfo —le explicó pacientemente el guardacostas—. Al norte de Jacksonville puede haber ciertas áreas peligrosas a causa de la topografía del terreno. Ensenadas, bahías y las zonas en las que la plataforma continental es particularmente estrecha.

—¡Dios mío! —dijo Don—. ¡Todos esos factores pueden aplicarse a Goodwill!

—Sí, sí, pero no olvides que la distancia también cuenta. Vosotros, en la frontera, estáis en la parte más baja de la escala de peligro. Confidencialmente te diré que las autoridades canadienses no han hecho llegar a sus ciudadanos ningún tipo de aviso de peligro.

Chance Greene también estaba preocupado. En ese momento se encontraba en su despacho de Bay Road, intentando rellenar una demanda por los daños causados por el incendio en la antigua fábrica de hielo. Si conseguía que su demanda llegara la primera —de entre el montón de demandas que se habrían enviado aquellos días a causa del estado de emergencia—, tendría bastantes posibilidades de recibir una indemnización. Por desgracia para él, otras muchas personas habían tenido la misma idea.

—¿Qué quiere decir con que hoy ya no acepta más reclamaciones? ¡Se supone que usted dirige una línea de asistencia urgente!

—Sí, señor, pero dada la actual situación de emergencia nacional…

—¿Qué emergencia? Por lo que sé, no se ha declarado ningún estado de emergencia.

—No es eso lo que se nos ha dicho a nosotros, señor. Se nos ha informado que el presidente está a punto de aparecer en los medios de comunicación para declarar el estado de emergencia nacional.

—¡Mierda! —Chance meneó la cabeza hacia delante y hacia atrás—. ¿Eso incluye también a Canadá?

—No sabría decirle, señor. Debería preguntárselo a ellos.

Chance colgó el auricular de un golpe y llamó a un amigo de Montreal, constructor como él.

—Chance, amigo, ¿desde dónde me llamas?

—Desde mi oficina, en Goodwill, ¿dónde iba a estar?

—¿No estás preocupado por el tsunami?

—Bueno…, por lo que se dice el peligro solo afecta a los habitantes de Florida y del Golfo.

—Me gustaría estar tan tranquilo como tú, pero no es eso lo que dicen nuestros expertos.

—¿No? —Chance sintió que el corazón le daba un vuelco.

—Ahora mismo, mientras hablamos, estoy viendo la televisión. Se está evacuando a toda prisa St. John y Halifax; la bahía de Fundy está cerrada al tráfico marítimo, excepto al de los barcos de rescate; todos los habitantes de las provincias de la costa están trasladándose diez kilómetros tierra adentro. Incluso en Quebec están inquietos.

—¿En Quebec? Pero ¡por el amor de Dios, si Quebec es una zona montañosa!

—Ya, pero les preocupan los muelles, ya me entiendes.

—Creo recordar que tenías algún terreno allí —dijo Chance con satisfacción.

—Ya no. Unas semanas antes de que empezara todo este lío, con la primera erupción del volcán, recibí una buena oferta y me dije: ¿por qué no? Ojalá tengas suerte, amigo. Si hay algo que pueda hacer por ti...

Chance se enfureció. Subió el volumen del televisor. El presentador estaba dando las noticias, pero lo que paralizó al constructor fueron las palabras que aparecían en la franja que había en la parte inferior de la pantalla: AMENAZA DE TSUNAMI: FLORIDA AVISA QUE LAS OLAS PUEDEN ALCANZAR LOS DIEZ METROS. LA CASA BLANCA CONFIRMA QUE TODA LA COSTA ESTE PUEDE ESTAR EN PELIGRO. SE ACONSEJA EVACUAR TODAS LAS ZONAS A DIEZ KILÓMETROS DE LA COSTA.

Bearskin Neck

Las únicas personas que recibían aquellas noticias con alegría eran los surfistas. Reunidos en el local de Jean-Alice, cantaban y vitoreaban. Cada vez que uno de sus móviles recibía una fotografía de las enormes olas que batían el otro lado del océano, ellos daban saltos de alegría.

—Chicos, será mejor que acabéis con la fiesta —les advirtió Jean-Alice con crispación—. Estoy a punto de cerrar.

—Vaya rollo. Saldremos al mar enseguida. Y es bueno que tengamos la moral bien alta —protestaron.

—Sois unos egoístas. En esta ciudad hay personas que podrían perderlo todo, la casa, el trabajo, todo. ¿No habéis pensado en eso?

Los surfistas la miraron sin comprender. Una panda de chavales que todavía no sabían lo que era tener responsabilidades.

Un chico con pantalones de pirata se pasó una mano por la maraña de pelo rubio mientras la miraba con ojos de sorpresa.

—Nosotros no hacemos las olas —dijo—, solo hemos venido para practicar el surf en ellas. No vamos a hacerle daño a nadie.

—Sí —lo respaldó otro de sus compañeros—. Si no os acercáis a la playa, no os pasará nada. Pero dejadnos que nos divirtamos.

Invadida por una súbita rabia, Jean-Alice se acercó a ellos.

—¿Eso es todo lo que significa para vosotros? ¿Un poco de diversión? —Cogió el teléfono móvil que una chica tenía en la mano—. Mira esas olas, ¿es que no te das cuenta? Tienen decenas de metros. Están arrasando ciudades enteras, destruyendo hogares. Mientras hablamos, miles de personas están a punto de perder la vida, ¡y vosotros no pensáis en nada más que en divertiros!

Aquellas palabras consiguieron que bajaran la cabeza, incómodos.

—¡Puñeta! —dijo alguien—, ya sabemos todo eso, pero no podemos hacer nada para detenerlo.

—El océano tiene el poder —intervino otro—. No se lo puede domesticar. Hay que saber navegar con la corriente.

«Una tontería más —pensó Jean-Alice— y le arreo un buen sopapo a alguien.»

Un ruido de voces empezó a recorrer el muelle; un coro de aclamación que enseguida fue perfectamente reconocible dentro del restaurante.

—¡El Rey! ¡El Rey!

Los que estaban más cerca de la puerta se echaron a un lado en el momento en que el Cojo entró renqueando. Jean-Alice abrió los ojos como platos cuando se dio cuenta de quién le acompañaba.

—Al final os han dejado salir, ¿eh? —dijo ella con voz adusta.

El Rey no contestó. Le brillaban los ojos. La euforia de su evasión le había inducido una mesiánica convicción en su misión, y el fervor que sentía lo contagiaba a sus seguidores. Entraron más surfistas. El Rey alzó las manos y de repente se hizo un silencio expectante. Todos aguardaban sus palabras.

—Muchachos, nuestra hora está próxima. Se acerca una ola como nadie ha visto nunca y como seguramente nadie verá nunca más en este planeta. Vosotros seréis testigos; elegidos para ver cómo se hace historia. Vosotros contaréis esta hazaña; vuestras voces harán que la leyenda pase de generación en generación. «Aquel día yo estaba allí —les diréis—. Yo vi la gran ola. ¡Y vi al Rey de la Montaña deslizarse sobre aquel gigante!»

Miró a su alrededor y sus ojos se detuvieron en Jean-Alice. Estaba de pie, con las manos en las caderas y lo miraba con los labios apretados.

—Le he oído preguntar cuáles son nuestras motivaciones —dijo el Rey—. Bien, déjeme que se lo explique: lo que nos mueve es el compromiso de poner a prueba nuestros límites. Cada vez que subimos a una ola, cada uno de nosotros lleva consigo una inspiración especial y un desafío particular. No estamos hechos para el fracaso ni para las segundas oportunidades; y no importa lo que eso pueda costarnos. Buscamos los desafíos allí donde estén. Puede que a usted esto le parezca egoísta, pero para nosotros es una llamada que está por encima de nosotros, un propósito superior.

Se dio la vuelta para volver a dirigirse a sus seguidores.

—Amigos, antes de que salgamos, quiero daros las gracias a todos por estar hoy aquí, por vuestra ayuda y por vuestro apoyo. Sé que todos recordaremos este día. Y quiero compartir con vosotros un poema que me ha dado fuerzas en los momentos difíciles. Sé que hará lo mismo por vosotros cuando os haga falta.

Tengo una cita con la Muerte
en alguna disputada barricada.
Cuando la primavera regresa con su sombra susurrante
y los manzanos en flor llenan el aire,
yo tengo una cita con la Muerte.

Pero tengo una cita con la Muerte
a media noche en algún pueblo incendiado.
Cuando la primavera viaje de nuevo hacia el norte,
y mi palabra sea la verdad prometida,
no faltaré a esa cita.

Entre la gente, Jean-Alice pudo vislumbrar a Natalie Maxwell.

Isla de Greenstone

Rick paseó de vuelta por la playa y subió por el camino que conducía hasta la casa; aquel sendero lo había trazado con sus propios pies en sus numerosas idas y venidas, cargando, arrastrando y remolcando materiales de construcción. La casa no era grande, cinco habitaciones, una cocina y un baño en la parte de atrás, y tenía forma de ele. Siempre había pensado en ella como un lugar donde pasar los veranos, un lugar al que escapar. El invierno era demasiado duro. Se había imaginado allí con su familia, enseñando a sus hijos a pescar, a manejar un bote, a recoger huevos de gaviota.

A Natalie aquella fantasía también le gustaba. Decía que estaba harta de las grandes mansiones y deseaba llevar una vida más sencilla. O eso pensaba él.

A finales del otoño anterior consiguió por fin acabar el tejado, lo que supuso un gran paso adelante. Con postigos en las ventanas y puertas delante y detrás, la casa ya podía ser habitada. A principios del verano había transportado allí un montón de la madera que había recogido; más adelante, si tenía tiempo, acabaría de entablillar el piso de arriba.

Se inclinó para coger la llave de debajo de la piedra donde siempre la dejaba, pero se detuvo en seco.

El escalón de la puerta era una enorme piedra de molino que había encontrado en la isla. Dos años atrás se había pasado más de un fin de semana ahí afuera, haciéndola rodar hasta su emplazamiento actual, mientras Natalie le daba apoyo moral llevándole cervezas enfriadas en el mar. Después, la limpiaron a fondo con un cepillo de alambre y descubrieron las iniciales masónicas grabadas en el borde.

Ahora en la superficie de la piedra había una mancha reciente que a Rick le pareció como de sangre seca. Tal vez fuera de una foca o de un pájaro; ya no quedaban ovejas en la isla.

Se alzó e introdujo la llave en la cerradura. La puerta se abrió con un chirriar de goznes y el estrecho pasillo que había al otro lado se iluminó con los rayos del sol.

La puerta de la habitación de la izquierda estaba entreabierta. Rick se acercó. Oyó un ruido, algo a medio camino entre un llanto y un gemido. «Cielos», pensó. Con cuidado empujó la puerta hasta abrirla del todo. Se trataba de la habitación que Natalie había amueblado con objetos que sus padres ya no querían de la casa de Indian Point. Había un gran sofá viejo, que antes había estado en el porche de la casa, y también una alfombra persa, a la que le faltaba un trozo que se había comido el perro. Una joven con la cara mortalmente pálida estaba tumbada en el sofá. Tenía los ojos cerrados y la alfombra cubría su cuerpo como una manta. Desplomado a su lado, claramente en el último estadio de la fatiga, un hombre vestido con pantalones cortos sostenía una taza entre las manos.

—Kim —gimió el hombre, ajeno por completo a la presencia de Rick—. Kim, por favor, tienes que beber algo.

La mujer alargó ligeramente una mano en un gesto que tanto podría significar que pretendía alcanzar la taza como apartar al hombre de su lado.

En ese momento el hombre vio a Rick en el umbral de la puerta. Se quedó pálido. Dejó la taza en el suelo e hizo un esfuerzo para levantarse, pero cayó hacia atrás jadeando.

—¿Quién eres? —preguntó con voz ronca.

Rick corrió a lo alto de la colina que había detrás de la casa, a un lugar donde sabía que había cobertura, y marcó el número de emergencias.

—Póngame con el servicio de guardacostas —le dijo a la operadora.

Según lo que el hombre, Randall, fue capaz de contarle, Kim se había roto una pierna en las rocas de la Garganta. Había conseguido mantenerla a flote sobre un tablón a la deriva, y al amanecer se encontraron con que la corriente los empujaba hacia la bahía de Greenstone.

—La llevé como pude hasta la orilla y vi la casa. Pensé que nuestros problemas habían terminado, pero entonces me di cuenta de que la isla está desierta y que aquí no hay comida. Para entonces, Kim empezaba a delirar. Intenté encender un fuego para que entrara en calor. Salía fuera a cada rato para ver si se acercaba algún barco. Anoche llovió y Kim se encontraba realmente débil. Cuando usted llegó, yo estaba a punto de darme por vencido.

Rick no podía imaginar cómo habían logrado sobrevivir tanto tiempo en el agua. La noche había sido calurosa, y eso sin duda les había ayudado; por lo que le contó Randall, habían estado flotando en una corriente de agua caliente, que fue la que al final los arrastró hasta la bahía.

Rick quería preguntarle por la cala de Maple Cove y la ola que los arrastró hasta el canal, pero le pareció que aquel no era el momento más oportuno.

—El helicóptero está en camino —le dijo la operadora—. Estará allí en diez o quince minutos. Confirmo que la localización es la isla de Greenstone, en el Estrecho de Goodwill. Dos heridos que necesitan ser evacuados.

—Exacto. ¿Quiere que lance una bengala cuando vea el helicóptero?

—No será necesario. Por favor, quédese con los heridos hasta que lleguen los servicios de socorro.

Cuando Rick regresaba corriendo a la casa le pareció distinguir un trueno distante, como si detrás de la niebla estuviera formándose una gran tormenta.

Goodwill

Frank Schaffer se mantuvo inflexible.

—No me asusta el peligro. La plomada nos está diciendo claramente que busquemos en la bahía. Usted mismo lo ha dicho. Voy a ir hasta allí para echar un vistazo. Si lo prefiere, puede quedarse aquí. No tiene por qué venir conmigo. Le agradezco todo lo que ha hecho por mí, pero de aquí en adelante puedo seguir yo solo.

—Frank, lo único que le estoy diciendo es que antes deberíamos avisar a las autoridades —dijo Martin Seymour—. ¿Cómo va a ayudar a su hermana, si va hasta allí y le pasa algo?

Para ser una persona moderada, Frank Schaffer estaba completamente decidido.

—Entiendo lo que me dice, pero quiero bajar a la playa ahora mismo. Estoy seguro de que la policía y los guardacostas han hecho cuanto estaba en sus manos, pero no han encontrado a Kim. Usted es el único que me ha ayudado. Yo creo en usted, y usted cree en el péndulo. El mensaje es claro. Voy a bajar a la cala a buscar a Kim. ¿Qué me dice? ¿Viene conmigo?

38

Cumbre Vieja

Tumbado boca abajo sobre la ceniza y el polvo que cubría la ladera de la colina, Malc Mackenzie empujó una vez más en la hendidura entre la roca y el suelo con una navaja multiuso Gerber que llevaba colgada del cinturón. Era una navaja suiza de acero forjado, endurecido y afilado, con un punzón de diez centímetros, pero la hoja no dejaba ninguna huella en la superficie de basalto de la enorme piedra bajo la que estaba atrapado el pie de Concha. La muchacha tiraba con todas sus fuerzas de la pierna para liberarse, se retorcía y gemía. A veces dejaba escapar un grito de dolor, y otras le gritaba que se marchara y la dejara morir allí.

El ritmo de la erupción estaba acelerándose. Las detonaciones parecían salvas de artillería en plena batalla; estallidos ensordecedores que hacían que el suelo se estremeciera, acompañados por bombas de lava que silbaban entre las tinieblas y caían como obuses letales en medio de una lluvia de metralla de piedra pómez ardiendo. Lo peor eran las nubes de gas tóxico que salían de las nuevas grietas que se habían abierto a lo largo de la cumbre del sur y bajaban por el valle. Malc y Concha respiraban con dificultad, jadeaban y tosían cada vez que intentaban llenarse los pulmones de aire. Malc creía que era cuestión de tiempo que cayeran en las fauces de la nube ardiente, un fluido piroclástico de cenizas incandescentes y piedra pómez mezclado con el gas volcánico sobrecalentado que empezaba a inundar el valle y abrasaba cuanto encontraba a su paso.

El miedo hizo que redoblara el esfuerzo. Limpiándose de nuevo el polvo y el sudor de la cara, metió la punta del punzón en la grieta e hizo palanca con todas las fuerzas que pudo reunir. De repente el acero se le resbaló.

—¡Ay! —gritó Concha.

—Lo siento —jadeó él.

—No, no pasa nada. Oye, quizá... —dijo la chica tirando de su pie.

Malc parpadeó y vio que la roca se había roto.

—Espera, intentaré apartar esa piedra.

Arañando con los dedos consiguió apartar el trozo de roca que se había desprendido. Con un grito de alivio, Concha liberó la pierna.

En ese momento pareció que el mundo se venía abajo. Una explosión ensordecedora sacudió las montañas. Las ondas expansivas movían la tierra como las olas mueven el agua del mar. La ladera se estremeció y se rompió, levantando nubes de un polvo sofocante. De pronto la roca que había tenido aprisionado el pie de Concha se tambaleó y con un creciente retumbar rodó ladera abajo. Arrastrada por la avalancha, Concha empezó a deslizarse por la pendiente; en el último momento, Malc consiguió agarrarla y evitar que acabara en la sima humeante que se abría a sus pies. Durante unos momentos permanecieron colgados en la boca de la fractura mientras un montón de piedras y escombros les caían encima. Entonces, poco a poco, atenazados por el dolor, escalaron hasta llegar a una zona más elevada.

La seguridad que ofrecía aquel lugar no era más que una ilusión. Los dos geólogos echaron una ojeada alrededor con desaliento. Miraran donde mirasen, no veían más que fracturas y grietas. En los lugares donde las fracturas se hundían dos o tres metros en el interior de la ladera, podía verse el interior incandescente de la tierra. A cada nueva explosión, las fisuras se abrían y se hacían más profundas.

—¡Madre de Dios! —exclamó la muchacha con un grito ahogado—. Toda la cumbre se está haciendo añicos.

Malc la tomó del brazo y tiró de ella para que echara a andar.

—Tenemos que alejarnos de aquí ya mismo, antes de que nos trague la tierra.

Concha empezó a sollozar.

—Pobre La Palma, pobre isla bonita.

39

Goodwill, una de la tarde

El Rey estaba de nuevo donde le gustaba: al mando. Se encorvó sobre el televisor que había en la parte trasera de la Suburban de K. Zamos para empaparse de las últimas noticias.

—¿Dónde es eso? ¿En Marruecos? ¡Mira qué olas! ¿Qué ha pasado? ¿Ha hablado alguien con los vigilantes?

—Tienes un mensaje de alguien llamado el Vigilante —dijo Natalie, y a continuación se lo leyó—. Parece un tipo valiente.

—Sí, es uno de los mejores. Espero que salga bien de esta. Ha puesto su vida en peligro para hacer este trabajo. No pienso dejarlo en la estacada. El Vigilante y yo siempre hemos estado unidos; si caemos, también lo haremos juntos.

El Cojo tomó la palabra.

—Desde entonces no hemos vuelto a tener contacto con Marruecos. El gobierno dice que se esperan olas enormes en la costa Este, ¡de más de treinta metros!

El Rey respiró profundamente.

—¿No se sabe nada todavía de las Azores?

El Cojo estaba tecleando en su ordenador.

—Parece que las olas han roto en los arrecifes exteriores. Se informa de olas de veinte metros, pero los chicos se quedaron fuera, no encontraron un punto por el que entrar en la ola.

Los que estaban escuchando dejaron escapar varios gritos. Veinte metros era un récord mundial.

—¿Y?

El Rey estaba seguro de que le escondía algún dato.

El Cojo se encogió de hombros con frialdad. La vida y la muerte eran lo mismo para él.

—A Hodson y a Delray los aplastó una ola.

—¿Han caído los dos?

El Cojo no contestó.

—Mierda, tío, eran buenos tipos. Los echaré de menos.

—Ya te dije que las Azores no eran el mejor lugar.

—Veinte metros, vaya.

—La nuestra será mucho más grande, te lo prometo.

—Será mejor que tengas razón.

—En la tumba.

Una y cuarto de la tarde

El helicóptero rojo de salvamento enviado desde Ellsworthy pasó por encima de Goodwill de camino al Estrecho, y los rumores se expandieron enseguida. Habían encontrado a la pareja desaparecida de Maple Cove. Increíble pero cierto. Habían conseguido llegar a tierra en la bahía de Greenstone, donde Rick Larsen los había encontrado, desfallecidos, heridos y destrozados por la experiencia, pero con vida. El helicóptero los llevaba de regreso a Goodwill.

—Por Dios, Rick —dijo Don Egan cuando aquel lo llamó por radio para informarle de que estaba de vuelta con el *Chimay*—, has escogido el mejor momento para tomarte un descanso, te necesitamos aquí ahora mismo.

—Sí, algo me han comentado los del equipo de rescate. No imaginaba que las cosas estuvieran tan mal. ¿Cuáles son las últimas noticias?

—Depende del departamento con el que hables. Parece que ha habido un par de erupciones muy grandes, pero la mayor todavía está por llegar.

—¿De manera que estamos esperando que llueva sobre mojado?

—Eso parece.

El doctor Southwell llamó a su casa.

—Donna, ¿dónde está Tab? No contesta al teléfono y tengo que darle una buena noticia. Acaba de llamarme Rick Larsen; ¿a qué no te imaginas lo que me ha contado?

Southwell se lo explicó.

—¡Oh, Dios mío, eso es maravilloso! —exclamó Donna—. Tab se sentirá mucho más aliviado.

—Sí, pero escucha, eso no es todo. Acabo de hablar con su madre por teléfono.

—¿Diana? ¿Y qué quería? Se supone que Tab no regresará con ella hasta dentro de dos semanas.

—Tiene miedo de ese maldito tsunami. No le hace gracia que Tab esté tan cerca del mar.

—Pero si ella se pasa la vida presumiendo de que vive a solo un kilómetro de la playa.

—Lo sé, lo sé. Pero ha dicho que vendrá a recogerlo. Quería avisar a Tab por si su madre se presenta de improviso.

—¡Qué tontería! Por el amor de Dios, Diana vive a más de mil kilómetros de aquí. No llegará antes de medianoche. Y aquí no nos va a pasar nada, ¿verdad?

—Por supuesto, no te preocupes. La casa es totalmente segura. Y cabe la posibilidad de que nos vayamos más arriba, a la montaña. De todas formas, sería mejor que tú y Tab hicierais el equipaje y os reunierais conmigo aquí, en el hospital.

—Hace apenas un minuto estaba conmigo viendo las noticias por la televisión. Parece que en algunas partes la situación es realmente mala; estoy empezando a asustarme.

—Esos lugares están muy lejos, a miles de kilómetros de aquí. Y ahora, por favor, ve a buscar a Tab, ¿vale?

—Me parece que ha subido a su dormitorio. No cuelgues, voy a buscarlo. ¡Tab! ¡Tab! —la oyó gritar. Luego oyó los pasos de Donna bajando por la escalera de madera—. Parece que ha salido. Ahora estoy en el jardín. ¡Tab, Tab, Tab! ¡Oh, Dios, no lo veo por ninguna parte!

Southwell tuvo una terrible premonición.

—Cielos, Donna, ¡te dije que no lo perdieras de vista!

—¡Lo sé, lo sé! Ha estado conmigo hasta hace un minuto. Debió de escaparse en el momento en que llamaste por teléfono —se disculpó—. No lo entiendo. Cuando se va a algún sitio siempre me lo dice.

—Voy para allá ahora mismo.

—¿Quieres que avise a la policía?

—¡No, no! No quiero que la policía meta las narices en este asunto. Además, eso solo enfadaría más a Tab. Y la policía en este momento ya tiene demasiadas preocupaciones.

—Entonces, ¿qué debo hacer? Puedo ir con el coche a ver si está en la cala. Es su lugar favorito. Y allí los móviles no tienen cobertura. Seguramente estará allí. Voy a buscarlo.

—No, Donna, ¡por el amor de Dios! No bajes a la playa, ¡puede ser peligroso! —gritó él, nervioso.

Pero ella ya había colgado el teléfono.

En la comisaría de policía de Goodwill, Annie Pellew intentaba localizar a Frank Schaffer.

—Tiene el teléfono apagado —le dijo a Don—. ¿Quieres que le deje un mensaje?

—Se aloja en el Seafarers, ¿no es así? Intenta primero allí.

Annie marcó el número del motel y habló con Beth Robbins.

—Precisamente estaba a punto de llamarte, está mañana parece que todos se han vuelto locos —dijo Beth nada más descolgar el aparato—. La mitad de los clientes se han marchado por culpa de lo que han visto por la maldita televisión. Hemos tenido que devolverles el dinero; ¿qué otra cosa podíamos hacer?

Las dos mujeres comentaron la situación durante un rato antes de que Annie colgara el aparato.

—Beth Robbins dice que el señor Schaffer no durmió en su habitación anoche —informó a Don—. También me ha dicho que fue a ver a ese tal Martin Seymour, el que se dedica a encontrar objetos perdidos. He llamado a su casa, pero allí tampoco contesta nadie.

—Prueba en el hospital —propuso Don—. Puede que alguien le haya dado noticias de su hermana y se dirija hacia allá.

Annie lo miró por encima del hombro.

—Ya lo he hecho. La chica está consciente y ha preguntado por su hermano. ¿Qué quieres que le digamos?

—Dile que estamos intentando localizarlo. Y manda un coche patrulla a Maple Cove; es el único lugar al que se me ocurre que pueda haber ido.

Annie echó un vistazo a la pizarra de registro.

—Todos los coches están en alguna misión.

Maple Cove

Mack y Brandie habían estado discutiendo toda la noche. Por la mañana Mack le anunció su decisión: estaba decidido a montar aquella ola. Se había cansado de ser el segundón, siempre por detrás de tipos como Coughlin, más jóvenes y sin su experiencia. Estaba harto de recibir órdenes. Fue hasta Ellsworthy en su moto y allí alquiló una moto de agua Yamaha de 1.200 centímetros cúbicos y con dirección asistida; el encargado de la tienda le aseguró que podía alcanzar los cuarenta nudos con dos personas encima. El alquiler incluía un remolque, y por otros cincuenta pavos consiguió una pequeña furgoneta GMC Safari, un vehículo que Mack despreciaba pero que le serviría para llevar la Yamaha hasta la orilla del mar.

Brandie podría conducir la moto de agua. Era una chica fuerte y no le tenía miedo al mar.

—Pero ¿quién nos va a filmar? —preguntó ella.

Mack dijo que conocía a un par de tipos a los que podía llamar. Chicos jóvenes, pero había visto algunas de sus filmaciones y ambos eran excelentes. Compartían una moto de agua. Les había comentado la idea y parecían interesados.

—¿Podemos confiar en ellos? ¿Y si le van al Cojo con el cuento? Seguro que se lo dirá al Rey, ¿y qué pasará entonces?

Mack pensaba que el riesgo valía la pena.

—Esto solo sucede una vez en la vida. Si dejamos pasar esta oportunidad, estaremos acabados, jodidos de por vida.

—No sé, me parece una especie de traición.

—Brandie, esa ola no le pertenece a nadie. Alguien tiene que cabalgarla, y yo estoy dispuesto a ser el que lo haga.

—Eso no cambia nada.

—Bueno, dímelo claramente, ¿estás conmigo o no?

Ella se encogió de hombros.

—Si es eso lo que quieres...

La furgoneta alquilada avanzaba a toda velocidad por la carretera del acantilado. El equipo estereofónico escupía hip-hop a un volumen que hacía temblar los árboles. El camino que conducía a la playa estaba cortado. Mack detuvo el vehículo para que Brandie saliera y levantara la barrera. La furgoneta y el remolque traquetearon camino abajo, envueltos en una nube de polvo. Se paró en el aparcamiento, apagó el motor y la música dejó de sonar. Brandie había seguido el camino a pie, sin prisas. Cuando llegó a la playa, respiró profundamente y se llenó los pulmones de aire.

—Hum, tiene un olor dulce. ¿Estás seguro de que este es el lugar?

—Ya lo verás —dijo él bajando del vehículo.

—¿Y no vamos a esperar a los tipos que tienen que filmarnos?

—«Esta playa está cerrada por orden de la policía... —leyó él de una nota clavada en la barrera de entrada al aparcamiento—, límite de velocidad: cinco nudos. Prohibido hacer esquí acuático desde las ocho de la mañana hasta las cinco de la tarde. Prohibidas las motos de agua...» Tía, este pueblo es una mierda. Scott me ha dicho que se reunirán con nosotros en el arrecife. Supongo que irán hasta allí solos. Vamos a desmontar el remolque y a llevar la moto hasta la playa.

En la furgoneta habían cargado el equipo de surf y sus efectos personales. La chica abrió la puerta lateral y sacó de entre el montón de ropa un top elástico de color rosa. Se quitó la camiseta, la dejó en la furgoneta y se puso el top.

—Tío, el mar parece una balsa de aceite.

La muchacha miró más allá de la ancha franja de arena, hacia la playa de aguas tranquilas y la pequeña isla al fondo de la bahía. Todo estaba en calma. No se movía ni una sola hoja de los árboles. Solo el tintineo del motor del vehículo al enfriarse rompía el silencio.

Brandie meneó su larga cabellera.

—Parece un lago —dijo, decepcionada—. Y totalmente en calma. Cuesta creer que aquí vaya a pasar algo. Quizá tendríamos que habernos quedado con los otros.

Mack miró hacia el sudeste, más allá del Estrecho, con expresión sombría.

—Fíjate en la forma que tiene esta bahía, mira cómo se orienta hacia el mar. Esas islas pequeñas hacen que el canal se estreche. La marea creciente queda aquí comprimida y luego ¡bam! —dijo apretando un puño—. Solo puede ir hacia arriba. —Su tono de voz se hizo más duro—. Sí, este tiene que ser el lugar.

Sus ojos se posaron de nuevo en el agua.

—Mientras estamos hablando, las olas están navegando por el mar hacia aquí —dijo casi entre dientes—. El Rey quiere esa ola para él solo. Lleva semanas al acecho. El Cojo tiene amigos vigilando en la costa de África, y también en las Bermudas, que le hacen llegar informes del estado del mar. K. Zamos ha venido hasta aquí a toda prisa, y ya sabes lo que eso significa.

—De todas formas, no me parece bien que estemos actuando a sus espaldas.

—¡Demonios, esa ola no es suya! Es de todos. Y yo estoy cansado de que me den órdenes. Es una cuestión de orgullo.

—Bueno, en ese caso, ¡pongámonos en marcha! No hemos estado en el mar en todo el día.

Mack saltó a la furgoneta, dio la vuelta y colocó el remolque en dirección a la playa. Juntos bajaron la Yamaha del remolque y la llevaron hasta el agua. Cuando acabaron, Mack llevó la furgoneta y el remolque vacío de nuevo hasta el camino, y lo aparcó debajo de los árboles. Al regresar a la playa volvió a bajar la barrera que cerraba el camino.

—Tengo otra noticia —le contó Brandie cuando él regresó a su lado—. He oído algo sobre las corrientes cerca de la isla. Dicen que ahí es donde desaparecieron aquellos dos el día que llegamos.

Él la miró de reojo un momento, sin prestarle atención, y chascó la lengua.

—A mí me parece que esa historia se la han inventado los lugareños para meternos miedo.

Una vez en el agua, colocaron un cabo en la anilla del travesaño de la moto de agua y lo engancharon a la tabla de surf. Los dos vestían trajes integrales de neopreno. Pequeñas ondas surcaban la superficie del agua. A Mack le pareció un buen presagio.

—Vamos al otro lado de la isla —ordenó—. Parece que allí hay más oleaje, y además estaremos lejos de la vista desde el Estrecho.

La chica saltó a la moto de agua y la puso en marcha. El motor arrancó a la primera con un rugido gutural. Tenía mucha potencia. Mack revisó una vez más el equipo y se subió al asiento trasero.

—¡Vamos! —le gritó al oído—. ¡A toda máquina!

Mike Caine, el cuñado de Rick, volvía corriendo por el Neck hasta el Chandlery. El buque cisterna *Marie-Sainte* seguía varado frente al espigón, pero el barco de dragado había dejado ya de trabajar. En la primera línea de mar reinaba una actividad frenética, los grandes barcos se preparaban para hacerse a la mar, mientras que los dueños de barcos más pequeños estaban atareados sacándolos del agua y montándolos en los remolques. El Neck estaba repleto de coches y de gente que cargaba y descargaba los portaequipajes. Cuando Mike llegó a la tienda, Reb y los niños estaban cerrando las cajas de cartón.

—Los depósitos del barco ya están llenos —le dijo a su esposa—. Ahora voy a sacarlo al mar. Con Wolfowitz dice que la distancia de seguridad es de unas diez millas. Quiero tener un par de horas por delante para estar más seguro.

—¿Podemos ir contigo, papá? —preguntaron los chicos con impaciencia.

—No, tenéis que quedaros aquí y cuidar de vuestra madre. Os necesita.

Reb tenía mala cara. Avanzó hacia Mike y le dio un fuerte abrazo.

—Preferiría que no te fueras —susurró—. Las cosas pueden ponerse muy mal en el mar.

—Reb, ya lo discutimos anoche —dijo él—. Después de la tienda, el barco es nuestra posesión más valiosa. Incluso un pequeño tsunami, si tal cosa sucediera, destrozaría todos los barcos que estuvieran en el puerto. En mar abierto no hay nada que temer. Allí puedo enfrentarme a cualquier ola.

—Pero tenemos el seguro. Si el barco se hunde, podemos comprar otro.

—También hemos hablado de eso. Tardarían meses en pagarnos la indemnización y perderíamos la temporada de pesca de langosta. Nos quedaríamos sin blanca precisamente cuando más necesitamos el dinero. Déjame que haga lo que tengo que hacer. Tú vete con los niños a Ellsworthy, y quedaos allí con el tío Stu y la tía Julia hasta que el peligro haya pasado.

—De acuerdo —aceptó ella a regañadientes.

—Prométeme que os marcharéis enseguida. No te quedes por aquí mucho tiempo.

—Te lo prometo. Pero no es eso lo que me preocupa.

—Estaré bien. El *Pequod* vendrá conmigo.

—¿Está en condiciones de navegar? Patsy estuvo aquí antes y me dijo que tenían un problema con el timón.

—Magnus y Paul lo están arreglando ahora. En cuanto terminen, zarparemos. Antes de salir haremos sonar las bocinas.

—Estaremos a la escucha.

—Recuerda que tienes que sacar a los chicos de aquí con tiempo. No quisiera salvar el barco y perder a la familia.

Reb lo vio salir por la puerta con el corazón en un puño.

Curtain Bluff

Sheena se dirigía a la casa de Ray Burns en el momento en que sonó su teléfono. Miró la pantalla. Era Southwell. Pulsó el botón de respuesta.

—¿Qué pasa?

—Se trata de Tab. Ha cogido su bicicleta y se ha marchado. Lo estamos buscando por todas partes.

Ella aceleró.

—¡Voy para allá!

Goodwill

El chico por el que todos estaban preocupados se hallaba a un kilómetro de allí. Bajaba por la colina que daba a Bay Road, sorteando los muchos vehículos que en ese momento abandonaban la ciudad. En la esquina del Neck tuvo que frenar para dejar pasar a los coches. Oyó un retumbar que se acercaba hacia él y vio tres motos de gran potencia que cruzaban en dirección al puente, seguidas por una larga caravana de camionetas y todoterrenos.

Las motos avanzaban muy juntas. Tab se fijó en las insignias de surf, en las carrocerías y en las melenas de los conductores agitándose detrás de sus cabezas. En el cruce entre Main Street y el Neck, la moto que abría la marcha se detuvo, el conductor alzó la mano derecha con la palma abierta y el resto del convoy se detuvo detrás de él. El motorista cogió la bandera que llevaba en la moto y la hizo ondear en el aire.

—¡Por los camaradas caídos en Marruecos, en España y en las Azores! —gritó—. ¡Nos encontraremos en Valhalla!

—¡Valhalla! —repitió un grito de cincuenta gargantas a coro—. ¡Valhalla!

Rick llevó el *Chimay* de nuevo hacia el Estrecho a toda máquina. El sol empezaba a disipar la niebla, pero la visibilidad todavía era muy mala. El agua estaba infestada de barcos que salían en busca de la seguridad del mar abierto; la mayoría eran embarcaciones grandes y de faena, cuyos dueños no querían arriesgarse a que acabaran hundidos en el puerto. Las intervenciones en la radio eran continuas. Rick escuchó algunas de las conversaciones.

Por instinto, navegó pegado a la costa norte. En la arena de Maple Cove divisó a varias personas. Las enfocó con los prismáticos, pero no distinguió las caras. El mar empezaba a estar revuelto. La espuma rodeaba las rocas de la isla de Two Bush. La corriente debía de estar entrando con fuerza hacia la Garganta.

En ese momento vio las cisternas y la superestructura del *Marie-Sainte*, una impresionante mole de acero varada junto al espigón del puerto. Si una ola grande llegaba hasta el Estrecho, el mayor peligro sería el buque cisterna. No le extrañaba que la mayoría de la gente que tenía un barco allí hubiera decidido sacarlo del puerto a toda prisa.

Su teléfono móvil sonó. Había llegado a la altura de la baliza de entrada al puerto. Le llamaba Phil Rebold, el director del banco de Main Street. En Goodwill había dos tipos de banqueros: los jóvenes ambiciosos y emprendedores, que solían quedarse poco tiempo, y los que ya tenían sus años y veían aquello como un lugar tranquilo para retirarse. El señor Rebold era de los últimos.

—Rick, si puedes, me gustaría que pasaras un momento por el banco —dijo.

—En este momento estoy en el Estrecho. ¿Por qué? ¿Hay algún problema?

—No es exactamente un problema, sí algo que hay que hacer enseguida. Posiblemente ya imaginas de qué se trata.

—Con todos mis respetos, señor Rebold, pero en este momento tengo un montón de cosas en la cabeza. Le agradecería que me dijera para qué me necesita.

El banquero tosió.

—La entrega que hiciste esta mañana hay que traerla de vuelta. Ahora mismo.

Rick estaba atónito.

—¿Me está diciendo que quiere que vuelva a llevarle el dinero?

—Preferiría no discutir este asunto por teléfono, pero sí —dijo Rebold—. La decisión no es mía —añadió—, me ha llamado el director general.

—A ver si me aclaro —dijo Rick—. ¿Bangor le ha dicho que el dinero no está seguro en la cámara acorazada de la ciudad?

—Algo así —convino Rebold con calma—. Has de entender que el banco tiene la responsabilidad de cuidar con todos sus medios de los depósitos que se le confían.

¿Por qué sería que cuando pedías un préstamo el dinero era del banco, pero si se trataba de un asunto de riesgo el dinero era de los depositarios?, se preguntó Rick

—No muestran demasiada confianza en que salgamos de esta bien parados, ¿no le parece, señor Rebold?

—No puedo contestarte a eso —replicó Rebold fríamente—. El caso es que el dinero tiene que volver al banco ahora mismo. Ya he hablado con Kelso. Si puedes conducir el furgón, él se encargará de las sacas, como siempre.

Rick empezó a enfadarse.

—No veo ningún «tiene que» en todo esto —contestó Rick.

—Te recuerdo que tienes un contrato con nosotros —replicó Rebold en un tono más grave.

—Un contrato que me compromete a conducir el furgón una vez a la semana. Y esta semana ya he cumplido.

En el auricular empezaron a oírse interferencias mientras la señal se perdía. Al cabo de un rato la voz del director del banco volvió a ser audible. No había duda de que escogía sus palabras con sumo cuidado.

—Rick, este banco siempre te ha tratado con respeto, a ti y a tu familia, incluso con confianza, me atrevería a decir. Te hemos apoyado muchas veces; hemos estado contigo cuando nos has necesitado. A cambio, esperamos cierta lealtad por tu parte. ¿Me he explicado?

Rick sintió un escalofrío. Eso era lo que pasaba cuando le debías dinero al banco: se hacían los amos. Su voz se hizo más dura.

—Señor Rebold, soy concejal; lo primero es mi lealtad con la comunidad. Lo lamento, pero tendrá que encontrar a otra persona para que le lleve el dinero de vuelta; eso o confiar en la cámara acorazada de la ciudad.

Rick cortó la comunicación y telefoneó al Chandlery para informar a Reb de que estaba entrando a puerto, pero el teléfono de la tienda estaba ocupado. Estaba marcando el número del móvil de Reb cuando algo lo hizo detenerse.

Algo iba mal, muy mal. Tenía que ser un problema del barco.

El *Chimay* estaba moviéndose hacia atrás.

40

Cumbre Vieja

Titánicas explosiones sacudían las laderas. La montaña empezaba a romperse en pedazos.

En una carrera desesperada, Malc y Concha habían llegado por fin al camino que conducía hasta El Pilar. Delante de ellos, medio enterrado entre montones de piedra pómez, se veía el camino de grava que corría entre las montañas y desembocaba en la nueva carretera que llevaba a El Paso, en la llanura. La ceniza y los cascotes caían con tanta intensidad que tenían que cubrirse la cara para poder respirar. Malc, aunque agotado, seguía avanzando; Concha se apoyaba en él. El camino descendía hacia el valle por escarpadas curvas y escalones. El peligro de las avalanchas era constante, así como el de las bombas de lava y de las rocas que caían por la ladera. A ratos tenían que avanzar en medio de montones de cascotes y ceniza, escalar entre desprendimientos de tierra o saltar las grietas que los temblores habían abierto en el terreno. En algunos lugares el camino había desaparecido completamente, y debían escalar y rodear las grietas como montañeros que buscaran la cara rocosa de la montaña.

Mareados por el cansancio, el calor y el humo, medio ciegos y ensordecidos por las explosiones, con la piel llena de arañazos y heridas producidos por la interminable lluvia de piedras y cascotes, avanzaban tambaleándose, en medio de una oscuridad rota a ratos por los chorros de fuego que escupía el volcán.

Las explosiones del nuevo cráter se sucedían de tal manera que ya no era posible distinguir cada una de ellas. Sus oídos embotados solo percibían un ruido continuo. Volvían a caer bombas de lava, pero no espaciadas, como antes, sino en forma de salvas continuas. Algunas se hundían en el suelo y otras rebotaban sobre las rocas y se deslizaban con estas por la ladera, provocando nuevos desprendimientos. Un tercer tipo de proyectiles, más calientes que el resto y de un rojo vivo, impactaban a su alrededor en una lluvia de metralla chamuscada.

Poco después oyeron una serie de sonidos de gran intensidad, como gruñidos o jadeos, como si el volcán estuviera haciendo esfuerzos por aclararse la garganta. Cada uno de aquellos sonidos iba acompañado por chorros de lava ardiendo que se elevaban cientos de metros en el aire. La erupción estaba llegando a su clímax. Malc, desesperado, empujó a Concha hacia un saliente de roca que había por encima de ellos y que los protegería de la llameante lluvia que azotaba el valle. Una piedra cayó justo delante, cerrando parcialmente la abertura bajo la roca y formando una especie de cueva. Corrieron al interior y se acurrucaron bajo el techo de piedra.

—¡Agáchate! —gritó Malc—. ¡Y tápate los oídos! ¡La gran erupción está a punto de llegar! Cuando sientas la explosión, abre la boca y grita todo lo fuerte que puedas para equilibrar la presión.

Concha asintió con la cabeza. Sus negros ojos, ribeteados de polvo, estaban abiertos de par en par. De repente se acercó a Malc, le echó los brazos al cuello y lo besó con todas sus fuerzas. Era un gesto de esperanza en medio de aquella pesadilla de muerte y destrucción.

La tercera y última erupción fue la más terrible. Del cono principal surgían chorros de lava de color rojo y amarillo que cubrían la tierra con un brillo mortal. Con el ruido de diez mil motores de avión a toda máquina, una columna de gas y piedra pómez incandescente brotó del cráter y ascendió más de cuarenta kilómetros en la atmósfera. Una fracción de segundo más tarde, la onda expansiva azotó las montañas circundantes en un radio de cinco kilómetros del epicentro. Al terrible estallido siguió un aluvión de astillas de piedra y cascotes afilados como cuchillas de afeitar que se llevaban por delante cuanto encontraban a su paso. Rocas del tamaño de un hombre impactaban contra las montañas como balas de cañón; la tierra temblaba. En los alrededores, los pocos edificios que se mantenían en pie quedaron reducidos a un montón de escombros y polvo. A dos kilómetros del cráter, el faro de cemento reforzado y con las ventanas de acero saltó por los aires como el corcho de una botella de champán y cayó al suelo hecho añicos.

En las Bermudas, a tres mil millas al oeste, el sonido de la explosión se oyó como la detonación de un arma de fuego. En La Palma el efecto de la explosión fue aniquilador. Malc y Concha estaban parcialmente protegidos; las montañas del valle los separaban del centro de las explosiones. Aun así, los efectos fueron parecidos a los que hubieran sufrido si se hubieran estampado con el coche a gran velocidad. La presión les dejó los pulmones sin aire, les aplastó el pecho y les rompió varias costillas como si fueran palillos. Malc se golpeó la cabeza contra el techo de piedra y el impacto lo dejó inconsciente. Cuando volvió en sí, estaba enterrado bajo un muro de cascotes y sangraba por los oídos, la nariz y los ojos. Concha le hablaba, pero Malc no podía oírla. La explosión le había reventado los tímpanos, lo mismo que a ella.

Pero lo peor estaba por llegar.

La tierra se abrió en dos y la montaña empezó a deslizarse. El impacto de la explosión desgarró las entrañas de Cumbre Vieja como unas valvas que se abrieran. Mientras el volcán vomitaba sobre el mar una salva de humo y cascotes llameantes, la onda expansiva recorrió la isla desgarrándola y fracturándola. A lo largo de la cumbre del volcán se abrieron montones de grietas que exhalaban furiosos chorros de lava de la cámara interior, mientras esta se abría y dejaba escapar a presión el contenido encerrado en ella durante miles de años. Los chorros de lava fluían entre lagos de agua subterránea que al instante los convirtieron en vapor de agua con la fuerza explosiva de bombas atómicas. Las fallas de tierra se hundían en las grietas que se abrían en el terreno como mandíbulas voraces, y toda la cumbre se llenó de fracturas que partieron en dos los acantilados de basalto. La tierra se estremecía y temblaba. Los edificios de la isla se desplomaban, los túneles de la carretera se hundían y las carreteras quedaban obstruidas por toneladas de piedras. Ensordecidos y sangrando, Malc y Concha se abrazaban el uno al otro y rezaban. Pero la destrucción parecía no tener fin. Un constante bramido aumentaba de volumen como una avalancha que les aplastara el cerebro.

Desde el oscuro corazón del volcán se abrían fisuras que escupían ráfagas explosivas. Cuando una fractura se cruzaba con otra, las aberturas se agrandaban y la velocidad de la caída de la montaña aumentaba de manera exponencial. Hasta que se abrió un camino de veinte kilómetros de longitud desde la antigua Caldera de Taburiente, en el norte de la isla, hasta los dos nuevos conos de Fuencaliente, en el extremo sur.

Y la montaña seguía deslizándose. Con una insoportable algarabía de ruidos, crujidos y chasquidos de rocas que rodaban, de fracturas que se abrían y de erupciones freatomagmáticas, la ladera oeste de Cumbre Vieja se desgajó al fin de la montaña como si hubiera sido golpeada por una enorme hacha cósmica. Toda la parte oeste de la montaña comenzó a temblar, la tierra empezó a hundirse lentamente en el mar con un impulso que aumentaba conforme la roca se sumergía en el agua. La isla se estremecía y vibraba con una fuerza impresionante que hacía saltar por los aires los edificios ya en ruinas, hundía los caminos y devoraba árboles, personas, líneas eléctricas, animales y vehículos. Todo se hundía en el agua en medio de una tremenda avalancha de rocas ardiendo, en un cataclismo geológico que la tierra no había experimentado desde hacía más de cien mil años.

Conforme el ritmo de la caída de la montaña en el mar se aceleraba, toneladas de rocas desprendidas de las fracturas se hundían en el fondo del agua. Delante de ellos apareció un acantilado vertical; una herida abierta en el terreno de más de dos kilómetros de alto, cuya superficie tenía un brillo rojizo producido por la terrible fricción generada por el roce de las dos inmensas masas rocosas. Medio billón de toneladas de roca habían caído al mar, recorriendo más de seis kilómetros de profundidad antes de llegar al fondo.

Y el océano se cerró. Oculta bajo un enorme manto de polvo y humo, con un bramido atronador como el de un aluvión de artillería, el agua se abrió para recibir la inmensa roca desprendida del volcán y luego volvió a cerrarse, elevándose hasta medio kilómetro por encima del recién abierto acantilado de roca viva. El contacto del agua con la superficie al rojo del acantilado formaba chorros de vapor que se convertían al instante en nubes de agua hirviendo. El acantilado se hacía añicos en medio de las explosiones. El caos y la destrucción avanzaban inexorablemente. Al cabo de unos minutos, la onda expansiva producida por el hundimiento de la ladera en el agua empezó su avance mar adentro levantando una ola de más de doscientos metros de altura. El acontecimiento que el mundo entero había temido por fin había sucedido: el tsunami de La Palma acababa de nacer.

Thresher

La ladera que se había desprendido de Cumbre Vieja tardó quince minutos en llegar al fondo marino, a cuatro millas de profundidad y cincuenta millas de la costa. En el submarino, la presión de la onda expansiva producida por el impacto de la roca al caer hizo que la nave de veinte mil toneladas vibrara como una campana. El capitán Krauss sintió los temblores que ascendían del suelo de la sala de mando, traspasaban las suelas de sus zapatos y ascendían por sus piernas mientras se agarraba a la base del periscopio. Parecía que la vibración fuera en aumento. El retumbar de los golpes sordos le recordó el sonido de las cargas de profundidad cuando hacía prácticas de ataque con cargas simuladas.

Desde la última explosión detectada una hora antes, el *Thresher* estaba en alerta máxima; se alejaban de la zona en dirección oeste, tratando de poner la mayor distancia posible entre ellos y la fuente de las explosiones. Según los cálculos de Krauss, habían recorrido veinticinco millas náuticas. Aquello le tranquilizó un poco. Pensaba que ningún volcán podría lanzar rocas de gran tamaño a más de cincuenta millas de distancia.

Pero la parte desprendida de Cumbre Vieja cayó al mar exactamente a cincuenta millas de distancia.

Lo primero que Krauss notó fue que el *Thresher* parecía perder profundidad de repente.

—¡Turbulencias! —gritó de inmediato.

En ese preciso instante sintió un golpe seco contra la nave. «Mierda, ¿y ahora qué?», pensó. Aquello era diferente de lo que esperaba.

Enseguida sabría cuán diferente era.

Los temblores y estallidos se sucedieron. La nave estaba siendo sacudida y zarandeada como un barco de juguete en una bañera. Las luces de emergencia empezaron a parpadear y las sirenas de alarma se dispararon, mientras piedras y cascotes se estrellaban contra el casco de la nave.

—¡Peligro de colisión! —le dio tiempo de gritar antes de que algo enorme golpeara la sección de popa.

Todas las alarmas saltaron. Krauss agradeció a su buena estrella haber ordenado el cierre de las compuertas estancas y haber decretado la situación de alerta máxima. Rezó para que no hubiera habido daños en los timones.

Más golpes sordos retumbaron por toda la nave. En el panel de control centelleó la luz roja del teléfono de emergencia. Krauss lo descolgó.

—Al habla el capitán.

—Señor, aquí el jefe de máquinas. La hélice principal está cavitando mucho. Debe de haber recibido un golpe.

La cavitación es la vibración que producen los remolinos de aire que se forman alrededor de la hélice cuando esta gira.

—¿Puede mantenerla funcionando unos quince minutos más, hasta que nos hayamos alejado de lo que sea que está pasando aquí?

—Señor, haremos todo lo que podamos, pero es preciso reducir la velocidad a un tercio para no forzar el eje de la hélice.

—Entendido.

Krauss se maldijo a sí mismo en silencio. A un tercio de su potencia, el submarino apenas alcanzaría los diez nudos, casi la velocidad mínima de crucero.

—Señor —dijo el primer oficial al tiempo que señalaba el *plotter* de navegación—. Parece que estamos en pleno centro de una fuerte corriente.

Krauss miró la pantalla y se quedó boquiabierto. No podía creerlo. Según el *plotter*, la velocidad de la nave respecto al fondo era en ese momento de más de cuarenta nudos.

—Esto es increíble —murmuró, atónito.

Ninguna corriente tenía tanta fuerza. La nave estaba siendo empujada por el agua como un misil.

El primer oficial meneó la cabeza.

—Lo que está pasando ahí atrás tiene que ser algo realmente grande —dijo tímidamente.

El *Thresher* volvió a sacudirse conforme las detonaciones resonaban a su alrededor.

—¡Mantenga el rumbo! —ordenó Krauss—. Sigamos el rumbo y la profundidad de la corriente.

—¡Lo estoy intentando, señor! —jadeó el segundo oficial timonel—. Pero la nave está siendo sacudida por todas partes a la vez.

—Haz lo que puedas, hijo —dijo Krauss. Luego cogió el micrófono del sistema de megafonía y pulsó el botón para hablar—. Les habla el capitán…

Eso fue todo lo que pudo decir. En el costado de estribor se oyó un terrible crujido y la nave empezó a hundirse de nuevo hacia la oscuridad del fondo marino. El casco se inclinó hacia delante bruscamente. Se oyeron gritos provenientes de la parte delantera, donde los hombres caían contra el instrumental de navegación. La sala de mandos se llenó de un humo asfixiante.

—¡Máscaras! —gritó inmediatamente Krauss.

El submarino se hundía a toda velocidad hacia el fondo marino.

Tarp

—Toma, ponte esto, Mary. —Derek Wanless le dio un grueso traje de supervivencia de color naranja—. Órdenes del capitán. Todos tenemos que ponérnoslos.

Mary se mordió los labios tratando de refrenar la oleada de miedo que le ardía en el estómago. Si el capitán había ordenado que se pusieran los trajes de supervivencia era porque existía una posibilidad real de que el barco se hundiera. Se quitó los zapatos y luego vació la mochila que llevaba a la espalda en busca de los objetos más imprescindibles para guardárselos en los bolsillos del traje.

—Guárdate algo de chocolate, podría hacerte falta —le aconsejó Wanless—. Y date prisa.

Mary se metió en el traje acolchado y cerró las cremalleras. Se sentía terriblemente torpe. Pensó que moverse dentro de aquel traje sería imposible. Y mucho más nadar. Derek le mostró cómo tenía que ajustar los cierres herméticos en el gorro y el cuello.

—Hice un curso de supervivencia, pero me temo que no presté

demasiada atención —se disculpó ella tratando de poner una nota de humor a la situación.

—No te preocupes por eso. Si sucediera lo peor y tuviéramos que saltar por la borda, este traje te mantendría a flote durante una semana.

Mientras lo seguía hacia la puerta y luego por la escalera hasta la cubierta principal, le temblaban las piernas.

—¡Rápido, por aquí! —les gritó uno de los marineros—. ¡Todos al salón principal! ¡Siéntense en el suelo con los brazos cruzados!

Con la boca seca por el miedo, Mary se hizo sitio entre Derek y Felix. Allí estaba todo el equipo de investigadores, algunos tensos y otros aparentemente tranquilos. A ratos les llegaban por los altavoces las instrucciones del capitán. Las luces se encendían y se apagaban. Por encima de sus cabezas se oía el retumbar de los estallidos. Fuera reinaba tal oscuridad que no se podía distinguir nada. Solo por el oeste se veían algunos reflejos de luz que persistían en el cielo. Por el este no había más que una inmensa negrura rota de vez en cuando por destellos de fuego. «*Götterdämmerung*», pensó Mary. El crepúsculo de los dioses.

El sistema de megafonía se puso de nuevo en funcionamiento. Se oyó la voz del capitán, tranquila y sosegada.

—Allá vamos de nuevo, amigos. Y esta vez es una ola de las grandes. Agárrense, intentaremos hacer cuanto podamos. Que Dios nos bendiga y bendiga a Estados Unidos.

—Amén —contestaron todos a coro.

Conforme empezaron a notar cómo se elevaba la proa del barco, todos se apretaron con fuerza el pecho con los brazos.

Mary echó una ojeada rápida por la ventanilla y se quedó helada. Por delante de ellos se elevaba una muralla de agua, de la altura de una montaña, escarpada, inmensa, omnipotente y mortal. La cima de su cresta parecía llegar hasta el negro cielo. El *Tarp* la estaba escalando, elevándose paso a paso hacia la cresta. Podían sentir la vibración de las máquinas a toda potencia. Luego el barco se balanceó salvajemente y la proa se hundió en el agua. Las cubiertas fueron barridas por un aluvión de espuma que golpeó con fuerza contra las escotillas. Tuvieron la sensación de que estaban cayendo...

Y entonces el infierno se abrió para ellos.

41

Estrecho de Goodwill

El instinto de Rick le decía que llevara el *Chimay* a toda máquina. Incluso sacudiéndose bajo la potencia del motor, el barco apenas podía enfrentarse a la fuerza de la corriente. Aquello era una locura. A esa hora la marea tenía que crear una corriente en la dirección contraria. Los barcos que había más arriba, en el Estrecho, no parecían haberse dado cuenta de lo que estaba sucediendo. Navegaban a toda máquina para llegar cuanto antes a mar abierto. Para ellos la corriente era una ayuda. Pero a Rick se le heló el corazón al pensar qué era lo que podía suceder después. Miró por encima del hombro esperando ver el muro de agua avanzando hacia él desde la popa, pero no vio nada. Aquel monstruo debía de estar todavía fuera del alcance de su vista. Corriendo silencioso e invisible hacia la desprevenida ciudad.

Solo había un rumbo que tomar y ese fue el que siguió. Moviendo lentamente el timón, orientó la proa del *Chimay* hacia el Estrecho, preparado para meterse en el canal del puerto en cuanto estuviera a la altura. La velocidad de la corriente dificultaba en gran medida aquella maniobra; el *Chimay* navegaba de costado, recibiendo los golpetazos de las olas. Rick estaba empapado de la cabeza a los pies, pero mantuvo el rumbo sujetando el timón con fuerza. El agua espumeante entraba por la popa y el barco cabeceaba por la fuerza de la corriente que lo empujaba hacia delante.

Un hermoso balandro de trece metros, construido por el astillero Hinckley para un banquero inglés, estaba dándole alcance por estribor. La pareja que iba a bordo le saludó amablemente desde la cabina; parecía que se estaban divirtiendo. Rick pensó si valdría la pena avisarles por radio del peligro; qué demonios, pensó, enseguida se darían cuenta de lo que estaba pasando, y las personas que estaban realmente en peligro eran las que se habían quedado en la ciudad. Cogió el micro de la radio y buscó la emisora de la capitanía del puerto de Goodwill.

—Jack, aquí el *Chimay*, ¿me recibes?

La respuesta fue inmediata.

—Rick, estaba preguntándome dónde te habías metido.

—Estoy en el Estrecho y hay una fuerte corriente saliente. ¿Puedes ver alguna señal de esta ola de reflujo ahí, en el puerto?

—¿Ola de reflujo? ¿De qué estás hablando?

—¡Echa un vistazo al final del maldito embarcadero, por el amor de Dios!

Rick dejó la radio encendida, mientras esperaba, y cogió el teléfono móvil para marcar el número de Reb. Maldita sea, la línea seguía ocupada. Marcó el número de Jean-Alice y volvió a maldecir cuando oyó la voz de su contestador automático.

—Jeannie, contesta al teléfono, por favor. ¡Es urgente!

No hubo respuesta.

Con el otro oído seguía pendiente de la radio. Otros marineros habían empezado a notar la corriente. Un sentimiento de angustia se extendía ya por todo el Estrecho.

Rick dudó un momento, y luego marcó el primer número de su agenda de teléfonos.

—Vamos, contesta —murmuró.

Oyó un chasquido en el auricular, pero no siguió ningún otro sonido.

—¿Nats? —gritó él—. Nats, ¿puedes oírme? ¿Dónde estás?

Pero la comunicación se había cortado. O eso, o ella le había colgado.

En ese momento, Rick supo que tenía que virar el barco.

—¿Qué es eso? —gritó Brandie.

Delante de ellos, al otro lado de la boca del estrecho canal que separaba la isla de tierra firme, se elevaba una línea de espuma. En medio de la espuma distinguieron las dentadas formas de las rocas que protegían la entrada al canal.

—¡Sigue avanzando! ¡Sigue avanzando! —le gritó Mack desde detrás.

—¡Agárrate bien!

Brandie giró el puño del acelerador y la Yamaha saltó hacia delante levantando una gran ola de agua. Avanzaban a toda velocidad por el canal, dejando una estela de espuma tras ellos. Brandie notaba la adrenalina que corría por sus venas. Le encantaban las motos de agua, la velocidad, los saltos sobre las olas. Y aquella máquina era rápida. Ciento sesenta caballos y todos ellos lanzados al galope. Incluso con dos personas a bordo alcanzaba sin dificultad los treinta y cinco nudos.

—¡Dale fuerte! —la animaba Mack—. ¡A toda máquina!

Las olas cada vez eran más sólidas. La moto saltaba de cresta en cresta. Conforme el canal se estrechaba, la corriente era más fuerte, y el mar, más grueso y revuelto. A su alrededor estallaban chorros de espuma, olas que surgían de ninguna parte y los golpeaban. La Yamaha se estremecía por la fuerza de los impactos. Brandie se puso tensa para tratar de mantener el manillar firme. El mar cada vez estaba más revuelto; las olas reventaban contra las rocas alzando nubes de espuma a su alrededor. El agua estaba helada; le fustigaba los dedos como si fuera cristal.

—¡Nos está arrastrando muy rápido! —gritó.

La corriente empujaba la moto; el agua de la cala se veía forzada a salir hacia fuera por el estrecho. Entornando los ojos desde detrás de sus gafas herméticas, Brandie pudo divisar una enorme depresión oscura que se abría justo delante de ellos y dio un rápido viraje hacia la izquierda. Se engancharon en la cresta de una sólida ola de dos metros y al momento se encontraron en medio de un salvaje eslalon de fuertes corrientes cruzadas.

—¡No sé qué hacer! —Su voz reflejaba el pánico que sentía mientras saltaban de una ola a otra vertiginosamente.

—¡Mantén el rumbo! ¡Hemos de cruzar esta mierda! —gritó Mack.

Una nueva depresión se abrió ante ellos. El morro de la moto se clavó, haciendo que casi saltaran por los aires, y la popa giró a un lado y a otro mientras se agarraban con todas sus fuerzas a la carrocería. A la derecha apareció una afilada espina de roca y Brandie trató con todas sus fuerzas de girar la moto, para pasar alrededor de ella. Mack se agarraba con fuerza a su espalda. La espuma los cubrió por completo en el momento en que la Yamaha metió el morro de nuevo en el agua. Brandie giró el acelerador salvajemente, la moto saltó hacia arriba y volvió a salir a flote.

De alguna manera consiguieron salir de la depresión. La corriente los empujaba de nuevo hacia delante, en un vertiginoso rumbo curvo. El miedo a acabar aplastados contra las rocas empujaba a Brandie a luchar con todas sus fuerzas y con el peso de su cuerpo para mantener el rumbo, pero sintió que el morro volvía a inclinarse. Estaban dando vueltas sobre sí mismos. El morro de la moto seguía girando; estaban girando en redondo. «¡Dios mío —pensó—, nos hemos metido en un remolino!»

Sintió un fuerte dolor en la pierna derecha. Algo duro golpeó con fuerza el fondo del casco. Mierda, si se estrellaban contra las rocas sería el final. La Yamaha saltaba y se tambaleaba. Y con cada vuelta aumentaba su inercia, girando más y más rápido. Dando vueltas y vueltas, hasta que empezó a hundirse…

Goodwill

El Rey había preparado a su grupo para entrar en acción. Haciendo sonar sus cláxones, cruzaron la ciudad en dirección al muelle en una caravana encabezada por la Suburban de K. Zamos, con la pelirroja Carly al volante, el equipo de cámaras del helicóptero detrás y la moto de agua del Cojo en el remolque. El resto del grupo los seguía: el surfista de apoyo Sharkbite Coughlin y su conductor, con su propia moto de agua, y los cuatro componentes del equipo de filmación, con sus ayudantes de cámara, que seguirían el acontecimiento desde cerca, desde el agua.

Pero faltaban dos miembros del grupo.

—¿Qué ha pasado con Mack y su chica? ¿Por qué no están aquí? —preguntó el Rey.

El Cojo meneó la cabeza.

—No los he visto en todo el día. No sé dónde se han metido. He llamado a Mack por teléfono, pero no contesta.

—No parece que sea de los que se amedrentan fácilmente.

—Creo que posiblemente esté planeando jugar su propia baza.

La boca del Rey se contrajo en una mueca.

—¿Solos él y Brandie? ¿Sin un equipo de filmación?

—Tal vez espera aprovecharse del nuestro, si es capaz de adelantarse y dejarnos fuera de la ola.

—Si lo intenta, lo hundiremos, ¿de acuerdo? —dijo el Rey con expresión dura. Aquella era su guerra.

El Cojo entendió el mensaje.

El convoy se detuvo al lado del lugar donde estaba amarrado el *Pequod*. Patsy Easton estaba en lo alto de la escalerilla en el momento en que el grupo salió de sus vehículos y empezó a subir a bordo.

—¿Qué pasa aquí? ¿Quiénes sois? Hoy no vamos a salir con pasajeros.

La pelirroja Carly se abrió paso hacia la cubierta.

—¿Dónde está Paul Olsen?

—Ahora mismo está ocupado. Ni se os ocurra subir todo ese equipo a bordo. ¿De qué va esto? Este es un barco privado. No tenéis derecho a…

—Eso es lo que tú te crees —le interrumpió Carly—. Lee esto, guapa, y cállate —dijo al tiempo que le ponía un puñado de papeles debajo de la nariz—. Es un contrato firmado por tu jefe: este barco y su tripulación está a nuestra disposición durante las próximas doce horas. Tenemos dinero para pagarlo. Si no cumplís el contrato, os demandaremos y perderéis el barco. ¿Entiendes lo que te estoy diciendo? De modo que llama a Paul y dile que sus clientes acaban de embarcar, y que vaya preparándose para poner esta bañera en marcha.

Patsy miraba atónita a la mujer.

—¿Una excursión? ¿Ahora? ¿Os habéis vuelto locos? ¿No habéis visto lo que dicen por la televisión? En cualquier momento llegará un tsunami. Ahí fuera corríamos mucho peligro.

El labio superior de Carly se curvó hacia arriba.

—¿Para qué crees que hemos venido? ¿No nos habrás tomado por oteadores de ballenas? Anda, ve a buscar a Paul y dile que ponga a alguien a manejar la grúa. Tenemos que subir a bordo cierta maquinaria pesada que está en el muelle y, como has dicho, no tenemos todo el tiempo del mundo.

Patsy se la quedó mirando completamente desconcertada. Los surfistas y los fotógrafos, cargados con su equipo, empezaban a instalarse por la cubierta. En el muelle un grupo de gente se dedicaba a desmontar los remolques, bajar las motos de agua y atar los cabos de la grúa para subirlas a bordo. El surfista que parecía ser el jefe estaba entre ellos dándoles órdenes. Natalie Maxwell se hallaba a su lado y no dejaba de hablar por su teléfono móvil. Un joven que llevaba al hombro una cámara subió por la escalerilla y enfocó a Patsy.

—Sonríe.

Ella le devolvió una mueca irritada, lo apartó de un codazo y corrió hacia la escalerilla que bajaba a la sala de máquinas, donde estaba Paul.

El mundo parecía haberse vuelto loco.

En la ciudad, Tab Southwell traqueteaba con su bicicleta sobre el adoquinado rumbo al nuevo puerto deportivo. A Chance Greene le habría gustado que quitaran los adoquines para que la calle fuera más cómoda para los vehículos de los clientes, pero el ayuntamiento había rechazado su propuesta. Una larga fila de todoterrenos y furgonetas que tiraban de los remolques de sus barcos bloqueaba la rampa de entrada al muelle. Se oía un continuo martilleo a lo largo del Neck; los dueños de los establecimientos estaban cubriendo con tablones las puertas y ventanas de sus locales. El aire era caliente y, aunque ya se había disipado la niebla de la mañana, el mar todavía estaba cubierto de bruma. Era difícil distinguir lo que había ahí fuera, en el agua. Tab casi deseaba que el anuncio de la ola que se tragaría aquella podrida ciudad se hiciera realidad.

En el bolsillo de su ajustado pantalón llevaba una caja de cerillas y un encendedor de gas estropeado. En el astillero siempre se acumulaban montones de basura, así como restos de pintura, barniz y trapos manchados de aceite que podían arder con facilidad. Gracias a él, la asquerosa amiguita de su padre tendría algo que escribir para su periódico.

Al otro lado de la valla del puerto deportivo, por la acera que había al lado de los amarres, la gente corría de aquí para allá, descargando los aparatos de navegación de los barcos. Los que no habían podido remolcar su barco, estaban decididos a vaciarlo de todos los efectos que pudieran desmontarse. Tab vio montones de velas, receptores de radar, sondas, sillas y cojines, vajilla e incluso una nevera que era transportada sobre una carretilla por uno de los tambaleantes pontones. Nadie se fijó en él mientras merodeaba por allí.

—No, no, me las apaño perfectamente —le agradeció un hombre mayor de pelo canoso cuando se ofreció a ayudarle a transportar un mástil de aluminio—. Será mejor que te preocupes de ponerte a salvo, hijo.

Los padres instaban a sus hijos para que se dieran prisa, mientras discutían sobre lo grande que podría ser la ola, si llegaría a romper por encima del rompeolas y cuántos destrozos podría causar.

—La primera ola llegará a Maine a las tres en punto —dijo un tipo bronceado a quien quisiera escucharlo—. Información oficial.

Tab miró su reloj. Le quedaba una hora.

Estuvo un rato dando vueltas por la zona, e incluso subió a un barco que parecía abandonado. Nadie se fijó en él, todos estaban demasiado ocupados en sí mismos. Tab le dio vueltas a la idea de pegarle fuego a un yate, se imaginó el barco en llamas y a la deriva, en medio de las otras naves, despidiendo humo y fuego, y propagando entre los habitantes el miedo y la sorpresa. Eso les enseñaría a todos una buena lección. O tal vez fuera mejor escoger un objetivo en tierra firme, como una tienda de pinturas.

Tab se metió la mano en el bolsillo y tocó la caja de cerillas con la punta de los dedos.

Sheena, en su coche, descendía por la montaña a toda velocidad, camino al centro de la ciudad. Donna estaba buscando a Tab en la cala, y lo último que Sheena deseaba era cruzarse con la esposa de Southwell. Si Tab se había escondido en la playa, perfecto, sus padres lo encontrarían y lo llevarían con ellos a casa. Si estaba en la ciudad, buscando otro edificio para incendiar, alguien tenía que encontrarlo y detenerlo. Al menos le debía eso a Southwell.

Giró en el Prado, pero por allí había muy poca gente. La mayoría estaba cargando sus vehículos o entablando las fachadas de sus tiendas. Aquello le recordaba las imágenes de algunas pequeñas ciudades de Florida cuando se preparaban para afrontar un huracán. ¿Podía ser la ola que se avecinaba igual de terrible? Era difícil imaginar la tranquila ciudad de Goodwill convertida en escombros de la noche a la mañana. Delante de la comisaría de policía había bastante actividad. Tal vez alguno de los que estaba por allí hubiera visto a Tab.

Pensó que quizá lo mejor fuera dirigirse hacia la vieja fábrica de hielo, para luego regresar hasta el centro pasando de nuevo por Bay Road. Una fila de vehículos salía del puerto deportivo; navegantes de fin de semana que trataban de alejar sus barcos de la zona de peligro. Y entonces el instinto le hizo girar en el Neck hacia la izquierda. Si había algún lugar en peligro era ese. En el muelle reinaba un ambiente de amenazadora calma. El Lobsterman estaba cerrado, señal evidente de que se esperaban malos momentos. Sheena detuvo el vehículo y salió a echar un vistazo por los alrededores. Las puertas de Chandlery estaban abiertas; dentro, Reb y sus hijos se dedicaban a vaciar los estantes. Más abajo, el Sail Loft tenía en la puerta el cartel de CERRADO, y las ventanas del Candy Shack, en la puerta de al lado, estaban tapadas con tablones.

El *Pequod* se encontraba todavía en su lugar de amarre, al final del muelle; eso la sorprendió, pues la mayoría de los barcos grandes ya habían salido del puerto. Vio varios vehículos aparcados al lado del barco, gente que subía y bajaba por la escalerilla, cargados y gritándose los unos a los otros, y una grúa que depositaba una moto de agua sobre la cubierta. Desde el puente de cubierta, una chica que vestía un top diminuto daba órdenes. Podría ser Patsy Easton. Al fondo, al otro lado del rompeolas, se distinguía la silueta del buque cisterna varado. Sheena sacó su teléfono móvil y tomó un par de instantáneas.

Jean-Alice apareció entonces caminando con paso ligero.

—¿Has visto a Tab por aquí? —le preguntó Sheena.

—¿Tab? ¿Tab Southwell? No, me parece que no lo he visto desde ayer. ¿Por qué? ¿Quién lo anda buscando?

Sheena se sonrojó.

—Ha desaparecido. No lo encuentran por ninguna parte. Donna ha ido a buscarlo a la playa. Me llamó su padre para decírmelo —añadió sin convicción.

—Lamento no poder ayudaros. ¿Creéis que ha podido salir al mar?

—No estoy segura. Solo he venido a echar un vistazo. ¿Te vas a quedar aquí? —preguntó.

Jean-Alice se encogió de hombros.

—Todo lo que tengo está en el restaurante. Además, esta ciudad se ha mantenido en pie durante doscientos cincuenta años. Estoy segura de que aguantará todavía unos cuantos más. Si veo al chico, ¿quieres que le diga algo?

—Quédate con él y llama a su padre. Donna está muy preocupada.

—Lo haré. Cuídate.

—Espera. ¿Qué está pasando en el *Pequod*?

—¿No lo sabes? Esos tipos pretenden montarse sobre la ola que va a venir. Si es que viene. Han alquilado el *Pequod* para que los lleve hasta el arrecife.

Sheena corrió hasta la escalerilla del *Pequod* y subió a bordo. En el puente de cubierta buscó a Patsy. Ya se había olvidado de Tab. De todas formas, aquel asunto concernía a Southwell. A él y a Donna.

—Hazlo por mí, por favor, Patsy, por favor. Necesito esa ola. Será una gran historia. Impresionante. Llévame contigo. No molestaré, te lo aseguro.

—Caramba, no sé, Sheena. Paul ya se ha enfadado bastante con toda esta pandilla de surfistas que nos ha invadido. —Patsy dudó un momento—. Bueno, supongo que hay sitio para uno más. Pero no te dejes ver hasta que hayamos salido del puerto, ¿vale? Y si alguien te pregunta, di que eres una tripulante.

—Seré invisible. Pero escucha, antes tengo que ir a buscar mi cámara. Estaré de vuelta enseguida. No os vayáis sin mí.

Frank Schaffer y Martin Seymour fueron hasta Maple Cove en el coche alquilado de Frank y aparcaron bajo los árboles, al lado de una furgoneta con remolque. Leyeron el aviso que había en la barrera que cerraba el camino.

—Ya que no vamos a bañarnos, supongo que no habrá ningún problema si bajamos a la playa —dijo Martin.

—Tengo que ir a ver el lugar una vez más, por si acaso —dijo Frank—. Se lo debo a Kim. Y me parece que también a mi madre.

La gravilla crujía bajo sus pies mientras bajaban por el camino.

—La policía dijo que Kim y Randall llegaron hasta la cala con sus bicicletas; un chico los vio. Luego encontraron sus bicicletas por ahí; en el aparcamiento me parece —explicó Frank.

En la valla del aparcamiento había más avisos.

—Parece serio —dijo Frank—. Imagino que todos estos avisos no estaban cuando Kim pasó por aquí.

Se detuvieron en el límite de la arena.

—Alguien ha estado aquí hace poco —dijo Martin señalando unas huellas de neumáticos en la arena—. Parece que echaron un bote al mar.

Caminaron a lo largo de la playa.

—Aquí hay más huellas —dijo Martin—. Pero estas son diferentes.

—Son de unos pies pequeños, posiblemente de una mujer —añadió Frank con voz temblorosa—. ¿Cree que...? —Se quedó mirando a Martin con expresión de esperanza en el rostro.

—Esa es la Garganta —dijo Martin con calma.

La entrada del canal tenía un aspecto amenazador. El agua del mar azotaba los salientes oscuros de las rocas. No era fácil imaginarse a alguien lo suficientemente loco como para aventurarse a meterse allí.

—¿Qué es eso? —dijo de repente al tiempo que se hacía visera con las manos para ver mejor.

A lo lejos, en el extremo opuesto de la playa que quedaba frente a la isla, una pequeña figura con un fular blanco agitaba las manos frenéticamente.

Frank empezó a respirar con dificultad.

—El péndulo tenía razón. ¡Allí pasa algo! —gritó, y luego echó a correr por la playa.

La marea estaba retrocediendo ante sus ojos, dejando al descubierto amplias franjas de arena. Ahora la entrada del canal quedaba bastante más cerca. Martin echó a andar detrás de Frank y vio grandes charcas de agua alrededor de las rocas separadas por terrenos de lodo.

Martin siguió a Frank de mala gana mientras este avanzaba por la arena todavía mojada hacia la mujer que les había hecho gestos con las manos. A su paso, los cangrejos y otras pequeñas criaturas marinas corrían a esconderse entre las grietas de las rocas y en las charcas. La arena húmeda cedía bajo su peso y sus pies se hundían en ella hasta el empeine.

—Frank, no creo que sea buena idea seguir avanzando. Nos estamos alejando demasiado de la orilla. Si la marea sube, nos quedaremos atrapados.

Bearskin Neck

—¡Diez minutos! —gritó Patsy cuando Sheena bajaba ya por la escalerilla del *Pequod*—. Ni uno más. Si no estás aquí en diez minutos, nos marcharemos sin ti.

—¡Estaré de vuelta, te lo prometo! —contestó Sheena corriendo ya por el muelle.

En el puerto deportivo, Tab echó a andar por uno de los pontones más alejados del muelle. Parecía que la marea empezaba a bajar. Podía ver perfectamente el fondo del puerto y los cangrejos que corrían a esconderse debajo de los pilones de cemento. Aquello le pareció muy raro; recordó lo que había visto en la televisión acerca de los tsunamis y sus olas de reflujo.

—¡Eh, oiga! —le gritó a una mujer que pasaba por allí con una nevera portátil entre las manos—. Mire lo que está pasando con el mar.

La mujer echó un vistazo a su alrededor sin dejar de caminar. Vestía unas bermudas y llevaba la blusa manchada de polvo.

—¿Me hablas a mí? —Entornó los ojos para mirarlo—. ¡Tab, hola! ¿Pasa algo? ¿Están tus padres contigo?

—Mire el mar; se está retirando. Es muy extraño, ¿no cree?

La mujer meneó la cabeza.

—Lo siento, pero ahora no puedo entretenerme. Sabes que no deberías quedarte por aquí. No es un lugar seguro en este momento —le dijo mientras se marchaba a toda prisa.

Tab lo intentó con otros de los que pasaron por allí, pero recibió la misma respuesta. El agua se había retirado tanto, que los barcos de más calado, que estaban amarrados a los pontones exteriores, apoyaban sus quillas en el fondo y empezaban a escorar. Y aun así no parecía que nadie se hubiera dado cuenta de que allí estaba pasando algo muy raro.

Sheena Dubois corrió a lo largo del muelle hasta la entrada del puerto deportivo. «¡Gracias, Dios!», se dijo. Ahí estaba, la ocasión que había esperado durante tantos años. El Rey de la Montaña iba a montar un tsunami y ella, Sheena Dubois, estaría allí para inmortalizar aquel momento con su cámara.

Para llegar al nuevo puerto deportivo, Chance Greene había construido una pasarela que permitía que los propietarios de los barcos tuvieran acceso directo desde los pontones hasta el Neck, donde estaban las tiendas y los restaurantes. También servía como atajo para llegar al otro lado de Bay Road. Por algún capricho de las normas de construcción, se habían puesto puertas en ambos extremos de la pasarela, pero rara vez estaban cerradas. Sheena empujó la primera y echó a correr hacia el puente; la puerta se cerró de un golpe a su espalda. Cruzó a toda prisa, y luego bajó por la parte vallada de la pasarela, la que daba al recinto del puerto deportivo. Su apartamento estaba a dos pasos, justo enfrente de la entrada principal del puerto.

Llegó a la segunda puerta y apretó la barra de apertura. La puerta no se movió. Estaba cerrada. El último que pasó por allí debió de echar el cerrojo. «Mierda, precisamente ahora», se dijo. Se agarró a la valla y trató de llamar la atención de cualquiera que pasara por los pontones. Pero nadie miraba en su dirección. Todos estaban demasiado ocupados con sus estúpidos barcos. Sheena soltó una maldición; estaba perdiendo un tiempo precioso. Por fin se dio por vencida y echó a correr de nuevo hacia el puente peatonal que llevaba al Neck. Llegó hasta la puerta por la que había entrado un momento antes y la empujó. En vano. Empujó una y otra vez con fuerza, pero la puerta no se movió. El pestillo se había cerrado justo después de que ella pasara por allí.

Estaba atrapada.

El barco de dragado había dejado de trabajar. En el puente del buque cisterna, el capitán Leclerc se acercó a la barandilla con los prismáticos delante de los ojos.

—Llame al capitán del puerto —ordenó al tercer oficial—. Pregúntele por qué han cesado los trabajos de dragado.

—*Oui, mon capitaine*.

Al momento le llegó la respuesta.

—Dicen que a causa de la marea, señor. El barco de dragado no tiene profundidad para maniobrar.

Leclerc no contestó. La decepción empezaba a consumirle por dentro. Habían pasado casi veinte horas desde que el buque varara, y ¿qué habían hecho para sacarlo de allí? Nada, absolutamente nada. Le habían prometido un remolcador, pero no lo veía por ninguna parte, y ni siquiera le habían comunicado cuándo se esperaba que llegara. Leclerc se había enfadado y había suplicado; había explicado que cada vez que la marea subía y bajaba el *Marie-Sainte* se clavaba más profundamente en el fondo marino, pero sus protestas parecían haber caído en saco roto. Y ahora el barco de dragado había dejado de trabajar. Y, por lo que parecía, la tripulación se preparaba para bajar a tierra. A través de los prismáticos Leclerc los vio bajar a un bote.

También su tripulación estaba en tierra. En aquella situación no tenían nada que hacer a bordo, pero su ausencia lo ponía de los nervios. Ahora que ya habían apagado el fuego, no existía peligro para nadie. El jefe de máquinas había inspeccionado los puentes inferiores y los costados de la nave en busca de posibles grietas, y le había informado de que el casco estaba intacto.

Leclerc había intentado hablar con el servicio de guardacostas. Al menos ellos tenían ganas de que el buque cisterna saliera de allí pronto. Pero de momento estaban completamente desbordados con el asunto del tsunami. Y esa era su nueva preocupación. Cualquier capitán de barco sabe que una amenaza de ese tipo solo puede afrontarse en mar abierto. Si estaba a punto de llegar un tsunami en las próximas horas, y el *Marie-Sainte* seguía varado...

—*Capitaine!*

Un grito del tercer oficial lo sacó de sus pensamientos. Estaba señalando hacia un lado.

—¡Mire, *capitaine*! ¡La marea está bajando! ¡No deja de bajar!

Leclerc corrió a un lado del puente. El chico tenía razón. El mar se estaba retirando. El puerto se estaba vaciando de agua. Delante de sus ojos, las rocas y los bancos de arena, que solo unos minutos antes estaban bajo el agua, empezaban a emerger a la luz. Ya se podía ver el lodo acumulado en el fondo del puerto. Un par de barcos pesqueros que estaban amarrados de costado al muelle acababan de varar, sostenidos por las amarras a la piedra del malecón y con los fondos de las quillas al descubierto.

Y aquello también estaba empezando a afectar al *Marie-Sainte*. Leclerc podía sentir la inclinación progresiva del buque mientras el agua se retiraba de debajo de su popa. Si aquello duraba mucho tiempo, la quilla del buque podría partirse en dos. Entonces el casco se abriría en canal y los tanques de combustible se romperían. Se produciría una fuga de gas, una explosión y el consiguiente desastre.

Los tripulantes de otros barcos, conscientes de lo que estaba pasando, habían empezado a hacer sonar sus bocinas. Enseguida cundió por el puerto un estado de alerta generalizado. La gente corría por el muelle, en dirección a la ciudad, alzando los brazos y gritando.

Leclerc estaba horrorizado. Solo podía haber una explicación para aquella retirada del mar. El mismo fenómeno que podía observarse en cualquier playa cuando se aproximaba una ola grande. La ola que avanza hacia la costa provoca un efecto de succión en el agua de la playa. A veces el efecto es tan grande que puede arrastrar mar adentro a quienes estén en la orilla.

Pero un reflujo del mar a tan gran escala era algo inaudito. Una ola capaz de drenar toda el agua del Estrecho de aquella manera tenía que ser realmente enorme. Una ola como no se había visto nunca. Una ola gigantesca. ¡Un tsunami!

En el puerto deportivo, Tab Southwell había encontrado por fin a alguien que se lo tomara en serio. Una pareja de mediana edad se paró para oír lo que tenía que decirles. La mujer se lo quedó mirando con el ceño fruncido, pero al momento echó un vistazo al mar.

—¡Vaya, sí que es poco profundo! —dijo—. El chico tiene razón, esto es muy extraño.

—Y la marea sigue bajando —dijo Tab—. Miren ese barco —añadió señalando un pesquero de diez metros que descansaba sobre el fondo del puerto apoyado en uno de sus costados—. Está varado en el lodo.

La mujer se mordió un labio. Luego miró a su acompañante con cara de preocupación.

—¿Son figuraciones mías o el mar se está retirando delante de mis propios ojos? —preguntó.

El hombre la agarró de la muñeca y empezó a andar de nuevo por el pontón de camino a tierra firme.

—¡Eh, vosotros! —gritó a la gente que estaba por delante de ellos, en el muelle—. ¡Alejaos de ahí! El mar está retrocediendo a toda velocidad. ¡Es una ola de reflujo! ¡Se acerca un tsunami!

Tab retomó su grito.

—¡Un tsunami! ¡Un tsunami!

Y, de golpe, todos los que estaban en el puerto deportivo echaron a correr como una turba desesperada.

Maple Cove

—Hay dos personas en el agua —gritó la mujer cuando Frank se acercó a ella—. ¡Rápido! ¡Avise al servicio de guardacostas!

—¿Dos personas? —A Frank le dio un vuelco el corazón—. ¿Dónde? ¿Dónde están? No los veo.

—Ahí fuera, al otro lado de la isla. —Donna se apretó la boca del estómago con ambas manos para calmar el dolor que sentía al respirar—. Los ha arrastrado la corriente. Los he visto en el agua levantando los brazos. —Tomó otra dolorosa bocanada de aire—. ¿Ha visto un niño por aquí? ¿De trece años y pelo rubio?

—¿Un niño? —preguntó Frank, desconcertado.

—Mi hijastro, creemos que bajó a la playa. —Donna hacía esfuerzos para seguir hablando—. Por favor, vaya a buscar ayuda, esos dos chicos están en el agua…

Frank la tomó del brazo y trató de tranquilizarla.

—¿Tiene teléfono, señora?

—No sirve, no hay señal, los acantilados… —dijo ella con voz entrecortada.

Frank lo entendió.

—Martin, he visto un teléfono de emergencia en la playa, al lado del aparcamiento. Vaya a ver si tiene conexión y si puede pedir ayuda desde allí, por favor. Si no, vaya hasta arriba y avise en la primera casa que encuentre. Diga a los guardacostas que hay dos personas en dificultades en el agua. ¡Dese prisa!

Martin Seymour se lo quedó mirando sorprendido, pero asintió con la cabeza, dio media vuelta y echó a correr a trompicones por la arena. Frank se volvió de nuevo hacia la mujer.

—El agua se está retirando. Si cruzo andando hasta la isla, ¿cree que podría llegar hasta ellos por el otro lado?

Donna tragó saliva y meneó la cabeza.

—No lo sé, puede que sí —contestó.

—Voy a intentarlo. Usted espéreme aquí.

—No, no, yo también voy. Tab, mi hijastro, puede que también esté ahí.

En el puente del *Pequod*, Patsy notó que el barco se tambaleaba más de lo acostumbrado. Con una sola mirada supo todo lo que necesitaba saber. Era una científica preparada; reconoció al instante lo que estaba sucediendo y sacó conclusiones. La marea estaba bajando, drenando el agua del puerto como si alguien hubiera quitado el tapón de desagüe. Y eso significaba un efecto de succión y una ola inmensa que estaba en camino. Una parte de ella pensó: «¡Oh, Dios, esto les va a ir de maravilla a estos surfistas idiotas!». Pero la otra parte, la científica, experimentó una subida de adrenalina. De cualquier manera, no lo dudó ni un instante. Giró sobre sus talones, echó a correr, chocó con un fotógrafo que se cruzó con ella, llegó a la cabina, tiró del cable de la bocina con fuerza y lo mantuvo así un buen rato.

En el Neck, Reb y sus hijos se quedaron helados cuando oyeron el fragor de las bocinas de los barcos cortando el aire por segunda vez en dos días.

—Caramba, mamá, ¿hay otro incendio? —preguntó Leif, esperanzado.

—¿Podemos ir a ver? —pidió el hermano mayor—. Solo un momento, por favor.

Reb hizo un gesto con la mano para que se callaran. El sonido de las bocinas se repetía una y otra vez. Cada vez se les unían más barcos en un crescendo de desesperada alarma. El pequeño Mike hizo una mueca.

—Parece bastante serio.

—¡Mamá, es la ola! —gritó entusiasmado su hermano menor, Leif—. ¡Vamos a verla!

—Subid a la camioneta —les ordenó su madre.

—¿Y qué hacemos con todo esto? —preguntó el pequeño Mike señalando las cajas de cartón—. No querrás que lo dejemos aquí…

—¡Haced lo que os digo! ¡Rápido, a la camioneta!

En el exterior se oían gritos y pasos apresurados por todas partes. Un coche pasó por delante de la tienda a toda velocidad. El teléfono de Rebecca empezó a sonar con insistencia. Contestó mientras echaba a correr hacia la calle.

—¿Sí?

—¡Largaos! —Era la voz de Mike, ronca por el esfuerzo—. ¡Largaos ahora mismo!

—Mike, ¿dónde estás? ¡Tenemos que quedarnos juntos! —gritó ella con desesperación.

—¡Sal de ahí ahora mismo! ¡Coge a los chicos y corre! ¡Corre! ¡Corre!

42

Rick hizo girar el timón y por segunda vez el *Chimay* metió su desgastada proa en la corriente. Una nueva rociada de agua salpicó la ventana de la pequeña cabina, pero aquel barco estaba acostumbrado a la mar gruesa. La proa se alzó de nuevo y la cubierta se sacudió por el peso de las olas que arremetían contra el barco. La popa se elevó un momento mientras la nave se movía de costado, pero Rick mantuvo firme el timón, como un jinete que refrenara a un caballo desbocado, y la proa se clavó de nuevo en el oleaje de la corriente. La isla de Two Bush estaba todavía a estribor, de modo que tenía que recorrer poco menos de una milla antes de que la enorme ola le alcanzara.

La corriente empezaba a perder fuerza. Echó un vistazo a tierra mientras pasaba junto a la isla. Navegaba a unos dos o tres nudos, que aunque poco era bastante mejor que antes. Por un momento le pareció distinguir unas figuras en la isla. Los enfocó con los prismáticos y silbó. Eran dos personas, una de ellas era una mujer que llevaba al cuello un fular blanco. Seguramente habían cruzado a pie cuando bajaba la marea. ¡Qué insensatos! ¿Es que no se daban cuenta del riesgo que corrían? Pero aunque quisiera, no tenía manera de acercarse a ellos para ayudarlos.

Echó un vistazo por encima del hombro, casi esperando ver a su espalda un muro de agua avanzando a toda velocidad hacia su popa. ¿Eran imaginaciones suyas o realmente estaba viendo una mancha oscura que crecía en el horizonte? En aquella costa, las olas grandes solían producirse en la parte exterior del arrecife, donde la plataforma continental se hundía de golpe hacia el fondo abisal. Pero la boca del Estrecho estaba orientada de tal manera que el arrecife compensaba el escalón, haciendo que las olas se desviaran hacia el norte, pasando alrededor de la isla de Greenstone y rompieran luego en Curtain Bluff. Aquel recodo de la geografía local hacía que Goodwill fuera un santuario, un lugar muy seguro para la navegación.

Pero en aquel diseño había un defecto, una debilidad crucial en el sistema protector del Estrecho. Algunas tormentas que se formaban en el sur o el sudeste, procedentes de África, solían provocar olas que se acercaban y llegaban directamente hasta Goodwill. Aquellas tormentas, aunque muy raras, eran mortales. En 1812 una de aquellas tormentas bajó por la costa e hizo que el océano se metiera por el Estrecho y arrasara toda la ciudad. Como consecuencia de aquella catástrofe, se decidió construir un alto rompeolas que se adentraba en el mar por la parte exterior del límite del Estrecho. Era como un baluarte de defensa de la ciudad y el puerto.

Aquel rompeolas había mantenido a salvo Goodwill durante doscientos años. Y ahora parecía que iba a ser puesto a prueba una vez más, y de manera muy dura. Pero antes de eso el *Chimay* tenía que llegar a su altura.

Echó otra ojeada a babor. Allí estaba: una franja de color azul oscuro coronada por una línea plateada donde el sol se reflejaba en la cresta de la ola. ¿A una milla detrás de él? No, a mucho menos. Quizá a media milla, y se acercaba rápidamente. ¿A veinte nudos? ¿A cincuenta? Era imposible saberlo con certeza. Y lo único que Rick podía hacer era apretar el acelerador del motor a fondo y rezar.

Rezar para llegar al rompeolas a tiempo.

Con el rabillo del ojo Brandie vio una negra punta rocosa que brilló sobre el agua como la aleta de un tiburón. Le dolían los músculos de los hombros y los brazos a causa del esfuerzo que hacía para sujetar el manillar de la Yamaha, y cuando empezó a tragar agua se asustó como nunca en toda su vida. La fuerza de la corriente arreciaba, y la moto de agua daba bandazos cada vez que ella aceleraba. Casi salieron despedidos del sillín.

Justo cuando Brandie pensaba que ya no le quedaban fuerzas

para aguantar aquel torbellino que los estaba engullendo, la moto quedó tambaleándose sobre la superficie del agua como un pecio naufragado. El mar abierto los rodeaba. Habían cruzado el canal y estaban al otro lado, en el Estrecho.

Brandie soltó el acelerador y dejó la moto en punto muerto.

—¡Dios mío, qué fuerte! —exclamó.

—Lo has hecho muy bien —dijo Mack dándole una palmada en el hombro—. Estaba movidito, ¿eh? —dijo escupiendo hacia un lado—. Ahora, vayamos a por la grande.

Maple Cove

Donna y Frank caminaron por el bajío hacia la isla de Two Bush. Estaba más lejos de lo que les había parecido en un principio. Y en algunos tramos había bastante agua, lo que les obligaba a desviarse. Cuando llegaron a la isla, los dos estaban empapados.

—Aquí no se ve a nadie —resolló Frank—. Pero si la corriente los ha arrastrado, quizá los encontremos al otro lado.

Sin esperar que ella contestara, empezó a escalar las rocas hacia la parte norte de la isla. Donna lo siguió. Caminaba sobre las rocas cubiertas de musgo húmedo con los brazos abiertos para mantener el equilibrio. Rogó por que encontraran a Tab a salvo.

Tras recorrer unos doscientos metros, Frank se encontró con que el camino estaba interrumpido por un hondo agujero. Allí el agua era profunda y golpeaba con fuerza contra las rocas.

—No se puede seguir —le comunicó a Donna—. Tendremos que regresar y buscar otro camino.

Ella se detuvo para tomar aliento.

—¿Está Tab al otro lado?

—Creo que no, pero no se ve muy bien desde aquí. Tenemos que buscar la manera de llegar hasta allí. Vamos.

De regreso en la playa, Martin Seymour caminó hasta el teléfono de emergencia que había junto a la zona de aparcamiento y se detuvo para tomar aliento. Llamó al servicio de guardacostas y tuvo que esperar un buen rato antes de que la operadora contestara a su llamada.

—Servicio de guardacostas, por favor, dígame exctamente dónde se encuentra.

—En Maple Cove, en el estrecho de Goodwill.

—Su nombre y su dirección, por favor.

Martin le dio también esa información.

—¿Cuál es la naturaleza de la emergencia?

—Dos personas, puede que tres, están en el agua, en dificultades.

—¿En un barco?

—No creo. No, están en el agua.

—Máximo tres personas, de acuerdo. ¿Tiene usted contacto visual con ellos?

—Perdone, ¿podría repetir?

—Esas personas que están en el agua, ¿puede verlas desde donde se encuentra?

—¡Ah, no! Me parece que la corriente los ha arrastrado al otro lado de la isla que hay en el Estrecho.

—La isla de Two Bush, ¿correcto?

—Sí, sí.

—Muy bien, señor. Escúcheme atentamente. En este momento estamos recibiendo muchas llamadas. Nos es imposible atender inmediatamente todas las peticiones de ayuda. Además, se ha dado la alarma de la posible llegada de un tsunami a esta parte de la costa. Estamos avisando a todo el mundo para que se retire como mínimo dos kilómetros tierra adentro.

—Pero esas personas están en dificultades.

—Lo entiendo, señor. Intentaremos hacerles llegar la asistencia lo antes que nos sea posible. Entretanto le recuerdo el consejo de que usted, y cualquier persona que se encuentre con usted, debería alejarse al menos dos kilómetros de la costa sin más dilación.

Martin Seymour estaba temblando cuando colgó el teléfono.

Miró a su alrededor buscando a Frank y a la mujer, pero habían desaparecido al otro lado de la isla. Antes de que pudiera reflexionar sobre lo que debería hacer, un vehículo bajó por la carretera de la colina a toda velocidad y se detuvo en la playa con un frenazo que levantó una nube de polvo. Martin reconoció al conductor.

—¡Hola! —gritó Southwell—. Oiga, ¿no habrá visto a mi esposa por aquí?

—¿Estaba buscando a un niño? Ha ido a la isla para seguir con la búsqueda.

—¿Que mi mujer ha ido a la isla? —exclamó Southwell con incredulidad—. ¿Cómo? ¿Con qué barca?

—No, se fueron andando. Con la marea baja —explicó Martin—. Ella creía haber visto a unas personas en el agua. El chico con el que yo he venido, el hermano de la muchacha que desapareció aquí con su novio, fue con ella. Ahora mismo acabo de telefonear a los guardacostas para pedir ayuda —añadió.

Southwell ya no lo estaba escuchando. Miraba hacia la playa; el agua volvía a entrar y cubría ya grandes zonas de musgo y arena húmeda. Se volvió hacia Martin con el rostro completamente pálido.

—¿La marea? —gritó casi histérico—. Pero qué idiotas, ¿es que no saben lo que es esto? No se trata de la marea; es una ola de reflujo. ¡Significa que se acerca un tsunami!

Durante varios minutos, Mack y Brandie se quedaron en el agua, con la moto en punto muerto, tratando de recuperar el aliento. La moto se balanceaba entre las olas; el motor producía un suave ronroneo. Todavía sentían la euforia de los momentos que acababan de pasar. Mack comprobó que la tabla de surf y el resto del equipo estuvieran bien sujetos.

—¡Oye, mira eso! —dijo de pronto con emoción—. ¡Es impresionante!

Brandie se estiró para mirar. El corazón le dio un vuelco. Una enorme ola curvada, que abarcaba el Estrecho de punta a punta, avanzaba hacia ellos. Tenía más de seis metros de altura.

Isla de Two Bush

Donna inspeccionaba el exterior del Estrecho con la mirada.

—Hay montones de barcos en el agua. Puede que alguno de ellos haya visto algo.

Frank se hizo sombra con la mano en los ojos.

—¿Aquello no es una lancha de los guardacostas? ¿Esa barca que se acerca hacia aquí?

—¿Dónde? ¡Oh, sí!, ya la veo. Sí, sí, creo que sí. ¡Tratemos de llamar su atención! —gritó Donna.

Frank se quitó la gorra y la agitó por encima de la cabeza.

—Me parece que nos han visto. Están navegando en círculos. Creo que no pueden acercarse más.

La lancha navegó en paralelo a la isla y redujo la velocidad. La persona que había en la cubierta parecía hacerles señales. Entonces sacó un megáfono.

—¡Aléjense de la orilla! ¡Se acercan olas muy grandes! ¡Aléjense de la orilla inmediatamente!

Frank y Donna se miraron.

—¡Oh, Dios mío! —gritó Donna—. ¿Qué vamos a hacer?

Frank la cogió de la muñeca.

—¡Subamos a la parte más alta de la isla! —dijo—. ¡Subamos lo más arriba que podamos!

—¡Tenemos que sacarlos de ahí! —gritó Southwell mientras saltaba de nuevo al asiento de su coche—. Si nos damos prisa...

Martin estaba mirando la superficie de la playa; empezaba a cubrirse de agua.

—Es demasiado tarde —dijo con voz apagada. Y al momento en su rostro se dibujó una expresión de horror—. Es demasiado tarde. ¡Mire!

Al otro lado de la isla el Estrecho empezaba a llenarse de espuma y una ola enorme invadía por completo la Garganta.

—¡A por ella! —gritó Mack—. ¡De frente!

Brandie estranguló el acelerador y la Yamaha se lanzó hacia delante. La ola estaba a menos de una milla de ellos y avanzaba inexorablemente en su dirección. Tenía una superficie vítrea y lisa, y la cresta no estaba lo bastante formada para subirse a ella. Pero crecía conforme se metía en el Estrecho, a la vez que arrastraba con ella buena cantidad de la arena del fondo. Bajo el agua empezaron a formarse turbulencias que encogían la longitud de la ola y aumentaban su altura. Ya podían verse los primeros rompientes de espuma por los extremos de aquella gran masa de agua, signo de que la cresta se hacía más y más inestable conforme el mar perdía profundidad.

—¿Quieres intentarlo con esta? —gritó Brandie por encima del hombro.

—¡No, es demasiado pequeña! ¡Más vale que no malgastemos energías! —contestó él a gritos—. ¡Nos esperan peces más grandes!

—¡Mi mujer y mi hijo! ¡Tengo que encontrarlos! —gritaba Southwell empujando a Martin para que se apartara.

—¡No sea loco! ¡No podrá llegar hasta ellos a tiempo!

Ante sus propios ojos, el mar avanzaba por la bahía, llenando el canal que había entre ellos y la isla. Chorros de espuma salpicaban el aire mientras la ola empezaba a romper contra las rocas que había enfrente. La línea de costa de la isla desapareció bajo una cortina de agua espumeante.

Southwell se dejó caer contra el respaldo del asiento con una expresión de impotencia en el rostro.

—¡Debemos irnos! —le urgió Martin—. No podemos quedarnos aquí. Tenemos que subir a lo alto del camino. ¡Deprisa!

Apartando al descompuesto Southwell hasta el asiento del acompañante, Martin se puso al volante, cerró la portezuela de un golpe y metió la marcha atrás. El Landcruiser salió disparado y Martin pisó el freno justo a tiempo para no chocar contra la barrera que cerraba el camino hasta la playa. La arenilla salía despedida de las ruedas mientras subían la empinada cuesta a toda velocidad. Martin echó una ojeada por el espejo retrovisor y se estremeció al ver una muralla de agua rompiendo sobre la arena y borrando las huellas de los neumáticos que hacía un instante había dejado allí el coche en el que iban montados.

Brandie aceleró la moto al máximo y la Yamaha escaló la cara de la desenfrenada ola en una curva de desnivel impresionante. Al llegar a la cresta, Brandie se inclinó hacia la derecha, y la moto se deslizó más de quinientos metros por el lomo de la parte trasera de la ola antes de meterse en el valle, dejando tras ellos una estela de espuma a más de treinta nudos de velocidad.

Mack alzó los puños al aire y gritó con entusiasmo.

—¡Muy bien, tía! ¡Allá vamos!

—¡Agárrese! —gritó Frank—. ¡Agárrese fuerte a mí!

Agachándose entre las rocas y la hierba, lo más cerca del centro de la isla adonde pudieron llegar, se abrazaron y aguardaron la arremetida de la ola. Ya podían ver la espuma que subía por las rocas de más abajo. Un bramido como de truenos inundó los oídos de Frank.

—¡Agárrese fuerte! —gritó otra vez.

Una ráfaga de espuma los zarandeó, los golpeó y los aplastó contra las rocas como si fueran insectos. Frank trató de llenarse los pulmones de aire antes de que el agua los cubriera por completo, pero cuando abrió la boca ya no quedaba aire a su alrededor, solo chorros de agua que los golpeaban una y otra vez...

Estrecho de Goodwill

La ola arremetió contra el *Chimay* a media milla del espigón del puerto. Rick notó cómo empezaba a levantarse la popa del barco. Miró hacia atrás. La ola estaba empezando a romper, y líneas de espuma blanca cruzaban la superficie del agua. La altura de la ola era casi la misma que la eslora total del *Chimay*. Si lo mantenía a un rumbo estable, y no caía a ninguno de los costados, conseguiría montarla, y la ola pasaría por debajo.

La cubierta se inclinaba tanto que parecía que el barco estuviera flotando en el agua, casi en vertical. Ya estaba encima de la ola, y avanzaba con ella. Rick sintió la tentación de virar de golpe y que el barco se deslizara por el otro lomo de la ola, pero se arriesgaba a perder estabilidad y acabar aplastado bajo el peso de la ola al romper. Aminoró poco a poco la velocidad. Ahora el *Chimay* estaba subiendo a la cresta, con toda la fuerza del peso de la ola agarrando al barco por la quilla. El barco se estremeció de punta a punta cuando una parte de la cresta rompió bajo la proa. Rick cayó contra la rueda del timón. El *Chimay* empezó a inclinarse y a escorar bajo el peso del agua que llenaba la cabina mientras Rick luchaba a brazo partido tratando de mantener el timón fijo y rezando para que las escotillas fueran lo bastante estancas y el motor no le fallara en aquel preciso instante.

La situación se había puesto realmente fea. El mar se alzaba al costado del *Chimay* y este se deslizaba cada vez más abajo en el agua, perdiendo gobernabilidad. Rick puso la bomba de la sentina en marcha. Al cabo de medio minuto, la cresta de la ola ya había pasado por debajo y el barco empezaba a adrizarse en el valle que quedaba detrás de la ola. Rick aceleró de nuevo y empezó a manejar la bomba manual para ayudar a la eléctrica a achicar el agua. La ola había acercado al barco a su destino. Aunque el espigón quedaba tapado por aquel muro de agua, todavía podía verse detrás la mole blanca de los tanques de combustible del *Marie-Sainte*, lo que le daba una idea clara del tamaño real de aquella ola. Rick vio por un instante la embarcación de su cuñado bamboleándose entre su barco y el buque cisterna. Y entonces se oyó un estallido. La ola golpeó de lleno en el espigón y el aire se llenó de nubes de espuma.

A bordo del *Marie-Sainte*, el capitán Leclerc fue una de las pocas personas que pudo ver la ola desde arriba, mientras esta avanzaba hacia tierra. Las alarmas del barco estaban sonando para prevenir de la posible colisión, y los pocos tripulantes que habían decidido quedarse a bordo se hallaban en sus puestos, aferrados a lo que tenían más a mano y esperando el impacto. El buque estaba varado en diagonal al avance de la ola, por lo que la popa sería la que recibiría el primer impacto.

—Tal vez la ola consiga levantar el barco y nos saque de aquí —oyó que decía, esperanzado, uno de los oficiales.

El jefe de máquinas se rió.

—Antes de sacarnos de aquí, doblaría el casco y rompería la quilla.

—Basta ya —replicó Leclerc.

No hay tortura mayor para un capitán que encontrarse con el barco en peligro y sin capacidad de maniobra. Incluso aunque después de aquello el buque estuviera en condiciones de navegar, sabía que le sería imposible convencer a la tripulación para que regresara a sus puestos.

—*Alors*, ahí viene —murmuró el jefe de máquinas.

Para un barco del tamaño del *Marie-Sainte*, una ola de ocho o diez metros, en medio de una tormenta; no es un gran problema. Cuando se construyó, sus diseñadores tenían previstas olas cuatro veces más grandes. Pero aquella no era una ola normal; era un tsunami. Y la diferencia más significativa de un tsunami es la longitud de la onda. El empuje de una ola, su fuerza, se calcula mediante una simple fórmula que multiplica la longitud de la onda por el cuadrado del peso del agua de la ola. Tómese una ola de tormenta de diez metros de altura con una longitud de cien metros y compárese con un tsunami de una altura similar pero con una longitud de ciento diez kilómetros. La energía resultante del tsunami es mil veces mayor que la de una ola de tormenta de la misma altura.

Por increíble que parezca, con el impacto de la ola Leclerc notó cómo el barco se sacudía como si fuera un boxeador de los pesos pesados que hubiera recibido un fuerte puñetazo en la mandíbula. Veinte toneladas de peso muerto de acero y carga se elevaron de lado más de diez metros. Y la expresión «peso muerto» es en este caso la más apropiada, pues el *Marie-Sainte* estaba varado y firmemente clavado en el lodo del puerto.

La ola se elevó por el costado de babor, el que recibió el impacto, hasta alcanzar dos veces la altura del barco; se llevó por delante el guardamancebos, sacó de sus goznes una de las escotillas de acero de la cubierta principal y arrancó de sus marcos varios ojos de buey. El agua llegó hasta la zona de los camarotes, inundó el salón y la sala de recreo, y chorreó en el tubo de propulsión que había debajo de la cocina de la parte inferior. En la cubierta exterior, las válvulas y las cañerías del sistema de bombeo del combustible y del agua fueron arrancadas de cuajo. Cuatro botes salvavidas se salieron de sus pescantes y acabaron en el agua. Solo los tanques de gas resultaron indemnes.

La bomba flotante seguía intacta. De momento.

Al otro lado del espigón, a bordo del *Pequod*, Patsy Easton y Paul estaban quitando las defensas a toda prisa y soltando las amarras, mientras les gritaban a los surfistas que se pusieran los chalecos salvavidas y se alejaran de las barandillas, cuando Patsy oyó el ruido del impacto de la ola. Se volvió a tiempo para ver los chorros de espuma saltando por encima del muro del espigón, lo suficientemente altos para ocultar por un momento el casco y la superestructura del buque cisterna, que estaba al otro lado. La ola rompió sobre los barcos que habían quedado atrapados en el puerto. «Mierda, ahí viene», pensó Patsy. Se agarró a la barandilla del puente y se apretó a ella con fuerza. El océano saltó por encima del rompeolas, inundó el puerto, arrastró a su paso barcos, amarres, botes y balsas, y llevó todo aquello hacia donde estaba amarrado el *Pequod*.

Patsy notó cómo temblaba la cubierta bajo sus pies mientras el barco recibía la sacudida del agua. También oyó golpes y arañazos a lo largo de los costados cuando los restos de los barcos hundidos pasaron por debajo del casco del *Pequod*. La ola saltaba por encima del muro del espigón y se dirigía hacia el puerto. El embarcadero estaba inundado y el agua empezaba a llegar al Neck, donde la gente corría hacia la parte alta de la ciudad.

Un último y súbito crujido la hizo dar un salto. Un barco de pesca había quedado aplastado contra la proa del *Pequod*. Patsy corrió escalera abajo, hasta la cubierta de proa.

Sin detenerse a pensar lo que hacía, Jean-Alice echó a correr hacia el restaurante. En un santiamén, cerró los pesados postigos de madera de las ventanas y puso la barra de hierro para mantenerlos fijos. Abrió la puerta principal y entró en el restaurante. En ese momento oyó el estallido de la ola reventando contra el espigón y cerró las puertas de un golpe a su espalda. Tenía las planchas de corcho a mano; tomó un par de planchas, las metió en el hueco entre las puertas y el suelo y clavó dos cuñas para que quedaran perfectamente estancadas.

Después corrió hacia la cocina. Aquello era su medio de vida. La puerta principal podía resistir una buena acometida, pero si la de la cocina se abría, aunque solo fuera unos centímetros, todos los electrodomésticos quedarían inservibles. La enorme cámara frigorífica, que le había costado veinte mil dólares y tenía una puerta que parecía la de una cámara acorazada, seguramente resistiría. Pero todo lo demás era muy frágil.

Aun así, la puerta de la cocina era sólida y la había sellado a conciencia. Echó un vistazo al generador de emergencia que haría funcionar los frigoríficos y las bombas de agua en caso de que hubiera un escape de agua. Por esa misma razón, todos los interruptores y los fusibles se habían instalado lo más alto posible. En el almacén había unas cuantas cajas. A toda prisa, amontonó en los estantes las que contenían alimentos perecederos.

¡La puerta lateral de emergencia! Con las prisas había olvidado comprobarla. Volvió a entrar en el salón y cerró la puerta de la cocina tras ella. Antes, además de por la entrada principal solo se podía salir del local por un estrecho pasillo que había junto a la cocina, por donde se sacaba la basura a la calle, pero unos años atrás, a petición de Freddy Tarr, se abrió una salida de emergencia con una puerta ignífuga y antirrobo (no es que hubiera mucha criminalidad en Goodwill, pero la compañía de seguros imponía ciertas exigencias). Jean-Alice abrió un poco la puerta para echar un vistazo al exterior.

Un río de agua sucia se coló por el hueco de la puerta y le mojó los pies. Maldijo en voz alta e intentó cerrarla de golpe. En el callejón de enfrente el agua llegaba ya a los quince centímetros de altura. El peso de la puerta ofrecía resistencia, y Jean-Alice tuvo que emplear todas sus fuerzas para frenar el paso a la tromba de agua que estaba a punto de llegar. Por fin lo logró. Rogó que el cerrojo aguantara, y fue a buscar una fregona y un cubo para limpiar el agua que había entrado. Normalmente esas cosas solo pasaban durante las tormentas de invierno.

El timbre del teléfono la sobresaltó.

—Jeannie, ¿dónde estás? —Era la voz preocupada de su encargado.

—En la cocina, entablándolo todo. ¿Dónde estás tú?

—En el Prado. Bay Road se ha inundado. He llamado para avisarte.

—¿De la inundación? Gracias, pero estaba en el muelle.

—¿Ha entrado agua en el restaurante? ¿Ha habido muchos daños?

—Nada importante. He sellado las puertas justo a tiempo. ¿Qué está pasando, Mitch, sabes algo?

No hubo respuesta.

—¡Mitch! ¡Mitch! ¿Me oyes? —gritó, pero la comunicación se había cortado.

Sheena Dubois corría de un lado al otro de la pasarela como un pájaro enjaulado. Golpeaba las puertas con la esperanza de que alguien la oyera, pero al aullido de las sirenas y las bocinas de los barcos se habían unido los gritos de la gente que corría alejándose de los pontones.

—¡Ayúdenme! —chillaba ella—. ¡Ayúdenme! ¡Por favor!

Pero el ruido de aquel pandemónium ahogaba sus súplicas.

Desde la pasarela al rompeolas había más de tres metros de altura. Si saltaba, se rompería una pierna o algo peor. Volvió a golpear las puertas, desesperada.

—¡Socorro!

Entonces, de repente, entre la gente que pasaba corriendo, una cara se volvió hacia ella, una cara conocida.

—¡Tab! —gritó Sheena con todas sus fuerzas—. ¡Tab!

Tab nunca supo qué fue lo que le hizo volver sobre sus pasos. Tal vez la oyera gritar su nombre. No sabía quién era la persona que había quedado atrapada en la pasarela. ¿Por qué estaban cerradas aquellas puertas? Se suponía que siempre estaban abiertas. Luego dijeron que seguramente aquella mujer se había puesto histérica por el miedo; si se hubiera tranquilizado, tomado fuerzas y agarrado el picaporte con decisión, habría conseguido salir de allí ella sola.

Tab actuó muy valientemente. Con la ola avanzando ya por el puerto, nadie le habría reprochado que se hubiera puesto a salvo. Después de todo, no era más que un niño. Pero, en lugar de eso, dio un salto entre los dos pontones y corrió de vuelta hacia la pasarela. Fue entonces cuando se dio cuenta de que la mujer que estaba allí atrapada era la amiguita de su padre, pero no le importó. Quizá comprendió que ella era tan víctima como él. No había ninguna llave en la puerta. Miró alrededor deprisa, vio un bichero y empezó a hacer palanca con él en la cerradura.

Tab era un chico fuerte, y en aquel momento se empeñó a fondo. Hizo palanca apoyando en el bichero todo el peso de su cuerpo y de golpe el cerrojo cedió, la puerta se abrió y Tab se cayó de espaldas. Con un grito de alivio Sheena cruzó la puerta. Tab se puso en pie de un salto y ambos corrieron por el pontón hacia la carretera. En aquel mismo instante el frente del tsunami alcanzaba ya el puerto deportivo.

Para proteger los nuevos amarres, Chance Greene había previsto que se construyera un rompeolas que debería llegar hasta donde se hallaba la antigua fábrica de hielo. Sin embargo, los trabajos se habían interrumpido debido a la oposición de los grupos ecologistas.

Aquella era la parte más baja de la bahía, y no contaba con ninguna defensa. La ola arrastró los barcos como una avalancha. Yates, lanchas motoras y pontones salieron por los aires y cayeron a tierra convertidos en un amasijo de trozos de madera y fragmentos de fibra de vidrio. Toda aquella masa de escombros fue arrastrada por el agua que inundaba la primera línea de mar de Bay Road. Un crucero de nueve metros acabó en medio de Pier Street, donde estaba el aparcamiento, y todos los vehículos que había allí terminaron cubiertos de agua y lodo.

Sheena y Tab notaron cómo el pontón se sacudía y se desintegraba bajo sus pies justo en el momento en que saltaban al embarcadero. Al cabo de unos segundos, también el embarcadero desapareció, arrancado de cuajo mientras el agua irrumpía desde abajo, destrozaba las tablas de madera y a punto estuvo de atrapar a Sheena en el momento en que saltaba hacia la calle hecha un ovillo. Perdió pie y se cayó, y probablemente no habría conseguido levantarse a tiempo si no hubiera sido porque Tab se volvió, la ayudó a ponerse en pie y la arrastró hacia la rampa de entrada del puerto deportivo. Era la segunda vez que le salvaba la vida.

Cruzaron la rampa y luego la calle, y corrieron por Pier Street casi sin aliento y con la sangre palpitándoles en las sienes. Corrieron como no habían corrido en toda su vida y como no volverían a hacerlo. El rugido de la inundación les pisaba los talones, se tropezaban, tambaleaban, resbalaban en los adoquines, hasta que Sheena comprendió que ya no podía correr más. Era fácil dejarse morir, si de ese modo podía descansar, y se dejó caer desvanecida de rodillas.

43

La Cornisa

Ray Burns bajaba en bicicleta por la colina hacia Curtain Bluff. Por su derecha, a lo lejos, la Cornisa se bifurcaba en dos carreteras paralelas, una de las cuales cruzaba las saladas marismas que separaban Goodwill de Ellsworthy. Pero allí pasaba algo raro: no era normal que hubiera tanta agua en la marisma.

Cuando llegó al llano, al otro lado del cual una playa se abría por debajo de la carretera, Ray frenó y observó la marisma. Las zanjas a ambos lados de la carretera estaban inundadas y al cabo de un momento las ruedas de su bicicleta empezaron a resbalar debido a una abundante corriente de agua. La inundación iba en aumento; muy pronto ya no pudo pedalear y tuvo que desmontar. Se arremangó los pantalones y se puso a caminar. El agua le llegaba por los tobillos. Cuando alcanzó el cruce, ya le llegaba a las pantorrillas. Notó que la corriente subía con fuerza y sintió miedo.

Un coche bajaba desde la Cornisa. Iba cargado de equipaje. Dentro viajaba una pareja mayor.

—La Cornisa está cortada —le dijo el hombre.

—¿Hay mucha agua? —preguntó Ray.

El hombre vestía chaqueta y corbata. Y su mujer llevaba puesto un sombrero. Seguramente venían de la iglesia.

—No sabría decirle —contestó encogiéndose de hombros—. Puede que entre treinta centímetros y más de un metro. No nos hemos arriesgado a meternos. Habrá que intentar pasar por el puente sobre el Indian Creek, puede que el camino allí aún esté seco.

Ray tragó saliva.

—¿Cómo está la ciudad? —le preguntó.

—Mal —se limitó a responder el hombre.

Ray lo vio avanzar lentamente por en medio de la corriente de agua. Todavía parecía que se podía pasar. Se remangó más los pantalones y siguió adelante, temeroso de lo que pudiera encontrarse.

Pero la ciudad todavía no había visto lo peor. El rompeolas había cumplido con su función. La sólida construcción resistió la mayor parte del tsunami y lo desvió hacia el Estrecho. Según dijeron después los expertos, eso tuvo el doble efecto de, por una parte, reducir el volumen de agua que entraba en la zona del puerto y, por otra, romper el avance de la ola, evitando considerablemente el daño que podría haber producido.

Pero en el Estrecho sus efectos fueron terribles. Rick estaba todavía achicando agua a bordo del *Chimay* cuando una segunda ola, que venía desde la dirección opuesta a la primera, le alcanzó, como salida de la nada, y lo pilló totalmente desprevenido. Inundó el barco y a punto estuvo de hacerlo naufragar. A Rick le pareció que aquella ola tenía por lo menos tres metros de altura. Otros dirían luego que más. Y la verdad es que produjo más daños en el barco que la anterior, más grande: llenó de agua la cabina, partió el timón en dos y arrastró hasta el mar buena parte del instrumental, incluidas la sonda y la radio.

Si el motor se hubiera parado en aquel momento, todo habría acabado allí para él. Pero seguía funcionando. Rick fue a ver qué quedaba del timón y comprobó que, por suerte, todavía serviría para gobernar el barco contra la corriente. Los minutos siguientes fueron una pesadilla de corrientes contrarias y olas que le atacaban por todos lados mientras el barco cabeceaba. Pero poco a poco el agua se fue calmando, y Rick pudo fijarse en cuanto le rodeaba. En el Estrecho flotaban todo tipo de restos de barcos naufragados o a la deriva. Vio la cabeza de un hombre que asomaba del agua y consiguió lanzarle un cabo. Se trataba de su cuñado, Mike Caine.

—Estabas muy cerca cuando empezó todo esto —dijo Rick cuando acabó de ayudarlo a subir a bordo—. Parece que tu barco sigue a flote.

Mike vomitó una buena cantidad de agua salada y luego le lanzó una mirada triste.

—Pensaba que ya había pasado todo, y entonces llegó esa última ola y me levantó por el aire de tal manera que, cuando volví a caer, creí que llegaría al fondo.

—Échame una mano para achicar el agua —le pidió Rick—. Luego iremos hasta tu barco y lo remolcaremos a puerto.

En el centro de la ciudad, en la comisaría de policía, reinaba el caos. Los agentes trataban de atender a docenas de heridos y personas que se habían quedado sin casa. La Bay Road estaba inundada y en casi todos los inmuebles había más de medio metro de agua. Don estaba al teléfono, esperando para poder hablar con el Comité de Emergencias, cuando Logan Clancy entró a toda prisa en su despacho.

—¿Qué quieres ahora? —preguntó Don—. Creí que te había enviado a Bay Road para que ayudaras allí.

—De ahí vengo, jefe. Quería decirle que hay un grupo de surfistas en el Neck, y me parece que he visto entre ellos a uno de nuestros fugitivos. Si me deja un par de vehículos, le traeré a ese cabrón de vuelta.

—¡Por el amor de Dios! —explotó Don—. ¿Es que no tienes sentido de las prioridades? Un tsunami acaba de inundar la ciudad, y es posible que lleguen más. Hay montones de heridos y puede que incluso muertos. Te envié para que evacuaras la zona del puerto. ¡Vuelve allí ahora mismo!

—Pero, jefe, esos tipos se han escapado de la cárcel —protestó Clancy.

—Sí, vale, pero de todas formas a estas alturas los deberíamos haber dejado libres, ¿no es así? —le dijo Don en tono mordaz—. Las acusaciones no tenían fundamento. ¡Y ahora largo de aquí!

Logan se marchó cariacontecido, y Don siguió tratando de comunicarse con el centro del Comité de Emergencias.

—Lo siento de verdad, jefe Egan —dijo la operadora—, todas las líneas siguen ocupadas. ¿Quiere seguir a la espera?

—No —contestó Don con desaliento—. De todas formas, gracias por intentarlo.

Colgó el aparato. Parecía que los habían abandonado a su suerte, al menos por el momento.

Annie Pellew entró en su despacho.

—La Cornisa está inundada —dijo—. Desde Ellsworthy me dicen que los vehículos con ruedas altas todavía pueden pasar, pero no saben hasta cuándo será posible.

—Déjame echar otro vistazo al mapa.

Durante un minuto se quedaron en silencio mirando un mapa de la ciudad a gran escala.

—Si la Cornisa está cortada, el hospital podría quedar incomunicado por las aguas de las marismas —dijo Don—. Creo que deberíamos hablar con el doctor Southwell para evacuar a los pacientes. Llámale por teléfono en cuanto puedas.

Al cabo de un minuto, Annie entró de nuevo en su despacho. Apretaba los labios en un signo de evidente preocupación.

—He hablado con el hospital, pero el doctor Southwell no está allí. Dicen que se marchó justo antes de que se activaran las sirenas de alarma. Parece que su esposa ha desaparecido.

El puerto era un desastre. Parecía que la zona de las embarcaciones de recreo hubiera sido arrasada por una bomba. Un barco había quedado aplastado contra el costado del *Pequod* y al menos otros tres se habían hundido. Rick y Mike amarraron rápidamente sus barcos en un lugar vacío y saltaron a tierra hacia el Neck. El panorama era desolador. El agua corría de nuevo hacia el muelle, dejando posos de lodo y restos de las embarcaciones. El peso de la ola había aplastado las puertas del Chandlery, y el local estaba completamente inundado. Por el suelo había montones de cajas de productos empapados y echados a perder.

—Reb y los chicos vaciaron la mayoría de los estantes —dijo Mike—. Yo les ayudé a cargar unas cuantas cajas.

—Sí, pero ¿dónde están? —preguntó Rick.

—Les llamé por teléfono justo antes de que llegara el tsunami para que se largaran a toda prisa en la camioneta.

Ninguno de los dos tenía ya teléfono. Mike había perdido el suyo al caer al agua, y el de Rick estaba empapado, al igual que él. Fueron a la puerta de al lado, pero el Lobsterman estaba cerrado y tenía el candado echado. Corrieron hacia el extremo del Neck. Había un control de la policía en Bay Road. Phil Hogan trataba de contener a un pequeño grupo de gente. Mike vio un camión de bomberos un poco más allá.

—¿Qué ha pasado? —le preguntó a Phil; parecía agobiado.

—El agua ha destrozado el muro exterior de un edificio y se han derrumbado los pisos superiores. Hay gente atrapada entre los escombros. Los chicos de Fred Tarr están intentando sacarlos de allí. Han ido a buscar una excavadora.

—¿De cuánta gente se trata? —quiso saber Mike.

—Dieciséis —contestó Phil en voz baja—. Los del Bakehouse.

—¡Mierda! Ahí es donde vive Mitch —murmuró Mike.

Jean-Alice llegó en ese momento y se reunió con ellos. Se la veía muy alterada.

—No consigo localizar a Mitch. Se cortó la comunicación cuando estábamos hablando, y ahora no contesta.

—Phil, ¿te importa que entre? —preguntó Rick.

—No, claro, pasa.

—Mike, quédate con Jeannie. Voy arriba a echar un vistazo —dijo Rick.

Pasó por debajo de la cinta de la policía y echó a correr calle arriba. La camiseta y los pantalones mojados se le pegaban al cuerpo. Los daños en aquella parte de la calle eran importantes. La ola había afectado al menos a media docena de tiendas. Rick pasó frente a un restaurante, una galería de arte y un bar, los tres destrozados. El agua había inundado los sótanos y había arrancando puertas y ventanas. Los años de esfuerzos para convertir aquella zona en un lugar hermoso se habían ido al traste en un abrir y cerrar de ojos.

La Bakehouse era un edificio de ladrillo que databa de hacía doscientos años, según se decía. Ahora de él solo quedaba un agujero lleno de agua, un solar y un montón de escombros. La succión de la ola al retirarse había derribado la pared frontal del edificio, y los pisos superiores y el tejado, faltos de soporte, se habían venido abajo. El equipo de bomberos estaba utilizando palas para limpiar el terreno. Fred Tarr se hallaba al mando.

Rick le tocó el hombro.

—Fred, ¿cómo es de grave la situación?

—Bastante. Debajo de todo ese montón de escombros hay una camioneta.

—¿Hay alguien dentro?

—No lo sabremos hasta que podamos echarle un vistazo.

—¿Se sabe algo de Mitch? Jean-Alice cree que estaba en la casa.

—Lo hemos encontrado. Estaba en la parte de atrás cuando la ola alcanzó el edificio. Tiene rasguños y moratones, porque le cayó encima un trozo de techo, pero ningún hueso roto. Ha tenido mucha suerte. Está en aquel camión de bomberos.

—Déjame tu teléfono para que le dé a Jean-Alice la buena noticia.

Una excavadora con una pala enorme llegó traqueteando. Mientras levantaba un gran trozo de tejado del suelo bajo la dirección de Freddy, Rick la observaba. En ese momento quedó al descubierto la parte trasera de una camioneta de color azul.

—Es una Ranger —dijo uno de los del equipo de rescate.

—No, es un Mazda —replicó otro de sus compañeros.

Los dos modelos eran casi idénticos. Y muy comunes en aquella ciudad. Mike Caine tenía una Ranger de ese mismo color, en la versión de cabina doble, para que los chicos pudieran ir solos en la parte de atrás.

Fred Tarr miró fijamente a Rick, como hipnotizado. Acaso fuera un tipo de mecanismo de defensa contra la evidencia que tenía delante de los ojos. Entonces, de repente, la evidencia se le hizo clara y se sintió enfermo.

Tenía que llamar a Mike, pero no sabía de dónde iba a sacar las fuerzas para hacerlo.

Maple Cove

El nivel volvía a descender poco a poco. Desde la cima del acantilado, Martin vio que la zona del aparcamiento emergía de nuevo. La superficie de la bahía seguía bajo el azote de blancos chorros de espuma que rompían en la base de las rocas. La isla de Two Bush.

Southwell inspeccionaba la isla con sus prismáticos japoneses.

—¿Puede ver algo? —le preguntó Seymour al cabo de un rato.

—No estoy seguro. Todavía hay muchas olas... —Southwell trató de ajustar mejor el enfoque—. ¡Sí! —gritó con un tono de alivio—. Alguien se está moviendo entre las rocas.

—¿Quién es? ¿Su mujer?

—No lo distingo. Están en las rocas altas. Ahí están de nuevo, suben hacia la cima de la isla. Tome, mírelo usted mismo —le dijo al tiempo que le pasaba los prismáticos.

—¿Dónde están? No veo a nadie.

—Casi en la parte más alta de la cima. Justo en medio de la isla. Junto a una roca un poco más blanca. Ahora están exactamente al lado.

—Me parece que ya veo la roca. Sí, hay alguien, una persona... ¡y otra más! Son dos. Una de ellas podría ser Frank, pero no estoy seguro.

—Vamos, déjeme conducir a mí —dijo Southwell en un tono autoritario. Cambiaron de asiento y al instante Southwell puso el motor en marcha.

—¿Adónde vamos?

—A la playa, por supuesto.

—Pero no podemos hacer nada. No tenemos un bote; y aunque lo tuviéramos, el mar está demasiado agitado para que pudiéramos llegar al otro lado del canal. Deberíamos esperar al helicóptero de los guardacostas.

—Ya habló con ellos, ¿no es así?

—¿No tienen un móvil? Llámeles de nuevo.

Pero el teléfono del doctor Southwell empezó a sonar mientras hablaban.

—Southwell, ¿con quién hablo?

—Doctor, soy Annie Pellew, le llamo de parte del jefe Egan. Señor, necesitamos que se presente inmediatamente en Bay Road. Una familia ha quedado atrapada dentro de una furgoneta. Se trata de una emergencia, señor. Por favor, venga lo antes posible.

En Bay Road, los rápidos esfuerzos del equipo de rescate habían conseguido limpiar los escombros y cascotes que rodeaban la furgoneta. Los bomberos cortaban con enormes cizallas trozos del techo aplastado del vehículo. Mike estaba muy nervioso.

—Parece que los chicos están bien —dijo Freddy—. La parte de atrás ha parado mejor el golpe. Quizá porque le cayó menos peso.

—¿Y Reb? ¿Cómo está?

—Inconsciente. El equipo de enfermería le ha puesto una máscara de oxígeno y una sonda. Van a darle calmantes para el dolor, para poder sacarla más fácilmente.

Mike refunfuñó. Rick le rodeaba los hombros con el brazo.

—Mis chicos están a punto de sacar a Leif —dijo Tarr—. ¿Quieres que vayamos allí?

—Sí, sí. Quiero verlos.

—Sígueme.

Una sirena de ambulancia sonó por los alrededores. Rick sintió un escalofrío. Reb no era el único herido de aquel día. Se llevó aparte a uno de los enfermeros.

—La mujer que hay en el coche es mi hermana, ¿está muy grave?

El enfermero era un chico joven; parecía preocupado. En una ciudad pequeña, una tragedia como aquella afectaba a todo el mundo.

—El techo de la cabina se ha hundido y le ha aplastado el pecho contra el volante. Tenemos que moverla con mucho cuidado. Por eso estamos tardando tanto. Le hemos puesto un collarín; ahora estamos esperando a que llegue el doctor para que la examine antes de moverla.

—¿Southwell? ¿Dónde está?

—De camino, supongo.

Pequod

El Rey estaba al borde de la histeria.

—¿Está averiado el barco? —preguntó.

—Un bote se ha metido debajo de la proa. ¿Te parece que eso es una avería? —dijo Patsy en respuesta.

—¿Y cuánto tiempo tardaréis en sacarlo? ¿Cuándo podremos zarpar?

—No lo sé. Paul está echándole una ojeada.

El Cojo les interrumpió.

—Si sacar el bote es cuestión de dinero...

—¡Por el amor de Dios —gritó Patsy—, ha habido un tsunami! ¡Hay heridos! ¡Todo el muelle está inundado! ¡De momento no vamos a ir a ninguna parte!

Los surfistas se dieron la vuelta, enfadados y contrariados.

—¿Ahí no hay un barco? Quizá podríamos dejarnos caer desde el helicóptero...

El Rey meneó la cabeza.

—Es muy pequeño. Necesitamos uno grande.

—¿Qué hay del yate del padre de Natalie?

—Demasiado lento, necesitamos un multicasco como este, veloz y estable. Tenemos que ir en este barco. No nos sirve ningún otro. Créeme.

Sheena Dubois se sorprendió de encontrarse con vida. Yacía sobre los adoquines de Pier Street empapada, sucia, llena de arañazos y con la ropa desgarrada. Pero estaba viva. Tab, igual de maltrecho que ella, la ayudó a ponerse en pie por segunda vez. Sheena le agradeció que le hubiera salvado la vida.

—No tiene importancia —dijo él, incómodo.

Entonces Sheena recordó algo.

—Tu padre estaba preocupado por ti, y también tu madrastra. Tienes que llamarles enseguida.

Southwell todavía no había llegado a Bay Road. Los enfermeros habían sacado ya a los dos niños del vehículo. El pequeño Mike tenía una herida en la cabeza; estaba consciente, pero los del equipo de rescate decidieron enviarlo al hospital para que lo examinaran a fondo. Leif, conmocionado, se lanzó a los brazos de su padre.

Reb seguía en la camioneta. Rick rezaba por ella mientras Jean-Alice, cogida de su brazo, le daba ánimos.

—Es fuerte —le dijo en un susurro.

Los oficiales realizaron una revisión general del buque para comprobar los daños producidos por el tsunami. La ola había levantado la popa y había movido la proa de lado. Al jefe de máquinas le inquietaba la integridad del barco allí donde el casco reposaba sobre el fondo del mar. Creía que la estructura de la zona media corría el peligro de fracturarse. Quería que se realizara un examen completo, por parte de expertos, antes de que el remolcador tratara de mover el buque. Parecía que todo se les había puesto en contra. A este paso, podían pasar semanas antes de que salieran de allí.

Una nueva alarma les llegó entonces desde la sala de mandos. El joven segundo oficial que estaba de guardia en el puente llamó a Leclerc por el interfono. Su tono de voz denotaba su preocupación.

—Señor, parece que el tanque número tres ha sufrido una pérdida de presión —dijo.

Aquellas palabras hicieron que el estado de alerta recorriera todo el barco. Una vez más, se cerraron todas las compuertas de seguridad, los marineros se colocaron las máscaras y los espacios habitables de la superestructura se presurizaron para prevenir un escape de gas que pudiera afectar al interior del barco. Se aislaron las áreas principales de la cubierta, que habían sido afectadas por la ola (el comedor y la zona de descanso), y se cerraron las puertas herméticas para mantener una zona libre de gas. Se conectaron las mangueras contra incendios y se pusieron en marcha los atomizadores de agua para mojar el tanque que al parecer tenía una fuga.

Leclerc regresó al puente acompañado por el jefe de máquinas. El oficial de seguridad del cargamento de gas estaba en el lavabo; la idea de que acaso no volvería a ver a su mujer y a sus hijos lo había puesto muy nervioso. Al cabo de un rato, completamente pálido, se reunió con sus compañeros. Juntos estudiaron los contadores de las válvulas de presión.

—¿Y bien? —preguntó Leclerc—. ¿Cuánto gas hemos perdido?

—No puedo decirlo exactamente. —El oficial de seguridad del cargamento de gas tenía la cara blanca como el papel. Aquel era su segundo viaje a bordo de ese barco—. Unos cuantos cientos de litros.

—¡Varios cientos! ¿Y seguimos perdiendo gas?

—No estoy seguro. Podría tratarse de una fisura en una cañería o de una válvula que se hubiera estropeado. O quizá se trate tan solo de la válvula de seguridad para la salida de gases. Hasta que no lleve a cabo una revisión exhaustiva de todo el tanque, no lo sabré. Tardaré unos minutos.

Leclerc maldijo para sus adentros.

—¡Pues muévase! Informe de esto al servicio de guardacostas. Y haga hincapié en que no se ha detectado todavía el origen de la avería.

—Todavía —murmuró el oficial entre dientes.

Maple Cove

El teléfono de Southwell sonó de nuevo.

—¿Papá? Papá, soy yo, Tab. Estoy en la ciudad, en el Prado.

—Tab, ¿estás bien? —preguntó Southwell con la voz rota—. Pensábamos que estabas en la isla.

—¿En qué isla? No te entiendo.

—No importa. Escúchame, quédate donde estás. Y no te acerques al agua. Puede haber más olas.

—De acuerdo, Sheena y yo acabamos de salir del puerto deportivo.

—¿Estás con Sheena?

—Sí, nos hemos encontrado aquí. Bueno, es una larga historia. Escucha, papá, aquí te necesitan. Hay una mujer que está malherida.

Estrecho de Goodwill

La lancha de los guardacostas recorría el Estrecho en busca de supervivientes. Era una tarea desalentadora. Hasta el momento habían rescatado a cuatro personas, que se habían caído de sus barcos, y habían recuperado el cuerpo de una mujer de mediana edad. De momento nadie sabía quién era. Una de las personas que habían rescatado necesitaba asistencia médica, y todos habían sufrido una fuerte conmoción. Alguien preguntó si el peligro había pasado o si todavía podían esperarse olas más grandes. El comandante, el teniente Rose, no pudo darle ninguna respuesta. También él deseaba que alguien pudiera contestarle a esa pregunta.

Por radio le llegaron nuevas órdenes. El oficial de comunicaciones pasó el mensaje a Rose: «Dos o más personas atrapadas en la isla de Two Bush, del Estrecho. Responda».

—Tienen que ser los dos que vimos antes —comentó el técnico de radio—. Los muy idiotas deben de haber cruzado el canal con la marea baja. Y se han quedado allí atrapados.

—Iremos a echar un vistazo —dijo Rose.

—Van a enviar una lancha —le dijo Southwell a Martin cuando colgó.

—Muy bien, ya no tardarán en recogerlos.

—Me gustaría poder decírselo a Donna. ¿Cree que podrán vernos?

Subieron a lo alto del acantilado, ataron una prenda de ropa a la punta de un palo y lo agitaron con la esperanza de que los vieran.

—No sé si nos verán. Ellos no tienen prismáticos.

—Me necesitan en la ciudad. Parece que hay una mujer gravemente herida.

Bay Road

Rick no dejaba de mirar a Reb; tenía los ojos cerrados y estaba muy pálida.

—La Cornisa está cortada —dijo uno de los bomberos.

—Ya lo he oído, pero dicen que por el momento las camionetas todavía pueden pasar. Y el puente de Indian Creek sigue abierto.

—Sí, pero ¿por cuánto tiempo?

Rick oyó aquella conversación y se puso enfermo. Se había pedido un helicóptero para evacuar a Reb, pero todos los servicios estaban saturados de peticiones de rescate y ayuda. Southwell conducía un todoterreno de los grandes, seguramente conseguiría pasar por la carretera inundada.

Pero, entretanto, podría llegar una nueva ola.

En el *Marie-Sainte*, Charles, el nervioso oficial de seguridad del combustible, se arrastraba entre una maraña de tuberías, que corrían por debajo de los tanques de carga, a la búsqueda de alguna fisura. El agua de los vaporizadores se condensaba en los tanques y le caía constantemente encima. Cada tanque contenía cinco mil toneladas de gas natural líquido a gran presión. Charles sudaba bajo el traje de protección química; el enorme respirador le dificultaba la visión y los movimientos. En alguna parte, por encima de los tanques, había una válvula o una tubería que perdía gas a través de un orificio que podía ser tan pequeño como un alfiler. Si ese orificio se abría de golpe, mientras Charles estaba ahí abajo, tenía todos los puntos para no salir de ahí con vida. Las posibilidades eran variadas, y ninguna de ellas placentera. Podía asfixiarse, quemarse vivo o saltar hecho pedazos a causa de la explosión. También existía la alternativa de que acabara congelado por efecto de un chorro de gas a una temperatura de 190 grados kelvin, o, simplemente, tal vez se ahogase cuando el barco se hundiera. Y en aquel momento ninguna de aquellas posibilidades le parecía remota.

Colgado del cinturón llevaba un detector de gas que alzaba delante de él mientras avanzaba. Una bombilla de color ámbar parpadeaba intermitentemente; indicaba la presencia de gas en el aire, pero en concentraciones muy bajas y no explosivas. Charles pasó el detector por encima de un circuito de compensación diseñado para equilibrar las presiones entre los diferentes tanques durante la descarga del combustible. Si la fisura estaba en aquel sector, Charles creía que bastaría con cerrar la válvula de paso para aislar el circuito y solucionar el problema. Y entonces podría salir de una vez por todas de allí abajo.

Cuando llegó a la válvula estaba agotado. Se detuvo para tomar aliento y echó un vistazo al detector. La luz parpadeaba más rápidamente que antes, y el contador señalaba un aumento en la concentración de gas, aunque todavía no era demasiado preocupante. Agarró con fuerza el asa del detector y salió de debajo de una tubería. Apenas había espacio para pasar entre una cañería y la otra. Se puso de rodillas, sostuvo el contador con ambas manos y lo dirigió a su alrededor. En esa zona podía moverse un poco más cómodamente, lo cual, después del rato que llevaba arrastrándose por el suelo, era un alivio.

Después, Charles cerró la válvula y se sentó sobre los talones. Tenía que esperar un poco antes de volver a revisar el circuito. Pulsó el botón de la radio que llevaba en el respirador y habló con el puente de mando para informarles de la situación. Era como hablar desde debajo del agua. Tenía que gritar para que lo oyeran. Aparentemente, no había habido cambios en las lecturas de los ordenadores del puente.

Al cabo de un rato volvió a consultar el detector de gas. No había cambios. La luz ámbar seguía parpadeando. Se dio otro par de minutos de espera. El gas tenía que haber desaparecido ya. Para asegurarse, apretó de nuevo con fuerza la llave de la válvula. Entonces se oyó un crujido en la base de la válvula y un chorro de vapor blanco salió disparado. El detector emitió un pitido agudo. Se había encendido una brillante luz roja. Un momento después empezaron a sonar las sirenas de alarma del barco.

Ahora sí que tendrían que vérselas con un auténtico escape de gas.

El Landcruiser del doctor Southwell avanzó dando bandazos sobre los montones de escombros. Por fin había llegado, no tenía tiempo que perder.

Se agachó junto a Reb, sin hacer caso de la porquería que había en la cabina, y la examinó.

—¿Han llamado al helicóptero? —preguntó a los del equipo de rescate cuando estuvo de nuevo fuera.

—Nos lo enviarán en cuanto tengan alguno libre.

—Quiero hablar con ellos.

Le pasaron una radio y se quedaron escuchando mientras el doctor les informaba de lo que necesitaba exactamente y por qué. Le prometieron que el helicóptero estaría allí al cabo de diez minutos como máximo.

—De acuerdo —dijo Southwell a los del equipo de rescate—. Vamos a empezar a sacarla ahora. Manténganle la nuca inmóvil con el collarín y vigilen el respirador.

Entre cuatro enfermeros y el propio Southwell, colocaron a Reb en la camilla plegable y el doctor volvió a examinarla. Luego fue a hablar con Mike y con Rick.

—Por el momento la situación es estable. Ahora mismo estoy más preocupado por el líquido en los pulmones que por las heridas de la cabeza. Tiene un fuerte traumatismo en el pecho, y necesita cirugía especializada. He hablado con el helicóptero para que la lleven directamente a Portland. Los cirujanos del departamento de traumatología se harán cargo de ella.

—Gracias, doctor —dijo Mike—. Le agradezco que haya venido. Hemos oído lo que le ha pasado a Donna. Imagino que estará muy preocupado.

En ese momento les llegó un sonido que todos temían oír. Sirenas.

Fred Tarr cogió su radio. Se quedó un momento escuchando. Y se puso pálido.

—¡Gas! —gritó—. ¡Gas!

44

—¡Escape de gas! ¡Escape de gas!

Las alarmas sonaron por todo el buque. En el puente, Leclerc y sus hombres se miraron un momento con consternación, pero enseguida se pusieron en acción. El programa informático de seguridad detuvo todos los demás programas que estaban en funcionamiento.

—¿Lugar del escape? —preguntó Leclerc.

—Sector dos, la válvula de compensación de presión entre tanques del sistema de sangrado.

—¿Volumen del escape?

—¡Dos mil litros por minuto y aumentando!

—¿Aumentando?

—Sí.

—¿Qué medidas se han tomado?

—Aislamiento de la sección de las válvulas. Inversión del flujo hacia el circuito de drenaje de los tanques. Apertura de las válvulas para reducir la presión del tanque dos.

—¿Dónde está Charles? —preguntó Leclerc.

—Abajo, en la bodega de las válvulas. —El jefe de máquinas señaló en la pantalla una luz que parpadeaba en el plano gráfico del buque—. Aquí, debajo del tanque dos. Localizó la primera fuga y trató de repararla.

—¿Se puede llegar hasta él?

—Lo estamos intentando.

Mientras hablaba, Leclerc no dejaba de mirar por la ventana. La bandera que había sobre el edificio de los guardacostas indicaba que soplaba una leve brisa del este. Hacia tierra. «*Merde*», pensó Leclerc. Si hubiera sido del oeste, habría arrastrado el gas mar adentro y no habría peligro alguno.

—¡Evacúen la zona! —gritó Freddy Tarr por la radio—. ¡Váyanse de aquí! ¡Ahora mismo!

En Bay Road el aullido de las sirenas se mezclaba con el latido de unos rotores. El helicóptero rojo de rescate volaba en círculos por encima de ellos. Freddy le ordenaba al piloto que se marchara de allí.

—¡Cállate! —dijo Rick quitándole la radio de las manos.

Fred se encaró con él, rojo de ira.

—¡Mantente al margen! ¡Yo estoy al mando aquí!

—¡Y un cuerno! Yo mando en esta ciudad. Y digo que tenemos que sacar a Reb de aquí. Es su única oportunidad.

Cualquier dilación en su traslado podía acarrear su muerte. De hecho, ya estaban malgastando la llamada «hora decisiva», los primeros sesenta minutos antes de que las secuelas del accidente fueran cruciales para su supervivencia. Sin la intervención médica, el riesgo de mortalidad de una víctima de un accidente grave aumenta tres veces por cada treinta minutos que pasan desde el accidente. Si el helicóptero no aterrizaba en ese mismo instante, a Rebecca le esperaba un agonizante viaje de tres horas por carretera hasta el hospital. Podría incluso morir antes de que la vieran los médicos.

—¿Es que no oyes las sirenas? ¡Hay un escape de gas! ¡Toda la ciudad puede volar por los aires! No podemos arriesgarnos.

—Yo decido. El buque está al norte de donde nos encontramos. El gas todavía tardará en llegar hasta aquí, y los rotores del helicóptero empujan el gas en dirección contraria. Mientras siga sobrevolándonos, estaremos a salvo.

Rick apartó a Fred de su camino y corrió hacia el otro lado de la calle. El helicóptero, un flamante McDonnell Douglas 902 rojo y blanco, volaba ahora más bajo. Rick le hizo señas al piloto para que aterrizara. En el momento en que las hélices levantaron una nube de polvo y cascotes, todos se agacharon. El aparato se detuvo en el patio de la antigua fábrica de hielo salpicando agua a su alrededor. Antes de que los rotores se hubieran detenido del todo, los enfermeros del equipo de rescate corrían ya con la camilla; Mike, Rick y Jean-Alice les seguían. Subieron la camilla con Reb hasta la puerta de la zona de los pasajeros y la deslizaron dentro del aparato. El doctor Southwell indicó por señas a los médicos del helicóptero lo que debían hacer, y al momento el aparato alzó el vuelo.

Marie-Sainte

El primer oficial le pasó el teléfono a Leclerc.

—Los del servicio de guardacostas quieren saber qué está pasando.

Leclerc frunció el entrecejo y cogió el auricular.

—¿Comandante Wolfowitz? El capitán Leclerc al habla. Sí, tenemos un problema. En la tubería de drenado de los tanques hay una pequeña fuga que se está haciendo más grande. No, en un tanque no. Todos los tanques están intactos. ¿Qué quiere decir? *Monsieur*, tratamos todos los escapes con suma seriedad, incluso los más pequeños.

Mientras hablaba por teléfono Leclerc no perdía de vista el panel de control del ordenador central de operaciones. Los tanques principales aparecían en la pantalla como unos cuadrados de color azul brillante. El color azul indicaba que estaban llenos de gas. Mientras observaba la pantalla vio que el icono de la válvula que estaba al lado del tanque número dos cambiaba de la posición de «cerrada» a la de «abierta», y todo el sistema de tuberías de drenado de emergencia cambiaba de color, del negro al verde, mientras empezaba a bombearse el gas. En la pantalla se veía también la dirección en la que este se estaba moviendo. Empezó a sentirse un poco más tranquilo.

—Comandante, me complace informarle que hemos localizado el origen de la fuga y en este momento estamos tomando las medidas necesarias para atajar el escape.

—¿Me está diciendo que la maldita sustancia todavía está saliendo?

Leclerc siguió observando la pantalla.

—En estos momentos estamos transfiriendo el gas de la zona afectada por la avería.

—Maldita sea, dígamelo claramente: ¿existe riesgo de incendio en la ciudad o en el puerto?

—Por supuesto que hay riesgo. Siempre que haya presencia de gas, existe riesgo —dijo Leclerc tratando de ganar tiempo. ¡Vaya, por fin! Por lo menos el volumen de fuga de la válvula estropeada empezaba a descender—. Comandante, el escape está disminuyendo. Hemos conseguido cerrar el flujo de gas en la tubería afectada. Las medidas adoptadas han tenido éxito. El riesgo de incendio, al que usted se refería, ya ha pasado.

Leclerc colgó. Luego se encaró con sus dos oficiales.

—Bueno, ¿por qué me miran así?

El jefe de máquinas tragó saliva.

—Se trata de Charles. —Señaló con la mandíbula hacia la pantalla que monitorizaba el trazado de la cubierta de carga del combustible—. Ha dejado de moverse.

Hannah Morrissey, la fiera esposa de Ballena Morrissey, volvía corriendo a su casa, en Culpepper Street. Avanzaba deprisa, sus pequeños zapatos negros se movían sobre el asfalto como las ruedas de una muñeca mecánica. El sonido de las sirenas la alcanzó en el momento en que llegaba a su casa. La puerta tenía tres cerraduras, algo raro en Goodwill, donde los lugareños casi nunca cerraban sus casas. Hannah entró y echó el pestillo, como tenía por costumbre. Si alguien quería entrar, tendría llamar al timbre; también su marido. En cuanto al dinero, Hannah solo tenía una norma: no confíes en nadie. Y le funcionaba bien.

Se quitó el sombrero y subió por la escalera a una velocidad increíble para su edad. Hannah parecía una mujer frágil, pero provenía de una familia de fareros y jamás se había puesto enferma. Su abuelo había emigrado del Báltico. Era medio finlandés, y se decía que era capaz de reunir a los vientos cuando era necesario. La verdad era que los barcos que había pilotado siempre hacían travesías asombrosamente rápidas.

La casa era pequeña: dos habitaciones amuebladas, una arriba y la otra abajo, una cocina y un baño en la parte trasera. Todo lo que había en el interior, las alfombras, los muebles e incluso la cocina, era viejo y desgastado. Los pocos cuadros y adornos que decoraban la casa habían pasado de generación en generación. Hannah nunca compraba nada si podía evitarlo. Se había pasado toda la vida apretándose el cinturón. Llevaba la frugalidad en la sangre. Poseía cuatro casas en la ciudad, aparte de la suya, y era muy rígida a la hora de cobrar los alquileres.

Abrió la puerta del dormitorio de la planta de arriba, que era su guarida personal, y se acuclilló delante de la chimenea, en la que ardía un enorme tronco. Detrás de la rejilla había una caja fuerte con cerradura. A Hannah no le gustaban las cajas de seguridad con combinaciones de números. Dentro de la caja había un montón de bolsitas que tintinearon cuando las agarró. Metódicamente, vació el contenido sobre la raída alfombra. En cada bolsa había cincuenta dólares en monedas de oro de curso legal. Las apiló en montones de diez y añadió las que llevaba en el bolsillo. En total tenía allí 386 monedas con un valor nominal de 19.300 dólares; y al precio del oro en el mercado, cada una de las monedas doblaba su valor.

Hannah tampoco confiaba en los bancos.

En el Estrecho la lancha del servicio de guardacostas viró hacia el este, en dirección a Two Bush. Al cabo de siete u ocho minutos ya tenían la isla a la vista. El teniente Rose aminoró la velocidad mientras observaba la formación rocosa con sus potentes prismáticos. Descubrió a dos personas que estaban casi en la cima de la isla, y dejó que la lancha navegara en círculos mientras decidía cuál era la mejor maniobra. La cantidad de salientes rocosos que rodeaban toda la periferia de la costa hacía difícil el acceso. Normalmente, con buen tiempo, se acercaban por el canal y luego echaban al agua la lancha neumática, con un par de marineros dentro, para que recogieran a los que estaban en la isla. Con mal tiempo, en lugar de aventurarse por el canal, echaban la lancha neumática al sur de la isla. También cabía la posibilidad de evitar todas esas maniobras y llamar para que les enviaran un helicóptero.

El mar estaba inestable. Desde el puente, Rose vio que se habían formado corrientes cruzadas en la entrada del canal, y que olas de casi un metro rompían contra las rocas de la isla. La lancha neumática no lo tendría fácil para llegar hasta tierra firme. Por otra parte, las dos personas que estaban allí atrapadas difícilmente sobrevivirían a un segundo tsunami. Podría pedir un helicóptero, pero las posibilidades de encontrar alguno disponible eran muy pocas.

Se decidió a probar suerte con la neumática.

—¡Boten la neumática! —ordenó.

Normalmente la lancha del servicio de guardacostas llevaba dos Avon de siete metros y medio de eslora, también conocidos como BRN, por «bote rígido neumático», con el casco rígido y potentes motores fueraborda. Eran embarcaciones muy versátiles, ideales para ese tipo de actuaciones cerca de la costa. Por desgracia, aquel día las condiciones del mar eran muy especiales, como todos estaban a punto de descubrir.

Después del primer tsunami, las aguas del Estrecho estaban muy revueltas, con corrientes que fluían hacia la costa y luego corrían en todas direcciones. Durante un momento, la superficie podía permanecer extrañamente en calma, y un instante después aparecer olas de más de un metro que se formaban en diferentes direcciones y rompían las unas contra las otras. Asimismo, en el centro del canal estaba formándose una corriente circular, provocada por las corrientes que entraban a lo largo de la costa sur, y que bordeaban el puerto, antes de dirigirse hacia el este, pasando por fuera de Curtain Bluff. Casi en el centro del Estrecho, las dos contracorrientes chocaban y formaban otros flujos de agua que avanzaban en direcciones contrarias. Eso creaba zonas de violentas turbulencias.

Se botó la neumática con una tripulación de cuatro hombres. El contramaestre Kirk Kirkorian, un muchacho fuerte, de treinta y un años, buen submarinista, estaba al mando; dos años atrás había participado en los Juegos Olímpicos en el equipo de Estados Unidos. Si alguien podía sacar de allí a aquellas dos personas, ese era Kirk. Los cuatro llevaban trajes de neopreno integrales y chalecos salvavidas. El teniente Rose cogió el megáfono para pedir a la pareja que estaba en la isla que se dirigiera a una zona relativamente plana, donde las rocas parecían menos afiladas. Cuando volvió a mirar hacia la isla aquello le pareció un espejismo.

La neumática rebotaba en el agua dando grandes saltos. El mar estaba de nuevo muy revuelto; fuertes corrientes giraban alrededor de la isla en el sentido de las agujas del reloj. Cuando la lancha se acercó a la costa, los dentados salientes de las rocas hicieron que les fuera imposible arribar. Rose vio que la neumática giraba a un lado y a otro en busca de un camino para llegar a tierra. Kirkorian estaba de pie, pero a veces quedaba totalmente oculto por el oleaje. Las olas rompían con fuerza contra las rocas y levantaban grandes nubes de espuma. El hombre y la mujer, temerosos de que los arrastrara una ola, empezaron a alejarse de la orilla.

Por fin Kirkorian tomó una decisión y la lancha neumática se lanzó en dirección a lo que le pareció un claro entre las rocas lo suficientemente grande para llegar hasta la orilla y así recoger a la pareja. Las condiciones empeoraban minuto a minuto. En el informe que más tarde escribiría el teniente Rose, la situación se describía como «de mar gruesa», lo que significaba que era como estar en alta mar en medio de una fuerte tormenta. Las olas se levantaban casi perpendiculares a la superficie del agua. Se acercaban ya a los dos metros de altura. Además, dadas las contracorrientes de la zona, los valles que se abrían entre las rocas eran tan profundos que podían tragarse la lancha neumática entera.

La lancha se movía entre las olas a gran velocidad, saltando de cresta en cresta. Kirk utilizaba toda la potencia del motor fueraborda para mantener el bote alejado de las rocas mientras avanzaban hacia la costa, pero más le habría valido no meterse en aquel atolladero. Al caer en un valle entre dos olas, la lancha se balanceó y la amura de babor se clavó contra un saliente de roca basáltica que hizo un desgarrón de casi medio metro en la cámara de aire. Aquello parecía imposible. La lancha neumática tenía doble cámara de aire, sellada y fabricada con material Hypalon de triple capa, el mismo que se utilizaba en las embarcaciones de rafting en los rápidos y en otros entornos muy abrasivos. Era un material muy resistente al desgaste y totalmente impermeable; Rose, en todos los años de experiencia que tenía a sus espaldas, jamás había visto que se rasgara. El corte hizo que la proa se deshinchara y el bote comenzara a llenarse de agua. La popa se levantó y, con la siguiente ola que les llegó por detrás, la lancha neumática dio una vuelta de campana y los cuatro tripulantes cayeron al agua.

—¡El Avon Uno se hunde!

El Avon Dos estaba en el agua casi antes de que Rose hubiera dado las órdenes. Avanzó a toda velocidad planeando sobre el agua. Rose lo observaba, inquieto, mientras entraba en la zona de turbulencias. Enseguida vio que sacaban a dos de sus hombres del agua. No parecían heridos. La corriente empujaba a un tercer tripulante hacia la entrada del Estrecho. Rose mantuvo los prismáticos fijos en aquella cabeza que asomaba sobre el agua. Durante los rescates era muy fácil perder a alguien en cuanto le quitabas la vista de encima ni que fuera un instante. Pero el Avon Dos ya lo tenía localizado; avanzaron hacia él y se pusieron a sotavento para luego subirlo a bordo por la proa.

Solo quedaba uno.

El Avon Dos empezó a dar la vuelta a la isla. Rose vio que el timonel se ponía en pie. Gritaba algo a los que estaban en la isla. ¿Acaso pretendía recogerlos también a ellos? Eso no sería muy aconsejable, pues la lancha ya estaba sobrecargada. Era mejor conducir de vuelta a la tripulación del Avon Uno y regresar a recoger a las personas que estaban en la isla. Además, todavía quedaba otro hombre en el agua. Rose enfocó a los que estaban en la isla y se quedó helado. Había tres figuras sobre las rocas, una de ellas vestida totalmente de negro. Rose acercó la imagen de sus prismáticos. Sí, no se había equivocado. Kirk Kirkorian había ido a parar a la isla. Rose acababa de perder un bote neumático y a su mejor tripulante, y todavía no había conseguido completar el rescate.

Pero lo peor estaba por llegar. Aunque reticente a abandonar allí a su compañero, el Avon Dos regresó por fin hacia la lancha. Uno de los hombres se había roto una pierna y hubo que ayudarle a subir a bordo.

—No se puede llegar a ellos por mar —dijo con franqueza el tripulante al mando de la segunda neumática—. Las rocas que hay allí son letales y las olas avanzan en todas direcciones. Es imposible encontrar un acceso a tierra. Te parece ver una zona de calma, y cuando te acercas ya no está. Acercarse demasiado a las rocas puede ser muy peligroso. McGee tiene una fractura abierta en una pierna. Será mejor que llamemos al helicóptero. O eso o esperar a que este jodido mar se calme de una vez.

—¿Ni siquiera con Kirkorian allí podríamos sacarlos de la isla? —aventuró Rose.

—Si quiere, podemos intentarlo, pero creo que hay muchas posibilidades de que alguien acabe herido. Kirk está capacitado para salir a nado de allí, y además lleva el traje de buceo, pero ha dicho que prefiere quedarse con los otros dos.

«Típico de Kirk», pensó Rose. Cogió la radio y se dispuso a pedir ayuda aérea.

—Tenemos que mover el buque. Hasta el momento hemos tenido suerte, pero si viene otra ola, una de las grandes, ¿quién sabe lo que puede pasar?

Habían evacuado el cuerpo del oficial muerto para llevarlo al depósito de cadáveres, donde el doctor Southwell había hecho un examen preliminar y había descubierto que se había asfixiado debido a una mala colocación de la máscara. En la ciudad se sabía que se había producido un escape, y aunque había sido pequeño, los nervios estaban crispados. Entretanto tenía lugar una reunión de urgencia en el edificio de los guardacostas; sus ventanas daban al Estrecho y al buque varado. Con Wolfowitz estaba presente, así como Don Egan, Chance Greene y Jack Pearl. El último que había hablado era Rick Larsen.

Con meneó la cabeza.

—No puede ser —dijo lacónicamente—. Está muy hundido en el fango; la tripulación se ha marchado y el remolcador no llega.

—En el puerto hay barcos que pueden remolcarlo. Para empezar está el *Pequod*.

Jack Pearl le interrumpió.

—¿Te has vuelto loco? El *Marie-Sainte* lleva una carga de veinte mil toneladas de gas en esos tanques. El *Pequod* no podría moverlo.

—Por favor, Jack, lo que cuenta no es el tamaño del barco remolcador, sino el ángulo de arrastre. Lo sabes tan bien como yo. Y los oficiales del buque cisterna todavía están a bordo. Si podemos remolcarlo más allá del Estrecho, hasta mar abierto, será mejor para ellos y para la ciudad.

—Supongamos que eres capaz de remolcarlo. No sabemos si ha sufrido daños graves; es posible que no sea gobernable.

—Entonces será mejor que se hunda en mar abierto que en Goodwill —replicó Rick.

—No sois más que un puñado de aficionados. Lo único que vais a conseguir es causarnos más problemas.

—Puede que tenga razón, Rick —dijo Chance Greene desde el otro lado de la mesa—. Hay un montón de asuntos que necesitan toda nuestra atención. Para empezar, evacuar el hospital —dijo mirando a Don.

Don asintió.

—En Washington han dicho que la ola más grande todavía está por llegar.

—¿Y de qué altura hablan? —preguntó Jack con pesimismo.

Don se lamió los labios.

—Es difícil saberlo con seguridad —tartamudeó mientras trataba de evitar las miradas de los demás—. Dan diferentes cifras. Diez, quince metros.

Con se lo quedó mirando.

—Lo que yo he oído es más de treinta.

Don se puso pálido.

—Pero eso es en Florida, ¿no?

Rick no estaba dispuesto a darse por vencido.

—Sopesemos las alternativas. ¿Qué pasaría si una de esas olas llegara hasta el buque cisterna? En este momento está varado de costado a la corriente. Un tsunami lo arrastraría y podría romperlo por la mitad. Dios. Podría estallar aquí mismo, en el Estrecho. Toda la ciudad volaría por los aires.

—Mejor eso que perder unas cuantas vidas —murmuró Jack entre dientes.

—¿Qué quieres decir? —preguntó Rick apretando las mandíbulas.

—Digo que es mejor que el barco explote a que muera gente. Las casas pueden volver a construirse.

—Escúchame, Jack —dijo Rick—, yo no acepté este trabajo para dejar morir esta ciudad. Los míos hace ya mucho que llegaron a Goodwill. Luchamos contra los franceses y contra los ingleses, y no vamos a permitir que nos eche de aquí un maldito tsunami.

Luego, con las mandíbulas todavía apretadas, miró a los demás.

—Tenemos que hacerlo por Goodwill, por nuestras familias, por nuestros hijos y por nuestros antepasados. Se lo debemos a ellos. Bien, ¿quién está conmigo?

En el *Pequod*, el Rey planteaba la posibilidad de llegar a un acuerdo.

—Ambos queremos que el barco salga del puerto, ¿verdad? —le dijo a Paul—. Bueno, pues entonces trabajemos juntos. Tú das las órdenes y nosotros ponemos los músculos. Mis muchachos han trabajado en barcos toda su vida, de manera que saben lo que hacen. Para empezar, podemos echar una mano para sacar de ahí el pesquero y comprobar los posibles daños en el casco.

Paul frunció el entrecejo y miró a Patsy. Ella se encogió de hombros.

—Si nos quedamos en el puerto y llega la gran ola, estaremos acabados —dijo ella—. Hace un momento nos salvamos de milagro.

—Y eso no fue más que el aperitivo —intervino el Cojo para presionar—. Creedme, sé de qué hablo. Solo faltan dos horas para el gran acontecimiento. Lavarse las manos y sentarse a esperar no creo que sea una buena opción.

Los ojos le ardían. Todavía cabía la posibilidad de que todo se fuera al garete. Tenía que aprovechar bien aquella oportunidad.

Se oyeron pasos en la escalerilla. Alguien subía a bordo corriendo. Era Rick. Miró a Paul y a Patsy. Entonces vio a los surfistas.

—¿Qué estáis haciendo aquí? —soltó.

Fue el Rey quien contestó.

—Estamos en nuestro barco, lo hemos alquilado.

—Y una mierda. Yo no he firmado nada.

El Cojo se adelantó un paso esgrimiendo el contrato.

—Tu socio no es tan quisquilloso. Firmó esta opción y ahora nosotros la estamos ejerciendo. Legalmente tenemos derecho a utilizar este barco durante las próximas doce horas.

Rick paseó la mirada del Cojo a Paul.

—¿Habéis hecho tratos a mis espaldas? No tenéis ningún derecho.

—Por supuesto que sí —fue la airada respuesta de Paul—. Magnus y yo hemos invertido en este barco tanto dinero como tú. Era una buena oferta, y desde que se marcharon las ballenas estamos sin blanca. Y, por lo que veo, no parece que esta temporada vayamos a tener muchos más turistas —añadió con amargura.

Rick volvió a dirigirse a los surfistas.

—Con contrato o sin él, este barco acaba de ser requisado —dijo con una voz acerada—. Se necesita urgentemente para una misión de rescate. Tenéis cinco minutos para sacar vuestras cosas.

—¿Misión de rescate? —preguntó Paul, incrédulo—. ¿Qué significa eso?

—Vamos a remolcar el buque cisterna.

Con cuatro frases cortas, Rick esbozó el plan.

Paul se quedó con la boca abierta.

—Estás loco. Ese barco tiene veinte mil toneladas de peso muerto.

—La marea está subiendo. Eso ayudará a ponerlo a flote.

—No funcionará. El *Pequod* no tiene potencia suficiente.

—Te demostraré que estás equivocado.

El Cojo les interrumpió.

—No puedes hacernos esto —gritó—. Según este contrato…

Rick no le dejó terminar la frase.

—Si tú y tus amigos no os largáis de este barco ahora mismo, haré que el servicio de guardacostas declare que vuestro proyecto es un VMI, un «viaje manifiestamente inseguro», lo que le dará autoridad legal sobre el barco y la potestad para sacaros de aquí a la fuerza. Y eso os llevaría directamente de nuevo a la cárcel. Vosotros decidís.

Patsy se había apartado de ellos y miraba por la borda.

—Dejad de pelearos —dijo en un tono de amarga desesperación—. Me parece que ya es demasiado tarde. Para todos.

En el edificio del servicio de guardacostas, Con Wolfowitz miraba el indicador de mareas sin entender nada. Las mediciones, que durante la última media hora habían vuelto a registrar valores que se aproximaban a la normalidad, estaban ascendiendo de manera casi vertical.

—¿Qué demonios le pasa a este cacharro? —gritó.

A pesar de lo que acababa de suceder, o posiblemente a causa de eso, su primera reacción fue echarle la culpa al contador; pensó que todo se debía a una avería o un fallo técnico. Porque si la medición era exacta, estaba claro lo que significaba.

Pero enseguida comprendió que estaba siendo testigo de primera mano de los movimientos iniciales del siguiente asalto. Salió corriendo y cruzó el despacho de su asistente para alcanzar la bocina y dar la alarma a todos los barcos que estaban por la zona.

—Va a empezar de nuevo —dijo a su ayudante—. Y esta vez va a ser muy grande.

En la lancha del servicio de guardacostas, el teniente Rose también hacia esfuerzos para creer lo que le mostraban sus propios ojos. Lo mismo le pasaba a toda su tripulación. La corriente estaba entrando. Una corriente feroz que los había atrapado en sus garras y los empujaba hacia el oeste, al otro lado de la isla. Y miraran a donde mirasen, el agua estaba devorando la línea de la costa, tragándose playas y rocas con una velocidad y una voracidad que no dejaba lugar a dudas: aquello no era la marea.

Otras personas ya se habían dado cuenta de eso. En la radio, en la frecuencia de emergencia empezó a hablarse de la amenaza del tsunami. Toda la tripulación esperó en silencio que Rose diera las órdenes oportunas, como si los hubieran entrenado para enfrentarse a eso. Lo único que Rose podía pensar en aquel momento era que se avecinaba un tsunami, una ola capaz de destrozar toda la costa y, de paso, hacer añicos su lancha.

Por si fuera poco, en la isla había tres personas que estaban bajo su responsabilidad y que ya no tenían ninguna posibilidad de escapar de allí.

Sobre el acantilado de Maple Cove, Martin Seymour vio cómo el océano avanzaba de nuevo y se dispuso a hacer la llamada que tanto había temido. Marcó el número que el doctor Southwell le había dado para avisarle en caso de que el rescate se suspendiera. Su mujer seguía en la isla. Y otra gran ola estaba en camino.

Oyó un grito apagado y a continuación la voz ronca de Southwell carraspeando, como si fuera un moribundo.

—Voy hacia allá.

—Ya no hay tiempo. Ya no se puede hacer nada.

Martin inclinó la cabeza y se puso a rezar.

45

El oleaje crecía lenta e inexorablemente. Esta vez era diferente: menos violento, pero más profundo y fuerte, y de alguna manera más alarmante. En la cubierta del *Pequod*, Rick, Patsy, Paul y los surfistas observaban apoyados en la barandilla cómo entraban las olas en el puerto por segunda vez. Por detrás del rompeolas el nivel del agua aumentaba sin cesar. Patsy calculó que crecía a un metro por minuto. Cuando llegó a la altura del espigón, lo rebasó y siguió subiendo. Rick oyó el fragor de los barcos que habían resistido en el puerto a la primera ola mientras se apresuraban a soltar amarras.

Paul y Rick corrieron hacia sus propias amarras y las soltaron justo antes de que se rompieran. Vieron que los surfistas hacían lo mismo con las amarras de popa. Parecía que sabían lo que estaban haciendo. Rick oyó el roce del barco pesquero contra el costado del *Pequod* y esperó que no le provocara más daños. Otro de los barcos de la rada empezaba a hundirse; el ancla lo mantenía unido al fondo. El agua llegó hasta la regala del barco, lo inundó y acabó por hundirlo.

Rick se reunió con Patsy junto a la borda.

—¡Maldita sea! ¿Cuándo va a acabar esto? —dijo ella—. ¿Qué te parece? Medio metro por encima del muelle. Y eso en plena marea baja. Súmale ese metro de más y, ahí lo tienes, más de doce metros.

—La última pasó por encima del rompeolas limpiamente.

—Sí, pero esa era una ola compacta. ¿Por qué esta es diferente? No lo entiendo.

Rick también intentaba comprender lo que sucedía.

—A mí me parece que se trata de una ola muy grande que avanza sin llegar a romper —dijo en voz baja—. Puede que sea una buena señal —añadió, esperanzado.

—Pero no deja de producir daños —dijo Patsy—. Escucha eso.

De tierra firme les llegaba el fragor de cristales que se rompían y maderas que se astillaban. Una lancha pasó derivando, llevada por la corriente, y se perdió por el muelle inundado del puerto deportivo.

Rick se dio la vuelta para mirar hacia el Estrecho. Lo que vio era impresionante. El rompeolas y los muros del puerto habían desaparecido, tragados por el oleaje. Desde un extremo al otro del Estrecho un manto de agua lo cubría todo. Le pareció estar viendo aquella bahía como debía de ser cuando llegaron allí los primeros colonizadores y la domesticaron con sus construcciones.

—Esto es muy raro —dijo Patsy—. Tengo el presentimiento de que algo terrible nos espera.

Rick guardó silencio. En ese momento estaba observando un destello pálido que empezaba a aparecer por el horizonte.

Al otro lado del arrecife el océano estaba embravecido. Olas escarpadas nacían de ninguna parte empujándose unas a otras para entrar en el Estrecho. El flujo de la marea era fuerte. Brandie tenía que ir a todo gas solo para no retroceder.

—Estamos gastando demasiado combustible —le advirtió a su compañero.

—Tenemos de sobra. Llené los depósitos hasta los bordes antes de salir.

El mar revuelto hacía que la moto diera tumbos de un lado a otro. Brandie siguió acelerando.

—Tengo la impresión de que algo malo se avecina.

Como si el mar la hubiera oído, una enorme ola se alzó por delante de ellos. A su alrededor vieron una cresta con múltiples cabezas salvajes que avanzaban tras ella. Un instante después, Mack estaba ya en el agua, agarrado a las cintas de su tabla.

—¡A por ella! —gritó.

Brandie se inclinó sobre el manillar, giró el puño del acelerador y sintió que la adrenalina fluía de nuevo por sus venas. «¿Será esta la gran ola? Es bastante grande», pensó.

Aquella ola descomunal todavía estaba formándose cuando la atacó por un flanco, dejándose llevar a gran velocidad, mientras sentía a Mack moviéndose detrás de ella y preparándose para realizar la hábil maniobra que lo catapultaría por delante de la moto hasta la cresta de la ola. El morro de la Yamaha se deslizó hacia un lado y Brandie corrigió el rumbo. No era el momento de derrapar.

¡Ahora! Vio el lugar por el que podía entrar y lanzó la moto a toda máquina por la cuesta de la ola. Ya estaba encima. Y ya no había vuelta atrás. La Yamaha enfiló la empinada pendiente, alcanzó la cresta y se balanceó encima de ella. Detrás de la chica, quince metros de cabo de nailon se tensaron mientras Mack subía la loma de agua. Al cabo de un instante pasó como un rayo a su lado hasta colocarse en el borde de la cresta. La Yamaha rebasó la cresta y empezó a deslizarse por la otra loma. Brandie miró hacia atrás y vio cómo el labio de la ola empezaba a curvarse en pos de Mack mientras avanzaba por su cara interna. ¡Estaba dentro! ¡Estaba en el tubo!

En el Estrecho, el teniente Rose también había visto aquella ola.

—¡Alerta todo el mundo! —anunció por el sistema de megafonía mientras viraba la lancha para encarar la ola con la proa.

Echó una última ojeada a la isla por la ventanilla de babor. Kirk Kirkorian había sido un excelente contramaestre. Lo echarían de menos como marinero, lo mismo que como ser humano y amigo. Rose sintió que lo abandonaba a su suerte.

Calculó que la cresta de la ola tenía por lo menos seis metros de altura.

Según la carta náutica, la isla de Two Bush tenía una altura máxima de quince metros sobre el nivel del mar. Pero una isla tan pequeña estaba sometida a la erosión natural y a los vientos que regularmente soplaban desde el mar. Posiblemente habría perdido algo de altura desde que se publicó aquella carta.

Suponiendo que tuviera unos doce metros de altura, Rose calculó que cuando la ola chocara contra la isla el agua se elevaría más de tres metros por encima de la línea máxima de la marea. En el pasado, él mismo había visto olas de tormenta que llegaban a cubrir limpiamente toda la isla. De modo que podía hacerse una idea bastante aproximada de las posibilidades que tenían aquellas tres personas, si se apretaban entre las rocas y lo más cerca posible de la cima. Un tsunami de más de seis metros de altura podía aumentar su altura al menos en una vez y media al chocar contra un obstáculo tan pequeño como Two Bush. Y muy probablemente más. Lo cual no les dejaba demasiado margen a Kirk y a aquella pareja. Siendo realistas, había que admitir que no les dejaba ningún margen. Probablemente la mejor suerte que podían correr era la de ser arrastrados por la ola y que los recogieran luego de las aguas del Estrecho. Y tampoco es que tuvieran demasiadas posibilidades de que eso sucediera. Quien lograra sobrevivir a las olas del Estrecho posiblemente sería arrastrado muchas millas mar adentro. Quizá Kirk, con su traje de neopreno, lo consiguiera, pero los otros dos no tenían ninguna posibilidad de sobrevivir en un mar como aquel. De todas formas, lo más probable era que los tres acabaran aplastados contra las rocas.

La ola ya casi estaba encima de ellos. No parecía que se moviera demasiado rápido, pero su cresta ya había empezado a curvarse. Si rompía antes de tiempo, sería una buena señal: habría perdido parte de su fuerza antes de alcanzar la isla. Una primera chispa de esperanza se encendió en el corazón de Rose. Agarró con fuerza el timón y aceleró los motores.

—Agarraos, muchachos. Aquí llega.

Con el motor rugiendo, Brandie guió la Yamaha en medio de aquellas aguas revueltas. Con los ojos entornados divisó la masa de agua rompiente y pudo ver la cabeza de Mack en medio de la espuma. Justo cuando empezaba a pensar que había desaparecido, lo vio salir disparado por uno de los extremos del rompiente como una bala de cañón, con la tabla roja de surf todavía pegada a sus pies. Eufórica, se acercó a recogerlo y luego se dirigieron de nuevo hacia aguas más tranquilas.

—¿Ha estado bien? —preguntó ella, más aliviada.

—Fantástica, pero no impresionante. Eso no ha sido más que el aperitivo. Pero creo que definitivamente este es el lugar. Lo único que tenemos que hacer es esperar.

Esta vez la ola estaba rompiendo. Rick y los demás observaban con evidente tensión la tambaleante cresta que avanzaba hacia el puerto como una alfombra de espuma desenrollándose en dirección a ellos. Rick pensó que la ola parecía haber perdido peso y velocidad, pero, con el rompeolas cubierto por el mar, era imposible calcular realmente la fuerza que tenía. Ya estaba cerca, muy cerca. Disminuía de tamaño, pero no lo suficiente. Tres o cuatro metros como máximo.

—¡Apartaos de la barandilla! ¡Agachaos!

La espuma de la ola los cubrió por completo, los dejó empapados. El impacto fue como un puñetazo a cámara lenta. Presionó el *Pequod* contra el muro del embarcadero y lo mantuvo allí apretado. A Rick le pareció oír las planchas del casco chirriando contra las piedras de los pilares del muelle. «Maldita sea, esto tendrá consecuencias. Esperemos que al menos no se abra una vía de agua.» Echó un vistazo a la costa. La inundación estaba llegando hasta el techo de la Chandlery. ¡Cielos! ¿Cuánto podría seguir aguantando la ciudad?

Notó que el casco del *Pequod* chirriaba de nuevo por debajo de él. Paul había colocado todas las defensas en los costados, pero el agua lo había levantado demasiado y esa protección ya no servía de nada. Patsy miró a Rick con una agria mueca de consternación en el rostro.

—El *Pequod* tiene muy poco calado —dijo—, ¿qué pasará si acaba encima del muelle? ¡El casco podría romperse!

La evacuación del hospital había terminado. La Guardia Nacional de Ellsworthy había puesto a disposición del centro un camión de ruedas altas, capaz de cruzar la inundada Cornisa. Habían evacuado a tres pacientes: una mujer que ya se encontraba lo suficientemente bien para regresar a su casa pero que Southwell prefirió que no fuera a la ciudad, y la señorita Schaffer y su compañero, que todavía tenían que guardar cama.

El único que se había quedado allí —pobre diablo— era el cadáver del joven oficial del buque cisterna.

Southwell condujo su Landcruiser hacia el cruce. Mierda, parecía que el nivel del agua había subido. La cala ya no se veía. Incluso habían desaparecido las vallas de la carretera, lo que hacía imposible saber dónde acababa el camino. Maldita sea, tenía que llegar como fuera. ¡La vida de Donna estaba en peligro! Y no había otro camino. Puso las marchas cortas y avanzó por en medio del agua todo lo pegado que pudo a la pared del acantilado. Calculó que le quedaban unos cientos de metros para llegar.

Enseguida se arrepintió de la decisión que acababa de tomar. Había mucha más agua de la que había imaginado. Por lo menos todavía no entraba en el coche. Continuó avanzando muy lentamente; había oído montones de veces que esa era la manera de vadear caminos inundados. En su avance, el coche levantaba una pequeña ola, pero el motor todavía funcionaba.

Calculó que debía de estar en medio del camino. Podía sentir el empuje de la corriente; movía un coche de dos mil kilos como si fuera una barca de remos. Por lo menos no trató de salir a nado o de hacer cualquier otra tontería. Pero estaba nervioso. Una de las ruedas se salió del camino y se metió en una de las zanjas laterales. Vio una de las vallas que todavía se mantenía en pie y por un momento se asustó al pensar que se iba hacia el otro lado del camino, hacia el acantilado. «Cálmate —se dijo—. Lo estás haciendo muy bien.»

Solo estaba a dos tercios de su meta. La urgencia de pisar el acelerador empezaba a dominarlo. «Acelera y reza», se decía. Pero eso habría sido un error fatal. Aunque el agua parecía seguir subiendo, no retrocediendo. Y allí, detrás de los matojos que tenía a su derecha, había más agua que avanzaba hacia él. Mirara hacia donde mirara solo veía agua por todas partes. ¡Allí estaba pasando algo realmente horrible! ¡Aquello no podía estar sucediéndole de verdad!

En la ciudad se había ordenado la evacuación de los edificios que estaban al este del Prado. Don Egan corría de casa en casa, desde Washington Street hasta Bay Road, golpeando las puertas. Pocos le respondieron. La mayoría de la gente que vivía en aquella zona hacía tiempo que se había ido. Cuando llegó al final de la manzana, un torrente de agua avanzó hacia él por el callejón de la derecha y lo dejó empapado hasta la cintura. Perdió un zapato, tropezó y al momento estaba haciendo esfuerzos por salir a flote y respirar. Una mano lo agarró y lo sacó del agua. Don se puso en pie y miró hacia atrás para ver quién lo había salvado. Era Ballena Morrissey.

—Debería haberlo adivinado —dijo Don jadeando—. No hay otra manaza como la tuya. Te debo una.

Ballena tenía la cara llena de barro y los ojos le echaban chispas.

—Es el juicio final —dijo.

—Ballena, tu casa está ahí, ¿verdad?

En los ojos del pescador se encendió un brillo extraño.

—Ella está allí.

—¿Quién? ¿Tu mujer? ¿Hannah? ¿Quieres decir que sigue dentro de la casa?

Ballena asintió con la cabeza. La calle estaba vacía y el agua les llegaba por las rodillas. Un gato aullaba desde lo alto de una valla hacia la zona anegada.

—No es seguro quedarse. La inundación está empezando a subir por el otro lado. Si nos alcanzara otra ola, podría derribar estas casas y arrasar esta parte de la ciudad.

Se oyó un retumbar de ladrillos cayendo muy cerca de ellos. A su alrededor el agua empezó a subir de nivel. Don echó mano a su radio para pedir refuerzos. Ballena, con su enorme envergadura y su peso, no parecía notar el empuje de la corriente. Don le agarró de la mano y salió corriendo con él por el callejón, en dirección al pequeño jardín delantero de la casa de Hannah. Las puntas de las estacas de la valla que rodeaba el jardín eran lo único que sobresalía del agua.

—Es aquí, ¿verdad?

Ballena Morrissey abrió de un empujón la puerta de atrás. El interior de la casa estaba inundado de un agua oscura. Don vio a Hannah agazapada en lo alto de la escalera. Llevaba una cartera de piel, la apretó contra su pecho y se los quedó mirando.

—¡No me sacaréis de aquí! —gritó. Parecía haberse vuelto loca.

—Señora Morrissey, venga con nosotros. No puede quedarse ahí. Hemos venido para ayudarla.

Hannah echaba fuego por los ojos.

—No puedo. Tengo que quedarme. ¡Aquí está todo! —dijo golpeando la cartera con una mano—. Todo. Y no os lo vais a llevar. ¡Nadie va a tocarlo! —Su voz se había convertido en un agudo chillido.

—Hannah, la casa no es segura. Tiene que salir de aquí. ¡Le ordeno que evacúe la casa ahora mismo! Ballena, bájala de ahí. Si es necesario la llevaremos a rastras hasta el Prado.

Don se echó a un lado en el pequeño vestíbulo para dejarle paso. Ballena alargó una mano, agarró a su delgada mujer y la bajó de la escalera como un granjero llevando una gallina. La apretó contra su pecho y volvió a salir al torrente de agua. Don, agradecido, le siguió.

Fuera el agua les llegaba ya por encima de la cintura. Hannah, atrapada entre los brazos de su marido, se revolvía y daba patadas. Mientras avanzaban por el callejón se oyó un ruido sordo. Las ventanas delanteras de una casa estallaron a solo doscientos metros de ellos, y el agua empezó a salir por ellas como un torrente. La pared central se tambaleó; al momento se oyó un estruendo sordo y la casa se convirtió en un montón de vigas rotas y tejas esparcidas. El torrente avanzó por encima del montón de escombros. Una casa entera había sido arrasada de un solo golpe. Solo se mantenía en pie el antepecho de ladrillo de la chimenea, como un centinela solitario.

El torrente se llevó por delante el jardín delantero de la casa, arrastró la valla y desembocó en el agua que ya anegaba la calle. Sin saber hacia dónde correr, Don y Ballena se encontraron con que el agua les llegaba hasta el pecho. Don se agarró a una gruesa viga de madera y se deslizó con ella corriente abajo mientras miraba de reojo a Ballena. El pescador tropezó y Hannah acabó cayendo al agua.

Ballena dejó escapar un grito apagado. La corriente lanzó a Hannah hasta una valla que había unos cien metros más abajo, arrastrándola como si fuera un pecio. Sus agitados brazos consiguieron agarrarse al poste de una puerta, y se quedó aferrada a él con todas sus fuerzas. Don y Ballena nadaron en dirección a ella. Hannah se agarraba desesperadamente al poste mientras el agua tiraba de ella e intentaba engullirla.

—¡Aguante! —gritó Don—. ¡Ya estamos llegando! ¡Agárrese!

Hannah se aferró aún más fuerte, con el rostro tenso. Ballena casi había llegado a su lado. Alargó un brazo hacia ella.

—¡Agárrate a mí, Hannah! Te sacaré de ahí.

Y entonces la correa que sujetaba la cartera a los hombros de Hannah se rompió, y ella lanzó un grito desgarrador, como un animal torturado.

—¡Mi tesoro! —chilló.

Y soslayando el brazo que le tendía su marido se echó al agua.

Flotó un rato por encima de la superficie, pero enseguida se hundió en medio de un montón de burbujas. Hannah Morrissey se había ido.

En el cruce hacia la playa la inundación aumentaba conforme el oleaje llenaba la cala. Southwell sabía que solo podía hacer una cosa. Si se quedaba donde estaba, el agua no tardaría en llegar hasta el motor y sería el fin.

Apretó los dientes y pisó a fondo el pedal del acelerador. El Landcruiser avanzó a toda velocidad abriendo una estela en el agua a su paso. Southwell no aflojó la presión del pedal ni un instante. Notaba cómo el motor luchaba contra la presión del agua que empujaba el vehículo hacia atrás. Si el motor se ahogaba o el sistema eléctrico fallaba, sería el fin. Notó que las ruedas delanteras golpeaban contra algo. ¿Un tronco, una piedra, la valla del puente? No podía saberlo. Lo único que podía hacer era seguir pisando el acelerador a fondo y rezar. El agua salpicaba contra las ventanillas. El manto de agua que había delante de él parecía no tener fin.

En ese momento vio que el nivel de la inundación empezaba a descender. Dejó escapar un suspiro de alivio. El Toyota acabó de cruzar aquel caudal y por fin las ruedas tocaron tierra y ganaron velocidad casi instantáneamente. Ante él se abría ahora el camino de tierra. Todavía había bastante agua, pero era transitable. Sí, transitable.

Southwell alzó los hombros con alivio. Tenía que llegar a la cala.

—¡Paul, ve abajo! —gritó Rick—. ¡Pon en marcha los motores!

Paul lo miró perplejo durante un segundo y al momento salió corriendo hacia la escalerilla que conducía a la sala de máquinas. «Vamos, vamos —se decía para darse ánimos—. ¿Qué te pasa?» Hizo un esfuerzo para no perder la calma. Los motores no se ponían en marcha con solo pulsar el botón de arranque. Antes tenía que abrir algunas válvulas y poner en funcionamiento la bomba del combustible. Y Paul se movía lo más rápido que podía.

Con un traqueteo bajo cubierta, los motores diésel se pusieron por fin en funcionamiento. En el panel que había delante de Rick los contadores temblaron y las agujas empezaron a moverse con una lentitud desesperante. Patsy, en la cubierta, le guiaba por señas. La mente de Rick iba a toda velocidad. El *Pequod* solo tenía un motor en la proa. ¿Sería suficiente para contrarrestar el empuje del océano? Si podía añadir algo de potencia hacia delante del motor principal, posiblemente sí.

Pero el barco de pesca seguía incrustado en la proa de estribor. ¿Cómo afectaría eso a la gobernabilidad? Solo había una manera de comprobarlo.

—¡Preparaos! —gritó—. ¡Zarpamos!

Patsy adivinó la maniobra que pretendía realizar y se agarró a la barandilla de estribor; el Rey estaba a su lado. Rick dio avante lentamente. Las hélices empezaron a girar y un chirrido resonó por todo el casco. Por un momento Rick temió que se tratara del eje de la hélice, pero enseguida comprendió que el barco de pesca arañaba el costado del *Pequod* a la altura de la línea de flotación. Solo Dios sabía qué daños podría estar causando.

Patsy corrió hacia el balcón de proa, echó un vistazo al agua y regresó a su puesto.

—¡Libre a proa! Hay un velero a la deriva a unos quince metros, pero es pequeño.

—¿Cómo está el mar?

—Parece un poco más calmado, pero no podría asegurarlo. De cualquier forma, no está peor que antes.

Al menos aquello ya era algo. Si eran capaces de mantenerse en la misma posición, por lo menos hasta que el oleaje se hubiera calmado y el mar empezara a retroceder, tendrían una oportunidad.

El sonido chirriante del costado era cada vez más fuerte. Patsy corrió hacia la borda para ver qué pasaba.

—El barco se ha dado la vuelta y está deslizándose por el casco de estribor mientras se hunde.

—¡Cielos, espero que no abra un agujero en el casco!

—Si acaba de hundirse, nos ayudará a salir de aquí.

—Ojalá.

Los ruidos en la proa disminuyeron mientras el *Pequod* avanzaba lentamente pegado al muelle. Parecía que el motor de proa estaba aguantando bien la fuerza del oleaje. Si pudiera darle un poco más de velocidad, para que pasara algo de agua por el timón, eso le ayudaría a aumentar la resistencia de la corriente.

—Si lográramos mantenernos así, ya habría conseguido algo —comentó Rick cuando Patsy volvió a aparecer por el puente.

—Creo que el nivel de agua en el muelle ha llegado a su punto más alto. No ha aumentado durante los últimos quince minutos.

En algún momento el flujo de agua tenía que cambiar de sentido. Y entonces les plantearía una serie de problemas completamente diferentes.

Magnus salió de las bodegas del barco.

—Hay agua en la sentina de estribor, debe de haber una vía, pero no parece nada serio. Nos hemos salvado por los pelos.

—De momento.

—Sí.

Pasaron otros veinte minutos en el reloj del puente antes de que el oleaje comenzara por fin y definitivamente a cambiar de dirección. Poco a poco el rompeolas emergió entre la espuma, y al cabo de un rato lo hizo el muelle. Desde la cubierta del *Pequod* vieron cómo el agua bajaba desde tierra arrastrando con ella los sombríos restos de la inundación.

—Dicen que estos tsunamis provocan tantos daños cuando el agua regresa al mar como cuando avanza hacia tierra —comentó Patsy.

Rick permaneció en silencio. Por lo menos, no se veían cuerpos flotando.

Entonces le llegó un grito de los surfistas, en el balcón de proa.

—¡Guau, tío, mira eso!

Rick miró hacia delante. Al otro lado del rompeolas, el buque cisterna se movía de nuevo.

En el Estrecho, Rose enfocó la isla con sus prismáticos. La débil esperanza que lo había animado se desvaneció ante aquella desolación. No podía haber quedado nada. Aun así, decidió rodear la isla y dirigirse hacia la cala, tal vez encontrara allí los cuerpos de los ahogados.

Con el corazón en un puño, cogió el micrófono para dar las órdenes a su tripulación.

Entonces le pareció divisar algo. ¿O eran imaginaciones suyas? Volvió a mirar en la misma dirección, pero ya no vio nada. Enfocó de nuevo los prismáticos y recorrió la isla con la mirada de manera lenta y metódica. Y de repente el corazón le dio un vuelco. ¡Ahí delante había algo que se movía! No podía creerlo pero había visto un brazo que se alzaba haciéndole señas.

—¡Es Kirk, es Kirk! —gritó con alegría, olvidando momentáneamente su dignidad de comandante.

La tripulación prorrumpió en vítores. Kirk lo había conseguido. Todavía estaba en la isla. Contra todo pronóstico, había sido capaz de mantenerse allí mientras aquel pedazo de tierra era batido por las olas. La resistencia humana era algo increíble.

Rose agarró de nuevo el megáfono.

—Te sacaremos de ahí antes de que llegue la próxima ola —prometió—. Tienes mi palabra.

El problema era que no sabía cómo podría cumplir aquella promesa.

46

—Maldita sea —dijo Rick—, esta es nuestra oportunidad.

—¿Para qué? —preguntó Patsy.

—Para sacar de ahí el buque cisterna. Para llevarlo al otro lado del Estrecho antes de que llegue la próxima ola.

—Está sin gobierno —dijo Paul—. Va a la deriva.

—Vayamos a comprobarlo. En ese caso, podríamos remolcarlo. Ahora que ha salido del barro, el *Pequod* es capaz de moverlo.

Paul frunció el ceño de nuevo.

—Tú no estás bien de la cabeza. ¿Qué vas a utilizar como cabo de remolque? No tenemos nada lo suficientemente largo ni lo bastante fuerte.

En eso tenía razón. Rick se mordió los labios. En circunstancias normales podrían haber conseguido un buen cabo de remolque en el puerto, pero ahora allí reinaba el caos más absoluto. Y no tenían tiempo para dedicarse a buscar.

—Algo se nos ocurrirá —dijo Rick sin convicción.

—Puede que el *Marie-Sainte* tenga un cabo apropiado —comentó una voz a sus espaldas. El Rey había estado escuchando su conversación. Miró directamente a Rick y añadió—: Si el Cojo y yo bajamos con un par de motos, podemos ir hasta allí a echar un vistazo. Tenemos cabos y ganchos. Podemos agarrar con ellos el cabo de remolque del buque y traerlo hasta aquí. No hay problema.

—Habrá que remolcarlo contra la corriente. El *Pequod* no tiene suficiente potencia. Y ni siquiera contamos con una cornamusa adecuada de remolque.

—Podéis fijar el cabo al cabrestante del ancla de popa —propuso el Rey con voz convincente—. Lo he visto hacer otras veces. Y ahora el tsunami está retrocediendo de nuevo hacia el mar. El Estrecho estará tranquilo durante al menos una hora más. Si nos ponemos ahora mismo manos a la obra, podremos aprovecharnos de esa ventaja.

Se quedó mirando a Rick fijamente.

—Nosotros os ayudamos a sacar de aquí el buque cisterna, y a cambio vosotros cumplís con lo pactado, ¿de acuerdo? Nosotros hacemos nuestra parte y luego vosotros nos dejáis en la entrada del arrecife. ¿Trato hecho?

Rick sintió que se le aceleraba el pulso por el enfado.

—Podemos utilizar el barco para agarrar el cabo de remolque. No necesitamos vuestra ayuda. Ya te he dicho antes que desembarquéis del barco inmediatamente. Y eso también incluye vuestras motos.

El surfista apretó la mandíbula.

—¿Pretendes manejar los dos barcos entre los cuatro? No me lo creo.

—Si lo necesitara, podría conseguir voluntarios —contestó Rick.

—Sí, a montones —dijo el Rey mientras paseaba la vista por el desierto embarcadero.

—Por favor, Rick —interrumpió Patsy.

Rick se puso rojo de ira. Sabía que estaba siendo demasiado testarudo. No podrían remolcar aquel barco sin ayuda. Patsy, los Olsen y él apenas eran capaces de manejar solos el *Pequod*, no digamos remolcar además un barco veinte veces más grande. La oferta de los surfistas era un regalo del cielo. Pero... No podía quitarse de la cabeza la fotografía que le habían enviado por teléfono.

Puente de Indian Creek

La Guardia Nacional había cortado la carretera. Uno de los soldados dio un paso adelante con la mano en alto. Natalie pisó el freno de su Jaguar y el coche derrapó.

—La carretera está cerrada, señora. El puente no es seguro.

—Pero yo vivo ahí arriba. ¿No puede dejarme pasar?

—La corriente de agua ha derribado uno de los pilares. Toda la estructura puede derrumbarse en cualquier momento. Me temo que deberá buscar un camino alternativo.

K. Zamos estaba en el aeropuerto de Ellsworthy. El helicóptero tenía los depósitos llenos y ya estaba listo para despegar. El equipo de filmación estaba a bordo. Natalie iba a reunirse con ellos, pero todos los caminos estaban cerrados. No había manera de llegar. Por suerte, tenía su coche y conocía bien las carreteras secundarias. Estuvo dando vueltas a la ciudad por todos lados, buscando un camino por el que cruzar el río. Pero no encontró ninguno transitable.

Por fin se detuvo en la estación de autobuses y llamó a Zamos por teléfono.

—Sí. —Era la voz de la pelirroja Carly. Su rival, para la que todo estaba permitido; una gata dispuesta a luchar con uñas y dientes, capaz de envenenar a cualquier mujer que se dejara caer por la órbita del Rey.

Natalie maldijo para sus adentros.

—Estoy atrapada en la ciudad. Todos los puentes están cerrados. Tendréis que venir a recogerme con el helicóptero.

—Ja, ja. Eso es imposible, cielo. Tendrás que apañártelas sola.

—Yo iré en ese helicóptero, zorra. Son órdenes del Rey.

—Te llamaremos.

—Más te vale.

—¿Cómo dices?

—Digo que fui yo quien alquiló ese helicóptero. Pásate de la raya y ya puedes ir buscándote otro medio de transporte.

Natalie colgó. Alguien se había parado al lado de su coche. Una mujer alta y rubia: Sarah Hunter.

—Iba a pedirte que me llevaras, pero supongo que no vale la pena.

—¿Te vas de la ciudad?

Sarah se encogió de hombros. Parecía enfadada.

—¿Por qué iba a quedarme? No tengo nada que me ate aquí.

—Pensé que querías a Rick. Has trabajado duro para apartarlo de mí.

—No lo mereces. Eres una niña mimada que solo piensa en sí misma.

—Soy leal a mis amigos. Admiro lo que intentan hacer; es algo peligroso y heroico, algo que les hace superiores.

—¿Qué les importa a los surfistas lo que le pase a esta ciudad o a cualquiera de nosotros? A estas alturas ya estarán peleándose entre sí.

—¡Tienen un sueño! —exclamó Natalie con pasión.

—¡Rick también tiene un sueño: salvar la ciudad!

Los ojos de Natalie echaron chispas.

—¿Contra un tsunami? Está loco; eso es imposible.

—Puede que sí, puede que no. Pero una cosa tengo clara: si Rick Larsen fuera mi hombre, y estuviera dispuesto a arriesgar la vida, yo estaría a su lado. Estaría con él.

Un helicóptero sobrevoló la ciudad y luego descendió para aterrizar cerca de la estación de autobuses. Al cabo de un momento ya estaba otra vez en el aire y se dirigía hacia el puerto. Sobrevoló el Neck describiendo círculos. Rick vio varias figuras que saludaban a través de la portezuela abierta de la parte de atrás. Los surfistas les devolvían el saludo. Y en aquel momento reconoció a Natalie entre los pasajeros. La amargura le quemó el corazón.

Apartó la vista y miró hacia el devastado puerto. Él, Patsy y sus primos estaban poniendo todos sus esfuerzos en sacar de allí el buque varado. Natalie podía irse al cuerno, pensó. Tenía otros asuntos más urgentes de los que preocuparse.

—Echad las motos al agua —le dijo al Rey—. Aceptamos vuestra ayuda.

—¿A cambio de…?

—Haremos lo que podamos para dejaros cerca del arrecife.

El Rey asintió. No pidió ninguna garantía ni puso condiciones. No le hacía falta. Sabía que ambos eran hombres de palabra.

—¿Remolcar mi buque con su barquito? ¡Qué tontería! —dijo Leclerc sin molestarse en ocultar su enfado.

—Su barco está sin gobierno, a la deriva. Es un peligro para la navegación, para la ciudad y para los que están a bordo. El comandante Wolfowitz está aquí para secundarme en lo que digo.

—Los motores principales funcionan. El problema está en el timón; se ha torcido, pero puede repararse. Mi jefe de máquinas está trabajando en ello.

—Capitán, no nos queda mucho tiempo para reparaciones. Una ola mucho más grande estará aquí dentro de una hora.

Rick había subido al *Marie-Sainte* por una escalera de cuerda. Había sido una escalada difícil, y la recepción que le habían dado en cubierta había sido fría. Al principio el capitán canadiense se había alegrado de verle. Él y el puñado de oficiales que quedaban a bordo habían cooperado amablemente para lanzarle un cabo al *Pequod*. La corriente estaba haciendo que el buque derivara en redondo, y el capitán trataba de contrarrestar la deriva utilizando las hélices de proa y popa.

Leclerc se dirigió a Wolfowitz.

—Comandante, mi buque está siendo secuestrado…

Con Wolfowitz estaba teniendo un día largo y duro, que no parecía que fuera a acabar pronto. Había llevado con él a un par de hombres, ambos armados con pistolas.

—Capitán, su barco en estos momentos supone un peligro. Le ordeno que abandone el Estrecho de inmediato. Si no cumple mis órdenes, tendré que detenerlo y tomar el mando de su embarcación. Hacemos esto por el interés de todos. ¿Tiene alguna pregunta?

No había nada que objetar. Leclerc hizo un gesto de desesperación.

—Haga lo que tenga que hacer, comandante. Este no es mi país —dijo con amargura—. Solo le pido que testimonie que nada de lo que ha ocurrido aquí ha sido culpa mía.

—Rick —dijo Con—, ¿estás seguro de que podrás conseguirlo?

—Haremos cuanto esté en nuestras manos.

—Preparen ese cabo de remolque.

La corriente fluía hacia mar abierto. Y el buque cisterna empezaba a ser totalmente ingobernable. Paul acercó el *Pequod* todo lo que pudo a la proa del *Marie-Sainte*, que oscilaba en ángulos de treinta grados. Se fijó un extremo del cabo al buque, y el resto se fue bajando por la proa hasta el agua, donde el Rey y el Cojo, a bordo de las motos de agua, lo arrastrarían hasta el *Pequod*. Cuando estuvieron a la altura de la popa del *Pequod*, el Rey se detuvo, agarró un buen trozo del cabo y, con un preciso giro del brazo, lo lanzó con un tiro certero hasta Paul.

—¡Enróllalo y fíjalo! —gritó—. Ese buque es muy pesado y el cabo podría romperse. No me apetecería repetir la maniobra.

Metro a metro el cabo se fue enrollando en el cabrestante del ancla de popa del *Pequod*. Rick miraba intranquilo desde la cubierta de proa del buque cisterna mientras el pesado cabo empezaba a salir del agua y a tensarse. Habían unido ambos barcos con el cabo más recio que habían podido conseguir; aun así, la tensión era muy fuerte, y el hecho de que la corriente afectara a los dos barcos empeoraba todavía más las cosas. Durante un rato el *Pequod* y el buque cisterna empezaron a separarse empujados por la corriente, llevando la tensión del cabo casi al límite de rotura, y a continuación el efecto de la corriente hizo que el enorme buque canadiense se echara encima del *Pequod* y amenazara con mandarlo a pique. Paul tenía que estar preparado para dar potencia al motor y alejarse del otro buque, y para detener los motores cuando los dos barcos se acercaban demasiado.

Pero al final lo consiguieron. En el *Pequod* se izó una bandera para avisar de que todo el cabo estaba enrollado a bordo, y se había fijado en el cabrestante del ancla.

Con se dispuso a abandonar el buque.

—¿Te vas a quedar aquí, Rick?

—Sí, Paul necesitará que alguien vigile este extremo del cabo.

—Supongo que sabes que te quedas bajo tu propia responsabilidad... Tal como están las cosas, no te garantizo que pueda enviarte un helicóptero para que te saque de aquí.

—Me arriesgaré. Si llegamos a mar abierto, no correremos ningún peligro.

En el último momento una lancha neumática se acercó al costado del *Pequod*. Era Sheena. Había logrado persuadir a Mitch —el encargado del Lobsterman— para que la llevara hasta el barco. Iba empapada y cubierta de mugre, pero cargaba su cámara al hombro.

—Te dije que volvería a tiempo —le dijo a Patsy en broma—. ¿Qué está pasando aquí?

—Un poco de diversión —dijo Patsy, muy seria—. Vamos a remolcar una bomba flotante hasta mar abierto.

Poco a poco, con mucho cuidado, Paul dirigió su barco hacia la entrada del puerto. La corriente saliente era ahora más fuerte, lo que ayudaba a los barcos a avanzar más deprisa. Pero el control de la velocidad era necesario para evitar un exceso de tensión en el cabo de remolque. El *Marie-Sainte* era veinte veces mayor que el *Pequod*. Una presión demasiado fuerte, y el cabo se rompería en dos o arrancaría de cuajo el cabrestante del ancla del *Pequod*. El Rey tenía razón: lo único que estaba haciendo posible aquella locura de remolque era el flujo de la corriente hacia el mar.

El convoy pasó Maple Cove por babor. Vieron la lancha del servicio de guardacostas dar vueltas a la isla. Rick recordó que Con le había comentado algo sobre una operación de rescate que se estaba llevando a cabo allí. Habían pedido un helicóptero, pero tenían que esperar a que hubiese alguno disponible. Pensar en el helicóptero le recordó a su hermana; se preguntó qué tal estaría.

El capitán Leclerc estudiaba la pantalla del ordenador con el ceño fruncido.

—Nuestra velocidad está aumentando —observó—. O su barco es más potente de lo que pensaba, monsieur Rick, o la corriente nos arrastra con mucha fuerza.

Rick se acercó a la pantalla. Era verdad. Estaban navegando a casi doce nudos. Una velocidad extraordinaria dadas las circunstancias. Leclerc se acercó a la ventanilla y enfocó los prismáticos hacia el horizonte.

—Todavía no se ve nada. —Bajó los prismáticos y se dio la vuelta—. Pero ahí fuera se está preparando algo. Algo muy grande está reuniendo fuerzas, estirando los músculos. —Echó un vistazo al reloj—. Falta media hora para que llegue la ola de la que hablaba su amigo el surfista. Estoy empezando a pensar que quizá tenía razón.

Dead River, Maine, tres y media de la tarde

Treinta kilómetros al interior, los Gardiner y los Van Buren se preparaban para el rafting en el río. Todos iban bien equipados. Las madres y las niñas vestían deportivos trajes de neopreno.

—En esta época del año es más como precaución contra los rasguños que para el frío —explicó la dependienta de la tienda cuando les alquiló el equipo.

Ted y Brook dijeron que irían con lo que llevaban puesto: pantalón corto y camiseta.

—Oye, papá —se quejó Lloyd mientras salía corriendo del vestidor—, ¿tengo que ponerme estos incómodos pantalones largos?

—Mejor eso que pillar un resfriado —dijo su padre riendo.

—¡Pero es que son feísimos!

La dependienta esbozó una sonrisa.

—Podrías probarte un traje de neopreno. Casi todos los chicos mayores los usan.

El padre de Lloyd le guiñó un ojo.

—¿Qué te parece, hijo?

—Suena bien.

Brook Van Buren se acercó a ellos.

—¿Se tiene alguna noticia del tsunami?

—¡No! —dijo su esposa—. Habíamos quedado en que no volveríamos a tocar ese tema. Es nuestro último día de vacaciones y no quiero que lo echemos a perder. Hemos venido aquí a divertirnos.

Comisaría de Goodwill

El fax del despacho de Annie Pellew se puso en marcha. Annie esperó a que la máquina terminara de imprimir y arrancó el papel. Le echó una breve ojeada, apretó los labios y se lo llevó a Don. Se lo pasó sin hacer comentario alguno.

Don todavía llevaba la ropa mojada. No había tenido tiempo de cambiarse. Y no parecía que fuera a tenerlo en breve. Cogió el fax, le echó un vistazo y apretó la mandíbula. Leyó el mensaje otra vez; trataba de entender algo que creía haber malinterpretado. Se volvió hacia Annie.

—¿Cuándo llegó?

Ella lo miró muy seria.

—Ahora mismo.

—Perdona —dijo Don—. ¿Lo has leído? —Se pasó una mano por la frente. Estaba pálido.

—Sí, lo he leído —dijo Annie—. Estarás deseando llamar a Fred Tarr, supongo —añadió.

Don no acababa de salir de su asombro. Hizo un esfuerzo para reunir ánimos.

—Supongo que será lo mejor —tartamudeó. Luego meneó la cabeza—. Nunca imaginé que llegaríamos a esto. Pensé que ya nos habíamos salvado.

Annie no dijo nada. Era su forma de admitir que esas cosas pasaban y que todavía había mucho trabajo por hacer.

Don cogió el teléfono rojo que tenía en la mesa de su despacho. El que comunicaba directamente con la estación de bomberos que estaba en la puerta de al lado.

—Freddy —dijo con voz ronca—, agárrate. Acabo de recibir un mensaje del Comité de Emergencias...

Fred Tarr le interrumpió.

—Yo también he recibido uno. Supongo que dice lo mismo que el tuyo. Estaba a punto de llamarte. —Dejó escapar un suspiro—. ¿Qué hacemos ahora?

—Tendremos que recoger los bártulos. Evacuar.

—Sí, pero ¿adónde? Todos los puentes están cortados. No hay modo de salir de la isla.

Los mensajes que habían llegado a las dos oficinas eran de Washington. Se calculaba que la siguiente ola podría tener más de cincuenta metros de altura.

Dead River

El trayecto en autocar hacia la parte alta del río duró veinte minutos. Con ellos iban otras cuatro parejas. El autocar pasó por tortuosos caminos que recorrían un espeso bosque. Era una zona salvaje, tranquila y hermosa.

—Qué paz —dijo Jessica mientras pasaban al lado de un tranquilo lago—. Me gustaría tener una casa aquí para venir a pasar los veranos con los niños.

—La casa de campo en Goodwill también era muy tranquila —dijo Julie.

Jessica se estremeció.

—No pienso volver allí nunca más.

El autocar aparcó en un claro del bosque.

—Dejen en el autocar todo lo que no necesiten, toallas, zapatos, ropa de repuesto. Aquí estará completamente seguro.

Siguieron un camino estrecho que les llevó desde la ladera del valle hasta la orilla del río, donde les esperaba un hombre con una espesa barba.

—Hola, amigos, han venido para bajar por los rápidos, ¿verdad?

—¡Exacto! —contestaron todos a coro.

—Tenemos dos tipos de recorridos: el salvaje y el muy salvaje. ¿Cuál de los dos haremos hoy?

—¡El muy salvaje! —gritaron los niños, emocionados.

—Me parece que no lo he oído bien; a ver, ¡otra vez!

—¡El muy salvaje! —gritó Lloyd con todas sus fuerzas.

—Perfecto. Ahora escuchadme bien —bramó el hombre barbudo—: ¿veis el dique? —preguntó al tiempo que señalaba hacia arriba.

—¡Oh, Dios mío! —dijo Jessica con el corazón encogido ante la vista del enorme muro que cruzaba el valle de lado a lado. Desde donde estaban parecía tener al menos treinta metros de altura.

—Detrás de ese dique hay diez kilómetros cuadrados de agua, y dentro de unos veinte minutos los ingenieros de la presa abrirán las compuertas y dejarán salir toda el agua —dijo el hombre con entusiasmo—. ¿Veis esos botes? —añadió señalando las lanchas neumáticas amarradas al embarcadero—. Pues os vais a meter en ellas y os daremos un revolcón de más de tres kilómetros río abajo. ¡Sí, señor! ¡Amigos, estáis a punto de vivir una experiencia que no olvidaréis en toda la vida!

En cada lancha iba un guía experto. Las dos familias de Indian Patch subieron juntas en la misma lancha. Su guía era una chica joven. Se llamaba Sandy, tenía veintitrés años y aquella era su tercera temporada en el río. Comprobó que todos llevaran bien puesto el chaleco salvavidas y el casco, y les explicó cómo manejar la lancha.

—De este modo —dijo mientras remaba vigorosamente.

Los adultos la imitaron. Aquello era divertido. Al cabo de un momento la lancha empezaba a descender por el río.

—¡Así, muy bien! ¡Vamos a darle velocidad! —gritó Sandy.

—¿A qué te dedicas durante el resto del año? —le preguntó Ted.

—Estoy haciendo un máster en turismo en la Universidad de Maine.

—Entonces, supongo que te gusta estar al aire libre...

—Puedes jurarlo. Me paso los veranos aquí y los inviernos esquiando y haciendo motonieve. Odio las ciudades.

—¿Era verdad? —le preguntó Lloyd—. Lo que ha dicho ese hombre de que van a dejar salir toda el agua de la presa hoy para nosotros... ¿es verdad?

Sandy se rió.

—A Hank le encanta bromear. Aunque he de deciros que habéis tenido suerte. Normalmente abren la presa dos veces al día. Pero hoy, por el peligro del tsunami, no abrieron las compuertas por la mañana y ahora soltarán el doble de agua. ¡Será genial! ¡Acabaremos empapados de los pies a la cabeza! Y si tenemos suerte, ¡puede que hasta nos caigamos de la lancha!

Estaban ganando velocidad.

—¡Bien! —gritó Sandy con alegría—, ya han abierto las compuertas. Ahí está el primer rápido. Fijaos cómo se estrecha el río, por eso el agua baja mucho más deprisa. Preparaos para las aguas turbulentas. ¡Remad con fuerza! ¡Allá vamos!

La lancha se hundía y daba bandazos en medio de la corriente. Lloyd vio las dentadas rocas pasar a su lado en un destello. Se hundió en el banco de madera y se agarró con fuerza al cabo de seguridad que iba atado alrededor del flotador. La proa dio un salto y el agua lo dejó empapado. Todos chillaban impresionados.

—¡Remad! —ordenaba Sandy mientras le daba al remo con fuerza.

La proa volvió a hundirse en el agua y se metieron en los rápidos envueltos en una ola de espuma blanca.

—¡Agarraos, chicos! —gritó el padre de Lloyd.

Él y Brook manejaban dos de los remos; además de para remar los utilizaban para apartar la lancha de las rocas. Lloyd gritaba de emoción, impresionado por la velocidad y el peligro. El desfiladero era cada vez más estrecho, constriñendo el río. Algunos cantos rodados caían desde la cima del despeñadero mientras la lancha surcaba a toda velocidad la garganta del río.

Tras unos minutos se hizo de nuevo la calma y emergieron en un ancho recodo del río, donde los bancos de arena eran bajos y estaban rodeados de árboles en lugar de altos peñascos.

—Bueno, ¿qué os ha parecido? Nos hemos divertido, ¿eh? —dijo Sandy mientras se echaba hacia atrás su larga mata de pelo negro.

Betsy se rió.

—Lloyd ha estado a punto de caerse al agua.

—¡No!

—¡Sí!

—Pues yo casi me caigo por la borda —admitió la madre de Paula entre risas—. Si Brook no me hubiera agarrado de los pantalones, todavía estaría en los rápidos.

—Si alguien se cae al agua, que no se ponga nervioso. Hay que dejarse llevar por la corriente. Todos lleváis chalecos salvavidas, de modo que no os hundiréis. La corriente os llevará alrededor de las rocas. Mantened la boca cerrada y respirad por la nariz. Os recogeremos de nuevo cuando lleguemos al siguiente tramo de aguas tranquilas.

El sol ya estaba bastante alto. Hacía calor. Lloyd se secó enseguida. Y el agua no estaba demasiado fría.

—Esta es una zona para tomarse un respiro antes de seguir hacia abajo, donde nos espera al acontecimiento del día —advirtió Sandy. Todos la miraron con curiosidad—. La verdad es que hoy el río lleva mucha agua, llega hasta esos árboles, y eso es algo muy poco frecuente, excepto en invierno.

—Puede que sea por la lluvia que cayó anoche —aventuró el padre de Lloyd.

—Aun así… —Sandy meneó la cabeza, no parecía convencida.

Marie-Sainte, *estrecho de Goodwill*

Acababan de dejar la isla de Greenstone por babor. Rick había tratado de echar un vistazo a la casa, pero a aquella distancia no era fácil distinguir en qué estado se hallaba la pequeña bahía de la isla. Seguramente el precario embarcadero había desaparecido, pero la casa estaba situaba bastante arriba. Y ya había sobrevivido a fuertes tormentas y golpes de mar.

El buque cisterna avanzaba sin contratiempos. Aquello estaba resultando fácil, demasiado fácil. Faltaba poco para llegar al arrecife en el que se formaban las primeras olas. Algo por el costado de babor, en el mar, llamó la atención de Rick. Entornó los ojos, pero sin los prismáticos aquello estaba demasiado lejos para distinguir qué era. Seguramente se trataba de una foca o de un pájaro.

—Sí, yo también lo he visto —murmuró el capitán Leclerc—. Pero no es más que una roca, un afloramiento de esa isla que acabamos de pasar, ¿cómo se llama?

—Es la isla de Greenstone, y… ¿dice que lo que hemos visto era una roca?

—Sí, estoy seguro. La he visto perfectamente con los prismáticos. ¿Por qué?

Rick sintió que se quedaba sin aliento. Echó un rápido vistazo a la consola del buque.

—La sonda. ¿Dónde diablos está aquí la sonda?

Pero ya era demasiado tarde. El sonido de un zumbido acompañó la aparición de un mensaje en la pantalla: PROFUNDIDAD 4,30 METROS. Rick vio con impotencia cómo el contador bajaba hasta los cuatro metros.

Se oyeron ruidos de pasos apresurados por la escalerilla y apareció el jefe de máquinas.

—¿Qué está pasando? —preguntó—. ¡Mis contadores se están volviendo locos!

Leclerc estaba sorprendido.

—No lo entiendo. Según mi carta, hay treinta metros de profundidad en el borde del arrecife.

—¡Idiotas! —exclamó Rick haciendo un gesto hacia la proa—. ¡Se trata de otra ola de reflujo!

Leclerc frunció el entrecejo.

—Pero eso quiere decir que…

—Sí —le interrumpió Rick—, eso quiere decir que el siguiente tsunami ya se está formando en el horizonte.

El capitán meneó la cabeza, incrédulo. Miraba los contadores con la esperanza de hallar alguna explicación.

—Pero un reflujo de este calibre, lo suficientemente fuerte para drenar todo el Estrecho… —Su voz se convirtió en un ronco murmullo cuando comprendió la gravedad de la situación—. ¡Madre de Dios!

Los canadienses se miraron unos a otros.

—¿Qué hacemos? —preguntó el primer oficial.

—¡Las lanchas salvavidas! —respondió el jefe de máquinas—. Pueden alcanzar los cuarenta nudos. Si las botamos ahora, llegaremos a la orilla antes que la ola. ¡Deprisa!

Todos corrieron hacia la puerta. Las lanchas salvavidas estaban en la parte de atrás de la zona de camarotes. Bajando los escalones de tres en tres, llegaron a la cubierta principal. El jefe de máquinas entró apresuradamente por la puerta contra incendios que conducía a la sección de popa. De repente, Rick se detuvo en seco y echó a correr en la dirección contraria.

—¿Adónde va? —gritó Leclerc.

—A soltar el remolque. El *Pequod* tiene un calado de menos de dos metros; podrá pasar por encima del arrecife sin problemas. Pero esta bañera se quedará varada dentro de un par de minutos. Cuando eso suceda, el tirón podría partir el *Pequod* en dos. No tendrían ninguna posibilidad de salvarse.

—¡No nos queda tiempo! Tendrán que arreglárselas ellos solos. Hay que botar las lanchas y alejarse de aquí ahora mismo.

—Denme dos minutos. Me reuniré con ustedes para la botadura.

Leclerc, pálido, con la boca seca, luchando contra su miedo, se quedó mirando el estrecho pasillo. Los demás oficiales estaban ya al otro lado de las puertas, y se oía el retumbar de sus pisadas bajando el siguiente tramo de escalera y los gritos que les lanzaban para que los siguieran.

—¡De acuerdo, dos minutos, pero ni un segundo más! De lo contrario, ¡que Dios le proteja!

Dicho esto, el capitán dio media vuelta y echó a correr.

Rick abrió a empujones una puerta tras otra hasta que llegó a la que daba acceso a la cubierta exterior. Un fuerte viento le azotó el rostro y la cubierta dio una sacudida bajo sus pies. Mientras el Estrecho se vaciaba de agua, la fuerte corriente hacía que el buque diera cabezadas como una barcaza.

Ante él se erguían los enormes tanques de combustible, los responsables de todos aquellos problemas. Una estrecha pasarela cruzaba de uno a otro hasta la altura de la proa. Sin pararse a pensar, Rick echó a correr por un bosque de tuberías, saltando entre ellas.

Más allá del tanque de proa, al final de la pasarela, una puerta daba a una escalerilla que conducía al nivel inferior. Rick abrió la puerta de una patada y corrió escalera abajo. El cabo de remolque estaba arrollado a un enorme cabrestante situado bajo la cubierta de proa. Rick había trabajado antes en barcos grandes. Para llegar a ese cabrestante tenía que encontrar la escotilla que conducía a la cámara inferior de proa.

La escotilla, situada en un hueco al que se accedía bajando cuatro escalones, estaba abierta. Rick se metió dentro y miró alrededor. Abajo, la poca luz dejaba entrever una zona húmeda que olía a aceite y a pintura. Casi todo el centro estaba ocupado por dos inmensos tambores de cabrestante. Allí era donde se amarraban los cabos del ancla, unidos a las cadenas que colgaban de ellos más abajo. El cabo de remolque del *Pequod* estaba enganchado al cabrestante de estribor por medio de una gaza unida a la cadena del ancla. La alternativa de fijarlo a una de las cornamusas de amarre de la cubierta principal se rechazó porque se corría el riesgo de que el cabo se rompiera a causa del rozamiento con la borda. Rick estuvo de acuerdo con esa decisión.

Antes de soltar el cabo había que aflojar la tensión. Rick apoyó una mano en la guindaleza. Incluso bajo la poca presión que en ese momento soportaba el cabo, estaba tan tenso como un cable de acero. Rick echó una ojeada alrededor. Soltar el cabo consitía en liberar los pasadores que aseguraban el ancla y dejar que esta cayera al mar por su propio peso.

Localizar los pasadores del ancla le hizo consumir un precioso minuto. Como temía, funcionaban mediante un sistema de control eléctrico. Y, lo que era aún peor, las etiquetas de los conmutadores estaban en francés. Rick maldijo mientras pulsaba primero uno de los juegos de interruptores y luego el otro, consciente de los preciosos segundos que estaba desperdiciando. Al final dio con el interruptor que estaba buscando. Con un chirrido agudo, el rotor del cabrestante de la izquierda comenzó a girar, desenrollando el cabo que había en él. Conforme el peso del ancla aumentaba, la velocidad de giro se iba incrementando. Un ruido ensordecedor inundó la pequeña sala en penumbras. Rick se tapó los oídos y se echó hacia atrás, hasta la parte más alejada del compartimiento. Con un estruendo final, la punta del cabo de remolque salió de la gaza de la cadena y se deslizó por la guía del ancla hasta caer al agua.

Rick dejó escapar un suspiro de alivio. A través de la guía vio que el *Pequod* seguía avanzando. Por lo menos ahora tendrían una oportunidad de capear la ola.

No así el *Marie-Sainte*. Cuando Rick echó a correr hacia la cubierta, se oyó un horrible crujido debajo del casco. Un estremecimiento recorrió la eslora del buque; Rick cayó de bruces contra un mamparo. A continuación un golpe ensordecedor reverberó por todo el compartimiento. El barco acababa de varar, empujado por la fuerza de la corriente, y su quilla estaba pulverizando parte del arrecife. Por un momento, Rick creyó que el barco estaba a punto de cruzar aquel escollo y pasar al otro lado, a la seguridad de las aguas profundas. Pero de pronto se detuvo por completo y la nave quedó envuelta en un silencio aterrador.

Rick se puso en pie de un salto, con la cabeza todavía embotada por el ruido. Las luces se habían apagado, el pozo de anclas se hallaba sumido en la oscuridad. Subió a tientas por la escalera y miró hacia fuera. Se quedó de piedra. No se veía ni una pizca de luz del día. La escotilla se había cerrado; seguramente el impacto del barco contra el fondo la había hecho caer. Subió por la escalerilla y empujó del asa de la escotilla. La compuerta no se movió. Apoyó uno de los hombros contra el metal y le dio un empujón con todas sus fuerzas. No hubo el menor movimiento.

La escotilla estaba trabada. Y Rick se hallaba atrapado allí dentro.

47

Dead River

Las lanchas navegaban de nuevo a buena velocidad. El río dibujó un recodo alrededor de una roca enorme y de repente una pesadilla se abrió ante sus ojos. A poco más de cien metros había una cascada. Y un muro de espuma de dos veces la altura de un hombre cerraba el paso de una a otra orilla.

Sandy fue la primera en reaccionar.

—¡Agachaos! —gritó—. ¡Agarraos fuerte y sujetad a los niños!

—¿Qué demonios es eso? —gritó Brook.

—Una barrera del río. La corriente ha dado la vuelta. ¡Debe de ser a causa del tsunami…!

Y de golpe lo entendieron. El tsunami había alcanzado la costa. El mar subía desde el estuario hacia el río y, al mismo tiempo, miles de metros cúbicos de agua liberados por la apertura de las compuertas del dique fluían corriente abajo. Ambas corrientes se habían encontrado en aquel lugar, y el resultado era una ola monstruosa.

Lloyd sintió que los brazos de su padre lo rodeaban con todas sus fuerzas. Su madre abrazaba a Betsy, cuya cara se había puesto blanca como la cera, como solía sucederle cuando estaba aterrorizada. Los padres trataban de proteger con sus cuerpos a sus hijos y se agarraban unos a otros como Sandy les indicaba. La ola se alzaba sobre sus cabezas como una muralla.

—¡Agarraos fuerte! —gritó Sandy a la vez que un estallido de espuma caía sobre la lancha.

Aquellas fueron las últimas palabras que oyeron durante lo que les pareció una eternidad.

Lloyd se agarró con fuerza a su padre mientras la lancha daba tumbos y saltaba sin control sobre el agua. Empezó a resbalarse hacia atrás y sintió que los brazos de su padre lo apretaban contra su pecho con fuerza. Pensó que si aquella montaña de espuma les caía encima, acabarían hundiéndose. Entre la espuma vislumbró el cielo. ¿Era su madre la que gritaba o la señora Van Buren? El agua entraba por los costados de la lancha y les llegaba ya por las rodillas. La lancha se bamboleó. «¡Nos vamos a hundir!», intentó gritar Lloyd, pero la voz no le salió.

La lancha se enderezó y salió a flote. Lloyd vio el río debajo de ellos, desde una gran altura. Y enseguida la lancha volvió a caer por una pendiente muy pronunciada. Esta vez oyó un grito muy agudo que solo podía provenir de una de las niñas. Estaban cayendo por la parte de atrás de la ola, rápido, cada vez más rápido...

Marie-Sainte, *estrecho de Goodwill*

Rick golpeaba la escotilla; golpeaba, pateaba, gritaba a todo pulmón, sabiendo que lo que hacía no tenía sentido. Los tres oficiales canadienses debían de estar ya en la cubierta de las lanchas abriendo la puerta de emergencia. Probablemente ya se habrían olvidado de él. Y aunque le oyeran, ¿podrían sacarlo de allí en el poco tiempo que les quedaba?

Intentó obligar a su cerebro a pensar fríamente. Tenía que haber otra salida, posiblemente a través de las guías de las anclas, que condujera a una de las cubiertas inferiores. Su instinto no lo engañaba. Por las dos guías que había a ambos costados del compartimiento de proa entraba algo de luz del exterior. No tardó en localizar otra escotilla situada entre los dos cabrestantes. Bajó por la escalerilla hacia la oscuridad. Halló a tientas un interruptor, pero la luz se había cortado. Poco a poco sus ojos se acostumbraron a la penumbra. Era un compartimiento muy estrecho, con las paredes laterales inclinadas. Los mamparos de acero rezumaban humedad. A través de ellos se oía el golpear de las olas contra la proa. Se hallaba en la zona más a proa del buque. Sobre el sucio y grasiento suelo descansaban enormes rodillos de cabos. En el mamparo de popa había otra escotilla. Agarró la manija, la giró y la escotilla se abrió. Respiró aliviado.

Salió a un estrecho pasadizo. En ambos lados había dos puertas cerradas, posiblemente se tratara de pañoles. Frente a él, al final del pasadizo, había una quinta puerta que debía de conducir hasta una escalera o un pasillo de salida. Tiró de la manija. ¡Estaba cerrada!

¡Maldición! Debería haberlo imaginado. Todas esas escotillas debieron de cerrarse y sellarse cuando se decretó el estado de emergencia, la primera vez que el buque quedó varado. Después de todo, aquel barco casi había sido abandonado por sus tripulantes; seguramente nadie había tenido que pasar por allí desde entonces.

Vio una rejilla en uno de los mamparos y volvió a sentirse esperanzado. Era un intercomunicador. Lo habrían colocado allí para tener alguna manera de comunicarse con el puente o con la sala de máquinas. Pulsó el botón para hablar y gritó:

—¡Eh! ¿Hay alguien ahí? Estoy encerrado en la sentina de la cadena del ancla. ¡Que alguien me saque de aquí! ¡Por favor!

No hubo respuesta. Lo intentó de nuevo.

—¡Capitán Leclerc! ¡Jefe de máquinas! ¿Pueden oírme? ¡Soy Rick Larsen, del *Pequod*! ¡Necesito ayuda!

Silencio. Ni siquiera sabía si el aparato funcionaba.

¿Cuánto tiempo podría pasar antes de que los demás se dieran cuenta de que se encontraba en problemas? Incluso podrían llegar a pensar que los había abandonado, que había encontrado una balsa y se había lanzado al mar. Cualquier cosa era posible. Ahora estarían preocupados por sus propia seguridad, no por él. Y si estaba perdido, mala suerte. Que cada palo aguante su vela.

Un ruido procedente de arriba llamó su atención. Era un crujido de metal que resonaba por toda la proa. Corrió de vuelta, cruzando la sentina de la cadena, y subió por la escalerilla hasta la escotilla del pozo de anclas.

—¡Estoy aquí! —gritó mientras golpeaba la escotilla con los puños.

Nada. Encogió los hombros, decepcionado. Podía haber sido una puerta que se cerrara por el viento, un cubo que rodara por la cubierta...

Se dijo que Paul y Magnus no lo abandonarían. Sí, pero ¿cómo iban a poder sacarlo de allí?, se preguntó con amargura. Y entonces le volvieron a la mente las palabras que le había dicho Con Wolfowitz antes de marcharse: «No te garantizo que pueda enviarte un helicóptero para que te saque de aquí».

Volvió a bajar al pozo de anclas y se asomó a una de las guías para intentar localizar el *Pequod*. El *Marie-Sainte* había varado ladeado sobre un costado, lo cual le permitía tener una vista muy amplia del océano. Una vista que lo dejó sin aliento. El mar seguía retirándose del Estrecho. El buque cisterna estaba varado sobre un pináculo de roca negra, descubierta en algunas zonas y atravesada por remolinos. Para colmo de males, el buque había encallado en la parte más alta del arrecife. Unos metros más a un lado o al otro y habría conseguido cruzar aquella barrera.

Fue hasta la otra guía del ancla y se asomó por aquel lado. Desde allí no se veía nada más que el cielo. Intentó gritar a través del orificio.

—¿Hay alguien ahí fuera? ¿Pueden oírme?

No hubo respuesta. Pero captó otro ruido, un chirrido, una sirena de dos tonos que parecía provenir de la cubierta de los depósitos de gas, y que era contestada por otras sirenas a lo largo de la cubierta.

Se le aceleró el corazón. Reconocía perfectamente aquel sonido. Lo había oído menos de dos horas antes. El viento lo había llevado a través del puerto hasta la zona donde Reb había quedado atrapada. ¡Era la alarma de escape de gas!

Maple Cove

—Hay un helicóptero en camino. Acabo de hablar con los guardacostas.

Con estas palabras Martin Seymour dio la bienvenida a Southwell en el momento en que su Toyota frenó en lo más alto del acantilado, en medio de una lluvia de gravilla.

Southwell observaba la cala sin dar crédito a lo que veía.

—¡Dios mío, está volviendo a ocurrir!

El mismo mar que horas antes los había empujado hasta lo más alto del acantilado estaba retirándose de nuevo. Southwell arrebató los prismáticos de las manos de Martin.

—¿Dónde están? ¿Está bien Donna?

—Entre las rocas del centro de la isla, casi a medio camino de la cima. Un submarinista del servicio de guardacostas está con ellos. Intentaron sacarlos por barco poco antes de la última ola, pero no lo consiguieron.

—Ya los veo. Ahí está Donna. —Southwell entornaba los ojos detrás de las lentes—. Creo que están bajando hacia la costa. ¡Cielos! —Se volvió hacia Martin con un gesto de horror en el rostro—. ¡Me parece que van a intentar cruzar de nuevo!

Martin se quedó boquiabierto; no podía creerlo.

—Está demasiado lejos. ¡No llegarían a tiempo! La siguiente ola los atraparía a medio camino. Tal vez estén buscando un lugar donde el helicóptero pueda aterrizar y recogerlos —dijo.

—Si es que viene —añadió Southwell mirando el reloj—. ¿Hace cuánto que habló con ellos?

—No sé, diez minutos, quizá quince.

—¿Y por qué no ha llegado todavía?

Durante unos minutos los dos hombres siguieron observando la isla y buscando en el cielo alguna señal del helicóptero. Entretanto, la lancha del servicio de guardacostas se había acercado un poco más a la isla.

—Mire —dijo Martin—, ya están fuera de la isla.

Era cierto. Claramente visibles incluso sin los prismáticos, las tres figuras habían empezado a avanzar lentamente por el canal, ahora seco, entre la isla y la cala.

—No podemos quedarnos de brazos cruzados. Tenemos que ayudarles. ¡Venga conmigo! —gritó Southwell mientras entraba en su coche.

—¿Piensa ir hasta allí en coche? Eso es una locura. El camino a la playa se ha hundido. Tenemos que esperar a los guardacostas.

—Yo no pienso esperar ni un minuto más. Tengo que hacer algo. ¡No puedo quedarme aquí tranquilamente cuando mi mujer corre peligro de ahogarse!

Seymour tenía razón. La parte más baja del camino hacia la playa había desaparecido. Las olas lo habían convertido en un barranco lleno de piedras. Casi al final del camino se encontraron con un desnivel en el terreno de más de un metro de altura y tuvieron que detenerse.

—El camino está imposible —insistió Martin; había miedo en su voz.

Todo parecía fuera de control.

—Ya veremos.

Southwell puso la tracción en las cuatro ruedas, giró el volante, llevó el vehículo hasta un lateral del camino y apretó el acelerador.

—¡Por el amor de Dios! —gritó Martin mientras el morro del todoterreno se inclinaba hacia el barranco.

El coche saltó hacia delante y aterrizó sobre una rampa de arena. Southwell giró completamente el volante. El Toyota avanzó dando saltos mientras se abría camino entre las piedras y los cascotes. Luego se metió en un enorme charco y volvió a salir por el otro lado hasta el nivel del suelo.

—Nada es imposible —dijo Southwell muy serio.

Martin se había quedado sin palabras. Todavía tenían que cruzar el canal, para llegar hasta la isla. Y luego regresar.

Al principio la arena cercana a la orilla era llana y firme. El Landcruiser avanzó a buena velocidad en dirección a la isla.

—No todo el terreno está seco —advirtió Seymour—. Hay una zona llena de agua justo en el medio. Habría que rodearla por la derecha.

—Sé lo que estoy haciendo —replicó Southwell con los labios apretados—. Yo también vivo aquí, ¿recuerda?

Poco a poco el camino se fue haciendo más blando. Se veían obligados a dar rodeos para evitar las zonas de rocas y las profundas charcas.

—Nos estamos yendo demasiado al este —dijo Seymour—. Deberíamos intentar cruzarnos con ellos.

—¡Eso hago, maldita sea! —gritó Southwell—. No es tan fácil como parece. ¿Dónde están ahora? ¿Puede verlos? Saque la cabeza por la ventana del techo.

Seymour se subió al asiento y se asomó por el techo.

—¡Ya los veo! —gritó—. Todavía están muy cerca de la isla. Van en dirección contraria a nosotros, avanzan en paralelo a la costa.

Southwell frenó y giró en redondo para volver por donde había venido. Cruzaron una charca poco profunda y al cabo de un momento se encontraron de frente con una gran cornisa de roca.

—Maldita sea —dijo Southwell—. No podemos cruzar por aquí.

—¡Nos han visto! —dijo Martin mientras movía los brazos y gritaba—. Han cambiado de dirección y vienen hacia aquí. Creo que deberíamos esperar a que nos alcanzaran.

—Déjeme echar un vistazo. —Southwell detuvo el coche, abrió la portezuela y se puso de pie en el estribo—. Ya los veo. —Agitó los brazos como enloquecido—. ¡Donna! ¡Donna! ¡Aquí!

—¡Vienen hacia aquí! —dijo Martin, eufórico—. Han echado a correr, pero esas rocas son muy resbaladizas.

—Si pudiéramos llegar hasta ellos con el coche… —dijo Southwell mordiéndose los labios.

—Voy hasta allí para ayudarles —dijo Seymour mientras se bajaba del asiento—. Entretanto, dele la vuelta al coche y prepárese para salir de aquí a toda marcha.

—No, espere. ¡Voy yo, usted quédese aquí! —gritó Southwell, pero el otro ya estaba fuera del coche, avanzando por las rocas.

Southwell lo vio alejarse y soltó una maldición.

Dio la vuelta al vehículo y lo situó de manera que estuviera listo para salir de allí a toda velocidad en cuanto Donna y los otros llegaran. Volvió a asomarse para ver por dónde estaban. Avanzaban muy despacio. «Maldita sea —pensó una vez más—, debería haber ido yo a ayudarles.»

Durante dos inacabables minutos siguió observando al grupo que se acercaba. Hasta que ya no pudo esperar más. Salió del coche y empezó a subir por las rocas para encontrarse con ellos. No había dado más que una docena de pasos cuando entendió por qué avanzaban tan lentos. Las rocas estaban cubiertas de una gruesa capa de musgo tan resbaladizo como el aceite. Dando traspiés y tambaleándose siguió avanzando hacia ellos.

—¡Donna! —gritó, y vio que su mujer lo saludaba con la mano—. ¡Donna, por aquí!

Cuando por fin se encontraron, ella se echó en sus brazos.

—¡Oh, Dios, lo siento mucho! ¡Tab no estaba aquí! ¡No he podido encontrarlo! —sollozó.

—¡No pasa nada! —dijo él abrazándola con fuerza—. ¡Tab está bien! Lo he dejado en la ciudad. Ahora tenemos que volver a la costa.

—Amigos, lamento interrumpir este reencuentro —les interpeló el tipo grande vestido con un traje negro de neopreno—, pero la fiesta todavía no ha terminado. Tenemos que salir de aquí a toda prisa antes de que una nueva ola nos cierre el camino.

No había acabado de pronunciar aquellas palabras cuando un golpe atronador proveniente de la entrada del Estrecho rasgó el aire.

Marie-Sainte

El impacto del buque al varar en el arrecife casi había hecho volcar las lanchas salvavidas. Dos de los oficiales canadienses habían caído al agua. Leclerc pudo recogerlos y los subió de nuevo a bordo. El jefe de máquinas acababa de poner el motor de la lancha en marcha.

—¡Suelte amarras! —gritó.

—¡Rick! ¡Tenemos que esperar a Rick! —dijo Leclerc sujetando todavía el cabo de la amarra.

—¿Qué le ha pasado? ¿No venía con nosotros?

—¡Fue a la proa para soltar el cabo de remolque!

—¡Eso es una locura! La ola ya está aquí. ¡O nos marchamos o nos ahogaremos!

—No. Le prometí que le esperaríamos.

El primer oficial estaba vomitando agua salada por la borda de la lancha.

—¡Están locos! —gritó—. ¡Escuchen! ¿Es que no lo oyen? ¡Es gas! ¡Vamos a morir todos!

Rick trató de calmarse y pensar con lógica. Primero había que descartar lo que no servía. Las escotillas estaban cerradas o trabadas. Los techos y las paredes eran sólidos mamparos de acero. No había nadie cerca que pudiera oírle. La única salida eran las guías del ancla, por las que pasaban las cadenas. Pero aquellos agujeros eran demasiado pequeños. ¿O no? Se agachó y metió la cabeza y los brazos por uno de los agujeros. Dios, era realmente estrecho. Salió fuera de nuevo. Tenía que pararse a pensar un momento. Aunque milagrosamente consiguiera deslizarse por allí, ¿luego qué? ¿Saltar al mar? ¿Quince metros de caída para aterrizar sobre un arrecife con apenas un metro de agua por encima? No, tenía que buscar otro camino. El techo de aquel compartimiento debía de tener un par de metros de altura. Podía colocarse de pie en el agujero de la guía, agarrarse al borde de la cubierta y luego escalar hasta ella.

Imposible. Había que pensar otra cosa.

Un momento. Seguramente había un guardamancebos alrededor de la proa, ¿no? Una barandilla de seguridad para prevenir accidentes. Y un guardamancebos debía de tener puntales. Si conseguía agarrarse a uno de esos puntales, no le sería difícil escalar hasta la cubierta.

Lo pensó una y otra vez, paso a paso. Podría funcionar. Debía funcionar. Pero antes tenía que pasar por la guía de la cadena del ancla.

Se quitó la ropa. La camiseta, los pantalones y los zapatos; los pies desnudos le permitirían agarrarse mejor. Se decidió por el orificio que estaba más arriba. La ligera escora del barco podría jugar a su favor. Se arrodilló de nuevo, metió los brazos por la guía y, encogiendo los hombros cuanto pudo, empezó a introducirse por el agujero. Mierda, aquello dolía. No había manera de que los hombros pasaran por allí.

Volvió a echarse hacia atrás, se sentó y golpeó el suelo con las manos. Le sangraban los hombros por el rozamiento con los bordes de la guía. ¿Abandonar? ¡No! «Inténtalo de nuevo, y sigue intentándolo hasta que te hayas desgarrado la suficiente carne como para pasar», se dijo.

La alarma seguía sonando. Empezó a respirar con cortas inhalaciones por miedo al gas. Miró alrededor. ¿De verdad no había otra salida? ¿Nada que pudiera ayudarle? Los tambores de los vacíos cabrestantes, llenos de grasa y rasguños, descansaban en medio de la oscuridad. ¡Grasa! Cogió un poco de grasa con los dedos y se la frotó por los hombros. Olía muy mal, pero tenía que funcionar.

En el *Pequod*, Patsy relevó a Paul en el timón. Sintió el repentino tirón del cabo de remolque.

—¡El cabo de remolque se ha soltado! —gritó.

Redujo la velocidad de los motores y se dispuso a ver qué había sucedido.

Paul llegó corriendo a su lado.

—¿Cómo ha sido? No he notado nada.

—No lo sé. Me ha parecido que se soltaba, eso es todo.

Un surfista llegó corriendo desde la popa.

—El cabo de remolque está suelto.

—Ya lo sé. ¿Has visto lo que ha pasado?

El chico negó con la cabeza.

—No he visto nada. Solo que el cabo estaba suelto y que el otro barco se ha quedado detrás.

Patsy agarró la radio.

—¡*Pequod* llamando al *Marie-Sainte*! ¡*Pequod* llamando al *Marie-Sainte*! ¡Contesten, por favor!

No hubo respuesta.

—Tal vez soltaron el cabo adrede —observó Paul.

Patsy se volvió hacia él.

—¿Por qué iban a hacer eso?

Paul se encogió de hombros.

—¿Porque ya lo hayamos remolcado lo suficiente?

—¡Eso es una tontería!

Paul estalló.

—Por supuesto que es una tontería. Todo esto es una tontería. ¡Es una completa estupidez haber venido hasta aquí, remolcando una bomba flotante de más de veinte mil toneladas, cuando estamos a punto de enfrentarnos con un tsunami gigante! Tenemos que estar locos para haber aceptado hacerlo.

Patsy lo miró sorprendida. Meneó la cabeza.

—Tenemos que volver.

Antes de que Paul pudiera contestar, uno de los surfistas se subió al techo del puente.

—Eh, vosotros, los de ahí abajo, ¡echad un vistazo a esto!

Patsy miró hacia donde les indicaba. Y volvió a mirar. Solo veía el brillo apagado de la superficie del mar, como solía ocurrir cuando el sol se reflejaba en el agua. Entonces lo entendió. Y al momento pensó: «Rick está muerto, y nosotros lo estaremos dentro de poco».

El Rey le arrebató los prismáticos y se subió al techo de la cabina. Los enfocó y entornó los ojos. Su pulso empezó a acelerarse como cuando estaba en Maui, cuando el récord de todos los tiempos se estaba acercando a Peahi. Allí estaba. Había empezado la cuenta atrás.

A su lado oyó un gruñido. El Cojo estaba con él. El Rey le pasó los prismáticos. El Cojo miró a través de las lentes y dejó escapar un suspiro de alivio que le salió del corazón. Ahí estaba la Montaña de Fuego. A tres mil millas de donde se encontraban, un cataclismo había hecho nacer la ola que acabaría con todas las olas en ese preciso momento y lugar. Y allí estaba él para darle la bienvenida. Alzó un puño cerrado en el aire.

El Rey cogió de nuevo los prismáticos.

—¿Cuánto mide? No mucho más de tres metros, eso seguro.

—Lo que estás viendo es solo la punta del iceberg —dijo el Cojo en voz baja.

Dos pasos por detrás de ellos, Sheena Dubois pulsó el botón de grabación de su cámara para registrar la conversación.

—La punta del iceberg —repitió el Cojo—. Por debajo de esa punta hay trescientos metros de profundidad de agua en movimiento. Se mueve hacia nosotros a una velocidad de cien nudos. Dentro de quince minutos, cuando choque contra el arrecife, tendrá todavía sesenta nudos, y toda esa velocidad se transformará en altura. Saltará de tres metros a más de treinta en menos de media milla. Por eso vinimos aquí. ¡Está a punto de nacer la ola más grande jamás montada!

—Detenernos aquí para que bajéis al agua sería una locura —dijo Paul—. Nuestra única oportunidad es capear la ola antes de que alcance toda su altura.

El *Pequod* avanzaba hacia mar abierto mientras el tsunami que se acercaba seguía drenando el agua del Estrecho. Por encima de ellos, el helicóptero del equipo de filmación parecía un enorme insecto esperando el momento para alimentarse de sus víctimas.

—Maldita sea —dijo el Rey—. Habíamos hecho un trato. Solo

necesitamos que enganches la moto a la grúa y nos dejes a mí y al Cojo en el agua. Luego os podréis marchar.

—Hagámoslo ya —dijo Paul tapándose los oídos—. ¡Largaos de este barco cuanto antes!

Sheena filmó la botadura de la moto de agua. Solo tardaron tres minutos. El *Pequod* navegaba a toda máquina, la cubierta vibraba por el latido de los motores. La moto, de color rojo y verde, fue depositada en el agua; el Cojo iba al manillar y el Rey en la parte trasera, con la tabla de surf amarilla amarrada detrás y a su lado un trineo de rescate. La moto cayó sobre la superficie con una leve salpicadura, se hundió ligeramente en el agua y levantó un chorro de espuma por detrás. El Cojo no perdió el tiempo; soltó las correas de sujeción y la máquina se quedó bamboleándose sobre la estela del barco.

Luego se bajó al agua una segunda moto con el equipo de filmación. Todos los surfistas, llenos de adrenalina y de sueños de gloria, estaban deseando echarse al agua. Sheena pensó en los toreros, en los gladiadores, en los cazadores de tornados. Demasiado jóvenes para morir; demasiado deprisa para vivir.

—¡Adelante, muchachos! —gritó.

Los surfistas revisaron una vez más el equipo: correas, gafas de buceo, sistemas de desenganche rápido, traíllas, radios. El Cojo levantó el dedo pulgar y giró el acelerador. Los motores rugieron. Las dos máquinas empezaron a correr, dejando tras de sí dos largas estelas de espuma. El Rey alzó el puño en el aire. Conseguirlo o morir.

En la popa del barco, Patsy Easton miró hacia atrás, hacia el buque cisterna varado en el arrecife, y lloró por Rick Larsen.

—¡Ya están fuera! —gritó la pelirroja Carly desde el morro del helicóptero. Estaba de pie en la cabina, se apoyaba en los hombros del piloto.

Natalie asomó la cabeza por la portezuela y el viento la obligó a entornar los ojos. Allí abajo estaba el *Pequod*, como un pájaro blanco sobre el mar. A media milla de su popa se hallaba el buque cisterna, clavado al sólido arrecife que acababa de emerger del océano como una prehistórica Atlántida resurgiendo de debajo de las olas. Vio cómo las motos de agua pasaban a toda velocidad al lado del *Pe-*

quod. «Qué emocionante», pensó, pero al ver la ola que empezaba a formarse en el horizonte sintió terror. Parecía no tener fin, era imponente y hermosa, una línea de brillo deslumbrante sobre la superficie del mar.

K. Zamos daba órdenes a todo el mundo: al cámara para que filmara al Rey y al piloto para que descendiera más.

—¡Síguelos, síguelos! —instó al piloto—. Hagan lo que hagan no los pierdas de vista.

Pero el piloto estaba escuchando un mensaje de radio a través de los auriculares.

—Son los guardacostas. Están preocupados por el buque cisterna. Quieren que nos acerquemos a echar un vistazo.

—¡Ni hablar! —dijo Zamos—. Ellos tienen sus propios helicópteros. Nuestra misión está en un punto crítico. La vida de esos hombres depende de nosotros. ¡Sigue a las motos!

Natalie se abrió camino entre los cámaras y su equipo hasta la cabina del piloto.

—¿Qué pasa con el buque cisterna? —preguntó.

—Parece que hay unos tipos atrapados a bordo. Intentaban sacarlo a mar abierto antes de que llegara la ola, pero se han quedado varados en el arrecife y no pueden salir de ahí. La situación es bastante desesperada.

Natalie sintió que el estómago le daba un vuelco.

—¿Cuántos son?

El piloto no estaba seguro.

—Tal vez solo uno. No he podido oír toda la historia. ¿Quiere que nos acerquemos a echar un vistazo?

Natalie dudó. Las palabras de Sarah Hunter resonaban todavía en sus oídos: «Una cosa tengo clara: si Rick Larsen fuera mi hombre, y estuviera dispuesto a arriesgar la vida, yo estaría a su lado. Estaría con él».

—¡Eh, mirad ahí abajo! —gritó Carly—. ¡Hay otro equipo en el agua! ¡Parece que tenemos competencia!

El auricular que llevaba el Rey emitió un chasquido. ¡Otra moto en el agua! ¡Otro surfista!

Alguien pretendía robarle la gloria. El Rey apretó los puños con fuerza. Alguien quería arrebatarle su ola. Y ese alguien lo pagaría.

El Cojo también lo había oído. «Mack», pensó. Aquello era algo mucho peor que simples celos profesionales. Significaba una traición, una deslealtad. Ahí fuera había a un traidor.

La buena noticia era que Rick había conseguido meter los hombros por la guía del ancla; la mala, que el pecho se le había quedado atascado. Podía sentir cómo se le astillaban las costillas mientras se empujaba con las manos para salir. Dios, lo sacarían de allí a trozos. Se paró un momento a tomar aliento, volvió la cabeza para mirar hacia el *Pequod* y en ese momento tuvo la primera visión del tsunami.

Aquel instante de pánico le ofreció unos minutos más de existencia. Con un último empujón frenético consiguió que la caja torácica pasara por la guía del ancla. Ya no tenía tiempo para planear el siguiente movimiento. Tendría que confiar en su instinto de supervivencia. Sacó las piernas por el orificio, se apoyó con los pies en el borde de la guía y levantó un brazo buscando un asidero. Tomó aire profundamente, se aplastó contra el costado del barco y se estiró cuanto pudo, tanteando con la palma de la mano abierta para encontrar un lugar que le salvara de caer desde allí arriba sobre las rocas del arrecife. Tocó algo redondo y se agarró a un delgado puntal. Sí, era uno de los puntales del guardamancebos. Aquello le dio nuevas energías. Ahora sabía que podía conseguirlo. Se agarró a él con todas las fuerzas y lanzó una pierna hacia arriba a la vez que giraba todo el cuerpo. Mientras tanto, con la otra mano tanteaba en busca de un cabo, un poste, el borde de un cubo, un cable, cualquier cosa a la que pudiera agarrarse. Con la punta de los dedos rozó un cable de acero; no era más que un trozo pequeño, posiblemente perdido u olvidado, y finalmente enganchado en el guardamancebos. No era mucho, pero le ofrecía el asidero suplementario que necesitaba en aquel momento crucial. Levantó la pierna cuanto pudo y consiguió pasarla por detrás de uno de los postes de la barandilla. Con un segundo esfuerzo logró subir hasta la cubierta; luego rodó por debajo de los cables del guardamancebos. El aire fresco nunca le había parecido tan bueno.

Las sirenas de alarma por escape de gas seguían sonando. Se puso en pie y echó un vistazo hacia la ola que se aproximaba por detrás. «¡Cielos —pensó—, esa va a ser una de las grandes!» Y enseguida miró a su alrededor buscando un lugar donde refugiarse.

A ciento cincuenta metros de altura, Natalie observaba las blancas estelas que dibujaban las motos de agua sobre la superficie del mar. La moto en la que iba el Rey era más rápida y más grande, pero cargaba con mucho equipo. Y Mack estaba muy cerca. Si la ola avanzaba recta, él estaba perfectamente situado para alcanzarla antes de que llegara a tener toda su altura.

K. Zamos estaba empezando a ponerse nervioso.

—¿Qué está haciendo nuestro hombre? ¿Qué le pasa al Cojo? ¿Es que no sabe dónde está? ¿Por qué se aparta del arrecife? Como se despiste, el otro lo adelantará.

—Está buscando la entrada a la ola —gritó Carly—. El Cojo y él lo tienen todo planeado.

—Sí, bueno. Pero aquí solo hay un ganador. Espero que lo recuerden.

El piloto volvió a dirigirse a ellos.

—Los guardacostas han vuelto a llamar. ¿Podemos sobrevolar el buque? Es una petición oficial.

—¡Imposible! —contestó Zamos al instante.

Natalie sintió que se le encogía el corazón como si una mano invisible se lo apretara. Rick y el Rey. Cada uno de ellos un héroe a su manera. Los dos la necesitaban. ¿Qué tenía que hacer? ¿Cómo podía elegir?

—¡Tíos, el otro está a punto de conseguirlo! —gritó entusiasmado uno de los cámaras—. ¡Mirad cómo avanza!

Natalie miró hacia abajo y sintió que la sangre le palpitaba en las sienes. La ola estaba creciendo a toda velocidad. Avanzaba muy rápido y tenía el tamaño de una montaña. Vio la moto que corría hacia la parte más baja de aquella mole de agua, buscando el lugar por el que subirse a ella. El surfista salió hacia fuera, la rodeó y se lanzó hacia la cresta. Ya había escalado la mitad de la pendiente. Estaba a punto de llegar a la cresta. Pero esta crecía más rápido de lo que la tabla de surf podía avanzar. Crecía y lo aplastaba. Los del equipo dejaron escapar un grito ahogado cuando un brazo de espuma se alzó, se curvó de nuevo y atrapó al surfista.

—Se ha ido —dijo alguien tranquilamente—. La bestia se lo ha comido.

Siguieron observando el mar en silencio. La moto había subido a la cresta muy rápido, y el lomo de la ola se movía demasiado deprisa para dejarse caer por él. El conductor de la moto intentó cabalgar la cresta mientras buscaba un punto de salida. Pero la ola era implacable.

—Ya ha caído otro —murmuró Carly—. ¿Dónde está el Rey? ¿Dónde está nuestro hombre?

—¡Ahí va! —dijo uno de los cámaras señalando hacia abajo—. En posición.

El Rey y el Cojo habían visto cómo la ola se tragaba a Mack. El Cojo hizo una mueca lobuna y se limpió la espuma de las gafas. Aquel cabrón se lo merecía; había pretendido robarle su ola. No le daba ninguna pena.

Le hizo un gesto al Rey y el surfista le respondió con el mismo gesto. Había llegado el momento de enfrentarse a aquel monstruo. El tsunami estaba pasando por debajo de ellos, creciendo por la parte sur hacia Indian Point, allí donde el agua era menos profunda. La topografía del Estrecho y el ángulo del arrecife bajo el agua harían que la ola siguiera creciendo y alcanzara su máxima altura en Curtain Bluff. Había un punto de entrada para una moto muy rápida; se trataba de abordar la ola por la pendiente de subida y cabalgar luego hasta la cresta. Para una máquina rápida y un piloto atrevido.

El Cojo giró el acelerador a tope. Podía sentir el peso del Rey tirando hacia atrás. Habían escogido una moto de diseño especial. Llevaba incorporada una delgada aleta posterior que servía para que la parte de atrás se elevara ligeramente sobre la superficie del agua. Eso hacía que la moto planeara sobre la ola como un aliscafo, con un mínimo rozamiento. Las pruebas habían demostrado que aquel diseño aumentaba la velocidad de la tabla en un diez por ciento. Esa velocidad suplementaria propulsaría la moto en los últimos y cruciales segundos de la carrera, cuando la potencia era vital para catapultar la tabla de surf hacia delante y hacia lo alto de la ola.

La ola se erguía como una montaña, ocultando el sol tras ella. El Cojo se aferró al manillar, consiguiendo poner el motor a tope de revoluciones. Estaban escalando, pero la ola crecía muy rápido. ¡Estaba empezando a sobrepasarlos! Con el rabillo del ojo vio la curva de la cresta abalanzándose amenazadora sobre ellos.

¡Era el momento del esprint final! Acercó el pulgar de la mano derecha a un interruptor de color rojo, levantó la tapa de seguridad y lo pulsó con fuerza. El motor rugió de una manera frenética mientras por debajo de él se ponía en funcionamiento un inyector de combustible, instalado especialmente para lanzar óxido nitroso directamente en los cilindros. Todo el bloque del motor de aquella máquina había sido diseñado para esos dos minutos finales. El combustible especial que llevaba provocaba ciento veinte detonaciones por segundo, haciendo que la presión y la temperatura del motor elevaran las revoluciones y aumentaran la velocidad de una forma extraordinaria.

La moto salió disparada hacia delante, levantó una marea de espuma blanca tras ella y ascendió por el lomo de la ola con una potencia increíble. El Cojo vio que el Rey saltaba de la moto a la tabla. Entonces volvió a pulsar el botón rojo para echar hasta la última gota de aquella mezcla de combustible especial en las cámaras de combustión. La máquina temblaba a causa de la impresionante potencia a la que la estaba sometiendo. ¡La estaba destrozando! ¡Pero seguía subiendo y avanzando!

El Rey se agachó y se agarró las rodillas con los brazos; la espuma de la ola le golpeaba con furia y la estela le cegaba la vista mientras la tabla ascendía por el lomo de la ola. ¡Cincuenta, sesenta, setenta nudos! Una velocidad increíble. En el último momento, soltó el cabo de remolque y se lanzó hacia delante con un gesto retador. El aire batía contra su pecho. ¡Estaba planeando sobre la ola! ¡Una montaña de espuma blanca! ¡Y él estaba en la cresta! ¡Estaba volando!

¡Valhalla!

El comunicado del servicio de guardacostas llegó una vez más hasta el helicóptero.

—¿Qué tengo que hacer? —les gritó el piloto. Empezaba a enfadarse—. Está muriendo gente ahí abajo.

—Allá abajo y en todas partes —chilló Carly.

Natalie sintió otra vez que una mano apretaba allí donde debería haber estado su corazón. «Rick está pidiendo ayuda. Y yo debería estar a su lado.»

—¡Hazlo! —le ordenó al piloto—. ¡Sobrevuela el barco!

—¡Y una mierda! —bramó Zamos—. No pierdas a nuestro hombre. Ahora nos necesita más que nunca.

—¡Yo he pagado este vuelo! —gritó Natalie—. ¿Me has entendido? ¡Llévanos al buque cisterna!

—Te doy el doble de lo que hayas pagado. Te doy ahora mismo diez mil. ¡Veinte mil! ¡Pero sigamos filmando!

Natalie lo apartó de un empujón.

—¡Zorra! —gritó Carly echándosele encima.

Natalie le lanzó un puñetazo en plena cara y Carly cayó de espaldas. De repente una lucidez furiosa la embriagó. Saltó por encima de los otros dos hasta la cabina del piloto.

—Llévanos al buque cisterna. Ahora mismo, y no escuches a nadie más.

Rick Larsen estaba de pie, en la cubierta de proa del *Marie-Sainte*, viendo la enorme ola que avanzaba hacia él. Calculó que debían de quedarle un par de minutos de vida, y le sorprendió darse cuenta de que lo único que le daba pena era no poder contarle a nadie lo impresionante y magnífica que era aquella imagen. Puede que la muerte siempre fuera así. Magnífica, terrible y hermosa. Casi hacía que valiera la pena. Hacía que se sintiera más allá del miedo o la preocupación; se sentía impresionado; impresionado y curioso por saber cómo sería después, al otro lado.

Y en ese momento oyó el ruido del helicóptero. La sombra de la nave pasó por encima de su cabeza mientras el rotor de las hélices le hacía llegar un ruido como de tormenta. El piloto había descendido a un par de metros de la cubierta; Natalie, asomada a la portezuela, gritaba algo. No podía entender lo que le decía, pero suponía que lo llamaba para que saliera de allí. La ola estaba ahí mismo, impresionante como una montaña.

Y había algo más.

Algo que le irritaba la garganta. Empezó a toser. Le faltaba el aire. ¡Gas! El gas se estaba escapando de algún depósito roto o por alguna fisura en las cañerías. El líquido frío calentándose y expandiéndose; extendiéndose y aumentando de volumen a cada segundo que pasaba. Una nube mortal esperando la menor chispa para estallar como una bola de fuego.

—¿Es que se ha vuelto loco? ¿Qué le pasa? ¿Qué intenta decirnos?

En la cabina sonó un zumbido, un sonido de alarma que les hizo dar un brinco.

—¡Es la alarma de combustible! —dijo el copiloto, crispado—. Estamos en reserva. Tenemos que regresar a la base.

—¡No! —gritó Natalie—. ¡Tenemos que descender! ¡Tenemos que ayudarle!

Medio desnudo y sucio de grasa, de pie en la cubierta de proa del buque cisterna, Rick hacía desesperados gestos con los brazos para indicarle al piloto que se alejara. Natalie le gritaba algo por la ventanilla, pero él no podía oírla a causa del ruido de las hélices. Detrás de ella había otro hombre; al parecer pretendía lanzarle una cuerda.

—¡No! —gritaba Rick—. ¡Marchaos de aquí!

En la marina le habían enseñado que los helicópteros suelen estar cargados de electricidad estática. La suficiente para provocar una descarga eléctrica capaz de hacer saltar a un hombre por los aires si una parte del fuselaje tocara el metal de un barco. O de hacer detonar una nube de gas inflamable.

—¡Atrás! —seguía gritando mientras les hacía gestos para que se alejaran—. ¡Es peligroso!

—¡Desciende más! ¡Desciende más! No puede agarrar la cuerda desde esta altura.

—¿Está loca? Eso de ahí abajo es una cisterna de gas. ¡Una bomba flotante!

El piloto se había curtido en el golfo de México. Había trabajado en plataformas petrolíferas y en buques cisterna, y conocía muy bien los peligros. Se sentó en el asiento de la derecha, con los pies en los pedales de guiñada y la mano derecha en la palanca con la que se controlaba la altitud del aparato. Apoyó la mano izquierda sobre una palanca ancha que había entre los dos asientos. Se trataba del colector, que sirve para controlar la horizontalidad del rotor de las hélices y mover el aparato hacia arriba o hacia abajo durante los planeos. Con el helicóptero estático, como estaba en ese momento, un simple tirón hacia arriba del colector haría que la nave ascendiera en vertical y se situara fuera de peligro.

—¡Baja! ¡Baja!

—¡Está bien, de acuerdo! —gritó enfadado el piloto por encima del hombro.

Metro a metro fue haciendo que el helicóptero descendiera, junto a la proa del buque, hasta estar casi a la altura de la cabeza de Rick.

—¡Acércate más! ¡Estamos demasiado lejos para que salte! —le gritaba Natalie al piloto.

Pegado a la barandilla del balcón de proa, Rick observaba en tensión cómo el helicóptero se iba acercando. Estaba a apenas dos metros. Casi podía arriesgarse a saltar.

Pero en ese momento sucedió el desastre. Con un terrible crujido de acero retorcido, el buque se estremeció de proa a popa, se inclinó hacia un lado y quedó escorado sobre el costado de babor. El piloto tiró de la palanca de la altitud. El morro del helicóptero se inclinó, giró hacia un lado y el timón de la izquierda chocó contra la barandilla del buque desprendiendo un montón de chispas en el impacto.

La repentina inclinación del barco había lanzado a Rick contra la barandilla. Cuando la carga estática lo alcanzó, se echó hacia atrás de un brinco. Oyó el espantoso zumbido de la ignición del gas justo a su espalda, se volvió de inmediato y vio una lengua de fuego de más de tres metros de largo que salía de entre el bosque de tuberías que había en medio de los tanques de combustible.

El helicóptero daba vueltas sin gobierno. Las hélices cortaban amenazadoramente el aire por encima de su cabeza. El calor de las llamas empezaba a chamuscarle la cara. En cualquier momento uno de los tanques explotaría y todo el barco saltaría por los aires. El helicóptero comenzó a elevarse de nuevo para salir del peligro. El aire de los rotores batía de manera ensordecedora a su alrededor, y la negra sombra del aparato se recortaba contra el cielo. Rick se tiró hacia el hueco que se abría entre el barco y el helicóptero con tres grandes zancadas. Saltó sobre la barandilla del barco y se lanzó hacia fuera y hacia arriba, estirándose cuanto pudo con las últimas fuerzas que le quedaban.

48

La mano de Rick llegó a tocar el saliente de la portezuela del helicóptero, pero los dedos, cubiertos de grasa, resbalaron en el metal. Alargó desesperadamente la otra mano, la izquierda, y consiguió agarrarse al pescante del aparato. Cerró la mano con todas sus fuerzas alrededor de la barra de acero y empezó a tambalearse de un lado a otro; el brazo izquierdo sostenía todo el peso de su cuerpo, y la corriente de aire que dejaba la estela del helicóptero le hacía dar vueltas. Miró hacia abajo y vio que la cubierta del buque se alejaba de sus pies.

Natalie, arrodillada junto a la portezuela, intentaba en vano sujetarlo del brazo derecho. Uno de los cámaras la apartó a un lado y ocupó su lugar junto a la puerta. Se asomó cuanto pudo y consiguió agarrar la mano derecha de Rick. Juntos tiraron de él y lograron subirlo hasta la abertura de la puerta.

—¡Suelta el pescante! —gritó el cámara—. Suelta la otra mano o no podremos meterte dentro.

Las piernas de Rick trataban de escalar en el aire. El miedo a caer se apoderó de él. Tenía que soltar el pescante para que pudieran subirlo a bordo, pero si lo hacía y al otro se le escapaba la mano por la que lo tenía sujeto, ya no tendría ninguna esperanza de salvación.

—¡Rick! —gritó Natalie; el cabello medio le tapaba la cara—. ¡Rick, suelta la otra mano!

Con un esfuerzo de voluntad sobrehumana, Rick se obligó a abrir la mano con la que aferraba la barra del pescante. Tratando de apartar el miedo de su mente, estiró el brazo cuanto pudo e intentó alcanzar el marco de la puerta.

—¡Vale, ya te tenemos! —oyó que le decía Natalie, y con otro empujón desesperado hacia arriba consiguió apoyar el pecho en el saliente. Se sintió repentinamente aliviado, casi lo había conseguido.

En ese preciso instante el helicóptero viró bruscamente hacia la izquierda, con el morro muy levantado y elevándose a toda velocidad. La cabina se bamboleó y todo el peso del cuerpo de Rick recayó sobre Natalie; ella se abalanzó hacia el hueco de la portezuela y consiguió agarrarse con una mano al hombro del cámara. Este perdió el equilibrio y abrió instintivamente la mano con la que sujetaba a Rick. La mano izquierda de Rick, ahora libre, se posó con fuerza en el borde de la puerta, pero no encontró un buen asidero para sus dedos grasientos. Supo que estaba perdido y al instante se dio cuenta de que caía hacia atrás, en el vacío.

—¡Rick, Rick! —Natalie se asomó por la portezuela. Vio cómo el cuerpo caía hacia abajo y, un instante después, vio la breve salpicadura de blanca espuma—. ¡Rick, no! —gritó.

—¡Ven adentro! —gritó el cámara tirando de ella—. ¡Ya no podemos hacer nada!

—¡Tenemos que salvarlo! —Se incorporó y se dirigió hacia la cabina del piloto—. ¡Bajemos al agua! —gritó.

Pero los dos pilotos tenían la vista fija en la monstruosa ola que empezaba a crecer en la boca del Estrecho. Parecía una montaña que emergiera del mar, como comentarían más tarde algunos de los que la vieron desde tierra. La espuma que coronaba la cresta parecía estar a punto de alcanzar la altura a la que se encontraba el helicóptero. El entrenamiento de aquellos hombres y su instinto de supervivencia les decía que tiraran de la palanca del colector y ascendieran de inmediato a una altitud segura.

Y eso significaba dejar que aquel hombre que acababa de caer al agua muriera allí.

Su helicóptero no era una nave de rescate provista de un cabo con cabrestante para poder sacar a un náufrago del agua. Tratar de rescatarlo significaba descender hasta la superficie del mar, mantenerse en planeo justo por encima de la ola y arriesgar sus propias vidas. Y aquella enorme montaña de espuma se hacía más grande y más sólida cada segundo que pasaba.

—¡No podemos arriesgarnos! —gritó el piloto—. ¡Vamos a ascender!

—¡Cobardes! —gritó Natalie lanzándose hacia ellos.

Agarró la mano del piloto y empujó la palanca de mandos con todas sus fuerzas. La nave empezó a caer en picado a una velocidad de vértigo, como una piedra en dirección a la cubierta del buque.

Rick había saltado una vez en paracaídas, en un acto benéfico, pero aquello fue diferente. Tardó menos de dos segundos en recorrer la distancia entre el helicóptero y la superficie del mar, y para cuando llegó al agua su velocidad de caída era ya de casi cien kilómetros por hora. Lo único que pudo hacer fue estirar las piernas y los brazos para que la entrada en el agua fuera más limpia. Aun así, fue como estrellarse contra una pared. Se hundió profundamente y cuando notó cómo se enfriaba el agua, se preguntó si conseguiría ascender a tiempo para poder respirar.

—¡Maldita sea! ¿Se ha vuelto loca? ¿Qué intenta hacer? ¿Es que quiere matarnos a todos? —El piloto se sacó a Natalie de encima empujándola con el hombro—. ¡Largo de aquí! —gritó. Desesperadamente, volvió a tirar de la palanca de mando y dio la máxima potencia al ya forzado motor.

—¡Emergencia! ¡Emergencia! —gritó el copiloto por encima del bramar de las turbinas; la aguja del altímetro daba vueltas como un resorte roto—. ¡Estamos cayendo! ¡Nos vamos a estrellar!

—¡Agarraos! ¡Agarraos! —gritó el piloto apretando al máximo la palanca del acelerador y tirando del colector hacia arriba.

Aplastada contra el mamparo de la cabina, Natalie oyó que el sonido de la turbina se convertía en un terrible aullido. El aparato se estremeció mientras las hélices rasgaban el aire a toda velocidad intentando que el helicóptero se elevara. Natalie se volvió y echó un vistazo por la portezuela. La ola gigante se dirigía hacia el costado del barco varado. En ese momento, entre el arrecife y el acantilado submarino que se extendía más allá se había formado una amplia zona casi en calma. Pero ¿dónde estaba Rick?

Al cabo de unos segundos, la panza del helicóptero golpeó la superficie del agua y Natalie sintió que se le desencajaban todos los huesos. El impacto levantó un chorro de espuma que se elevó por encima del techo del aparato y el agua entró a raudales por la portezuela abierta. El equipo de filmación prorrumpió en gritos. El helicóptero flotaba en el seno del tsunami que se aproximaba. El piloto intentaba elevarse de nuevo. Natalie pasó por encima de los otros hasta la portezuela. El giro desenfrenado de las hélices succionaba cortinas de espuma. Al principio no pudo ver nada y sintió que se le paraba el corazón. Pero al poco una cabeza emergió de la superficie del agua, a apenas un centenar de metros de allí.

—¡Rick! —gritó con todas sus fuerzas—. ¡Rick, por aquí!

Él se giró en redondo, estiró el cuello para poder ver algo por encima de la capa de espuma y entonces empezó a nadar hacia ellos con fuertes brazadas.

—¡Rápido, Rick! —le urgió Natalie—. ¡Corre! No nos queda mucho tiempo.

En la cabina del piloto sonaban todas las alarmas. Los pilotos hablaban a gritos.

—¡No ganamos altura!

—¡Dale gas, por el amor de Dios!

—¡Arriba! ¡Arriba! ¡Arriba!

Chorros de espuma inundaron las ventanillas cuando el rotor giró con más velocidad, en un último esfuerzo por liberarlos de las garras del mar. Rick, a solo unos metros de ellos, nadaba como un perro cansado. Era consciente del peligro en el que estaba y trataba de salvarse con todas sus fuerzas.

—¡Esperad! —gritó Natalie a los pilotos—. ¡Esperad, maldita sea! ¡Está ahí mismo!

La turbina del helicóptero bramó de nuevo y la cabina se sacudió. Los pilotos no la oyeron.

—¡Tenemos demasiado peso! —gritó el copiloto hacia atrás—. ¡Tirad el equipo al agua!

En la cabina, el agua les llegaba ya a la altura de las rodillas y se movía de un lado a otro mientras la nave daba bandazos. Los cámaras se negaban a deshacerse de su equipo. Rick seguía nadando hacia ellos. Llegó hasta el borde de la portezuela y se detuvo exhausto, demasiado cansado para poder saltar adentro. Natalie lo agarró de los brazos y tiró de el.

—¡Que alguien me ayude!

El morro del aparato se levantó y por un momento consiguió liberarse de la succión del mar.

—¡Echadme una mano! —volvió a gritar Natalie.

Rick era un peso muerto. Uno de ellos la oyó y se agachó a su lado. Era Zamos; agarró a Rick de un brazo y entre los dos consiguieron meterlo dentro.

El helicóptero dio un nuevo tirón, se enderezó y empezó a elevarse, mientras el agua salía por la portezuela abierta. Natalie sintió un gran alivio.

Zamos se volvió triunfante hacia uno de los cámaras.

—¿Has pillado eso? —gritó—. ¡Acabo de salvarle la vida a ese tipo! ¿Lo has filmado? ¡Quiero esa escena para las noticias!

Pero el otro no le estaba prestando atención.

—¡Santo Dios! —gruñó el cámara mirando más allá de ellos a través de la portezuela del aparato—. Santo Dios, ¿habéis visto eso?

La ola se les echaba encima. El piloto estaba haciendo ascender la nave verticalmente con toda la potencia de los motores. Era como estar en un ascensor. De tres a sesenta metros en veinte segundos. Los motores rugían; los pasajeros gritaban. Y lo único que Rick podía hacer era quedarse allí tumbado y recuperar el aliento. Pero una parte de su cerebro se preguntaba: «¿Dónde estará el *Pequod*?». Y entonces vislumbró el rostro tenso de Natalie y se dio cuenta de que aquella pesadilla no había terminado.

La cresta del tsunami había alcanzado el borde más alejado del arrecife de Goodwill, en la entrada del Estrecho, y seguía avanzando, hinchándose y creciendo hasta alcanzar una altura inimaginable. Y allí estaba el Rey, en la cima de aquel monstruo, montado sobre el gigante, entre las fauces de la muerte. Natalie se apoyó en la espalda del cámara que estaba asomado por la portezuela y lanzó un grito aterrador.

Delante del Rey se abrían los dos brazos de la bahía: por un lado, Indian Point, y por el otro, hacia el norte, los acantilados de Curtain

Bluff. En cuanto entrara allí, quedaría atrapado, sin posibilidad de escapatoria. Pero Rick estaba convencido que debía de tener un ángulo de salida, tenía que haber previsto una manera de salir de allí. Eso era lo que el Cojo había estado buscando en la carta de la zona el día que se encontraron por primera vez.

El Rey se deslizaba de izquierda a derecha por encima de la ola. Su tabla apenas acariciaba la superficie de la cresta. Era como si volara por encima de ella con la destreza de un pájaro radiante. Detrás de él avanzaba la moto del Cojo, a todo gas, tratando de alcanzar la cima de la ola. El sol empezó a asomar entre las nubes y lo bañó de un dorado resplandor. El equipo de filmación empezó a gritar; Natalie también gritaba. Seguramente el Rey no podía oírlos, pero sabía que estaban allí. El mundo entero lo vería montar aquella ola legendaria. En ese preciso instante estaba naciendo un mito: el Rey entraba en la inmortalidad. Hasta el fin de los tiempos, allí donde los surfistas se reunieran, siempre se contaría su historia.

Entonces, mientras estaba tumbado en el suelo de la cabina del helicóptero, Rick comprendió cuál era su plan. En la cima de Curtain Bluff había un saliente de roca negra que afloraba afilada como la espina de un rosal. Era un espolón que los marineros conocían y evitaban. La parte derecha de la ola llegaría a esa roca y rompería enseguida. Aquel era el punto de salida que el Rey pretendía alcanzar. Era arriesgado. ¡Por Dios, vaya si era arriesgado! Un simple error de estabilidad o de tiempo y cientos de toneladas de agua enfurecida lo aplastarían contra las rocas del acantilado. Solo un hombre con una fuerza sobrehumana, un valor extraordinario y unos nervios de acero sería capaz de montar aquella ola de la muerte hasta el último instante.

Empezó a descender por el lomo de la ola haciendo piruetas bajo el impresionante muro de agua. Un muro que desde la altura del helicóptero parecía cortado en vertical, con una de sus dos caras recorrida a intervalos por blancas franjas de espuma. Un muro de agua, sólido y espumeante, que avanzaba hacia la tierra con una fuerza y una velocidad asombrosas. Mientras el surfista bajaba por el lomo, cruzando en diagonal la cara interna de la ola a una velocidad de vértigo, la masa de agua empezó a romper sobre él, se curvó por encima de su cabeza y lo persiguió como una avalancha de agua mucho más veloz de lo que nadie podría imaginar.

La parte izquierda de la ola ya había alcanzado al buque cisterna. Rick la vio curvarse un instante sobre la proa del barco y atraparlo como una mano gigante. La blanca cresta ascendió hasta los mástiles mientras enterraba los blancos tanques de gas. Entonces sucedió: una deflagración instantánea y todo cambió de repente.

La explosión impactó en el rizo de la ola rompiente y la convirtió en una enorme nube de espuma de cientos de metros de altura. Una nube que llenó el Estrecho de punta a punta. En un par de segundos la enorme ola rompiente se había transformado en un surtidor de agua y espuma que levantaba piedras, barro y pedazos de acero; su corazón era una bola de fuego al rojo vivo, más brillante que el sol que les quemaba en los ojos. Una bola de fuego que se expandía con tal violencia que amenazaba con arrasar la ciudad y todo lo que había en ella. La deflagración iba acompañada por un ruido atronador que hacía eco en las montañas. Parecía que sonaran las trompetas del juicio final.

La onda expansiva alcanzó al helicóptero como un puño invisible. La cabina empezó a dar vueltas sin control. Los engranajes saltaban y los pasajeros gritaban. Rick salió despedido contra la puerta lateral derecha, pero consiguió sujetarse antes de caer. Oyó un grito de Natalie que podía ser de miedo o de dolor. El helicóptero giraba como un pájaro lisiado, daba bandazos y dibujaba bucles en el aire mientras los pilotos luchaban por conseguir estabilizarlo. Rick resbaló por la cabina y cayó al fondo, sobre un amasijo de cuerpos. Los rotores cortaban el aire con furia para mantenerse a flote. Entretanto, la cabina era martilleada por bolsas de aire y los pasajeros saltaban arriba y abajo como ratones zarandeados en una jaula. La cabina se llenó de humo. Rick oyó los gritos de los tripulantes por encima de los chillidos de los demás. Creían que en cualquier momento acabarían estrellándose contra los acantilados o cayendo en aquellas aguas revueltas. De cualquier manera, no tenían ninguna posibilidad de salvarse. El motor principal empezó a sonar como un volquete de cemento lleno de gravilla.

El copiloto gritaba por el intercomunicador a la vez que apretaba el panel de alerta del tablero de mandos. Los tres contadores de combustible tenían las luces rojas de alarma encendidas. Los dos tanques de combustible y la reserva estaban quedándose secos. Seguramente las bombas de inyección habían dejado de funcionar. Del techo goteó un líquido acuoso de color rojo. Cuando se quemara la última gota de combustible, los motores se pararían. Y lo único que el piloto podría hacer para salvarlos era intentar entrar de inmediato en autorrotación. Bajar el colector al máximo para que descendiera el ángulo de rotación de las aspas y, de ese modo, conseguir que la inercia del rotor los mantuviera a flote en un descenso relativamente controlable.

La turbina aullaba por encima de sus cabezas. Si se rompía uno de los ejes de los rotores, la nave acabaría convertida en un amasijo de chatarra. El piloto había visto algo similar durante los años que sirvió en el ejército, cuando un Sikorsky H-60 perdió el rotor principal en el momento de despegar. Los ocho metros de titanio y fibra de carbono de las aspas salieron disparadas hacia delante, partieron por la mitad un aparato de entrenamiento T-38 y decapitaron a su piloto.

Solo le quedaban unos segundos para decidirse. Si el aparato empezaba a caer, con los rotores todavía funcionando y dando vueltas, las aspas se desprenderían con el impacto y la metralla de acero y fibra de carbono atravesaría la delgada mampara de la cabina. Los daños que aquello podría causar a los pasajeros y a la tripulación serían terribles. Pero la otra alternativa, apagar los motores y bajar al máximo el colector, para reducir el ángulo de rozamiento de las aspas con el aire, podría significar asimismo una muerte segura para todos.

Costara lo que costase, tenía que intentar que el aparato siguiera planeando hasta que encontrara un trozo de tierra sobre la que posarse.

Treinta segundos más tarde se apagó el motor. De golpe se hizo un silencio sepulcral en el aparato a la deriva. Un silencio roto solo por los gemidos aterrorizados que procedían de los pasajeros. La pelirroja Carly rezaba en voz alta. A través de la portezuela, Rick vio una masa de espuma blanca rompiendo contra la isla de Greenstone. La colina sobre la que se hallaba su casa todavía era visible. La explosión debía de haber partido el cuerpo principal del tsunami. A sus pies, el Estrecho era un remolino de olas que chocaban las unas con las otras, se elevaban en altas crestas, retrocedían y creaban nuevas olas en mar abierto lo bastante grandes para cubrir una casa. «Si caemos al mar —pensó Rick—, será una muerte segura. Moriremos, pero la ciudad se habrá salvado.»

La inercia de rotación de las enormes aspas mantuvo el aparato en planeo durante unos segundos cruciales, quizá los suficientes para que no murieran todos aplastados por la caída. Los pilotos se habían ajustado los chalecos salvavidas y habían abierto las escotillas de salida de emergencia para que pudieran saltar del aparato en caso de que se incendiara. Aunque los tanques de combustible estuvieran secos, todavía podían contener vapor inflamable que detonaría con la más mínima chispa, haciendo que el aceite y los lubricantes de los motores ardieran. Incluso podría llegar a quemarse todo el fuselaje, fabricado con aleaciones de magnesio y aluminio, metales que ardían a temperaturas muy altas.

Pero en ese momento el miedo más inmediato era otro.

—¡No puedo mantener el rumbo! —gritó entre jadeos el piloto.

Instintivamente ambos tripulantes miraron por los espejos retrovisores. La cola del timón se había doblado. El copiloto, apesadumbrado, alzó la cara al cielo. Si el timón o el rotor posterior se salían de su eje, el helicóptero perdería su estabilidad y se desplomaría en caída libre.

—Noventa y siete metros. Perdiendo altura a treinta metros por minuto.

A ese ritmo les quedaban tres minutos de vuelo. Pero el altímetro estaba dando la lectura sobre el nivel del mar, y delante de ellos había un acantilado que parecía tener más de sesenta metros de alto. Eso les dejaba un margen de seguridad, si es que se le podía llamar así, de unos sesenta segundos.

En la cabina de los pasajeros, Rick tuvo la impresión de que el acantilado se aproximaba hacia ellos. Agarró a Natalie y la echó al suelo, a su lado, apretándola con fuerza contra su cuerpo para protegerle la cara. El asiento que tenían delante los cubría. La cabina empezó a tambalearse de un lado a otro y, aunque seguramente la protección que pudiera ofrecerles fuera ilusoria, trataron de refugiarse bajo los asientos.

La ciudad se había salvado gracias a la explosión del *Marie-Sainte*, pero una sección del tsunami había escapado indemne. El extremo de la derecha de aquella ola gigante, su sección norte, seguía intacto. Las secciones del sur y del medio habían quedado fragmentadas por la explosión, pero la loma exterior, de un cuarto de milla de ancho y más de treinta metros de altura en la cresta, avanzaba con una fuerza despiadada hacia los acantilados de Curtain Bluff.

En la cabina delantera, el copiloto, con el pánico grabado en el rostro, no le quitaba ojo al altímetro. El nivel de descenso estaba aumentando. De treinta metros por minuto había subido a treinta y nueve, y ahora ya estaba en cuarenta y cinco. Echó una rápida ojeada atrás y abajo, y lo que vio lo dejó paralizado. Tras ellos, creciendo segundo a segundo y a punto de darles caza, se erguía la imponente cresta de una montaña de espuma. En unos segundos sus fauces los alcanzarían, los derribarían y harían que se estrellaran contra la pared del acantilado.

Durante los últimos segundos les pareció que el cielo se les venía encima. Rick aún tuvo tiempo de ver una línea de tierra, unas rocas, y luego la aguja de un campanario surgiendo ante ellos.

Y empezó a rezar.

En Maple Cove, el doctor Southwell conducía su Landcruiser a toda velocidad por la arena mojada, saltando sobre las rocas, dando tumbos por encima de las charcas de agua salada; la ola les pisaba los talones. Southwell intentaba no pensar en lo que pasaría si se clavaran en un hoyo o chocaran contra una piedra, pero no podía quitarse de la cabeza la imagen del coche arrollado por la gigantesca rompiente, rodando por la playa, con el agua y la arena inundándolos, rompiendo las ventanas y haciéndolos pedazos. Él y Donna morirían, nunca más volverían a ver a Tab, y todo habría acabado para siempre...

Cuando alcanzaron la rampa de arena que había al principio del camino, el rompiente del mar salpicaba ya la ventanilla trasera del vehículo. Sin pensarlo, sabiendo que aquella era su última oportunidad, Southwell se lanzó contra la pendiente casi vertical por la que él y Martin habían bajado minutos antes. Y de manera increíble, o quizá porque la humedad de la arena había hecho que el terreno se solidificara un poco, los neumáticos se adhirieron al suelo, el coche escaló la pendiente y comenzaron a subir por el camino; el mar seguía tendiendo sus brazos hacia ellos, tratando de atraparlos y hundirlos. Poco después llegaron a la carretera; desde allí, miraron hacia abajo y vieron cómo el océano arremetía contra la playa una y otra vez con un ruido que parecía un llanto histérico porque ellos seguían vivos.

En Curtain Bluff, todo el cabo temblaba por el azote de la ola. El acantilado se deshacía en pedazos de rocas que caían por la fuerza del impacto de cientos de miles de toneladas de agua de mar. Por encima de los acantilados una cortina de agua se elevó como una garra gigante. Durante un segundo se quedó allí, suspendida, como desafiando las leyes del tiempo y la gravedad. Aquella imagen tan impresionante quedó grabada en la retina de Rick para siempre. Y luego cayó como una catarata de agua que se desprendiera del cielo.

Pero la imponente fuerza del agua golpeando contra las rocas del acantilado tuvo un resultado imprevisto. Empujó una bolsa de aire hacia la cima del acantilado, un viento lo bastante fuerte para romper las ramas de los manzanos plantados alrededor del viejo cementerio y lo bastante compacto para ofrecer unos vitales segundos más de planeo a las aspas del helicóptero en su caída. Los pasajeros declararían más tarde que fue como si, durante los metros finales, el aparato hubiera sido empujado desde el mar hasta la cima del acantilado por la propia cresta de la ola. Se estrellaron justo al lado del viejo cementerio, sobre una alfombra de espuma de mar.

La experiencia no fue en absoluto agradable: el golpe les desencajó todos los huesos. El helicóptero tocó tierra envuelto en una nube de espuma, rebotó contra el suelo y cayó de lado. Las aspas del rotor principal, que todavía estaban girando, golpearon contra el suelo y se rompieron con violencia, saltando en pedazos por toda la cima de la montaña. Una sección del rotor de las hélices se clavó como un arpón contra una de las paredes de la iglesia. El destrozado casco del aparato se deslizó de costado a lo largo de más de trescientos metros, sobre un manto de hierba y agua, y luego acabó dando una vuelta de campana y tirado boca arriba, de cara al mar.

En la cabina, los pasajeros quedaron cabeza abajo, amontonados los unos encima de los otros. Había trozos del fuselaje de la cabina por todas partes. El interior del aparato era un completo revoltijo de cuerpos y equipos de filmación. El ruido que los envolvía parecía no tener fin.

Pero cuando se hizo el silencio todavía fue peor. Rick, aturdido, con la cara y la cabeza llenas de sangre, tardó un rato en recuperarse del impacto, pero el instinto le decía que tenía que salir de allí. Con el rabillo del ojo vio un humo negro que salía de alguna parte y parecía urgirle a que se diera prisa. Natalie estaba hecha un ovillo a su lado, con la cabeza debajo del asiento. Rick la tomó en brazos y la llevó hasta la portezuela, ahora mirando al cielo. La abertura se había desfondado por las vueltas que había dado el helicóptero y el techo de la cabina se había hundido. Rick alzó a Natalie hasta la portezuela, luego subió él, y desde allí se dejaron caer sobre el empapado césped. Apoyados el uno en el otro, empezaron a andar dando tumbos, sorprendidos de seguir vivos. Rick miró hacia el este, hacia el mar, medio esperando ver una nueva ola elevarse más allá de la boca del Estrecho.

Pero no vio nada de eso. La amenaza había pasado. Contra todo pronóstico, un poco entre todos, habían conseguido vencer a aquel monstruo; habían hecho que la ola cambiara de dirección y de ese modo habían salvado la ciudad.

En el Prado, el destello de la bola de fuego del buque cisterna se vio como un segundo sol que emergiera del mar. Don Egan oyó la explosión atronadora. Luego vio la espesa nube que cubrió todo el Estrecho y se preguntó si ese era el final, el final de Goodwill. A continuación les llegó el impacto de la ola arrancando tejados, destrozando ventanas, rompiendo árboles, y por la mente de Don pasó una frase bíblica que habla del aliento del Señor. Se abrazó con fuerza a sí mismo.

Los restos de la inmensa ola que se había roto en pedazos golpearon el Estrecho y arrasaron y destrozaron cuanto hallaron a su paso. Grandes rompientes iban de un lado para otro batiendo, golpeando, derrumbando edificios y succionando las piedras de los muros y los pavimentos en su reflujo. El Neck se vio inundado una y otra vez. Bay Road recibió varios impactos de las olas. Las calles se convirtieron en ríos de agua que avanzaban destruyendo y arrasando, volvían a retroceder succionándolo todo y arremetían con saña renovada contra la tierra seca que parecía desafiar al mar, al igual que hiciera doscientos años atrás.

La riada avanzó por el Prado hasta alcanzar la estatua conmemorativa de las víctimas de la Gran Tormenta, llegando a inundar la santificada tierra en la que descansaban las víctimas de aquel día terrible. Las aguas se levantaron sobre la piedra pero no llegaron más allá. El barco cargado de gas, que había constituido una terrible amenaza, había salvado la ciudad. La explosión de veinte mil toneladas de combustible en medio de la ola había hecho que esta se echara hacia atrás, como golpeada por una mano gigante.

Conforme las aguas empezaron a retroceder, se levantó una brisa fresca. El viento se llevó hacia el mar la negra nube de humo que cubría la ciudad y el sol brilló de nuevo. Don Egan pensó: «Ahí arriba hay alguien que nos quiere, alguien que quiere a Goodwill».

En Dead River, la lancha seguía a flote y se balanceaba sobre las aguas ya en calma. Las dos familias habían recuperado el aliento. A las niñas les castañeteaban los dientes. Estaban caladas hasta los huesos, lo mismo que Lloyd. Estaba a punto de comentarlo con los otros cuando la señora Van Buren preguntó:

—¿Dónde está Sandy?

—¡Oh, no! —gritaron todos a la vez.

—¡Estoy aquí! —les dijo una voz desde el agua.

Miraron a su alrededor, y allí estaba Sandy, nadando al lado de la lancha con una sonrisa en la cara.

—Estoy bien —dijo una vez que la hubieron ayudado a subir a la lancha—. Salí despedida justo cuando empezamos a bajar de la ola. Pensé que no volvería a veros, amigos. Pero cuando salí a flote, aquí estabais, a unos pocos metros de mí. Tiene gracia, ¿no?

—¿Qué era eso? —preguntó Lloyd, curioso.

—Una ola. Una ola de marea —dijo Sandy acariciándole la cabeza—. Cuando la marea sube, y el río baja con mucha fuerza, a veces se forman ese tipo de olas. Pero esta era una de las grandes. Has tenido mucha suerte de poder verla.

—¿Eso era la marea? —dijo Lloyd, contento—. Lo ves, papá, ya te lo había dicho, ¿te acuerdas? En la casa de Goodwill vi cómo la corriente subía por el río.

En Curtain Bluff, los supervivientes del helicóptero se habían reunido en la iglesia.

—Esa ha sido la última, ¿no? —preguntó una voz desde la penumbra.

—Eso espero —contestó Rick, muy serio—. No sé si sería capaz de aguantar otra ola.

Natalie se rió. Otro de ellos se hizo eco de su risa, y al cabo de un rato, por increíble que pareciera, el equipo de filmación, los pilotos, absolutamente todos los que estaban allí se pusieron a reír histéricamente. Se reían porque seguían vivos, y siguieron riéndose hasta que sus risas resonaron por toda la nave de la iglesia. Reír era lo único que podían hacer para enfrentarse a tanta muerte y destrucción.

Epílogo

Aquella, por supuesto, no fue la última ola. Hubo tres más —algunos dicen que cuatro—, pero de mucho menor tamaño que las anteriores. La tercera ola fue la más grande de todas. Las imágenes del Rey montado en ella recorrieron el mundo durantes los días y los meses siguientes. La ola sobrepasó los medidores de la altura de la marea en el Estrecho, pero las comparaciones con los acantilados de Curtain Bluff (faro incluido) y el buque cisterna dio una cresta de cuarenta metros. Un récord en el surf que se tardaría mucho tiempo en superar. Nunca se encontró el cuerpo del Rey. Pero después de muerto alcanzó la inmortalidad que tanto deseaba. Su fama viviría para siempre en los anales de los surfistas.

La película de K. Zamos, *Juventud condenada*, fue un éxito: había sido filmada sobre el terreno y contenía las imágenes de los momentos finales del Rey. Se estrenó en el primer aniversario de la erupción. La celda que el Rey había ocupado se convirtió en un lugar de peregrinación para cientos de jóvenes y no tan jóvenes. Tanto fue así que el ayuntamiento construyó un nuevo edificio para los calabozos y declaró las antiguas celdas lugar sagrado para aquel deporte y su nuevo héroe.

Aun sin la película, la publicidad generada por el tsunami y los sucesos que lo provocaron aseguraron la pronta recuperación económica de Goodwill. La imagen de los valerosos ciudadanos luchando para salvar su ciudad cautivó la imaginación del público. Y el mito del surfista solitario y su búsqueda de la ola final formaba una combinación inmejorable. En la primavera, con la ciudad ya reconstruida gracias a la generosa ayuda del gobierno federal y a las indemnizaciones de los seguros, parecía que la temporada de aquel año iba a ser un éxito de turistas.

Las mediciones de la ola fueron tema de discusión. El hundimiento de la ladera oeste de Cumbre Vieja en el mar levantó una montaña de agua de 496 metros. A los cinco minutos se creó una onda de cincuenta kilómetros de longitud y cien metros de altura. Cuando alcanzó al *Tarp*, a cien kilómetros del lugar del impacto, ya había decrecido hasta una altura de treinta metros. De manera inusual, llegada a ese punto la ola parecía estar rompiendo, y ese oleaje fue el que arrolló al *Tarp*. Las olas que no rompen es muy raro que lleguen a hundir un barco, pero una ola que rompa y cuya altura supere la eslora del barco en cuestión, es capaz de levantarlo de punta a punta y darle la vuelta. El resultado solo puede ser uno: por grande que sea el barco, por sólida que sea su construcción, la ola siempre será más grande y más fuerte, y el peso del mar puede llegar a tragarse literalmente el barco. La embarcación se inunda, la presión del agua revienta las escotillas y al final acaba hundiéndose. Con ese peso de agua dentro del casco, se irá al fondo como una piedra en pocos minutos. Es comprensible que no haya muchos supervivientes.

La tripulación del *Tarp* tenía una cosa a su favor: el clima. Una vez que la ola hubo causado todo el daño, el océano quedó en calma. Las siguientes olas, las que acompañaron a la ola asesina y provocarían en la costa lejana tanta destrucción, pasaron para ellos casi inadvertidas.

Mary Sennett, que se había embutido con tanta dificultad en su traje de supervivencia, estuvo a punto de no poder salir por la escotilla de emergencia cuando el barco empezó a hundirse. El traje se le enganchó en la manija de la puerta, y durante varios segundos, que a ella le parecieron horas, pateó y tiró desesperadamente para liberarse, mientras el agua empezaba a llegarle al cuello y casi no le quedaba espacio para respirar. Cuando por fin consiguió soltarse, el barco debía de estar encaminándose al fondo, pues Mary salió disparada hacia la superficie; casi sin aliento, pero viva. La ola ya había pasado y ella se encontró en medio del mar prácticamente sola. Cogió su silbato y empezó a pitar, pero no vio ni rastro del *Tarp* ni de sus compañeros. En comparación, las dos olas siguientes fueron pequeñas pero la empujaron un largo trecho en medio del Atlántico. Cuando cayó la noche, encendió la linterna de su traje de supervivencia y rezó.

A la mañana siguiente seguía viva, flotaba en medio de un mar de piedra pómez. Varios aviones sobrevolaban la zona en busca de supervivientes, pero Mary estaba demasiado agotada para tratar de llamar su atención. Entonces, a primera hora de la tarde, cuando la luz menguaba de nuevo y Mary se abrazaba a sí misma preparándose para sobrevivir a otra noche en el mar y a los tiburones, oyó un silbido y el sonido de un chorro de agua cerca de donde se encontraba. Dio vueltas para ver qué pasaba, esperaba encontrarse con una ballena, pero lo que vio fue un enorme submarino que emergía a la superficie apenas a quinientos metros a barlovento. Era el *Thresher*, todavía renqueando a causa del problema en la bomba de la turbina, algo magullado por su proximidad a la erupción del volcán, pero por lo demás intacto. Uno de los aeroplanos de salvamento lo había enviado hacia donde se encontraba Mary.

Pero ella no había sido la única afortunada. Derek Wanless también había sobrevivido, junto con dos tercios de la tripulación del *Tarp*. Malcolm Mackenzie y Concha consiguieron bajar de la montaña y se encontraron con una isla que había perdido tres cuartas partes de su masa de tierra. Entre los dos elaboraron la secuencia de acontecimientos que habían llevado a Cumbre Vieja desde su modesta erupción de nivel tres a una erupción del tipo súper Krakatoa, de nivel seis.

La destrucción total de la ladera oeste de la montaña de fuego incluyó el puerto de Charco Viejo, lo cual hizo imposible verificar sus afirmaciones de que la causa había sido una interacción deliberadamente inducida de combustible y líquido refrigerante. Se sabía que Carlos, el dueño del hotel, había comprado los explosivos, pero él y los demás miembros de su grupo habían muerto, por lo que no se pudo averiguar nada más al respecto.

Sin embargo, las peores predicciones quedaron sin fundamento. A pesar de los terribles daños provocados en las Bahamas y en otras islas circundantes, con especiales estragos en las Bermudas, en general las olas más potentes se dirigieron hacia el norte, lejos de la vulnerable cuenca del Caribe y Florida y llegaron a romper en Nueva Inglaterra. Sin embargo, para cuando esas olas alcanzaron la placa continental ya habían perdido buena parte de su fuerza. La topografía desempeñó aquí un papel muy importante. Algunas olas rompieron en los arrecifes, perdiendo en ellos casi toda la energía que les quedaba. Otras los rebasaron y consiguieron golpear zonas pobladas de la costa. Como había anunciado la profesora Ballister por televisión, las zonas más afectadas fueron las bahías orientadas hacia el sudoeste y las ensenadas con aguas profundas. En definitiva, los perfectos puertos naturales, y una descripción casi exacta de la costa de Goodwill.

En la ciudad, el Neck quedó arrasado por completo. El Chandlery de los Larsen, el restaurante Lobsterman y la oficina de Jack Pearl fueron pulverizados por el mar. También desapareció el motel Seafarers, afortunadamente después de que hubiera sido evacuado. Las olas se tragaron el nuevo puerto deportivo de Chance Greene, barcos y yates acabaron convertidos en un amasijo de madera, y otros llegaron a Bay Road y hasta el centro del Prado. También sufrieron importantes desperfectos los edificios situados en primera línea de mar y en las calles que conducían al puerto. El reflujo de las olas succionó el pavimento de las aceras y derribó varias de las antiguas y hermosas construcciones de ladrillo de Washington Street. Aun así, la mayoría de ellas sobrevivió, incluida la antigua fábrica de hielo. El agua, que se había metido por el agujero de la pared que daba al puerto y por las puertas abiertas de la fábrica, retrocedió por el mismo camino y dejó intacta la estructura del edificio. Se convirtió en un icono nacional, en un símbolo de la resistencia de Maine. Se reunieron fondos para restaurarlo y Chance Greene cedió el edificio a la comunidad; la verdad es que no tenía otra opción.

El *Pequod* sobrevivió a la ola en mar abierto, al igual que el yate de los Maxwell y un puñado más de embarcaciones. La inundación de la Cornisa provocó el hundimiento del hospital, pero no se perdió ninguna vida. Rebecca, la hermana de Rick, estuvo más de un mes ingresada en el hospital de Portland, pero regresó a Goodwill y se encargó de la reconstrucción del Chandlery. Hannah Morrissey había muerto, pero Ballena seguía allí y era más famoso que antes. Nunca se encontró el cuerpo de Hannah ni la cartera con las monedas de oro que llevaba al hombro; ambas se convirtieron en una leyenda: el cofre con el tesoro descansaba en algún lugar en el fondo de la bahía.

Al cabo de un año los supervivientes se reunieron con motivo de una misa en memoria de las víctimas de la inundación y de la inauguración de una estatua en su honor. La escultura de bronce era obra de Natalie Maxwell: un surfista, a tamaño natural, subido a su tabla de surf, que parecía volar sobre la cresta de una ola; tenía los brazos extendidos, para mantener el equilibrio, y la mano derecha levantada hacia el cielo, como si pretendiera atrapar una estrella.

Natalie no tenía muy claro cuál había sido su papel en todo aquello. Había declinado la invitación de K. Zamos de ser la protagonista femenina de la película. Rick y ella estaban de nuevo juntos, viviendo el presente. El día que se inauguraba la estatua, Natalie eligió leer un poema que le pareció apropiado para aquella escultura.

Tengo una cita con la Muerte
en alguna disputada barricada.
Cuando la primavera regresa con su sombra susurrante
y los manzanos en flor llenan el aire,
yo tengo una cita con la Muerte.

Pero tengo una cita con la Muerte
a media noche en algún pueblo incendiado.
Cuando la primavera viaje de nuevo hacia el norte,
y mi palabra sea la verdad prometida,
no faltaré a esa cita.

La estatua había sido erigida en la cima del acantilado de Curtain Bluff, mirando hacia el Estrecho, donde el Rey había vivido su última hora y había encontrado la muerte. Cuando Natalie acabó de leer el poema, se alzó un ligero murmullo entre la gente. Un murmullo que poco a poco se convirtió en gritos de alegría. La gente señalaba hacia el mar y gritaba de emoción.

En el agua, algunas figuras negras se deslizaban entre las olas con una elegancia natural.

Las ballenas habían vuelto.

—La vuelta al mundo.

—¿Ya estás decidido?

Él asintió con la cabeza.

—Esta vez de oeste a este, por el camino difícil.

Aquello iba a ser un reto, y también podía ser un jugarse el todo por el todo.

—¿En solitario? —preguntó ella.

Él se encogió de hombros.

—Siempre lo había imaginado así. No creo que pueda encontrar a alguien que quiera compartir un viaje de ese estilo conmigo.

Ella lo miró fijamente. Sus ojos agitanados brillaban con una luz abrumadora.

—Podrías intentarlo —dijo en voz baja.

Él sintió una repentina alegría.

—Un año en un barco pequeño. Tendría que ser alguien con quien me llevara realmente bien.

—O acabaríamos matándonos el uno al otro, ¿eso quieres decir? Mejor eso que seguir arrastrando día a día la misma historia.

—Así lo entiendo también yo.

Ella se colgó de su brazo. El aire le despeinaba el cabello. Parecía como si de repente ambos se hubieran desprendido del peso de aquel último año.

Natalie tiró del brazo de Rick.

—Vámonos, buscador de ballenas —dijo.

Este libro ha sido impreso en los talleres
de Novoprint S.A.
C/ Energía, 53 Sant Andreu de la Barca
(Barcelona)